A*t*V

Der Dominikaner Jakob glaubt der Hölle Roms entronnen zu sein, wo noch immer Aufstände toben. Doch kaum ist er zurück in München, hat sein Orden einen Auftrag für ihn. In Augsburg ist ein Buchhalter der Fugger ermordet worden. Offenbar hatte der Mann Kontakte zu den Wiedertäufern, religiösen Fanatikern, die vor allem gegen den hohen Klerus und seine Machtfülle eintreten. Unwillig macht Jakob sich daran, seine Ermittlungen aufzunehmen. Er zeigt wenig Neigung, für seine Oberen einmal mehr die Kastanien aus dem Feuer zu holen – doch dann begegnet er der Malerin Ludovica und erkennt, daß in ihren Bildern der Schlüssel liegt, um die Hintergründe der Morde aufzudecken.

Georg Brun

Der Augsburger Täufer

Roman

Aufbau Taschenbuch Verlag

ISBN 3-7466-1425-2

1. Auflage 2003
© Aufbau Taschenbuch Verlag GmbH, Berlin 2003
© Georg Brun, 2003
Umschlaggestaltung Simon Leitenberger
unter Verwendung eines Gemäldes von Franciabigio
Druck Elsnerdruck GmbH, Berlin
Printed in Germany

www.aufbau-taschenbuch.de

Die Begehrlichkeit kennt keine Schranke, nur Steigerung.

Seneca

Für Helmut, Heike und Sophie:
möge das Tempelglück nie enden –
und natürlich für Grünäugchen und Pfirsischbacke,
als Denkmal für die Muse.

Folio I
Tod am Weinmarkt

Gefährliche Tinte

Dumpf pochte ein Schmerz in seinem Kopf. Er rollte sich seitlich von der Pritsche und kam wacklig auf den Füßen zu stehen, reckte sich und schlurfte zu dem schmalen Fenster, das seiner Zelle spärlich Licht spendete. Er streckte seinen Kopf durch die Scharte und blickte auf das hellgrüne Laub. Ein Geschenk Gottes war die alte Buche im Hof des Franziskanerklosters, in dem er seit einigen Wochen als Gast lebte, ein Geschenk waren auch die tschilpenden Spatzen, die singenden Blaumeisen und die schäkernden Elstern, die alle das Geäst bevölkerten. Oben in der Laubkrone spielten bereits die ersten Sonnenstrahlen. Wie so oft in den letzten Tagen hatte Jakob die Prim verschlafen. Er spürte, wie ihn das schlechte Gewissen ein wenig zwickte, aber nicht stark genug, um ihn zur Eile anzutreiben. Jakob rieb sich mit den Fingerspitzen die Schläfen. Er brauchte einen klaren Kopf, denn er war zum Herzog gerufen worden und sollte dort nach der Terz erscheinen; so hatte es der Prior ausgerichtet; keine weitere Erklärung, keine Andeutung. Was wollte der Herzog?

Jakob schlüpfte in seine Soutane und schlurfte hinunter ins Badhaus, wo er die nackten Arme in den steinernen Trog steckte und von dem kalten Wasser wohlig fröstelte. Dann steckte er seinen Kopf in das Wasser, kam prustend wieder hoch und schüttelte das Haar aus. Er spürte, wie seine Kopfschmerzen allmählich nachließen. Anschließend griff er zum Messer, um sich den Bart zu rasieren. Sorgsam schabte er die Stoppeln von den Wangen, vorsichtig darauf bedacht, der Schläfe nicht zu nahe zu kommen, denn seit über zwei Jahren gab Jakob mit einem schmalen Backen- und Kinnbart seinem Kopf sozusagen Fassung und Würde. Bei seinem runden Gesicht, wo die Augen in einem fleischigen Krater lagen und ein feistes Glänzen seiner Haut die Physiognomie bestimmte, tat ein Respekt erheischender Rahmen ganz gut, obwohl Jakob wußte, welche Vorteile es hatte, unterschätzt zu werden. Trotzdem achtete er darauf, nicht aus Versehen mit dem stumpf gewordenen Messer von dem Backen- oder Kinnbart ein Haar abzukratzen. Ich muß zum Scherenschleifer, dachte Jakob und wusch sich nach der Rasur abermals das Gesicht. Endlich war er munter.

Noch blieb Zeit genug, und daher schlenderte Jakob durch das Gassengewirr der Stadt, ohne sofort die Residenz zum Ziel zu nehmen. Er wollte seine Heimatstadt neu kennenlernen, nachdem er erst vor wenigen Wochen aus Rom zurück gekommen war, und so führte ihn sein Weg zur Liebfrauenkirche, deren Türme seit knapp drei Jahren diese seltsam geduckten Kuppeln trugen, die man »Welsche Hauben« nannte und denen vor zwei Jahren goldene Knöpfe aufgesetzt worden waren. Das Ganze sah aus, als hätten die Münchner in ihrem Eifer, dem Herrgott eine prächtige Pfarrkirche zu bauen, plötzlich die Furcht vor himmelstürmender Verehrung ergriffen; statt wie anderswo die Türme bis zu einer Speerspitze des Glaubens im Himmel fortzuführen, schenkten sie der Kirche nun diese gequetschten Zwiebeln, an denen bereits der Grünspan nagte.

»Greußlich, gell?« knarrte eine Stimme neben ihm. Jakob drehte sich zur Seite und sah einen hageren Mann mit riesiger Nase, der kopfschüttelnd nach oben blickte. »So etwas von unserem Geld, dafür werden sie uns im ganzen Reich auslachen; werden die Bauherren zu viel gesoffen haben, ist ihnen 's Geld aus'gangen für die Spitzen.«

»Hoch genug«, erwiderte Jakob sanft, »sind die Türme auch so. Gottgefällig ist jede Kirche, bedenkt das, guter Mann.«

»Ja, bist halt ein braver Mönch. Wie sich's frommt mit ei'm guten Auskommen am römischen Trog«, grantelte der Hagere kopfschüttelnd und ging, immer noch leise schimpfend, in eine schmale Gasse hinein.

Jakob blickte ihm nach. Er hatte den Streit nur oberflächlich mitverfolgt, der die Stadt bewegt hatte, bevor Jakob vor mehr als zwei Jahren nach Rom aufgebrochen war.
Eigentlich hatte er es für beinahe unchristlich gehalten, sich
wegen der Spitze von Kirchtürmen in die Haare zu kriegen.
Aber so waren sie, die Münchner, ein jeder rechthaberisch
nach seiner Wahrheit, dabei hinterlistig und bauernschlau.
Letztlich wollten die Münchner ihre eigene Rechnung mit
Gott aufmachen, und die Einmaligkeit, die in der Bescheidenheit liegen konnte, statt gemauerter Spitzen Kupferhau-
ben auf hohe Zwillingstürme zu setzen, nahmen sie, kaum
besaßen sie diese einzigartige Kirche, nicht mehr wahr.

Überhaupt – wie klein und überschaubar München im
Vergleich mit der Ewigen Stadt war! Dicht an dicht schach-
telten sich die Häuser zwischen die Stadtmauern, gedrängt
liefen die Straßen auf die Stadttore zu, und vielfach war die
Stadt ein enges, steinernes Dorf, die Häuser schmucklos und
die Klöster bescheiden. In den Rinnsteinen sammelte sich
der Unrat, von dem sich die streunenden Schweine ebenso
nährten wie die Hunde, und in der Nacht taten sich an den
Abfällen die Ratten gütlich, von denen es welche gab, die so
groß und fett waren wie ein junger Hase. Ein Glück, daß es
wenigstens wohlschmeckendes Bier gab, eine einträgliche
Sache für die Stadt und eine Wohltat für die Bürger, die damit ihren Ärger über beinahe alles, sogar die Wut auf den
Bierpfennig hinunterspülten. Seit Jakob aus Rom zurück
war, betrachtete er seine Heimatstadt mit anderen Augen
und nahm nicht mehr alles als selbstverständlich. Bei aller
Kleinheit der Stadt und bei in mancher Hinsicht festzustel-
lender Engstirnigkeit ihrer Bewohner zeigte sich die Sicherheit der Straßen und Gassen als segensreiche Wohltat.
Daneben bemerkte Jakob sehr wohl ein aufstrebendes
Selbstbewußtsein der Bürger, das im Vergleich zu den vielen
Zerstörungen, welche Rom durch die Landsknechte des
Kaisers hatte erleiden müssen, in den neuen Bauten ersicht-
lich wurde: Neben der Liebfrauenkirche, die ein Werk der

Bürger war, stach das Rathaus besonders ins Auge, ein prächtig mit Fassadenmalerei verzierter Bau, der mit der großzügigen Residenz bei der Neuveste auf seine Art durchaus in Wettstreit treten konnte.

Nachdem er eine ganze Weile nachdenklich zu den Türmen der Liebfrauenkirche hinaufgeblickt hatte, schlenderte Jakob in die schmale Gasse hinein, in welcher der hagere Mann verschwunden war, um zum Rathaus zu gelangen. Doch er kam nicht weit. Schon rief ihn jener Mann mit der riesigen Nase und knarrenden Stimme aus einer Tür heraus nochmals an: »San's greußlich, gell?« Jakob erschrak, so nah war die Stimme an seinem Ohr.

»Wenn ein Mönch zuckt, wann er gegrüßt wird«, fuhr der Hagere fort, wobei seine Rede etwas gestelzt und spaßig wirkte, »dann drückt ihn ein schlechtes Gewissen. – Stimmt's?«

»Warum?« fragte Jakob mit Argwohn in der Stimme.

»Hier gehen keine Dominikaner herum«, erwiderte der Mann. »Ihr seid ein Fremder hier. Und Ihr seid nicht in der Morgenandacht. Da muß man doch ein schlechtes Gewissen haben, wenn man am falschen Fleck erwischt wird, oder?«

»Mein Gewissen ist rein, guter Mann«, entgegnete Jakob und wollte aus der Gasse hinaus auf die breitere Straße weitergehen, die hinüber zum Rathaus führte. Aber irgend etwas fesselte ihn an dem Hageren, und er blickte ihm in die Augen, die von einem beinahe grasigen Grün waren.

»Dann müßtet Ihr offen sein für das echte Wort Gottes. Ihr seid doch ein Kirchenmann, oder?«

»Starke Worte und ohne Furcht gesprochen, da ist die Ketzerei nicht weit. Was willst du mir sagen, mein Sohn?«

»Wieso sprecht Ihr von Ketzerei, nur weil ich etwas vom echten Wort Gottes sag'? Denkt ein Dominikaner an nichts anderes als an Ketzer und böse Buben? Wollt wohl wieder mal ein paar Leute brennen oder absaufen sehen? Der Herzog ist ein Heiligmäßiger, der sich gut stehen will mit Rom und diesem unheiligen Papst, den der Kaiser mit seinen Sol-

14

daten gezüchtigt hat. Soll richtig 'brennt haben, die Ewige Stadt!« Er lachte. »Schade eigentlich, daß es mit dem Luther keinen besseren Glauben gibt.«

Jakob blickte den Mann verwundert an und fand keine Worte der Erwiderung.

»Ich bin nicht auf's Maul g'fallen! Sonst könnt uns der Luther auch nicht draufschaun. – Und wenn Ihr schon in unseren Gassen herumschleicht, Mann Gottes, dann könnt Ihr Euch auch anhören, was das einfache Volk denkt. Und nicht nur wir Einfachen! Sogar von den Gschlachtgwandern gibt's welche, die sich nach einem besseren Glauben umtun, als die Römischen und Lutherischen uns weismachen wollen. Ja, sogar die Geldigen fangen an nachzudenken. Und Ihr?«

»Ich weiß nicht«, Jakob zögerte mit der Antwort, »was du meinst, mein Sohn. Sprich deutlicher, wenn du meine Hilfe brauchst.«

»Von wegen Hilfe, davon hab' ich gar nichts g'sagt. Ihr braucht eine, hochwürdigster Herr, damit Ihr zum rechten Glauben findet. Aber mit euch Pfaffen und Kutten ist's allerweil gleich, ihr bleibt im alten Trott und haut auf die Armen drein!«

»Um Gottes willen, nein«, erwiderte Jakob und trat einen Schritt auf den Hageren zu. »Ich bin da, um zwischen Gott und den Menschen zu vermitteln, wie es sich für jeden Priester gehört, der gut katholisch ist. Was drückt dich, mein Sohn, was plagt deine Seele, daß du so schimpfen mußt?«

»Ihr seid wohl wirklich fremd hier, sonst tätet Ihr nicht fragen; seit die Obrigkeit den Wagner Georg aus Emmering gerichtet hat, geht in Stadt und Land die Angst um. Entweder du versündigst dich vor Gott, oder du verketzerst dich vor dem Gericht der Mächtigen. Wer falsch glaubt, saust ins Fegfeuer, wer richtig glaubt, unters Schwert.«

»Was, mein Sohn, glaubst du denn, daß du fürchtest, für deinen Glauben gerichtet zu werden?«

»Daß der Herrgott in mir selber spricht«, flüsterte der

Hagere und kniff seine Augen zu kleinen Schlitzen zusammen. »Daß die Stimme vom Herrgott in mir mehr wert ist als ein geschriebenes Wort, das ich gar nicht selber versteh', weil's auf lateinisch aufg'schrieben ist. Das glaub ich, Herr.«

Jakob erschrak, denn das war Ketzerei; doch anstatt den Mann zurechtzuweisen, fragte er, was denn sonst noch seinen Glauben bewege.

»Die Sakrament', die sind nicht direkt vom Herrgott, sondern bloße Zeichen, die wir Menschen uns geben, um uns Gottvater näher zu fühlen«, fuhr er flüsternd fort, »und es gibt keine Sünde gegen die Sakramente, sondern nur Sünden gegen dem Herrgott sein' Geist. Wir müssen wirklich glauben, wenn wir glauben, und nicht nur so tun und unter dem Deckmantel des Glaubens Reiche aufbauen und Menschen unterdrücken. Die Menschen sollen sich selber g'hören auf der Welt und dabei immer im Glauben an Gott brav bleiben, anstatt einer Kirche mit all den Laffen und Pfaffen nach dem Maul zu reden. Seht Ihr, so denken viele; und wenn Ihr ehrlich überlegt, könnt Ihr dann nicht sehen, daß was von dem stimmt, was ich g'sagt hab'?«

»Zum Nachdenken, mein Sohn«, erwiderte Jakob ruhig, »müßte ich mehr wissen von dem, was dich und deine Leute bewegt. Ich komme aus Rom und habe dort etliches erlebt, auch das Strafgericht Gottes durch die Soldaten des Kaisers. Darüber denke ich viel nach, und ich verurteile keinen, der ebenfalls grübelt. Trotzdem glaube ich an *Primatum Petri*, das Vorrecht des Heiligen Stuhls und die Wahrheit der römischen Kirche. Aber ich verurteile dich nicht, mein Sohn. Zumindest«, und hier senkte er seine Stimme, »noch nicht. Wenn du möchtest, so sprechen wir über deine Glaubenszweifel.«

»Vielleicht, hochwürdiger Herr, doch nicht heute. Wie, sagtet Ihr, war Euer Name?«

»Gar nichts sagte ich, mein Sohn, der du mir deinen Namen ebenfalls nicht genannt hast. Doch ich bin Pater Jakob, damit du weißt, wie ich heiße.«

»Glaner, Hans«, flüsterte der Hagere nach kurzem Nachdenken, »und wenn Ihr in ein paar Tagen wieder durch diese Gasse kommt, werde ich Euch sagen, ob ich über meine Glaubenszweifel sprechen mag. Ihr müßt mir aber glauben, daß ich an unseren Herrgott glaube!«

Jakob nickte. Ehe er noch einen Satz sagen konnte, war Glaner in dem dunklen Flur hinter der Tür verschwunden. Ein Blick nach dem Stand der Sonne gemahnte Jakob an die Vorladung in der Residenz, und daher schritt er rasch zur Neuveste. Nachdem er von den Wachen in einen düsteren Innenhof eingelassen worden war, gelangte er zu einer weiteren Pforte. Dort empfing ihn ein Diener, führte ihn über eine steile Treppe hinauf und durch einen verwinkelten Gang zu einem schmalen Raum. Hier hieß ihn ein Schreiber warten. Das Zimmer war schmucklos und düster und schüchterte Jakob ein wenig ein. Nach einiger Zeit rief ihn der Schreiber auf und schob ihn durch eine hölzerne Tür in eine Kanzleistube. An den Fenstern fanden sich drei leere Schreibpulte, ein viertes Pult stand in der Mitte des Raumes, und dort lehnte ein Kanzlist mit ledrigem Gesicht und schütterem Haar. Er krümmte den Zeigefinger der rechten Hand und winkte Jakob zu sich.

»Der Dominikaner aus Rom«, stellte er mit halb fragendem Ton fest.

Jakob nickte.

»Früher, zu Ingolstadt, schon einmal Gehilfe des Doctor Eccius?«

»Ja.«

»In der Causa Seehofer?«

Jakob bejahte.

»Selber ein Doctor Iuris? Und zu Rom ein Jäger des Bösen?«

»Hm.« Jakob nickte wieder.

»So seid Ihr der geeignete Mann, einen wichtigen herzoglichen Auftrag auszuführen.«

»Was für einen Auftrag?« fragte Jakob, neugierig geworden.

Der Kanzlist rieb sich mit Daumen und Zeigefinger die Nasenwurzel und tat, als müsse er nachdenken. »Ihr sollt mithelfen, Bayern und Oberdeutschland gut katholisch zu halten. Es geht gegen die Täufer.«

Jakob blickte verdutzt, denn von Täufern hatte er in München noch nichts gehört, und auch die unvermittelte Art des Kanzlisten verblüffte ihn.

»Die Oberen«, ergänzte Sebaldus Kazmair, wie der Kanzlist hieß, »haben beschlossen, noch einige Zeit im geheimen zu ermitteln. Hier in München sind die Sektierer kaum eine Plage, und wir werden ihrer rasch Herr werden; die Richtstatt steht draußen vor dem Neuhauser Tor bereit, und in Emmering haben wir mit der Hinrichtung des Georg Wagner schon ein Exempel gesetzt. Was wir brauchen, bevor wir die Münchner Richtstatt nutzen, ist gute Kunde über die oberdeutschen Verbindungen der Ketzer, besonders in das Schwäbische hinein. Der Herzog will nämlich keine Unruh' zwischen Isar und Lech. Zumal drüben in Augsburg, wo es Beschwerden wegen lutherischer Prediger gibt, ist katholischen Frieden zu halten wegen der Fugger wichtig. Der Anton soll nicht weniger katholisch sein wie der Regierer vor ihm, und besser ist's für das Haus Wittelsbach, wenn die Geldsäcke vom Weinmarkt gute Laune haben.«

»Warum trifft es mich? Ich kenne mich in Augsburg gar nicht aus.«

»In Rom, so haben wir von Eurem *Magister provincialis* gehört, habt Ihr Euch auch nicht ausgekannt.«

»Das war etwas anderes. Haben wir denn keine Inquisition in Bayern?«

Der Kanzlist lachte. »Als ob Ihr das nicht wüßtet, das liegt schließlich in der Hand der Dominikaner. Heißt man Euch deshalb nicht etwa die ›Hunde des Herrn‹? Aber die hiesigen Schnüffler sind überall hinlänglich bekannt, die taugen nicht zum Ausforschen.«

»Und warum spricht keiner meiner Oberen mit mir?«

»Weil mich Herzog Wilhelm im Benehmen mit Eurem

Magister provincialis eingesetzt hat, die Ausforschungen zu leiten, und weil wir in Euch nicht zuvörderst den Mönch, sondern den Teufelsfänger ansprechen, der in Rom einen bestialischen Dirnenmörder zur Strecke gebracht hat.«

»Da hatte ich auch so einen Kanzlisten am Hals«, murmelte Jakob und übersah den giftigen Blick Kazmairs.

»Über den Jörg Schechner solltet Ihr an den Hans Denck herankommen«, fuhr Kazmair fort, »und herausfinden, was dieses Wiedertäuferpack im Schwäbischen alles plant.«

»Warum setzt man den Schechner nicht einfach fest und preßt ihm auf der Streckbank sein Wissen aus dem Hals? Habt ihr in München die Meinung nicht, mit der Tortur komme man an jede Wahrheit?«

»Diese Täufer könnt Ihr torquieren noch und noch, die sind verstockt bis unter die Kopfhaut. Das haben wir schon versucht; aber ob Handwerker oder Adelsmann, die pressen die Lippen aufeinander und verraten nichts und niemanden. Außerdem ist es bei dem Schechner besonders schwierig, da sein Vater, der Gschachner Jorgl, wie ihn alle nennen, seit etlichen Jahren Mitglied des äußeren Rats ist. Nein, es muß sich jemand an diese Ketzer heranpirschen und sie von innen her aushorchen. Ihr versteht, was ich meine?«

»Eigentlich nicht«, erwiderte Jakob und legte möglichst viel Ärger in seine Stimme. »Was haben wir Bayern überhaupt mit der Reichsstadt zu schaffen? Es ist des Kaisers, dort nach dem Rechten zu sehen, unsere Fürsten haben in Bayern genug mit den lutherischen Umtrieben zu tun.«

»Der Kaiser ist weit und mit wenig Macht im Oberdeutschen, und Herzog Wilhelm will ein treuer Diener Roms sein. Welche Rolle dabei das Geld spielt, das man von den Fuggern erhalten kann, muß ich Euch nicht erklären. Wo sind übrigens die *Goldscudi* geblieben, die Ihr von einem römischen Geldmann geliehen hattet?«

Jakob erschrak. Woher wußte dieser Schreibstubenmann von Garilliatis Geld?

»Der *Magister provincialis* ist gut unterrichtet.« Kazmair

lächelte und hielt Jakob die Hand hin. »Schlagt ein, daß Ihr den Auftrag erfüllt. Ihr kennt Eure Pflicht, wir kennen die unsrige.«

Auf seinem Weg zurück ins Kloster überdachte Jakob seinen Auftrag. Die Täufer, auch Wiedertäufer genannt, hatte Kazmair als eine besonders gefährliche Sekte beschrieben, die sich vollkommen in Gegnerschaft zur heiligen Kirche gestellt und sogar von Luther die Feindschaft erklärt bekommen habe. Jakob waren die Täufer fremd. Nur kurz vor seiner Abreise nach Rom, im Frühsommer des Jahres 1525, hatte er eine undeutliche Kunde aus dem Eidgenössischen, aus Zürich, um genau zu sein, vernommen. Innerhalb der Lutheraner und Parteigänger des Zwingli sollten sich welche abgespalten haben, die einen reineren Glauben verkündeten und die Kindstaufe verteufelten, weil erst der erwachsene Mensch wegen seiner inneren Herzensbildung zur Taufe geeignet sei. Damals hatte sich Jakob keine Gedanken gemacht, empfand er doch alle Abweichler vom römischen Kurs für mindestens bedauernswerte Narren, die mit ihrem Seelenheil spielten. Doch jetzt schien sich aus dem Züricher Samen ein fliegendes Unkraut entwickelt zu haben, das sogar im Oberdeutschen zur Plage zu werden drohte und vermutlich zu Recht verfolgt werden mußte.

Plötzlich fiel Jakob ein, daß der grantelnde Hans Glaner von der Frauenkirche nichts anderes als ein Wiedertäufer sein mußte. »Was für ein Zufall«, murmelte er und schlüpfte in die Klosterkapelle.

Zwei Wochen später, an einem sonnigen Septembermorgen, saß Jakob wieder auf dem Pferd, das ihm Bischof Frangipane zu seinem Abschied aus Rom geschenkt hatte, und ritt beim Neuhauser Tor aus der Stadt hinaus. Jedoch trug er nicht den Habit der Dominikaner, sondern war wie ein Kaufmann nach neuestem Brauch gekleidet, mit einem mehrfach gerafften weißen Hemd, einer grünen gefälteten

Jacke und einer Hirschlederhose. Den Kopf bedeckte statt der Kapuze ein schwarzes Birett. Er trabte über die Wiesen gen Fürstenfeldbruck auf seinem Weg nach Augsburg. Dort würde er Hans Denck treffen, den Vorsteher der Augsburger Wiedertäufer, und ihm die besten Wünsche von Jörg Schechner überbringen.

Es waren zwei angefüllte Wochen gewesen, seit Jakob von Kazmair den Auftrag erhalten hatte, die Wiedertäufer auszuforschen, und nun schien es an der Zeit, die Ergebnisse seiner Ermittlungen zu ernten. In der Tat breitete sich die ketzerische Unart des Wiedertaufens in Windeseile über ganz Oberdeutschland aus und brachte Gefahr für jede Vorstellung einer Kirche, weil die Täufer eine obrigkeitlich ausgerichtete Kirche insgesamt ablehnten und sich somit gegen die hergebrachte Ordnung auflehnten, so sehr, daß die braven römischen Christen sich vor den Täufern ebenso fürchteten wie die Lutherischen. Dem Volk aber schienen die Predigten der Wiedertäufer zu gefallen, die den Reichtum der Pfaffen anprangerten und die Macht verdammten, mit der jeder Kleriker versuchte, seinen eigenen Vorteil umzusetzen. Dank Hans Glaner war Jakob mit Jörg Schechner und einigen anderen Münchner Wiedertäufern zusammengekommen. Sie hatten sich in den Hinterzimmern der Weberhäuser gleich hinter Sankt Peter getroffen und über die Bestimmung und das Wesen der Sakramente gestritten. Gebildet und mitfühlend waren ihre Gespräche gewesen, und Jakob hatte sich das Wesen der Sektierer erschlossen. Er konnte sich des Gefühls nicht erwehren, daß die Beweggründe der Täufer lauter und ehrlich waren und sich keinesfalls gegen Gott richteten, sondern allenfalls gegen gewisse Rituale der Liturgie und der aus Sitte und Herkommen erwachsenen Lehrsätze der Kirche. Stundenlang hatte Jakob mit Glaner, Schechner, Feurer und Oxenfurtter zusammengesessen und sich mit ihnen über das Wesen Gottes und die Notwendigkeit seiner Stellvertretung auf Erden unterhalten, hatte sich in die Frage nach dem freien Willen vertieft und die Gültigkeit der Kindstaufe erörtert. Sie waren stets freundschaftlich miteinander umgegangen und hatten über die unterschiedlichen Antworten in Glaubensfragen nie vergessen, daß sie gemeinschaftlich von Gottvater und Gottsohn im Heiligen Geist zur Rechenschaft gezogen werden würden.

Keineswegs trieb Jakob die Freude an dem Auftrag voran, im Gegenteil, er spürte viel mehr als in Rom einen Widerwillen gegen die Ausforschungen, die er vorzunehmen hatte. Eigentlich, dachte er, bin ich ein Verräter an den Täufern und ihrem Vertrauen, das sie in mich gesetzt haben. Er spürte einen heftigen Stich in der Brust, denn er wußte wohl, wie eindringlich er sich für ein tiefes persönliches Umgehen mit Gott ausgesprochen hatte, um in den Genuß des täuferischen Vertrauens zu gelangen. Die so gewonnenen Erkenntnisse nun gegen die Wiedertäufer zu nutzen schien ihm Verrat. Noch ehe er den Lauf der Amper erreichte, spielte er mit dem Gedanken, umzukehren und Kazmair zu bitten, ihn von dieser heiklen Aufgabe zu entbinden. Tiefe Müdigkeit war in ihm. Er spürte deutlich, wie wenig er sich einbringen wollte in die Verfolgung von Menschen ihres Glaubens wegen, und darüber erschrak er zutiefst. War nicht allein dieses Gefühl ketzerisch? Er hatte ein Gehorsamsgelübde auf den Ordensgeneral geleistet und somit gleichsam auf den Papst, es stand ihm nicht zu, sich Gedanken über den Sinn seiner Aufträge zu machen oder diese gar anzuzweifeln. Vermessen mußte er es nennen, daß er es überhaupt wagte, sich mit der Frage nach richtig oder falsch in bezug auf die Verfolgung Andersgläubiger zu beschäftigen. Demut, dir fehlt die Demut, sprach er leise zu sich selbst, während er nach Emmering hineinritt und sich auf einem schmalen Pfad entlang der Amper dem Kloster Fürstenfeld näherte.

Jakob versagte sich die Einkehr bei den Zisterzienser-Brüdern, überquerte den Fluß und nahm die Straße nach Augsburg, ohne sonderlich seines Weges zu achten. Tief versunken blieb er in seine Grübeleien, inwieweit der Glaube an Gott ein Verbrechen sein könne, wenn er sich nicht der Form bediene, welche die Kirche vorschreibe. All diese klaren und geordneten Gedanken zum rechten Glauben, die er einst als Scholar und Magister zu Ingolstadt gelernt hatte, verloren sich in den trüben Wassern eines Gedankensumpfes, der sich aus einer anrührenden Vorstellung von Gottesliebe speiste. Als hätte er nie etwas vom kanonischen Recht und katholischer Dogmatik gehört, zogen ihn heftige Gefühle zu den Menschen hin, die ohne jede Gelehrsamkeit an Gott glaubten und an das Gute im Dasein. Die Vorstellung, solcher Glaube sei teuflisches Blendwerk, um reine Seelen zu verwirren, fand keinen Boden mehr in seinen Gedanken, nein, beinahe schien es Jakob, als wäre die einzig richtige Liebe zu Gott diejenige, die, nicht von Priestern angeleitet, im Herzen der Menschen wuchs. Das ist falsch und ketzerisch, sagte er sich mehr als einmal, die Kirche ist die Verwalterin der Gnadenakte, sie ist die Mittlerin zu Gott, sie vertritt Jesus auf Erden; daran darf ich nicht rütteln. Andererseits fand er den täuferischen Glauben tief und rein, manche Kleriker aber ungläubig und widersprüchlich, manchmal sogar nachgerade boshaft und hinterkünftig. Zu genau hatte er den Klerus in Rom kennengelernt; er hatte miterlebt, wie die hohen Würdenträger Kirche und Glaube um eines Schäferstündchens willen verraten hatten, er hatte in die Abgründe geblickt, welche durch Machtgier oder böse Wollust aufgerissen worden waren. Das waren die echten Verbrechen gewesen, nicht dieses unschuldige Glauben der Wiedertäufer, die keinem Menschen etwas zuleide taten. Aber wieder andererseits, sagte er sich, darf man sich nicht gegen die von Jesus eingesetzte Gemeinschaft der Gläubigen wenden.

Sein innerer Widerstreit blieb den gesamten Ritt ungelöst, bis er den Lech erreichte. Vor der Brücke saß er ab und stellte seinem Gaul einen Eimer Wasser hin, den er sich von einer Magd geben ließ, die am Brunnen stand. Dann nahm er die

Zügel wieder auf, stieg in den Sattel und trabte über die Brücke. Am jenseitigen Ufer standen hinter einem freien Feld die Stadtmauern Augsburgs, und durch ein wuchtiges Tor ritt er in das Gewimmel der belebten Straßen hinein.

Der Handelshof, in dem Jakob vor fünf Tagen seine Unterkunft genommen hatte, um seiner Rolle als einfacher Kaufmann treu zu bleiben, war voll geschäftigen Lebens. Den ganzen Vormittag über herrschte ein Kommen und Gehen, wurden im Innenhof die Pferde der einen gesattelt und der anderen abgezäumt. Pferde, Esel und Maultiere wurden, bepackt mit Stoffen aller Art, aus der Weberstadt in die weite Welt hinausgeschafft. Wer morgens abreiste, erwartete eine lange Strecke, denn die Augsburger Stoffe, vorweg der edle Barchent, waren begehrt in Italien wie in den Hansestädten, willkommen an polnischen und ungarischen Höfen ebenso wie in den fürstlichen Schlössern Frankreichs. Immer noch ruhte der Reichtum Augsburger Händler zu einem Gutteil auf dem Können der schwäbischen Weber. Besonders die einfacheren Kaufleute, wie sie an diesem Handelshof verkehrten, der ihnen Stall, Lagerhaus und Unterkunft bot, hielten sich aus dem Handel mit den Metallen, Kupfer zumal, heraus und blieben den Stoffen treu und den Gewürzen, die sie in den Häfen eintauschten. So lagen denn Hunderte Gerüche in der Luft des Innenhofes; es roch nach Pferd und Esel ebenso wie nach Pfeffer und Nelken, und gerade die teuren Gewürze aus den fernen Landen wurden in kleine Säckchen umgepackt und für die hiesigen Märkte hergerichtet, weshalb die unbedeutenden Kaufleute aus den Städtchen ringsum stammten, welche teilweise ihre Lager im Handelshof hatten; das waren diejenigen, welche am Vormittag ankamen und dann meist in den Nachmittagsstunden wieder davonritten, wenn die weitergereisten Händler eintrafen. Jakob sah diesem lebendigen Treiben gern zu. Oft stand er am Geländer der Balustrade, die den ganzen Hof umlief und von der aus die winzigen Schlafkammern zu erreichen waren, und blickte hinunter auf das reisende Volk.

Heute allerdings hatte er kein Auge für das bunte Wirrwarr, sondern eilte zur Treppe und dann zum Tor hinaus. Der *Magister provincialis* hatte ihn zu sich befohlen und erwartete einen Bericht über die Vorgänge bei den Wiedertäufern. Jakob kannte den *Magister provincialis* nicht, der erst in sein Amt eingeführt worden war, nachdem Jakob vor zwei Jahren sein Lehramt an der römischen *Sapienza* angetreten hatte. Er wußte jedoch von einem Münchner Bruder, daß Pater Zölestin für streng gehalten wurde.

»Ich bin sehr froh«, begrüßte ihn der Obere, »daß du diesen Auftrag angenommen hast, denn die heraufbrausende Unruhe der einfachen Leute kann gefährlicher werden als die Aufstände der Bauern, die von den Fürsten nur mit viel Mühe niedergeschlagen wurden.«

Jakob nickte. Er erinnerte sich wieder des Weges, den er im Frühsommer vor zwei Jahren nach Rom zurückgelegt hatte. Mit Bruder Sebaldus war er mitten durch die unruhigen Gebiete Tirols gezogen, und die finster blickenden Bauern, die sich bei ihrem Anblick abwandten oder gar auf den Boden spuckten, hatten einen tiefen Eindruck bei ihm hinterlassen.

»Wir dürfen«, erklärte sein *Magister provincialis*, »die Bewegung der Wiedertäufer auf keinen Fall unterschätzen. Diesen Täufern müssen wir rasch das ketzerische Handwerk legen und jede Nachsicht fahrenlassen, sonst wird mit ihnen ein Brand ausgelöst, der weit mächtiger lodert als die lutherische Ketzerei. Erzähle mir, was du alles heraus gefunden hast.«

»Ich wollte«, erwiderte Jakob, »ich hätte nichts herausgefunden und ich müßte diesen Auftrag nicht erfüllen. Ihr wißt nicht, ehrwürdiger Vater, wie schwer mir ums Herz ist, daß ich wieder mit Verbrechen in Berührung bin und Ausforschungen anstellen muß. Mein ganzes Trachten geht nach Ruhe und Besinnung; wie gern möchte ich ein heiligmäßiges Leben führen, daneben vielleicht an der Universität die

Scholaren in das römische Recht einweisen und sonntags meiner Predigtpflicht genügen. Ein braver Mönch möchte ich sein, kein Inquisitor.«

»Sei unbesorgt«, beschwichtigte Zölestin, »es ist vorgesehen, dich spätestens im Frühjahr nach Ingolstadt zu senden und dir die Lehre römischen und kanonischen Rechtes anzuvertrauen. Doch bis dahin brauchen wir deine Hilfe. Fahrlässig müßten es alle nennen, die für Gott und die Kirche streiten, wollten wir auf das Schwert der Wahrheit verzichten. Du mußt diesen Auftrag zu Ende bringen.«

»Niemals verschließe ich mich Eurer höheren Einsicht, hochwürdiger Vater. Allein, ich fühle mich unwohl bei meinem Tun; da schmeichle ich mich in das Vertrauen von Menschen ein einzig zu dem Zweck, sie dann der Folter auszuliefern.«

»Jakob, wir wollen ihre Seelen retten! Dieser Zweck heiligt jedes Mittel.«

»Nun denn«, erwiderte Jakob matt, »so will ich tun, was Ihr verlangt. Es wird rasch erledigt sein, denn in wenigen Tagen soll eine große Versammlung der Täufer stattfinden, größer als das Treffen vor zwei Wochen, das die Wiedertäufer selbst als Synode bezeichnet haben. Da kann die Obrigkeit, wenn nur der Rat der Stadt gewillt ist, die Ketzerführer in Haft nehmen. Einen Prozeß sollte man danach leicht anstrengen können.«

Der Obere fuhr sich aufgeregt durchs Haar und hing an Jakobs Lippen, als er von dem Treffen der Häretiker in der vorletzten Augustwoche erzählte, bei dem so herausragende Täuferführer wie Hans Denck, Ludwig Hätzer oder Hans Hut versucht hatten, ihre widerstreitenden Lehrmeinungen zu einem Ausgleich zu bringen. Auf neuer Einigkeit aufbauend, hatten sie eine großangelegte Mission der oberdeutschen Lande geplant. Weit über Augsburgs Stadtmauern hinaus war durch dieses Treffen die Streitschrift *Ein göttlich und gründlich Offenbarung von den wahrhaftigen Wiedertäufern, mit göttlicher Wahrheit angezeigt* des Jakob

Dachser bekannt geworden, auf deren Grundlage sich nun die Augsburger Gemeinde der Täufer zusammenfand.

»Haben wir also eine richtige Ketzergemeinde hier in der Stadt?« fragte der *Magister provincialis* aufgebracht dazwischen.

»Und keine kleine«, antwortete Jakob wahrheitsgemäß. »In dieser Stadt, die mir von vielen Widersprüchen zerrisen scheint, hat sich ein Nährboden gebildet für jede Art von Glauben, der sich abkehrt von Prunk und Protz. Seit ich bei den einfachen Kaufleuten verkehre, sehe ich erst, wie viele Menschen in dieser Stadt leben, denen es am Notwendigen fehlt. Die Stadt ist unermeßlich reich, doch schon ihre Bürger können dies mehrheitlich nicht von sich behaupten; und die vielen Geduldeten, die Tagelöhner und Habenichtse, die bettelnd oder stehlend durch die Gassen schleichen, die haben Mühe, am Leben zu bleiben. Es sind die Fugger, die Welser und die Höchstetter, die sagenhaften Reichtum scheffeln; dann gibt es noch einige kleinere Handelshäuser, die wohlhabend zu nennen sind; und schließlich finden die Handwerksmeister in den besseren Zünften ihr anständiges Auskommen. All die anderen, ehrwürdiger Vater, die hier in der Stadt leben, bis hinauf zu den Meistern in weniger einträglichem Handwerk, all jene, die keinen Zehnten zahlen, weil sie nichts haben, die schauen keineswegs freudig auf die Prasserei der Reichen und Mächtigen; und sie schauen mit Grimm auf die Kirche, so, wie sie es hier schon seit vielen, vielen Jahren tun; doch es wird schlimmer, glaubt mir. Das hier ist der Nährboden für den Umsturz.«

In diesem Augenblick stürzte ein Minderbruder zur Tür herein und auf Zölestin zu und flüsterte ihm etwas ins Ohr. Der *Magister provincialis* wurde blaß, nickte und winkte den Boten hinaus.

»Ich werde«, murmelte der Obere, »mit Anton Fugger sprechen müssen.« Und laut sagte er zu Jakob: »Du hast gute Arbeit gemacht. Über diese Versammlung, die bald stattfinden soll, möchte ich so rasch wie möglich alles hören, was du in Erfahrung bringen kannst. Du hast recht mit deinem Rat, die Ketzer dort allesamt in Gewahrsam zu nehmen.«

Er wandte sich zur Tür. Während er sich mit einer zerstreuten Handbewegung von Jakob verabschiedete, ermunterte er ihn, jederzeit zu ihm zu kommen. »Mein Tor«, bekräftigte er, »steht dir allezeit offen.«Dann hatte er den Raum verlassen.

Jakob ging nicht zurück in den Handelshof, sondern machte sich auf den Weg hinüber zum Dom. Ihm stand der Sinn nach einer gelehrten Unterhaltung mit dem Prediger und bekannten Schriftsteller Urban Rhegius. Der frühere Domprediger hatte sich zwar vor zwei Jahren durch seine Eheschließung mit der Bürgerstochter Anna Weißbrucker endgültig von Rom abgewandt, aber er strahlte einen tiefen Glauben an Gott aus, weshalb ihn Jakob sofort ins Herz geschlossen hatte. Nicht unbedeutend für die wechselseitige Sympathie fiel daneben der Umstand ins Gewicht, daß Urban Rhegius an der Universität ein früher Schüler des Johannes Eck gewesen war. Sie konnten also auf den gleichen Lehrmeister zurückblicken – und Eckens Marotten boten allemal einen geeigneten Stoff für Juristen und Theologen, sich im Zwiegespräch zu ergötzen. Jakob hatte Rhegius bereits an seinem zweiten Tag in Augsburg nach einer Predigt angesprochen und in einem geistreichen Gespräch den Anfang für eine lang dauernde Freundschaft gesetzt. Von Kazmair selbst stammte die Empfehlung, zu Urban Fühlung aufzunehmen, denn Rhegius, der seit drei Jahren regelmäßig im Auftrag des Rates der Stadt Augsburg predigte, verfügte – nicht zuletzt dank seiner Frau – über hervorragende Kenntnisse von der Stadt und ihren Bürgern und darüber hinaus über beste Verbindungen in den Rat hinein. Außerdem gab es von Rhegius mit der Schrift *Wider den neuen Tauforden notwendige Warnung* seit einigen Monaten ein Traktat gegen die Wiedertäufer, in dem er ihnen übelste Umsturzgedanken unterstellte, weshalb er wild gegen die gesetzlosen Ansichten der Sekte wetterte. Sofern es gegen die Täufer ging, war Urban Rhegius der geborene Verbündete für Jakob und im übrigen trotz aller Sympathie, die er inzwischen für Luther hegte, immer noch an einem Ausgleich zwischen Luther und der Amtskirche interessiert.

»Sei willkommen, Bruder im Geiste«, empfing Rhegius ihn an der Schwelle seines Hauses und schmunzelte bei den letzten Worten. »Bruder im Geiste, schon eigenartig, daß ich das zu dir sage, wo uns doch so einiges trennt.«

»Nicht der Glaube an sich«, erwiderte Jakob und schlug in die hingestreckte Hand ein. »Wer weiß, ob wir uns nicht eines Tages wieder über die Kirche auf Erden verständigen.«

»Komm herein, du friedliebender Streitschlichter.« Der Prediger wies mit der offenen Hand zur Tür. »Wenn nur wir zwei für Rom und Luther sprechen würden, wir schafften den Ausgleich binnen einer Woche.«

Rhegius zupfte an seinem dünnen Kinnbart, führte Jakob in die gute Stube und bat ihn, auf der Ofenbank Platz zu nehmen, während er zwei Humpen vom Wandhenkel nahm und aus einem kleinen Faß, das auf dem Ecktisch neben dem Schießschartenfenster stand, Bier zapfte. Daher also der kleine Ranzen, der sich über dem Hosenbund wölbt, dachte Jakob, als er Urban von der Seite betrachtete. Ansonsten war der Prediger eher schmächtig, mit feingliedrigen Händen, denen man ansah, daß dieser Mann mit Feder und Tinte sein Brot erwarb – und das nicht schlecht, denn schon vor zehn Jahren hatte Kaiser Maximilian Rhegius zum *poeta et orator laureatus* gekrönt. Jakob freute sich schon auf das frische Bier und einen gelehrten Plausch, aber kaum saß Urban am Tisch und hatte den ersten Schluck geschlurft, da wurde er sehr ernst.

»Heute morgen hat man hinter einer Schreibstube im Kunigspergerhaus, in einer düsteren Kammer, in der Tinte angerührt und allerlei Tinktur aufbewahrt wird, einen scheußlichen Fund getan. Der Rat ist, so weiß ich's vom

Vater meines Weibes, von dem Mord so verunsichert, daß die Tat noch geheimgehalten wird; doch was bleibt schon geheim in dieser Stadt, die mehr Mäuler hat als Köpfe?«

»Was genau hat man denn gefunden?« fragte Jakob, dem die bisherige Schilderung wenig sagte.

»Einen Buchhalter der Fugger hat man gefunden, mit dem Kopf bis über die Schulter in ein Tintenfaß gesteckt.«

»Wie geht denn das?«

»Es ist ein Holzfaß, in dem man Tinte nach altem Rezept macht. Die Flüssigkeit zieht in dem Faß und schwärzt sich da langsam; da paßt ein schmächtiger Kerl schon hinein. So also hat es den Buchhalter ersäuft, in frischer schwarzbrauner Tinte.«

»Was hat ein Buchhalter bei frischer Tinte zu tun? Und warum erschüttert dieser Tod den Rat der Stadt Augsburg?«

»Seit Jahren gab es keinen Mord mehr in den Stadtmauern; und ein Opfer aus dem Haus der Fugger, das ist allemal eine brenzlige Geschichte. Der Tote muß gar grauslich ausgesehen haben, denn er lag wohl mehr als einen Tag und eine Nacht in dem schwarzbraunen Sud; es soll die Tinte sein, die besonders lang hält, die Tinte, mit der man die Jahrbücher schreibt für die Ewigkeit. Die Augen ganz schwarz, stell dir das vor!«

»Das beantwortet meine Frage nicht. Warum erschüttert die Tat den Rat wirklich?«

»Man fürchtet, es gehe nicht mit rechten Dingen zu, denn die Büttel haben keinerlei Spuren gefunden; und man möchte doch meinen, daß einer, der in einem Tintenfaß ersäuft werden soll, sich zur Wehr setzt und um sich schlägt.«

»Wenn er von hinten überrascht wird …«, warf Jakob ein. Er spürte, wie ihn der Vorfall zu interessieren begann.

Rhegius schüttelte seinen schmächtigen Kopf. »Von hinten konnte den keiner überraschen, denn er stand der Tür gegenüber; man fand die Leiche von der Wandseite her in den Bottich gebeugt; also hat er die Person gesehen, die in die Kammer kam; unbemerkt ging da gar nichts.«

»Vielleicht hat er dem Menschen vertraut und war ohne Arg, als dieser hinter ihn trat.«

»Man hat«, fuhr Rhegius fort, »bei dem Toten ein seltsames Zeichen gefunden, von dem der Rat annimmt, es sei ein Teufelsmal. Nach allem, was mir mein Schwiegervater sagt, glaubt der Rat, daß es sich um Hexerei handelt. Man wird eine besondere Untersuchung anstellen.«

»Wer soll das Verbrechen ausforschen?«

»Wahrscheinlich setzt der Bischof einen Priester ein, der gegen Teufelswerk gefeit ist.«

Jakob zupfte sich am Ohrläppchen, was er immer tat, wenn er ratlos oder angespannt war. Nun aber war er neugierig, ja, beinahe spürte er so etwas wie Jagdfieber, als ob er seit seiner Jagd auf den römischen Dirnenmörder Gefallen daran gefunden hätte, Verbrecher aufzuspüren und mysteriöse Rätsel zu lösen. »Ein Priester«, murmelte er, »wäre ich ja auch. Vielleicht sollte ich meine Hilfe anbieten.«

»Das würdest du tun?« fragte Rhegius, und seine Stimme klang aufgeregt.

Jakob nickte. Seine Gedanken schweiften zurück zu seinem Gespräch mit Pater Zölestin; die Störung durch den Boten, eine unangenehme Nachricht, darauf die Bemerkung des Oberen, er werde mit Fugger sprechen müssen. Warum hatte Zölestin nichts von dem Mord gesagt? Es wäre doch naheliegend, dachte Jakob, bei so einer Nachricht den wegen Ausforschungen anwesenden Bruder ins Vertrauen zu ziehen. Und daß der Bote keine andere Nachricht als eben jene von dem seltsamen Tod des Buchhalters überbracht hatte, davon war Jakob felsenfest überzeugt. Es mußte also eine Verbindung zwischen dem Hause Fugger und den hiesigen Dominikanern geben, die von einer Art war, daß es den *Magister provincialis* erschrecken konnte, wenn ein einfacher Buchhalter des Handelshauses gewaltsam zu Tode kam. Die Sache wurde auch nicht dadurch einfacher, daß seitens des Bischofs offensichtlich ein Interesse bestand, die Tat ins Reich der Hexerei zu verweisen und dem

Mord eine magische Wendung zu geben, anstatt zunächst alles dafür zu tun, das Verbrechen aufzuklären.

»Mit der Wahrheit ist schnell Schindluder getrieben«, murmelte Jakob und sah Urban in die Augen. »Mir ist, als sollte ich mich der Angelegenheit annehmen.«

»Beim Bischof bist du jedenfalls kein verhaßter Mann«, bemerkte Rhegius, »und wenn ich im Rat etwas für dich bewegen kann, werde ich es gerne tun. Denn«, er zupfte sich seinen Kinnbart, »ich will immer die Wahrheit wissen.«

»Weißt du, wie der Tote heißt?«

»Georg Walch soll es sein, der Vetter des Messerschmieds Christian Walch; es ist dies eine angesehene Familie, obschon gemunkelt wird, der Christian Walch halte es mit den Täufern des Hans Denck.«

»Wenn dem so wäre«, brummte Jakob, »hätten wir vielleicht einen ersten Anknüpfungspunkt. Kannst du mich zum Kunigspergerhaus führen?«

»Du möchtest dich umsehen, bevor du beim Bischof warst?«

»Jetzt bin ich ein unbekannter kleiner Kaufmann; wer weiß, was ich bin, wenn mich der Bischof mit den Ausforschungen beauftragt.«

Urban Rhegius lächelte: »Du bist gewitzt.«

Dann legte er ihm die Hand auf die Schulter, und sie gingen zum Perlach hinauf. Vor dem frisch aufgestockten Turm, der sich nun in eine stolze Höhe schwang, blieben sie stehen und schauten auf das Fenster, in dem in wenigen Tagen ein kleines Wunderwerk des Meisters Murmann zu sehen sein würde: eine Figur des heiligen Michael, die bei jedem vollen Stundenschlag auf einen am Boden liegenden Drachen einstach.

»Jetzt ist der Turm gerade in seiner neuen Höhe fertig«, bemerkte Rhegius, »und schon kann man sich nicht mehr vorstellen, wie er ausgesehen hat, als er nur halb so hoch war. Ob sich der Mensch leicht ans Größere gewöhnt? So wie an den Mammon und die Wohllebe?«

»Vermutlich«, erwiderte Jakob mit einem ungeduldigen Ton in der Stimme. Er wollte zum Kunigspergerhaus und hatte keinen Sinn für die Neubauten der reichen Augsburger; und das Michaelswerk des Meisters Murmann würde er in einigen Tagen hinreichend bestaunen können, da mußte er nicht heute darauf hoffen, einen Blick auf das Kunstwerk zu erhaschen.

»Laß uns weitergehen«, drängte er Rhegius und warf einen ungeduldigen Blick in die Runde; er wollte nicht gern mit dem lutherischen Prediger auf der Straße gesehen werden, zumal nicht von seinem wiedertäuferischen Bekannten Hans Denck. Dieser hielt Jakob für einen einfachen Kaufmann, der getarnt nach Augsburg gekommen war, um unerkannt von den Kirchenleuten an den hiesigen Täufertreffen teilnehmen zu können; vertrautes Zusammenstehen mit einem stadtbekannten Täufergegner müßte da Argwohn erregen, selbst wenn es ein lutherischer Prediger war.

»Wir gehen sofort weiter«, erwiderte Rhegius, »sogar ganz unauffällig, denn ich werde mit dir am Kunigspergerhaus vorbeigehen und dir nur mit einem Kopfnicken bedeuten, wo der richtige Eingang ist. Ich bin dort seit meinem Streitgespräch mit unserem verehrten Doctor Eccius nicht gern gesehen.«

»Warum denn das?« fragte Jakob; er hatte durch manche Andeutung schon von diesem Streitgespräch gehört.

»Ach, der Eccius hat mich bis aufs Blut gereizt«, erwiderte Urban, und der Stolz, der dabei in seiner Stimme mitschwang, verriet Jakob, daß sein Freund die Geschichte unbedingt erzählen wollte. »Vor einigen Wochen treffe ich mitten auf dem Weinmarkt diesen aufgeblasenen Frosch von einem Hausprediger, der so ganz zu Unrecht seinen Namen trägt.«

»Meinst du den Othmar Nachtigall, den Fuggerischen Hausprediger?«

»Keinen anderen – der kann ja wirklich nur blöd quaken und läßt gleich den ersten Brüller aus seinem geschwollenen

Hals, als er mich sieht. Hat sich stark gefühlt, unmittelbar vor dem Tor zum Fuggerschen Haus und mit unserem wackeren Johannes Eck im Rücken. Aber ich gebe ihm sofort contra, wenn du verstehst, was ich meine.«

Jakob lachte. »Das verstehe ich gut, mein Lieber; deine Repliken will ich nicht parieren müssen.«

»Er hat auch geschnauft, und schon haben wir uns ordentliche Verbalinjurien um die Ohren geschlagen.« Urban Rhegius grinste bei diesen Worten. »Jedenfalls werden die Leute sofort auf uns aufmerksam, es strömt immer mehr Volk herbei, und der streitbare Eccius sekundiert dem quäkenden Nachtigall. Ich aber habe den Matthias Kretz bei mir, der auch nicht aufs Maul gefallen ist. In Windeseile waren wir in einem Gefecht wie mit Degen und Schwert, wenn die Klingen Funken schlagen. Derb und wuchtig überwarfen wir uns mit Worten, dann wurden unsere Stimmen wider leiser, dem Schlangenzischen gleich tauschten wir feinsinnige Argumente aus der gelehrten Disputation, aufgeladen mit beißendem Spott, als führten wir den Degen der Worte ganz tänzerisch. Und das Volk um uns her brüllte und johlte und feuerte mich an, den Papststreiter und Nuntius niederzumachen. Ach, was haben die Menschen mich geliebt, wenn ich mit einem meiner stichelnden Worthiebe dem Doktor Eck das Argument vor den Lippen zerschlagen hatte, daß er offenen Mundes stand und nach Atem rang. Ganz Augsburg stand zu mir wie ein Mann, als ich meinen Schimpf auf alles Katholische goß und mich an den Kaskaden meiner Schmährede innerlich wärmte, mich daran weiter aufstachelte und im zürnenden Niederreden der römischen Frömmler von Höhepunkt zu Höhepunkt taumelte und Treffer nach Treffer setzte.« Urban steigerte sich in einen Rausch der Worte und mußte tief durchatmen, ehe er weitersprach. »Schließlich war der Weinmarkt schwarz vor Menschen, die alle begierig unser Streitgespräch belauschten und mehrheitlich auf meiner Seite standen. Unser Doktor Eck wurde von dieser massenhaften Ablehnung nur noch mehr angestachelt. Mit donnernder Stimme hat er alle Teufel und ein loderndes Fegefeuer auf mich heruntergepoltert, daß mir angst und bang wurde. Aber ich bin kein durchgeistigter Melanchthon, der mit leiser Stimme und gebildeter Verstiegenheit geantwortet hätte, sondern ein der derben Antwort fähiger Glaubensstreiter. Mich jagt so leicht keiner ins Bockshorn, nein, ich bleibe keine Antwort schuldig, auch nicht in der Verunglimpfung. Alles habe ich ihm herausgegeben, und die Menschen haben gesehen, wer das Recht auf seiner Seite hat. Trotzdem sind wir schließlich *non liquet* auseinandergegangen.«

»Was für ein schöner Ausdruck«, sagte Jakob lächelnd, »mit dem wir in unserer juristischen Bildung das Unentschieden zu benennen pflegen.«

»Die Vorteile lagen bei mir«, ereiferte sich Urban jetzt, »denn der Rat der Stadt ergriff Partei für mich. Um den unsicheren Frieden in der Stadt aufrechtzuerhalten, hat der Rat nach dem Streitgespräch, das tagelang in aller Munde war und die Gemüter des Volkes erhitzte, Fugger gebeten, seinen ›Doktor abzuschaffen‹, nämlich den Othmar Nachtigall als Hausprediger zu entlassen. Mißmutig ist Anton Fugger dieser Aufforderung schließlich nachgekommen, aber der Stachel, sich beugen zu müssen, saß tief. Kein Wunder also, daß ich mich nicht vor einem Fuggerschen Haus blicken lassen will, oder?«

»Ja«, erwiderte Jakob und blickte Urban anerkennend in die Augen. In diesem Moment nickte der Prediger. Sie schlenderten noch ein Stück, bevor Jakob mit einem leichthin gemurmelten Abschiedsgruß umdrehte und auf das hölzerne Tor zutrat, welches sich bescheiden in eine schmucklose Fassade fügte, hinter der kaum jemand ein Kontor des reichen Handelshauses vermutet hätte. Nicht einmal der Bronzeklopfer zeigte feinsinnige Schmiedekunst oder gar das ziselierte Fuggerwappen, sondern bildete einen grobschlächtigen Gaul, wie ihn die Bauern vor Karren und Pflug spannten, und keinesfalls ein dem Kaufmann angemessenes Pferd. Was für ein Unterschied, dachte Jakob, während er den Klopfer hob und gegen das Tor schlug, zu den prunkenden Arbeiten an den Toren der römischen Patrizier. Auf den zweiten Schlag schwang die in das Tor eingearbeitete kleine Tür auf, und ein Diener fragte mürrisch nach dem Begehr.

»Den Georg Walch möchte ich sprechen«, antwortete Jakob und setzte dabei sein unschuldigstes Gesicht auf. Der Diener preßte vor Schrecken die Hand vor den Mund. Jakob nutzte die Gelegenheit und schlüpfte an dem verdutzten Mann vorbei in die düstere Toreinfahrt. Wie von ihm vorausgesehen, schlug der Diener die schmale Tür hinter ihm zu, schritt – immer noch ohne ein Wort – voraus durch einen langen Flur, über eine Wendeltreppe hinauf in das Obergeschoß und an mehreren verschlossenen Türen vorbei in ein schmales Kontor. Rund um ein Dutzend Schreibpulte standen viele Männer. Einige sprachen aufgeregt aufeinander ein, andere hatten die Augen gesenkt und blieben stumm. Ihrer Kleidung nach zu urteilen, sie trugen graue Hemden und einfache Wamse über knielangen Leinenhosen, waren es Buchhalter und einfache Schreiber, die hier zusammenstanden, und bei einigen hörte Jakob Worte wie »unglaublich«, »frevelhafte Tat« oder »Gesindel« heraus, ohne jedoch einen Zusammenhang zu erfassen. Nach einigen Minuten ging eine Tür am anderen Ende des Raumes auf und eine Amtsperson des Rates winkte dem nächsten Mann. Jakob blickte sich um; der Diener, der ihn hergebracht hatte, war verschwunden. Hier werden bereits erste Verhöre durchgeführt, dachte Jakob und schlenderte durch die umherstehenden Männer nach vorne; er wollte der Nächste sein, der durch die Tür gewinkt wurde. Mal sehen, sagte er sich, ob ich auf diese Weise etwas in Erfahrung bringe, und betrachtete die Lerchen und Nachtigallen, die in zwei Käfigen herumflatterten zur Erheiterung der Buchhalter und Schreiber.

Wenig später stand er in einer Kammer zwei Ratsdienern

gegenüber, die ihn zunächst nach Namen, Stand und Wohnort befragten und sofort mißtrauisch wurden, als er angab, im schwäbischen Handelshof zu wohnen, jedoch nicht willens sei, ihnen Namen und Stand preiszugeben.

»Wir haben die Vollmacht des Rates, gegen jede Person, die sich dieser Befragung widersetzt, mit aller Strenge vorzugehen – wenn Ihr Euch weigert, uns Namen und Stand mitzuteilen, können wir Euch in Haft nehmen und dem Stadtrichter vorführen lassen. Wollt Ihr das?«

»Zu welchem Behufe soll ich Euch nennen, was Ihr verlangt? Ich klopfte hier an das Tor und begehrte den Buchhalter Georg Walch zu sprechen, den man mir für ein Geldgeschäft genannt hatte, und ein Diener führte mich in den Raum hier vor dieser Tür, wo ich viele Männer fand, einige aufgeregt. Dann ruft man mich herein und fragt mich barsch, wer ich sei. Wozu? Was ist geschehen, daß ich im Hause der berühmten Herren Fugger, daß ich im Kontor des angesehensten aller Handelshäuser in Deutschland nicht auf die vornehme Verschwiegenheit treffe, die ich erwarten darf für ein wichtiges Geldgeschäft?«

Die beiden Ratsdiener blickten sich fragend an; der kleinere der beiden zuckte mit den Achseln, und solcherart ermutigt sprach der andere: »Jener Georg Walch, nach dem Ihr fragtet, ist tot.«

»Tot?« Jakob tat überrascht.

Die Ratsdiener nickten.

»Wie ist denn das möglich?« fragte Jakob und machte dazu ein so unschuldiges Gesicht, daß ihn jedermann für einen vollkommen arglosen, ja sogar dümmlichen Mann halten konnte.

»Wie das geschehen konnte, versuchen wir herauszufinden«, antwortete der kleinere der beiden. »Dem Walch jedenfalls wurde Gewalt angetan, und wir müssen der Wahrheit auf die Spur kommen, und zwar, ehe der Bischof mit seinen Gehilfen in der causa herumpfuscht.«

»Was hat denn der Bischof damit zu tun?«

»Eigentlich nichts – doch viele hohe Herren glauben an Hexerei und möchten eine kirchliche Untersuchung des Falls. Aber im Rat gibt es eine gewichtige Meinung, wonach ein weltliches Verbrechen vorliegen könnte; bevor dem Bischof sein Willen geschieht, sollen wir nach dem Rechten sehen.«

»Gibt es einen Verdacht?«

Die Ratsdiener schüttelten den Kopf und schienen nun zu bemerken, daß sie mit ihrer Redseligkeit über ihren Auftrag hinauszielten. Der größere der beiden setzte eine wichtige Miene auf und bemühte sich um einen strengen Tonfall: »Jetzt wißt Ihr, um was es geht und könnt einsehen, warum es unabdingbar ist, daß Ihr Euren Namen nennt.«

»Gewiß, und nach Kräften will ich helfen, diesen Mord aufzuklären – wer hat denn den Toten gefunden?«

»Der Stift von der Schreibstube, als er gerade die Tintenfässer auffüllen wollte«, antwortete der kleinere, und Jakob mußte unwillkürlich schmunzeln. Diese beiden hatten noch nie in ihrem Leben an der Aufklärung eines Verbrechens mitgewirkt, und wenn ihnen die Angelegenheit überlassen bliebe, käme die Wahrheit gewiß nicht ans Licht; da konnte der Rat die Angelegenheit gleich in die Hände des Bischofs legen.

»Wann war denn das?« fragte Jakob rasch nach und wunderte sich keineswegs über die Bereitwilligkeit, mit der ihm die frühe Morgenstunde genannt wurde. Doch als er sich erkundigte, ob er den Ort des Verbrechens anschauen dürfe, da hatte er den Bogen überspannt. Sie setzten amtliche Gesichter auf und notierten den Namen, unter dem er sich im Handelshof gemeldet hatte: Jakob Peringer, Kaufmann aus Ingolstadt.

Danach entließen sie ihn in das Kontor und riefen den nächsten Buchhalter in die Kammer. Jakob blickte sich um. Er entdeckte einen jungen Mann mit blassem Gesicht, der abseits stand und zu Boden starrte. Der Bursche wirkte unsicher, beinahe verängstigt, jedenfalls betroffen, als würde

er den Toten besonders gut kennen. Ohne weiter nachzudenken, ging Jakob auf ihn zu.

»Hast du den Georg Walch gekannt?« fragte er leise. Beinahe erschrocken blickte der Junge auf; in seinem knaben-
haften Gesicht zuckte es. Unruhig tasteten seine Augen
Jakobs Gesicht ab; doch von dem dicken, gemütlichen Kaufmann schien keine Gefahr auszugehen, jedenfalls nickte der
Bursche nach einer Weile.

»Bist du mit ihm befreundet gewesen?«

Jakobs Stimme klang einschmeichelnd und vertrauener-
weckend. Wieder tasteten die flackernden blauen Augen sein
Gesicht ab, ehe wortlos ein zögerliches Nicken als Antwort
kam.

»Und – ist etwas Besonderes in den letzten Tagen geschehen?«

Der Bursche rieb sich die Hände, als halte er sie unter einen
kalten Wasserstrahl; seine Lippen zitterten; er rang sichtlich
mit sich, ob er den Mund aufmachen solle oder nicht.

»Ich weiß nicht«, stotterte der Bursche, »ob es etwas bedeutet, daß Georg beim Regierer vorsprechen wollte. Sein
Gewissen hat ihn recht 'plagt wegen der Wiedertäuferei. Da
hat ihn sein Vetter, der Messerschmied Walch, immer mehr
hineingezogen. Wegen der Herrschaft, die ihn zu einer Faktorei im Italischen schicken wollte, mochte er gut katholisch bleiben. Ich glaube, er wollte sein Gewissen befreien
und sich offen zum rechten Glauben bekennen. Wer weiß,
ob der Vetter Christian davon Wind bekommen und einen
Weg gesucht hat, die wiedertäuferischen Pläne im geheimen
zu halten. Man munkelt ja, daß dem Denck seine Freunde
einen Aufstand planen, bald schon, heißt's, soll sich was rüh-
ren in der Stadt. Da wäre es nicht gut, wenn der Regierer zu
viel wüßt'.«

Jakob nickte und legte dem Burschen die Hand auf die
Schulter. »Das ist eine wichtige Neuigkeit für mich«, sagte
er, »die du aber den Dienern des Rates verschweigen solltest. – Wie ist dein Name?«

»Hans Angerer.«

»Wo treffe ich dich, wenn ich noch eine Frage habe?«

»Ich lerne in der Buchhaltung und stehe von morgens bis abends am Schreibpult«, erwiderte er und senkte seinen Blick.

Jakob, der mehr erfahren hatte, als er zunächst zu hoffen gewagt hatte, schlüpfte zur Tür hinaus und spähte durch den Flur. Als er sah, daß er allein war, ging er nicht zu der Wendeltreppe zurück, über die er gekommen war, sondern schlenderte durch den Flur in einen hinteren Bereich des Hauses und gelangte zu einer angelehnten Tür. Vorsichtig vergewisserte er sich, ob er unbeobachtet war, dann schob er die Tür auf. Sie knarrte leise in den Angeln. Jakob trat in einen kleinen Raum von beinahe dreieckigem Grundriß und staunte nicht schlecht, als er in der Mitte das große Holzfaß sah, bis eine Handbreit unter den Rand mit dunkler Tinte gefüllt. Hier also war Georg Walch zu Tode gekommen. Jakob schob die Tür hinter sich zu und trat an den Tintenbottich. Er steckte einen Finger in die schwarze Brühe und zerrieb die Flüssigkeit zwischen Daumen und Zeigefinger. Er roch daran, und der leicht säuerliche Geruch verriet ihm, daß die Tinte nicht ganz durchgezogen war; dann leckte er vorsichtig daran, und der bittere Geschmack bestätigte seinen Befund.

Nachdem er sich den Finger an einem Tuch, das er bei sich trug, abgewischt hatte, blieb die Haut schwarz. Jakob nickte anerkennend: das war gute Tinte, eine, die lange hielt. Er kannte das Tintenmachen noch aus der Zeit seines Noviziates. Er blickte sich im Raum um. An der rückwärtigen Wand gab es ein schmales Regal, das bis zur Decke reichte. Dort standen viele kleine Tintenfässer, in welche die frische Tinte eingefüllt wurde, wenn sie durchgezogen war. Viele der Glasgefäße standen dort unberührt seit langer Zeit, denn um die meisten hatte sich Staub auf die Regalböden abgesetzt. Lediglich einige wenige Fäßchen dürften neu hinzugekommen zu sein, und zwei Regalböden waren blank geputzt. Wenn der Tote mit Blick auf die Tür gefunden worden war, schien allein aufgrund der Nähe des Fasses zu diesem Regal ein Kampf zwischen Täter und Opfer unwahrscheinlich, zumal sich auf dem Boden, der ganz staubfrei war, nicht die geringste Spur fand.

Zwei Stunden später war Jakob erneut zum *Magister provincialis* gerufen und gebeten worden, den Mordfall im Hause Fugger zu untersuchen und seine Nachforschungen bei den Täufern hintanzustellen. »Allerdings«, bemerkte Zölestin, »solltest du aus den Täufern noch so viel herausbekommen, daß wir sie bei ihrer Versammlung dingfest machen können.«

»Verzeiht, wenn ich nachfrage«, antwortete Jakob, erstaunt über die Wendung in der Gesinnung seines Oberen. »Gibt es denn etwas von besonderem Belang, das ich bei meinen Ermittlungen wissen muß?«

»Wie meinst du das?«

»Findet sich zwischen unserer Bruderschaft und dem Hause Fugger eine berücksichtigenswerte Verbindung? Oder pflegt der Bischof einen empfindlichen Kontakt?«

Der *Magister provincialis* blickte Jakob lange an. Das Schweigen wurde bedrückend, und Jakob fühlte die Verpflichtung, es zu brechen, doch aller Schuldgefühle zum Trotz hielt er stand.

»Es gibt Geschäfte mit Anton Fugger«, sagte Zölestin schließlich mit Grabesstimme, »von denen weder ich noch der Bischof wollen, daß sie dem Rat der Stadt bekannt werden. Solltest du bei deinen Nachforschungen auf Hinweise zu diesen Geschäften stoßen, weise ich dich an, mir diese unverzüglich zu offenbaren und mir alle Beweisstücke hierüber auszuhändigen.«

Jakob betrachtete Zölestins Gesicht: Zwischen einer steilen Stirn zog sich tief eine Furche zur schneidigen Nase. Die zusammengekniffenen Lippen waren beinahe so weiß wie die Haut der Wangen.

»Kann ich mich auf dich verlassen?« fragte er.

Jakob nickte. Er nahm den Auftrag an, ohne allerdings seinem Oberen mitzuteilen, daß er bereits einiges über den toten Georg Walch wußte.

Eine Stunde später saß er in einem prächtig ausgestatteten Kontor des Hauses Fugger einem Buchhalter gegenüber, von dem der *Magister provincialis* gesagt hatte, er gehöre zu den mächtigsten Mitarbeitern Anton Fuggers. In der Tat war Franko Seinschedt ein stattlicher Mann. Mit breiten Schultern und mächtigem Brustkorb wirkte er wie einer der Muskelmänner, die zur Volksbelustigung auf den Märkten rangen. Kurz wie eine Bürste trug er das blonde Haar, das an den Schläfen deutlich zurückwich. In den blauen Augen glomm ein kalter Schimmer. Sein Gesicht mit kantigem Kinn und seltsam weichen Lippen war voller Widerspruch.

»Ihr seid einfallsreich, ihr Dominikaner«, begann Seinschedt das Gespräch. »Bemerkenswert, daß Ihr, werter Pater Jakob, Euch wie ein Kaufmann gewandet. Das ist listig, das gefällt mir. Werdet Ihr den Mörder unseres Buchhalters finden?«

»Ich werde es versuchen«, antwortete Jakob und lächelte Seinschedt an, der sofort die Lippen zu einem Grinsen verzog und zwei makellose Zahnreihen entblößte; doch seine Augen blickten unverändert. »Aber ich benötige einige Informationen von Euch, soll ich erfolgreich sein. In welchem Bereich arbeitete Georg Walch?«

»Wie meint Ihr das?« fragte Seinschedt, und seine Stimme bekam einen abwehrenden Klang.

»Sicher sind die Buchhalter in unterschiedlichen Bereichen eingesetzt, oder? Jeder hat sein Spezialgebiet, nehme ich an. Was war Walchs Spezialgebiet?«

»Ach«, erwiderte Seinschedt gedehnt, »den Walch haben wir da und dort verwendet, unter anderem für die Züricher Geschäfte; er war jung und sollte lernen. Wir trugen uns mit dem Gedanken, ihn in eine unserer Faktoreien zu schicken. Ich hatte an Venedig oder Rom gedacht.«

»Kann es sein, daß er mit Geschäften in Berührung gekommen ist, die gefährlich sind?«

»Gefährlich!« Seinschedt lachte auf. »Gefährlich sind unsere Geschäfte alle. In einer Welt, in der jeder auf seinen Gewinn schaut und jeder einen möglichst großen Batzen abbekommen möchte, da gibt es keine ungefährlichen Geschäfte. Wir verleihen Geld gegen Pfand und leihen selber welches bei anderen, geben sozusagen dem einen das Geld eines anderen, müssen aber in jede Richtung die Gefahr tragen. Dem einen müssen wir Zins zahlen, egal, ob unser Geschäft blüht oder nicht. Beim anderen müssen wir täglich bangen, erstens, ob er das Geld zurückzahlt, und zweitens, ob sein Unterpfand hinreichend ergiebig ist. Selbst wenn die Besicherung Ertrag abwirft, sind wir drittens die guten Kaufleute für die Pfandsache und transportieren das Erz aus Tirol nach Venedig oder anderswo und verkaufen es dort, beides auf eigene Gefahr. Einmal holt dich das Gesindel von der Straße, ein andermal diktieren sie in Venedig oder Florenz zu niedrige Preise, weil sie selbst genug Kupfer oder Silber feil haben, und der Verlust beißt in unseren Säckel. Nein, Pater, das ist von Anfang bis Ende ein gefährliches Geschäft.«

»Könnte aus so einem Geschäft einem Buchhalter ein Feind erwachsen, gehässig genug, um zu töten?«

»Das halte ich für weit hergeholt«, brummte Seinschedt und kratzte sich am Hinterkopf.

»Hatte Georg Walch Feinde«, fragte Jakob als nächstes.

»Nicht daß ich wüßte – er war ein fröhlicher Mann und allseits beliebt.«

»Familie?«

»Er war ledig, zu jung für Frau und Kind. Sein Vetter lebt in der Stadt, ein angesehener Handwerker, Zunftmitglied – Messerschmied, jetzt fällt's mir ein.«

»Hat er bei seinem Vetter gelebt?«

»Nein, er hat eine Kammer in unserem Gesellenhaus in der Nähe vom Perlach. Dort wohnen etliche unserer Buchhalter und Handelsgehilfen; das war die erste Einrichtung für einfache Leute von Jakob Fugger.«

»Kann ich das anschauen?«

»Wenn Ihr wollt, schicke ich Euch einen unserer Hausmeister mit.«

»Wie hielt es Georg Walch mit dem Glauben?«

»Rechtgläubig – darauf achtet unser Regierer.«

»Wirklich? Sind alle, die in diesem weitverzeigten Handelshaus arbeiten, vom rechten Glauben?« fragte Jakob überrascht.

Seinschedt nickte. »Wenn wir Wind davon bekommen, daß einer lutherisch wird, dann schicken wir ihn fort. Wer die Kirche verrät, verrät auch seinen Herrn.«

»Wißt Ihr von Freunden und Bekannten?«

»Nein«, antwortete Seinschedt unwirsch, »darum kann ich mich nicht kümmern. Fragt seinen Vetter oder die, die mit ihm im Gesellenheim wohnen. Ich hole Euch jetzt den Hausmeister, dann könnt Ihr zum Perlach hinübergehen.« Ohne eine Erwiderung abzuwarten, stand Seinschedt auf, ging zur Tür, öffnete diese und rief etwas hinaus. Sofort erschien ein gebückt gehender Mann und nickte Jakob zu.

»Geht mit ihm, das ist Paul, der Hausmeister.«

Seinschedt streckte Jakob seine Hand entgegen. Eine flächige, kräftige Hand mit erstaunlich weicher Haut schlug ihm, während sie sich die Hände schüttelten, mit der anderen Hand leutselig und unangemessen vertraut auf die Schulter und ging ohne ein weiteres Wort hinter sein Schreibpult. Jakob drehte sich langsam um und musterte dabei rasch das Kontor. An den Wänden hingen von der Täfelung eingefaßte edle Gemälde, von denen ihm ein Bild einer Madonna ins Auge sprang. Neben der Tür hing dagegen ein Gemälde eher wie zufällig an einem Haken, das Jakob interessierte, weil es vier Frauen beim Schachspiel zeigte. Er mußte darauf verzichten, das Gemälde näher zu betrachten, da er die Tür fast erreicht hatte und dem Oberbuchhalter nicht unhöflich erscheinen wollte. Unter dem Türstock drehte er sich noch einmal zu Seinschedt um und fragte: »Wo kann ich die Leiche in Augenschein nehmen?«

Es schien Jakob, als zucke Seinschedt kurz zusammen, ehe er antwortete: »Im Keller des Bischofs.«

Dunkel lag der Handelshof da, als Jakob am Geländer des Umganges stand. Seine Gedanken hingen bei der Streitschrift *Ein göttlich und gründlich Offenbarung von den wahrhaftigen Wiedertäufern, mit göttlicher Wahrheit angezeigt* des Jakob Dachser, die er unter dem Laken von Georg Walchs Bett gefunden hatte. In gestochener Schrift hatte Walch gescheite Randbemerkungen in das Büchlein geschrieben. Jakob hatte die Anmerkungen daher zunächst für das Werk eines anderen gehalten, bevor er auf mehrere Bögen gestoßen war, die der junge Buchhalter verfaßt hatte. Wie kam Georg Walch zu seinen klugen theologischen Anschauungen? Wäre er wirklich zu Anton Fugger gegangen, um den rechten Glauben zu bekennen und seinen Vetter anzuschwärzen? Und was hatten jene beschrifteten Bögen zu bedeuten? Unter vielen unzusammenhängenden Stichworten tauchten jede Menge Namen, allerlei flüchtige Notizen und Zahlenkolonnen auf, dann ein Text über die Frage nach der richtigen Art der Taufe.

Auch das Verhalten des Rates der Stadt warf manche Frage auf, die Jakob nicht beantworten konnte. Weshalb wollte der Rat sich in die Erkundungen einmischen, wenn der Mord vom Bischof und seinen Leuten aufgeklärt werden sollte? Vermuteten die Ratsmitglieder eine besondere Geschäftsverbindung zwischen Bischof und Fuggern und wollten vielleicht aus einer näheren Kenntnis Kapital schlagen? Warum übergab man dann die Ermittlungen zwei Ratsdienern, die keine Erfahrung im Umgang mit Verbrechen hatten?

Fragen über Fragen taten sich auf, und wenn Jakob auch noch keine Antworten hatte, wußte er doch, daß es sich hier um einen Fall handelte, dem eine tiefere Bedeutung zukam.

Nein, das war kein einfacher Mord, so, wie die toten Dirnen zu Rom nicht einfach nur Opfer einer Bluttat waren, sondern grausam ihr Leben ließen aufgrund eines teuflischen Plans. Jetzt war es geschehen: Jakob hing in der Vergangenheit, und während noch Bilder toter Mädchen blaß vor seinem inneren Auge aufschienen, schimmerte das Gesicht jener einen aus grauem Dämmer hervor, der er sein Herz geschenkt hatte. Claudia! Er sah ihre Augen, das weiche Blau des Himmels vor der Abendröte, und er sah ihren Mund, dieses süße Paar voller Lippen. Und während ihn dieses Bild warm umflutete, stiegen die Tränen hoch. Mit wieviel Mühen hatte er sie in den Wirren des geplünderten Rom gesucht und hatte kein Zeichen von ihr gefunden.

»Tot, sie ist tot«, flüsterte Jakob, ging in seine Kammer und warf sich auf die Pritsche.

Die Zypressen sind fern

Sie saß am Fenster und blickte auf die Kastanie hinaus, und ihr war, als färbte sich das Laub schon gelb. Es war kein wirkliches Gelb, allenfalls eine Ahnung von Gelb im Grün. Aber dieses Grün sah nicht mehr wie das Grün im Mai, Juni oder Juli aus, auch nicht mehr wie das Grün im August, sondern schon deutlich wie das Grün im September. Es war ein mattes Grün, das sie nur treffen konnte, wenn sie einen Hauch von Bleiweiß in das Grün mischte, das sie sich von Pexlinger besorgt hatte, das heißt, das Pigment, denn natürlich rührte sie sich ihre Farben selbst an mit Leinöl und etwas Eigelb für die weichen Töne, während sie Eiweiß für die klaren Farben bevorzugte. Sie mischte ein Stück Bleiweiß in ihr Grün, verrührte die Ölpaste und trug mit dem Pinsel einen dicken Strich auf die Leinwand auf, die eingeklemmt in die Leisten der Staffelei steckte. Mißmutig schüttelte sie den Kopf. Nein, dieses Grün glich jenem draußen überhaupt nicht. Außerdem, sie ballte die linke Faust, hatte sie den Eindruck, als färbe sich das Laub schon gelb. Ja, nur ein Hauch, ein gelber Hauch auf einem stumpfen Grün, genau so müßte es sein. Sie nickte und kratzte mit einem Spatel den fahlen Grünstrich von der Leinwand, bis nur eine marginale Spur blieb.

Sie strich sich über ihr schwarzes Kleid und nestelte an dem Kragenknopf; ihr war warm, und der Stoff ihrer Bluse kratzte am Hals. Unwillkürlich sehnte sie sich in ihre Heimat zurück, in das schattige Haus ihres Vaters, wo im Innenhof stets ein Brunnen für angenehme Kühle sorgte. Sie sehnte sich nach dem elterlichen Haus und nach den Farben ihrer Heimat; dort, im Süden, mußte sie sich nicht so mit der Abmischung der Farben plagen wie hier, dort konnte sie kräftiger auftragen und durfte sorglos sein, was die strahlende Kraft der Farben anging, denn dort brauchte es keine Mischung von Grau, weil die Farben weder stumpf noch matt waren – staubig vielleicht, vor allem im hohen Sommer, wenn wochenlang kein Regen fiel und die Ebene des Po in der Sonne flirrte und feinster Sand sich über die Pflanzen legte. Aber das war ein ganz anderer Schleier, den sie nicht wie eine Müdigkeit der Dinge empfand, sondern eher wie einen schützenden Schleier. Wenn die Sonne auf die Poebene herunterbrannte, dann entzogen sich die Farben dem aufdringlichen Blick. Blies aber ein Sturm darüber hinweg oder wusch der Regen die Sünden der Welt ab, brach die Pracht der Schöpfung hervor und prangte mit klaren, kräftigen Farben. Was für ein Leben!

Sie strich sich mit dem Zeigefinger der rechten Hand über die Oberlippe, eine versonnene Handbewegung, bei der die Fingerkuppe in dem ausgeprägten Grübchen unter der Nase liegenblieb, während sie wehmütig an daheim dachte. Wenn die Pest nicht vor drei Jahren gewütet hätte und wenn im Gefolge der Seuche die Erträge der Güter nicht so deutlich abgefallen wären, wer weiß, vielleicht wäre es dann nicht notwendig gewesen, das Angebot anzunehmen, das ihr Raymond Fugger unterbreitet hatte. Doch in Anbetracht der Umstände, in denen sich der Vater wegen brachliegender Felder befand, hatte sie es nicht ausschlagen können. Zumal die Lage in Rom immer verworrener schien und keine Aussicht bestand, für den Papst oder einen seiner Kardinäle arbeiten zu können; da hatte es auch nicht geholfen, daß der Herr den gestrengen Hadrian zu sich gerufen hatte. Der neue Medici-Papst Clemens versprühte zwar mehr Lebensfreude, drängte sich aber nach weltlicher Macht und versuchte, den deutschen gegen den französischen König auszuspielen. Das erschwerte es, Geschäfte mit der Kurie oder bedeutenden Bischöfen zu machen, besonders aber erschwerte es den Handel mit Kunst und die Förderung von Malern, die keinen Namen hatten. Und es war schwer, in

Rom einen Namen zu bekommen. Vor allem für eine Frau. Eigentlich wollten die Menschen immer noch nicht, daß Frauen sich den Künsten zuwandten, außer der einen, der verworfenen Kunst, die aus Mädchen Huren machte. Das verfing bei den schlichten Gemütern vom Land, denn gar viele wollten Kurtisanen werden. Doch der Traum von der umschwärmten *Cortigiana* war leichter geträumt als gelebt.

Ludovica zuckte mit den Achseln. Schade, dachte sie. Dabei hatte es so gut angefangen, als der aufstrebende Buonarroti auf Bitten ihres Vaters einige Skizzen begutachtet und für gelungen befunden hatte. Er empfahl sie zu Baldassare Peruzzi, der sie in seine Werkstatt nahm und ihr über zwei Jahre hinweg Ausbildung angedeihen ließ. Den Schwerpunkt legte er dabei darauf, sie in der illusionistischen Kunst zu schulen. Sie mußte alles so malen, als seien die Gegenstände Kulissen eines Theaterraumes; das konnte er schließlich wie sonst niemand, denn nicht nur die Bauhütte von Sankt Peter durfte er leiten und die Villen der Reichen verzieren, sondern auch auf dem Theater bot man seinen Künsten der kühnen Perspektive hinreichend Raum, sich zu entfalten. Schließlich war Peruzzi, Roms berühmtester Kulissenmaler, von ihrem Talent überzeugt und sah mit Kennerblick, wie gut sie sich eignete, ihm zu assistieren. Er schickte Ludovica als Gehilfin hinüber nach Trastevere in die Villa seines Auftraggebers Agostino Chigi, wo sie von früh bis spät mit Vorbereitungsarbeiten beschäftigt war. Später, hatte er sie vertröstet, könne sie wieder mit Öl und Leinwand arbeiten und ihre Kunst den Kardinälen und Geldfürsten zeigen. Doch es hatte kein Später gegeben; zu eifersüchtig war Baldassare auf jedes Talent an seiner Seite. Als er bemerkte, mit welchem Interesse sich Chigi den kleinen Arbeiten der Cremoneser Malerin widmete, verlangte er Kost- und Lehrgeld von Ludovicas Vater. Das war nicht zu bezahlen, denn trotz Chigis durchaus ehrlich gemeinter Komplimente für ihr Bild »Das Kind säugende Madonna« kaufte er es nicht. Anderen Edlen, die über Mittel verfügt hätten, eine junge Malerin zu fördern, hatte Peruzzi sie nicht vorgestellt, und so blieb Ludovica ohne Verkaufserfolg.

Es hieß also Abschied nehmen von Rom, und als ihr Engelhard Schauer, der Faktor der Fugger, den sie bei Chigi kennengelernt hatte, eine Einladung des Augsburger Kaufmanns verschaffte, Raymonds Frau in der Kunst der Pinselführung zu unterweisen, blieb ihr kaum eine Wahl: So ein Angebot schlug man nicht aus. Von Rom nach Augsburg, flüsterte sie und schüttelte den Kopf. Schade. Sie sann mit leiser Wehmut den kräftigen, satten Farben des Südens nach, ehe sie mit einem zierlichen Spachtel etwas Bleiweiß in ihr Grün mengte und da hinein eine doppelt so schwere Menge ockriges Gelb mischte. Zart, beinahe zittrig trug sie die Farbe auf. Ja, sie nickte energisch, genau so sehen die Blätter des Baumes aus.

Ludovica spürte einen Lufthauch und drehte sich um. Elisabetta lehnte in der Tür, und in ihren stets leicht verschatteten Augen stand eine stumme Frage. Die Malerin betrachtete die Frau, die ihr, seit sie das väterliche Haus in Cremona verlassen hatte, als Dienerin zur Seite stand, und wie stets erfreute sich sie an den Lachfältchen um die Augen, an den hochstehenden Wangenknochen und den ausgeprägten Grübchen in den Backen. Ja, Elisabetta trug in ihrem rätselhaften Gesicht mit der ebenmäßigen Nase, dem dünnen Mund und dem markanten Kinn mehr als die Ahnung früherer Schönheit, einer Schönheit, die zu ihrer Zeit vermutlich ihresgleichen gesucht hatte. Obwohl Elisabetta schon seit einem halben Dutzend Jahren Dienst bei der Familie Zappi verrichtete, wußte Ludovica so gut wie nichts über die Vergangenheit ihrer Dienerin; sie ahnte nur, daß es da ein Geheimnis zu entdecken gab.

»Ich komme«, sagte Ludovica. Sie legte die Palette zur Seite und tauchte die Pinsel in eine scharf riechende Lösung, welche die Borsten geschmeidig hielt. »Wohin geht es, Betta? Zu Frau Katharina?«

»Nein, mein Täubchen. Seinschedt ruft dich.«

»Franko Seinschedt?«

»Ja, der Oberbuchhalter für die italischen Geschäfte.«

»Was will er von mir?«

»Das, mein Täubchen, weiß ich nicht. Ich habe Gemüse eingekauft für eine wunderbare Suppe heute abend; und am Milchmarkt habe ich manche Neuigkeit vernommen.«

»Was denn, meine Liebe?«

»Ach, laß uns darüber reden, wenn du das Gespräch mit dem Buchhalter hinter dir hast. Dann haben wir Muße.« Bei diesen Worten raffte die Zofe ihr Kleid und drehte sich aus der Tür hinaus.

»Halt ein«, rief Ludovica und wandte sich dem Wandspiegel zu, »ich möchte mich ein wenig herausputzen.«

Sie blickte in ein offenes Gesicht mit leicht geröteten Wangen, nicht rundlich genug, um pausbäckig genannt zu werden, aber mit weichen Linien von den Schläfen bis zum Kinn, kleiner Stupsnase und großen, braungrünen Augen. Sah man von dem Leberfleck unter dem linken Mundwinkel ab, hatte sie ein ebenmäßiges Gesicht, das allmählich die kindlichen Züge abstreifte und keinesfalls sechsundzwanzig Lenze verriet. Sie legte einen Hauch von Dunkelrot auf ihre vollen Lippen und puderte sich die Wangen, damit die Aufgeregtheit weniger durchschien. Der Oberbuchhalter für Italien, dachte sie, das mochte bedeutsam sein; möglicherweise gab es ein Angebot an ein anderes Haus, die Fugger kannten schließlich jeden von Rang und Namen. Ludovica spürte neben dem Heimweh auch, wie die Begeisterung von Frau Katharina für die Malerei nachließ, zumal bei neun Kindern viel zu wenig Zeit blieb für die adlige Muße. Vielleicht sollte sie nicht länger bleiben. Ihr Herz klopfte. Sie zupfte rasch ein widerborstiges Haar aus der rechten Augenbraue, dann befand sie sich mit ihrem Spiegelbild im reinen.

Elisabetta lächelte und schritt voran. Ludovica mußte sich sputen, wollte sie mit ihrer Zofe Schritt halten.

Elisabetta öffnete eine Tür zu einem großen Raum, in dem ein herausgeputzter Laufbursche auf sie wartete und

Ludovica mit einer ebenso höflichen wie lächerlich anmutenden Geste hereinbat, während er für die Dienerin nur einen abschätzigen Blick übrig hatte und ihr bedeutete, sie solle hinter der Tür warten oder gleich ganz davongehen. Elisabetta verstand den Wink und ging. Nachdem der Diener die Tür hinter ihr geschlossen hatte, bot er Ludovica seinen Arm an und geleitete sie zu einer prächtig geschnitzten Doppeltür, deren eine Hälfte er nun aufschwang. Das dahinterliegende Kontor prangte mit reicher Ausstattung; nicht nur die fein gemaserte Kirschholztäfelung der Wände faszinierte den Betrachter, sondern erst recht die erbaulichen Bilder in den von den Schreinern in die Wände gebauten Rahmen; es waren Gemälde von hohem Wert, wie Ludovica auf den ersten Blick feststellte, und ihr Herz klopfte beim Gedanken an Hans Holbein, den großen Augsburger Meister, den sie leider nicht persönlich kennengelernt hatte. Das war eine ihrer Hoffnungen gewesen, als sie nach Augsburg gegangen war, einen der Meister hier anzutreffen und die eine oder andere Lehrstunde zu nehmen; doch Holbein der Ältere war zu früh gestorben, und sein Sohn hatte längst die Stadt verlassen. Immerhin, in diesem Kontor konnte Ludovica einige Gemälde des alten Holbein bewundern. Doch blieb ihr kaum Zeit für den Kunstgenuß. Ein stattlicher Mann trat auf sie.

»Seid mir gegrüßt, edles Fräulein«, sagte er. Seine kräftige Stimme hatte einen hellen Ton, der nicht zu den breiten Schultern und dem mächtigen Brustkorb passen wollte. Unwillkürlich hatte Ludovica einen Baß erwartet und bekam einen schnarrenden Tenor zu hören, der sie unangenehm berührte. Auch das massige Gesicht mit kantigem Kinn und seltsam weichen Lippen war nicht schön anzusehen, und in seinen blauen Augen glomm ein Schimmer, der ihr sagte: Sei auf der Hut!

»Es war mir ein erhebender Genuß, Euer Bildnis der Dominikanerin zu betrachten«, eröffnete Seinschedt das Gespräch und breitete die Arme aus. »Ich bin glücklich, die Malerin solcher Kunst bei mir empfangen zu dürfen.«

»Es ist mir eine Ehre«, erwiderte Ludovica geziert, »Eurer Aufmerksamkeit zuteil zu werden mit meinem Gemälde, das die heilige Katharina von Siena darstellt.«

»So nehmt denn«, bat er mit schmeichelnder Stimme und deutete auf einen breiten Stuhl nahe des Fensters, »diesen Platz ein und gewährt mir das Vergnügen, Euch ein wenig zu Eurer Kunst zu befragen.«

Sie setzten sich auf zwei Stühle gegenüber. Ludovica betrachtete den Stuhl, auf dem Seinschedt saß. Es war ein seltsames Möbel, wie sie bisher keines gesehen hatte; von dreieckiger Form seine Sitzfläche, mit der Spitze nach vorne, so daß man die Beine rechts und links auf den Boden setzen konnte, aber nicht, wie man hätte vermuten können, mit drei Beinen, sondern durchaus mit vieren; denn hinter der Spitze der Sitzfläche, die von einem Stuhlbein getragen wurde, war knapp vor der Mitte des Dreiecks ein viertes Bein angebracht, über dessen Sinn Ludovica rätselte; der Stuhl würde mit drei Beinen hinreichend sicher stehen, zumal die Basis des Dreiecks breit und seine Höhe lang war, die Füße mithin weit genug auseinanderstanden. Vielleicht, dachte sie, bedurfte es des vierten Beines, um ein besonders schweres Gewicht zu tragen. Während dieser Betrachtung spürte Ludovica, wie Seinschedts Augen musternd auf ihr lagen und bei dieser Prüfung ihren ganzen Körper umfaßten.

»Wollt Ihr mir erklären«, fragte er schließlich mit seiner eigentümlich gepreßten Stimme, »warum das Szepter der heiligen Katharina eine weiße Lilie ist und wieso der Gekreuzigte in einem roten Apfel steckt?«

»Die weiße Lilie, die übrigens drei Blüten und zwei Knospen trägt, deutet die Unschuld an, in welcher die Braut Christi lebt, und zeigt zugleich, daß es mit Unschuld und Liebe möglich ist, die Menschen zu beherrschen, wenngleich nicht im weltlichen Sinne. Der Reichsapfel, ein reifer Süßapfel, wie er in den hiesigen Gärten wächst, versinnbildlicht diese Welt. Durch das aufgesteckte Kruzifix wird die Welt zu jenem göttlichen Reich, das sich die Dominikanerin ersehnt, denn wir beten mit Inbrunst: Dein Reich komme. Wir flehen Gott auf die Erde herunter, damit er sie und mit der Welt uns alle in seiner Gnade erhebe in den Himmel.«

»Wie inhaltsreich das alles ist«, sagte Seinschedt bewundernd und legte wieder eine lange Pause ein, um Ludovica zu betrachten. »Kann es sein, daß die Lilie das Wappenbild der Medici zu Florenz darstellt und der Gekreuzigte im Apfel das Zeichen, daß die Florentiner sich die Welt mit Hilfe der Tiara untertan machen wollen?«

»Wenn einer es so deuten möchte, kann er dies tun«, erwiderte Ludovica vorsichtig, denn die Frage verwirrte sie. »In meinen Gedanken findet sich diese Deutung nicht.«

Seinschedt nickte bedächtig und schien zu überlegen, ehe er schließlich eine unerwartete Frage stellte: »Muß es sein, daß die Nonne so hübsch ist?«

»Sie ist jung, beinahe ein Mädchen, und das weiße Gewand wirkt bei ihr so echt wie ein Brautkleid«, erwiderte Ludovica und blickte Seinschedt in die Augen. Da wurde sein Gesicht entspannt und rund wie das eines kleinen Jungen, dem eine liebevolle Mutter ein Geschenk entgegenstreckt, und der Buchhalter, vor wenigen Minuten noch ein Sinnbild herrischer Strenge, wirkte auf Ludovica nun wie ein lammfrommer Kaplan. Die Malerin lächelte, als ihr bewußt wurde, daß sie in Seinschedt einen Bewunderer ihrer Kunst hatte, der bereits anfing, ein Verehrer der Künstlerin zu werden. »Das ist das vollkommene Symbol für die Verschmelzung mit Jesus Christus«, fuhr sie fort und blickte ihn nach einem zuckenden Aufschlag ihrer schwarzen Wimpern durchdringend an. Er errötete und senkte die Augen.

»Wie kommt es«, fragte er, und Ludovica hörte das leichte Zittern in seiner Stimme, »daß eine Frau malt? Ist es nicht eine Kunst, die den Männern vorbehalten sein sollte?«

»Sie ist es ja, wenn Ihr es genauer betrachten wollt. So eine wie mich kauft man nicht, man zeigt sich höchstens gnädig und gewährt Kost und Zelle, doch weit ist es hin zu der Anerkennung, die einem Michelangelo oder Peruzzi oder Dürer oder Holbein entgegenschlägt. Unsereins darf Wände vorstreichen und die Grundierung legen für den Genius des Mannes. Wir füllen aus, was uns der kühne Strich des Meisters vorgibt. Und wir bescheiden uns mit dem, was die Männer für unter ihrer Würde halten, bescheiden uns mit den unschuldigen Bildnissen heiliger Frauen und den Darstellungen von Menschen in ihrer Form des Daseins. Unser Malen kommt von innen; es ist ein suchendes Malen und ein verrätseltes Schaffen, in dem sich die Malerin herantastet an die Wahrheit des Seins im Rahmen der Gegenstände, derer sich unser Pinsel bemächtigen darf. Eine Frau darf eben keine Jagdszene malen oder irgend etwas, was dem Manne eigen ist; ihm soll, so heißt es, das Weibe untertan sein; also keine hohe Kunst von einem Weib!«

Sie hatte sich in Wallung geredet, und als sie verstummte, funkelten ihre Augen den Buchhalter an. Seinschedt kratzte sich nachdenklich am Kinn, dann betrachtete er sie mit einem beinahe kindlichen Erstaunen.

»Ihr seid temperamentvoll!« stellte er fest, und Ludovica war unsicher, ob in seinem Tonfall nun Lob oder Tadel lag. »Zahlt wirklich keiner für Eure Gemälde?«

»Herr Raymond zahlt«, entgegnete sie.

»Ihr malt seine Frau?«

Ludovica nickte.

»Ist sie schön?«

»Warum fragt Ihr? Unzweifelhaft kennt Ihr sie.«

Seinschedt lächelte und ließ, wieder selbstsicher geworden, seinen Blick auf Ludovica ruhen. Sie wandte die Augen ab und sah auf das Madonnenbild an der Wand, dem der alte Meister einen Hauch von Wehmut beigegeben hatte. Vielleicht hatte er den Tod schon gespürt? Wer weiß, wann diese Madonna entstanden ist; bei Gelegenheit würde sie Seinschedt danach fragen, aber nicht jetzt. Sie wollte ihn nicht ablenken und spürte, wie in ihr die Neugierde darauf wuchs, warum sie dieser Mann, von dem es im Goldenen Kontor hieß, er sei einer der mächtigsten Zuarbeiter des neuen Regierers, zu sich gerufen hatte.

»Nicht um die Schönheit geht es, die den Mann erfreuen mag. Ob sie schön ist für das Auge der Künstlerin, wollte ich wissen.«

»Jeder Mensch ist schön für das Auge eines Malers«, entgegnete Ludovica, »denn der Mensch ist nach dem Ebenbild Gottes geschaffen, den zu verherrlichen die Aufgabe des Malers ist.«

»Zumindest seid Ihr gut katholisch«, brummte Seinschedt und blickte zu Boden.

Ludovica lächelte ihn entschuldigend an, denn sie glaubte, die Zurechtweisung habe den Buchhalter getroffen. »Verzeiht, wenn ich zu hart geantwortet habe«, sagte sie und streckte ihm eine Hand entgegen.

Er nickte und atmete auf, ließ ihre Hand jedoch unberührt, die sie auch rasch zurückzog, als sie bemerkte, wie unziemlich diese Regung gewesen war.

»Ihr seid mit Agostino Chigi zu Rom gut bekannt?« In Seinschedts Stimme fand sich ein leichtes Kratzen, so schwer zu bestimmen wie der matte Gelbton im Grün der Blätter der Kastanie, die vor ihrem Fenster stand. Aber Ludovica nahm es wahr und verstand sofort, daß das Gespräch nun an einem Punkt angelangt war, der den Buchhalter besonders interessierte.

»Ich wollte ihm ein Madonnenbild verkaufen«, antwortete sie fröhlich. »Doch er hatte nur Komplimente dafür, keine *Goldscudi*. Schade; ich hatte solche Hoffnungen in den Bankmann gesetzt.«

»Er hat Eure Kunst bewundert?«

»Das hat er.«

»Aber nichts gekauft?«

»Nein, Agostino Chigi nicht und die kunstbeflissene Porzia ebensowenig.«

»Porzia …« Er sprach den Namen gedehnt. »Die kennt Ihr auch?«

»Ja, ich habe zufällig mitgehört, wie sie einem jungen Goldschmied Lob und *Goldscudi* spendete, damit er ihr Diamanten fasse.«

»Wie hieß der Künstler?«

»Cellini – er wurde von Monat zu Monat berühmter und reicher, aber mir kaufte niemand ein Gemälde ab.«

»Ihr kennt also viele Menschen in Rom und seid bewandert in den Geheimnissen der Stadt?«

Ludovica zuckte mit den Achseln.

»Was könnt Ihr mir über Agostini Chigi erzählen?«

»Nichts, was Ihr nicht tausendmal besser wißt als ich. Ist nicht Euer Faktor ein Mann, der mit hundert Ohren in die Stadt der sieben Hügel hineingelauscht hat?«

»Kümmert Euch nicht um das, was ich weiß. Es ist müßig und engt uns ein. Frei von der Leber weg, plaudert über den Chigi und seine Villa, seine Feste und Freuden; tut so, als erzähltet Ihr einem guten Freund von Dingen, die dieser nie gehört hat. Unterhaltet mich mit Eurer Erinnerung.«

Plötzlich durchströmte Ludovica eine heiße Welle von Wut. Was nahm sich dieser Mann heraus, so mit ihr zu sprechen, sie wie einen Dienstboten zu behandeln? Unwillkürlich straffte sie ihren Rücken. Sie suchte seinen Blick, doch als sie auf seine schimmernden Augen traf, strömte ihr Wärme entgegen und ergriff sie das Gefühl, Seinschedt unrecht getan zu haben. Das verwirrte sie. Ohne weiter nachzudenken, begann sie zu erzählen.

»Meine Erinnerungen sind düster, Herr Seinschedt, und nicht geeignet zu Ihrer Unterhaltung. Es sind nicht die Reichen Roms, die meine Erinnerung beleben, sondern die Armen und Siechen, die in den Gassen hinter der Piazza del Popolo lebten und die, von Pocken und Pest zerfressen, im schlimmen Sommer starben wie Fliegen. Dann ist es, Herr Seinschedt, der Geruch von Mörtel und Putz, eine Mischung aus Wasser und Kalk, die sich stumpf in die Nase schleicht und alles überdeckt, bis selbst die Erdbeere nicht mehr nach

Erdbeere und die Rose nicht mehr nach Rose duftet. Eine Feuchtigkeit dumpfer Art erinnere ich, die sich wie eine zweite Haut um einen legt, wenn man die Farbe nach den Anweisungen des Meisters in den nassen Putz einträgt; und immer muß es schnell gehen, damit der Meister Zeit genug für die eigentliche Kunst hat, für das, was die Menschen später sehen, wenn sie das Fresco bestaunen. Krummer Finger entsinne ich mich, wenn ich nach einem langen Tag endlich die Villa in Trastevere verlassen durfte, im Winter, wenn sogar in der Ewigen Stadt eine Ahnung von Schnee in der Luft liegt, Schnee, wie wir Cremoneser ihn von den Alpen her kennen und Ihr von jedem Winter. Rom ist er fremd, aber nicht unbekannt. Alles wird steif, wenn man in feuchter Kälte malt. Oft mißlingt in der Kälte, was man plant. Übrig bleiben verkrümmte Finger und ein frierender Leib. Der Chigi, Herr Seinschedt, will das Ergebnis sehen, für das er bezahlt. Er ehrt die großen Künstler, die Knechte vor dem Mörtel nimmt er kaum wahr. Und wäre nicht meine ›Das Kind säugende Madonna‹ gewesen, die dem Bankmann gefallen hat, er hätte mich wohl nicht gesehen. Dann aber wollte der Peruzzi nicht, daß ich dem Geldfürsten näher käme, und schließlich gelangte ich, der Vermittlung Eures Faktors sei Dank, hierher in dieses gastfreundliche, den Künsten aufgeschlossene Haus und mußte die Horden Kaiser Karls nicht miterleben.«

Seinschedt kratzte sich wieder am Kinn. Sein Blick lastete lang und schwer auf der Malerin, und beinahe war ihr, als schimmerten in seinen Augen mühsam zurückgehaltene Tränen. »Ihr habt viel aushalten müssen«, murmelte er und schwieg eine Weile. Schließlich, und Ludovica war unsicher, ob es überhaupt eine Frage an sie war, flüsterte er: »Ihr traft also öfter mit dem Bankmann zusammen. Könnt Ihr mir nichts darüber sagen, was er für ein Mensch ist?«

»Vornehm auf seine Art.« Sie beugte sich vor. »Er will edel sein und prunken. Als die Villa fertiggestellt war, lud er halb Rom zu rauschenden Festen; doch ich selbst habe keines erlebt. Er verehrt die Künstler, und sogar zu mir, einer Malerin, blickte er auf.«

»Und hat trotzdem nicht gekauft?«

»Und hat trotzdem nicht gekauft.«

Seinschedt trat an eines der schmalen Fenster und blickte hinaus auf den Innenhof, in dem zwei Karren standen, die gerade beladen wurden. Sein Rücken war rund, und seine Schultern hingen schlaff herab. Ludovica blieb reglos sitzen und betrachtete ihre Hände. Es waren zarte Hände und trotzdem kräftige Hände, Hände, denen man Ruhe und Sicherheit ansah. Während sie über die eine Ader nachsann, die auf dem Handrücken unterhalb des Zeigefingers auf der Breite eines Daumens hervortrat, und sich überlegte, welchen Raum diese Ader einnehmen würde, wäre die Hand erst gealtert, kehrten ihre Gedanken zurück in die Werkstatt des Baldassare Peruzzi bei der Piazza del Popolo, und sie sah schräg neben dem Tor einen zerlumpten kleinen Jungen stehen. Er war von untersetztem Wuchs und hatte ein Vollmondgesicht. Als sie ihn das erste Mal gesehen hatte, hatte er sie angelächelt, wie eigentlich nur Engel lächeln können. Da waren seine Zähne noch ganz gewesen. Später, kurz bevor sie Rom verlassen hatte, fehlte der linke Schneidezahn; den hatte er inzwischen bei einer Prügelei mit Schlägern der Colonna eingebüßt. Bei der Erinnerung an den Bengel Cesare wurde ihr warm ums Herz. Wenn sie es recht bedachte, war der Straßenjunge, der von Gelegenheitsarbeiten und Diebstahl lebte, ihr einziger Freund gewesen, den sie in Rom gehabt hatte.

»Ich kaufe«, sagte Seinschedt leise und drehte sich so rasch zu Ludovica um, daß sie erschrak. »Malt mich, edles Fräulein, und ich gebe Euch fürstlichen Lohn. Nie wieder sollt Ihr dann in kalten und feuchten Kirchen arbeiten müssen.«

Verdutzt blickte die Malerin den Buchhalter an. Seinschedt schritt auf die Wand zu, öffnete eine versteckte Tür und holte ein Bild heraus, von dem Ludovica zunächst nur die Rückseite sah. Er nahm es und hängte es an einen Haken neben der Tür. Jetzt erkannte sie es, es war eines ihrer Lieblingsgemälde, das erste, das sie nach dem Gedächtnis hier in Augsburg gemalt hatte, um eine Erinnerung an ihre Heimat zu haben. Doch es hing keine vier Wochen in ihren Gemächern, da wurde ihr die Bitte übermittelt, es Raymond Fugger auszuleihen. Und nun war dieses Gemälde von den Mädchen am Schachbrett in Seinschedts Besitz. Ludovica spürte Stolz, denn es war ein gelungenes Gemälde, in dessen Mitte ein Schachbrett stand, umringt von einer Frau und drei Mädchen. Das Bild strahlte eine besondere Lebendigkeit aus, und alle vier nahmen regen Anteil an dem Geschehen auf dem Brett. Die Figuren, kunstvoll schlicht gemalt, standen auf eine Art, die es nahelegte, daß sich das königliche Spiel in einer entscheidenden Phase befand, weshalb die Mädchen einen Gesichtsausdruck voller Spannung zeigten. Das Schachbrett stand auf einem Tisch im Freien, und im Hintergrund waren Berge mit einer Burg zu sehen, eine Landschaft, die Ludovica trotz der nahebei gemalten Eiche an den Süden, an Tuszien gemahnte. Das Gesicht der erwachsenen Frau, die über die Schulter eines der Fräuleins das spielerische Figurengeschiebe beobachtete, mochte den Betrachter fesseln, weil es geheimnisvoll vom Rand hereinblickte; es war Elisabettas Antlitz, das einzige Gesicht, das nach Modell gemalt war, denn die anderen waren Ludovicas Schwestern. Sie liebte dieses Bild und freute sich, es wiederzusehen.

»Wie kommt Ihr an mein Gemälde von der Schachpartie?« fragte sie.

»Es ist ein Wunderwerk der Kunst, ich liebe es, seit ich bei Herrn Raymond meinen ersten Blick darauf warf. Ich bin ihm dankbar, daß er es mir überließ. Wer sind die drei Mädchen?«

»Meine Schwestern – die große ist Lucia, die kleine, die so schelmisch lächelt, heißt Europa, und die dritte ist Minerva, welche die Feder heute schon führt, als fühle sie sich zum

Dichten berufen. Die Frau im Hintergrund kennt Ihr vielleicht; es ist Elisabetta, meine Zofe.«

»Was für ein kraftvolles Gemälde!« rief Seinschedt begeistert. »Weil es so gelungen ist, verfiel ich auf die Bitte, mich zu malen.«

Ludovica wiegte den Kopf. Sie wußte, daß sie mit diesem Motiv etwas Besonderes gewagt hatte; es war nicht für die Öffentlichkeit bestimmt gewesen, sollte das Heimweh lindern, das sie manchmal überkam, und ihre Erinnerung an ihre lieben Schwestern wachhalten. Weiter nichts. So malte sie nicht für andere; sie wollte sich an die Konventionen halten, wollte im Rahmen dessen bleiben, was Malerinnen zugedacht war. Dieses Gemälde schien dagegen befreit von herkömmlichen Zwängen. Es freute sie, daß Seinschedt das Besondere daran erkannte. Das machte ihn ihr sympathisch.

»Was ist?« fragte der Buchhalter, und seine Stimme klang flehend. Ludovica sah ihm tief in die Augen, nickte und sagte: »Ich komme morgen nachmittag zur ersten Sitzung.«

Elisabetta hatte im Flur gewartet, dann waren sie gemeinsam hinunter in den Innenhof und von dort durch die hintere Karreneinfahrt auf den Zeugplatz hinausgegangen. Neugierig hatte die Zofe gefragt, was Seinschedt gewollt habe, doch Ludovica blieb jede Antwort schuldig und wandte sich statt dessen in Richtung Dom. Sie wollte ihre Gedanken ordnen, die nun, nachdem sie das Kontor verlassen hatte, um so wilder in ihr durcheinanderwirbelten, und in diesem Zustand wollte sie auf keinen Fall mit ihrer Zofe darüber sprechen. So schritten sie zielstrebig durch die verwinkelten Gassen auf den Perlach zu, wo Ludovica an den Ständen zu Füßen des Turms das Angebot sichtete. Winzige Splitter vom heiligen Kreuz wurden ebenso in Glasphiolen angeboten wie Knochenstaub von Heiligen, sogar einige Knochenstücke des heiligen Jakob fanden sich wohlfeil, daneben Kruzifixe in vielen Größen. Der Rosenkränze gab es Dutzende, teils aus einfachen Kupfer- und Silberkugeln, teils aus edlen Steinen wie Türkisen oder Lapislazuli, aber auch Bernstein und Bergkristall fand sich neben Holzperlen und Hornwürfeln: Was für buntgestaltige Möglichkeiten, den Merkposten für das Ave Maria in den Händen zu halten! Kleine Gebetbüchlein lagen neben Psalmensammlungen im Quartformat, aber auch die Flugschriften der Eiferer fanden sich, wie ein Pamphlet gegen den Irrglauben Luthers, eine Schmährede auf die Wiedertäufer oder – etwas versteckt hinter katholischer Erbauung – eine Verspottung des wohllebigen Bischofs. Zudem fanden sich Votivtäfelchen aller Art: der heilige Christophorus neben Korbinian und Georg, dem Drachentöter, Sankt Martin und der heilige Jakob, Sankt Florian neben Peter und Paul, und natürlich durfte die heilige Afra nicht fehlen.

Wohl eine Viertelstunde blieb Ludovica bei den Buden am Fuße des Perlachturms und sprach kein einziges Wort mit Elisabetta. Dann gab sie das Zeichen zum Aufbruch. Raschen Schrittes eilte sie dem Dom zu. Sie fühlte sich zu aufgewühlt, um jetzt zu sprechen; das Angebot des Buchhalters war grandios gewesen, derart großzügig, daß sie es unmöglich hätte ausschlagen können. Das Entscheidende daran: Es machte sie frei. Sie würde nach getaner Arbeit tun und lassen können, was sie wollte; für sie hieß das: Sie dürfte zurück in die italischen Gefilde, denn hier waren ihr die Zypressen zu fern.

Sie erreichten die Mauern der Domstadt, und ein bischöflicher Scherge fragte sie, wohin sie wollten. Der Name Fugger bewirkte Wunder, denn das Edelfräulein mit seiner Zofe wurde eingelassen, ein Privileg, das nur wenigen Frauen zuteil wurde. Die Domstadt war kein Platz für einfache Menschen. Soweit sie nicht in besonderer Verrichtung anwesend waren, wurden sie möglichst gehindert, den bischöflichen Bezirk zu betreten. Allerdings tat sich der Bischof schwer mit den Augsburgern. Als er den Dom nach Osten erweitert und endlich einen Altar nach Jerusalem ausgerichtet hatte, war der Bischof den Stadtbürgern in die Quere gekommen, und zwar im wahrsten Wortsinne, denn der Kirchenchor schob sich mitten in die vielbefahrene Straße hinein. So wurde den Fuhrwerken ihr Weg nach Norden, insbesondere nach Nürnberg, über die Maßen beschwerlich. Dies wollte und konnte die Stadt nicht dulden; noch ehe der Bau Gestalt annahm, war bestimmt worden, daß die beiden Portale im Süden wie Norden des Domes so geöffnet werden konnten, daß sich ein Fuhrwerk möglichst ungehindert hindurchfahren ließ. So geschah es. Beide Portale wurden breit gefaßt und machten den Fuhrleuten keinerlei Beschwernis, zwischen dem einen Portal einzufahren, auf breitem Weg den Chor zu umrunden und auf der anderen Seite die Kirche zu verlassen. Zu diesem Zweck war der Chor sehr hoch gelegt und ragte vor jedem, der in der Tür stand, wie eine Wand auf. So grenzte sich die eigentliche Kirche gegen die Fahrstraße der Händler und Kaufleute ab, die wegen des Augsburger Wegerechts den Kirchenraum entweihten mit ihren Ochsen und Eseln.

Ludovica lächelte, als sie an den regen Verkehr dachte, der sich morgens und abends durch den Dom quälte und die Messen störte. Besser, dachte sie, der Bischof hätte früher begonnen, darüber nachzudenken, wie seine störrischen Augsburger ihre Straßen verteidigen würden. Kaum eine andere Kathedrale konnte das Schauspiel bieten, daß in des Pfaffen *Dominus vobiscum* ein Wagenochse hineinbrüllte. Schmunzelnd ging sie nach links, auf den Westchor mit seiner prunkvollen Chorschranke zu und wandte sich nach einer Säule unvermittelt um. Sie stand vor dem Bild »Darstellung Jesu im Tempel und Marienkrönung« von Hans Holbein dem Älteren.

»Den Seinschedt soll ich malen«, flüsterte sie unvermittelt ihrer Zofe ins Ohr, die neben ihr stand und zu Holbeins Werk aufblickte. »Und auch noch andere Bilder, Motive nach seinen Wünschen«, fuhr sie fort. »Er will mir fürstlichen Lohn dafür geben.«

Elisabetta schlug sich vor Überraschung die Hand vor den Mund.

»Aber es hat einen Haken: Während er mir sitzt, soll ich ihm von Agostino Chigi erzählen, alles, was ich weiß und gehört habe, sogar meine Ahnungen und Vorstellungen, und darüber hinaus alles, was mir sonst noch einfällt zu Rom und den dortigen Bankleuten und überhaupt allen Menschen, die Vermögen haben oder der Kunst zugewandt sind. Das gefällt mir gar nicht. Was meinst du dazu, Betta?«

»Fuggers Faktor in Rom weiß viel mehr, als du je wissen kannst. Vielleicht hat Seinschedt den Verdacht, der Engelhard Schauer gibt nicht alles oder nicht das richtige preis. Seit die Stadt verwüstet wurde, schießen Niedertracht und Verrat noch stärker ins Kraut denn je. Erst heute auf dem Gemüsemarkt habe ich mit Maurizio über die Lage in der Ewigen Stadt gesprochen.«

»Sind das die Neuigkeiten, die du mir vorhin angedeutet hast?«

»Nein, das nicht, aber ich weiß nicht, ob hier der richtige Ort dafür ist.«

»Du hast recht, wir sollten uns einen geschützteren Platz für solche Gespräche suchen. Laß mich rasch ein Ave Maria und ein Pater noster beten, dann schlüpfen wir hinten beim heiligen Christophorus hinaus.«

So taten sie es, gingen drei Schritte in die weite Halle des Kirchenschiffs hinein, knieten kurz gegen den Altar hin nieder, murmelten ihre Gebete und schritten auf den Westchor zu, wo sie vor der Chorschranke links in den Ausschlupf abbogen. An der hohen Wand ragte, riesengroß hingemalt, Christophorus auf und gab ihnen seinen Segen für den Tag. Dann standen sie draußen in der milden Septembersonne und blickten hinüber in den Fronhof, wo ein munteres Kommen und Gehen von den Bauern herrschte, die ihren Zins ablieferten.

»Nun sprich«, drängte Ludovica neugierig, als sie die Domstadt verlassen hatten, »was ist es, das du so geheimnisvoll behandelst?«

»Ein Mord ist geschehen, eine schreckliche Bluttat im Kontor unserer Herrschaft«, flüsterte Elisabetta und blickte sich über die Schulter, ob sie nur ja niemand belausche. »Ein junger Buchhalter ist gestern am Morgen im Kunigsperger-haus getötet worden, ertränkt in Teufelstinte, heißt es; und er soll ein Vertrauter Seinschedts gewesen sein.«

Ludovica blieb stehen.

»Ja, ein junger Mann, den Seinschedt bald nach Venedig oder Rom hat schicken wollen. Deshalb auch bin ich so neu-gierig, was der Buchhalter mit dir zu besprechen hatte. Es hätte mit dem Mord zusammenhängen können.«

»Warum?«

»Weil du eine Italienerin bist. Du könntest eine Spionin sein.«

»Unsinn!«

»Deine Tarnung wäre hervorragend.«

Ludovica lachte.

Eine Stunde später stand Ludovica im Kapitelsaal des Ka-tharinenklosters vor dem Gemälde der Basilika San Gio-vanni in Laterano und heftete ihren Blick auf die knienden Pilger. Der unterste trug einen Rosenkranz. Barhäuptig, mit zurückgeschobenem breitkrempigem Pilgerhut, schien er ganz in das Gebet vertieft. Er bemerkte den Hund nicht, der vor den Füßen des Wachmannes stand und gebannt auf den Pilger blickte, die rechte Vorderpfote erhoben wie zum Gruß des frommen Mannes, der sich an der Scala Sancta Ab-laß erhoffte sowie die Errettung einer Seele aus dem Fege-feuer – denn so hieß es, daß, wer kniend die heilige Treppe der Laterankirche erklomm, eine Seele dem Fegefeuer ent-riß. Auf der Treppenbrüstung hatte sich der Augsburger Ma-ler Hans Burgkmair verewigt, indem er dort seine Signatur angebracht hatte, jener schon weit über Augsburg hinaus bekannte Maler, der gemeinsam mit dem älteren Holbein den Auftrag erhalten und insgesamt drei der sechs Basili-kengemälde geschaffen hatte. Alle sieben Hauptkirchen Roms fanden sich auf diesen Gemälden und gaben Ludovica ein Gefühl von Heimat. Um der Basiliken oft ansichtig zu werden, hatte sie den Auftrag übernommen, jene junge Dominikanerin zu malen, über deren Bildnis sich Seinschedt mit ihr unterhalten hatte. Außerdem lag in den Basiliken mehr als nur der Reiz von Meisterwerken, denn sie standen für ein Privileg, wie es auf der Welt seinesgleichen suchte: Welche von den Nonnen vor den Bildern ihre Gebete verrichtete, weil sie aufgrund ihrer Lebensumstände keine Pilgerreise nach Rom auf sich nehmen konnte, die erfuhr den nämlichen Ablaß wie in den heiligen Kirchen selbst. Für die Nonnen war also die Sündenvergebung für je drei Pater noster und Ave Maria wohlfeil, und für Besucher, die ihr Knie vor den Basiliken beugten, sollte die Gnade des Erlasses der Sündenstrafen ebenfalls gelten, zumindest, so hieß es, wenn die Gebete um eine Spende für das Kloster ergänzt wurden.

Meine Spende, dachte Ludovica, hängt nun im Vorraum des Kreuzgangs und dient den Schwestern zur Erbauung und Verstetigung ihres Glaubens. Sie wandte ihre Gedanken den Berichten aus Rom zu, welche ihre Zofe vom Hörensagen des Händlers Maurizio weitergegeben hatte. Die Menschen stöhnten den ganzen Sommer unter den Angriffen der Pest. Die Stadt war zerstört und von allen verlassen, die es sich leisten konnten, auf den umliegenden Hügeln bessere Zeiten abzuwarten. Der Papst saß eingeschüchtert und willfährig in der Engelsburg. Langsam, zu langsam war Pompeo Colonna in seinem Tun, Recht und Ordnung in die Stadt zu bringen. Überall Mord und Totschlag, Raub und Plünderung, und – was für ein Verlust – viele Paläste in Schutt und Asche. Auch das Haus des Giacomo Garilliati, wenig unterhalb des Kapitols, in welchem sich der großartige Felsensaal des Baldassare Peruzzi befand, war ein Opfer der wütenden Kaisertruppen geworden, abgebrannt bis auf die Grundmauern; unwiederbringlich verloren das Meisterwerk ihres Lehrmeisters zu Rom, jene täuschend nach der Natur gemalte Höhle, aus der man in die weite Landschaft eines tiefliegenden Tales blickte. Einmal nur hatte Peruzzi sie in den Palazzo Garilliati geführt, beinahe heimlich, so daß nur ein

Diener des Bankiers sie gesehen hatte, sie sonst aber keiner Menschenseele in dem riesigen Haus begegnet war, und sie war mit offenem Mund vor dem Wunder gestanden, das Baldassare dem Pinsel entlockt hatte.

Sie kniete vor San Giovanni in Laterano nieder und flüsterte ihr erstes Pater noster. Vergib mir meine Schuld. So wie ich vergebe meinen Schuldigern. Er hatte es nicht verdient, nein; obwohl er sich ungerecht und selbstsüchtig verhalten hatte, ihr gegenüber zumal, so hatte er es dennoch nicht verdient, daß seine auf die Ewigkeit berechneten Werke so früh und noch weit vor ihrem Schöpfer zugrunde gingen. Unsterblichkeit, dachte sie, wenigstens ein Überdauern des eigenen Todes erhofft sich der Künstler durch sein Schaffen. O ja, es ist Eitelkeit, gestand sie sich ein, sich selbst ein Überdauern zu wünschen in den eigenen Werken, aber hätte Gott uns die Künste gegeben, wenn er dieses bißchen an Eitelkeit nicht verzeihen könnte? Und es ist nur ein kleiner Teil, dachte sie und lauschte dabei in ihr Innerstes; zuallererst möchte ich malen, malen, malen … Ja, ich liebe den Geruch der Farben, den Duft der Leinwand und selbst das kalkige Naß des Putzes in der Nase, in den hinein ich die Grundierung lege für das Fresko des Meisters. Teilhaben will ich an der Schöpfung, indem ich selbst schaffe, sei es Farbe oder Umriß, Gestalt oder Fläche. Mein Leben erhält einen Sinn dadurch, vielleicht weit mehr, als würde ich fünf Kinder großziehen. Kinder? Niemals. Ihr Leben war das einer Nonne, nur ohne Gelübde und ohne den Schutz eines Klosters. Andererseits … sie spürte Seinschedts bewundernden Blick auf sich, und er tat ihr wohl, auch wenn sie sich diesen Umstand ungern eingestand.

Als Ludovica gemeinsam mit Elisabetta das Katharinenkloster verließ, fühlte sie Trost und Geborgenheit. Sie gingen zum Zeugplatz, um von dort aus die Innenhöfe der Fuggerschen Häuser zu erreichen, schlüpften durch das Tor des hinteren Hofes, in welchem rege Betriebsamkeit herrschte, weil eine große Ladung Kupfer angekommen war, wandten sich in dem Gewirr gegen den Trakt, in dem sich ihre Räume fanden, gleich neben den Wirtschaftsräumen der Familie Raymonds. Elisabetta würde ein schmackhaftes Abendmahl bereiten, und Ludovica könnte sich am Waschzuber erfrischen und neue Kleider anlegen.

Sie stiegen die Treppe hinauf in das zweite Stockwerk, als sie Stimmengewirr vernahmen und gleich darauf einen Schergen des Rats in seiner amtlichen Kluft die Treppen herunterpoltern hörten. Schon kam er um die Ecke gerannt, schrie unverständlich, wich ihnen im letzten Augenblick aus und verschwand. Ludovica schüttelte den Kopf und erklomm die letzten Treppenstufen. Oben stand Mathilda, die Küchenmagd, mit schreckstarrem Antlitz.

»Was ist geschehen?« fragte Elisabetta und schüttelte die Magd an den Schultern.

»Tot«, murmelte diese und verdrehte die Augen, bis nur noch das Weiße zu sehen war. Steif wie ein Stock fiel sie in Ohnmacht.

Während sich Elisabetta um die bewußtlose Magd kümmerte, schritt Ludovica den düsteren Flur entlang auf die Küche zu und blieb abrupt an der Tür zur Speisekammer stehen. Ein weiterer Amtsscherge hielt hier mit bleichem Gesicht Wache. In der Kammer aber sah Ludovica einen großen Sack, und aus dem Sack ragten Beine und Gesäß eines Menschen hervor, nach den Pluderhosen zu urteilen ein jüngerer Mann.

»Was hat das zu bedeuten?« fragte Ludovica und deutete in die Kammer.

»Im Mehl erstickt«, flüsterte der Scherge.

»Wer tut so etwas?« murmelte Ludovica und betrat die Kammer, als sei es das normalste der Welt, daß sie sich einen in Mehl erstickten Leichnam betrachtete. Noch bevor der Wachmann etwas erwidern konnte, stand sie neben dem Toten und erblickte hinter dem Sack ein Jutetäschchen mit Papieren darin. Rasch bückte sie sich, nahm, ohne sagen zu können warum, den Beutel an sich, schob ihn unter ihren Rock und zwickte ihn unter die Hosen. Das würde halten, bis sie wieder auf dem Flur und außer Sicht des Aufpassers war.

»Weiß man, wer er ist?«

»Nein«, entgegnete der Scherge und vergaß darüber, sie nach ihrem Grund für das Eindringen zu befragen, »der Leichnam wurde eben erst entdeckt, und daß wir so rasch zur Stelle waren, liegt einzig daran, daß wir im Kunigspergerhaus noch einige Vernehmungen zu machen hatten und gleich gerufen werden konnten. Doch hier muß der Rat eine Entscheidung treffen, und auch der Ermittler des Bischofs ist beizuziehen. So haben wir nichts verändert.«

»Scheint ein junger Bursche zu sein. Schade um ihn.«

Ludovica bekreuzigte sich, was der Scherge ihr sofort gleichtat, und ging durch den düsteren Flur davon zu ihren Gemächern. Ehe sie eintreten konnte, rief der Amtsdiener nach ihr und kam angelaufen. Sie fühlte ein Kribbeln im Bauch, und ihre Hände zitterten. Das Säckchen, dachte sie panisch, wieso habe ich bloß das Säckchen eingesteckt. Was mache ich nur? Dann war er heran.

»Verzeiht, wertes Fräulein, habt Ihr aus der Vorratskammer etwas an Euch genommen?«

»Nein«, erwiderte Ludovica geistesgegenwärtig und wunderte sich selbst darüber, wie ruhig ihre Stimme klang. »Was hätte ich denn mitnehmen sollen?«

»Mir war«, entgegnete der Scherge und zuckte die Schultern, »als wäre hinter dem Mehlsack bei dem Toten etwas auf dem Boden gelegen; jetzt ist dort nichts mehr; aber vielleicht habe ich mich geirrt.«

»Gewiß, denn ich habe dort nichts gesehen«, antwortete Ludovica und betrat mit einem leichten Kopfnicken gegen den Amtsdiener ihren Arbeitsraum. Sie schloß die Tür, lehnte sich dagegen und fing zu zittern an. Nun packte sie das Entsetzen, das sie beim Anblick der leblos aus dem Mehlsack ragenden Beine nicht gespürt hatte. Sie fror, ging hinüber in ihr

Schlafzimmer, wickelte sich in eine Decke und kauerte sich auf ihren Sessel. Gesichter huschten aus der Erinnerung herauf, und sie fragte sich, wie der Tote ausgesehen haben mochte. Die Vorstellung eines von Mehl verklebten Gesichtes schreckte sie. Daneben tauchte das Bild eines geschwärzten Kopfes auf, und sie stellte sich den zweiten Toten vor, von dem Elisabetta eben erzählt hatte. Unheimlich und beängstigend ist das, dachte sie und versuchte, das Gefühl von Bedrohung zu verdrängen. Sie schloß die Augen und atmete ruhig. Allmählich wurde ihr wieder warm.

Da spürte sie das Zwicken in ihrer Leiste. Sie zog das Bündel des Toten unter ihrem Rock hervor, setzte sich an ihren Tisch und nahm die Papiere heraus. Es handelte sich um mehrere in der Mitte gefaltete Quartbogen, die engzeilig mit sicherer Hand beschriftet waren; links standen Wörter, rechts Zahlen. Bei näherem Hinsehen stellte sich heraus, daß es sich um Namen handelte, die manchmal um gewisse Stichworte ergänzt und stets mit Zahlen versehen waren. Neugierig las Ludovica die Namen in der heimlichen Hoffnung, auf einen Bekannten zu stoßen, und siehe da, schon wurde sie fündig. »Giacomo Garilliati, causa Frangipane, scu. 3 000« stand da, und Ludovica mußte nicht lange überlegen, um zu wissen, daß es sich um einen Betrag von 3 000 *Scudi* handeln mußte, die wegen eines Frangipane entweder an den römischen Bankier Giacomo Garilliati, einen Gönner Baldassare Peruzzis, gezahlt oder von diesem erhalten worden waren.

Während sie weiterlas, entdeckte sie noch andere Geldleute Roms, aber auch mit Bankgeschäften vertraute Kaufleute aus Florenz und Venedig auf der Liste des toten jungen Mannes, ebenso wie manchen Bischof oder Kardinal. Die Summen, die hinter den Namen standen, waren beträchtlich. Doch so lange sie auch rätselte, ob es sich bei den Beträgen um Einnahmen oder Ausgaben handelte, das erschloß sich ihr nicht.

Schließlich legte sie die Papiere unter ihre Wäsche in der

Truhe und trat an die Staffelei am Fenster. Sie nickte, denn das Grün der Blätter gefiel ihr richtig gut, und sie begann, eine neue Farbe für die Holzbank zu mischen, welche unter dem Baum stand. Während sie Strich neben Strich setzte, wanderten ihre Gedanken zurück zu ihrem Gespräch mit Franko Seinschedt. Sie spürte ein leichtes Ziehen im Bauch, und ihr Herz schlug schneller. Da war etwas, das sie verunsicherte und abstieß, aber zugleich fühlte sie sich angezogen von diesem Mann, der so offensichtlich ihre Kunst bewunderte. Nach und nach wuchs in ihr der Wunsch heran, Franko Seinschedt bald wiederzutreffen.

Zwei Bauern, schwarz und weiß

Jakob erwachte von einem wirren Traum, der ihn in das brennende Rom zurückgeführt hatte. Nach langen und angstvollen Fluchten war er in dem Versteck am Monte Celio angelangt und fand sich in inniger Umarmung mit Claudia wieder: Zärtlicher und leidenschaftlicher, als ihre verschwiegene Nacht, die einzige, die sie als Liebende miteinander verbracht hatten, in Wahrheit verlaufen war, wirbelte ihn der Traum in einem Sturm der Gefühle umher. Entfesselt fanden ihre Körper zueinander, bis sich seine Erregung beinahe ins Unerträgliche steigerte. Da erwachte Jakob. Sein Laken war feucht von Schweiß, und er starrte benommen an sich hinab auf den schmerzenden Dorn. O Gott, stammelte er, womit strafst du die Männer?

Er rieb sich die Augen, stand auf und machte sich auf den Weg zur Latrine. Dann steckte er den Kopf in den Brunnen und schüttelte den Traum ab. Er beschloß, sich ganz auf seine Aufgaben zu besinnen, die er in Augsburg zu bewältigen hatte: die Suche nach dem Mörder des jungen Buchhalters und die Überführung der Täufer in ihrem ketzerischen Tun. Plötzlich schauderte ihn vor dem Anblick des Scheiterhaufens, und er begann an einer Gerechtigkeit zu zweifeln, die ihr Ziel darin sah, Menschen zu verbrennen, um ihre Seelen zu retten. Wäre es nicht mehr im Sinne Jesu Christi, die Irrenden mit beharrlicher Liebe auf den Pfad des wahren Glaubens zurückzuholen? Seine Sympathie für die Täufer verunsicherte ihn. Nein, wehrte er sich, ich will meine Pflicht erfüllen. Mit diesem energischen Gedanken schlüpfte er in seine Kaufmannskleider und machte sich auf den Weg zu Hans Denck.

Den Täufer traf Jakob in der Jakobervorstadt, wo er als Gast eines Webers hauste und mit den Vorbereitungen zur nächsten Täufersynode beschäftigt war. An einem provisorisch gezimmerten Schreibpult stehend, winkte er Jakob herein.

»Sei gegrüßt, Bruder.« Der Täufer spitzte die dünnen Lippen, als wollte er ein Lied pfeifen, und kritzelte mit der Feder auf dem Bogen herum wie ein kleines Kind. »Es will mir einfach nicht aus der Feder fließen«, jammerte er und zog einen dicken Strich quer über das Papier. »Vielleicht sollte ich aufhören, Traktate zu verfassen, und statt dessen Bilder zeichnen zur Darstellung der Unvernunft, kleine Kinder zu taufen. Erst vorgestern ist mir ein vortreffliches Flugblatt in die Hände gefallen, das einen grinsenden Kindskopf in einem Fischernetz zeigt, das aus dem Wasser gezogen wird.«

Denck griff in einen Stapel auf der Fensterbank und zog ein Blatt hervor, das eine bösartige Zeichnung zeigte; nicht nur grinste der Kopf des Täuflings dümmlich und gemein, sondern der taufende Pfarrer war auch noch als ein feister Kleriker mit einem aufgedunsenen Gesicht dargestellt, hinter dem ein spindeldürrer Luzifer hundsföttisch grimassierte. Wer dieses Flugblatt betrachtete, der konnte nicht anders, als sich über die Kindstaufe lustig zu machen.

»Siehst du, das gefällt mir«, fuhr Denck fort, »daß hier einer mit wenigen Federstrichen einem jeden, der sehen mag, zeigt, was für ein Irrweg es ist, das des Glaubensbekenntnisses unfähige Kind zu taufen. Wie viele Worte dagegen benötige ich, um das Gleiche auch nur halbwegs verständlich zu machen. Übrigens: Wir treffen uns hier am kommenden Sonntag, und es ist wichtig, daß du dabei bist. Viele der Kleinmütigen werden ihre Angst verlieren, wenn sie sehen, daß unser Glaube die Braven des Predigerordens erreicht. Also paß mir auf deine Tarnung auf, damit du ungehindert zu uns stoßen kannst. – Und jetzt verzeih, wenn ich mich wieder dem Pult zuwende; die Zeit drängt.«

Jakob verabschiedete sich und ging hinauf in die Domstadt, um in den Kellern des Bischofspalastes die Leiche des Georg Walch zu begutachten. Der Weg durch die Stadt machte die Unterschiede in der Lebensweise der Bewohner ebenso augenfällig wie die Verteilung der Macht auf zwei unterschiedliche Schultern. Nicht nur, daß die Domstadt mit ihrer uralten Mauer gegen den Rest der Stadt abgeschirmt war und ein eigenes Gelände mit eigener Herrschaft bildete, sondern auch der Umstand, daß die Domstadt auf einem Hügel lag, zu dem man aus den Niederungen der Jakoberstadt hinaufsteigen mußte, verdeutlichte den Unterschied zwischen den einfachen Leuten und dem Klerus. Unten duckten sich die Häuser an die Bäche und Kanäle, standen mit den Mauern im Wasser, das die Werkstatträume der Weber und Gerber flutete. Oben waren die Häuser der Priester und Prediger trocken und großzügig; auch die Gärten der Kleriker fielen geräumiger aus. Unten lenkte die schiere Notwendigkeit das Wasser in die Häuser, damit den Webern, die mit ihren Knechten und Gehilfen an den Webstühlen saßen, die Kettfäden naß und geschmeidig blieben und den Gerbern das Abschaben der Häute erleichtert wurde. Jeden Abfall und Dreck nahmen die Lechwässer mit und schafften den Unrat aus der Stadt hinaus, was besonders deutlich im Schlachthaus zu sehen war; die Holztische über den Kanal gestellt, schnitten die Metzger den Abfall ab und schoben ihn einfach vom Tisch; kein Unrat, keine Ratten, kein Geruch – und das Wasser kühlte nebenbei und half, daß das Fleisch nicht so rasch verdarb. Aber die Menschen litten unter der Feuchtigkeit, die in jedes Hemd kroch. Wie mühsam mußte es sein, mit den Beinen im kalten Wasser zu stehen und edles Tuch zu weben; klamme Finger, die das Schiffchen von links nach rechts und wieder zurück jagen; immer Husten und Schnupfen, heiser die Stimmen, schmerzend die Lungen; erlahmende Kräfte irgendwann; blutiger Auswurf; Fieber, Schüttelfrost; glühende Auszehrung; schließlich steht der Gebeutelte nicht mehr auf. Für welchen Lohn? Bescheiden der irdische. Kann man sich auf den himmlischen verlassen? Der Herr ist voll der Gnade, und die Letzten werden die Ersten sein. Wichtig ist, auf die rechte Weise zu glauben. So, wie's der Bischof will? Oder doch in wahrer Demut und tiefer Freude am Wort Gottes? Also lutherisch? Oder gar nach der Weise der Wiedertäufer?

Der einfache Mann tat sich nicht leicht mit der Entscheidung. Zu lange hatte man in Augsburg Erfahrung mit der Art des Bischofs, dem es an nichts mangelte und der das Volk aus seiner Stadt ausschloß, wenn es galt, die eigenen Pfründen zu verteidigen. Zu alt war die Augsburger Erfahrung, wie gut es sich lebte, unterstand man nicht dem Joch des Krummstabs. Sie unterstanden dem Kaiser und waren stolz darauf. Besonders, als noch Maximilian die Krone trug, der fürstliche Bürgermeister der Stadt. Wie gern er in den Lechauen zur Jagd gegangen war. Sie hatten ihm eigens einen geheimen Durchschlupf in die Mauer gebaut, damit er nicht bei der Jagdgesellschaft vor der Stadt nächtigen mußte; denn selbst für ihren Kaiser öffneten die Augsburger kein Stadttor nach Sonnenuntergang. Daher der Durchschlupf, versehen mit einem geheimen Mechanismus, den außer dem Kaiser und zwei Getreuen in der Stadt niemand kannte.

Was für eine Stadt, dachte Jakob und schmunzelte bei dem Gedanken an das Selbstbewußtsein ihrer Einwohner. Und doch waren Wohl und Wehe so ungleich verteilt. Kaum jeder fünfte Bürger zahlte Steuern, und auch die Geschicke im Rat lagen in der Hand weniger. Nicht der Fugger, das immerhin fand Jakob bemerkenswert. Selbst der alte Regierer, den sie alle nur den Reichen nannten, hatte zu keiner Zeit einen Sitz im Rat angestrebt. Aber er hatte Sinn für die Armen gehabt und eine Stiftung gegründet, die ihresgleichen suchte; ein Städtchen in der Stadt hatte er bauen lassen, kleine Häuschen Reihe an Reihe nebeneinander für unverschuldet in Armut gelangte Augsburger Bürger, mit Toren versehen, die mit den Stadttoren geschlossen wurden. Hatte er also doch ein Herz für die Armen, Jakob Fugger der Reiche, der die Geschicke der Stadt links liegen ließ und lieber gleich einen Kaiser zu seinem Werkzeug machte? Jakob wiegte seinen Kopf; ich weiß zu wenig, dachte er, und darf mir kein Urteil anmaßen.

Trotz sommerlicher Temperaturen im Freien fröstelte Jakob in der Kälte des tiefen Verlieses, in dem die Leiche auf einem langgestreckten Holztisch lag. Das Verlies lag drei Stockwerke unter der Erde, ein Keller so tief, wie Jakob noch keinen gesehen hatte, außer vielleicht die Gewölbe unter dem Pallas einer Burg in den Abruzzen. Vier Fackeln spendeten gespenstisches Licht und ließen auf dem blassen Leichnam Schatten tanzen. Das an sich ebenmäßige Gesicht war mohrenschwarz und durch die Tinte entstellt. Der Körper wäre eine Freude gewesen für Michelangelo, modelliert nach den Maßen eines jugendlichen Achill, knabenhaft schlank und dabei doch kräftig und muskulös.

Doktor Michael Malzahn, der *Medicus* des Bischofs, schüttelte bedauernd den Kopf, bevor er Jakob auf die Würgemale am Hals hinwies; deutlich eingedrückt im Nacken zwei Dellen, die nur von kräftigen Daumen stammen konnten, und knapp neben dem Kehlkopf rechts und links, allerdings wegen der Schwärze der Haut nur schwach sichtbar, je eine Fingerreihe.

»Vermutlich«, brummte der *Medicus*, »hat der Täter von hinten zugepackt, zugedrückt und dann den Kopf des armen Kerls in die Tinte getaucht.«

»Läßt sich das genau feststellen?«

»Wenn der Junge tot war, ehe er in die Tinte getaucht wurde, müßte die Luftröhre von Tinte frei sein. Ansonsten ist anzunehmen, daß er noch einmal zu atmen versucht und dabei Tinte geschluckt hat; dann wären Tintenspuren in Luft- und Speiseröhre zu erkennen.«

»Können wir hineinsehen?«

»Das ist nicht so einfach. Ich müßte den Leichnam öffnen, und für diese Sektion benötige ich die Erlaubnis des Bischofs.«

»Habt Ihr die denn nicht?«

Doktor Malzahn schüttelte den Kopf.

»Das darf doch nicht wahr sein«, entrüstete sich Jakob. »Da ermitteln wir in einem Fall heimtückischer Tötung, und der *Medicus* hat keine Erlaubnis für eine Autopsie. Wir besorgen uns die Genehmigung so schnell wie möglich.«

»Leichter gesagt als getan«, erwiderte der Arzt. »Solche Erlaubnisse werden nur in der Kanzlei des hochwürdigen Erzbischofs Christoph von Stadion angefertigt, und ihnen muß ein ausführlicher Bericht zugrunde liegen.«

»Wer soll den Bericht verfassen?«

»Ihr – wer sonst«, erwiderte Malzahn und lächelte.

»Und was soll in dem Bericht aufgeführt werden?«

»Na ja, am besten, Ihr schreibt, daß der Verdacht einen dieser ketzerischen Wiedertäufer trifft, und Ihr hofft, durch ein Zeichen in Hals oder Lunge den teuflischen Ursprung der Tat aufzeigen zu können. Unterstützt wird das durch folgende Beobachtung«, fuhr der Arzt, immer noch lächelnd, fort und deutete auf ein Muttermal unterhalb des linken Schulterblattes, das beinahe die Form eines Nachtfalters aufwies. »Selten habe ich ein so eindeutiges Teufelsmal wahrgenommen als diesen braunen Schwärmer. Zudem: beachtet die eingekrümmten Nägel der Zehen! Wenn das nicht die Signatur des Bocksbeinigen ist!«

»Nun denn«, erwiderte Jakob, »so laßt uns in die Kanzlei gehen und dort den Bericht für die Erlaubnis zur Öffnung der Leiche fertigen.« Wenn der Mörder sein Opfer lebendig in die Tinte eingetaucht hat, dachte er dabei und schritt neben Doktor Malzahn die Treppen hinauf, dann mußte er unweigerlich mit seinen Händen in die Tinte gefaßt haben. Ergo mußte er nach der Tat Tinte an den Fingern haben; und bei der Qualität dieser Farbe wäre es schwierig für ihn gewesen, seine Finger sauberzubekommen. Das, immerhin, wäre ein erster Ansatz für die Suche nach dem Täter.

Es war früher Nachmittag an diesem zweiten Donnerstag im September geworden, bis Jakob dem *Medicus* im Keller des Bischofspalastes beim Legen des ersten Schnittes in den

Hals des bedauernswerten Georg Walch zusehen konnte. Lautlos und scharf fuhr das Skalpell vom Gaumenboden bis zum Schlüsselbein herab, haarscharf an der Speiseröhre und dem Kehlkopf entlang. Grauweiß lag die Knorpelröhre im klaffenden Fleisch, als das Messer mit einem zweiten Schnitt den Hals bloßlegte; im Hintergrund sah Jakob Knochen schimmern. Dann fuhr die scharf geschliffene Klinge in den Knorpel und spaltete die Röhre in zwei Hälften, und ehe noch der Kehlkopf durchtrennt war, sah man die Spuren der schwarzen Tinte. Recht kräftig mußte der Buchhalter vor seinem Tod von der bitteren Farbe getrunken haben. Jakob nickte. Malzahn setzte das Messer zu einem Schnitt an über die Brust, als ein Bote den Raum betrat und schwer atmend meldete, im Fuggerschen Haus sei eine weitere Leiche entdeckt worden.

»Der Maximilian Mair, ein Buchhalter, der für Herrn Seinschedt arbeitet, wurde erwürgt und in einen Sack voller Mehl hineingesteckt«, berichtete der Bote atemlos. »Könnt Ihr bitte an den Tatort kommen und Euch umsehen?«

Die Überraschung war größer als das Erschrecken, und es dauerte eine Weile, bis Jakob begriffen hatte; dann nickte er dem Arzt zu, er solle ihn begleiten. Sie ließen den bedauernswürdigen Leichnam des Georg Walch auf dem Tisch liegen und folgten dem Amtsboten in die Fuggerhäuser am Weinmarkt.

Auf der engen Treppe mußten sie sich an vielen neugierigen Menschen vorbeizwängen, und in Jakob stieg eine Unruhe auf, wie er sie seit dem Tod Antonias zu Rom nicht mehr gespürt hatte. Ängstlich blickte er in die Gesichter links und rechts der Treppe und dachte dabei an seine Tischgefährtin auf dem Sommerfest des Ambrogio Farnese, die einem scheußlichen Mord zum Opfer gefallen war, einzig deshalb, um ihm die Tat in die Schuhe schieben zu können. Nein, dachte er, dieser Mord hier kann nichts mit mir zu tun haben, wenigstens darüber brauche ich mich nicht zu beunruhigen; eher schon über den Umstand, daß mich jemand sehen und bei den Täufern als geheimen Ermittler des Bischofs entlarven könnte.

Sie gingen einen düsteren Flur entlang, bis der Bote an einer Tür stehenblieb, die in eine Speisekammer wies. In der Kammer stand ein Getreidesack, aus dem Beine und Gesäß eines Menschen hervorragten, bekleidet mit einer Pluderhose. Jakob hob die Hand und betrat den Raum allein. Rund um den Sack war der Boden mit Mehl bestäubt; auf der Seite, an der die Füße des Toten herausragten, waren mehrere Fußspuren zu erkennen. Jakob bückte sich und betrachtete die Abdrücke genauer. Tief eingedrückt in eine dicke Mehlschicht fanden sich die kantigen Absätze von Stiefeln, wie sie die Schergen des Rates trugen, und allein schon wegen des eindeutigen Trittes ins Mehl schloß Jakob, daß sie tatsächlich einem der Amtleute zuzuordnen seien. Daneben sah er halb verdeckt unter dem hellen Puder Spuren von leichtem Schuhwerk, die Jakob der schieren Größe wegen für diejenigen eines Mannes hielt. Am Rand des verschütteten Mehles aber bemerkte er die leichten Eindrücke kleiner Füße, die in Schuhen mit glatter Sohle aus feinem Leder zu stecken schienen, denn es zeichnete sich fast die natürliche Form des Fußes nach. Diese Spur führte um den Sack herum zu einer Stelle, an der das Mehl verwischt war, als hätte dort etwas auf dem Boden gelegen und wäre dann entfernt worden.

Jakob prägte sich die Muster der Spuren gut ein, bevor er an den Leichnam herantrat. Die Pluderhose war über und über mehlbestäubt, woraus zu schließen war, daß ein Kampf stattgefunden haben mußte, wenngleich ein für das Opfer aussichtsloser; nur so ließ sich das viele Mehl rings um den Sack erklären. Es würde mich nicht wundern, dachte Jakob, wenn wir am Hals die gleichen Würgemale fänden wie an der Leiche des Georg Walch.

Wenig später stellte sich heraus, daß er richtig gelegen hatte; doch im Unterschied zu Walch war Maximilian Mair tot, bevor er in das Mehl gesteckt wurde. Das Aufschneiden seiner Brust zeigte kein Stäubchen in seiner Lunge, während die Sektion bei Walch deutliche Tintenspuren in den oberen Verästelungen der Luftröhre erbrachte.

»Bin nicht sehr geübt im Aufschneiden der Toten«, brummte der *Medicus*, »aber die beiden könnten von ein und demselben umgebracht worden sein. Es sieht ein wenig wie eine Bestrafung aus, und ich kann nicht umhin, die Wahl von schwarzer Tinte und weißem Mehl für Berechnung zu halten.«

»Gibt es denn weitere Besonderheiten an den Leichen?« fragte Jakob und sann zugleich über die letzte Bemerkung des *Medicus* nach. Das kannte er aus Rom zur Genüge, daß ein Mörder mit einer bestimmten Vorgehensweise etwas sagen wollte. In Rom war die Art der Tatbegehung eine Warnung an andere Dirnen gewesen, von ihrem Gewerbe abzulassen. Aber was sollte die Botschaft hier bedeuten?

»Es sind zwei ausgesprochen schöne junge Männer«, bemerkte Malzahn, »und ich bin mir nicht sicher, ob sie der Knabenliebe gefrönt haben.«

»Wie kommt Ihr auf den Gedanken?«

»Der Anus«, brummte der Arzt, und es war ihm sichtlich peinlich, darüber sprechen zu müssen, »schaut geweitet aus und weist einige winzige Verletzungen auf. Es muß nichts bedeuten; aber schön genug wären die beiden.«

Jakob nickte, bedankte sich bei dem Arzt und verließ nachdenklich den bischöflichen Keller. Er überlegte, mit wem er sich über Maximilian Mair unterhalten könnte. Zunächst dachte er daran, Franko Seinschedt zu befragen, aber er hatte bei ihrem letzten Gespräch nicht den Eindruck gehabt, von dem Oberbuchhalter viele hilfreiche Auskünfte zu erhalten. Es war vernünftiger, im Freundeskreis des jungen Buchhalters nach weiteren Hinweisen zu forschen. Da fiel ihm der Lehrling ein, den er im Kontor gesprochen hatte, und er machte sich auf den Weg in das Kunigspergerhaus, um Hans Angerer aufzusuchen.

»Den Max habe ich freilich gut gekannt«, antwortete der

Buchhalter, nachdem sie aus dem Kontor in den Flur herausgetreten waren. Angerer hatte mit nervösen Blicken erkundet, ob sie jemand belauschen könne, und dann erleichtert berichtet, daß er und Mair aus demselben Dorf vor den Toren Augsburgs stammten und beinahe gleichzeitig in der Buchhaltung Fuggers angefangen hatten.

»Max war recht gescheit und konnte alles immer erklären. Deshalb hat ihn der Herr Seinschedt vor vier Monaten zu sich genommen und ihm wichtige Hilfsarbeiten anvertraut.«

»Welcher Art waren diese Dienste?« fragte Jakob.

»Es ging um besondere Aufzeichnungen«, antwortete Angerer zögernd, und für einen Augenblick hatte Jakob den Eindruck, der Bursche lege sich eine Lüge zurecht. »Max hat darüber nicht gesprochen. Er arbeitete eng mit Georg zusammen. Er sollte im Kontor Georgs Aufgaben übernehmen und dessen Verbindungsmann für geheime Spezialaufträge sein.«

»Was muß ich mir unter geheimen Spezialaufträgen vorstellen?«

Angerer zuckte mit den Schultern. »Im Kontor werden viele geheime Geschäfte abgewickelt. Die Faktoren stoßen vor Ort manches verdeckte Geschäft an. Einmal hat Georg mithelfen müssen, in Venedig alles Kupfer vom Markt wegzukaufen, bloß damit danach Fuggersches Kupfer aus den Tiroler Minen angeboten werden konnte.«

»In solche Geschäfte sollte Maximilian Mair eingebunden werden?«

»Vielleicht – jedenfalls wurde er zum engsten Vertrauten von Georg Walch und war dabei, seinen Weg zu gehen in der Fuggerschen Rechenstube. – Deswegen hat er ja den Krach mit den Täufern bekommen.«

Jakob horchte auf. »Mit den Täufern?«

Angerer nickte. »Max war Glaubensfragen schon immer aufgeschlossen, und deshalb hat er an einigen Treffen der Täufer teilgenommen. Doch als er von Herrn Seinschedt zum Schwur aufgefordert wurde, da schwor er Treue dem

Hause Fugger und der heiligen Kirche. Es gab dann ziemlichen Ärger mit den Täufern, sogar mit Hans Denck selber hat der Max Streit gehabt.«

Jakob überlegte, ob er Hans Denck auf diesen Streit ansprechen sollte, als ihm einfiel, daß er gegenüber Denck auf gar keinen Fall als der Ermittler des Bischofs in Erscheinung treten konnte. »Ich stolpere schon über meine eigene Tarnung«, murmelte er und schüttelte unwillig den Kopf. »Nein, man kann nicht zwei Dingen gleichzeitig dienen.«

Die letzten Worte hatte Jakob laut gesprochen, und Angerer blickte ihn etwas fragend an, ehe er darauf antwortete: »Nein, gewiß nicht, das war dem Max klar; deshalb hat er sich ja für Fugger und Kirche entschieden, und genau das muß den Denck erzürnt haben.«

»Hatte Maximilian Mair Feinde? Leute, die ihm übelwollten oder vielleicht seinen raschen Erfolg im Kontor neideten?«

»Er war weniger beliebt als Georg. Er hat oft damit angegeben, wie gescheit er ist. Das mag keiner, wenn er gehänselt wird, weil er länger braucht, um etwas zu lernen. Der Max war schnell wie der Blitz im Kopf, und zum Ausgleich hat er in der Schänke oder auf der Wiesn, wenn wir herumgesprungen sind, manchmal eine Backpfeife eingefangen.«

»Gibt es denn oft Raufereien unter den Kontoristen?«

»Ach was«, wiegelte Angerer ab, »beim Tanz, wenn uns die Madeln erhitzen und der Most uns antreibt, dann rucken wir manchmal z'samm; nichts Schlimmes. Außerdem hat sich der Max da ziemlich herausgehalten, wie der Georg halt auch.«

Die üblichen Streitereien bei Tanz und Rockenspringen kannte Jakob aus seiner Scholarenzeit zu Ingolstadt; die Raufhändel waren bei den Weltlichen alltäglich gewesen, ja sogar die Novizen hatten sich manchmal mehr als nur christlich um ein hübsches Mädchen gebalgt.

»Wer waren seine Freunde?«

»Der Georg Walch eben, dann ich, und drüben im Gesellenhaus hat er sich mit dem Ludwig Schettl angefreundet;

mit dem hat er ab und zu ein Bier getrunken. Den Veit Pfleiderer gab's da noch, aber sonst – nein, er war eher ein zurückgezogener Bursche, der sich aufs Lernen und Arbeiten geworfen hat, weil er weiterkommen wollte.«

»Mädchen?«

Hans Angerer grinste verlegen und schwieg.

»Gab's ein Mädchen?« fragte Jakob nach und gab seiner Stimme einen ungeduldigen Klang.

»Nein«, stotterte Angerer, »es gab kein Mädchen.«

»Hat das einen besonderen Grund?«

»Er wollte weiterkommen. Er hatte keine Zeit für Mädchen. Unsereins geht höchstens zu den Dirnen von der Barfüßerkirche«, sagte er noch, und es war deutlich, daß er darüber nicht reden wollte.

Jakob dankte ihm, verpflichtete ihn, über dieses Gespräch zu schweigen, und ging zum Ort des Unglücks zurück.

Über den an das Kunigspergerhaus angrenzenden Hof gelangte Jakob in den hinteren Innenhof der Fuggerhäuser. Obwohl schon später Nachmittag, herrschte rege Betriebsamkeit und wurden die Wagen, die zum Tor hineinfuhren, hastig abgeladen. Mit blanken Oberkörpern standen die Knechte und schulterten die Kupferblöcke, eine ebenso schwere wie wertvolle Last.

Das ist ein Schlüssel zum Reichtum der Fugger, dachte Jakob und betrat das mittlere Haus, in dem Raymond Fugger mit seiner Familie wohnte, wenn er sich in Augsburg aufhielt. Mit wachen, suchenden Augen stieg er die Treppe in das zweite Stockwerk hinauf und entdeckte tatsächlich auf einem Treppenabsatz einen mehlstaubigen Fußabdruck. Der Mörder hat also, dachte er, diesen Weg zur Flucht benutzt, und so wie mir bereits zwei Menschen begegnet sind, dürfte auch er nicht allein geblieben sein. Soll ich so viel Aufwand betreiben und alle Bediensteten über ihre Wahrnehmungen befragen?

Jakob betrachtete die Mehlspur und maß sie mit seinem

Zeigefinger aus. Dann stieg er weiter und wandte sich der Kammer zu, in welcher Maximilian Mair gefunden worden war. Kurz bevor er den Raum erreichte, stieß er beinahe mit einer Frau zusammen, die einen Korb mit Gemüse trug und in Eile war. Beide hoben sie überrascht ihre Köpfe, doch ehe Jakob etwas sagen konnte, war die Frau mit einer unverständlichen Entschuldigung an ihm vorbeigeschlüpft und in einer Tür verschwunden. Die Frau kam ihm bekannt vor, aber Jakob wußte nicht, woher und warum. Er folgte ihr und betrat den Raum, ohne anzuklopfen. Er stand in einer geräumigen Küche. Die Frau legte soeben ihr Gemüse auf die Holzplatte eines Tisches. Sie sah ihn fragend an.

»Wer bist du?« richtete Jakob das Wort an sie.

»Ich bin Elisabetta, eine Dienerin hier«, erwiderte sie, und ihre Stimme hatte einen seltsam rauhen Klang.

»Für wen arbeitest du?«

»Für das Haus von Raymond Fugger.«

»Aber du bist fremd hier?«

»Ich komme aus Cremona.«

»Und wie gelangst du in das Haus der Fugger?«

»Ich begleite meine Herrin, die von Raymond Fugger gerufen wurde.«

»Wer ist deine Herrin?«

»Ludovica Zappi, eine große Künstlerin.«

»Malerin?«

Elisabetta nickte.

»Ist dir heute auf der Treppe etwas aufgefallen?«

»Ja, es waren die Leute aufgeregt hier oben, als wir vom Dom zurückkehrten, weil ein Mann in einer Vorratskammer tot aufgefunden worden war.«

»Mehr nicht?«

»Ein toter Mann, ist das nicht genug?«

Jakob dankte ihr und verließ die Küche. Während er überlegte, wo er das Gesicht dieser Frau schon einmal gesehen hatte, ging er in die Vorratskammer und stellte fest, daß alle Spuren beseitigt waren. Der Mehlsack war fortgeschafft, der

Boden geschrubbt. Jakob lehnte sich an ein Regal, in dem Gläser mit braunroter Marmelade standen, und versuchte sich vorzustellen, wie in diesem schmalen Raum zwei Männer miteinander gekämpft hatten. Es mußte ein kurzer und einseitiger Kampf gewesen sein, wie ein Blick auf die unversehrten Marmeladegläsern verriet. Der Täter mußte dem Opfer vertraut gewesen sein, anders ließ es sich nicht erklären, daß man einen jungen Buchhalter in der Vorratskammer der Familie Raymond Fuggers fand. Jakob nickte. Er mußte nach einem Mann suchen, der vertrauten Umgang mit Georg Walch und Maximilian Mair hatte.

Es dämmerte bereits, als Jakob erneut das Gesellenhaus der Fugger betrat und die Kammer von Maximilian Mair in Augenschein nahm. Vor dem schmalen Fenster stand ein schlichtes Schreibpult, daneben fand sich eine einfache Holzpritsche und an deren Fußende eine schwere Eichentruhe. Jakob hob den Deckel der Truhe und blickte auf ein Bündel Kleider. Eine graue Kniebundhose aus schäbigem Stoff, ein schlichtes schwarzes Wams und ein einfaches graues Hemd lagen unordentlich obenauf, als hätte sie jemand in großer Hast hineingeworfen, während sich darunter peinlich genau zusammengelegte Wäsche fand. Jakob stutzte, als er auf ein seidenes Hemd stieß, das reiche Stickereien aufwies, ein Hemd, wie es bei einem jungen Buchhalter nicht zu vermuten war. Vorsichtig grub er sich tiefer in den Inhalt der Truhe hinein und stieß auf ein Heft in Quartformat, das in gewachstes Papier eingeschlagen war.

Jakob setzte sich auf die Pritsche und begann, in dem Heft zu blättern. Auf den ersten Seiten fand sich ein Traktat über die rechte Art des Taufens, geschrieben in klarer Handschrift, welche die Eigentümlichkeit aufwies, jeden Aufstrich dick anzusetzen und dünn auslaufen zu lassen. Manche der Gedanken erinnerten Jakob an den Aufsatz von Georg Walch, andere wiederum gingen in eine neue Richtung. Vielleicht haben sie, dachte Jakob, jeder für einen anderen der täuferschen Denker dessen Lehren aufgeschrieben, so wie Scholaren ab und an die Gedanken ihrer Lehrer mitschreiben, um den Doktoren dann das Rohmaterial für neue Traktate vorzulegen. Manchmal klangen die Formulierungen geschliffen wie ausgearbeitete Texte, und in dem einen oder anderen Satz vermeinte Jakob, den Duktus des Täufers Dachser aus der Streitschrift *Ein göttlich und gründlich Offenbarung von den wahrhaftigen Wiedertäufern, mit göttlicher Wahrheit angezeigt* zu entdecken. Zwischen den Text aber waren Zahlenreihen notiert, die in keinerlei Beziehung zu den geschriebenen Worten standen, ähnlich, wie es Jakob bei den Papieren des Georg Walch beobachtet hatte, und im Anschluß an eine Abhandlung über das richtige Taufen fanden sich seitenweise Zahlenkolonnen ohne jede Erläuterung. Jakob beschloß, das in Wachs eingeschlagene Heft mitzunehmen. Die Kleider ließ er hingegen in der Truhe liegen. Vor allem die schlampig hingeworfene Täuferwäsche tastete er nicht weiter an, aber als er den Deckel herunterließ, flüsterte ihm eine innere Stimme zu, das Seidenhemd einzustecken.

Während er die Kammer verließ, sah er einen Schatten in das gegenüberliegende Zimmer huschen. Jakob stutzte und klopfte schließlich an die Tür. Zunächst erhielt er keine Antwort. Erst auf sein nochmaliges Pochen wurde ihm geöffnet. Vor ihm stand ein schmächtiger Mann mit langen grauen Haaren. Die gebückte Haltung wies ihn ebenso als einfachen Schreiber aus wie die Tintenflecken auf den Händen, der Kleidung und sogar im Gesicht. Er starrte Jakob aus beinahe weißen Augen feindselig an.

»Was klopft Ihr an meine Tür?«

»Weil Ihr vielleicht den Maximilian Mair kennt und ich Euch gerade eintreten sah.«

»Was wollt Ihr von Mair? Ihr findet ihn im Kontor des Herrn Seinschedt.«

»Kennt Ihr ihn gut?«

»So, wie ich alle Gesellen hier kenne.«

»Alle?«

»Ja, alle«, antwortete er stolz, doch in seinem Blick lag etwas Lauerndes.

»Also auch den Georg Walch?«

Die hellen Augen verengten sich. »Auch den.«

»Darf ich Euch ein paar Fragen stellen?«

»Zu welchem Zweck?«

»Ich wollte«, erwiderte Jakob und griff auf die Erklärung zurück, die er gestern den Schergen des Rates der Stadt gegeben hatte, »ein verschwiegenes Geldgeschäft im Hause Fugger machen, und man hatte mir Georg Walch genannt. Als ich ihn gestern im Kontor aufsuchen wollte, erfuhr ich von seinem Tod und mußte obendrein zwei strengen Amtsbütteln Rede und Antwort stehen. Dann versuchte ich heute mein Glück bei Maximilian Mair, konnte ihn aber nicht antreffen.«

»Tretet ein«, sagte der Mann und wies Jakob den Weg in seine Kammer, die geräumiger war als die Zimmer von Walch und Mair. »Setzt Euch.« Er schloß die Tür und stellte sich mit verschränkten Armen vor Jakob hin. »Wer soll Euch so einen Unsinn glauben?«

Jakob schwieg und setzte eine treuherzige Miene auf.

»Wegen eines Geldgeschäftes geht niemand zu einem einfachen Buchhalter, niemand, versteht Ihr mich?«

Jakob lächelte.

»Ihr führt etwas im Schilde, und besser ist es, Ihr sagt mir gleich, was es ist, ehe ich nach den Wachleuten rufe. Was sucht Ihr hier?«

»Eigentlich wollte ich Euch Fragen stellen«, entgegnete Jakob langsam und tat so, als sei es das Normalste auf der Welt, in ein fremdes Haus zu gehen und die Menschen darin über seine Bewohner auszufragen. »Wie gut Ihr den Georg Walch kennt und den Maximilian Mair, zum Beispiel, wo Ihr doch mit allen Gesellen hier so gut bekannt seid.«

»Nichts werde ich Euch sagen, wenn Ihr mir nicht ohne Umschweife den Grund Eures Besuches gesteht.«

»Ich suche den Mörder der beiden.«

Nun blieb dem Schmächtigen der Mund offen stehen, und es dauerte eine Weile, bis er stotterte: »Der bei… bei… beiden?«

»Maximilian Mair ist heute erstickt worden.«

»Erstickt«, wiederholte der Schmächtige und setzte sich auf einen Schemel.

»Nun nennt mir«, fuhr Jakob fort, »Euren Namen, auf daß ich weiß, wen ich vor mir habe, und ziert Euch danach nicht mehr, meine Fragen zu beantworten.«

»Ludwig Schettl«, flüsterte der Schreiber. Er vergrub das Gesicht in seinen Händen und fing an zu schluchzen. Jakob legte ihm sanft die Hand auf die Schulter und schwieg. Aus seiner Erinnerung stieg das Bild jener trauernden Claudia auf, als sie den Tod ihrer Schwester gewahr geworden war. Und mit diesem Bild meldete sich ein beißender Schmerz, denn allzusehr fürchtete Jakob, Claudia sei in den Wirren der Eroberung Roms ums Leben gekommen, entweder von der Hand plündernder und raubender Kaiserlicher oder gemeuchelt durch die Handlanger Fabricio Casales, jenes Medici-Bastards, der im Zentrum der Macht alle Fäden des Bösen gesponnen hatte. Diesen Drahtzieher vieler Verbrechen im Vatikan hatte Jakob nicht der Gerechtigkeit überantworten können, und im Angesicht eines weinenden Ludwig Schettl mengte sich in Jakobs Wehmut eine lähmende Enttäuschung darüber, daß er den größten Verbrecher Roms keiner gerechten Strafe hatte zuführen können.

»Sie haben also auch den armen Maxl ermordet«, seufzte Schettl und blickte Jakob durchdringend an.

»Wie meint Ihr das?«

»Die Täufer, dieses teuflische Ketzerpack, wen sonst. Immer wieder habe ich Max davor gewarnt, sich mit dieser Natternbrut einzulassen. Aber er wollte nicht auf mich hören, jung und dumm, wie er war. Sie haben ihn mit schmeichelnden Worten und Geschenken umgarnt, denn über ihn wollten sie Zugang zu den Geheimnissen der Fugger erlangen. Der Hans Hut, ein ganz ein abgefeimter, wollte trotz der nach außen zur Schau getragenen Armut der Täufer mit Gold und Silber eine neue Kirche aufbauen, um der alten Paroli bieten zu können. Tu so was nicht, habe ich zu Max gesagt, lasse dich nicht auf ein Geschäft ein, das gegen deine Herren läuft, und verstricke dich nicht in die Machenschaften der Aufwiegler. Er hat nicht hören wollen, bis zuletzt nicht; und dann, als er dem Herrn Seinschedt einen Treueschwur leisten mußte und sich von den Ketzern lossagen wollte … Sie haben Angst bekommen, daß Max Seinschedt alles über die Täufer erzählt. Ein leichtes wäre es den Fuggern dann, die gesamte Ketzergemeinde auszuradieren; das können die nicht zulassen, nein, das können sie nicht.«

»Habt Ihr einen in Verdacht?«

»Einen Verdacht?« Er kratzte sich mit seinen mit Tinte befleckten Fingern am Kehlkopf, eine bemerkenswerte Geste, die Jakob bisher bei keinem Menschen gesehen hatte. Dabei bewegten sich seine Lippen in lautlosem Flüstern, so daß man Schettl deutlich ansah, wie angestrengt er überlegte. Ein Lächeln huschte über das längliche Gesicht.

»Ich habe überlegt«, sagte er. »Kein anderer als der Maurer Hans Kissling kommt für die Tat in Frage. Er ist ein amtsbekannter Täufergeselle, ein übler Bursche, der trotz Verbot durch den Rat der Stadt immer wieder Herberge gibt für fremde Ketzer, und der, wenn er genug Bier getrunken hat und ihm die Galle übergeht, mit seinen Pratzen dreinhaut gegen alle, die ihm Widerrede geben. Stark wie ein Bär und wütend wie ein gereizter Stier, bringt er jeden zur Strecke, der gegen ihn ist. Keiner kann so einfach wie der Kissling einen anderen erwürgen; dem seine Hände müßt Ihr ansehen, dann wißt Ihr alles.«

»Wie kommt Ihr auf erwürgen?«

»Habt Ihr doch gesagt – erstickt, habt Ihr gesagt; wie soll das anders gehen als mit erwürgen?«

Jakob musterte Schettl eindringlich; seine linke Augenbraue zitterte heftig, doch er hielt Jakobs Blick stand.

»Wo finde ich diesen Kissling?«

»Unten in der Jakoberstadt, nahe beim Roten Tor hat er sein Haus.«

»Aber wie kann er unerkannt in den Fuggerhäusern herumlaufen? Als Fremder muß er stets fürchten, entdeckt und aufgehalten zu werden?«

»Nicht doch – die Fugger sind dauernd am Bauen, und Kissling gilt als tüchtiger Maurer, der auf jeder Baustelle wohlgelitten ist. Er hat freien Zugang zu allen Trakten der Goldenen Schreibstube. Ganz unauffällig kann er im Hause der Fugger tun und lassen, was er möchte.«

Das würde einiges erklären, dachte Jakob und blickte Schettl schweigend in die Augen. Er vermeinte, einen drohenden Glanz in ihnen wahrzunehmen, und fragte sich, warum Schettl bei der Todesnachricht in Tränen ausgebrochen war. Doch schien es ihm geraten, den Mann nicht näher zu bedrängen, und er fragte statt dessen nach weiteren Freunden des Maximilian Walch.

»Mit dem Veit Pfleiderer war Maximilian eng befreundet, enger noch als mit dem Georg Walch; und dann gibt's da noch aus seinem Heimatdorf einen anderen jungen Buchhalter, einen eher behäbigen Mann, dessen Name mir gerade nicht einfallen mag …« Schettl überlegte. »Angerer, Hans Angerer«, ergänzte er schließlich, und wieder lag um seinen Mund ein stolzer Zug.

»Weitere Freunde?«

»Nicht, daß ich wüßte.«

»Die Freunde, waren das alles …« Jakob stockte. Wie sollte er das sagen, was er dachte? »Haben der Walch und der Mair keine Mädchen gehabt?«

»Mädchen?« fragte Schettl gedehnt.

»Ja, Mädchen; wie das bei jungen Burschen so ist, vielleicht da eine Magd oder Zofe, eine Liebste oder ein Gespielin für eine Nacht?«

»In unserem Gesellenhaus gibt's keine Sünd'«, antwortete der Schreiber einsilbig.

»Das höre ich gern«, erwiderte Jakob und bemerkte erst

an Schettls überraschtem Blick, daß er weniger als der Kaufmann, als der er hier stand, denn als ein Dominikaner geantwortet hatte. Er zuckte mit den Schultern, grinste Schettl an, dankte ihm für die Auskünfte und ging.

Jakob beschloß, den Tag ausklingen zu lassen und sich mit seinem Freund Urban Rhegius zu besprechen. Während er zum Perlach hinüberschritt und sich die Straße zum Haus seines Freundes hinunterwandte, versuchte er seine Gedanken zu sortieren über all die Geschehnisse seit gestern mittag, als er sich von Urban beim Kunigspergerhaus verabschiedet hatte. Dabei hing er an zwei wesentlichen Punkten fest: Zum einen war es der Verdacht, die Täufer könnten hinter den Morden stehen, zum anderen der Umstand, daß gerade den Oberbuchhalter Seinschedt der Verlust zweier tüchtiger junger Männer traf. Ich werde Seinschedt ausführlich befragen müssen, dachte Jakob und klopfte an der Tür seines Freundes. Wenn es nicht die Täufer sind, die hinter den Morden stecken, dann müssen die Morde etwas mit Seinschedts Geschäften zu tun haben.

»Was bringst du für Neuigkeiten?« fragte Urban, kaum hatte er die Tür geöffnet. Er streckte Jakob die Hand entgegen und zog ihn ins Innere. Ohne Umschweife berichtete Jakob von dem zweiten Toten und allen bisher gewonnenen Erkenntnissen, nahm den Humpen Bier in Empfang, den Urban ungefragt bereitete, trank ausgiebig und bat Urban um seine Meinung zu dem Verdacht gegen die Wiedertäufer. Der Prediger rieb sich die Hände, als wasche er sie im Zuber, räusperte sich mehrfach und bemerkte schließlich: »Es ist mir recht, daß es danach aussieht, als schickten die Täufer einen Mörder aus, um ihre Feinde zu vernichten.«

»Aber?«

Urban schnitt eine Grimasse und schwieg.

»Das ist doch nicht alles, was du zu den Morden zu sagen hast«, beharrte Jakob und sah seinen Freund durchdringend an.

»Die Täufer sind eine Laus im Pelz der Christenheit«, erwiderte Urban heftig, »und man muß jedes Mittel für recht und billig ansehen, das hilft, dieses Ungeziefer zu vernichten. Aber«, setzte er nachdenklich hinzu, »es paßt nicht zu ihnen, sich die Hände mit Blut zu beflecken. Nein, sie mögen irregeleitet sein und sich des schlimmsten Verbrechens gegen Gott und die Schrift schuldig machen, aber sie wenden keine Gewalt an.«

»Danke, daß du das sagst; es fällt dir schwer, ich weiß es. Doch du bist wie ich der Wahrheit verpflichtet, und ich kann mir ebensowenig vorstellen wie du, daß die Täufer einen ihrer Gegner ermorden. Sie tun nicht, was sie bei anderen anprangern. Trotzdem spricht alles für einen Täter aus den Reihen der Täufer.«

»Nicht auszuschließen ist freilich«, spann Urban den Faden fort, »daß ein Spinner unter den Täufern ist, der sich zum Richten berufen fühlt.«

Jakob setzte sich auf einen Schemel, streckte die Füße von sich und trank von dem süffigen Bier. »Kennst du den Maurer Hans Kissling?«

»Den kenne ich«, erwiderte Urban, und seine Stimme klang erregt. »Wie kommst du auf diesen Namen?«

»Er soll ein Täufer sein, und jähzornig dazu.«

»Ja, er ist ein übler Bursche, dem ich nachts nicht in einer dunklen Gasse über den Weg laufen möchte.«

»Könnte das ein Spinner sein, der sich zum Richten berufen fühlt?«

»Was für eine Frage«, murmelte Urban. »Vielleicht tust du gut daran, dem Kissling auf den Zahn zu fühlen.«

»Gibt es«, wechselte Jakob die Richtung seiner Überlegungen, »Stimmen aus dem Rat der Stadt zu dem Mord an Georg Walch?«

»Viele meinen, der Teufel habe seine Finger im Spiel, und sind froh, daß sich der Bischof der Sache annimmt, auch wenn das Verfahren letztlich doch dem Rat obliegt; aber wenn der Blutbann ins Spiel kommt, will niemand im Rat, daß der Bischof seine Hände in Unschuld wäscht. Hinter vorgehaltener Hand läßt mich mein Schwiegervater allerdings wissen, daß er keineswegs den Antichrist hinter der Tat vermutet, sondern eine Teufelei des Ambrosius Höchstetter und daß die Heranziehung der Teufelsmale wirklich nur dazu dient, ein Todesurteil – wenn es denn dazu kommt – mit Einwilligung des Erzbischofs zu vollstrecken.«

»Wer ist Ambrosius Höchstetter?«

»Ein hartnäckiger Rivale des reichen Jakobs, der Morgenluft gewittert hatte, als der alte Regierer von uns gegangen war. Jetzt stellt er fest, wie schwer es ist, Anton und Raymond niederzuringen. Schon möglich, daß Höchstetter in seinem Haß versucht, die Fugger mit üblen Mitteln am Nerv zu treffen. Es ist noch nicht lange her, da hat er den jungen Regierer bei Erzherzog Ferdinand ausgestochen und sich eine stattliche Scheibe aus der Salzpfanne von Hall in Tirol herausgeschnitten. Auch in das böhmische Kupfergeschäft hat Höchstetter seine Finger gesteckt, ebenso ins tirolische Silber. Keiner pfuscht den Fuggern derart unverfroren ins Handwerk wie Ambrosius; selbst die Welser, bei Gott keine Freunde Fuggerscher Großmannssucht, finden immer wieder den Weg in die Goldene Schreibstube zu einem gemeinsamen Geschäft; aber den Höchstetter treibt ein tiefer Groll gegen die Fugger, der ihn jedes Maß vergessen läßt. Seit einiger Zeit wird gemunkelt, Ambrosius habe nicht nur die Quecksilbergruben von Idria in seine Gewalt bekommen, sondern stehe auch mit den Böhmen in bestem Benehmen und sei drauf und dran, den gesamten Handel mit dem flüssigen Silber zu beherrschen.«

»Ist Ambrosius Höchstetter so mächtig und reich, daß er Anton und Raymond die Stirn bieten kann?«

Urban nickte. »Erst vor wenigen Tagen hörte mein Schwiegervater von einem Mittelsmann des englischen Königs sagen, er halte Ambrosius für ebenso reich wie die Welser.«

»Aber was würde es für einen Sinn machen, wenn ein

Konkurrent dem anderen junge Buchhalter tötet? Dafür bringt keine Grube mehr Ertrag als zuvor.«

Urban lachte. »Du bist wirklich ein Mönch, mein Freund. Kennst dich in den Geldgeschäften nicht aus. Da geht es nicht um den Ertrag einer Grube oder den Gewinn eines Geschäftes. Wenn die Fugger und die Welser und die Höchstetter um Macht und Einfluß streiten, dann steht ihr Name auf dem Spiel und die Frage, ob dieser Name wohlgelitten ist in der alten und neuen Welt. Ist der Name gewichtig, zahlt ein jeder auf einen Wechsel gutes Geld; leidet der Name, platzen die Schuldverschreibungen. Daran geht einer schneller kaputt als an zehn im Sturm gekenterten Koggen.«

Jakob blickte ungläubig und ermunterte Urban auf diese Weise, in der Erläuterung der Geschäfte der reichen Häuser fortzufahren.

»Ob Fugger oder Welser oder auch die berühmten Medici zu Florenz, sie alle sind hungrig nach dem Geld anderer, die es herleihen gegen auskömmlichen Zins. Das fremde Geld reichen sie an Dritte weiter für das Doppelte oder mehr. Sie drehen den schnöden Mammon im Kreis, damit immer genug vorhanden ist, und verdienen an diesem Tanz von Gulden und Talern, obwohl in Wahrheit keine Werte geschaffen werden. Daneben beleihen sie Waren und Gruben und beuten die Pfänder aus, bis sie sich wie die heimlichen Herren des Landes fühlen. Wenn aber über einen von ihnen gemunkelt wird, bei ihm seien weder Geld noch Ware sicher, dann rennen alle und wollen von dem übel Beleumundeten ihr Gold zurück. Dabei verfügt dieser nicht über einen Goldhaufen, sondern bloß über Papiere und Waren, die er nun seinerseits rasch in bare Münze umwandeln muß. Die anderen wiederum wissen, daß er verkaufen muß, und warten geduldig wie ein Geier neben dem waidwunden Hirsch, bis die Beute gefahrlos gerissen, die Ware zum Spottpreis erworben werden kann.«

»Schlimm«, flüsterte Jakob, »dann kann man allein durch übel Daherreden einen anderen in die Vernichtung treiben.«

»Ich sehe, du beginnst zu verstehen, wie alles ineinander-
greift. Es kann also gut sein, daß der Höchstetter versucht,
die Sicherheit des Fuggerhauses in Zweifel zu ziehen und
das dann in der ganzen Welt erzählen zu lassen. Ein Mord an
einem, der innerhalb des Kontors zu den aufstrebenden
Kräften gerechnet wird, könnte sehr wohl geeignet sein, ein
Gerücht zu tragen, wonach ein jeder, der Geld zu den Fuggern gibt, täglich befürchten muß, nichts mehr zurückzu-
erhalten.«

»Dann kommen alle gelaufen und wollen ihr Geld zurück,
bis die Fugger ausgelaugt sind und nicht mehr zahlen können.«

»So ist es; und dann müssen sie ohne Rücksicht auf Ver-
luste ihr Hab und Gut verschleudern, um ihren Verpflich-
tungen nachkommen zu können. Verschleudern sie es aber,
werden immer noch mehr Menschen auf den Vorgang aufmerksam. Schließlich will ein jeder an seine Einlage, und die
Forderungen sind wie eine Lawine aus Schnee. Donnert die
weiße Pracht erst los, gibt es kein Halten mehr bis hinunter
ins Tal.« Urban hustete. »Es ist ein schwieriges Geschäft mit
den Gelddingen in Augsburg, und die Fugger sind eine Geschichte für sich.«

»Du mußt mir noch mehr über sie erzählen.«

»Da soll sich mein Weib einmal zu uns setzen, schließlich
kennt sie die Augsburger von klein auf und hat dank ihres
Vaters beste Einblicke. Mich selbst beschäftigen jetzt die
Verbindungen viel mehr, die sich zu den Wiedertäufern auftun. Meinst du, wir schaffen es, dieses Unkraut zu vertilgen,
und sei es dieser scheußlichen Verbrechen wegen?«

Urbans Mund nahm einen verkniffenen Zug an, als er dies
sagte, und einen Augenblick lang trübte sich das Gefühl der
Zuneigung, das Jakob für den Prediger empfand. Er spürte
die unnachgiebige Kraft, die in Rhegius aufloderte, wenn es
um den Glauben ging, und fragte sich, wieso sich Urban ihm
gegenüber so freundschaftlich und nachsichtig verhielt, obwohl er doch an vielem festhielt, was einem Lutherischen

ein Dorn im Auge war. Es muß, dachte Jakob, etwas geben in der Begegnung von Menschen, das die Herzen tiefer anrührt als Überzeugungen.

Auf seinem Weg zurück in den Handelshof gingen Jakob noch Urbans Ausführungen zu den Geschäftspraktiken der großen Handelshäuser durch den Kopf, dann ordnete er ein weiteres Mal die vielen Mosaiksteinchen, die er zu den beiden Morden gesammelt hatte. Mehl und Tinte, ein schwarzer und ein weißer Toter, junge Männer, eigentlich unbedeutend; im Schachspiel spräche man von einem Bauernopfer.

Spielt Gott Schach? Jakob schlug sich auf den Mund, während er das dachte. Was für eine blasphemische Frage! Mein Gott, flüsterte er, an welchen Abgrund führst du mich? Was weiß ich, ob die Täufer schuld sind an diesen Verbrechen, und ich habe nicht minder Zweifel daran wie Urban; doch ungeachtet aller Bedenken wird ihnen die Obrigkeit die Morde in die Schuhe schieben, und mit aller Unbarmherzigkeit, derer ein weltliches Gericht fähig ist, werden die von ihrem Herzen geleiteten Christen einer irdischen Strafe zugeführt, die grausam ausfallen wird.

Als er so in der beginnenden Abenddämmerung hinunter in die Jakobervorstadt schlenderte und dabei an Hans Denck und die bevorstehende Täufersynode dachte, spürte er das Pflichtgefühl, das ihn die Anordnungen des Oberen ausführen ließ. Er erkannte jedoch auch, wie sehr ihm die Geborgenheit des Klosterlebens fehlte; und Gehorsam ohne Geborgenheit schmeckte bitter. Ja, es stieß ihm sauer auf, und er überlegte, ob es nur von des Rhegius Bier oder von seinen Gedanken rund um seinen Auftrag wider die Täufer herkam. Auch Zölestins Anweisung lastete auf seinem Gemüt, und er nahm sich vor, von allen Schriftstücken, die er bisher gefunden hatte, eine Abschrift zu fertigen, bevor er die Papiere dem *Magister provincialis* aushändigte.

»Herr«, stammelte Jakob, »Du darfst mich nicht zum Werkzeug machen für ein ungerechtes Gericht.«

Er schlug sich mit der Faust auf die Brust, murmelte ein *mea culpa* und wußte, er würde die Beweise, die gegen die Täufer sprachen, seinem *Magister provincialis* und dem Bischof unterbreiten. Er mußte seine Pflicht erfüllen, er mußte mithelfen, die Sekte der Wiedertäufer zu zerstören und den Mörder der Buchhalter seiner gerechten Strafe zuführen. In der Tat sprachen die Tatsachen, die er bisher herausgefunden hatte, für eine Täterschaft aus den Denckschen Reihen. Ein wichtiger Hinweis wäre das Bündel, welches der Täter offensichtlich dem Maximilian Mair entwendet hatte, vermutlich Papiere, die geeignet gewesen wären, die Täufer zu belasten, ähnlich denen, die Jakob bei Georg Walch gefunden hatte. Entscheidend nämlich war jener Text, der sich mit der Frage der rechten Taufe befaßte und zu einer moralischen Notwendigkeit überleitete, gegen jede Obrigkeit einen Aufstand zu proben, die gegen Recht und Gerechtigkeit verstieß und den Menschen in seiner Würde erniedrigte. Es war ein verblüffend gelehrter Text in der gestochenen Handschrift des jungen Buchhalters, der nur aus dem Blickwinkel der Täufer verstanden werden konnte. Da war eine Obrigkeit, die den Täufern ihre Sichtweise des Glaubens verbot und damit, weil die Anhänger Dencks aus ihrem Herzen heraus einen innigen Zugang zu Gott erfühlten, ein Verbrechen gegen ihr wichtigstes Recht, Gott zu ehren, beging.

Von besonderer Bedeutung schien Jakob die Vorstellung von der Würde des Menschen als eines Rechtsgutes. Dieser Gedanke war Jakob noch nie begegnet, doch er schien ihm kühn und hochfliegend, aber zugleich allein aus der Schöpfungsgeschichte heraus, wonach der Mensch das Ebenbild Gottes ist, verständlich, sogar zutreffend. Unaussprechlich, was sich ergäbe, wollte man diesen Ansatz weiterdenken. Doch so weit war Walch nicht gediehen, hatte statt dessen den Bogen mit unverständlichen Zahlenkolonnen gefüllt, die anscheinend eine Rechnung darstellten, welche Jakob nicht nachvollziehen konnte. Ich werde einen Rechenmeister zu Rate ziehen, nahm er sich vor, ehe seine Gedanken wieder zum philosophischen Teil von Walchs Aufzeichnungen wechselten. Die auf die Obrigkeit gerichteten Gedanken allein könnten genügen, alle Wiedertäufer auf der sonntäglichen Synode verhaften zu lassen, denn sie waren durchaus aufwieglerisch. Andererseits hatte Hans Denck ihm gegenüber mit keinem Wort eine Auflehnung gegen Rat oder Bischof erwähnt, und die Gewaltlosigkeit, mit der die Täufer das Leben meistern wollten, sprach gegen eine solche Annahme. Und wie sehr Jakob es auch drehte und wendete, er glaubte einfach nicht daran, daß die Wiedertäufer an Mord und Totschlag schuld sein sollten. Vielleicht, dachte er, hat Urban mit seiner Vorstellung, ein Wettbewerber der Fugger versuche, deren Geschäfte zu hintertreiben, den Finger in der Wunde.

Mit diesem Gedanken betrat Jakob seine Kammer, legte die Kleider ab und kroch unter eine warme Decke.

Geheime Zeichen

Ludovica mußte sich anstrengen, Seinschedt mit dem scharfen, aber gerechten Blick der Malerin zu betrachten, weil sie in seiner Anwesenheit eine tiefe Verunsicherung spürte. Einerseits ergriff sie seine milde Seite, die er in der Bewunderung ihrer Malerei ebenso zum Ausdruck brachte wie in der vorsichtigen Verehrung, die er ihr als Frau bezeugte. Andererseits schüchterte sie die herrische Art ein, die er an den Tag legen konnte, wenn es um geschäftliche Belange ging. Da verhielt er sich teilweise, als könne er für seinen Herrn die ganze Welt kaufen, was er auch in der Kleidung zum Ausdruck brachte, die er zur ersten Sitzung trug. Über einem schlichten Hemd aus weißem Barchent, das seinen Hals bis zum Adamsapfel fest umschloß, zeigte eine schwarze Jacke aus Samt mit goldenen Knöpfen und goldbestickten Knopflöchern Reichtum und Würde des Mannes, verstärkt durch einen schmalen, pelzbesetzten Kragen, der beinahe einem Herrschaftszeichen gleichkam. Er wollte mit seinem gesamten Oberkörper gemalt werden und warf sich, als er auf dem dreieckigen Stuhl Platz nahm, in Pose: tief eingeatmet, Brustkorb gehoben, Rücken durchgedrückt zu einem sanften Hohlkreuz, ein imposanter, sich seiner Macht bewußter Mann.

»Hervorragend«, lobte Ludovica die eingenommene Position, »Ihr wirkt nun wahrhaftig wie ein weltläufiger und mächtiger Kaufmann, und ich verspreche Euch, mein Bestes zu geben.«

»Das weiß ich, wertes Fräulein«, entgegnete Seinschedt lächelnd, »und mein Dank wird fürstlich sein. Doch sagt, wie lange benötigt Ihr mich in dieser Haltung?«

»Zunächst eine halbe Stunde für die erste Skizze, mein Herr«, antwortete die Malerin und erwiderte sein Lächeln.

»Mögt Ihr mir dabei ein wenig von Agostino Chigi erzählen?«

»Es tut mir leid, Herr Seinschedt, aber meine Anstrengung muß ganz dem Papier und der Kohle gelten. Wollte ich Euch noch Geschichten erzählen, müßte das Kunstwerk mißlingen.«

»Ich verstehe.« Seine Stimme klang ein wenig beleidigt.

»Doch wollt nicht Ihr mir von Euch berichten? Wer seinen Gegenstand für alle Welt gültig auf die Leinwand bannen will, der soll, so sagt man, ganz in ihn eindringen. Deshalb sind wir Künstler in der Heiligen Schrift gut zu Hause, um die edlen Motive des Testaments übersetzen zu können in wahrhaft dem Glauben dienende Gemälde. So mag denn das Bildnis eines großen Mannes nur vollkommen werden, wenn die Künstlerin den Mann kennt.«

»So«, erwiderte Seinschedt geschmeichelt, »habe ich das noch gar nicht bedacht. Wißt Ihr, ich bin es nicht gewohnt, von mir zu erzählen. Es ist …« Er stockte und räusperte sich verlegen. »Ich bin nämlich nicht von Adel.«

»Das war«, entgegnete Ludovica schlagfertig, »Jakob Fugger beizeiten auch nicht.«

Seinschedt lächelte dankbar. »O ja, es war ein weiter und anstrengender Weg, welchen die Familie Fugger zu gehen hatte, und der Ahnherr Hans Fugger, ein tüchtiger Weber und später Ratsherr in der Stadt, hätte es sich nicht träumen lassen, daß sein Nachfahre Jakob einmal das bedeutendste Geld- und Handelshaus des Reiches führen werde. Schon Jakob Fugger nannte sich vor etwas über hundert Jahren Webermeister und Kaufherr und verdiente am Handel mit den Tuchen mehr als mit ihrer Herstellung. Und sein Sohn Ulrich wurde bereits unter den zehn reichsten Männern Augsburgs geführt. Übrigens gelang dessen Bruder Markus die erste Verknüpfung des Hauses Fugger von der Lilie, wie sie nach einem Wappen des alten Jakob hießen, mit der Ewigen Stadt Rom, wo später eine Faktorei gegründet wurde, dank derer Ihr, wertes Fräulein, den Weg an dieses Haus gefunden habt.«

Innerhalb einer knappen Stunde hatte Ludovica die Geschichte der Fugger, ihren rasanten Aufstieg von einer Weberfamilie zum reichsten Handels- und Bankhaus des Kaiserreiches kennengelernt. Zugleich erfuhr sie, da sie auf die Zwischentöne und versteckten Hinweise hörte, Seinschedts Lebenstraum, selbst ein vermögender Mann zu werden, ausgestattet mit einer bescheidenen, aber einträglichen Herrschaft. Was meinem Vater von Geburt mitgegeben, dachte sie, das erstrebt er durch eigenes Tun zu erreichen und bedenkt nicht die Gefahren, die in der Grundherrschaft für den Adligen liegen. Für einen Augenblick verweilten ihre Gedanken bei ihrem Vater, der nur noch mit Mühe seine Dienerschaft unterhielt und der aus schierer Not seine Tochter dabei unterstützt hatte, Malerin zu werden, damit sie für sich selbst sorgen könne. Aber er hat auch meine Begabung erkannt und aus Liebe zu mir gefördert, stellte sie mit einer Aufwallung von warmem Gefühl für ihren Vater fest und wandte sich wieder dem Zeichnen zu. Etwas stimmte da nicht; dieser Kopf war nicht Seinschedt, nicht wirklich; keine Lebendigkeit in den Zügen, nichts, das ihn einzigartig machte. Wieso spricht er nur von seinen Herren, dachte sie, anstatt von sich. Ist das Unsicherheit? Hat er etwas zu verbergen? Er kann gut erzählen, keine Frage, es ist angenehm, ihm zuzuhören; aber es lullt mich ein, bringt mich nicht an seinen Kern. Und hier, auf dem Papier: ein Allerweltsgesicht, nicht der Mühe wert, es zu malen.

»Nein«, rief sie da plötzlich und riß den Bogen Papier in der Mitte entzwei.

»Was tut Ihr da?« fragte Seinschedt erschrocken.

Ludovica zerknüllte die beiden Blätter und warf sie auf den Boden.

»So geht das nicht«, sagte sie mehr zu sich als zu Seinschedt. »Ich muß von vorne anfangen. Habt Ihr noch Zeit?«

Der Oberbuchhalter legte den Kopf schief und sah sie mit einem Blick an, in dem sich Verblüffung und Ärger zu mischen schienen. Seine Backen mahlten, als müsse er die

Antwort erst mundgerecht kauen, aber auf seine Lippen flog schon wieder ein Hauch von Lächeln.

»Ich nehme mir Zeit«, erwiderte er, und Ludovica wußte, die Eitelkeit hatte gesiegt.

»So nehmt die Pose wieder ein und erzählt ruhig weiter.«

Ob er an die beiden Toten denkt, fragte sie sich, während Seinschedt versuchte, den Faden seiner Erzählung über die Fugger wieder aufzunehmen, und schalt sich sogleich für diesen Gedanken, der das Bild der zwei aus dem Mehlsack ragenden Beine hervorgeholt hatte und ihr nun den Blick auf ihren Gegenstand verstellte. Sie atmete tief durch und konzentrierte sich auf Seinschedts Gesicht. Jetzt durfte sie sich keinen Fehler mehr erlauben, sie mußte aufgehen im Sehen und Zeichnen. Auf die genaue Beobachtung kam es an. Über dem rechten Nasenflügel hatte er ein winziges schwarzes Muttermal, nur ein Punkt, aber genug, um das Gesicht aus dem Gleichgewicht zu bringen. Ein Lebendigkeitspunkt, dachte sie und spürte, daß sie dieses Mal mochte. Außerdem war das rechte Auge eine Spur größer als das linke. Auf einmal tauchte sie voll und ganz in die Betrachtung ihres Objektes ein, alle störenden Gedanken verblaßten, sie war nur noch Sehen und Zeichnen, und was eben noch mißlungen war, fügte sich nun beinahe wie von selbst.

»So«, sagte sie laut, nachdem sie die Skizze geendigt hatte, »wenn Ihr wollt, könnt Ihr jetzt aufstehen und Euch das Ergebnis betrachten.«

In einer Geschwindigkeit, die Ludovica dem stattlichen Mann nicht zugetraut hätte, sprang Seinschedt auf und eilte zur Staffelei. Als er die Kohlenzeichnung auf dem Papier sah, öffnete er staunend den Mund. »Vortrefflich«, stammelte er schließlich, und sein Gesicht verschönte ein jungenhaftes Lächeln.

»Für heute hätten wir genug, wenn Euch dies gefällt«, erklärte die Malerin. »Dann kann ich die Leinwand vorbereiten und benötige euch erst wieder zum Sitzen, wenn es an die Ausführung des eigentlichen Gemäldes geht. Dann könnt Ihr mir gern Euren Lebensweg erzählen, der aufgrund Euerer Begeisterung für das Haus unserer Herrschaft in den Hintergrund Eurer Erzählung gerückt ist.«

»Ihr mögt mich für ungeduldig halten«, erwiderte Seinschedt, »aber ich würde es begrüßen, wenn Ihr Euch gleich morgen in den Nachmittagsstunden wieder hier einfinden könntet.«

»Ich weiß nicht«, entgegnete Ludovica zögernd, »es sind viele Vorbereitungen zu treffen, und eigentlich habe ich keine Leinwand.«

»Die läßt sich doch beim Pexlinger beschaffen.«

»Die rohe Leinwand, auf den Rahmen gezogen schon; aber vor das Malen hat der Herrgott das Bereiten des Kreidegrundes gesetzt, und das mag für ein wertvolles Werk ohne unnötige Hast erfolgen.« Sie stockte, als sie sein enttäuschtes Gesicht sah. »Vielleicht könnte ich aber die Leinwand nehmen, die ich für Frau Katharina vorbereitet habe und darauf morgen meine Vorzeichnung setzen.« Sie nickte energisch und erkannte sofort die Hoffnung, die sich in Seinschedts Gesicht abzeichnete. »Ja, ich werde es einrichten können.«

»Also morgen nachmittag wieder bei mir?« fragte Seinschedt.

»Ich werde da sein. – Ihr müßt die gleiche Kleidung tragen wie heute.«

Der Buchhalter nickte.

Nach dem Abschied von Seinschedt fühlte Ludovica das Bedürfnis, eine Weile für sich zu sein, und so begleitete sie nicht den jungen Laufburschen, der ihre Staffelei in ihre Gemächer trug, sondern verließ über den hinteren Hof das Anwesen und schlenderte durch die Gassen. Ohne weiter auf ihren Weg zu achten, war sie am Perlach vorbeigekommen, in die untere Stadt gelangt und dort an einem der Kanäle entlangspaziert. Unversehens stand sie am Eingang von Sankt Magdalena.

Zögernd betrat sie die vor wenigen Jahren fertiggestellte Kirche, und als sie in der großen Halle verharrte, deren mittlere Säulenreihe zum Himmel emporzustreben schien und der Decke erhabene Höhe verlieh, umfing sie eine tiefe Ruhe. Die andächtige Stille der weiten Halle übertrug sich auf ihr Herz, dessen Schlag sich verlangsamte und beruhigte. Nun spürte sie erst, unter was für einer Anspannung sie während der Sitzung mit Seinschedt gestanden hatte. Sie lehnte sich an eine der Säulen, heftete ihren Blick auf das Kreuz an der gegenüberliegenden Wand und versuchte, ihren Kopf von allen Gedanken frei zu bekommen. Weil es ihr schwerfiel, an nichts zu denken, zwang sie sich, immer dann, wenn ein Gedanke aufblitzte, an nichts anderes als ihren Atem zu denken. Wo geht die Luft hin? fragte sie sich und dachte damit dem durch die Nase wandernden Atem hinterher, wie er in den Gaumen strich und sich dann hineinblähte in die Brust, von wo er langsam wieder durch den Hals entwich. Sie schloß die Augen. Nach und nach meldeten sich weniger Gedanken und wurde ihr Kopf freier und ruhiger, bis schließlich ein sanfter Herzschlag das Blut in einen gedankenleeren Kopf pumpte und sich ein wohliger Frieden im ganzen Körper ausbreitete.

Da tauchte aus einem zarten Nebelschleier das Gesicht von Franko Seinschedt auf. Sanft blickte er die Malerin an. Seine Augen glänzten und sprachen von einem tiefen Begehren. Ruhig und ohne Mienenspiel schwebte das Gesicht des Buchhalters in der Leere ihrer Gedanken. Ludovica ließ es geschehen. Je länger sie die Gesichtszüge des Buchhalters betrachtete, um so stärker wurde die Sympathie, die sie für Seinschedt empfand, und als sie schließlich die Augen öffnete und sich mit dem Blick auf das Kreuz an der Wand ins Augsburger Leben zurückbrachte, da stellte sie erstaunt fest, daß sie diesen Franko Seinschedt mochte. Trotzdem blieb ein Rest von Unbehagen lebendig, eine Spur von jenem Gefühl, das ihr ein »Sei auf der Hut« zugeflüstert hatte, als sie ihm zum ersten Mal in die blauen Augen geblickt hatte. Sie nahm sich vor, bei ihrer nächsten Begegnung zurückhaltend zu bleiben und zu versuchen, möglichst viel von ihm zu erfahren. Vor allem, wenn sie an die Unterlagen dachte, welche sie bei dem Toten im Mehlsack gefunden und an sich genommen hatte, flüsterte ihr eine innere Stimme zu. Noch war sie zwar aus den Papieren nicht schlau geworden, doch daß es sich dabei um Aufzeichnungen hochgeheimer Geldangelegenheiten handeln mußte, stand außer Frage. Und den Schlüssel, dieses Geheimnis zu lüften, besaß Seinschedt, dessen war sich Ludovica sicher. So verließ sie die Dominikanerkirche mit klareren, aber immer noch zwiespältigen Gefühlen.

Es zog sie hinaus in die Jakobervorstadt, ja, weiter noch, bis zum Ufer des Lech trug sie ein aufflammendes Heimweh. Wie oft hatte sie als Mädchen am Ufer des Po gestanden und hatte dem breiten Strom zugesehen, wie er sich mühsam durch sein Bett zum Adriatischen Meer hinab wälzte? Wenn sie ihren Blick in die trägen Wasser versenkt hatte, die manchmal heimtückische Strudel bildeten, hatte sie immer wieder davon geträumt, eine Malerin zu werden, um ihrem Vater zu gefallen. Sie liebte ihren Vater. Er hatte sich in den Kopf gesetzt, seine älteste Tochter zur Malerin ausbilden zu lassen. Vielleicht waren es die kindlichen Bilder, die sie im Alter von acht, neun Jahren mit bunten Kreidestiften gemalt hatte, welche den Wunsch in ihm weckten, dieses Talent über alle Maßen und jenseits jeder Schicklichkeit zu fördern. Anfangs waren sie verlacht worden, Vater und Tochter; ein Fräulein von Adel malt und spielt die Laute, liest Dante Alighieri und kennt einige alte Dichter wie Lucrez und Ovid, aber alles zur Erbauung höfischer Geselligkeit, sozusagen zum Zeitvertreib. Ach Vater, dachte Ludovica, du hast dich über diese ganzen Anschauungen hinweggesetzt und dir und mir eine Freude damit bereitet, mir das Malen zu ermöglichen. Am Anfang war es bestimmt deine Idee, in mir eine Malerin zu entdecken, aber immer stärker wurde es mein Wunsch, eine Malerin zu sein. Du hast mir diesen Wunsch erfüllt. Mit was für einer Freude hast du meine Fortschritte begleitet, und wie stolz warst du, als Michelangelo schrieb, ich hätte Talent und sollte unbedingt weiter ausgebildet werden! Weißt du noch, wie du damals zur Feier des Tages ein neues Faß Wein angestochen hast?

Ludovica lächelte bei diesem Gedanken und trat durch das Rote Tor hinaus auf das freie Feld, von wo sie zum Lech hinüberschlendern konnte. Der Fluß trug sein grünes Wasser mit vielen weißen Schaumkronen der Donau zu, gebärdete sich lebhaft und ungeduldig und taugte nur bedingt zur Erinnerung an den trägen, mächtigen Po. Trotzdem half allein der Geruch von Wasser, die Sehnsucht nach zu Hause zu lindern. Die Gedanken an daheim und die Anfänge ihrer Malerei traten in den Hintergrund und ließen Platz für die Fragen, die sich um Seinschedt und seine Aufmerksamkeit für die Malerei drehten. Warum hatte er sich so nachdrücklich für die Metaphern in ihrem Bild der heiligen Katharina von Siena interessiert? Wie war sein Deutungsversuch zu verstehen, die Lilie könne das Wappenbild jener von Medici darstellen, und der Gekreuzigte im Apfel symbolisiere den Versuch der Florentiner, sich die Welt mittels der Papstwürde untertan zu machen? Mochte es so sein, darin steckte kein Geheimnis. Papst Clemens war ein Medici, und er war der Herr der Welt. Da durfte es als angemessen und naheliegend gelten, daß Raymond Fugger sie gebeten hatte, eine Kopie des Gemäldes zu fertigen, damit er diese dem Papst zum Geschenk machen könne.

Sie war schon im Begriff, diesen Gedanken beiseite zu wischen, als sich aus ihrer Erinnerung verschwommen eine Szene meldete, in welcher sie mit Raymond Fugger vor der Staffelei über die rechte Vollendung des Gemäldes plauderte. Die Nonne stand da in ihrem Habit und wußte nicht wohin mit ihren Händen. Das Bild war fertig und wirkte unvollendet. »Ihr müßt der heiligen Katharina von Siena etwas in die Hand geben«, hatte Raymond Fugger gesagt und sich rasch korrigiert: »In beide Hände.« Ludovica hatte zuerst ihn, dann die Leinwand lange angeschaut und schließlich genickt. »Sie ist unschuldig; gebt ihr Lilien in die rechte.« Dann schien er eine Weile zu überlegen. »Christus muß mit hinein«, sagte er endlich. »Ich sehe da einen roten Apfel, eine Insel von Farbe in dem tristen Dominikaner-schwarzweiß, in dem ein Kruzifix steckt. Versucht es damit.« Er ermunterte mich, dachte Ludovica, und lag goldrichtig mit seiner Vorstellung. Aber er hat auch, fing sie zu grübeln an, meinem Bild eine entscheidende Wendung gegeben. Wollte er damit etwas Bestimmtes bezwecken? Versteckte sich in dem Gemälde eine Botschaft, oder war das Geschenk einfach eine Huldigung an den Heiligen Vater? Ich muß, dachte Ludovica, Seinschedt zu den Fuggerschen Verbindungen nach Rom befragen, aber ich muß es klug anstellen, damit er nicht mißtrauisch wird. Mit diesem Vorsatz wandte sie sich vom Lech ab und ging in die Stadt zurück.

Als sie ihre Gemächer betrat, wartete Elisabetta schon und fragte neugierig, wie die Sitzung mit dem Oberbuchhalter verlaufen sei. Nachdem Ludovica ihren kurzen Bericht beendet hatte, kam sie auf den Toten aus der Vorratskammer zu sprechen.

»Weißt du inzwischen etwas über den Toten?«

»Ja, er heißt Maximilian Mair und ist ein junger Buchhalter des Franko Seinschedt. Also der zweite Tote innerhalb von zwei Tagen aus dem Umkreis des Oberbuchhalters. Es gibt einige Gerüchte, die wirr durcheinandergehen.«

»Laß hören«, forderte Ludovica ihre Zofe neugierig auf.

»Hinter vorgehaltener Hand habe ich zugeraunt bekommen, jene Sekte, die sich die Wiedertäufer nennt, stecke hinter den Taten, weil die beiden jungen Buchhalter sich jüngst von den Ketzern abgewandt hätten. Wir wissen ja, daß Anton und Raymond der heiligen Kirche die Treue halten. Wer sich ketzerisch verhält, der darf bei unseren Herrschaften nicht länger arbeiten. Soweit scheint mir das Gerücht verständlich; doch wieso sollten die Häretiker zwei junge Leute meucheln, die in den Schoß der Kirche zurückkehren wollen?«

»Das ist eine gute Frage«, pflichtete Ludovica bei.

»Ich glaube«, fuhr Elisabetta fort, »die Gerüchte rund um die Wiedertäufer werden aus Haß und Mißgunst in die Welt gesetzt, weil die Pfaffen der römischen wie der lutherischen Seite Angst haben vor jenen Sektierern, die auf Wohlleben und weltliche Macht verzichten und statt dessen einen inneren Weg zu Gott finden.«

»Kennst du denn so einen Wiedertäufer?« fragte Ludovica überrascht. »Weißt du Bescheid über deren Glauben?«

»Das, mein Täubchen, ist eine schwierige Frage«, antwortete die Zofe stockend, »denn ich habe es bisher vermieden, über die Religion zu sprechen. Ich bin eine getaufte Seele im Glauben der heiligen Kirche. Spreche ich das Glaubensbekenntnis, so spreche ich es aus tiefstem Herzen. Und auch meine Mutter hat es in ihrer Treue gegenüber dem Papst und seiner Kirche nie mangeln lassen. Vom Geschlecht meines Vaters her aber gibt es eine tiefe Wurzel zu besonderen Christen, die sich vor langer Zeit als erwählte Gläubige gesehen haben und vielfach dafür verfolgt wurden. Die Geschichte dieser Gottsucher hat sich von Mund zu Mund erhalten und wurde mir von meiner Mutter mitgegeben, sie als Andenken zu Ehren meines Vaters zu bewahren.«

»Verzeih, wenn ich in dich dringe«, sagte Ludovica und gab dem Verlangen nach, endlich etwas über ihre Zofe zu erfahren, was ihr all die Jahre verborgen geblieben war, »doch weiß ich nichts über deinen Vater. Magst du mir über ihn erzählen?«

»Ich wußte, daß diese Frage eines Tages kommen wird«, antwortete Elisabetta, »und ich wunderte mich schon, daß du sie nicht stelltest. Mein Vater hat sich nicht zu mir und meiner Mutter bekannt, obwohl er sein Herz jahrelang an meine Mutter verloren hatte. So bin ich der Kegel eines Adligen geblieben, der sein Gewissen in den letzten Jahren mit beträchtlichen Geldzahlungen erleichtert hat. Immerhin konnte meine Mutter so auf eine angenehme Weise leben und blieb mir ein allzu widriges Schicksal erspart. Wenngleich …« Sie legte den Kopf schief und schwieg. »Doch nicht davon«, sagte sie schließlich entschlossen und fuhr fort: »Der Bankert einer Konkubine bin ich, und ich hoffe, du änderst deine Sicht auf mich nicht, jetzt, wo du mich als ein Kind der Sünde kennst.«

Ludovica schüttelte den Kopf und schaute ihre Zofe auffordernd an.

»Nun, die Wiedertäufer also, diese friedlichen Ketzer stehen mit dem duldenden Element ihres Glaubens in der Nähe jener guten Christen, die vor langer Zeit, in den Tagen des heiligen Thomas von Aquin, Katharer genannt wurden. Die Täufer halten es mit der Armut wie die Jünger des Franz von Assisi und sehen die Welt eher als Werk des Bösen denn als Schöpfung Gottes. Sie ehren jedoch die Seele des Menschen als Atem Gottes und fühlen sich aufgehoben in der Nachfolge Christi. Sie lehren weder Gewalt noch Aufstand. Daher können sie nicht schuld am Tod der beiden Buchhalter sein.«

»Wer hätte Gefallen, ihnen die Morde in die Schuhe zu schieben?«

»Zuvorderst die Kleriker selbst, welche die Täufer als Gefahr erleben. Und vom Rat der Stadt, habe ich jemand sagen hören, sei der Bischof um Untersuchung gebeten worden, von wegen der zauberischen Umtriebe, die sich in den Taten zeigten.«

Ludovica erschrak. Mit Schaudern dachte sie an eine Hexenhinrichtung zurück, der sie auf dem Campo de Fiori in Rom beigewohnt und die noch ältere Erinnerungen an Hexenprozesse in Cremona in ihr aufgewühlt hatte. Ludovica glaubte an Hexen, und zaubrische Dinge waren ihr nicht geheuer.

»Erschrecke nicht, mein Täubchen«, fuhr Elisabetta mit ruhiger Stimme fort, »ich glaube nicht, daß der Teufel umgeht, es sei denn, er wäre ein Kaufmann. Das sind nämlich die anderen Gerüchte, daß ein Gegner der Fugger versucht, ihren Leumund mit rätselhaften Taten zu erschüttern, wobei die einen meinen, es könne jenem Feind allein darum gehen, den guten Ruf des Hauses Fugger durch die hier geschehenen Taten in Zweifel zu ziehen, während die anderen argwöhnen, die jungen Buchhalter hätten eine Spur entdeckt, die zu einem Fugger-Feind führe und Manipulationen aufdecke, welche das Goldene Kontor in den Ruin treiben könnten. Letzteres, so scheint mir, ist ein vernünftiges Gerücht; da kommt man bei der Suche nach einem Täter ohne Hexerei aus und braucht auch keine Glaubenseiferer bemühen. Machtgier und Raffsucht sind ungeschminkte Antriebe für niedere Seelen.«

»Aber wer könnte solche Manipulationen vornehmen, und wer mag überhaupt so ein böser Feind der Fugger sein?«

»Zur Zeit gibt es in Augsburg nur einen«, fuhr Elisabetta fort. »Ambrosius Höchstetter. Er drängt ins böhmische Kupfer- und ins tirolische Silbergeschäft. Besonders aber, so habe ich von meinem Freund im Welser-Kontor erfahren, ist er auf das Quecksilbergeschäft erpicht. Es pfeifen die Spatzen von den Dächern, daß Ambrosius Höchstetter dem Anton Fugger bei jeder Art von Kredit für Erzherzog Ferdinand zuvorkommt. Während unser Herr Anton noch mit dem Erzherzog feilscht, schiebt Höchstetter dem kaiserlichen Bruder schon die erforderliche Summe zu. Das kann doch nur sein, wenn der Höchstetter über die Vorgänge in der Goldenen Schreibstube genau Bescheid weiß. Er wird einen Spitzel in der Fuggerschen Buchhaltung haben. Um seinen Ausforscher zu schützen, muß er viel riskieren. Wenn ihm dabei die beiden jungen Buchhalter auf die Schliche gekommen sind, konnte er nicht anders, als dafür zu sorgen, daß sie starben.«

»Das klingt in der Tat schlüssig«, murmelte Ludovica vor sich hin, »und paßt zu den Aufzeichnungen, die ich bei dem Toten im Mehlsack an mich genommen habe.«

»Aufzeichnungen?« fragte die Zofe überrascht.

Ludovica nickte und machte eine wegwerfende Handbewegung, ein deutliches Zeichen, daß sie nun nicht mit Elisabetta darüber sprechen wollte. Das könnte durchaus zusammenpassen, dachte sie sich, wenn nicht die Namen allzu deutlich nach Rom wiesen. Doch von einer Verbindung Höchstetters nach Rom hatte Elisabetta nichts erwähnt. Die Malerin geriet ins Grübeln, behielt ihre Gedanken jedoch für sich. Aus einem vagen Gefühl heraus, das mit dem Welserschen Freund ihrer Zofe zusammenhing, wollte sie Elisabetta an ihren Gedanken nicht teilhaben lassen. Sie selbst fühlte sich unaufhaltsam in eine geheimnisvolle Verwicklung hineingezogen, in deren Zentrum sie zunehmend deutlicher Franko Seinschedt vermutete.

Nachdem sie wieder allein im Zimmer war, nahm sie die Schriftstücke des toten Maximilian Mair aus ihrer Wäschetruhe, ging die Auflistung Name für Name durch und schrieb sich die Namen, welche ihr bekannt waren, nebst Bemerkung und Betrag auf einen Bogen Papier. Neben Giacomo Garilliati listete sie so noch Agostini Chigi und seine Nichte Porcia auf, Bischof Frangipane, Ottavio und Ambrogio Farnese, Gentile und Napoleone Orsini, Massimiliano Sforza, Filippo Gualterotti, Antonio Pucci, Fabricio Casale und sogar Pompeo Colonna, sie alle mit erheblichen Beträgen vermerkt. Daneben gab es eine Reihe von Namen, die Ludovica kaum oder gar nicht kannte, hinter denen beinahe ungehörig hohe Summen bis zu einhunderttausend *Goldscudi* standen. Von dieser Sorte, es handelte sich fast ausnahmslos um Bischöfe und Kardinäle, notierte sich Ludovica alle, hinter deren Namen ein Betrag von zwanzigtausend *Scudi* oder mehr aufschien. Dann faltete sie ihren Zettel und steckte ihn vorsichtig zwischen Stoff und Leisten einer noch nicht grundierten Leinwand, bevor sie Mairs Originalliste in ihrer Wäschetruhe verwahrte. Noch war nicht die Zeit, dieses Rätsel zu lösen, doch die zittrige innere Anspannung, mit der sie dies dachte, verriet ihr zugleich, daß sie dieses Rätsel lösen wollte.

Wie nahe sie einem bedeutenden Geheimnis gekommen war, erfuhr Ludovica erst am späten Abend, als sie von der Andacht in der Fuggerschen Kapelle zurückkehrte. Ihr Schlafgemach war ebenso durcheinandergewirbelt wie ihr Arbeitszimmer, kreuz und quer lagen Wäsche, Bettzeug, Rahmen und Leinwände, Farben, Pinsel und Papiere auf dem Boden herum, als hätte ein Berserker in den Gemächern gewütet. Ludovica schrie auf und stürzte auf ihre Wäschetruhe zu, die leer war. Die Aufzeichnungen von Maximilian Mair waren verschwunden. Während ihr Herz bis zum Hals pochte, suchte sie die Leinwand mit ihrer eigenen Liste und stellte erleichtert fest, daß der Einbrecher dieses Versteck nicht gefunden hatte. Nach was, fragte sie sich, hat der Unmensch noch gesucht? Wegen Mairs Aufzeichnungen, die sich rasch in ihrer Wäschetruhe gefunden haben dürften, mußte der Dieb doch nicht ihre beiden Räume auf den Kopf stellen. Und wer kam überhaupt auf die Idee, bei ihr nach diesen Dingen zu suchen? Sie überlegte. Dann fiel ihr ein, daß sie der Amtsdiener sogar nach dem Päckchen gefragt hatte. Der Scherge würde über seine merkwürdige Beobachtung Bericht erstattet haben, und irgend jemand, der in die Nachforschungen wegen der Morde verwickelt und an den Geheimnissen der toten Buchhalter interessiert ist, hat hiervon Kenntnis erlangt. Im nächsten Augenblick befiel sie Angst. Denn wer anderes als der Mörder konnte es sein, der sich die Aufzeichnungen verschafft hatte? Und wenn der Dieb der Mörder war, dann wußte er, daß sie die Aufzeichnungen kannte. Konnte er es riskieren, sie unbehelligt zu lassen, oder mußte er befürchten, sie wisse nun zu viel? Ludovica spürte, daß sie in höchster Gefahr schwebte.

In dem Augenblick betrat Elisabetta die Gemächer und schlug mit einem spitzen Schrei die Hände über dem Kopf zusammen.

»Was ist denn hier passiert?«rief sie entgeistert.

»Einbrecher«, erwiderte Ludovica leise.

»Um Gottes willen, wer tut denn so etwas?«

»Ich weiß es nicht.«

»Ist etwas gestohlen worden, mein Täubchen?« fragte ihre Zofe besorgt, ging auf Ludovica zu und nahm sie in den Arm.

»Der Goldreif«, antwortete Ludovica. »Den Goldreif sehe ich nicht mehr.«

»O je, dieses schöne Stück Geschmeide von deiner Mama. Ist es wertvoll?«

»Eigentlich nicht. Vielleicht hat der Wüterich deshalb alles durcheinandergewirbelt, weil er Wertvolleres finden wollte und nicht mit seiner Beute zufrieden war.«

Von Mairs Aufzeichnungen sagte sie nichts, sondern ging mit Elisabettas Hilfe daran, die Zimmer aufzuräumen und nachzusehen, ob noch etwas fehlte; aber außer dem Goldreif war ihr gesamter Schmuck vorhanden. Allerdings stellten weder die Ringe noch die Zierklammern wirkliche Vermögenswerte vor, und die einzige Kette, welche unter das Stichwort Kostbarkeit gelistet werden konnte, trug Ludociva um den Hals.

In der Nacht von Donnerstag auf Freitag schlief sie schlecht. Jedes Geräusch schreckte sie auf, und lag sie erst wach, schlief sie schwer wieder ein. Dann lauschte sie in die Dunkelheit und vernahm das Rascheln und Trippeln der Mäuse ebenso wie das Trappeln der Katzen, welche die Plagegeister jagten. Von draußen wehten ab und zu lustvolle Geräusche heran; Stöhnen, Japsen und spitze Schreie kamen aus der Richtung der Dienstbotenzimmer.

Ludovica ließ ihre Phantasie um die unsichtbaren Liebespaare kreisen, doch ihre Angst vor dem unheimlichen Einbrecher konnte sie damit nicht abschütteln. Allein in die Vorstellung, wer hier mit wem in der Heimlichkeit der Nacht Lust und Laune teilte, mengte sich wie ein grauer Schatten die bange Frage, ob einer der Bediensteten zu Mord oder Diebstahl fähig wäre. Zu jedem Gesicht, das sie sich vergegenwärtigte, schwang das Mißtrauen mit, ob sie sich vor dieser Person hüten müsse oder nicht, und so verlor sie über die grüblerischen wachen Minuten hinweg bei mehr und mehr Menschen ihre innere Unbefangenheit.

Am Morgen erwachte sie abgeschlagen und angefüllt von Unbehagen. Es war das erste Mal seit ihrer Ankunft in Augsburg, daß sie sich im Hause der Fugger nicht mehr geborgen fühlte. Einzig der Gedanke an Franko Seinschedt vermittelte ihr ein gewisses Maß an Sicherheit. Er, dachte sie, könnte mich schützen, und während sie es noch dachte, wunderte sie sich darüber. Konnte sie nicht jederzeit zu Frau Katharina gehen und sie um Rat und Schutz ersuchen? Würde Raymond Fugger seiner Frau einen Wunsch abschlagen, wenn diese für ihre Lehrmeisterin sprach? Ludovica spürte, daß sie bei Raymonds Frau jede Hilfe erbitten konnte, sie spürte aber auch, daß es keine wahre Herzensnähe war, die sie mit der Ehefrau des Raymond Fugger verband. Ebenso klar wußte sie Raymonds Verhältnis zu seiner Hausmalerin einzuschätzen; sie war Schmuck und Zierde für das aufstrebende Haus, dessen Herren ebenso den Adelsbrief anstrebten wie der große Regierer Jakob, dessen Glanz immer noch aus der Vergangenheit herüberstrahlte; und für einen angehenden Grafen war eine Hauskünstlerin ein ähnliches Zeichen herausgehobenen Wohlstandes wie ein weitläufiges Schloß und reiche Ländereien. Das war nicht der Boden, in dem der Same der Menschlichkeit aufging. Dagegen empfand sie bei Seinschedt echte menschliche Anteilnahme, und sie beschloß, ihn am Nachmittag vorsichtig ins Vertrauen zu ziehen.

Mit beinahe kindlicher Freude empfing der Oberbuchhalter sie am nächsten Tag in seiner Kanzlei und machte große Augen, als er die präparierte Leinwand mit den Umrissen seines Selbst betrachtete.

»Ihr seid eine große Künstlerin, wertes Fräulein«, bemerkte er anerkennend und nahm auf seinem seltsamen Stuhl Platz.

»Die Haltung wie gestern, bitte.«

Seinschedt warf sich so theatralisch in Pose, daß Ludovica Mühe hatte, ihr Lachen zu verbergen, und um eine daraus entstehende Befangenheit sofort zu überspielen, fragte sie ihn nach seinem Lebensweg.

»Nun, ich sagte es schon, ich bin nicht von Adel. Im Gegenteil, ich entstamme einer einfachen Gerberfamilie, die auf elf Kinder blickte und ihre liebe Not hatte, alle Mäuler zu stopfen. Als zweitgeborener Sohn war ich zur Gerberei bestimmt, und der Eintritt in die Zunft wäre mir sicher gewesen. Wenn Ihr wollt, so kann ich Euch einmal das Haus meiner Familie unten am Sparrenlech zeigen. Mein jüngerer Bruder Rupert hat, nachdem unser Vater und unser ältester Bruder gestorben waren, die Gerberei übernommen und beliefert uns zuverlässig mit seinen Fellen und Häuten. Meine Mutter hat ihn immer Rüpel gerufen, er war ihr Liebling.« Seinschedt geriet in eine beinahe rührselige Stimmung, die zu dem stattlichen Mann sowenig passen wollte wie sein schnarrender Tenor. Dazu zeigte er einen Gesichtsausdruck voller Widersprüchlichkeit, den Ludovica sofort versuchte, irgendwie auf die Leinwand zu bannen. Eine äußerste Entschlossenheit, die sich in dem kantigen Kinn manifestierte, ging einher mit verletzbarer Sanftmut, die wie ein weicher Schleier über der Augenpartie lag. Nur wenn sich beide Seelen in diesem Gesicht spiegelten, würde sie dem Menschen Franko Seinschedt mit ihrem Gemälde gerecht, wußte Ludovica, und so skizzierte sie ihre Eindrücke mit raschen Pinselstrichen, um den Augenblick festzuhalten.

»Matthäus Schwarz ist ein Onkel von mir. Er hat mich überredet, mich für Buchhaltungsdinge zu interessieren, weil ich mich in der Lateinschule gelehrig anstellte und Freude am Rechnen hatte. Ihr werdet lachen, aber ich liebte es, verzwickte Rechenaufgaben zu lösen. Ich konnte stundenlang in der Stube am Kachelofen sitzen und mit den Zahlen kniffeln. Auch die Aufgaben, die mir Matthäus gelegentlich stellte, ließ ich nicht eher los, bis ich die Lösung hatte. Das gefiel ihm, und er lag meinem Vater in den Ohren, mich in die Kunst der Buchführung einweisen zu lassen. Meine Zukunftsaussichten malte er meinem Vater in buntesten Farben aus, bis der Herr Papa nicht anders konnte, als seine Einwilligung zu geben. Ich meinerseits war heilfroh, dem Gestank und der Feuchtigkeit der Gerberei zu entkommen, und ging mit großer Freude Tag für Tag hinauf zur Goldenen Schreibstube, um in einem engen Kontor das Rüstzeug eines Buchhalters zu lernen.«

Während dieser Erzählung blieb sein Gesichtsausdruck zu Ludovicas Freude zweideutig. Mit immer größerer Sicherheit bannte sie die Konturen dieses Kopfes auf die Leinwand und spürte dabei eine Spannung anwachsen, die ihr sagte, das Gemälde sei auf einem guten Weg. Ihr Gefühl, das sie für Seinschedt empfand, wurde wärmer, je mehr er über seinen Werdegang berichtete. Jener Matthäus Schwarz war kein Geringerer als der Hauptbuchhalter Jakob Fuggers, also ein mächtiger Mann und nach kurzer Zeit sogar der wahre Stellvertreter des Regierers. Unter dieser Führung und Förderung entfaltete sich das ganze Talent des jungen Seinschedt, und Schwarz, sehr angetan von seiner Entdeckung, setzte sich mehr und mehr für den Kontorsgehilfen ein. Das wiederum lenkte Anton Fuggers Aufmerksamkeit auf ihn. Nun, da seine Erzählung an die entscheidenden Punkte seiner Entwicklung rührte, zu jenen Zeiten, da sein Aufstieg seinen Anfang nahm, wurde seine Rede immer begeisterter, und schließlich sprudelte er die Erinnerungen hervor wie ein Bergquell das Wasser im Frühsommer. Noch unter dem strengen Regiment des alten Regierers gelangte Franko Seinschedt zu den ersten Einsichten in das weitverzweigte Netz der Faktoreien der Fugger und in die vielfach miteinander verknüpften Geschäfte. Er lernte die Silbergruben im Tirolischen kennen und gewann Sachverstand für die Art und Weise, wie man einem Berg seine Schätze entriß und mit diesen Pfunden dann auf den Märkten wucherte. Außerdem stellte er sich geschickt an, wenn es darum ging, knifflige Aufgaben zu lösen. Bereits Jakob Fugger der Reiche schickte Seinschedt mehr als einmal nach Innsbruck in die Amtsstuben des Tiroler Erzherzogs, um mit den Kanzlisten zu Lösungen zu gelangen, die weniger die stets vorhandene Gier der Amtsleute als vor allem die Ansprüche des Augsburger Regierers befriedigten.

»Ihr glaubt gar nicht«, sagte Seinschedt schließlich und stand glückselig lächelnd auf, »was ich in diesen Jahren alles für Abenteuer zu bestehen hatte.«

»Gern glaube ich Euch«, erwiderte Ludovica, »und bitte Euch sogar, mir das eine oder andere zu erzählen. Ihr habt so eine bilderreiche Sprache, ich leihe Euch gern mein Ohr. Doch tut mir den Gefallen, und setzt Euch, sonst behindert Ihr mich allzu sehr in meiner Kunst.«

»Oh verzeiht«, sagte er verlegen und setzte sich wieder auf seinen Stuhl. »Nun, so will ich Euch erzählen, wie wir den deutschen Papst dazu brachten, uns die päpstliche Münze zu verpachten. Damals war noch Johannes Zink Faktor zu Rom, der schon den Papst Julius um eine beträchtliche Erbschaft gebracht und sich vom Vatikan ein fettes Ablaßgeschäft eingehandelt hat. Allerdings konnte man den Zink, dessen hinterfotzige Art am Tiber inzwischen allzu bekannt geworden war, nicht mehr selber verhandeln lassen, weshalb der Regierer seinen Neffen Anton, unseren heutigen Patron, nach Rom geschickt hatte. Tja«, sagte Seinschedt und lachte, »beim alten Zink hat unser junger Regierer rasch gelernt, wie man das Netz nach den Fischen der Kurie auswirft, daß sich neben manchem Kardinal sogar der Papst darin verfängt. Zunächst einmal mußten wir den Florentiner Kaufmann Filippo Gualterotti aus dem Weg schaffen, den Freund des alten Medici-Papstes Leo, der den Fuggern um ein Haar bei der Finanzierung der Königswahl unseres Kaisers Karl in die Suppe gespuckt hätte. Damals hatte sich eine für die Fugger unheilvolle Zusammenarbeit zwischen den Welsern und einigen Florentiner und Genueser Kaufleuten angebahnt, die zwar nicht fest und von Dauer geworden war, aber immer dann, wenn es um besondere Pfründen bei Kaiser oder Papst ging, neuen Atem erhielt. Doch auf Zinks Ratschlag hin steckten wir dem Gualterotti auf der einen Seite, der Welser habe Mühe, seine Zahlungsverpflichtungen zu erfüllen, und boten ihm zudem ein hübsches Sümmchen für sein Stillhalten an, und den Genueser ließen wir wissen, daß er auf seinen Freund aus Florenz nicht mehr zählen könne. Auch seinen Schmerz wußten wir mit einer netten Summe zu trösten. Anton Fuggers geschicktester Schachzug aber lag darin, Giacomo Garriliatti anzustacheln, den päpstlichen Beratern und letztlich Hadrian selbst einzuflüstern, keinesfalls mit dem Kaiserfreund Jakob Fugger Geschäfte zu machen, weil dem aufgrund des deftigen Ablaßhandels in Deutschland der viele Ärger mit den Lutherischen zu verdanken sei. Ganz so, wie es unserer Regierer berechnet hatte, zog Hadrian Erkundigungen darüber ein, ob Jakob der Reiche gut katholisch sei, und erhielt nur allerbeste Auskünfte. Und ehe sich die Welser versahen, besaß der alte Fuchs Jakob Fugger die Pacht auf die päpstliche Münze für fünfzehn Jahre. Anton aber, damals dem wilden römischen Leben zugewandt wie ein alteingesessener Patrizier, konnte mit diesem Erfolg seinen Aufenthalt in der Ewigen Stadt verlängern und zugleich vor seinem mißtrauischen Onkel verbergen, daß er sich wegen seines zügellosen Lebenswandels hoch verschuldet hatte. Wäre nicht der Hans Baumgartner gewesen, unser Anton Fugger wäre am Tiber in den Schuldturm gewandert.«

Ludovica mußte zunehmend an sich halten, um bei diesen Erzählungen ruhig den Pinsel zu führen. Bei manchen Namen, welche Seinschedt erwähnt hatte, war sie zusammengezuckt, denn sie kannte sie von ihrer Liste her, und ihr Vorsatz, den Oberbuchhalter wegen des gestrigen Einbruchs und Diebstahls ins Vertrauen zu ziehen, zerfiel in Nichts. Schlimmer als von ihr geahnt, bewahrheitete sich, daß Seinschedt den Schlüssel zu dieser Liste besaß, und sie sah die Freude, mit der er von den geheimen Geschäften zu Rom sprach, mit Argwohn. Zugleich mit dieser Freude am Intrigenspiel wuchs der harte Zug in Seinschedts Gesicht und verschwand die milde Seite des Antlitzes. Der Geschäftsmann brach durch, der um jeden Preis den Erfolg suchte. Ludovica spürte wieder wie zu Anfang ihrer ersten Begegnung, daß sie auf der Hut sein mußte vor diesem Mann, und über die Zuneigung, die sie für ihn empfand, legte sich ein grauer Schleier. Zugleich aber wollte sie so viel wie möglich über diese römische Zeit wissen, und neugierig fragte sie ihn, was sich alles während seines Aufenthalts im Fuggerschen Haus am Rione di Ponte zugetragen habe.

»Ihr macht mich verlegen, wertes Fräulein«, entgegnete der Buchhalter und schlug die Augen nieder. »Denn obgleich Ihr selbst in Rom gelebt habt, und zwar beinahe zu der Zeit, zu der ich meine Bildung in der Faktorei vervollkommnete, möchte ich Euch die Ausschweifungen verschweigen, derer sich unser Regierer hingab.«

»Christliche Nachsicht«, sagte Ludovica lächelnd, »sei dem Herren des Hauses Fugger ebenso sicher wie seinem Oberbuchhalter. Gern höre ich, wie treu Ihr Eurem Herrn ergeben seid. Doch laßt mich raten: Fern von den Fittichen des gestrengen Onkels hat Anton Fugger das Leben zu Rom genossen und sich nicht gescheut, schöne Damen mit teuren Geschenken zu bezirzen. Habe ich recht?«

Seinschedt nickte.

»Er hat einschlägige Palazzi besucht und die Dienste mancher *Signora onesta* in Anspruch genommen; es ist keineswegs ehrenrührig, sich in die Arme einer *curialis romanam curiam sequens* zu begeben. Was wäre Rom ohne seine Kurtisanen?«

Bei dieser Frage sah die Malerin Seinschedt durchdringend an. Er fuhr sich mit der Hand an den Hals, als wollte er sich Luft verschaffen, öffnete ein paar Mal den Mund wie ein Karpfen das Maul, und antwortete schließlich nur: »Ja, so war es.«

»Dafür braucht Ihr Eurem Herrn keine Treue zu halten

durch Schweigen; lobt lieber seine Lebendigkeit, indem Ihr redet.«

»Ihr überrascht mich«, antwortete Seinschedt, der seine Fassung wiedergewann. »Bisher hielt ich Euch für einen Ausbund an Tugend und …«

»Das bin ich auch«, unterbrach ihn Ludovica brüsk, »und Ihr solltet Euch unterstehen, mich jemals für etwas anderes als tugendhaft zu halten. Aber«, sie senkte ihre Stimme und gab ihr einen vertraulichen Klang, »ich kenne das Leben und bin mit offenen Augen durch Rom gegangen. Ihr braucht mir nichts zu verschweigen.«

Nun lächelte Seinschedt dankbar, räusperte sich und fuhr in seinen Erzählungen fort: »Schon während des ganzen Handels um die päpstliche Münze hatte mein Herr seine vergnüglichsten Stunden in einem geheimen Haus bei San Giacomo, das ein Monsignore führte, der als *Notarius cancellariae* ein mittelprächtiges Amt in der Kurie bekleidete und manches befördern oder verzögern konnte. Getreu dem Motto des alten Jakob Fugger, sich im Zweifel nach jeder Seite abzusichern, hat unser Herr Anton in jenem geheimen Haus die wundersamsten Bündnisse geschlossen, denen es letztlich auch zu verdanken ist, daß die Faktorei der Fugger als eines der wenigen Häuser Roms nach dem Fall der Stadt von jeglicher Plünderung verschont blieb.«

»Wie lange, wenn ich fragen darf, hieltet Ihr Euch in Rom auf?«

»Über ein Jahr, bis in das Frühjahr des Jahres 1524 hinein, wenngleich mit Unterbrechungen für Aufenthalte in Venedig und Florenz.«

»Ihr kennt also«, fragte Ludovica weiter, »Rom selbst sehr gut und habt zudem mit dem Herrn Schauer einen findigen Faktor in der Stadt. Warum, Herr Seinschedt, wollt Ihr überhaupt, daß ich Euch etwas über Rom und seine Kaufleute erzähle?«

»Ach«, brummte Seinschedt mißmutig und stand auf. »Darauf wollt Ihr hinaus. Neugierig seid Ihr und macht

Euch eigene Gedanken.« Er trat ganz nahe auf sie zu und blickte ihr scharf in die Augen. Ludovica hielt den Atem an. »Ich traue dem Schauer nicht«, flüsterte Seinschedt über die Leinwand hinweg, und sein Blick bekam wieder jenen milden Glanz. »Ich glaube, in Rom ist etwas Schlimmes im Gange, das dem Hause Fugger schaden wird – und«, setzte er nach einer kurzen Pause hinzu, »auch mir.«

Später saß Ludovica in ihrem Zimmer am Fenster und betrachtete die Namensliste, welche ihr trotz des Einbruchs verblieben war. Hinter jeden Namen, den Seinschedt erwähnt hatte, machte sie ein kleines Kreuz. Die Namen mit den geringeren Summen standen also für Menschen, die zu dem einen oder anderen Zweck gekauft worden waren; doch wofür standen die Namen mit den großen Summen?

Während Ludovica dieser Frage nachsann, begann sie sich zu ärgern, daß sie sich Seinschedt gegenüber verschlossen gezeigt hatte. War es richtig gewesen, ihn nicht über den Einbruch zu unterrichten? Wenn er Angst hatte, daß ihm geschadet werden könnte, saßen sie dann nicht im gleichen Boot? Was, wenn der Einbrecher zurückkehrte? Wer würde ihr helfen? Fragen über Fragen. Sie spürte wieder Angst vor der kommenden Nacht, wickelte sich in eine Decke ein und kauerte sich in den Sessel in ihrem Schlafzimmer. Nachdenklich blickte sie in die Flamme der Kerze, die sie auf dem eisernen Halter angezündet hatte. Sie liebte das weiche, lebendige Licht des Kerzenscheins, es gab ihr Trost, und sie fühlte sich weniger allein. Die Beine des toten Buchhalters, die in einer ersten Angstattacke aus der Erinnerung aufgetaucht waren, verblaßten wieder; statt dessen nahm Seinschedts Gesicht im Honiggelb der Flamme einen zärtlichen Ausdruck an, und sie dachte über die Bitte nach, die er zum Abschied geäußert hatte.

Ob sie ihm rasch zwei kleine Bilder malen könne, hatte er gefragt, Gemälde nach seiner Vorstellung, die er zwei Freunden schenken wolle, denen er eine außergewöhnliche

Aufmerksamkeit schulde. Zärtlich und flehend hatte er sie angesehen, so, als erhoffe er sich von ihr die Rettung seiner Seele. Einen Geldwechsler stelle er sich vor, auf dessen Tisch ein großer Haufen Goldgulden liege, glänzend und richtig lebensecht, außerdem ein Stilleben der besonderen Art, einen Granatapfel auf einem Rechenbrett, und die Kugeln des Abakus so bunt wie nur möglich. Sie hatte gelacht, aber sein Blick bekam eine ungeahnte Innigkeit – und sie konnte nicht widerstehen. War er in der Tiefe seiner Seele ein Künstler? Was wollte er mit diesen Wünschen bezwecken? Würde er sich mit ihr als seiner Malerin schmücken, die malte, was er wollte? Aber malten letztlich nicht alle, was ihre Auftraggeber wollten?

Was kümmert's mich, dachte sie sich und hörte auf, den Hintergründen nachzugrübeln, sondern gab sich diesem Blick hin, mit dem er sie angefleht und angebetet hatte. Was für ein Blick! Sie lächelte und schloß die Augen. Ruhig flammte die Kerze ihr Honiggelb in den Raum. Ludovica rollte sich zusammen und schlief einen behüteten Schlaf.

Schmutzige Finger

In der Nacht von Donnerstag auf Freitag schlief Jakob unruhig. Immer wieder wachte er auf und brütete über den Hinweisen, die er bisher zu den beiden Morden erhalten hatte, und ihren Zusammenhang mit den Täufern. Als schließlich die Dämmerung ihren ersten Schimmer durch das schmale Fenster in seine Kammer warf, stand er dankbar auf. Er verließ den Handelshof und schlenderte durch die morgendlich ruhigen Gassen Augsburgs. Auf verschlungenen Pfaden näherte er sich dem Roten Tor, durch das einst die Via Claudia in die Stadt geführt hatte, immer noch das wichtigste Tor der Stadt im Süden, sozusagen der Ausgang nach Italien. Ganz in der Nähe mußte sich das Haus des Maurers Hans Kissling befinden. Ich werde ihn noch am Morgen aufsuchen, dachte Jakob und spürte Aufregung aufsteigen bei diesem Gedanken. Zu was, ging es ihm durch den Kopf, Maurer alles fähig sind; sogar zu Dombaumeistern haben es schon manche gebracht. – Peruzzi. – Doch der ist Maler. – Baldassare Peruzzi.

Jakob lachte, daß ihm gerade in diesem Moment der illusionistische Maler und Leiter der Dombauhütte von Sankt Peter zu Rom einfiel. Ein eitler Künstler, der vermeinte, sich mit Gemälden, welche die Natur täuschend echt in die Häuser brachten, unsterblich zu machen. Und doch ist sein grandioser Felsensaal bereits den Flammen zum Opfer gefallen, vernichtet von den wütenden Horden des Kaisers, dachte Jakob und spürte einen Hauch Schadenfreude dabei. Baldassare Peruzzi, der so gern die Größe eines Buonarotti erreicht hätte, und allem Ehrgeiz zum Trotz in seiner Werkstatt immer wieder feststellen mußte, daß sein Genius nicht an Michelangelo heranreichte.

Plötzlich fiel es Jakob wie Schuppen von den Augen: Das

Gesicht jener Frau im Wohnhaus des Raymond Fugger am Weinmarkt, die sich Elisabetta genannt hatte, kam ihm von einem Gemälde her bekannt vor. Hatte sie nicht gesagt, ihre Herrin sei Malerin? Jakob fühlte, wie sein Herz schneller schlug, und er überlegte fieberhaft, wo er ein Gemälde mit diesem Gesicht gesehen hatte. Als es ihm einfiel, mußte er beinahe lachen, so simpel war die Lösung: Elisabetta war die Frau auf dem Gemälde mit den drei Mädchen am Schachbrett, das bei Franko Seinschedt neben der Tür hing. Er sah das Gesicht der erwachsenen Frau, die vom Rande des Bildes her das spielerische Figurengeschiebe beobachtete; er sah leicht verschattete Augen, mit Lachfältchen zur Schläfe hin, hochstehende Wangenknochen und ausgeprägte Grübchen. Die ebenmäßige Nase war schön anzusehen. Ein dünner Mund und ein energisches Kinn wiesen im Verbund mit streng gescheiteltem Haar, das fast ganz unter einer weißen Haube verschwand, auf einen starken Willen hin. Zugleich umgab diese Frau, von der nur der Kopf und ein Teil der Schulter zu sehen war, ein rätselhaftes Geheimnis. In der Tat, dachte Jakob, ein gelungenes Gemälde; es wird von der italischen Malerin stammen. Wie war doch gleich ihr Name? Und während er sich noch an das Gespräch mit der Dienerin erinnerte, um sich den Namen zu vergegenwärtigen, machte er sich auf die Suche nach dem Haus des Maurermeisters Kissling.

»Zappi«, rief er schließlich freudig, »Ludovica Zappi.« Ich werde den Seinschedt nach der Malerin fragen, dachte er und schlug den schweren Eisenklopfer gegen Kisslings Tür.

Der Maurer war ein Koloß von einem Mann, mit Händen so groß und kräftig wie die Pranken eines Tanzbären, mit langen, kräftigen Fingern, an denen sich Spuren von Tinte zeigten. Noch während Jakob Kissling gegrüßt hatte, waren ihm die braunschwarzen Fingerkuppen in die Augen gesprungen und hatten seinen Herzschlag beschleunigt. Er atmete tief durch, schlug in die hingestreckte Hand, drehte seine Hand nach rechts ab und besah sich Kisslings Daumen. Der wies keine Tintenflecken auf. Genau so, wie es Jakob von dem Würger erwartet hatte. Er sah Kissling in die Augen und bemühte sich um ein unbekümmertes Gesicht.

»Von Hans Denck weiß ich, daß du ein rechter Mann bist«, sagte Jakob. »Und weil ich gerade hier vorbeilaufe, ehe ich meinen Geschäften nachgehe, dachte ich, ich sage dir ›Grüß Gott‹.«

»Du bist der Bruder aus München«, fragte Kissling und zeigte damit, daß in der Täufergemeinde über Jakob gesprochen wurde, »der an unserer Synode teilnimmt und uns Mut zusprechen soll?«

Jakob nickte. Kissling hieb ihm mit der Hand auf die Schulter, daß es schmerzte.

»Willkommen in Augsburg. Tritt ein und sei mein Gast für ein Morgenmahl.«

Der Maurer ging voraus in eine niedrige Stube, an deren Schwelle er seinen Kopf einziehen mußte, um nicht anzustoßen, und wies Jakob einen Platz auf der Fensterbank an einem großen Tisch, auf der bereits zwei junge Männer saßen.

»Das ist der Bruder aus München«, erklärte Kissling den Anwesenden. »Er will das Brot mit uns teilen.«

Nach und nach kamen weitere vier Männer in die Stube und setzten sich auf Schemeln um den Tisch, auf dem neben einem langen Laib Graubrot Speck und Käse lagen. Kissling brach das Graubrot in acht Teile, gab jedem ein Stück und sprach ein kurzes Dankgebet. Dann setzte er sich ebenfalls, packte sein Messer aus und schnitt sich einen derben Streifen Speck ab. Genüßlich biß er in das geräucherte Fett, schob Brot in seinen Mund und blickte über die Männer am Tisch.

»Meine Stifte und Gesellen«, sagte er zu Jakob gewandt. »Tüchtige Männer, auf die ist Verlaß.«

»Keiner, den die heilige Kirche wieder locken könnte?«

»Kein einziger, darauf gebe ich mein Wort.«

»So ist ein Maurer«, fuhr Jakob fort, »doch zuverlässiger als ein Buchhalter.« Er blickte Kissling fest in die Augen, und ihm schien, als zucke der Maurer bei dieser Bemerkung. »Abtrünnige sind der gemeinsamen Sache schädlich.«

»Feiglinge und Verräter sind Ungeziefer im Pelz, sie gehören ausgewaschen«, ereiferte sich Kissling. »Der Walch und der Mair sind so ein Gschwerrl, das in unserer Mitte nichts zu suchen hat.«

»Die Gemeinde braucht zuverlässige Mitglieder«, sagte Jakob und fügte herausfordernd hinzu: »Abtrünnige sollte man entfernen.«

»Und zwar ohne Nachsicht!« Kissling hieb mit der Faust auf den Tisch, daß die Trinkbecher sprangen. »Ich halte nichts von christlicher Gnade gegenüber unseren Feinden. Aber du weißt ja, Bruder, wie friedliebend die meisten von uns sind; ehe der Dachser oder der Denck zum Ochsenziemer greifen, lassen sie sich auf der Streckbank richten. Das ist nicht gut. Wir müssen wehrhaft sein.«

»Manchmal«, warf Jakob wie nebenbei ein, »muß man sich eben selbst behelfen, da darf man nicht danach fragen, was die anderen meinen.«

»So sehe ich das auch«, brummte Kissling und biß wieder in den Speck. Da niemand etwas dazu sagte, wurde von nun an schweigend gegessen, und Jakob überlegte hin und her, wie er es bewerkstelligen könnte, den Maurer danach zu fragen, wo er sich gestern und vorgestern aufgehalten habe. Schließlich, als sie mit ihrer Mahlzeit zu Ende waren, fragte er: »Du bist viel in der Stadt unterwegs mit dem Baugewerbe?«

»Zur Zeit soll ich an drei Stellen gleichzeitig sein. Besonders der Umbau des Kellers im hinteren Fuggerhaus am Weinmarkt fuchst mich recht, weil wir im fünften Gewölbe mit dem Grundwasser zu kämpfen haben.«

»Wie meinst du das?« fragte Jakob, der sich bei der Erwähnung des Fuggerhauses fast verschluckt hätte.

»Das fünfte Gewölbe liegt so tief, daß das Wasser hereinsickert. Die Herrschaften wollen aber jedes Kellergeschoß für Kupfer und Silber nutzen, da müssen wir alles mit Pech abdichten; aber irgendwie findet das Wasser dauernd ein neues Schlupfloch, so daß ich den Boden nicht trocken bekomme.«

»Verzeih meine dumme Frage: Geht der Keller wirklich über fünf Stockwerke in die Tiefe?«

Kissling lachte. »Und ob. Und das ist nicht der tiefste Keller, den wir in Augsburg haben. Beim Höchstetter habe ich einen hergerichtet über sieben Gewölbe nach unten; in der Tiefe lagert der Wein, den er aus Avignon holt. Da staunst du, Bruder? Tja, wir Augsburger sitzen auf vielen Geheimnissen.«

Dann stand der Hüne auf, winkte seinen Männern, reichte Jakob die Hand, verabschiedete ihn mit den Worten »Bis Sonntag« und ging hinaus. Jakob blickte dem Maurer nach und bückte sich, um einen Abdruck seines Stiefels im Staub vor der Haustüre mit dem Zeigefinger auszumessen. Die Übereinstimmung mit der Spur im Mehl überraschte ihn nicht.

Unschlüssig stand Jakob danach am Roten Tor und überlegte, während er die einfahrenden Karren und Kutschen beobachtete, ob er mit seinen neuesten Erkenntnissen zum *Magister provincialis* gehen sollte oder nicht. Zwar hatte er kaum noch Zweifel, in Kissling den Mörder der beiden abtrünnigen Täufer gefunden zu haben, aber ebenso war er davon überzeugt, daß man diese Taten keinesfalls den Täufern an sich in die Schuhe schieben durfte. Hans Kissling hatte auf eigene Faust und im Jähzorn gehandelt. Grobschlächtig wie er war, hatte er den eigentlichen Glaubensinhalt der Täufer nicht begriffen und durch seine Taten mit Füßen getreten. Wenn ich, dachte Jakob, Kissling meinem Oberen anzeige und die Beweise offenlege, die sich mir auftun, wird man der ganzen Täufergemeinde einen Strick daraus drehen. Außerdem ist nicht abzusehen, welche Geständnisse dem

Kissling über die Lippen kommen, wenn er erst peinlich befragt wird. Daneben keimte noch ein weiterer Gedanke in Jakobs Kopf, wenngleich leise und verhalten. Irgendwie, sagte er sich, scheint mir die Lösung zu einfach, und anstatt den Weg zu seinem *Magister provincialis* einzuschlagen, richtete er seine Schritte zu den Fuggerhäusern am Weinmarkt. Dort suchte er das Kontor des Franko Seinschedt auf und bat um ein Gespräch mit dem Oberbuchhalter. Der Laufbursche zeigte sich willig und führte Jakob nach wenigen Minuten zu der kunstvoll verzierten Tür. Jakob trat ein und grüßte.

»Was führt Euch zu mir?« fragte Seinschedt und blickte Jakob entgegen.

»Mein Versprechen, den Mörder der jungen Buchhalter zu finden.«

Seinschedt zuckte kurz mit dem rechten Arm, dann huschte ein böses Grinsen über sein Gesicht. »Habt Ihr ihn schon?«

Jakob wiegte seinen Kopf und drehte sich zu dem Bild mit dem Schachspiel um. »Ein gelungenes Gemälde«, sagte er wie um Entschuldigung heischend und betrachtete die drei Mädchen und die Frau, in der er sofort die Dienerin Elisabetta erkannte.

»Ein Wunderwerk«, schwärmte Seinschedt und trat hinter seinem Pult hervor, »von Leichtigkeit und Natürlichkeit. Wie lebendig die Mädchen sind, und sogar die strenge Zofe bannt ihren Betrachter durch einen Hauch von Geheimnis. Findet Ihr nicht auch?«

»Stimmt«, entgegnete Jakob. »Sagt, von wem stammt dieses Gemälde?«

»Zappi, Ludovica. Sie ist die Malerin des Hauses Fugger und die Lehrerin für Frau Katharina, der Gemahlin Raymonds. Eine begnadete Künstlerin. Doch wegen des Bildes seid Ihr nicht hier. Was habt Ihr herausgefunden?«

Jakob reichte dem Oberbuchhalter die Hand. »Ich habe Aufzeichnungen gefunden, die ich nicht verstehe. Namen und Zahlen inmitten von gelehrtem Text. Können solche Notizen etwas mit Euren Geschäften zu tun haben?«

»Zeigt mir Eure Funde«, forderte Seinschedt mit Nachdruck in der Stimme.

Jakob zog jene Hefte hervor, die er bei Maximilian Mair gefunden hatte. Seinschedt nahm sie ihm ungeduldig aus der Hand. Er schlug die ersten Seiten auf und überflog einige Sätze. »Kirchenzeug«, murmelte er und blätterte weiter, bis er auf eine Seite stieß, auf der im Text eingestreut Zahlenkolonnen zu sehen waren. Daran blieb sein Blick haften, und seine Wangenmuskeln fingen an zu arbeiten, als kaute er an einem zähen Stück Fleisch. Doch nach einiger Zeit entspannten sich seine Gesichtszüge. Er gab das Heft an Jakob zurück.

»Mit unseren Geschäften haben diese Zahlen nichts zu tun. Es ist wohl eher etwas Religiöses. Es ist Eure Sache, Pater, zu beurteilen, ob diese Texte gut katholisch sind.«

»Sie sind es und sind es auch wieder nicht. Das Entscheidende ist mir Euer Wort, daß die Zahlen keine Beziehung aufweisen zu Euren Geschäften.«

»Was wäre daran so wichtig gewesen?«

»Wären die Zahlen in Beziehung zu Euren Geschäften, so könnte ich nicht ausschließen, daß die Morde vielleicht gar um dieser Aufzeichnungen willen begangen wurden, zumal ich annehme, daß Mair zum Zeitpunkt seines Todes weitere Schriftstücke bei sich geführt hat, welche der Mörder an sich genommen hat.«

»Weitere Schriftstücke?« Jakob vermeinte, aus Seinschedts Stimme echte Verblüffung herauszuhören. »Wie kommt Ihr darauf?«

»Mair wurde in einen Mehlsack gesteckt. Vor seinem Tod gab es einen kurzen Kampf; dadurch lag viel Mehl um den Tatort herum, Mehl, in dem meine Augen Spuren lesen konnten. Da gab es eine Spur im Mehl, als ob dort etwas gelegen hätte, das aber nicht mehr da war, als die Leiche gefunden wurde.«

Seinschedts Adamsapfel hüpfte, und seine Augen irrten

unstet umher. Doch dann schien er sich zu beruhigen und nickte anerkennend. »Ihr denkt gut nach und kommt zu erstaunlichen Schlüssen. Was, wenn es um die Aufzeichnungen gegangen wäre?«

»Dann müßte ich den Verdächtigen vielleicht in den Reihen derer suchen, die als Gegner des Hauses Fugger bekannt sind, denn es könnte sein, daß Euch ein anderer Kaufmann schaden will.«

»Uns will immer einer schaden. Zur Zeit ist es der Höchstetter, der mit allen Mitteln versucht, die Geschäfte des Hauses Fugger zu stören. Aber deswegen wird kein Buchhalter getötet.«

»Das macht mich auch stutzig – und da Ihr meint, die Aufzeichnungen hätten nichts mit Euren Geschäften zu tun, muß ich diesen Ansatz nicht weiter verfolgen. Doch sagt mir bitte freimütig: Gibt es Geschäfte, die Ihr vor allen verheimlichen müßt, Geschäfte, mit denen man Euch persönlich gefährlich werden könnte, wüßte man von Ihnen?«

»Die Zahlen haben nichts mit unseren Geschäften zu tun«, antwortete Seinschedt ungehalten. »Und ich erklärte Euch schon, wie heikel viele unsere Geschäfte sind. Wenn unsere Gegner zu viel wüßten, wäre das bei jedem zweiten Geschäft für uns sehr gefährlich.«

»Könnten die jungen Buchhalter an solche Geheimnisse gelangen?«

Seinschedt kratzte sich am Hinterkopf und wich Jakobs Blick aus. Er ging zu seinem Pult und ordnete dort fahrig einige Papiere, bevor er zögernd antwortete: »Es wäre möglich, aber ich sage Euch das nicht gern und bitte Euch, es wieder zu vergessen; keinesfalls soll durch diese Kenntnis einer unserer Gegner ermuntert werden, sich unsere Geheimnisse mittels der jungen Burschen im Kontor zu verschaffen. Die Goldene Schreibstube gilt als Hort der Verschwiegenheit. Das muß so bleiben!«

»Nun, so bin ich geneigt, diesen Ansatz nicht mehr weiter zu verfolgen.«

»Habt Ihr denn«, fragte Seinschedt, »noch einen anderen Ansatz, der Erfolg verspricht, den Täter zu finden?«

»O ja«, erwiderte Jakob und blickte Seinschedt in die Augen.

»Nun?« Der Oberbuchhalter klang sehr ungeduldig.

»Soviel ich weiß, hatten weder Mair noch Walch Beziehungen zu Mädchen.«

»Mädchen?« Seinschedt riß seine Augen weit auf.

»Ja, Mädchen. Was ist daran so bemerkenswert?«

»Mair und Walch waren doch noch so jung!«

»Zu jung, um mit Frauen Kontakt zu haben? – Nein«, erwiderte Jakob, »einundzwanzig der eine und zwanzig der andere, da ist kein Bursche zu jung, um hinter den Röcken herzuspringen.«

»Wer in der Goldenen Schreibstube seinen Weg gehen will, der kann sich keine Abschweifungen erlauben. Seht mich an, Pater! Ich bin weit entfernt von Frau und Kind; keine Zeit, einfach keine Zeit. Außerdem: zu früh gefreit, ewig gereut! Aber Ihr Diener des Herrn kennt das ja nicht.«

»Bleiben zumindest die Dirnen von der Barfüßerkirche.«

»Die billigen Rotröcke da unten?« Seinschedt schüttelte angewidert den Kopf. »Da bleiben meine Burschen lieber keusch. Doch sagt, versteckt sich Euer Mörder hinter Weiberröcken?«

»Nein.« Jakob lachte. »Kennt Ihr einen Maurer Kissling?«

Seinschedt hob erstaunt den Kopf. »Ihr verblüfft mich immer wieder mit Eurer Sprunghaftigkeit«, antwortete er. Jakob spürte, daß der Oberbuchhalter seine alte Selbstsicherheit zurückerlangte. »Ja, den Kissling kenne ich, weil er uns den Keller ausbaut, das fünfte Gewölbe, damit wir mehr Lagerfläche erhalten für unsere edlen Metalle.«

»Ist er in den letzten Tagen in den Häusern hier am Weinmarkt gewesen?«

»Täglich, ich habe ihn mehrfach gesehen.«

»Er kennt die Örtlichkeiten?«

»Der Kissling kennt die Häuser besser als die Brüder Anton und Raymond.«

»Das habe ich mir gedacht.«

»Warum? Was ist mit dem Maurermeister?«

»Er ist ein Täufer, und er hat eine eigene Auffassung von Treue und Gefolgschaft.«

»Der Kissling also auch«, flüsterte Seinschedt.

»Konnte er sich frei in den Häusern bewegen?«

»Ja.«

Jakob nickte stumm. Sein Blick fiel wieder auf das Bild der Malerin. »Wie kommt Ihr zu diesem Gemälde?«

»Raymond Fugger hat es mir geliehen, weil ich es so sehr bewundert habe. Die Malerin malt jedoch nun eigens für mich«, fuhr er stolz fort. »Sie ist ein Juwel.«

Wieder trat er hinter dem Pult hervor neben Jakob. Sie standen schweigend vor dem Gemälde, und Seinschedt fragte wie nebenbei: »Habt Ihr einen Verdacht gegen den Kissling?«

»Ja – und Eure Antworten haben diesen Verdacht erhärtet. In einigen Tagen werden wir wissen, ob er der Mörder Eurer Buchhalter ist.«

»Gute Arbeit«, sagte Seinschedt und schlug Jakob auf die Schulter. Für einen Augenblick mußte Jakob den Ärger über diese unangemessene Geste hinunterschlucken, doch dann blickte er den Oberbuchhalter treuherzig an.

»Ihr selbst habt nichts zu verbergen?«

Seinschedts Gesicht lief dunkelrot an. »Was soll diese unverschämte Frage?« brüllte er.

»Weshalb erregt Ihr Euch so«, erwiderte Jakob leise.

Seinschedt schluckte. Seine Hände ballten sich zu Fäusten, öffneten sich, ballten sich wieder und öffneten sich erneut. »Verzeiht«, sagte er und bemühte sich, den schnarrenden Ton in seiner Stimme zu unterdrücken. »Ich vergaß, daß Ihr jede Frage stellen dürft, ja sogar müßt, um der Wahrheit ans Licht zu verhelfen. Und ich will ehrlich mit Euch sein, Pater: Ich habe einiges zu verbergen. Manches erfahren meine Gehilfen mit der Zeit und werden zu Mitwissern meiner Machenschaften. Es gibt sogar Geheimnisse, die ich vor dem Regierer hüte, um Anton Fugger nicht zu beunruhigen.«

»Könnte um dieser Geheimnisse willen ein Feind von Euch den jungen Männern nach dem Leben trachten?«

Seinschedt schüttelte mißmutig den Kopf: »Ich sagte schon, daß für diese Geheimnisse niemand einen Buchhalter umbringt.«

Jakob nickte und verabschiedete sich.

Während er die Fuggerhäuser am Weinmarkt verließ, überlegte Jakob, ob es noch einen vernünftigen Zweifel an Kisslings Schuld gab, da alle Spekulationen in die Richtung von Geschäftsfeinden im Vergleich zu der vermuteten Motivation des täuferischen Maurers wenig stichhaltig erschienen. Aber Zweifel blieben, und ehe Jakob nicht wußte, was die Zahlenkolonnen zu bedeuten hatten, kam es ihm unlauter vor, seine Nachforschungen einzustellen. Seinschedt verbarg etwas vor ihm, und im Hinblick auf Mairs Aufzeichnungen hatte er gewiß gelogen.

Kurz entschlossen machte sich Jakob auf den Weg zurück in den Handelshof und vervollständigte seine Abschriften der Aufzeichnungen von Mair und Walch. Dann ging er zu dem Rechenmeister, der an einem einfachen Tisch in der Schankwirtschaft gegenüber saß und auf die Aufträge der Kaufleute wartete. Er war ein unscheinbarer Mann mit grauen Haaren, der den Händlern bei allen möglichen Rechenaufgaben half, sei es, für ihre Tauschgeschäfte das gerechte Verhältnis eines Ballens Barchent zu fremdländischen Gewürzen zu bestimmen, ungewöhnliche Münzen in den Wert des Augsburger Silberpfennigs umzurechnen oder für eine Schuld den richtigen Zins zu finden. Jakob hatte Glück, denn der Rechenmeister saß unbeschäftigt da. Als Jakob ihm die Zahlenkolonnen vorlegte, schaute er fragend auf.

»Ich möchte«, sagte Jakob, »von Euch erfahren, um was für eine Art von Rechnung es sich hier handelt.«

»Wißt Ihr«, fragte der Rechenmeister zurück, »in welchem Zusammenhang diese Rechnungen stehen?«

Jakob schüttelte den Kopf.

»Dann wird es schwierig«, stellte der Mathematiker nach einigem Überlegen fest. »Ich werde es versuchen, brauche aber Zeit bis morgen. Wenn es mir gelingt, möchte ich zwei Gulden, schlägt es fehl, einen Kreutzer.«

»Abgemacht«, erwiderte Jakob.

Nachdem er dem Rechenmeister seine Papiere überlassen hatte, ging Jakob zum Kunigspergerhaus, um mit dem Stift zu sprechen, der die Leiche Georg Walchs entdeckt hatte, und eine Stunde später wußte er, daß am Tatort sehr rasch alle Spuren des Verbrechens beseitigt worden waren. Sebastian Luger, so der Name des Stifts, hatte am Ort des Geschehens durchaus Hinweise auf Gewaltanwendung vorgefunden, denn mehrere Gläser hatten zerbrochen auf dem Boden gelegen. Und im Staub der Dielenbretter hatten sich sogar Fußspuren abgezeichnet. Luger vermeinte, sich an die Abdrücke großer Schuhe erinnern zu können, wollte sich jedoch nicht festlegen. Mehr war allerdings nicht aus dem Stift herauszubekommen, und so blieb Jakob alleingelassen mit der Frage, wer warum ein Interesse daran hatte, den Tatort schon vor einer vernünftigen Untersuchung zu säubern. Oder war es schierer Putzeifer der Fuggerschen Bediensteten?

Wie dem auch sei, dachte Jakob, die Annahme, der Mörder müsse seinem Opfer vertraut gewesen sein, ist nicht zwingend. Eine Entlastung für Kissling bedeutete dies jedoch nicht, zumal das Auftauchen des Maurers in der Tintenstube Georg Walch eher verunsichert als erfreut haben dürfte. Bei dem selbst unter den Täufern als rabiat bekanntem Kissling war ein kurzer Kampf ebenso wahrscheinlich wie bei einem wildfremden Täter, ja, ein Unbekannter hätte gegenüber Walch vielleicht sogar ein stärkeres Überraschungsmoment auf seiner Seite gehabt. Nein, wie immer er es drehte und wendete, die Täterschaft Kisslings schien Jakob immer klarer zu Tage zu liegen. Schade, dachte er, daß ich ihn jetzt nicht eindringlich befragen kann, ohne meinen Auftrag im Hinblick auf die Täufer zu gefährden.

»Es sind Zinsberechnungen auf den Zufall«, sagte der Rechenmeister anstatt einer Begrüßung, als Jakob am nächsten Morgen die Schankstube betrat.

»Was hat das zu bedeuten?«

»Auf ein eingesetztes Kapital gibt es unterschiedlich Zins in Abhängigkeit von einem Ereignis, das in der Zukunft liegt und vom Zufall mitbestimmt wird«, entgegnete der Rechenmeister, und um seine Lippen spielte ein überlegenes Lächeln. Jakob verstand die Erklärung nicht. Der Mathematiker deutete den fragenden Gesichtsausdruck richtig und fuhr fort: »Ihr wollt es genauer wissen für Eure zwei Gulden? Nun denn: Der Zufall kann darin liegen, ob zum Beispiel ein Schiff heil im Hafen landen wird oder nicht. Oder darin, wie die nächste Ernte ausfällt. Bei schlechter Ernte, um bei diesem Exempel zu bleiben, steigt der Preis, und wer Weizen für die Zukunft verkauft, möchte mit einer Rechnung auf den Zufall seinen Preis absichern. Umgekehrt gilt dies auch für denjenigen, der für die Zukunft kauft; setzt er, um sofort zu bezahlen, geliehenes Geld ein, kann der Geldleiher den Zins davon abhängig machen, wie sicher das beliehene Geschäft ist. Da heißt es dann wiederum rechnen und kalkulieren.«

»Und den Zufall kann man ausrechnen?« fragte Jakob ebenso erstaunt wie ungläubig.

»Für bestimmte Fälle läßt sich ausrechnen, wie wahrscheinlich der Eintritt eines Ereignisses ist«, erwiderte der Rechenmeister. »Bei den Rechnungen, welche Ihr mir vorgelegt habt, nehme ich an, daß es um die Frage geht, wie lange jemand Kapital verleiht zu welchem Zins unter der Bedingung, daß nur er selbst das Kapital zurückerhält.«

»Was heißt denn das?«

»Die Fugger, zum Beispiel, begeben eine Anleihe, die sie nur an den Einzahler selbst zurückzahlen. Stirbt er vor der vereinbarten Zeit, bleibt das Geld beim Handelshaus und geht an keinen Erben. Die Fugger sind keinem Erbanspruch ausgesetzt, sondern die geliehene Summe gehört ihnen ohne weiteres Aufheben. Die Aussicht auf solcherart Gewinn erhöht in Abhängigkeit von der Dauer des Darlehens den gewährten Zins. Der Anleger kann die Zahl der Jahre frei wählen. Je länger die Frist, desto höher der Zins.«

»So etwas gibt es?«Jakob staunte.

Der Rechenmeister nickte. »Es kommt aus Venedig und Florenz. Wer den Zufall des Todes am sichersten ausrechnet, der macht das beste Geschäft.«

»Das ist ja gefrevelt«, entrüstete sich Jakob, dem nicht einleuchten wollte, daß irgend jemand ein Geschäft abschließt, dessen Erfolg auf irgendeine Art mit seinem Tod gekoppelt sein sollte.

»Für die Fugger ist es ein gutes Geschäft«, fuhr der Mathematiker nüchtern fort, »denn sie rechnen den Zins auf die lange Frist hoch und haben daraus, daß wahrscheinlich viele vor Fristablauf sterben, ein ordentliches Kapital. Die Rechnungen, die Ihr mir vorgelegt habt, sind Rechnungen zu solchen Geschäften mit der Besonderheit, daß immer noch ein kleiner Sondergewinn eingerechnet wird, von dem ich annehme, daß derjenige, der die Berechnungen anstellt, diesen in die eigene Tasche wirtschaftet. Mehr, mein Herr, kann ich Euch aus dem wenigen, das Ihr mir vorgelegt habt, nicht herausholen.«

»Der Sondergewinn, von dem Ihr eben spracht – worin besteht der?«

»Die beliebteste Art, einen solchen Sondergewinn zu erwirtschaften, besteht darin, statt dem eingezahlten und auf dem Schuldschein ausgewiesenen Kapital eine um beispielsweise fünf Teile vom Hundert erhöhte Summe zu zahlen und dafür auf das bezeichnete Kapital einen höheren Zins zu erhalten. Der Einnehmer, welcher ja nur über das Vom-Hundert-Kapital eine Schuldverschreibung ausstellt, streicht den Aufschlag in die eigene Tasche und schädigt so den Begeber der Anleihe, in unserem Beispiel also die Fugger.«

»Und wie geht das mit dem Zufall?«

»Im Grundsatz«, erklärte der Rechenmeister und zeigte ein selbstgefälliges Schmunzeln, »ganz einfach: Ein Mann mit dem Alter von zwanzig Jahren wird wahrscheinlich die nächsten sieben Jahre doppelt so sicher überleben wie ein Mann von vierzig Jahren. Nimmt man noch Rechnungen für den Zufall des Auftretens einer Seuche oder eines Krieges dazu, kann man den Zufall des Todes hinlänglich genau berechnen, um die Gefahr des Kapitalverlustes zu der Zinszahlung in ein angemessenes Verhältnis zu setzen. So ermittelt sich dann der gerechte Zins.«

»Ihr habt Euch die zwei Gulden redlich verdient«, sagte Jakob, zahlte und nahm seine Unterlagen entgegen.

Eine anmutige junge Dame schritt durch die Tür, während Jakob im Vorraum zu Seinschedts Kontor wartete, und winkte noch einmal in die Schreibstube hinein, ehe sie gemessenen Schrittes an Jakob vorüberging. Sie trug ihr schwarzes Haar nur mühsam gebändigt unter einer Haube, und in ihren Augen lag ein lebendiges Funkeln. Um die Lippen spielte ein vielsagendes Lächeln, das eindeutig nicht an Jakob gerichtet war. Das muß die Malerin sein, dachte er und blickte ihr nach, bis sie den Vorraum verließ. Dann trat er in das Kontor.

»Ihr habt geheime Geschäfte, von denen sogar der Regierer nichts weiß«, bemerkte Jakob unmittelbar nach der Begrüßung in Seinschedts Schreibstube mit leiser Stimme. »Ihr wollt Anton Fugger nicht beunruhigen. Aus Fürsorge?« Er machte eine kurze Pause, dann beantwortete er die Frage selbst: »O nein, sondern aus Eigennutz. Denn die geheimen Geschäfte dienen Euch selbst und schaden dem Hause Fugger. Ihr begeht Untreue auf eine üble Art.«

Seinschedt war blaß geworden und rang sichtlich mit seiner Fassung. Zu Jakobs Überraschung blieb das tobsüchtige Geschrei aus, im Gegenteil; ruhig und beinahe wie unbeteiligt fragte der Oberbuchhalter, woher Jakob diese ungeheuerlichen Vorwürfe nehme. Jakob trat langsam an das Schreibpult heran und holte umständlich aus seiner Jacke die mit den Rechnungen des Rechenmeisters beschriebenen Papierbögen heraus, strich sie auf dem Pult glatt und zeigte mit dem Finger darauf. Unwirsch trat Seinschedt näher und betrachtete die säuberlich aufgeschriebenen Zahlenreihen. Sein rechtes Augenlid zuckte, mehr ließ sich der Buchhalter nicht von seiner Anspannung anmerken.

»Es sind Anleihen mit einer Wette auf den Tod«, sagte Jakob, »und auf das Kapital sind stets fünf vom Hundert aufgeschlagen, Geld, das nie seinen Weg in die Fuggerschen Kassen findet. Die Aufzeichnungen Eurer Buchhalter haben also sehr wohl mit Euren Geschäften zu tun.«

»Wir begeben solche Anleihen«, erwiderte Seinschedt leise und ohne hörbare Aufregung in der Stimme, »und wir nehmen oft so ein *Agio*, wie Ihr es schildert, um unserem Geschäftsfreund einen besseren Zins bieten zu können. In meinen Büchern findet Ihr jede dieser aufgeschlagenen Summen verzeichnet, kein einziger Pfennig geht dem Haus Fugger verloren. Allerdings haben wir den Schauer seit Monaten in Verdacht, daß er genau so, wie Ihr es mir unterstellt, den Aufschlag für sich behält. Um damit aber genau sein zu können, bräuchten wir die Namenslisten zu Euren Berechnungen. Habt Ihr die?«

Überrascht schüttelte Jakob den Kopf.

»Von Euch«, fuhr Seinschedt nun mit noch leiserer Stimme fort, »hätte ich eine gerechtere Beurteilung erwartet und keine aus der Luft gegriffenen Anschuldigungen und vorschnellen Verurteilungen.«

»Ihr habt es Euch selbst zuzuschreiben«, entgegnete Jakob. »Wärt Ihr von Anfang an offen zu mir gewesen, hätte ich Euch nicht verdächtigt.«

»Ich weiß ja nicht, welche Spuren Ihr findet«, erwiderte nun Seinschedt und lächelte. »Es gibt durchaus Geschäfte, die mir nutzbringend sind. Sollte ich da Eure Nase darauf stoßen?«

Jakob blickte ihm verdutzt in die blauen Augen.

»Aber ich habe Euch unterschätzt.«

Jakob schwieg; den Blick des Oberbuchhalters erwiderte er gelassen.

»In der Tat nehme ich manches *Agio* auf meine Rechnung, trage dafür aber auch das Risiko des überhöhten Zinses, falls der Kapitalgeber älter wird als vorausberechnet. Ich habe, wenn Ihr so wollt, die Methode Schauers verfeinert. Ich achte darauf, daß dem Hause Fugger kein Schaden entsteht; nur da, wo wir Gewinn erwirtschaften, bin ich auf meine Weise beteiligt. Das ist billig und gerecht.«

»Billig und gerecht«, entgegnete Jakob mit erhobener Stimme, »wäre es einzig dann, wenn Anton und Raymond Fugger ihr Einverständnis zu dieser Art des Geschäftes gegeben hätten.«

»Beruhigt Euch. Meine Vollmachten sind so weitreichend, daß meine Geschäfte auch ohne Wissen meiner Herren von deren Willen gedeckt sind.«

»Wir können«, drohte Jakob, »den Willen der Fugger leicht überprüfen, indem wir ihnen von den Geschäften erzählen und darauf warten, ob Ihr belobigt werdet.«

»Sie würden mich belobigen – ich bin nämlich dem Schauer schon sehr weit auf die Schliche gekommen und werde, wenn mir erst die gesamten Machenschaften unseres Faktors offenliegen, dem Fuggerschen Vermögen eine große Summe zuführen. Doch dazu bräuchte ich zuallererst die Liste mit den Namen aller Darlehensgeber. Habt Ihr die wirklich nicht bei den Toten gefunden?«

»Nein.«

»Schade. Dann werde ich selbst noch Untersuchungen durchführen müssen, bevor ich diese Unterlagen sinnvoll verwenden kann.«

Mit einer lässigen Handbewegung legte er die Papierbögen zusammen, faltete sie und wollte sie in sein Wams stecken, als Jakob dazwischen fuhr und ihm die Aufzeichnungen entriß.

»Die Papiere gehören mir«, sagte er mit fester Stimme. »Kann es nicht doch sein, daß wegen dieser Aufzeichnungen ein Buchhalter getötet wird?«

Seinschedt schaute Jakob lange an. Er kratzte sich am Hinterkopf und zögerte mit seiner Antwort: »Ich sagte es schon: Deswegen bringt kein vernünftiger Mensch einen Buchhalter um.«

»Sicher?«

Wieder zögerte Seinschedt mit der Antwort, aber dann erwiderte er, sehr zu Jakobs Überraschung: »Nein.«

»Woher Euer plötzlicher Sinneswandel?«

Seinschedt ließ die Schultern hängen, trat neben Jakob und flüsterte ihm ins Ohr: »Ich habe Angst. Es geht um riesige Summen, und ich fürchte, in Rom arbeiten etliche, die den Fuggern und mir sehr schaden wollen. Nicht das *Agio* ist das Problem. Der Schauer, so argwöhne ich, behält gleich das ganze Geld für sich, stellt aber die Schuldscheine auf die Fugger aus. Außerdem«, er senkte seine Stimme endgültig zu einem verschwörerischen Flüstern, »bange ich um unsere päpstliche Münze.«

Rasch erzählte er Jakob, wie er vor Jahren gemeinsam mit dem lebenslustigen Anton das Münzrecht für die Fugger gesichert hatte.

»Trotzdem«, sagte er schließlich, »glaube ich nicht, daß wegen dieser Dinge zwei meiner Buchhalter sterben mußten. Außerdem wäre es für Schauer zu schwierig, aus der Ferne die Richtigen zu treffen. Niemand wußte, daß ich Georg Walch nach Rom schicken wollte und Maximilian Mair sein Ersatzmann werden sollte. Im Gegensatz zu Euch Dominikanern, die ihr aller Welt als die Hunde des Herrn bekannt seid, halten wir bei Anton Fugger unsere *canes domini* geheim.« Bei dieser Anspielung auf den Ordensnamen setzte Seinschedt ein breites Grinsen auf.

»Wo ein Wille ist, ist ein Weg«, murmelte Jakob. Auch ihm erschien es eine gewagte Annahme, den römischen Faktor für die Morde an Walch und Mair verantwortlich zu machen.

Nachdem sie sich noch einige Zeit über die Art und Weise der Geldgeschäfte unterhalten hatten, welche die Fugger in Rom, Florenz und Venedig tätigten, beschloß Jakob schweren Herzens, den *Magister provincialis* von seinen Untersuchungsergebnissen zu unterrichten.

»Du selbst«, sagte Pater Zölestin mit salbungsvoller Stimme, nachdem Jakob ihm seine Verdachtsmomente dargelegt hatte, »hast bewiesen, wie weise die Entscheidung war, dir die Nachforschungen zu übertragen im Fall der ketzerischen Täufer wie auch im Hinblick auf die abscheulichen Morde an den jungen Männern.«

Jakob senkte den Kopf.

»Was rätst du, soll nun geschehen? Soll Kissling sofort in Haft genommen werden?«

»Davon rate ich ab«, erwiderte Jakob, »denn das könnte die Pläne der Täufer beeinträchtigen, am Sonntag ihre Synode abzuhalten. Bei Kissling sehe ich keine Fluchtgefahr. Ich glaube, er fühlt sich vor jeder Nachstellung sicher. Man wird ihn mit den anderen Ketzern auf der Versammlung festsetzen können. Danach mag man ihn gesondert wegsperren und ein eigenes Verhör ansetzen, um das Verfahren wegen der Morde zu einem ordnungsgemäßen Abschluß zu bringen, wie es das Gesetz für einen solchen Verbrecher vorsieht.«

»Dein Rat ist weise«, stimmte der Obere zu. »Ich werde dies so mit dem Bischof und dem Rat der Stadt besprechen. – Sind dir«, fragte Zölestin dann, und es klang so, als hätte er seine Neugier auf die Antwort die ganze Zeit nur mühsam unterdrückt, »Unterlagen zu unseren Geschäften in die Hände gefallen?«

»Ich habe Aufzeichnungen gefunden, die sich mit Geschäften befassen; ich weiß nicht, welcher Art diese Geschäfte sind, und glaube auch, daß dies keinen Einfluß auf das Ergebnis meiner Nachforschungen hat. Gleichwohl möchte ich Euch alle Aufzeichnungen der Toten, soweit ich ihrer habhaft wurde, übergeben.«

Der *Magister provincialis* nahm die Schriftstücke beinahe hastig an sich und dankte Jakob überschwenglich für die geleistete Arbeit.

Drei Tage später ritt Jakob bei strömendem Regen durch das Jakobertor auf das freie Feld vor der Stadt hinaus, querte im Schritt die Brücke über den Lech und ließ sein Pferd auf der bayerischen Seite in leichten Trab fallen. Er blickte nicht zurück. Die Regentropfen, die ihm trotz Lederhaube übers Gesicht rannen, mengten sich mit Tränen.

Spät am Sonntagabend hatten unter der Leitung des Stadtvogts an die hundert Wach- und Wehrleute des Rates der Stadt Augsburg und des Bischofs das Haus des Webermeisters Gall Fischer umstellt, waren durch die vordere und die hintere Tür eingedrungen und hatten alle siebenundfünfzig Täufer und Täuferfreunde, darunter auch den Maurermeister Hans Kissling, in Ketten geschlagen und ins Gefängnis gebracht. Jakob hatten sie gemeinsam mit Jakob Groß, der die Versammlung geleitet hatte, in Verwahrung genommen und zu einem ersten Verhör abgeführt. Während Groß einer strengen Befragung unterzogen wurde, schob man Jakob in einen anderen Raum, wo er vom *Magister provincialis* persönlich empfangen und belobigt wurde.

»Du hast uns mit deinen Beweisen einen unschätzbaren Dienst erwiesen«, sagte Pater Zölestin, »und wirst mit den Erkenntnissen, die du hier gewonnen hast, auch dem guten Kazmair zu München dienstbar sein. Reite morgen zurück und erstatte in der herzoglichen Residenz Bericht, damit wir nun in München der Gerechtigkeit gegen die Ketzer genüge tun.«

Der *Magister provincialis* legte ihm zum Abschied die Hand auf die Schulter und lächelte. Was für dünne Striche geben diese Lippen, hatte sich Jakob gedacht und war mit hängenden Schultern in seinen Handelshof gegangen, ohne vorher noch bei Urban vorbeizusehen. Auch heute morgen hatte er sich nicht von dem Prediger verabschiedet. Er wollte den Triumph nicht sehen, den Rhegius unweigerlich zur

Schau stellen würde ob des Umstandes, daß die Wiedertäufer samt und sonders verhaftet waren; einzig Hans Denck war ihnen durch die Lappen gegangen.

Jakob spürte keinerlei Stolz in sich, sondern nur eine tiefe Traurigkeit über diese Geschehnisse. Im hintersten Winkel seines Herzens nagte ein stiller Vorwurf von Schuld, doch ebenso wirkkräftig fand sich an anderer Stelle die Rechtfertigung, seiner Gehorsamspflicht genügt zu haben. Vielleicht ist es besser, dachte Jakob, wenn ich kein Für und Wider und kein Richtig oder Falsch mehr erwäge; es ist genug, daß ich weinen muß über den Schmerz, den mir diese Erfahrung bereitet.

Einen Tag nachdem er in München angekommen war, stand Jakob in der Residenz dem Kanzlisten Kazmair gegenüber und erstattete seinen Bericht über die Vorgänge in Augsburg. Neben den Verbindungen, die sich von den Vordenkern der Augsburger Täufer, also insbesondere von Hans Denck und Hans Dachser nach München auftaten, interessierte sich Kazmair vor allem für die Umstände der Morde an den Fuggerschen Buchhaltern.

»Dieses Heft, das Ihr bei dem einen gefunden habt, sowie jene beschrifteten Bögen mit Zahlen, Stichworten und Namen – habt Ihr diese Unterlagen bei Euch behalten?«

»Nein. Da es sich um Aufzeichnungen handelte, von denen ich annehme, daß sie in einem Zusammenhang mit den Taten stehen, übergab ich sie dem *Magister provincialis* persönlich, damit er sie als Beweismittel in den Prozeß einbringen könne.«

»Da Ihr in erster Linie auf den Beweiswert der theologischen Traktate abstellt – übrigens völlig zu Recht, wie ich meine –, habt Ihr dann die anderen Aufzeichnungen behalten?«

»Unabhängig vom Beweiswert sah ich die Aufzeichnungen als zusammengehörig an, daher übergab ich alles Pater Zölestin.«

»Schade«, murmelte Kazmair.

»Warum?«

»Auch wenn Namen, Stichworte und Zahlen in keiner Beziehung zu den Verbrechen stehen, wäre es vielleicht aufschlußreich gewesen, hier Einblick zu nehmen. Die Lage unter den Augsburger Kaufleuten ist angespannt, und für den Herzog wäre jede Kenntnis über innere Zusammenhänge hilfreich.«

»Ich war nicht zum Ausspähen der Augsburger Kaufleute beauftragt«, entgegnete Jakob aufgebracht.

»Beruhigt Euch, es war kein Vorwurf in meiner Bemerkung. Schade ist es trotzdem.« Kazmair ging im Raum auf und ab und benahm sich mehrere Minuten lang so, als wäre er allein, ehe er das Wort wieder an Jakob richtete. »Wir werden die Münchner Täufer Ende des Monats verhaften. Sie sollen glauben, daß sie von ihren Augsburger Brüdern verraten wurden; das bringt Unruhe unter die Ketzer. Ihr nehmt wieder Kontakt zu Euren Gewährsleuten auf, damit sie Euch für vertrauenswürdig halten und Ihr uns über besondere Entwicklungen unterrichten könnt.«

»Warum soll ich das tun? Man hat mich mit den anderen Täufern festgenommen. Wie soll ich erklären, daß ich freigekommen bin?«

»Ihr habt Euch als Dominikaner zu erkennen gegeben – so einfach ist das.«

»Was erwartet Ihr noch von mir? Habt Ihr nicht hinreichend Anknüpfungspunkte für Eure Maßnahmen? Ich bin es müde, mich heuchlerisch zu verstellen.«

»Gewiß, ich verstehe Euch«, erwiderte der Kanzlist, und in seiner Stimme klang beinahe Mitgefühl an, »aber wir müssen den Auftrag insgesamt zu einem erfolgreichen Ende bringen. Wer weiß, ob Ihr noch etwas Bemerkenswertes hört oder seht, das uns hilft, die schlimme Ketzergefahr zu bannen. Ich bitte Euch, nehmt die Anstrengung auf Euch; knapp zwei Wochen, dann seid Ihr entlassen und müßt lediglich im Prozeß Eurer Zeugenpflicht genügen.«

Jakob nickte und verließ die Residenz.

Es war hoher Mittag geworden, und Jakob schlenderte zum Marktplatz bei Sankt Peter, wo die ersten Bauern bereits ihre Karren packten und die Ochsen einspannten, denn das meiste Geschäft war getätigt. Bei einigen Buden aber, die Bier ausschenkten, ging es hoch her. Da trafen sich Bauern, Fuhrleute und Händler mit den Faßmachern, Webern und Schmieden und tauschten Neuigkeiten und derbe Witze, bissen in herzhafte Würste und kerniges Brot und prosteten sich mit ihren Holzhumpen zu, aus denen der Gerstensaft schäumte, der nach einem Gebot des Herzogs allein aus Hopfen, Malz und Wasser gebraut war. Die Münchner waren stolz, daß sie ihr Gebot zum reinen Bier schon viele Jahre vor dem Herzog niedergelegt hatten und zugleich froh, daß die Stadtverordnung gegen das Zutrinken aus dem Jahre des Herrn vierzehnhundertsiebenundneunzig wieder in Vergessenheit geraten war; gerade die Viehhirten, die Knechte und Gesellen soffen die Krüge leer, als enthielten sie Wasser. Selbst die Marktweiber hielten sich beim Bier nicht zurück und überboten mit ihren Reden manchen Stiefelknecht. Doch wo immer Jakob zu nahe an eine der Buden kam, verstummten alle und schauten ihn mit Blicken an, die zwischen Mißtrauen und Neugier schwankten; meist schlugen sie die Augen nieder, ehe er einen der Blicke erwidern konnte.

Sie sind einfach anders als das Volk in Rom, dachte Jakob und erinnerte sich mit Wehmut an seine Stunden auf dem Campo de Fiori, dem Markt der einfachen Menschen in Rom. Wild hatten da die Stimmen der Marktweiber durcheinandergekreischt und geschnattert, und Jakob hatte mit Vorliebe ihrer kräftigen melodischen Sprache, der *lingua volgare,* gelauscht, diesem volltönenden Saitenspiel, das die Gefühle anrührte. Da hatte er dazugehört und war mit den Menschen ins Gespräch gekommen, und in dem bunten Durcheinander von gackernden Hühnern und blökenden Schafen, kläffenden Hunden und streunenden Katzen, feilschenden Mägden, Dienern und Köchinnen, feixenden Fuhrleuten und schwitzenden Tagelöhnern war er trotz seines dominikanischen Habits ein Teil des Ganzen gewesen. Hier aber, auf dem Gemüsemarkt der Herzogstadt München, seiner Heimatstadt, blieb er ein Fremder, und als er sich schließlich bei einer der Bierbuden auf eine ungehobelte Bank setzte und nach einem Humpen verlangte, rückten die Menschen zwei Ellen von ihm ab und mäßigten ihre Stimmen.

Der Auftrag Kazmairs ließ ihn nicht los. Wieder und wieder tauchte der Gedanke auf, daß er fortwährend Verrat begehe mit dem andauernden Ausspähen der Täufer. Er geriet ins Grübeln, und je länger er nachdachte, desto weniger beruhigte das Argument sein Gewissen, daß er gegen Ketzer und Kirchenfeinde kämpfe. Und so saß er mit gesenktem Kopf und traurigen Augen vor seinem Bier, als sich eine Hand auf seine Schulter legte. Langsam blickte er auf und Hans Glaner mitten ins Gesicht.

»Grüß dich Gott, Bruder Jakob«, sagte er mit seiner leicht knarrenden Stimme und setzte sich auf die Bank. »Du bist aus Augsburg zurück. Was bringst du für Neuigkeiten?«

»Schlimme Zeitung aus der Reichsstadt, mein Lieber«, antwortete Jakob matt, erzählte von der Täufersynode und davon, wie sie alle festgenommen worden waren.

Still hatte Glaner zugehört und war immer blasser geworden, bis er schließlich fragte: »Und wie bist du entkommen?«

»Ich habe mich«, murmelte Jakob, und aus jeder Silbe sprach die Scham, die er bei dieser Lüge empfand, »als Dominikaner zu erkennen gegeben. Da wurde ich zu meinem *Magister provincialis* gebracht, der mich scharf befragte.«

Er stockte und schaute Glaner mit Mühe in die Augen.

»Du wirst Ärger bekommen«, sagte der Täufer, und es klang halb wie eine Frage und halb wie eine Feststellung. »Wie hast du deinem Oberen erklärt, daß du als Kaufmann gereist bist?«

Jakob meinte, das Herz müsse ihm stehenbleiben, dann schoß eine heiße Welle von seiner Brust in den Kopf hinauf, und während seine Lippen zitterten, suchte sein Verstand eine Antwort. Auf diese Frage war er nicht vorbereitet. Als er im Habit des einfachen Kaufmanns nach Augsburg geritten war, schien dies nach jeder Richtung die zweckmäßigste und einzig vernünftige Kleidung. Für Glaner und seine Freunde war die Verkleidung einleuchtend, beinahe zwingend gewesen, damit Jakob an der Täufersynode teilnehmen konnte. Zum einen hätten viele der Wiedertäufer Anstoß daran genommen, mit einem Mönch in der Tracht des Ordens der Inquisition zusammenzusitzen, zum anderen hatten gerade die Augsburger Täuferanführer Denck und Dachser Wert darauf gelegt, sich mit Jakob unauffällig treffen zu können, was im Ordenshabit nicht möglich gewesen wäre. Kazmair und der *Magister provincialis* wiederum hielten es für selbstverständlich, daß ihr Späher die Ordenstracht mit einem profanen Gewande zu tauschen hatte, wollte er seine Heimlichkeit bewahren, zumal diese Verkleidung Jakob manche Freiheiten einräumte, die er in der Kutte nicht gehabt hätte. Jetzt, während diese Gedanken durch seinen Kopf sausten wie Blitze durch Gewitterwolken, sah Jakob erst die Fragwürdigkeit seiner Tarnung aus dem Blickwinkel heraus, er hätte sich tatsächlich heimlich und ohne Wissen seiner Oberen mit den Täufern getroffen. Wie sollte er sein Aussehen erklären? Dafür gab es keine sinnvolle Erklärung. Er hätte mit dieser Heimlichkeit gegen die Ordensregeln verstoßen, seine Gehorsamspflichten gröblich verletzt und Anlaß zu schwerem Verdacht gegeben. In diesen Zeiten, da Luther immer mehr Anhänger gewann und sich das Verbrechen der Häresie tief in das Fleisch der heiligen Kirche hineinfraß, konnte ein braver Mönch sich keine Eskapaden erlauben. Das alles wirbelte durch Jakobs Kopf, als er leise und stockend antwortete: »Ich habe Pater Zölestin gesagt, ich hätte die Täufer ausspionieren wollen. Schon in Rom hätte man mir den Auftrag dazu erteilt. Der Herzog in München erwarte meinen Bericht.« Jakob mußte schlucken. Er blickte Glaner fest in die Augen und flüsterte:

»Ich schäme mich; es tut mir leid.« Langsam senkte er seinen Kopf und dachte, nun sei alles verloren. Glaner wird mich für einen üblen Verräter halten, der ich auch bin, und Kazmair für einen dummen Tölpel, der die ganze Ermittlungsarbeit verdorben hat.

»Du brauchst dich nicht zu schämen«, erwiderte Glaner da. »Es war vermutlich die einzige Erklärung, die wahrscheinlich genug klingt, daß dich dein Oberer laufen ließ. Und nur so hast du die Möglichkeit erhalten, uns zu warnen. Was wird in Augsburg geschehen, weißt du das?«

Jakob schüttelte den Kopf. »Sie werden Verhöre anstellen, wie man das immer macht. Mehr kann ich nicht sagen. Ich bin froh, daß mich der *Magister provincialis* nach München zurückgeschickt hat; ich möchte gern heute noch mit euch sprechen.«

»Das ist gut«, sagte Glaner. »Treffen wir uns beim Jörg Schechner nach der Abendandacht. Ich sage allen Bescheid. Und jetzt ist es besser, wenn ich gehe; wer weiß, wer hier alles ein Auge auf dich hat.«

Abends in der Stube des Jörg Schechner erzählte Jakob ein weiteres Mal von der Verhaftung der Teilnehmer der Augsburger Täufersynode und löste bei seinen Zuhörern betroffenes Schweigen aus.

»Wenn es in Augsburg«, meldete sich schließlich mit Christoph Feurer der Vorsteher der Münchner Täufergemeinde zu Wort, »keinen Frieden mehr gibt für unsere Glaubensbrüder, dann fürchte ich um uns alle hier in Bayern. Herzog Wilhelm ist nicht so langmütig in Glaubensdingen wie der Augsburger Rat.«

»Das ist wohl wahr«, pflichtete Jörg Schechner bei. »Wir werden uns vorsehen müssen. Bleibt nur zu hoffen, daß ich von meinem Vater rechtzeitig Wind bekomme, wann die Amtsbüttel gegen uns tätig werden sollen.«

»Was meinst du, Jakob«, fragte Hans Glaner, »wird sich für uns aus dieser Augsburger Geschichte ergeben?«

»Das ist ein schweres Rätsel, das ich nicht zu lösen vermag«, antwortete Jakob mit stockender Stimme. »Zu Augsburg wird ein jeder der Gefangenen befragt werden, zuerst gütlich, dann mit Zeigen und Anwenden der Instrumente. Bei fast sechzig Menschen muß man befürchten, daß einige die Tortur nicht mit zusammengebissenen Zähnen überstehen; wer weiß, was die Geplagten reden.«

»Steht es so schlimm«, mischte sich Melchior Oxenfurtter ins Gespräch, »daß die Augsburger einen jeden gefangenen Täufer foltern?«

Jakob nickte. »Es sind zwei Morde geschehen im Hause der Fugger, und was ich gehört habe, gibt es einen Verdacht, der sich gegen die Täufer richtet.«

»Morde!« ereiferte sich Glaner. »Da will uns jemand etwas in die Schuhe schieben!«

»Unerhört«, pflichtete Schechner bei. »Wir gebrauchen keine Gewalt, und die Brüder des Hans Denck tun's auch nicht. Aber«, fuhr er nachdenklich fort, »es ist bedenklich, uns mit Gewalttaten in Verbindung gebracht zu sehen. Es ist ein Zeichen, daß die Herrschaften uns ernster nehmen, als wir zum jetzigen Zeitpunkt wollen. Sie halten uns für eine Gefahr, und sie wollen dieser Gefahr mit allen Mitteln begegnen. Wir werden auf der Hut sein müssen, und ich bin nicht sicher, ob es geraten ist, in München zu verweilen.«

»Du meinst, wir sollen die Stadt verlassen?«

»Nicht alle, aber einige vielleicht; und nicht für immer, aber für eine Weile.«

»Ich weiche nicht, niemals«, rief Feurer trotzig.

»Ich auch nicht«, stellte sich ihm Oxenfurtter zur Seite.

»Wir müssen das nicht hier und heute entscheiden«, beschwichtigte Schechner die Gemüter. »Noch können wir abwarten, was der Herzog macht und wie das Verfahren in Augsburg weitergeht. Wir sind gewarnt und müssen uns wappnen. Ich jedenfalls werde, wenn die Gefahr einer Verhaftung droht, die Stadt verlassen und mich an einen sicheren Ort zurückziehen, damit es keinesfalls geschehen kann, daß die fürstlichen Schergen einen jeden von uns dingfest machen.«

»Ja, Jörg, du mußt unsere Vorstellungen hinaus ins herzogliche Bayern tragen, wenn der katholische Wilhelm den Blutbann in die Hand nimmt«, sagte Feurer. »Ich aber werde keinen Fuß aus unserer inneren Stadt Mariae bewegen. Auch wenn dem Hans die Zwiebeln auf Unserer Lieben Frau nicht gefallen: hier ist meine Heimat, im Schatten der prächtigen Kirche, und ich gehe nicht, weil ich will, daß Gott neben der Frauenkirche immer einen findet, der wahrhaft glaubt.«

»Die Frage ist«, meldete sich Oxenfurtter wieder, »wie wir uns jetzt verhalten sollen. Stillsitzen oder vermehrt predigen und taufen?«

»Besser ist es«, warf Jakob ein, den es in der Seele brannte, weil er wußte, daß der Herzog streng durchgreifen wollte, »wenn ihr euch stillhaltet. Vielleicht verzieht sich das Gewitter zu Augsburg und hinterläßt in Bayern keine Spuren. Dann wäre es schlecht, wenn ihr die Aufmerksamkeit des Herzogs durch Predigen und Taufen auf euch lenktet.«

Darüber sprachen sie nun lang und breit und kamen zu keinem Ergebnis, weil sie zwar einerseits die Furcht vor der Verfolgung lähmte, aber andererseits der tiefempfundene Glaube sie drängte, andere auf den Weg des Heils zu leiten. Es war tiefe Nacht, als sie Jakob für seinen Bericht dankten und auseinandergingen. Jeder der Täufer hatte Jakob zum Abschied die Hand gedrückt, keiner hatte auch nur einen Augenblick an seiner Aufrichtigkeit gezweifelt; sie hielten ihn für einen der ihren. Er aber, während er im dämmrigen Schein der wenigen Fackeln zum Franziskanerkloster hinüberging, fühlte die Skrupel in seinem Herzen wachsen und die Sehnsucht nach Offenheit und Wahrheit.

Es wurde Oktober im herzoglichen München, und nichts geschah. Mit Stürmen und Regen brauste der Herbst übers Land, Novembernebel dämpften die Stadt. Nichts geschah. Der erste Schnee fiel und taute wieder. Dann lag die Stadt weiß im Advent. Und nichts geschah. Jakob aber lebte sich im Franziskanerkloster ein, wo ihm gastliche Aufnahme gewährt wurde, und fand allmählich einen inneren Frieden. Wesentlichen Anteil an diesem inneren Frieden hatte der Gang der Ereignisse in Augsburg. Dort waren die meisten Täufer nach und nach aus dem Arrest entlassen worden. Wer von ihnen den Eid leistete, sich nicht von einem Täufer taufen zu lassen und keine Winkelpredigten mehr zu besuchen, kam mit der Auflage frei, sich zur Verfügung des Rats zu halten; wer den Eid verweigerte oder kein Bürger Augsburgs war, der wurde der Stadt verwiesen. Nur die vier Wiedertäufer Groß, Dachser, Salminger und Hut, die vom Rat der Stadt als Anführer der Täuferbewegung angesehen wurden, sowie der Maurer Kissling blieben längere Zeit in Haft. Lediglich für Hans Kissling und Hans Hut nahm die Verhaftung ein schlimmes Ende. Kissling erlitt ein grausames Schicksal, indem er nach mehreren Tagen peinlicher Befragung als des Mordes an den Buchhaltern Georg Walch und Maximilian Mair überführt galt und vor den Toren der Stadt im Lech ertränkt wurde.

Die Täufergemeinde jedoch wurde weder der Anstiftung noch der Beihilfe zu Kisslings Morden für schuldig befunden. Hans Hut, der in Oberdeutschland zu den bekanntesten Wiedertäufern zählte, wurde wieder und wieder vernommen, wobei sich der Stadtschreiber Peutinger selbst ausführlich in die Verhöre einschaltete. Wegen Hut wechselte der Augsburger Rat sogar mannigfache Briefe mit Bibra, Nürnberg und Würzburg, und dem Würzburger Bischof wurde die Möglichkeit eingeräumt, Hut in Augsburg peinlich zu befragen. Dann aber geschah es auf geheimnisvolle Weise, daß es in Huts Verlies zu brennen anfing, und ehe das Feuer gelöscht werden konnte, hatte es den Täuferprediger so stark verbrannt, daß er nach acht Tagen trotz aller Pflege starb. Was die Umsturzpläne betraf, welche der Rat der Stadt vermutet und der Bischof befürchtet hatte, fand eine Anklage gegen die Augsburger Täufer keine hinreichende

Unterstützung, und selbst die Vorwürfe der Ketzerei schienen nicht schwer genug, ein weltliches Verfahren durchzuführen.

Um wenigstens an einem Täufer ein Exempel zu statuieren, wurde gegen den toten Hans Hut vom Augsburger Rat ein Urteilsbrief ausgefertigt, der maßgeblich auf Huts umstürzlerische Absichten gestützt war. Danach wurde Huts Leichnam angekleidet, auf einen Stuhl gebunden und zur Richtstätte getragen. Dort wurde das Urteil öffentlich verlesen, und im Beisein von viel Volk wurde die Leiche verbrannt. Die Täufer sammelten, so wurde Jakob berichtet, die übriggebliebene Asche auf und führten sie mit sich. Jetzt, kurz vor Weihnachten des Jahres 1527, befanden sich alle Augsburger Täufer mit Ausnahme von Jakob Groß, Sigmund Salminger und Jakob Dachser, welche noch im Gefängnis lagen, auf freiem Fuß. Und in München blieb alles ruhig.

Jakob hatte sich in den Klosteralltag bei den Franziskanern eingefunden und in den Reigen der Andachten eingelebt. Da ihm keine Aufgaben zugewiesen waren, er sich aber auf das Versprechen des *Magister provincialis* hin, spätestens im Frühjahr der Universität zu Ingolstadt zugewiesen zu werden, mit rechtlichen Fragestellungen in Übung halten wollte, schrieb er in den Pausen zwischen Terz und Sext sowie zwischen Non und Vesper an einem Traktat über die Kausalität eines Handelns für einen eingetretenen Erfolg. Er griff damit einen Gegenstand auf, über den er in Rom an der *Sapienza* gern und oft Vorlesung gehalten hatte. Nach Vesper und Abendmahl erging er sich in erbaulichen Gesprächen mit den Brüdern, und auf die Komplet mit ihren drei Psalmen und einem Hymnus vertiefte er sich in das stille Gebet. Da ließ er sich einsinken in die immerwährende Abfolge eines Psalms und versuchte, seine Aufmerksamkeit in die Hände und in die Füße, in die Arme und in die Beine zu richten, bis der gesamte Körper einen Grad wohliger Entspannung erreicht hatte, der es erlaubte, den Kopf gedan-

kenfrei zu halten. Dann saß er eine Viertelstunde mit feder-
leichtem Herzen auf seiner Pritsche und hatte die Welt um
sich vergessen, ehe er sich niederlegte und schlief, bis das
Glöckchen zu den Vigilien schlug. Die Täufer besuchte er
immer seltener, und seit der besinnlichen Zeit des Advent
hatte er keinen von ihnen mehr gesehen.

Dem Weltlichen verbunden blieb Jakob am ehesten durch
das Schachspiel, das er mit einem älteren Bruder pflegte,
der vormittags in der Lateinschule unterrichtete und sich
nach dem Mittagsschlummer oft herbeigesellte. Manchmal
brauchte es zwei Wochen, bis Jakob und Markus ein Spiel
zu Ende gebracht hatten. Nicht selten standen sie unentschieden. Kurz vor dem Heiligen Abend aber gelang Jakob
ein unerwarteter Erfolg, und sofort stand das Bild von Ambrogio Farnese vor ihm und zeigte den Römer in jener
Nacht, als sie ihre erste Begegnung auf den vierundsechzig
Feldern hatten und Jakob ebenfalls ein völlig überraschen-
der Sieg gelungen war. Er reichte Markus die Hand, schritt
in den Klosterhof hinaus und versuchte, sich gegen die an-
stürmende Bilderflut zu wehren, in deren Zentrum Claudias
lächelndes Gesicht stand. Claudia ist tot, murmelte er.

Folio II
Gefährliches Geheimnis

Der Zorn des Herrn

Jakob verließ mit einigen Brüdern das Skriptorium, um die Vesper zu feiern, als ihm ein herzoglicher Bote entgegentrat und ein ungesiegeltes Schreiben von Kazmair überreichte, in welchem er aufgefordert wurde, den Kanzlisten unverzüglich aufzusuchen. Anstatt in die Kapelle ging Jakob in seine Zelle und warf sich den Mantel um. Draußen war es bitterkalt an diesem Januardienstag, und Jakob hüllte sich tief in seine Kappa, als er dem Boten zur Neuveste folgte. Kazmair stand am Schreibpult und warf Jakob ein vielsagendes Lächeln zu.

»Ihr mögt Euch schon gewundert haben«, sagte er anstatt einer Begrüßung und winkte Jakob zu sich heran. »Wir haben uns Zeit gelassen, nicht wahr?«

Jakob zuckte mit den Schultern.

»Gestern hat keiner damit gerechnet. Wir haben sie samt und sonders bei einer Winkelpredigt in den Räumen des Christoph Feurer in der Inneren Stadt Mariae aufgegriffen. Hier«, sagte er, schnippte mit den Fingern und deutete auf eine Liste, die vor ihm lag, »hier könnt Ihr die Namen lesen, neunundzwanzig Stück an der Zahl, die wir alle verhaftet haben.«

Jakob trat an das Pult heran und überflog die Namen. Alle, die er kannte, waren verzeichnet mit Ausnahme des Jörg Schechner, der vermutlich rechtzeitig einen Hinweis von seinem Vater erhalten hatte. Sie haben, dachte Jakob, keinen Respekt vor der Feiertagsruhe, sonst hätten sie nicht an Heiligdreikönig zugeschlagen; das verspricht nichts Gutes für die Verhöre.

»Nun«, fragte Kazmair lauernd, »was ist Euch aufgefallen?«

»Jörg Schechner fehlt«, antwortete Jakob ohne Zögern. Wollte ihn der Kanzlist prüfen?

»So ist es. Wißt Ihr, warum?«

»Woher sollte ich das wissen? Schließlich wußte ich nicht, wann die Festnahmen durchgeführt werden. Als ich im September aus Augsburg zurückkam, hieß es, die Verhaftungen würden binnen zweier Wochen vorgenommen.«

»Richtig. Und Ihr habt die Täufer davon in Kenntnis gesetzt, stimmt's?«

»Nicht ganz. Ich deutete gegenüber dem Gemeindevorsteher und einigen anderen an, daß mit Festnahmen wegen der Augsburger Vorgänge gerechnet werden müsse, ganz so, wie Ihr es mir nahegelegt habt, um das Vertrauen der Wiedertäufer zu behalten.«

»Aus diesem Vertrauen heraus, das Ihr bei den Ketzern genießen solltet, hättet Ihr uns weitere Kenntnisse über die Pläne und Unternehmungen der Sektierer und Umstürzler verschaffen sollen. Aber was habt Ihr getan? Nichts, gar nichts! Wir haben von Euch keine einzige Meldung mehr erhalten; statt dessen habt Ihr Euch im Kloster verkrochen.«

»Es gab nichts zu melden, mein Herr«, erwiderte Jakob nun ungehalten. »Und Umstürzler sind die Täufer nicht, das wißt Ihr so gut wie ich!«

»Und ob sie Umstürzler sind! Ihr werdet es sehen; die Befragungen werden die ganze Wahrheit ans Licht bringen! Ich möchte, daß Ihr an den Verhören teilnehmt. Euer Sinn scheint sich mir allzusehr gemein zu machen mit den Ketzern. Ihr schadet Euch, wenn Ihr Euch nicht vollkommen hinter das Anliegen des Herzogs stellt, Bayern gut katholisch zu halten.«

»Meiner Pflicht habe ich ohne Fehl und Tadel genügt«, beharrte Jakob auf seiner Meinung. »Es gibt nichts, was Ihr von mir noch verlangen könnt.«

Kazmair lachte laut auf. »O doch! Die Augsburger mußten viel zu viele Täufer laufen lassen. Das darf bei uns nicht geschehen. Deshalb wollen wir von Euch die Wahrheit hören über die Anstifter und Umstürzler. Ihr habt den Kopf so oft mit den Ketzern zusammengesteckt, Ihr wißt genau über die Pläne der Täufer Bescheid. Wo, zum Beispiel, steckt der Anton Laistschneider?«

»Wer ist das?«

»Tut nicht unwissend! Er ist einer der Augsburger Sektierer, welche dort laufengelassen wurden. Er ist erst vor wenigen Tagen nach München gekommen, aber unseren Häschern entwischt.«

»Ich kenne ihn nicht. In Augsburg waren an die sechzig Täufer versammelt, und in der gesamten Stadt gab es gewiß weit mehr, die den Wiedertäufern zumindest nahestanden. Mit einem Laistschneider hatte ich niemals zu tun.«

»Er soll auf dem Weg nach Passau sein«, bemerkte Kazmair, und in seiner Stimme lag wieder dieser lauernde Ton. »Ich habe einen Steckbrief vorbereitet, welchen Herzog Wilhelm seinem Bruder Bischof Ernst zukommen läßt. Wir finden das Ungeziefer und rotten es aus! Es hilft nicht, daß Ihr die Flüchtenden schützt.«

Jakob starrte den Kanzlisten entgeistert an. »Ich schütze niemand«, sagte er leise. »Ich weiß, wo ich stehe und wem mein Gehorsam gilt. Ihr habt mir viel abgefordert, und ich habe mein Bestes getan. Was wollt Ihr noch von mir?«

»Wir wollen Euch so hartnäckig erleben, wie Ihr in Rom wart. Dort habt Ihr, so hört man, ohne Rücksicht auf Eure Person das Böse verfolgt. Um so mehr müßt Ihr dies in Eurer Heimat tun.«

»In Rom war das Böse bös«, antwortete Jakob matt. »Unschuldige Menschen wurden hingemetzelt und eine ganze Stadt in Angst und Schrecken versetzt, da …«

»Eine ganze Stadt«, äffte Kazmair ihn nach. »Daß ich nicht lache. Ein paar billige Huren hatten Angst um ihr verpfuschtes Leben. Wer immer von den Dirnen sich zu einem ehrbaren Leben entschloß, hatte nichts zu befürchten.«

»Kennt Ihr die Bibel nicht? Was schmäht Ihr die armen Weiber, die zu Rom ihre Körper verkaufen? Jesus hat der Ehebrecherin vergeben, aber Ihr redet, als würdet Ihr die *puttanni* anklagen wollen.«

»Ich will, daß Ihr Euch in Eurer Heimatstadt mit aller Kraft gegen das Verbrechen einsetzt, denn hier wird über das Heil der Kirche entschieden. Wir wissen am herzoglichen Hofe wohl, daß Ihr einen Widerwillen gegen unseren Auftrag gehegt habt. Euer *Magister provincialis* ist ein kluger Mann, der das Einvernehmen mit Herzog Wilhelm sucht; er kennt das Schwert des Glaubens, er weiß, wer es in Bayern führt. Richtet Euch danach!«

Als Jakob die Residenz verlassen hatte, schritt er nachdenklich ins Kloster zurück. Es geht auch ihnen, dachte er, nicht um die Wahrheit, und er erinnerte sich wieder an jene Minuten bei Ambrogio Farnese, als ihn der Onkel des Kardinals unverblümt aufgefordert hatte, eine belastende Aussage gegen Fabricio Casale, den päpstlichen Zeremonienmeister, zu machen, unabhängig von jeder Wahrheit. Sie hatten in einem schmalen Raum gestanden, und der römische Aristokrat hatte Jakob mit leiser Stimme auseinandergesetzt, wie er gedachte, ihm den Mord an der Dirne Antonia unterzuschieben. Jede Wahrheit wurde mit Füßen getreten. Jakob spürte, wie sich Enttäuschung in seinem Herzen breitmachte. Nein, er hatte damals keinen Meineid geschworen, aber er hatte Farnese ein wichtiges Beweismittel in die Hände gegeben, um sich freizukaufen. Wofür lohnte es sich heute, einen weiteren Verrat zu begehen?

»Für nichts«, sagte Jakob laut und erschrak von seiner eigenen Stimme, die im Gewölbe der Kapelle hallte. Er setzte sich in die hinterste Bank und versuchte zu beten. Es gelang ihm nicht. »Wer im Schutz des Höchsten wohnt«, stammelte er und hatte Mühe, sich auf den Psalm zu konzentrieren, »und ruht im Schatten des Allmächtigen, der sagt zum Herrn: Du bist für mich Zuflucht und Burg, mein Gott, dem ich vertraue.«

Einige Atemzüge lang blieb Jakob stumm, und ihm war, als würde endlich sein Kopf leer von den vielen Erinnerungsbildern, aber dann stürmten sie mit doppelter Kraft auf ihn ein.

»O mein Gott, was tust du mit mir? Magst du mir keinen Frieden geben, Herr?«

Er schlug die Hände vor dem Gesicht zusammen und überließ sich dem Bilderreigen.

Über schlüpfrige Treppen tastete sich Jakob im zitternden Fackelschein zu dem Verlies hinab, in welchem die Täufer um Christoph Feurer eingesperrt waren. Von Stufe zu Stufe wurde der Geruch modriger, und der einzige Trost in der erbarmungswürdigen Feuchte war eine leicht ansteigende Temperatur, denn in der Tiefe fand sich kein Frost. An den Steinwänden glitzerten die Wassertropfen im Vorübergehen auf. Als schemenhafte Schatten huschten Ratten in die hintersten Winkel. Stroh bedeckte den Boden des Gefängnisses, und jeder Schritt darauf gab einen schmatzenden Laut. Der unhandliche Schlüssel knirschte im Schloß, das Kratzen des Mechanismus hallte durch das Treppengewölbe. Widerstrebend knarrte die Tür auf. Innen saßen und lagen die Häftlinge im Dunkeln. Es roch nach Exkrementen, nur dank der Kälte stank es nicht zum Himmel. Die Eingesperrten hüllten sich in zerrissene Pferdedecken, mehr hatte man ihnen nicht gegeben, sich gegen Nässe und Kälte zu schützen. Die meisten saßen dicht aneinandergedrängt; so konnten sie sich gegenseitig wärmen. Jakob holte tief Luft, ehe er das beklemmende Verlies betrat. Der Wächter reichte ihm eine Fackel, dann schloß er die Tür ab. Hans Glaner trat auf Jakob zu und umarmte ihn.

»Danke, Bruder Jakob, daß du gekommen bist«, sagte er. »Wir sollen einen Beichtvater haben, so hieß es – und wir haben uns dich gewünscht.«

»Was wirft man euch vor?«

»Wir wissen es nicht! Man sagte, uns werde morgen die Anklage verlesen, einem jeden einzeln beim Verhör. Würden wir uns allerdings zur heiligen Kirche bekehren, könnten wir mit Milde rechnen.«

»Wollt ihr euch bekehren?«

»Du stellst diese Frage aus reiner Kunstfertigkeit, nehme ich an«, erwiderte Glaner, und an dem quengelndem Schnarren in seiner Stimme erkannte Jakob, daß er sich ärgerte.

»Will sich wirklich keiner von euch zur heiligen Kirche bekehren«, fragte Jakob mit lauter Stimme, damit ihn alle hörten. Er erhielt keine Antwort. Er schwieg eine Weile, bevor er weitersprach: »Sie werden mit aller Strenge verfahren; ihr dürft nicht auf Gnade hoffen, wenn ihr auf euren Glaubenswahrheiten beharrt.«

»Aber das ist es doch«, meldete sich Feurer zu Wort. »Wir wissen um die Glaubenswahrheiten, sie sind uns offenbart. Schlimmste Sünde wäre es, wollten wir unsere Wahrheiten verleugnen.«

»Es ist mir nicht gegeben, über euch zu rechten, und da ich gebunden bin in den Pflichten meines Ordens, ist es mir auch nicht gegeben, euch freizusprechen. Aber eines sage ich euch: So ihr Gott liebt und ehrt und anerkennt die Heilige Dreifaltigkeit, so ihr dies aus tiefstem und reinstem Herzen tut, so wird euch Gott verzeihen, wenn ihr, um euch einem schrecklichen Gericht zu entziehen, eure Wahrheiten verleugnet um der heiligen Kirche willen.«

Jakob ließ seine Worte wirken. Ein leises Raunen ging durch das düstere Gewölbe.

»Ist das wahr?«, fragte schließlich aus einer Ecke eine zaghafte Frauenstimme.

»Ja«, antwortete Jakob, »das ist wahr. Petrus hat Jesus dreimal verleugnet, und Gott hat ihn trotzdem zu dem Felsen gemacht, auf den er seine Kirche baute.«

»Schweig mit deiner römischen Beredsamkeit«, fauchte Oxenfurtter. »Wenn du unser Freund bist, so begleite uns durch die kommenden schweren Tage und sei uns Trost, aber nicht Verführung. Es gibt nur eine Wahrheit. Wir werden sie nicht verraten. Und wenn es uns das Leben kostet, treu zu sein, so schenkt es uns doch den Himmel!«

Jakob seufzte.

»Melchior hat recht«, sagte Feurer mit Nachdruck. »Wenn

uns ein schreckliches Gericht bar jeder Gerechtigkeit bestimmt ist, so wollen wir es annehmen um der göttlichen
Wahrheit und Vorsehung willen. Du sollst uns nicht versuchen, Bruder Jakob, und mit irdischen Gütern locken.
Spende uns deinen Trost, damit wir nicht schwach werden;
schwäche uns nicht, um uns zu trösten!«

»So hast du trefflich gesprochen in der Tradition eines heiligen Thomas von Aquin«, antwortete Jakob. »Mit solcher
Kraft der Worte wirst du, lieber Christoph, deine Gemeinde
aufrichten in höchster Not und wirst sie mutig in den Untergang führen. Wo bitte, soll ich da noch trösten? Für euch, so,
wie ihr seid, möchte ich da sein und euch dem Leben erhalten, bis Gott es euch nimmt anstatt Herzog Wilhelm.«

»Ein jeder von uns«, meldete sich Glaners kratzende Stimme, »wird selbst entscheiden, welchen Weg er geht. Es ist
jetzt nicht die Stunde für das letzte Wort. Doch sag' uns,
wird es wirklich ein schlimmer Prozeß?«

»Ich fürchte, ja«, erwiderte Jakob matt, »sonst würde ich
euch nicht bitten, übers Abschwören nachzudenken.«

Es wurde ein schlimmer Prozeß. Keiner der Inhaftierten ent-
kam der Folter, und alle, die bis zum Schluß standhaft blieben und ihrem Glauben nicht abschwören wollten, wurden
gequält, bis sie vor schierem Schmerz taub gegen die Schmerzen waren. Nacheinander bemühten sich der Prediger bei
Unserer Lieben Frau und Schulmeister von Sankt Peter Magister Conrad Scheider sowie der Prior des Münchner Au-
gustinerkonvents Doktor Wolfgang Cäppelmair darum, die
Seelen der Verführten zu bekehren. Gutes Zureden allein half
bei keinem der Täufer, aber mit dem Fortgang der Qualen
ließen etliche ihren Widerstand fahren. Zum Schluß blieben
neben Melchior Oxenfurtter und Christof Feurer noch vier
Männer und drei Frauen den täuferischen Idealen treu. In
einer letzten Fragestunde versuchte schließlich sogar der
päpstliche Nuntius Doktor Johannes Eck, ihren Widerstand
zu brechen.

Jakob saß auf einem Schemel neben seinem ehemaligen Lehrer und lauschte der Donnerstimme Ecks. Zornig, drohend und versprechend versuchte er, die Ketzer aus ihrer Verstocktheit zu locken, und bediente sich seiner Stimme wie einer faunischen Flöte, als wolle er die Täufer bezaubern. Was für ein Redner, dachte Jakob und blickte den Papststreiter bewundernd von der Seite an. Je länger seine Engelszunge vergeblich redete, desto brummiger wurde seine Stimme und desto echter sein Zorn, bis nicht mehr die gespielte, sondern die kalte Wut ihn gegen den Scharfrichter befehlen ließ: »Zieh diesen Oxenfurtter auf!«

Was für ein Schrei, als Melchior in den Strick gerissen wurde, daß die Schultergelenke endgültig zersprangen. Entsetzt hielt sich Jakob die Ohren zu, und während er die Augen schloß, tobte ein Feuergefühl durch seinen Bauch, als würde er selbst gemartert. Sein Hals wie zugeschnürt, stockte ihm in einer tobenden Brust der Atem. Weggeblasen war jede Bewunderung für Doktor Eck. Ekel würgte ihn, und als der Peiniger sein Opfer noch höher zog, den Spaltblock unter Oxenfurtters Beine schob und dann den Täufer auf das Holz fallen ließ, schrie nicht der Gefolterte, sondern ein sich vor Pein krümmender Dominikaner. Ein gnädiger Gott schenkte dem mißhandelten Täufer die Ohnmacht. Jakob aber übergab sich auf den Boden des Verlieses.

»Ist dir nicht gut«, fragte Eck und legte seinen Arm um Jakobs Schulter.

»Mir ist übel«, röchelte der Gefragte und vermied es, zu seinem Lehrer aufzublicken.

»So geh hinaus und schöpfe frische Luft. Ich werde diese Ketzer auch ohne dich über den rechten Weg belehren.«

Jakob holte tief Atem und schüttelte den Kopf. Er wollte die Täufer, die ihm in vielen Dingen vertraut geworden waren und die auf ihn vertrauten, in diesen letzten Stunden nicht alleine lassen. Denn es waren die letzten Stunden, wie Jakob wußte. Und in der Tat konnte auch Johannes Eck die zu allem Entschlossenen nicht belehren und bekehren, hielten sie allen Martern stand und ihrem Glauben die Treue. Die sechs Männer gingen noch am selben Tag ins Feuer, die drei Frauen folgten tags darauf. Selbst das Angebot Herzog Wilhelms, alle drei Frauen am Leben zu lassen, wenn nur eine von ihnen widerriefe, half kein Leben zu retten. Am Freitagabend des letzten Januartages gab es keinen bekennenden Täufer mehr in München. Jakob aber kniete weinend in der Klosterkapelle: »Warum bist du so grausam, mein Gott?« Er flüsterte es mit stockender, tränenerstickter Stimme. Lang hielten ihn Trauer und Verzweiflung wach. Die Brüder sprachen die Psalmen der Prim, als Jakobs Kopf vor Erschöpfung auf seine Brust fiel.

Er schlief bis zur Non, dann wusch er sich ungeachtet der bitteren Kälte im Badhaus, wo er im Trog eine dünne Eisschicht aufschlagen mußte, ehe er die Arme ins Wasser stecken konnte. Er legte ein frisches Gewand an, holte sein Pferd aus dem klösterlichen Stall und ritt, ohne noch mit irgend jemand zu sprechen, aus der Stadt hinaus.

Urban Rhegius strich sich überrascht den dünnen Kinnbart, als er den Freund sah, der unvermutet vor der Tür stand. Über seinen graugrünen Augen – Katzenaugen, dachte Jakob, warum ist mir das bisher nicht aufgefallen? – lag ein Schatten wie von Argwohn, doch dann hellte sich die Miene des Predigers auf, und einen Augenblick später lagen sich der schmächtige Protestant und der kräftige Dominikaner in den Armen. Als Urban sich löste, sah er die Tränen, die Jakob über die Wangen rannen. Er nahm den Freund an der Hand und zog ihn durch die Tür in das Haus hinein. Noch im Hinsetzen auf die Ofenbank umfing Jakob ein heimeliges Gefühl der Geborgenheit. Nun wußte er, daß es richtig gewesen war, München Hals über Kopf zu verlassen. Heimat ist stets bei einem Freund, dachte er und schüttelte die Fragen ab, die den gesamten Ritt von München nach Augsburg durch seinen Kopf gespukt waren. Er würde Ärger mit seinem *Magister provincialis* bekommen, und Kazmair, dieser knöcherne

Kanzlist, würde schäumen vor Wut. Aber das alles wog gering gegen dieses Gefühl, nun bei einem Freund in der Stube zu sitzen und geborgen zu sein.

»Was ist geschehen?« Mitgefühl und Sorge färbten Urbans Stimme.

»Gnadenlos wurden sie gerichtet.« Jakob rang nach Fassung, um dem Freund von der Art und Weise des Ketzerprozesses in München berichten zu können. Urban hörte stumm zu, und als Jakob seine Schilderung beendet hatte, schwiegen sie beide für etliche Minuten.

»Ich verstehe dich«, murmelte Urban und zapfte für Jakob einen Humpen Bier. »Da, trink. Es wird dir guttun. Wo hast du dein Pferd eingestellt?«

»Im Handelshof. Der Stallbursche hat nicht schlecht gestaunt, als er mich erkannte.«

»Wohnst du dort auch?«

»Nein. Das würde rasch Verdacht erregen. – Kann ich«, Jakob zögerte kurz, »bei dir …?«

»Selbstverständlich. Du bekommst die kleine Kammer unter dem Dach, sie steht einer Klosterzelle kaum nach.«

Jakob lächelte.

»Hast du Gepäck?«

»Nein, nichts. Ich wollte einfach weg.« Er schwieg kurz. »Es war überstürzt, ich weiß. Aber nun geht es mir schon besser. Vielleicht kann ich in einigen Tagen zurück. Oder Zölestin gibt mir eine andere Bleibe.«

»Du wirst Ärger bekommen. Es ist Ungehorsam, auch wenn du derzeit nur Gast in einem Franziskanerkloster bist. Es gibt nichts Schlimmeres als Ungehorsam für einen Dominikaner.«

»Ich weiß; aber ich hatte keine Wahl: ich mußte weg, ich wäre in München erstickt.«

»Die Herzogstadt ist klein und muffig«, erwiderte Urban nickend, »und der frömmelnde Wilhelm läßt keine Freiheit zu, im Gegenteil. Er ist ein Menschenschinder, der jeden in die Arme des Papstes prügelt, wenn er kann. Schlimm, daß unser Doktor Eck ein williger Diener des Herzogs ist. Wenn er aus freier Regung seines Verstandes handeln würde, müßte er entdecken, daß Luther eine große Glaubenswahrheit geschaut hat. Dann könnte er gnädiger sein.«

Jakob forschte im Gesicht seines Freundes, ob Urban Mitgefühl für die gepeinigten Täufer empfand oder ob er nur über die Unnachgiebigkeit des Herzogs gegenüber Häretikern und die gnadenlose Haltung seines früheren Lehrers betroffen war.

»Du müßtest dich«, sagte Jakob und achtete auf jede Regung des Freundes, »eigentlich freuen über das Vorgehen der Münchner gegen die Täufer, schließlich sind sie dir verhaßter als die römischen Katholiken.«

»Nein«, entgegnete Urban und zog dabei die Braue über dem linken Auge hoch, »ich freue mich nicht über die Art und Weise, wie die Ketzer aus der Welt geschafft wurden. Über jeden, der abgeschworen hat, freue ich mich, und ich glaube, daß diese sich eines Tages unserer, der wahrhaft katholischen Lehre zuwenden werden. Die im Diesseits gerettete Seele ist ein hohes Gut. Durch die Gläubigen wird Christi Kirche auf Erden aufgebaut, und über die Kirche führt unser Weg zu Gott. Wer wie die Täufer die Kirche ablehnt, der gehört bekämpft und bekehrt; und wo die Seele nicht anders zu retten ist, mag das Feuer mithelfen; aber es muß die Ausnahme bleiben, sozusagen der letzte Weg, ehe der Bocksbeinige die Seele fängt. – Nein, ich freue mich nicht über das Quälen und Töten. Christus predigt die Nächstenliebe, das soll meine Richtschnur sein.«

»Hört, hört! Dein Traktat gegen die Täufer ist keineswegs eine friedliebende Schrift.«

»Das stimmt schon. Und ich werde nicht nachlassen, vor den Verführungen aufrührerischer Sektierer zu warnen. Niemals werde ich der echten Häresie die Hand reichen – und du weißt genau, lieber Bruder Jakobus, daß die Täufer echte Häretiker sind! Doch wer umkehrt auf dem falschen Weg, der verdient Gnade. Und der Verstockte verdient Langmut. Oh, wie ich die Folter verabscheue!«

Jakob nickte. Er dachte an die aufgezogenen Leiber von Oxenfurtter und Feurer, und ihm fiel wieder ein, wie er Melchiors Schmerz auf dem Spaltblock beinahe am eigenen Leib gespürt hatte, als könne sich der Schmerz des einen auf den anderen übertragen. In der Tat ein verabscheuungswürdiges Mittel, die Wahrheit zu erfahren.

»Schlimm«, flüsterte er, »daß wir sie brauchen, um die Wahrheit zu ergründen.«

»Schlimm«, stimmte Urban zu, und wieder schwiegen sie mehrere Minuten.

»Was aber«, fragte Jakob schließlich, »ist Wahrheit?«

Er ließ die Frage nachklingen, während er sich an seine Nachforschungen wegen des römischen Dirnenmörders erinnerte.

»Liegt die Wahrheit«, fuhr Jakob langsam fort, »nicht hinter den Dingen, welche wir wahrnehmen? Verbirgt sie sich unsichtbar unter dem Sichtbaren?«

»Es gibt keine Wahrheit ohne den Glauben an Gott«, erwiderte Urban leise. »Gott ist die Wahrheit, und wo wir Menschen irren, hilft uns der Glaube.«

»Diese Welt ist voller Täuschung, und selbst der Glaube ist von Trugbildern nicht frei; könnten sonst die einen dies und die anderen das glauben? Wärst du dann ein Lutheraner und ich in der Bruderschaft Dominikus'? Wenn man aber falsch glauben kann – und wer wollte dies ernsthaft bestreiten? –, dann erscheint es mir schwierig, die Wahrheit an den Glauben an Gott zu knüpfen und dies mit menschlichen Mitteln erkunden zu wollen.«

»Wie meinst du das: es mit menschlichen Mitteln erkunden zu wollen?«

»Ich frage mich«, antwortete Jakob traurig, »ob wir mit der Folter zur Wahrheit gelangen.«

»Eben hast du es selbst gesagt.«

»Vielleicht«, erwiderte Jakob düster, »lag ich eben noch falsch. Ich fühle mich als Verräter an den Täufern in München, mit denen ich viele Stunden verbracht und über Gott gesprochen habe. Ich fühle mich als Verräter am Gedanken der Wahrheit, weil ich mich verstellt, weil ich sie über mich getäuscht habe. Sie haben bis in den Tod hinein an meine Aufrichtigkeit ihnen gegenüber geglaubt, der Melchior Oxenfurtter, der Christof Feurer und die anderen. Ich habe ihnen keinen Anlaß gegeben zu zweifeln. Sie haben die Lüge für die Wahrheit gehalten. Was also, mein Freund, ist die Wahrheit?«

Urban setzte sich neben Jakob auf die Ofenbank und legte ihm den Arm um die Schulter. »Du stellst zu schwere Fragen, mein Freund. Glaube mir: Es gibt nur eine Wahrheit, und die ist in Gott. Der Teufel aber hat die Erlaubnis, uns mit seinen Trugbildern auf die Probe zu stellen. Wir haben den freien Willen, dem einen oder dem anderen zu folgen.«

»Wo bleibt mein freier Wille, wenn ich die Wahrheit nicht vom Trugbild unterscheiden kann?«

»Wer genau genug hinsieht, der kennt die Unterscheidung. Der Teufel lockt und verspricht mit weltlichen Genüssen und eitlen Zielen. Gott wirbt nur mit der Liebe.«

Wenn ich das glauben könnte, dachte Jakob und sog langsam die Luft durch die Nase ein; er roch die Gegenwart des Freundes, hörte den Nachhall seiner Stimme, spürte die Kraft des schmächtigen Armes auf seiner Schulter, fühlte sich angenommen von dem Prediger, der auf seiner Kanzel so streitbar sein konnte.

»Es ist gut«, flüsterte Jakob, »es ist gut, daß ich hier sein kann.«

Eine vorwitzige Frühlingssonne wärmte die Luft, als Jakob am zweiten Februarfreitag durch Augsburgs Straßen nach Sankt Katharina schlenderte, wo er auf sein Klopfen eingelassen wurde. Im Vorraum mußte er auf die Oberin warten, denn ohne deren strenge Begleitung war ihm der Besuch des Kapitelsaales der Dominikanerinnen verwehrt. Währenddessen blickte er sich ein wenig um und entdeckte an der

Wand vor der Tür zum Kreuzgang ein Gemälde der heiligen Katharina von Siena. Aus den weißen Kopfbinden blickte ein allerliebstes Gesicht, ebenmäßig mit geröteten Backen, zartroten Lippen und unschuldigen Augen. Geziert hielt sie einen roten Apfel, in den ein Kruzifix gesteckt war. Das Gemälde erregte Jakobs Aufmerksamkeit. Er trat näher. So steif und gespreizt die linke Hand, so starr und gebieterisch schien die weiße Lilie den Betrachter zu mahnen, welche die Nonne in ihrer rechten Hand hielt. Wollte das Bild etwas sagen? Doch was? Jakob prüfte, ob der Künstler seinen Namen angegeben habe, aber es war keine Signatur zu finden. Er vertiefte sich in die Betrachtung des engelsgleichen Antlitzes, befand es jedoch für nicht besonders aussagekräftig; das Gesicht erwies sich bei näherem Hinsehen einfach als zu hübsch, da fehlte jedes die Schönheit störende Mal der Einzigartigkeit. Eine Heilige also, das lag auf der Hand. Er wandte sich von dem Gemälde ab und malte sich schon im vorhinein aus, wie es sein würde, in wenigen Minuten vor den Gemälden der sieben Hauptkirchen Roms zu stehen. Es hatte ihn einiges an schmeichelnden Worten gekostet, bis ihm die Oberin gestattet hatte, das Kloster zu besuchen. Doch seine Neugier auf die Gemälde war groß, und größer noch war seine Sehnsucht nach einem Bild von Rom. Er wollte es diesmal auf keinen Fall versäumen, die Basilika-Bilder zu sehen. Wer weiß, wie lange er sich noch ungehindert in Augsburg aufhalten durfte; es grenzte ja schon fast an ein Wunder, daß ihn der *Magister provincialis* nicht ins Kloster befahl; nein, Zölestin hatte mit dem schlichten Satz »Er kann bleiben, wo er ist« Jakobs Aufenthalt bei Urban Rhegius abgesegnet, allerdings auf die zeitliche Befristung dieses Zustandes hingewiesen. Jakob war sehr erleichtert gewesen, denn nichts fürchtete er mehr als Zölestins Zorn.

Gerade in diesem Augenblick schritt die Oberin in den Vorraum, an ihrer Seite eine junge Frau, die Jakob bekannt vorkam. Die alte Nonne lächelte, als sie sah, welches Bild Jakob eben betrachtet hatte.

»Das hier«, sagte sie, »ist die Malerin jener Dominikane-rin, in der Ihr, werter Bruder, unschwer die heilige Katha-rina von Siena erkennen werdet. Ludovica Zappi, die Haus-malerin der Fugger und Lehrerin von Frau Katharina, der Gemahlin Raymonds.«

Jakob betrachtete die Künstlerin. Nun erkannte er in ihr jene Frau wieder, die aus Franko Seinschedts Schreibzim-mer herausgekommen war, als er den Oberbuchhalter das letzte Mal besucht hatte. Er verbeugte sich leicht und folgte dann der Oberin in die Kirche hinein. Mit geweihtem Was-ser schlug er sich das Kreuz auf die Brust, ehe er Stirn, Mund und Herz mit dem benetzten Daumen segnete und sich ge-gen den Altar verbeugte. Dann gingen sie in den Kapitelsaal, und Jakob sah sofort, was er sehen wollte: In den Mauer-spitzbögen hingen wie angegossen jene Gemälde, die einge-bettet in einen bunten Bilderreigen die sieben Hauptkirchen Roms zeigten. Rasch erkannte Jakob San Giovanni in La-terano, schritt darauf zu und kniete wie der Pilger auf dem Kunstwerk nieder, als sei er vor der *Scala Santa*. Vergib mir meinen Eigensinn, betete Jakob tonlos und versuchte ein-zudringen in die Heiligkeit der alten Papstkirche und dabei trotzdem die reichen Bilder zu erfassen, welche die Heilige Treppe rahmten. Die Oberin war fünf Schritte zurückge-treten und überließ ihn seinen Betrachtungen.

Während er reihum langsam Santa Maria Maggiore, San Pietro, San Lorenzo und San Sebastiano, San Paolo fuori le mura und Santa Croce in Gerusalemme betrachtete, meng-ten sich in die Fülle von Einzelheiten, welche die Maler der Ausschmückung und Bildererzählung halber hinzugefügt hatten, die Erinnerungen hinein an die wirklichen Kirchen in Rom. Und während sein Blick an der leidenden Maria im Bild über Santa Croce hing und die Gnade suchte in der by-zantinischen Madonna, sah er sich gemessenen Schrittes zu Rom den Hügel hinaufsteigen, der ihn zur Kirche führte. Er versank in einem Wirbel aus Bildern und Erinnerungen, und als ihn die Oberin an der Schulter berührte zum Zeichen des

Aufbruchs, erschrak er heftig. Sein Blick war tränenvoll, als er die Oberin anblickte und ihr schließlich in die Kirche, den Kreuzgang und den Vorraum folgte. Kaum hatte er die Klosterpforte durchschritten, hatte er schon vergessen, mit welchen Worten er sich von der Nonne verabschiedet hatte. In der wärmenden Sonne lehnte er sich gegen die Klostermauer, schloß die Augen und erlaubte seinen Gedanken, sich vollkommen in glückliche Stunden nach Rom zurückzuträumen. Einige Minuten später wandte er sich Richtung Perlach und schlenderte, halb in Gedanken versunken, am Kunigspergerhaus vorbei.

»Was führt Euch durch die Stadt?«

Jakob erschrak und blickte den Fragenden an.

»Ich vermutete Euch in München, wenn nicht gar in Ingolstadt an der Universität des Herzogs, wo Ihr zweifellos hingehörtet. Gibt es ein neues Geschäft für den Jäger des Bösen in unserem Augsburg?«

»Seinschedt«, antwortete Jakob, »habt Ihr keine Arbeit im Kontor, daß Ihr auf der Straße herumlungern könnt?«

Das Gesicht des Oberbuchhalters rötete sich, und Jakob wartete auf den Zornesausbruch dieses Mannes, von dem er annahm, daß er seine Herren betrog; daher wohl der herausfordernde Ton in Jakobs Stimme. Der Buchhalter blieb ruhig, ja, ganz entgegen Jakobs Erwartung berührte Seinschedt den Mönch sanft am Ärmel und sagte: »Es ist mir eine Freude, Euch zu sehen. Ich würde gern mit Euch reden. Habt Ihr Zeit, Euch meine Sorgen anzuhören.«

»Mich bewegt kein Geschäft«, erwiderte Jakob, »um Eure erste Frage zu beantworten. Wenn Ihr wünscht, daß ich Euren Sorgen lausche, so habt Ihr mein Ohr.«

Über Seinschedts Gesicht huschte ein Lächeln. »Dann darf ich Euch in mein Kontor führen.«

»Seit meine beiden Buchhalter ermordet wurden, hat sich viel verändert«, fing Seinschedt zu erzählen an, kaum hatten sie die prunkvolle Tür zu seiner Schreibstube hinter sich geschlossen.»Wie Ihr wißt, wickle ich die Geschäfte mit Italien ab. In Rom, Venedig, Florenz und Genua hat das Haus Fugger Faktoren sitzen, die sich um die Geschäfte kümmern und dafür Sorge tragen, daß wir an jedem Platz jede Ware kaufen und verkaufen können. Dabei kommt neben dem kaufmännischen Handel den Bankgeschäften eine hohe und besondere Bedeutung zu, denn ohne die Möglichkeit, rasch Geld herbeizuschaffen, läßt sich oft nicht die Ware erstehen, die man möchte; das aber ist entscheidend für den Geschäftserfolg, denn es gewinnt stets der, der als erster kaufen kann. Nur der erste kann Preis und Menge beeinflussen, und wenn der erste gar der einzige ist, dann ist der Erfolg garantiert.«

»Wo es geht, strebt Ihr also an, das Geschäft alleine zu machen, stimmt's?« fragte Jakob und erinnerte sich der Gespräche, die er mit Urban zu diesem Thema geführt hatte, denn gerade das Streben der Fugger, einen Handel mehr oder weniger allein bestimmen zu können, einer Stellung, die sie im Kupferhandel beinahe und im Quecksilberhandel ziemlich sicher innehatten, brachte ihnen seit Jahren die meisten Feinde ein. Im übrigen kam auch, was die Finanzierung der kaiserlichen Pläne anging, selten ein Bankmann an Anton Fugger vorbei.

»So ist es«, erwiderte Seinschedt. »Wir sind vornehmlich wegen unserer herausragenden Stellung erfolgreich. Warum, meint Ihr, blieb bei der großen Zerstörung Roms im letzten Sommer als einziges Haus unter den Niederlassungen der großen Kauf- und Bankleuten das der Fugger von Plünderungen verschont? Selbst der Faktor der Welser floh vor den brandschatzenden Horden des Kaisers in unsere Faktorei am Rione di Ponte und ließ sich von Engelhard Schauer beschützen.«

Jakob versuchte, sich an die Tage nach der Plünderung Roms zu erinnern. Er hatte zunächst matt in den Katakomben von San Clemente gelegen und hatte sich von dem üblen Messerstich erholt, den ihm vermutlich Fabricio Casales

Spießgesellen auf der Engelsbrücke zugefügt hatten. Trotz seiner Verletzung war er schließlich auf der Suche nach Claudia durch die ganze Stadt gelaufen und hatte kaum einen Palazzo gefunden, an dem sich die deutschen und spanischen Horden nicht gütlich getan hatten. Ob römische oder fremde Geldhäuser, geplündert waren sie allesamt worden, lediglich Ambrogio Farnese hielt bei der Cestius-Pyramide sein Anwesen sauber, und der alte Chigi rettete seine Villa drüben in Trastevere. Aber auch dem Fuggerhaus, entsann sich Jakob, geschah nichts, im Gegenteil: Die meisten Söldner und Soldaten wickelten ihre Beutegeschäfte mit Fuggers Faktorei ab, verkauften ihre Beutestücke dort gegen passables Geld und beauftragten die Bank sofort, den Beuteerlös in Deutschland an Angehörige auszuzahlen.

»Mit keinem anderen Handelshaus konnten die Söldner so zuverlässig über ihre Beute verfügen«, fuhr Seinschedt fort, »und im Gegenzug hat niemand besser an den Plünderungen von Frundsbergs Horden verdient als das Haus Fugger. Das hat Neid und Mißgunst erregt. Seit Clemens die Tiara fester auf dem Kopf sitzt, gibt es nichts als Schwierigkeiten in der römischen Faktorei.« Seinschedt kratzte sich am Hinterkopf. Sein Blick lag lange und nachdenklich auf Jakob. »Die Aufzeichnungen, die Ihr mir damals gezeigt habt«, fuhr er zögernd fort, »habt Ihr die noch?«

»Nein. Sie gehörten wegen der religiösen Inhalte zum Material der Prozesse gegen die Wiedertäufer. Was hat es mit den Aufzeichnungen auf sich?«

»Ihr habt Euch von einem Rechenmeister daraus das Geschäft mit den Anleihen erklären lassen, Ihr wißt schon, wo der Zins von der Laufzeit abhängig und die Rückzahlung an den Leihgeber gebunden ist.«

Jakob nickte.

»Möglicherweise steckt in diesen Unterlagen ein weiteres Geheimnis.«

»Nämlich?«

»Darüber kann ich nicht sprechen«, erwiderte Seinschedt,

174

trat auf das Fenster zu und schaute hinaus. Mit dem Rücken zu Jakob gewandt, murmelte er, und Jakob war unschlüssig, ob er die Bemerkung nun hören sollte oder nicht: »Mair und Walch haben jedenfalls mehr gewußt, als ich ahnte.«

»Ihr habt mich belogen«, bemerkte Jakob und gab seiner Stimme einen scharfen Klang, um den Oberbuchhalter herauszufordern. Seinschedt drehte sich langsam um. Er sah müde aus, gar nicht mehr wie jener selbstsichere Kaufmann, an den sich Jakob erinnerte.

»Nein«, antwortete Seinschedt, »ich habe Euch nicht belogen. Vielleicht habe ich die Wahrheit nach meiner Anschauung dargestellt. Manches habe ich Euch verschwiegen. Was ich jetzt allmählich begreife, habe ich vor vier Monaten höchstens vage geahnt.«

»Und was habt Ihr geahnt?«

»Die Aufzeichnungen Walchs und Mairs könnten etwas mit ihrem Tod zu tun haben.«

»Damals tatet Ihr restlos überzeugt, daß es keinen Zusammenhang gebe. Also habt Ihr mich belogen.«

»Es hängt mit dem *Agio* zusammen«, flüsterte Seinschedt und stellte sich vor Jakob hin wie ein bei einem Streich ertappter Knabe vor den gestrengen Vater – ein Bild, das Jakob zum Schmunzeln brachte in Anbetracht des Umstandes, daß Seinschedt ihn sogar um einiges überragte. »Da habe ich gelogen, als ich sagte, in meinen Büchern fändet Ihr jeden Aufschlag verzeichnet. Wir sind dem Schauer auf die Schliche gekommen, daß er Fuggersche Anleihen mit *Agio* verkauft und sich daran bereichert. Das letzte, was mir Walch und Mair sagten, war, daß sie die Namen der Darlehensgeber beibringen könnten. Mit der Namensliste hätten wir Schauer in der Hand gehabt. Habt Ihr die Namenslisten gefunden?«

Jakob schüttelte den Kopf.

»Es muß mindestens eine Namensliste gegeben haben; sie wird nicht vollständig gewesen sein, aber immerhin einige Namen wird sie umfaßt haben. Ich wollte Georg Walch nach

Venedig, Florenz und Rom schicken, damit er Erkundigungen über das Anleihengeschäft einziehe. Der Mörder kam meinen Plänen zuvor.« Seinschedt ergriff Jakobs rechte Hand. »Ihr müßt mir helfen, die Namensliste zu finden. Wenn wir dem Schauer nicht das Handwerk legen, kann größter Schaden entstehen.«

»Laßt den Regierer die Faktorei schließen, dann richtet Schauer keinen Schaden mehr an. Anton Fugger kann das mit einem Federstrich bewerkstelligen.«

»Ja, das kann er. Aber dann sind wir das gesamte Geschäft zu Rom los, und …«, er stockte, »… mein Traum von einer eigenen Herrschaft wäre geplatzt.«

»Ihr habt eigene Interessen in Rom? Ihr arbeitet ebenfalls heimlich auf eigene Rechnung?«

Seinschedt drückte Jakobs Hand fester. »Ihr seid Priester?«

Jakob bejahte.

»Also könntet Ihr mein Beichtvater sein?« fragte der Oberbuchhalter.

»Ich könnte Euch das Sakrament der Beichte gewähren, aber es ist unüblich und wird von Eurem Priester nicht gern gesehen«, antwortete Jakob zurückhaltend.

»Aber wenn ich Euch beichten wollte, bewahrtet Ihr das Beichtgeheimnis?«

»Ja.«

»Es gibt Geschäfte, die mir zugute kommen, von denen der Regierer nichts weiß. Es ist schwer, sie vor meinem Onkel geheimzuhalten, der Hauptbuchhalter ist alt, aber findig. In Rom ist es mir gelungen, einiges vor Matthäus Schwarz zu verschleiern; ich würde es ungern aufgeben.«

»Da kann ich Euch nicht helfen. Es wäre unrecht, es wäre gegen Euren Herrn gerichtet. Schämt Euch!«

»Mein Herr leidet unter Schauers Machenschaften viel stärker als unter meinen. Schauer kann Anton Fugger gefährlich werden, ich aber bin ihm treu und nehme nur einige Brosamen von der Tafel für mich.«

»Unrecht ist Unrecht. Zeigt tätige Reue, dann versuche ich Euch zu helfen; ansonsten sind wir geschiedene Leute.«

»Selbst wenn ich um mein Leben fürchte?«

»Selbst dann.«

Brüsk wandte sich Jakob ab und verließ die Schreibstube.

Jakob sah den gesiegelten Brief sofort, der auf dem Tisch in Urbans Stube lag, erkannte die Petschaft des *Magister provincialis* und ahnte, ehe er noch das Siegel erbrach, daß er zu Pater Zölestin vorgeladen war. Unverzüglich, stand da in gestochen klarer Schrift, solle er sich bei seinem Oberen einfinden. Forderte der Ungehorsam nun seinen Preis?

»Du hast dir einen Mächtigen zum Feind gemacht«, begrüßte ihn der *Magister provincialis*, kaum hatte er sich auf den angebotenen Stuhl gesetzt. »Kannst du mir erklären, weshalb der Herzog wütend verlangt, dich zur Rechenschaft zu ziehen und in Zucht zu nehmen?«

»Es war unbotmäßig von mir«, erwiderte Jakob leise, aber mit fester Stimme, »gegenüber dem Herzog, München ohne Dispens zu verlassen; ungehorsam aber war es nur gegen Euch, hochwürdiger Vater, und Ihr, so schien mir, habt mir verziehen.«

»In einem vom Herzog gesiegelten Brief berichtet der Kanzlist Kazmair, du hättest die Verhaftung des Anton Laistschneider hintertrieben, gegen den ein herzoglicher Steckbrief erging. Obwohl zu erwarten war, den Laistschneider in Passau dingfest machen zu können, sei er dort nie in Erscheinung getreten, was einzig dadurch zu erklären sei, daß du als in die Angelegenheit Eingeweihter den Täufer gewarnt hättest. Was kannst du in dieser Sache vorbringen?«

»Den Anton Laistschneider kenne ich nicht. Ich habe ihn vor nichts gewarnt und konnte ihn vor nichts warnen. Es ist ein übler Trick des Kazmair, der mir von dem Steckbrief an Bischof Ernst erzählt hat, das ist alles.«

»Du räumst also ein, daß du von dem Steckbrief gewußt hast, bevor er gesiegelt die Residenz verließ?«

»Ich habe davon gewußt, doch räume ich damit nichts von Bedeutung ein.«

»Kazmair sieht das anders, und wenn ich bedenke, wie wenig du in München dazu beigetragen hast, diese gefährlichen Häretiker unschädlich zu machen, bin ich ebenfalls geneigt, in dir einen Freund der Ketzer zu erblicken. Du weißt, allein ein solcher Verdacht reicht aus, um dich aus dem Orden zu verstoßen und einem strengen Gericht zu unterwerfen. Wir sind das Schwert der Kirche, Jakob, vergiß das nicht!«

Einen Augenblick war Jakob sprachlos. Dann übermannte ihn ein namenloser Zorn, und er schrie dem *Magister provincialis* ins Gesicht: »Ihr glaubt nicht, was Ihr da sagt, Vater! Bis zur Selbstverleugnung habe ich daran gearbeitet, den Auftrag gegen die Täufer zu erfüllen. Es war Kazmairs Einfall, ich solle mich in das Vertrauen der Ketzer einschleichen. Und Ihr habt dazu beigetragen, daß ich den Auftrag erhielt, weil Ihr mich selbst dem Herzog empfohlen habt. Von wem wüßte Kazmair sonst, was ich in Rom getan habe? Und Euch habe ich die gesamten Unterlagen ausgeliefert, welche ich bei den toten Buchhaltern fand. Ich habe Euch damit einen innigen Wunsch erfüllt. Für den Ungehorsam, daß ich unerlaubt das Kloster verließ, könnt Ihr mich strafen; für mehr nicht.«

Sein Kopf hochrot, atmete Jakob tief durch.

»Die Unterlagen«, entgegnete Zölestin kühl, »waren bar jeder Aussagekraft, denn sie bezogen sich auf kein einziges Geschäft unserer Bruderschaft. Du hast also nichts von mir zu fordern.«

»Warum habt Ihr mir dann zunächst mein Davonlaufen aus München verziehen und kommt erst jetzt mit Anschuldigungen?«

»Hätte ich gleich von deiner Fluchthilfe für den Laistschneider gewußt, hätte ich dich sofort in Haft genommen. Doch statt dich für schuldig zu halten, schätzte ich bloß deine Nerven schwach ein und hatte Mitleid mit dir, daß du die harten Torquierungen nicht ansehen kannst. Jetzt ist alles anders.«

»Ihr glaubt nicht, was Ihr sagt, nein, Ihr glaubt es nicht. Wer zwingt Euch zu dieser Posse? Hat ein gekränkter eitler Kanzlist so viel Macht, einen *Magister provincialis* umzustimmen?«

»Schreien und toben haben noch keinem geholfen«, entgegnete Zölestin mit einem schmalen Lächeln auf den Lippen.

Jakob hielt die Luft an und blickte Zölestin in die Augen. Der *Magister provincialis* hielt dem Blick stand, und Jakob erkannte: Er hatte den Zorn seines Herrn heraufbeschworen und war in ernster Gefahr.

»Verzeiht, hochwürdiger Vater, ich habe mich vergessen«, sagte er leise und versuchte, sich auf seine Stärke zu besinnen, unschuldig und unbedarft auf andere zu wirken. Er quälte sich einen leidenden Ausdruck in sein Gesicht, das von Zornesröte glühte. »Ich fühle mich völlig zu Unrecht von diesem Kazmair an den Pranger gestellt. Ich bitte Euch um Euren Beistand, ehrwürdiger Vater. Laßt mich keine Fehlbitte tun!«

Pater Zölestin musterte Jakob von oben bis unten, ehe er erwiderte: »Ich werde die Angelegenheit überdenken. Gleichwohl stehst du jetzt unter Arrest. Der Herzog will Taten sehen, und ich will ihn der Verbundenheit unserer Bruderschaft vergewissern. Geh in dich und überlege, was du mir alles zu berichten hast; ich werde dich zu gegebener Zeit rufen lassen. Und nun«, er zog an einer Schnur neben der Tür und sogleich erschien ein Minderbruder im Zimmer, »wird dich Frater Konrad in deine Zelle begleiten.«

Der Granatapfel auf dem Abakus

Ludovica trat langsam auf Seinschedt zu, hob zögernd die Arme, machte noch einen Schritt, ließ sich gegen seine breite Brust fallen und hielt sich an ihm fest. Als er seine Hände auf ihre Schultern zu einer hilflosen Geste des Trostes legte, ging sein Atem schwer. Sie barg ihren Kopf an seiner Schulter. Ein sanftes Zittern schüttelte ihren Körper. Sie weinte. Ihre Hände krallten sich in seinen Rücken, es war, als klammerte sich eine Ertrinkende an einem Baumstamm fest. Aber der Baumstamm wankte. Ludovica wußte nicht, ob Franko sie retten konnte. Selbst jetzt, wo sie sich ihm offenbart und ihm ihr Herz ausgeschüttet hatte, verschwand der Vorbehalt nicht ganz, den sie gegen ihn empfand. Die Zwiespältigkeit, die sich in seinem Gesicht formvollendet ausdrücken konnte, diese Gegensätzlichkeit, welche in dem Bildnis meisterhaft zum Ausdruck kam, das sie vor knapp vier Monaten fertiggestellt hatte, prägte diesen Mann so stark, daß Ludovica es beinahe körperlich spürte. Zu jedem Ja fand sich in Seinschedt ein Aber, zu jedem Nein ein Vielleicht; nach wie vor stand dem Vertrauen ein Mißtrauen gegenüber. Seine Hände waren unbeholfen, als sie versuchten, über ihr Haar zu streichen; er wollte sie trösten und verunsicherte sie nur. Sie schniefte und löste sich aus der Umarmung.

»Ich habe Angst«, sagte sie und setzte sich auf den seltsamen vierbeinigen Stuhl am Fenster.

»Das verstehe ich«, antwortete er und trat neben sie. Beide blickten sie aus dem Fenster, hinein in den Abglanz eines sonnigen Tages, der sich in den Abend neigte. Es war ein milder Tag gewesen, zu warm für Mitte Februar, ein Tag, der die Ahnung von Frühling verkörperte, ein Tag, der ein Versprechen auf die Zukunft in sich trug. Am Morgen, als Ludovica vor ihrer Staffelei gestanden war, hatte sie sich darauf gefreut, bald frohere Farben mischen zu können; was auf der Leinwand entstand, sollte der Welt draußen entsprechen. Es war ein seltsamer Wunsch, aber sie malte gern nach der Natur. Wie den Kastanienbaum, der vor ihrem Fenster stand; kahl und armselig reckte er sich nun in seinem Wintertod, und dabei konnte er so eine Farbenpracht entfalten. Jede Schattierung von Grün. Ganz zu schweigen von den Kerzen, die er im Frühsommer aufsetzte. Und jetzt: grau-braun, das Geäst wie ein Skelett, freudlos und traurig. Ein passendes Bild zu den Vorgängen, die sich um sie herum abspielten.

»Wenn ich nur wüßte«, flüsterte sie, »ob ihr etwas zugestoßen ist. Einfach verschwunden, das ist mir unbegreiflich. Wie kann sie einfach verschwinden? Weißt du eine Antwort?«

»Unsere Feinde«, murmelte Seinschedt, »haben ihre Hände im Spiel. Sie geben nicht eher Ruhe, bis sie die Listen besitzen. Sie geben nicht auf ...«

»Ich hätte mich dir gleich offenbaren sollen«, unterbrach ihn Ludovica; ihre Stimme klang matt. »Gleich, nachdem meine Räume durchwühlt worden waren. Ich hätte Vertrauen zu dir haben sollen.«

»Hast du denn jetzt Vertrauen?«

»Ich vertraue auf deine Zuneigung zu mir«, erwiderte sie und hob dabei ihren Kopf, bis sich ihre Blicke trafen. Er sah den Tränenschimmer in ihren Augen und wandte sich ab. Sie spürte seine Enttäuschung, aber sie konnte nicht lügen und ihm nichts vorgaukeln. Es war diese Zwiespältigkeit in seinem Charakter, die sie abhielt, den letzten Schritt zu gehen. Ihr Vorbehalt war noch nicht aufgelöst.

»Du mußt mir diese Liste nicht geben, ich ziehe für mich selbst keinen Vorteil daraus. Aber natürlich würde sie mir helfen. Wir könnten ihnen auf die Schliche kommen. Dann wären schlimme Gefahren gebannt. Deine Räume wären sicher, nie wieder würde dich jemand bedrohen. Du könntest ganz für deine Kunst leben. Es wäre schön, wenn du glücklich würdest.«

Seine Stimme war immer leiser geworden, den letzten Satz hatte er geflüstert. Ludovica stand auf, trat neben ihn und legte ihren Arm um seine Hüfte. Sie war hin- und hergerissen, ob sie ihm die Liste nun geben sollte oder nicht, diese offensichtlich sehr begehrte Namensliste römischer Patrizier, Kaufleute und Kleriker, wegen der ihre Räume dreimal durchsucht worden waren. Dabei hatte der Täter bereits beim ersten Mal die Liste entdeckt und mitgenommen; er mußte wissen, daß sie eine Abschrift hatte; aber woher wußte er das? Und was war daran so wertvoll, daß der Täter alles daransetzte, auch in den Besitz der Abschrift zu gelangen?

»Was ist es, das diese Liste so begehrt macht?«

»Ach, Ludovica, ich glaube fast, du weißt wirklich nicht, welchen Schatz du hütest.«

»Du wirst es mir sagen.«

»Wenn ich die Liste sehe, kann ich es dir sagen. Bis jetzt kann ich nur vermuten, wobei ich vermute, daß du hinreichend Namen und Zahlen verzeichnet hast, um Engelhard Schauer zu vernichten.«

»Weshalb vernichten? Wie soll das gehen?«

»Es hängt mit unseren Geschäften in Rom zusammen. Viele Partner sind miteinander verflochten, und nicht jeder weiß von dem anderen. Da ist manches verworren und im geheimen verabredet, allein das Wissen um die Zusammenhänge birgt ihre Gefahren. Es wäre leichtfertig, wollte ich dich von diesen Dingen in Kenntnis setzen. Vertraue mir, ich bitte dich. Gib mir deine Liste und lasse mich damit arbeiten. Wenn die Gefahr bereinigt ist, werde ich dir alles erklären.«

»Du wirst enttäuscht sein, wenn ich die Liste behalte?«

Seinschedt löste sich aus Ludovicas Nähe, trat um sein Schreibpult herum zum anderen Fenster, das auf den Innenhof hinausging. Er sah den Arbeitern beim Ausladen eines Karrens voller Gewürze zu, die von Genua heraufgeschafft worden waren. Pfeffer und Zimt von jener fernen Insel

Lanka bei Indien, fünf Monate unterwegs auf Schiff und Karren, wertvoll geworden allein schon durch den zurückgelegten Weg; man konnte die Gewürze beinahe mit Gold aufwiegen. Seinschedt schüttelte den Kopf über seine davonschweifenden Gedanken.

»Nein«, sagte er und zwang sich in die Gegenwart. Er drehte sich Ludovica zu und sah ihr in die Augen, während er weitersprach: »Ich werde nicht enttäuscht sein. Hilflos werde ich sein, denn meine Feinde scheuen vor keinem Mittel zurück, mich in die Knie zu zwingen. Aber du mußt deine Entscheidung treffen, ich werde deinen Willen hinnehmen.«

»Frage mich nicht, was mich leitet«, entgegnete Ludovica, »denn ich weiß es nicht, sowenig, wie ich sagen könnte, warum ich den Beutel Maximilian Mairs überhaupt an mich genommen habe. Aber ich habe das Gefühl, daß diese Liste in meinem Besitz gut aufgehoben ist, so, als wäre da eine Aufgabe zu erfüllen, die sich mir erst später entdeckt. Jedenfalls möchte ich nicht ohne diese Liste sein. Doch wenn sie für dich hilfreich ist, sollst du sie künftig auch nicht entbehren. Daher werde ich sie ein weiteres Mal abschreiben und dir die Abschrift überlassen. Einverstanden?«

Seinschedt lächelte.

»Am besten«, sagte er, »du bringst mir die Abschrift noch heute; wir sollten keine Zeit mehr verlieren.«

»Versprochen. Aber nun: Was machen wir wegen Elisabetta?«

»Meine Helfer haben sich vorsichtig umgehört, jedoch ohne Erfolg; nicht einmal über ihren Freund bei den Welsern wissen wir etwas. Kannst du uns nichts Genaueres sagen?«

»Nein, das ist es ja, was mich bedrückt. Ich weiß so wenig über meine Zofe. Sie hat mir einmal über ihre Familie erzählt, weit zurückliegende Geschichten. Ein paar Mal hat sie diesen Freund erwähnt, eher nebenbei, als hätte sie sich für ihn geschämt. Wenn wir miteinander sprachen, dann stand meine Malerei im Mittelpunkt, oder sie berichtete mir allen möglichen Klatsch aus der Stadt. Im Grunde ihres Herzens ist sie mir fremd geblieben.«

»Dieser Freund bei den Welsern – was arbeitet er? Ist er aus Augsburg, oder kommt er von woanders her? Wie oft hat sie ihn getroffen? War es Liebe? Oder war es nur …« Er stockte.

»Lust, möchtest du fragen«, half ihm Ludovica. »Ich weiß es nicht. Betta hat einmal Andeutungen gemacht. Sie lebte in Rom, ihre Mutter war die Konkubine eines Adligen. Es gab da eine dunkle Zeit, Betta muß eine wunderschöne Frau gewesen sein, als sie jung war. Wer weiß …« Ludovica versuchte, sich an das Gespräch zu erinnern, das sie mit Elisabetta geführt hatte, damals, als Maximilian Mair gefunden worden war. »Sie kennt die Lust«, fuhr sie fort, »und sie bekennt sich zu ihr, vor sich selbst, nicht vor anderen; sie ist meine Zofe, da schickt es sich nicht, den Geliebten öffentlich zu machen.«

»Muß es sein, daß sie ihren Freund nur deswegen verbarg, weil er ihr Geliebter war? Könnte es einen anderen Grund dafür geben?«

Über was, dachte Ludovica, haben wir damals alles gesprochen? Sie erzählte vom Vater, von der Mutter und beträchtlichen Geldzahlungen, die ein widriges Schicksal ersparten; da war ein wunder Punkt, den sie überging; die Vorfahren des Vaters waren Gottsucher gewesen von einer besonderen Art, aber weiter …? Ludovica schüttelte den Kopf. Nein, schon war das Gespräch in eine andere Richtung gegangen, war beim Klatsch gelandet über die Täufer und einen Konkurrenten der Fugger.

»Sie sprach damals, als Maximilian Mair ermordet worden war, von einem Verdacht gegen Ambrosius Höchstetter«, sagte Ludovica laut und blickte Seinschedt fragend an. »Sie hielt den Höchstetter weit eher für fähig, deine Buchhalter töten zu lassen, als sie den Täufern die Morde zutraute. Sie vermutete, Höchstetter habe einen Spitzel in der Fugger-

schen Buchhaltung. Es klang überzeugend, was sie sagte ...«
Ludovica tauchte nun ganz in die Erinnerung an jenes Gespräch ein und berichtete: »Schließlich habe ich sie in ihrer
Meinung bestätigt und gesagt, das würde zu den Aufzeichnungen passen, die ich an mich genommen hätte. Sie war
überrascht und fragte nach, aber ich wollte nicht darüber reden. Am selben Abend waren meine Räume durchwühlt.
Könnte«, fragte sie, erschrocken über die eigene Schlußfol-
gerung, »Elisabetta etwas mit dem Diebstahl zu tun haben?«

»Wir müssen ihren Freund suchen!« Seinschedt ballte die
Hände. »Der Welser könnte der Schlüssel zu diesem Geheimnis sein. Ich werde selbst hinübergehen und mich in der
Schreibstube umhören. Wir werden Elisabetta finden, ver-
lasse dich auf mich.«

Zögernd nahm er sie in die Arme, dann drückte er sie an
sich und lächelte, als sie den Druck erwiderte und ihren Kopf
gegen seine Schulter lehnte. Ludovica genoß diese Nähe für
einen Augenblick und fühlte eine Welle der Zuversicht; ja,
Franko Seinschedt würde ihr helfen, sie durfte ihm vertrauen; was auch immer er für ein Mensch war, welche Ziele
auch immer er in seinem Leben verfolgte, ihr gegenüber war
er ehrlich und vertrauenswürdig. Sie hätte ihn am liebsten
geküßt. Beinahe übermächtig wurde das Verlangen, ihre Lippen auf seinen Mund zu drücken. Doch sie wollte diesem
Gefühl noch nicht nachgeben. Behutsam löste sie sich aus
der Umarmung und nickte ihm mit einem Augenaufschlag
zu. Mit schnellen Schritten verließ sie das Kontor.

Zurück in ihren Räumen, holte sie Mairs Namensliste aus
ihrem Versteck. Ein merkwürdiges Gefühl beschlich sie, und
sie blickte sich mehrfach ängstlich in ihrem Zimmer um, als
könnte sie beobachtet werden. Seit Elisabetta spurlos verschwunden war, kam sie sich verlassen vor und wäre am liebsten aus ihren Räumen ausgezogen, ja, erst wenige Stunden,
bevor sie Seinschedt in seiner Schreibstube aufgesucht hatte, war sie von dem Gedanken getrieben worden, das Haus

der Fugger zu verlassen und bei den Dominikanerinnen in Sankt Katharina Zuflucht zu suchen. Wo mochte Elisabetta stecken, was war geschehen? Die zuverlässige Zofe würde ihre Herrin nicht ohne ein Wort verlassen, nein, das konnte sich Ludovica beim besten Willen nicht vorstellen. Außerdem befand sich alles, was Elisabetta besaß, in ihrer kleinen Kammer, gerade so, als würde die Zofe jeden Augenblick zurückkommen. Sie würde auch nicht so pflichtvergessen sein und zwei Tage lang bei ihrem seltsamen Welser-Freund bleiben. Noch nie, seit sie in Augsburg waren, war Elisabetta länger als eine Nacht ausgeblieben; stets war sie darauf bedacht gewesen, morgens so früh zurückzusein, daß sie Ludovica nach dem Aufstehen zur Seite stehen konnte. Zwar hatten sich in den letzten Wochen ihre Abwesenheiten gehäuft, beinahe jede zweite Nacht war sie zu ihrem Geliebten gegangen, doch, auf ihren Ruf bedacht, war sie mit dem ersten Hahnenschrei nach Hause gekommen. Ludovica schüttelte den Kopf; nein, dachte sie, Elisabetta würde mich nicht von sich aus heimlich verlassen. Also ist ihr etwas geschehen.

Dieser Gedanke machte Ludovica Angst, und um sich abzulenken, blickte sie lange auf die Namensreihe von Mairs Liste, ehe sie an ihr Pult trat, um die Abschrift für Franko Seinschedt zu fertigen. An den Anfang setzte sie Pompeo Colonna, den langjährigen Gegenspieler von Papst Clemens, der trotz seiner Freundschaft mit den Kaiserlichen nach dem Fall der Engelsburg nicht nach der Tiara gegriffen hatte; bei ihm war ein Betrag von fünfzigtausend *Goldscudi* vermerkt. Sie ließ eine Zeile frei, bevor sie mit Giacomo Garilliati, Massimiliano Sforza, Filippo Gualterotti, Agostini Chigi und seiner Nichte Porcia die ihr bekannten Kaufleute auflistete. Ottavio und Ambrogio Farnese sowie Gentile und Napoleone Orsini, welche sie den Papstfreunden zuordnete, folgten als nächstes, ehe sie Bischof Frangipane und Fabricio Casale mit Beträgen von jeweils fünftausend *Goldscudi* notierte. Dabei rätselte sie immer noch über die Bedeutung der

Beträge, während sich ihr die hohen Summen bei den Bischöfen und Kardinälen zunehmend deutlicher als Einlagen in das Geschäftsvermögen der Fugger darstellten, wo sie sich höchstens fragen mochte, wie der Bischof von Brixen an ein Vermögen von einhunderttausend *Goldscudi* kam. Wenn allerdings, begann es ihr zu dämmern, der Faktor diese Summen vereinnahmt hatte, ohne sie danach dem Fuggerschen Vermögen zuzuführen, dann bewiesen diese Listen eine immense Schädigung des Handelshauses, und wer immer mit Engelhard Schauer unter einer Decke steckte, mußte alles dafür unternehmen, diese Aufzeichnungen nicht in die Hände von Anton oder Raymond Fugger geraten zu lassen. Damit wäre erklärt, warum sich der Einbrecher nicht mit Maximilians Originalliste zufriedengab.

Ich bin dem Rätsel auf der Spur, dachte Ludovica und fragte sich zugleich, warum Seinschedt aus diesem Punkt ein Geheimnis machte, der sich bei näherem Hinsehen von selbst erschloß. Mochten seine Ängste mit den anderen Namen, bei denen die geringeren Summen verzeichnet waren, zusammenhängen? Sie nahm sich vor, ihn morgen danach zu fragen, und beendete ihre Abschrift. Die Liste, welche sie für sich behalten wollte, klemmte sie wieder zwischen Leinwand und Leisten, dann steckte sie Seinschedts Liste in einen kleinen Lederbeutel, warf sich ihren pelzgefütterten Mantel über und machte sich auf den Weg ins Kontor.

Sie traf Franko nicht an, drückte dem Laufburschen den Lederbeutel in die Hand, um ihr Versprechen zu erfüllen, und schärfte ihm ein, den Beutel nur Seinschedt persönlich zu übergeben. Erfüllt von einer inneren Unruhe, ging sie nicht zurück zu ihren Räumen, sondern hüllte sich enger in ihren Mantel und trat auf den Weinmarkt hinaus. Sie wandte sich mit festen Schritten zum Perlach, so daß jeder Beobachter sie für zielstrebig halten mußte, obwohl sie in Wahrheit weder wußte, wohin sie gehen sollte, noch warum. Sie strich über den Platz, der in der beginnenden Abenddämmerung fast menschenleer war, umrundete den aufgestockten Perlachturm und wandte sich der Domstadt zu. Ihre Augen wanderten suchend über Türen und Fenster und erhaschten einen Blick in jede Seitengasse, stets in der Hoffnung, Elisabetta zu sehen. Dabei wußte sie selbst, wie aussichtslos dieses Unterfangen war.

Das Laufen beruhigte ihre Sinne. Vor dem Tor der Domstadt bog sie nach rechts ab, strebte im Zickzack durch die winkligen Gassen, in denen der niedere Klerus wohnte, kehrte im Bogen zum Perlach zurück und stieg in die Jakobervorstadt hinab. Die Nacht zog herauf, und über den Kanälen des Lech lag feiner Nebel, der sich an manchen Stellen mit dem Rauch aus den Kaminen mischte. Ludovica mochte den Geruch von brennendem Holz, der die Ahnung eines heimeligen Feuers im Küchenkamin weckte. Sie sah ihren Vater am rohen Küchentisch sitzen und hörte ihn laut darüber nachdenken, wie man einen Brief an Michelangelo formulieren sollte, damit er neugierig auf die Bilder und Skizzen seiner Tochter werde. Die Mutter rührte im Topf über dem Feuer, brummelte ungeduldig vor sich hin; jetzt, da der Topf tiefer hing, nickte sie zufrieden und lächelte ihre Tochter an, die dem Vater über die Schulter blickte.

Es war still im Viertel der Weber, und Ludovicas Schritte klangen durch die Gassen. Sie blieb stehen, lauschte ihrem eigenen Atem und versuchte das Bild von zu Hause festzuhalten, das sich ihr eben so plastisch aufgedrängt hatte. Seit gestern morgen, seit Elisabetta nicht mehr von ihrem nächtlichen Ausflug aufgetaucht war, vermißte Ludovica Geborgenheit, und spätestens heute morgen, nachdem ihre Zofe die zweite Nacht verschwunden geblieben war, kam sie sich einsam vor. Zwar war da Franko Seinschedt, der ihr ein gewisses Maß an Sicherheit vermittelte, aber geborgen fühlte sie sich noch nicht. Dabei wußte sie schon lange über sein tiefes Begehren Bescheid, und sie spürte, daß ihn ein echtes Gefühl der Liebe bewegte. Nicht nur einmal hatte sie kurz davor gestanden, seinem Werben nachzugeben, und hatte doch immer wieder innegehalten und diesen Vorbehalt bemerkt, der sich tief in ihr eingegraben hatte. Kann man lieben und ablehnen in einem? fragte sie sich und sah der Atemfahne nach, die ihrem Mund entwich. Die Umarmung hatte ihr gutgetan, sie sehnte sich nach Wiederholung. Konnte sie Franko trauen? Er hatte sein Wort gehalten und sie fürstlich für das Gemälde entlohnt, das ihm nun Tag für Tag das Ziel seiner Wünsche vorstellte: einen edlen Kaufmann. Sie hatte das Geld dem Bankhaus der Fugger gegen geringen Zins in Verwahrung gegeben, aber die Zusicherung, die Summe bei jeder Faktorei einfordern zu können. Seitdem wußte sie, daß dem Wunsch, in die Heimat zurückzukehren, nichts im Weg stand; seitdem war sie freiwillig in Augsburg. Sie genoß die Vorstellung, frei zu sein.

Seinschedt hatte dann weitere Bilder bei ihr bestellt, meist Miniaturen nach der Natur, einen Teller mit Obst oder einen Baum im Blumengarten, ein Kind in der Krippe, eine säugende Madonna, Geldwechsler am Perlachturm oder gar den Innenhof hinter dem Weinmarkt, wenn die Kupferkarren zum Ausladen herumstanden, und einige wunderliche nach seinen Vorstellungen, wie zum Beispiel den Granatapfel auf dem Abakus. Für jedes der Bilder hatte er sie gut belohnt. Manche hängte er in seinem Kontor an die Wand, ungeachtet des Widerspruchs, den die kleinen Gemälde zu den gewichtigen Werken Holbeins bildeten; manche der Bilder hatte er verschenkt und sogar auf die Reise in den Süden geschickt, um Geschäftsfreunden eine Freude zu bereiten, wie er nicht ohne Stolz mitteilte.

Schließlich hatte er sie gebeten, ihm ein Medaillon mit einem Selbstbildnis zu fertigen. Sie hatte sich geziert, doch er hatte sie so rührend darum gebeten, daß sie ihm den Wunsch letztlich nicht abschlagen konnte. Als das Bildchen fertig war, kniete er vor ihr nieder und erklärte ihr seine Liebe. »Ich brauche Zeit«, antwortete sie. Er nickte. Seitdem sagten sie Du zueinander.

Ludovica strich sich über die Augen und ging weiter. Jetzt

erst spürte sie, wie die Kälte vom Boden hoch und unter ihren Mantel kroch. Neben ihr gurgelte das Wasser im schmalen Kanal. Die Muskeln belebten sich in der Bewegung, ihr wurde wärmer. Es tat gut, an einen zuverlässigen Menschen denken zu können, dachte sie, als sie die Treppen hinaufstieg, die sie zum Perlach zurückbrachten. Mehr und mehr war das Unbehagen in den Hintergrund getreten, das sie empfand, wenn sie Franko zu nahe kam. Ja, sie würde ihn lieben können. Sie lächelte und trat wieder auf den Platz hinaus. Das weite Geviert war menschenleer, und nur aus der Welserstraße drangen Stimmen herüber.

Für einen Moment überlegte sie, ob sie zum Haus der Welser gehen und dort nach Elisabetta fragen sollte, aber noch während sie es dachte, wurde ihr die Unsinnigkeit dieses Tuns bewußt. Wäre Elisabettas Verbleib so einfach in Erfahrung zu bringen, hätten Frankos Leute sie längst gefunden. Sie konnte und sie durfte sich auf Franko verlassen, sagte sie sich, und lenkte ihre Schritte auf die Fuggerhäuser zu.

Als sie vor dem Tor des Kunigspergerhauses stand, spürte sie einen Widerwillen dagegen, schon hinauf in ihre Gemächer zu gehen. Sie lief weiter, immer weiter auf Sankt Ulrich und Afra zu, bis sie schließlich vor der hochaufragenden Kirchenbaustelle der Benediktiner stand. Durch ein Seitenportal konnte man hineinschlüpfen, doch die Tür war bereits verschlossen. Unschlüssig hielt Ludovica einen Augenblick den schweren Bronzeknauf in der Hand, dann wandte sie sich nach links den Berg hinunter und versuchte ihr Glück an der Barfüßerkirche. Die Tür knarrte leise in den Angeln, als wolle sie von dem Schicksal der Franziskaner kundtun, deren Konvent vor eineinhalb Jahren aufgelöst worden war. Augsburg war kein Pflaster mehr für katholische Bettelmönche gewesen, die Wiedertäufer hatten längst mehr Sympathie gewonnen, und wer weiß, ob jetzt, nachdem die ketzerische Sekte aus dem Stadtbild verschwunden war, wieder ein Platz wäre für die braunen Kutten der Sandalenträger. Der Barfüßerkirche fehlte die Pflege, die Tür vermeldete es knarrend, auch wenn sich bereits mehrere lutherische Prediger der Vakanz angenommen hatten. Ludovica kümmerte sich nicht weiter um solche Gedanken, genoß es vielmehr, in die Ruhe der Basilika einzutauchen, und nahm mit Bedacht am rechten äußeren Rand der zweiten Reihe Platz. Hier würde sie ungestört sein für ihre Andacht. Sie ließ den Frieden des dunklen Raumes in sich einkehren, sammelte sich und fragte halblaut: »Herr, bist du mit mir?«

Ein leises Stöhnen von hinten war die Antwort.

»Bürdest du mir Alleinsein auf, Herr, weil du Elisabetta verschwinden ließest?« flüsterte sie.

Das Stöhnen wurde lauter.

»O mein Gott«, seufzte Ludovica, »was soll das bedeuten? Was für eine Strafe verhängst du über mich, daß du darüber selbst ins Stöhnen kommst? Was habe ich, was hat Elisabetta gesündigt, um deinen Zorn derart über uns zu bringen?«

Nun tönte es abgehackt und in immer kürzeren Intervallen aus dem tiefen Kirchendunkel unter der Empore heraus, ein zischendes, ein jagendes Keuchen, durchmischt mit kurzen hohen Tönen. Ludovica hob den Kopf und drehte sich um.

»Herr?«

Ein gurgelnder Ton verklang unter der Orgel, als ließe der Spieler die letzte Luft aus dem Windwerk. Ludovica suchte die Empore ab, konnte jedoch nicht den geringsten Schimmer entdecken; da saß kein Organist am Spieltisch und kein Mesner am Blasebalg. Vom Nacken hinab rieselte ein Frösteln über Ludovicas Rücken, ihr Körper versteifte sich, und sie hielt den Atem an. Mein Gott, dachte sie, kann es sein? Kommst du in der Dunkelheit herab zu mir, herein in diese herrenlose Kirche? Gibst mir unwürdiger Dienerin Antworten auf meine Fragen, offenbarst dich ohne jede Herrlichkeit?

»Ja«, schallte es durch das hohe Haus, und mehrfach »Ja, ja, ja« wie eine tiefe Erlösung, gefolgt von einem spitzen Schrei und heftigem Stöhnen. Ludovica preßte es das Herz zusammen, und ihr Atem setzte aus. In die plötzliche Stille hinein lauschte sie und hörte leise Stoff rascheln und ruhiges Aufatmen und ein dreistes Klatschen wie auf nackte Haut. »Lasch des!« Ein derber Befehl von halbhoher Stimme. »Wenn d' mehr willscht, muscht 'n Beitel nomal aufmacha!«

Wer immer es erführe, würde sich den Bauch halten vor Lachen, dachte Ludovica, während sie hastig den Hügel vor Sankt Ulrich erklomm, um möglichst rasch eine Strecke Wegs zwischen sich und die Stätte der Unzucht zu bringen. Die Geräusche der Wollust für göttliche Antworten zu halten, schalt sie sich, zeugte kaum von einer besonderen Nähe zu Gott, ja, tadelte sie sich halblaut, es beweist eher, wie fern ich dieser Welt mit all ihren gewöhnlichen Erscheinungen stehe. Als ob sie es nicht schon oft – und gerade von Elisabetta – gehört hätte, daß die einfachen Dirnen ihr Unwesen auf der Straße trieben und in der Kälte gern Unterschlupf in den Kirchen suchten, wo die Pfarrer und Kapläne beide Augen zudrückten, wenn es dafür im Opferstock klingelte. Wer mochte es den Rotröcken verdenken, einer herrenlosen Kirche besondere Aufmerksamkeit zu schenken; vermutlich mußten sie ihren Lohn hier nicht mit einem Kleriker teilen.

Als sie ihr Arbeitszimmer betrat, blickte Ludovica sich zunächst ängstlich um, ob sich jemand im Raum verstecke und ob alles noch an seinem Platz stehe. Sie zündete den fünfarmigen Leuchter an und zwei mittelgroße Lampen, genoß das warme Licht und wurde ruhiger. Sie hängte den Mantel an einem Nagel in der Wand auf, schlüpfte in die dicke Wolljoppe, welche ihr Katharina Fugger geschenkt hatte, und ging hinüber in die Küche, um sich einen Tee zu bereiten. Neben dem Kachelofen saß Regula, die Haushälterin, zusammen mit Mathilde, der Küchenmagd, ins Gespräch vertieft. Die beiden sahen Ludovica an und lächelten vorsichtig. Die Malerin grüßte und fragte, ob sie sich einen Tee machen könne.

»Wir haben einen da«, antwortete die Magd. »Wollt Ihr von unserem trinken?«

Ludovica nickte dankbar und ließ sich von Mathilde einschenken.

»Gibt's ebbs Neues?« fragte Regula.

»Leider nein.«

»Nur net den Mut verlier'n!«

Ludovica nickte, dankte für den Tee und ging in ihr Zimmer zurück. Nein, sie wollte den Mut nicht verlieren, und mit Frankos Hilfe mochte es vielleicht gelingen, Elisabetta zu finden und der dunklen Feinde Herr zu werden. Sie sah sein Gesicht vor sich und betrachtete es zärtlich, besah sich wieder das Muttermal oberhalb des rechten Nasenflügels und zeichnete die Linie seiner Schläfe nach und erfreute sich an den vielen Kleinigkeiten, die sie dank ihrer vielen Sitzungen in seinem Gesicht kannte. Sie wünschte, er wäre nun bei ihr, und sehnte sich hinein in seine Umarmung. Ihr Herz schlug schneller, und sie ging in der Vorstellung auf, von seinen starken Armen gehalten und beschützt zu werden.

Am anderen Morgen konnte sie es nicht erwarten, Franko zu treffen, weniger um der Neuigkeiten willen, die er vielleicht über seine Zuträger erhalten hatte, und auch nicht im Hinblick auf die Erkenntnisse, welche er ihrer Abschrift verdankte, sondern vor allem um dem Traumbild seiner liebevollen Umarmung endlich zur Wirklichkeit zu verhelfen. Es kostete sie Anstrengung, nicht sofort nach dem Aufwachen und Ankleiden den Weg durch die langen Flure zu nehmen, der sie zu seiner Schreibstube bringen würde, sondern noch eine Stunde vor der Leinwand zu verbringen. Das Gesicht der Madonna erhielt einen von innen her strahlenden Glanz und zeigte bei aller Ähnlichkeit mit seiner Schöpferin vor allem die Beseeltheit der erwachenden Frau. Franko würde sich freuen, wenn sie ihm später zu dem Bild erklären konnte, warum diese Madonna ein himmlisches Lächeln auf den Lippen trug. Ein Lächeln, das Ludovica wiederum mit innerer Freude füllte.

Sie verlor sich im Geruch der Farben, vergaß die Zeit und gab sich ganz dem rechten Auge der Madonna hin, das aus der Mitte des Bildes den Betrachter einfing. In diesem Auge spiegelte sich die gesamte Welt, so stark und tief legte die Malerin es an, verlebendigte es mit all der Kunst, die ihr zur Verfügung stand, bis es schließlich seine eigene Mystik entwickelte.

»Du bist meine Seele«, flüsterte Ludovica, als sie den dünnen Pinsel weglegte, mit dem sie den letzten Glanzpunkt knapp unter der Wimper auf die Iris getupft hatte. Du darfst den Geliebten ergreifen, und niemand, außer Franko, schwärmte sie, wird darin etwas anderes sehen als die tiefe Erfahrung der Wahrheit Mariens beim Anblick des göttlichen Säuglings in ihren Armen. Wohlig warm wurde ihr im Bauch, und ihr Herz schlug einen raschen Takt in der Brust bei dem Gedanken, mit Franko über ihre Gemälde heimliche Botschaften der Liebe auszutauschen. Eine brennende Zuneigung verquickte sich mit einem flammenden Begehren. Sofort wollte sie in die Arme dieses Franko Seinschedt fallen, dem sie sich viel zu lange verweigert hatte. Wie ein einsamer Wanderer in der Sommerhitze, der sich viele Stunden mit Gedanken und Erinnerungen von der Qual des Marsches abgelenkt hatte, sich plötzlich seiner ausgedörrten Kehle gewahr wird und dann nichts anderes mehr denken kann als Durst, so füllte ihren Sinn nur noch sein Gesicht: zupackend, tatkräftig und liebevoll.

Ludovica ließ alles stehen und liegen und lief durch die langen Flure hinüber zu Seinschedts Schreibstube.

Dort herrschte helle Aufregung. In dem Vorraum drängten sich sieben oder acht Buchhalter um Frankos Laufburschen, der bleich nach Worten rang und auf die durcheinanderwirbelnden Fragen keine Antworten gab. An der Tür

stand ein Amtsbüttel mit ernstem Gesicht und hinderte jeden am Zutritt zu Seinschedts Schreibstube, auch Ludovica,
die zitternd zur Tür stürzte. Im Kontor standen zwei würdig gekleidete Herren mit betretenen Gesichtern, die gebannt den Ausführungen eines *Medicus* folgten, der Ludovica den Rücken kehrte und sich bei jedem Satz fahrig an
seinen Gelehrtenhut faßte.

Plötzlich verstummte das Stimmengewirr im Empfangs-
zimmer. Durch ein Spalier sich neigender Oberkörper schritt
Anton Fugger auf Seinschedts Kontor zu, nickte dem Wachmann energisch zu und blieb vor dem *Medicus* stehen, der
sich halb zu ihm umgedreht hatte. Ludovica erkannte den
Arzt sofort; es war Doktor Michael Malzahn, der *Medicus*
des Bischofs, von dem sie vor einem Jahr im Auftrag Raymond Fuggers eine Brustansicht gefertigt hatte; er schien
besorgt.

»Ist es wahr?« fragte der Regierer.

Doktor Malzahn nickte.

»Das ist eine Katastrophe«, flüsterte Anton Fugger, und
Ludovica sah, wie er seine Hände rieb und von einem Bein
auf das andere trat. Die beiden Herren und der *Medicus*
blickten zu Boden. Schließlich raffte sich der Regierer auf:
»Wie ist es geschehen?«

»Von hinten erwürgt«, antwortete Doktor Malzahn, »wie
die beiden jungen Buchhalter.«

Ludovica vermeinte, ihr bleibe das Herz stehen, und eine
grausige Kälte packte ihren Leib, als werde sie eingetaucht
in Eiswasser. Ihr blieb die Luft weg, und für eine kurze
Spanne wurde ihr schwarz vor Augen. Dann fingen ihre
Muskeln zu zittern an, und ohne weiter nachzudenken, lief
sie hinaus, rannte durch die langen Flure zurück zu ihren
Räumen und raffte alles, was ihr wichtig schien, in einen Leinensack. Ihr Puls raste. Sie schwitzte am ganzen Leib. Rasch
sprang sie zum Kleiderschrank, riß die Schuldverschreibungen auf das Bankhaus Fugger, einlösbar in jeder Faktorei, aus dem doppelten Boden, legte sie in eine schmale

Ledertasche und band sich diese mit zwei langen Riemen um den Bauch, ehe sie ein samtenes Wams darüberzog, in welches sie auch ihre Geldbörse steckte. Fahrig wanderte ihr Blick durch den Raum, um zu erhaschen, was sie vielleicht noch benötigte. Im Eck standen die beiden Miniaturen, die sie zuletzt für Franko gemalt hatte. Sollte sie die Gemälde mitnehmen, um etwas zum Eintauschen zu haben unterwegs? Wer wußte, wohin es sie in den nächsten Tagen verschlug, und von großen Malern hatte sie gehört, diese würden auf ihre Reisen stets kleine Gemälde zum Verkaufen und Verschenken mitnehmen. Als sie die Bilder in den Leinensack steckte, atmete sie tief durch. Dann schlüpfte sie in ihren Pelzmantel, hob sich den Gurt über den Kopf, mit dem sie ihr Gepäck quer über die Schulter trug, und verließ ihre Räume, ohne sich ein weiteres Mal umzusehen.

Mit festen Schritten stieg sie die Treppen hinab, nahm den nächstgelegenen Ausgang hinaus auf den hinteren Innenhof und ging zum Weinmarkt. Sie hatte Glück, denn gleich zwei Fuhrleute zurrten die Ladung auf ihren Karren fest und waren bereit zum Aufbruch. Der eine wollte nach Salzburg mit Stoffen und Gewürzen, der andere beförderte Barchent für den Bischof von Brixen; dessen Fuhre gehörte einem ratsherrlichen Webermeister, die beiden Haflinger standen gut im Futter, der Fuhrmann schien ehrlich. Als ihm Ludovica einen Goldgulden für die Strecke über den Brenner bot, fragte er nicht lange, sondern hieß sie aufsteigen, löste den Bremsklotz und schnalzte mit der Peitsche.

Die Fahrt bis Landsberg gestaltete sich mühsam, weil die Sonne der letzten Tage die Straße aufgeweicht hatte, und mancherorts war die Via Claudia in einem erbärmlichen Zustand. Der Kutscher fluchte ohne Rücksicht auf seinen Fahrgast, wenn der Karren zäh in einer schlammigen Kuhle hing, doch im großen und ganzen lenkte er sein Gespann mit Geschick an manchen Widrigkeiten vorbei oder durch sie hindurch. Die Anstrengung des Weges kostete seine ganze Aufmerksamkeit. Ludovica saß stumm auf dem Bock und war froh darüber. So konnte sie in Ruhe über ihre Flucht nachdenken und die Umkehr erwägen, die von Landsberg aus sicher mühelos zu bewerkstelligen gewesen wäre. Aber allein der Gedanke an Augsburg machte ihr Angst. Der Mörder ging um, und sollte er je in Erfahrung bringen, daß sie immer noch im Besitz dieser Liste war ... Nicht weiter-denken, sagte sie sich. Er würde mich töten, dachte sie trotz-dem und erschauderte.

Zum Glück erreichten sie Landsberg so zeitig, daß in der Herberge noch Platz genug war und Ludovica eine kleine Kammer belegen konnte. Die Frau des Wirts brachte ihr Kohlsuppe und fetten Braten aufs Zimmer, einen Krug Was-ser und einen im Feuer erhitzten Backstein, eingeschlagen in ein kräftiges Wolltuch, den sie ins Bett legte gegen die Kälte, die mit einbrechender Dämmerung durch die Ritzen der dün-nen Holzwände kroch. Ludovica lächelte erleichtert. Sie war froh, das Zimmer bis zum nächsten Morgen nicht mehr ver-lassen zu müssen. Herbergen waren keine geeigneten Orte für alleinreisende Frauen, und Ludovica vermißte Elisabetta schmerzlich, vor allem, weil sie stets nur den einen Gedanken im Kopf hatte: Betta war tot. Es gab keine andere Erklärung für ihr Verschwinden, und die Macht der unsichtbaren Feinde reichte weit, das hatte der Mord an Franko Seinschedt be-wiesen. – Franko. Als ob sie die letzten Stunden im Zustand der Abwesenheit jeglichen Gefühls verlebt hätte, tauchte jetzt erst ein Schmerz auf. Ein Brennen in der Brust, ein Schütteln und Beben, dann ein Aufschluchzen und zitterndes Weinen. Sie krallte ihre Hände in das Strohkissen, preßte ihr Gesicht dagegen und ließ den Tränen freien Lauf.

Nach einer von Angstträumen und Weinkrämpfen durch-wirkten Nacht fühlte sich Ludovica am nächsten Tag elend auf dem Karrenbock. Sie sah immer wieder Frankos Gesicht vor sich und fiel dann hinein in einen beißenden Schmerz, vor dem es kein Entrinnen zu geben schien und der sich mit der Zeit doch in einen dumpfen Druck wandelte, der auf ihrer Brust lastete und das Atmen erschwerte. Dieser Schmerz war nicht mehr heiß und giftig, sondern träge und lähmend; er zerriß den Körper nicht, aber auf eine unheimlich Art tat er beinahe noch mehr weh als die brennende Pein. Jede Erinnerung an Frankos Augen wurde zur Qual, jeder Gedanke an sein Dasein marterte die Seele. Sie versuchte die Tränen hinunterzuschlucken, doch sie bahnten sich ihren Weg, und der Kutscher sah mehr als einmal mit fragendem Blick zu ihr herüber. Sie sprachen kein Wort. Ludovica sehnte das Ende dieser Tagesreise herbei, die bis Kloster Ettal führen sollte. Immerhin wurde die Straße besser, je näher die Berge kamen, denn der Frost hatte hier den Boden tiefer gefroren, und die Sonne der letzten Tage hatte nicht so stark gewirkt. Auch waren die Temperaturen wieder gefallen, und hinter Schongau fing es zu schneien an.

Immer, wenn von hinten der Hufschlag eines Reiters zu hören war, drehte sich Ludovica ängstlich um, als drohe ihr Unheil. Ob Katharina oder Raymond Fugger nach ihr suchen würden? Vermißte man sie oder plagten die Fugger ganz andere Sorgen? War der Mörder schon auf ihrer Spur? Wußte er von ihrer Liste? Oder glaubten diese verborgenen Feinde, mit Frankos Liste den letzten Beweis ihrer Machenschaften in die eigenen Hände gebracht zu haben? Mit solchen Fragen beladen, hätte sie am Abend beinahe gewünscht, der Fuhrmann möge nicht schon in Ettal rasten. Aber durchgeschüttelt und müde, wie sie war, legte sie sich nach einem deftigen Abendessen dankbar auf die Pritsche in ihrer winzigen Kammer und schlief traumlos bis zur Morgendämmerung.

Fünf Tage später kam sie unbeschadet in Brixen an. Der bischöfliche Kämmerer, der sie bei der Begrüßung der Fracht auf dem Karren entdeckte und mit gebührendem Respekt nach ihrem Namen fragte, lud sie ein, Gast in der bischöflichen Burg zu sein, und zu ihrer Überraschung ließ bereits eine Stunde später Bischof Sebastian Sprenz nach ihr rufen.

»Willkommen im Bistum Brixen«, empfing sie der Purpurträger, »es ist erbaulich, eine bedeutende Malerin in meinem Stift zu sehen. Der Name Ludovica Zappi hat einen guten Klang in mehr als einem Haus, und Eure Dienste bei den Augsburger Fuggern zeichnen Euch weiter aus. Seid Ihr auf der Suche nach einem neuen Wirkungsfeld, oder befindet Ihr Euch auf bildender Reise?«

»Es zieht mich, hochwürdigster Herr, in die Heimat zurück«, erwiderte Ludovica. Sie neigte bescheiden den Kopf und wartete, was der Bischof sonst noch zu sagen hatte.

»Seit mich der Gaismair«, sagte er lächelnd, »für kurze Zeit aus meiner Burg vertrieben hat, verstehe ich den Hang zur Heimat besser. Es ist gut, ein Zuhause zu haben. Seid Ihr in Eile?«

»In Eile nicht, hochwürdigster Herr; aber hungrig nach Wärme, wenn ich das so freimütig bekennen darf.«

»O wie mild die italischen Lüfte.« Er nickte väterlich, zeigte sein Doppelkinn und zwinkerte. »Dort in des Südens wohliger Wärme, da läßt sich die wahrhafte Kunst gestalten – wie schade, daß uns der Brenner kalte Winde schickt und der Himmel den Schnee; zu gern hätte ich Euch an meinem Hof gehalten für eine Weile, um mir ein, zwei Bilder zu malen. Ihr müßt wissen, an dem Kleinod, welches mir der Herr Seinschedt zukommen ließ, habe ich wirklich einen Narren gefressen.«

»Ihr besitzt ein Gemälde von mir?«

»Da staunt Ihr! Die Darstellung des Granatapfels auf dem Rechenbrett hängt in meinem Gemach. Wie nur, so frage ich Euch, habt Ihr dieses Rot gezaubert?«

»Der Pexlinger hat ein leuchtendes Rot, wie ich es nirgends sonst gesehen habe; das ist das ganze Geheimnis.«

»Für mich«, entgegnete Sebastian Sprenz mit einem Lächeln, »ist schon der Name Pexlinger ein Geheimnis, und das Gemälde ist es auch, wenngleich sich letzteres enträtseln ließ, während ich bei ersterem auf Eure Mithilfe angewiesen bin.«

»Er hat Pigmente hergestellt und verkauft, der Herr Pexlinger.« Nun lachte auch Ludovica und begriff im nächsten Moment, daß die Miniatur, die sie vor einigen Monaten für Franko gefertigt hatte, eine geheime Botschaft enthielt. Stand nicht der Name des Brixener Bischofs auf ihrer Liste? Gab es geheime Verbindungen von Brixen nach Augsburg? Sie lachte, bis dieser Gedanke in ihr abgeklungen war. »So simpel sind manche Geheimnisse.«

»In der Tat liegen die meisten Geheimnisse offen, wenn man nur gelernt hat, die Dinge wahrzunehmen. Gern besäße ich ein weiteres Werk Eures Pinsels, so sehr hat mich Eure Fertigkeit beeindruckt, dem Granatapfel einen Körper zu geben.«

»Das scheint viel schwieriger, als es ist.« Ludovica führte das Gespräch auf das reine Feld der Malerei. Hier fühlte sie sich leidlich sicher vor den Fallstricken einer bemühten Unterhaltung, zumindest, wenn sie es vermied, über in Gemälden versteckte Botschaften zu philosophieren. »Mein Lehrer Peruzzi verwandte viele Stunden darauf, mich das zu lehren, was aus gemalten Flächen Körper macht, und mir beizubringen, die Menschen staunen zu lassen über den Reichtum der Natur, nach welcher wir aus der Lombardei so gerne malen«, fuhr sie fort und überlegte nebenbei, was sich Franko dabei gedacht haben könnte, als er sich den Granatapfel auf dem Abakus gewünscht hatte. Vielleicht hing dieses Rätsel wiederum mit dem Rätsel der Namensliste zusammen, das sie immer noch nicht gelöst hatte. Aber hier, in der bischöflichen Burg zu Brixen, während sie mit Sebastian Sprenz plauderte, faßte sie den Entschluß, das Rätsel der Namensliste zu lösen; das war sie Franko Seinschedt schuldig.

»Ihr malt gern nach der Natur? So malt Ihr auch gern nach dem Bildnis des lebenden Menschen? Ein Bildnis zum Beispiel von mir?«

»Lockte mich nicht das milde Wetter in die Ebene, würde ich ein Bildnis von Euch malen.«

»Läßt sich die Künstlerin aus ihrer Sehnsucht nach sanften Lüften auslösen?«

»Sie ließe sich zurücklocken, wenn in Brixen die Apfel-
bäume blühen.«

Bischof Sprenz strich sich über den Bart. »Zurücklocken«
murmelte er und schaute Ludovica tief in die Augen. Ob er
meine Unsicherheit erkennt, dachte sie und spürte eine
plötzliche Angst, die ihr den Atem benahm. Sie wollte nicht
so nahe an Augsburg verweilen und keine Verbindung mit
einem Namen auf Mairs Liste eingehen. Beides konnte sie
dem Bischof jedoch nicht sagen. Ihr mußte eine weitere
Ausrede einfallen, aber welche?

»Von Woche zu Woche verliert sich die Winterstrenge
nun, und bald zieht der Frühling ein. Wir sollten in meinen
Garten gehen, um die Schneeglöckchen und Frühlingskno-
tenblumen zu betrachten, die ihre Köpfe neugierig durch
den Schnee stecken. Die Zeit ist uns gnädig gestimmt, bald
kämt Ihr zurück. Ich mag Euch nicht drängen, nein. Mein
Angebot steht: Für ein Bildnis meiner Selbst seid Ihr ein
hochwillkommner Gast, und ich lege genug Gold in Euren
Beutel, daß sich der Aufenthalt belohnt.«

Ludovica wiegte den Kopf, was der Bischof als Zustim-
mung deutete.

Er rieb sich vergnügt die Hände und fragte, was es zu
Augsburg für Neuigkeiten gebe, wobei er sich, ohne lange
auf Ludovicas Antworten zu warten, in die Verhandlungen
der Fugger mit dem Erzherzog über allerlei tirolische Berg-
werke vertiefte und ohne jede Scheu erzählte, was er so alles von den laufenden Geschäften wußte und wo er sogar
mit eigenen Interessen beteiligt war. Rasch gewann Ludovica
den Eindruck, der Bischof benötige lediglich einen Menschen, der seiner Stimme lausche, und so verlegte sie sich
auf die Rolle einer bewundernden Zuhörerin, die mit manchen eingestreuten Achs und Ohs andächtigen Beifall spendete. Nun erhielt sie den Lauf des Weltgeschehens erzählt,
die Ränkespiele zwischen Kaiser und Papst, das Geflecht der

lombardischen Städte im Hin und Her zwischen Karl und Franz und die zunehmende Beunruhigung Venedigs wegen der Gier Konstantinopels. Selbst über den Aufstand des Michael Gaismair sprach Sebastian Sprenz ganz unbekümmert, wenngleich mit dunklen Andeutungen zur Zukunft des Aufrührers; dabei lächelte er hinterhältig und lobte die vorbildliche Haltung Anton Fuggers.

Ludovica schätzte sich glücklich, nichts mehr sagen zu müssen. So fühlte sie sich sicher in der Höhle des Löwen, denn daß der Brixener zumindest in einem Punkt ein Löwe war, begriff sie rasch: Sprenz hatte mehr als nur ein kleines Vermögen bei den Fuggern zu treuen Händen liegen. Wer wußte, wie sich sein Verhalten verändert hätte, würde sie ihm vom Tod Franko Seinschedts erzählt haben. Doch diese Neuigkeit würde er keinesfalls aus ihrem Mund hören, selbst wenn er nach Franko fragen sollte. Aber er fragte nicht, sondern blieb selbstgenügsam in seinem Erzählen stecken. Mit reger Anteilnahme an manchen Stellen stachelte Ludovica den Erzählfluß immer wieder an, und oftmals glitt Sebastian Sprenz in eine derart anekdotische Darstellung, daß es mit Fug und Recht als Vergnügen zu bezeichnen war, ihm lauschen zu dürfen. Gleichwohl verlor Ludovica ihr Ziel, von ihm etwas über den Granatapfel auf dem Abakus zu erfahren, nicht aus den Augen, und als seine Rede einen Bogen zu den Kaufleuten Tirols schlug, fragte sie nach, ob er an Kaufmannssachen besonderen Gefallen habe.

»Wie meint Ihr das? Kann man an Kaufmannssachen überhaupt Gefallen haben?«

»Immerhin beeindruckt Euch mein Gemälde vom Abakus so sehr, daß Ihr es in Euer persönliches Gemach hängt.«

Sprenz lachte. »Tja, das Rechenbrett des Franko Seinschedt. Da muß man in der Tat ein Künstler sein und das Instrument des *Agio* und *Disagio* spielen können. Wer daneben greift, läßt manchen Mißton klingen. Die farbigen Perlen des Abakus folgen dem gleichen Plan, alles ins Räumliche zu bringen, wie der Granatapfel. Eure Kunst liegt im Raum

auf der Fläche; das ist es, was mir gefällt, und recht eigentlich ist es der Apfel, der für sich alleine stehen könnte. Der
Seinschedt aber, durchtrieben wie er seine Geschäfte macht,
hat mir mit eurem Gemälde zugleich das Wissen um ein Geschäft vermittelt und meiner Entscheidung eine Sicherheit
gegeben, die sie vorher nicht hatte. Laßt Euch nicht von solchen Kleinigkeiten langweilen. Wie wäre es, wenn ich Euch
von meiner Begegnung mit Albrecht Dürer erzählte?«

Ludovica war zufrieden mit der Antwort und nickte freudig, als sie den Namen Dürers hörte, was wiederum Sprenz
bewog, seine Begegnung mit dem Künstler in bestes Licht
zu stellen und um der erzählerischen Wirkung wegen dra-
matisch zu überhöhen. Sein Plaudern erstreckte sich noch
über das köstliche Mahl hinaus, bis er »seine Malerin«, wie
er sie mit Besitzerstolz verabschiedete, schließlich in ihr
Schlafgemach entließ. Ludovica aber wußte, sie würde in der
bischöflichen Burg nicht lange vor den Nachstellungen der
dunklen Feinde sicher sein.

Neue Rätsel

Wie anders fühlt sich das Eingesperrtsein an als das freiwillige Mönchsleben in der Zelle, dachte Jakob und empfand körperlichen Schmerz in dem Bewußtsein, sich nicht nach Belieben bewegen zu können. Rastlos lief er die drei Schritte hin und die drei Schritte her, die ihm die zugewiesene Zelle erlaubte; er tat dies Stunde über Stunde und verlor darüber jede Muße und beinahe den Verstand.

Was soll das? fragte er sich in lichten Momenten. Freiwillig habe ich mich schon oft tagelang in meiner Zelle aufgehalten, habe meditiert und das Zwiegespräch mit Gott gesucht und mich ausgefüllt gefühlt; und nun zermürbt mich ein einziger Tag? Er kannte keine Antwort auf diese Frage und mochte den freien Willen, der den einzigen sichtbaren Unterschied zwischen der einen und der anderen Klausur ausmachte, nicht so hoch bewerten. Aber es war der eigene Wille, der ein und denselben Umstand ins Gute oder ins Schlechte trieb. Jakob jedenfalls wollte nicht eingesperrt sein; er litt unter der Gefangennahme und unter der Ungerechtigkeit dieser Strafmaßnahme. Darüber hinaus hatte er Angst, und es half ihm nichts, sich einzureden, er habe lediglich gegen die Gehorsamsregel verstoßen und sich ansonsten nichts vorzuwerfen. Wenn schon die ersten Anschuldigungen von Kazmair bewirkten, ihn einzusperren, was mochte erst geschehen, wenn sich ein zu allem entschlossener Ankläger perfider Mittel bediente? Er hatte hinreichend Erfahrung mit der Inquisition, um sich ein peinliches Fragestück vorstellen zu können, und sein Zutrauen zu sich selbst, unter der Folter standhaft zu bleiben, war gering. In die Angst mengte sich der Vorwurf, er habe seine Lage selbst verschuldet, und zwar keineswegs, weil er sich nicht als willfähriger Handlanger des Kanzlisten gezeigt hatte, sondern weil er zum Verräter an den

Täufern geworden war; dann peinigte ihn nicht nur die Angst vor der Zukunft und einem inquisitorischen Prozeß, sondern bedrückte ihn auch ein tiefsitzendes Schuldgefühl. Das wiederum verhinderte eine hilfesuchende Hinwendung zu Gott im Gebet, weil er sich schlecht dabei vorkam, um Gnade vor einer gerechten Strafe zu flehen. Er saß noch keine drei Tage Arrest ab, da hatte sich der Teufelskreis von Schuldgefühl und Angst verfestigt; er fühlte sich jämmerlich in seinem Elend und verlor jede Zuversicht für die Zukunft.

Als vier Tage später der Bote des *Magister provincialis* in der Tür stand, fand er Jakob weinend an der schmalen Fensterscharte vor, und es dauerte eine geraume Zeit, ehe Jakob der Aufforderung, rasch bei Pater Zölestin zu erscheinen, Folge leisten konnte.

Anton Fugger mit seinem prächtigen schwarzen Bart fiel Jakob sofort ins Auge. Der *Magister provincialis* verblaßte daneben, und selbst der Bischof verlor neben dem reichen Kaufmann an Gewicht. Kaum stand Jakob in der Tür, hatten sich schon alle in seine Richtung gedreht und blickten ihn erwartungsvoll an.

Jakob überlegte blitzschnell, was vorgefallen sein könnte, um diese hohen Herren zusammenzubringen und ihn dazuzurufen. Seine Hände zitterten, während er langsam in den weiten Raum hineinschritt; er wollte Zeit gewinnen; jeder Moment war kostbar, den er nachdenken konnte, bevor er mit diesen Herren sprechen mußte. Was wollten sie von ihm? Das würde er sofort erfahren. Aber wie sollte er sich verhalten, wenn sie von ihm, vielleicht wie damals Ambrogio Farnese, etwas erwarteten, was ihm sein Gewissen zu leisten verbot? Konnte er sich widersetzen, oder würden sie ihm ihren Willen aufzwingen?

Zum Glück nahmen sie ihm weiteres Grübeln rasch ab, denn so freundlich, als hätte es zu keiner Zeit auch nur den Hauch einer Mißstimmung gegeben, breitete Pater Zölestin die Arme aus und trat auf Jakob zu.

»Willkommen, mein Sohn«, sprach der Obere mit süßlicher Stimme, und nur in der Tiefe seiner Augen war zu erkennen, daß die unechte Freude einen dunklen Ärger überdeckte.

Jakob verneigte sich, trat auf Bischof Christoph von Stadion zu, beugte das Knie und küßte den Ring, ehe er mit angedeuteter Verbeugung die hingestreckte Hand Anton Fuggers faßte. Auf eine einladende Handbewegung des Hausherrn nahmen nun alle auf den Sesseln rund um einen niedrigen Tisch Platz, und der Bischof ergriff das Wort: »Wir sind in großer Sorge und wollen nicht um den heißen Brei herumreden. Der Mörder hat wieder zugeschlagen.«

»Was für ein Mörder?«

»Der schon zwei Buchhalter auf dem Gewissen hat«, ergänzte Zölestin.

»Ich dachte, der Maurer Kissling wurde verurteilt und hingerichtet.«

»Hans Kissling wurde vor den Toren der Stadt im Lech ertränkt, das ist richtig«, antwortete der Bischof. »Aber mein *Medicus* erklärt mir, der wahre Mörder der beiden Buchhalter habe vermutlich erneut getötet. Das bedeutet, daß wir den Falschen gerichtet haben.«

»Das ist schrecklich«, stammelte Jakob, und er spürte, wie ihn Schmerz und Schuldgefühl übermannten.

»Es ist in der Tat schrecklich, und wir werden für die arme Seele beten, aber noch schrecklicher ist, daß der Mörder immer noch unter uns weilt«, fuhr Zölestin fort. »Wir müssen den Täter fassen. Wir brauchen deine Hilfe.«

»Wie soll ich hilfreich sein? War nicht ich es, der Euch den Falschen ans Messer geliefert hat?«

»Du hast Beweise vorgelegt, und Kissling hat die Taten gestanden. Du hast dir nichts vorzuwerfen«, sagte der *Magister provincialis*.

»Jeder hielt den groben Maurer für den Mörder«, sprang ihm der Bischof bei.

»Keiner ist in der Ausforschung von versteckten Verbrechen so erfahren wie du«, fuhr Zölestin fort, »und deine Zuverlässigkeit läßt sich zu Recht rühmen. Wir bitten dich, den wahren Schuldigen zu suchen und dem Gericht zuzuführen.«

»Eben noch saß ich eingesperrt in meiner Zelle und ...«

»Gemach, Bruder Jakob«, unterbrach ihn sein Oberer. »Mag dir auch Unrecht durch die Anschuldigungen des Kanzlisten Kazmair zu München widerfahren sein, so bedenke, daß ich nur meiner Pflicht genügte, die Vorwürfe sorgsam zu prüfen, um dich von jeder Schuld zu reinigen.«

Wie er lügen kann, dachte Jakob und versuchte dabei, ein lammfrommes Gesicht aufzusetzen. Jetzt durfte er seinem Oberen nicht widersprechen; er würde frei sein und freigesprochen von jeder Schuld. Dafür mußte er jetzt so tun, als sei ihm niemals Unrecht geschehen. Gut, daß ich mich dummstellen kann, dachte er und brachte sogar ein sanftes Lächeln zustande.

»Ihr habt jede Unterstützung, die Ihr braucht«, meldete sich Anton Fugger zu Wort. »Mein wichtigster Mann für die italischen Angelegenheiten ist tot. Ich will wissen, wer ihn getötet hat. Findet den Mörder von Franko Seinschedt!«

Jakob zuckte zusammen. Die drei Herren sahen ihn erwartungsvoll an. »Gibt es einen Verdacht?« fragte er. »Wer könnte ein Interesse am Tod des Oberbuchhalters haben?«

»Wir leben in einer schwierigen Zeit, und unsere Gegner sind zahlreich. Es ist schwer, da einen Verdacht zu äußern«, erwiderte Anton Fugger. Seine Stimme klang sehr bestimmt. Jakob hatte allerdings das Gefühl, es komme dem Regierer in erster Linie darauf an, dieses Thema nicht vor dem *Magister provincialis* und dem Bischof zu erörtern, weshalb er auf weitere Nachfragen verzichtete. Sein Blick traf auf den von Anton Fugger, und sie wußten beide um ihr Einvernehmen.

»Dann werde ich mir einmal die Leiche ansehen«, bemerkte Jakob abschließend und nahm wie selbstverständlich den Gang der Dinge in die Hand. »Ich werde euch unterrichten, sobald ich etwas herausgefunden habe.«

Eine halbe Stunde später stand er mit Doktor Michael Malzahn im Keller des bischöflichen Palastes und betrachtete den Hals des toten Seinschedt. Selbst für ein weniger geübtes Auge waren die Daumenabdrücke im Nacken zu erkennen, und links und rechts neben dem Adamsapfel zeichneten sich die Finger ab. Die Würgemale glichen denen bei Georg Walch und Maximilian Mair; da blieb für einen Irrtum wenig Raum.

»Gab es denn eine Besonderheit, Tinte oder Mehl oder irgend etwas anderes?« fragte Jakob

»Nein, der Leichnam lag vornübergebeugt auf dem Arbeitstisch«, erwiderte der Medicus. »Lediglich ein Bogen Papier war vom Tisch gewischt worden und fand sich am Boden, vermutlich ein Zeichen für ein kurzes Aufbäumen im Todeskampf. Der Mörder scheint sich herangeschlichen und den Oberbuchhalter überrascht zu haben. Keine Spuren, keine brauchbaren Hinweise.«

»Wann ist es geschehen?«

»Das läßt sich schwer sagen. Gefunden wurde die Leiche gestern morgen von seinem Laufburschen.«

»Warum holt man mich erst heute?«

»Das müßt Ihr Euren Oberen fragen.«

»Da habt Ihr Recht«, erwiderte Jakob und hob ein Lid des Toten an, um ihm in die Augen zu sehen: kaltes Blau, weiter nichts. Plötzlich empfand er Mitleid mit dem Buchhalter. Du hast es geahnt, dachte Jakob. Vielleicht hätte ich dir das Beichtgeheimnis versprechen und dich anhören sollen, vielleicht wäre die tätige Reue noch gekommen. Es tut mir leid, daß ich hartherzig war.

»Wenn zwei gleich starke Männer auf die gleiche Weise einen Menschen erwürgen, erkennt man dann einen Unterschied?«

»Ich glaube, die Druckstellen würden sich ein wenig unterscheiden. Einen Menschen zu erwürgen ist eine besondere Tat, das geht an keinem spurlos vorbei, da drückt sich die Persönlichkeit aus; das sollte unterschiedliche Druckspuren hinterlassen.«

»Was Ihr sagt, werter Doktor Malzahn, klingt vernünftig. Ein Beweis ist es nicht.«

»Was wollt Ihr alles beweisen? Ich glaube, der Mörder der beiden Buchhalter hat auch den Oberbuchhalter auf dem Gewissen.«

»Warum hat der Maurer die Morde dann gestanden, wenn er nicht der Täter war?«

»Unter der Marter gesteht jeder.«

»Traut Ihr der Folter die Wahrheitsfindung nicht zu?«

»Ich habe zu viele Menschen im Schmerz erlebt. Ich weiß, zu was ein Mensch fähig ist, um Schmerz zu vermeiden. Nicht jedes Geständnis in der peinlichen Befragung ist wahr.«

»Haltet Ihr die Angst vor dem Tod für geringer als die Angst vor Schmerz?«

»Manchmal.«

»Ihr glaubt also, einer geht lieber in den Tod, anstatt ein falsches Geständnis zu widerrufen?«

»Wenn er seine Lage hoffnungslos sieht und sich dadurch weitere Qualen erspart. Beim Maurer Kissling war es so. Hattet nicht Ihr die Beweise von wegen der Fußspuren und der Tintenfinger beigebracht? Nicht zu vergessen den niederen Beweggrund, den Euch der Häretiker sogar selbst eingestanden hatte. Diesem Hitzkopf von Wiedertäufer war die Tat ohne weiteres zuzutrauen. Im Gegenteil: Auf seine Unschuld hätte niemand einen Pfifferling gewettet.«

Jakob pflichtete dem *Medicus* bei; dennoch hielt er es für möglich, daß Kissling die jungen Buchhalter ermordet hatte und Seinschedt einem anderen Täter zum Opfer gefallen war. Er verabschiedete sich von Doktor Malzahn und ging zum Haus seines Freundes hinüber.

»Was für eine Freude, dich zu sehen«, empfing ihn Urban Rhegius und umarmte ihn herzlich. »Ich habe mir schon große Sorgen gemacht. Wo hast du gesteckt?«

»Unter Arrest.«

»Das habe ich befürchtet. Und jetzt?«

»Sie brauchen wieder einen Jäger.«

»Wegen Seinschedt?«

»Ja.«

»Du sollst also den Mörder finden. Gibt es einen Zusammenhang zu den Morden vom letzten Herbst?«

»Ich fürchte, es ist derselbe Täter.«

»Nein! Das kann nicht sein. Kissling hat doch gestanden.«

»Unter der Folter; wer weiß, zu was die Qualen einen Menschen fähig machen. Der *Medicus* hat mich verunsichert über diese Art der Wahrheitsfindung. Ich habe dir immer gesagt, mir kommt die Lösung des Falls zu einfach vor; ich hätte meine Zweifel ernster nehmen müssen. Zu viele wollten einen Täufer schuldig sehen, allein das hätte mich mißtrauisch machen sollen.«

Beschwichtigend legte Urban seine Hand auf Jakobs Arm. »Wie waren alle froh«, sagte er, »daß man den Täufern am Zeug flicken konnte. Du hast dir nichts vorzuwerfen. Deine Beweise schienen erdrückend.«

»Vermutlich habe ich einen Unschuldigen ans Messer geliefert«, flüsterte Jakob. Er setzte sich an den groben Küchentisch und barg sein Gesicht in seinen Händen.

»Er hätte nicht gestehen dürfen«, wandte Urban mit sanfter Stimme ein. »Du darfst dich nicht schuldig fühlen; du hast getan, was du konntest.«

»Nein«, erwiderte Jakob, »ich habe nicht alles getan, was mir möglich gewesen wäre. Ich habe mich mit den Beschwichtigungen Seinschedts begnügt, für die Morde gebe es kein vernünftiges wirtschaftliches Motiv. Ich habe Schuld auf mich geladen, Urban, und diese Schuld läßt sich nur tilgen, wenn es mir gelingt, den wahren Mörder zu finden.«

»So laß uns nach vorne schauen; wo ich dir helfen kann, helfe ich dir.«

»Du kannst mir helfen. Es gab da von Anfang an einen Verdacht in Richtung des Ambrosius Höchstetter. Kannst du für mich herausfinden, wie es um Höchstetter steht?«

»Das wird nicht einfach, aber ich versuche es.«

»Wichtig wäre auch, ob Höchstetter Verbindungen nach Rom hat. Am Schluß steckt er mit dem Fuggerfaktor in Rom unter einer Decke.«

»Wie kommst du auf diese Idee?«

»Kurz vor seinem Tod habe ich mit Seinschedt gesprochen, und er hat mir angedeutet, sie wären Engelhard Schauer bei einem krummen Geschäft auf die Schliche gekommen. Wenn Schauer hinter den Morden steckt, braucht er einen Verbündeten in Augsburg. Und Ambrosius Höchstetter haßt die Fugger.«

»Das klingt vernünftig, und es wäre in seiner Durchtriebenheit eines Ambrosius Höchstetter würdig. Ich werde meine Frau bitten, sich umzuhören; ihr Vater, du weißt ja …«

Ein Kontorsgehilfe führte Jakob in einen kleinen Raum und bat ihn, sich kurz zu gedulden. Jakob stellte sich ans Fenster und schaute auf den Innenhof hinunter, in dem geschäftiges Treiben herrschte. Hier also schlägt das Herz dieses Handelshauses, das die Welt beherrscht wie nur wenige sonst, dachte er und versuchte sich vorzustellen, wie Jakob der Reiche von hier aus vor noch nicht einmal zehn Jahren die Fäden zur Wahl des deutschen Kaisers gezogen und dafür aus der eigenen Schatulle mehr als eine halbe Million Gulden ausgegeben hatte. Trotz der mächtigen Kupferladungen, die im Hof von den Karren gehoben und in die tiefen Keller geschleppt wurden, konnte er sich diesen immensen Reichtum nicht vorstellen.

»Ihr wolltet mich sprechen«, begrüßte Anton Fugger, der leise eingetreten war, seinen Gast höflich und reichte Jakob die Hand.

»Ich muß mit Euch über Geschäfte in Italien sprechen und dachte, Ihr mögt dies nicht im Beisein der hohen Geistlichkeit tun.«

»Euer Feingefühl habe ich geschätzt. In der Tat bevorzuge ich es, wenn die geschäftlichen Dinge möglichst unter uns bleiben, zumal ich verstehe, daß Ihr den Mörder nur überführen könnt, wenn Ihr gewisse Informationen erlangt. Fragt!«

»Habt Ihr Franko Seinschedt vertraut?«

»Vollkommen, wenngleich mir vor einigen Wochen ein Gerücht zu Ohren gekommen ist, er würde eigene Geschäfte machen.«

»Er hat auf eigene Rechnung gehandelt. Es gibt Anleihen Eures Hauses, die mit dem Tod des Leihgebers verknüpft sind. Diese Anleihen werden teilweise mit einem Aufgeld begeben, und dieses Aufgeld scheint zum einen Euer Faktor zu Rom, Engelhard Schauer, in die eigene Tasche gesteckt zu haben, zum Teil aber auch Franko Seinschedt.« Jakob hielt inne und beobachtete den Fugger.

»Weiter«, bat dieser ungerührt.

»Seinschedt scheint dem Schauer bei allerlei Geschäften zu Euren Lasten auf die Schliche gekommen zu sein, wollte aber die Faktorei nicht schließen lassen, weil ihm sonst eigene Geschäfte entgangen wären. Das war Seinschedts Dilemma. Es gab also eine unheilvolle Verstrickung, die ich erkunden möchte. Wißt Ihr dazu etwas?«

»Nein. Dem Schauer trauen wir schon lange nicht mehr; er hat das Betrügen von Fink gelernt, und irgendwann richtet sich das stets gegen die eigenen Herrn. Ich werde die Faktorei schließen; sie bringt nichts mehr ein außer Ärger.«

»Wegen des Aufgeldes dieser Anleihen allein erscheint es mir jedoch zweifelhaft, ob jemand Morde auf sich nimmt. Seinschedt gestand mir noch kurz vor seinem Tod, er fürchte um sein Leben. Er vermutete, seine Gehilfen hätten wichtige Listen mit Namen und Summen. Zwar fand ich bei Georg Walch einige Aufzeichnungen, aus denen sich mit Hilfe eines Rechenmeisters die Anleihegeschäfte erschließen ließen, und auch Maximilian Mair besaß Aufzeichnungen über verschiedene Geschäfte; aber es waren nicht die Unterlagen, die Seinschedt dringend suchte. Was könnte Euer Buchhalter gemeint haben?«

»Diese Frage kann ich nicht beantworten. Gebt mir alle

Unterlagen, die Ihr habt, damit ich sie Matthäus Schwarz weiterreiche; er wird sich auf die Suche machen. So wie ich ihn kenne, benötigt er für die Antwort nicht länger als drei Tage.«

»Könnt Ihr feststellen, wieviel Geld aus dem Anleihegeschäft geflossen ist?«

»Sicher. Das wissen wir spätestens morgen abend.«

»Könnt Ihr Euch vorstellen, wer hinter den ganzen Machenschaften steckt?«

»Meint Ihr, es ist nicht nur Schauer?«

»Zumindest brauchte er einen Verbündeten in Augsburg; wie sollte er sonst die Morde ausführen lassen?«

»Richtig. Wir müssen das Ausmaß des Schadens kennen, bevor wir weitere Überlegungen anstellen. Feinde haben wir viele.«

»Höchstetter zum Beispiel?« fragte Jakob lächelnd.

Anton Fugger wischte sich über das rechte Auge, dann nickte er bedächtig und sagte: »Übrigens ist die Malerin seit gestern verschwunden.«

Katharina Fugger saß hochschwanger in einem Lehnstuhl. Mit ihrem schwarzen Haar, das seidig über ihre Schulter floß, und dem gerade der Brust entwöhnten Kind, das sie in den Armen wiegte, sah sie aus wie die einem Gemälde ins Leben entsprungene Madonna. Nur an der Blässe des kräftigen Gesichts erkannte Jakob, wie angestrengt die Frau Raymonds war; trotzdem hätte er nicht geglaubt, daß diese Frau schon neun Kindern zum Leben verholfen hatte. Ihre Augen blitzten vor Neugier, als Jakob den Raum betrat.

»Ihr kommt wegen Ludovica, Pater?«

Jakob nickte, trat näher, verbeugte sich leicht und nahm auf dem Sessel Platz, den Katharina ihm anwies.

»Sie war eine interessante Frau«, begann Raymonds Frau ohne Umschweife zu erzählen, »die mich für das Spiel der Farben begeistern konnte. O ja, ich hätte gern mehr gemalt, hätte gern die Meisterschaft einer lombardischen Hofdame entwickelt, die sich nicht anmaßt, mit den Künstlern zu konkurrieren, die aber das Auge der Grafen und Fürsten erfreut. Mit dem Pinsel vor der Leinwand zu stehen und dem eigenen Kind ein Ölgesicht zu schenken gab mir innere Freude. Es waren seltene Stunden. Seht mich an. Gott gab mir einen gesunden Leib und einen fruchtbaren Mann. – Das ist Barbara«, sagte sie lächelnd und hob das kleine Knäuel auf ihren Armen. »Ludovica war eine Künstlerin. Ich wußte, ihr würde es auf Dauer nicht genügen, mir Malstunden zu geben. Und wie oft habe ich sie weggeschickt oder abbestellt. Nein, höfische Malerei verträgt sich nicht mit neun Kindern … oder gar zehn. Nun denn, Ihr wißt ja: Der Frühling grünt nicht immer. In mir grünt nicht die Kunst, sondern das Leben.«

Während ihre Augen auf ihrem Bauch ruhten, lächelte sie wieder, und als Jakob sie nach der Herkunft der Malerin fragte, erzählte sie bereitwillig, was sie wußte.

»Hattet Ihr ein inniges Verhältnis zu Fräulein Zappi?«

»Nein, dazu sahen wir uns zu wenig. Außerdem hielt sie nichts vom Kinderkriegen, ja, recht eigentlich hatte ich stets das Gefühl, an ihr sei eine Nonne verlorengegangen. Nur zum Schluß …« Sie stockte und schüttelte den Kopf. »Ich weiß es nicht. Vermutlich ist es verrückt.«

»Was?«

»Ach, zum Schluß hatte ich das Gefühl, sie empfinde etwas für Franko Seinschedt, diesen groben Klotz.«

»Für Seinschedt?« fragte Jakob überrascht.

»Wundert Euch das auch? Es ist in der Tat verwunderlich, aber sie malte mit einer Begeisterung für ihn, die sich von Monat zu Monat steigerte. Manchmal dachte ich, sie sei froh darüber, nicht oft zu mir kommen zu müssen. Es war ihr zu mühsam, mir den Pinselstrich zu erklären und mir die Farben zu mischen; ein schreckliches Geschäft! Habt Ihr es schon einmal versucht? Grauenhaft, sage ich Euch.«

Barbara tatschte mit kleinen Kinderhänden den Busen ihrer Mutter und versuchte, unter den Stoff des Hemdes zu gelangen, während sich das rote Mündchen saugend bewegte.

»Sie hat Hunger, ist noch die Brust gewohnt. – Anna! – Manchmal ist es beschwerlich, das dürft Ihr mir glauben, Pater. – Anna, gib' dem Kind zu trinken.« Sie streckte dem Kindermädchen den Säugling entgegen und wandte ihre Aufmerksamkeit wieder Jakob zu. »Wo waren wir stehengeblieben?«

»Sie sprachen von Seinschedt und von der Begeisterung, mit der Fräulein Zappi für den Oberbuchhalter malte.«

»Es gab Wochen, da malte sie jeden Tag ein Bild für ihn, manchmal beinahe wunderliche Dinge. Manche Gemälde zeigte sie mir. Einmal ließ sie mich sogar zuschauen, als sie einen Granatapfel auf einem Abakus malte. Das Schöne daran war, daß ihr die Gegenstände so räumlich gelangen, als wären sie echt.«

»Verzeiht, wenn ich frage: Wieso nennt Ihr diese Gegenstände wunderliche Dinge?«

»Kein Maler malt einen Granatapfel auf einem Rechenbrett oder ein Häufchen Goldgulden neben Weintrauben und dergleichen. Das hat ihr der Seinschedt eingeblasen und sie reichlich belohnt. Manchmal habe ich mich gefragt, woher er das Geld dafür nimmt.«

»Wißt Ihr, was Seinschedt mit den Gemälden gemacht hat?«

»Einen Teil hat er gesammelt, einen Teil verschenkt. Er war in die Bilder so vernarrt wie in Ludovica selbst.«

»Hat sie diese Verehrung erwidert?«

»Vielleicht, ich bin mir nicht sicher. Die Hochachtung, die er der Künstlerin und ihren Werken entgegenbrachte, hat sie ohne Zweifel genossen. Aber sie sprach nie von ihm und liebte es auch nicht, wenn das Gespräch auf ihn kam. Doch sie unternahm alles, um ihm seine Wünsche zu erfüllen. Wißt Ihr, Pater, wie Ludovica als Frau empfand, blieb mir rätselhaft; sie war verschlossen und trotzdem einfühlsam; ihre Gesellschaft war mir angenehm, aber niemals vertraut.«

»Hat sie sich von Euch verabschiedet?«

»Nein. Ich wußte gar nichts von ihrer Abreise, bis mir meine Haushälterin davon erzählte. Ludovica muß uns ganz überstürzt verlassen haben, vermutlich gestern, nachdem man Seinschedts Leiche entdeckt hat.«

»Und die Zofe?«

»Ach ja, Elisabetta. Eine seltsame Frau.« Katharina Fugger lehnte sich zurück und schloß die Augen. »Eine Frau voller Geheimnis. Sie war mir stets unheimlich. Sie ist bereits vor vier Tagen verschwunden, niemand weiß, wohin. Das hat mir auch meine Haushälterin erzählt. Überhaupt, wenn Ihr Näheres über Ludovica und ihre Zofe erfahren wollt, müßt Ihr mit meiner Haushälterin sprechen; Regula weiß alles.«

»Regula?«

»Sie stammt aus Zürich, eine tüchtige Person. Ihr findet sie drei Türen weiter.«

Jakob deutete eine Verbeugung an und verließ den Raum.

Regula war eine stämmige, derbe Person, die sich kein Blatt vor den Mund nahm und mit einer eigentümlichen alemannischen Lautfärbung reden konnte wie ein Buch. Es war, als hätte sie ein halbes Leben darauf gewartet, von einer bedeutenden Persönlichkeit – und für eine solche hielt sie Jakob offensichtlich – etwas gefragt zu werden; jetzt oder nie, schien sie sich zu denken, und erzählte alles, was ihr nur irgendwie zu Ludovica und ihrer Zofe in den Sinn kam.

»Kochen hat sie können, die Betta, und feilschen auf dem Markt wie keine zweite, das hat Spaß gemacht, vor allem bei dem lombardischen Händler Maurizio, mit dem sie immer gern g'scherzt hat. Viel haben wir gemeinsam getan, einkaufen, kochen, backen, ja beim Stollenbacken war sie immer ganz bei der Sache, kannte sie nicht von zu Hause, ist ja auch nur etwas für die reichen Häuser, wenn sie die Stollen tauschen im Advent, dafür habe beim Kochen ich viel gelernt. Sie hat mir viel abgenommen, oft kaufte sie für mich mit ein, ich konnte mich ganz auf sie verlassen, keine Frage. Die kannte das Leben, war älter als ich, schon an die vierzig, ein schönes Weib, wenn ich das sagen darf, und ihr Freund war jung und fesch, gerade dreißig, ein Lombarde, arbeit' für die Welser; der wußte, was schön ist. Manchmal hab' ich die Sternschnuppen g'sehn in der Betta ihren Augen, wenn sie die Nacht bei Manfredo gewest ist. Was für ein fescher Kerl! Nur Sternschnuppen, denn sie war schweigig: über d'Lieb kein Wort. Trotzdem hab' ich g'wußt, daß sie 's Leben kennt. Nicht wie die Malerin, die Ludovica, die hätt' Nonne werden können. Still und nur in die Farben verliebt, allerweil vor der Staffelei g'standen und nix anders im Sinn, bis zum Schluß, da ist ihr der Oberbuchhalter eing'schossn. Aber keine Sternschnuppen in den Augen, bloß so verträumt' Wolken, verstehst? Hat mir leid 'tan, 's Mädel, wie ihr d'Zimmer ausg'räumt worden sind, alles auf'n Kopf g'stellt, und net bloß einmal, nein, ich glaub', dreimal ist ein-'brochen worden, aber nix g'stohlen. Dann plötzlich ist die Betta fort und die Ludovica aufg'löst, voller Tränen. Niemand weiß ebbs, einfach verschwunden, die Betta, und der Seinschedt ist gangig g'worden und hat seine Helfer losg'-schickt, die Betta suchen. Nix. Einfach weg. Und dann ist der Seinschedt tot. Deifl nochmal, sag' ich, da hat der Deifl wirklich d'Hand im Spiel.«

Endlich ging ihr die Luft aus, und Jakob legte ihr die Hand auf die Schulter, nickte ihr begütigend zu und fragte: »Wann ist die Zofe verschwunden?«

»Fünf Tag' ist's her; g'merkt hab' ich's, weil wir zum Fleischer wollten, den Gang lasset sie nie aus, sie …«

»Hast du dir Sorgen gemacht?«

»Z'erscht a bissle, dann hab' ich mir denkt, sie wird beim Manfredo 'blieben sein. Erst als sie am nächsten Tag noch nicht da war, bin ich b'sorgt g'worden und zur Ludovica; die hat da schon g'heult wie ein Schloßhund.«

»Und wann hast du Ludovica zum letzten Mal gesehen?«

»An dem Morgen, an dem der Seinschedt g'funden worden

ist. Sie war bei mir in der Kuchel, hat ein' Ranken Brot g'-
gessen und ein Haferl Tee 'trunken. Wir hab'n nicht viel g'-
schwätzt an dem Morgen. Und dann war sie einfach fort.«

Am Abend saß Jakob bei Urban in der guten Stube und berichtete ihm von seinen Erkenntnissen. Die Rätsel um das
Verschwinden von Ludovica Zappi und ihrer Zofe waren
nicht geringer geworden. Bei den Welsern, soviel stand fest,
gab es keinen Manfredo und hatte es nie einen Manfredo gegeben; es fand sich überhaupt kein Mann, der ein Verhältnis
mit Elisabetta hatte. In der ganzen Stadt konnte sich niemand
daran erinnern, Ludovica Zappi am Tag von Seinschedts Ermordung gesehen zu haben, wie sie eine Kutsche oder einen
Karren bestieg oder zu Fuß die Stadt verließ, es schien so, als
wäre sie ebenso vom Erdboden verschluckt worden wie ihre
Zofe. Daneben gab es keinerlei Hinweis auf den Mörder von
Seinschedt. Niemand hatte am gestrigen Morgen jemand in
Seinschedts Zimmer hineingehen oder daraus hervorkom-
men gesehen. Zu allem Überfluß war Seinschedts Laufbursche seit gestern mittag auch nicht mehr auffindbar, und eine
Durchsuchung von Seinschedts Kontor hatte ebensowenig
Hinweise erbracht wie die Befragung der Männer, die auf Ge-
heiß Seinschedts nach Elisabetta gesucht hatten.

»Kein Anhaltspunkt, Urban, und die Überprüfung der
Bücher dauert einige Tage.«

»Eines erscheint mir an deiner Erzählung bemerkenswert,
Jakob. Die Malerin hat für Seinschedt Bilder gemalt, und
zwar, wie die Frau Fugger sagt, teilweise wunderliche Bilder,
die dieser bei sich aufgehängt oder an Freunde verschenkt
hat. Du solltest dir diese Bilder genauer anschauen. Kann es
sein, daß sich in diesen Gemälden Botschaften verstecken,
die der Seinschedt mit anderen ausgetauscht hat? Er hat
doch anscheinend krumme Geschäfte auf Kosten der Fugger gemacht. Wie hat er sich mit den anderen verabredet,
wenn es für ihn nicht einfach war, den strengen Augen des
Matthäus Schwarz zu entkommen?«

»Geheime Zeichen«, brummte Jakob und rieb sich am Ohrläppchen. »Ja, da könnte was dran sein.«

»Um so mehr«, fuhr Urban fort und bekam mit einem Mal ein ganz wichtiges Gesicht, »als es nicht unwahrscheinlich ist, daß Ambrosius Höchstetter den Fuggern mit allen Mitteln ans Zeug flicken wollte. Es scheint einen Kampf zwischen Anton Fugger und Ambrosius Höchstetter auf Biegen und Brechen zu geben. Allerdings streiten die zwei nicht mit offenem Visier, sondern über Mittelsmänner. Mein Schwiegervater meint zu wissen, daß auf Seiten der Fugger die Nürnberger Tucher stehen. Wegen eines Gerüchts, das der Tuchersche Faktor in Lyon ausgestreut hat, wonach in ganz Frankreich niemand mehr auf einen Wechsel des Ambrosius Höchstetter zahle, mußte dessen Faktor in der Stadt an der Rhône seine gesamten Warenlager auflösen, um die auf ihn einstürzenden Forderungen zu begleichen. Inzwischen hat Höchstetter seine Faktorei in Lyon geschlossen, wobei niemand weiß, wieviel Verlust er dabei eingefahren hat.«

»Und wer hilft dem Höchstetter?«

»Darauf haben wir keine Antwort. Vielleicht liegt hierin der Schlüssel zu deinen Fragen. Das Wasser jedenfalls scheint Höchstetter bis zum Hals zu stehen, denn es gibt auch beunruhigende Nachrichten aus Antwerpen. Dort wurden dem jungen Höchstetter sechs mit Getreide beladene Schiffe, die für England bestimmt waren, kurz vor dem Ankerlichten beschlagnahmt. Damit droht ein einträgliches Geschäft, das Ambrosius' Sohn Joachim mit Londoner Großkaufleuten abgeschlossen hat, zu platzen. Stell dir vor, da ist der Höchstetter der einzige, der die Erlaubnis hat, Getreide nach England zu liefern, und dann kann er seine Vertragspflichten nicht erfüllen, weil ihm Gläubiger in Antwerpen seine Schiffe pfänden. Auch hinter diesem Vorgehen soll einer vom Hause Tucher stecken. Die Tucher wiederum, sagt mein Schwiegervater, haben ein gutes Einvernehmen mit den Fuggern. So schließt sich der Kreis. Wenn Ambrosius nicht bald ein gezielter Schlag gegen die Fugger gelingt, wird er auf der Strecke bleiben.«

»Und wie sieht es aus mit Verbindungen nach Rom?«

»Ach ja«, erwiderte Urban eine Spur leiser, »darüber wissen wir nichts. Doch solche Verbindungen können ja auch im verborgenen bestehen.«

»Und wie bringe ich das in Erfahrung?«

»Geh einfach in die Höhle des Löwen!«

Es war ihm schwergefallen, wieder ins Kloster zurückzugehen; viel lieber hätte er bei Urban übernachtet, doch Jakob wollte die wiedergewonnene Freiheit nicht auf eine Art und Weise nutzen, die seinen *Magister provincialis* gegen ihn aufbringen konnte. Pater Zölestin, das spürte Jakob deutlich, war ihm nicht mehr wohl gesonnen, und vermutlich wäre er ohne den schlimmen Mord an dem Fuggerschen Oberbuchhalter nicht so schnell aus dem Arrest entlassen worden. Er wollte sich wohl gegen seinen Oberen verhalten und auch seinem Orden den geschuldeten Gehorsam darbringen, aber er spürte, daß er dabei war, seine Heimat zu verlieren. Seit er Novize war, spätestens seit der Scholarenzeit zu Ingolstadt, fühlte er sich der Gemeinschaft nach Dominikus zugehörig, fühlte sich aufgehoben in der klösterlichen Gemeinschaft der Prediger, welche die Wahrheit im Studium der Bücher gemäß der wertvollen Tradition eines Thomas von Aquin suchten.

Woran ist dieses Gefühl zerbrochen? fragte er sich, während er, in eine Decke gehüllt, auf seiner Pritsche lag und in die Dunkelheit starrte. Ja, es hatte in Rom begonnen, hatte bei dem Auftrag des Kanzlers Ottavio Farnese seinen Ausgang genommen, den Mörder der jungen Dirnen zu finden, einem Auftrag, den sein Ordensgeneral gebilligt hatte und der doch keineswegs dazu dienen sollte, die reine Wahrheit ans Tageslicht zu bringen, sondern letztlich ein Vehikel für ein Intrigenspiel ohne Ende war. Er machte dem Kanzler des Papstes keinen Vorwurf; mochten die Kardinäle des Vatikan ihre Machtspiele spielen, das hatte wenig Bedeutung für einen Dominikaner; aber daß der eigene Ordensgeneral den Mißbrauch eines einfachen Mönchs zu solcherlei Intrigenspiel duldete, das war eine herbe Enttäuschung. Nein, er bereute es auch nicht, den Auftrag angenommen und den römischen Dirnenmörder gejagt zu haben; er hatte viel gelernt dabei und spannende Wochen verbracht, die ihn durch alle Höhen und Tiefen des menschlichen Daseins geführt hatten; aber er erkannte in dieser Verbrecherjagd den Keim für seine Entwurzelung.

Dann war da Claudia. Sie war der Stachel im Fleische. Sie hatte ihm die andere Seite des Daseins gezeigt, hatte ihn Zärtlichkeit kosten lassen und sinnliche Tiefe. Lust und Liebe. Ja, vor allem Liebe. Jakob mußte lächeln, obwohl er sich traurig fühlte, aber die Erinnerung an die gelebte Liebe jener einzigen Nacht erfüllte ihn mit einem so warmen Gefühl, daß trotz der schmerzhaften Ahnung, Claudia sei in den Wirren der Zerstörung Roms umgekommen, das Angenehme überwog. Eigentlich war ich bereits da für das Mönchstum verloren, dachte Jakob, und die Gedanken an die Heimat in Bayern waren damals nichts weiter als Fluchtversuche aus der rauhen römischen Wirklichkeit. Eine Flucht ins Nirgendwo, denn die Heimat ist keine Heimat mehr. Spätestens jetzt weiß ich es. Ich hätte es schon wissen müssen, als die Münchner Täufer verhört und gequält wurden. Der Herzog ist herzlos, seine Handlanger sind Speichellecker, und mein *Magister provincialis* macht sich um jeden Preis zum Spießgesellen der Ketzerjäger. Mein Gott, wie sehr sie dich verraten und das Gebot deines Sohnes mit Füßen treten! Liebe deinen Nächsten wie dich selbst! Von wegen. Sie lassen sich vom Haß leiten und wissen oft gar nicht, was Liebe ist. Und da soll meine Heimat sein? Bei Urban fühle ich mich hundertmal wohler, obwohl er ein Häretiker ist. Doch ist er wirklich ein Häretiker, ist er abgefallen vom wahren Glauben? Oder glaubt er inniger als viele Rechtgläubige? Und die Täufer? Die einen reinen

Glauben an Gott erstrebten und es ablehnten, Bischöfe zu verherrlichen oder von Menschen erfundene Sakramente zu heiligen? Mein Gott, wie tief stecken die Zweifel schon in mir. Hilf mir, meine Heimat zu finden.

»Es ist viel schlimmer, als ich befürchtet habe.« Anton Fugger empfing Jakob drei Tage später in seinem kleinen Kontor und wies auf eine Kladde, die offen auf einem Schreibpult lag. »Der Schauer hat Anleihen für die Summe von 625 000 Goldgulden eingeworben, auf die er zwölf Prozent Zins per annum versprochen hat bei einer Laufzeit von fünf Jahren. Aus dem Geschäft hat er einen Betrag von ungefähr achtzehntausend Gulden Aufgeld herausgeholt und dieses Aufgeld in die eigene Tasche gesteckt. Die Einlagen hat er alle verbucht, allerdings versteckt in einem unauffälligen Konto, so daß es aussieht wie falsche Buchungen; damit ist er abgesichert gegen den Vorwurf der bewußten Unterschlagung, weil er es ja in den Büchern vermerkt hat, kann aber davon ausgehen, daß so rasch niemand erfährt, welche Summen er eingenommen hat. In der Tat scheint es so zu sein, daß von dem Geld mit Ausnahme von einigen zehntausend *Goldscudi* nichts in unsere Verfügung gelangte.«

»Das heißt, er hat das Geld für sich genommen?«

Anton Fugger nickte mit einem grimmigen Gesichtsausdruck.

»Was geschieht jetzt?«

»Ich schicke einen Bevollmächtigten nach Rom, der die Faktorei schließt, Schauer alles abnimmt, was bei ihm zu finden ist, und in Erfahrung bringt, wohin das restliche Geld geflossen ist. Und er muß jeden Rückzahlungsanspruch, der an uns gerichtet wird, abwehren. – Wollt Ihr meinen Mann begleiten?«

Jakob wiegte unschlüssig seinen Kopf. »Es gibt noch viele Fragen, die ich hier in Augsburg klären möchte. Wie soll ich den Mörder Eurer Buchhalter finden, wenn ich hier nicht alles aufspüre, was von Bedeutung sein könnte?«

»Was fehlt Euch?«

»Ich weiß nicht, wo die Malerin geblieben ist. Auch von ihrer Zofe fehlt jede Spur. Und dann bewegt mich noch eine Frage: Wie fügt sich Seinschedt in das ganze Bild, was hat es mit den Geschäften auf sich, die er auf eigene Rechnung tätigte?«

»Da tappen wir noch im dunkeln, vermuten aber, daß er in Augsburg einige Anleihen mit *Agio* verkauft und in Rom mit der päpstlichen Münze eigene Geschäfte gemacht hat. Schwarz ist auf einige wacklige Buchungen gestoßen, aber nichts Großartiges, wir sind uns nicht einmal sicher, ob er wirklich an uns vorbei auf eigene Rechnung gehandelt hat.«

»Mir gegenüber hat er eingestanden, Geschäfte auf eigene Rechnung zu machen; es hänge mit dem *Agio* zusammen, hat er gesagt; und in Rom sah er den Grundstein zu seiner eigenen Herrschaft.«

»Wir werden es herausfinden, aber wir brauchen dafür Zeit. Seinschedt war ein geübter Buchhalter; er konnte vieles verstecken, und wenn zutrifft, was Ihr sagt, dann hat er seine Geschäfte sehr gut versteckt.«

»Außerdem«, fuhr Jakob fort, »denke ich seit einigen Tagen intensiv über die Geschäfte von Ambrosius Höchstetter nach.«

»Was wollt Ihr von dem?« fragte Fugger mit zornigem Unterton. »Der ist mir schon lange ein Dorn im Auge.«

»Ich weiß. Er ist Euch im Quecksilberhandel in die Quere gekommen und hat Euch manche Silbergrube im Tirolischen abspenstig gemacht.«

»Er ist ein abgefeimter Kerl, der sich auf Kosten anderer dick macht. Der kauft das Eschenholz auf, wenn die Wege gut sind, und bringt es zum Markt, wenn die Wege bös sind; desgleichen macht er mit Wein und Korn. Er hält das Angebot in der guten Zeit niedrig, um in der schlechten um so besser verdienen zu können. Der alte Ambrosius wollte schon meinem Onkel an die Gurgel und hat es nie verwunden, daß Jakob der Reiche die Höchstetter weit überflügelt hat. Er ist fehlgeleitet vom Haß auf unser Haus, ein böser alter Mann.«

»Wißt Ihr Euch nicht zu wehren?«

»Wir wehren uns, wo wir können.«

»Man sagt, auch mit Hilfe der Tucher aus Nürnberg.«

»Oho«, schnaufte Anton Fugger und blitzte Jakob aus seinen dunklen Augen an. »Ihr hört das Gras wachsen. Hört Ihr auch die Maulwürfe im Garten graben?«

»Wenn ich mich auf den Boden lege«, antwortete Jakob und konnte sich ein feines Lächeln nicht verkneifen.

»Man darf Euch nicht unterschätzen«, sagte Fugger wie vor sich hin und schaute Jakob fest an. »Um so wichtiger wäre es, daß Ihr meinen Beauftragten nach Rom begleitet.«

»Gemach«, erwiderte Jakob und fragte dann ohne Umschweife: »Könnte der Höchstetter hinter den Morden stecken?«

»Das kann ich nicht ausschließen. Wenn es ihm gelingen sollte, die Darlehensgeber der von Schauer hinterzogenen Anleihen gegen uns auszuspielen und sie zu sofortiger Rückforderung anzustacheln, stünde es schlecht um unser Haus. Eine halbe Million Gulden bringen wir nicht von heute auf morgen auf. O ja, ich weiß noch gut, wie die Geschichte mit dem Bischof Meckau meinen Onkel ins Schwitzen brachte. Und in der Tat steht es so zwischen Höchstetter und mir: Einer von uns wird am Ende dieses Jahres im Schuldturm landen.«

Jakob schluckte. Das waren starke Worte.

»Findet heraus, ob der Höchstetter damit etwas zu tun hat«, verlangte Fugger befehlsgewohnt. »Aber ich sage Euch, sucht in Rom. Dort liegt der Schlüssel zu allem.«

»Erlaubt mir, es bis morgen früh zu überdenken«, bat Jakob. »Ich möchte das Rätsel der verschwundenen Italienerinnen lösen, denn ich glaube, es gibt hier einen Zusammenhang.«

Fugger griff sich nachdenklich in den dichten Bart. »Ihr habt freie Hand, tut, was Ihr für richtig haltet – ich vertraue auf Euch!«

Urban stand in seiner Studierstube am Pult und schrieb an seinem Traktat *Prob zu des Herrn Nachtmahl für die Einfältigen*, als Jakob, von der Magd eingelassen, eintrat. Jakob wußte, wie schwer es seinem Freund fiel, das Schreibpult zu verlassen, wenn er sich mitten in einem wesentlichen Gedankengang befand. Doch schon steckte Urban die Feder ins Tintenfaß und kam ihm entgegen.

»Was führt dich zu mir?«

»Verzeih die Störung. Anton Fugger hat mir angeboten, mit seinem Beauftragten nach Rom zu gehen, um dort den Schlüssel zu den Morden zu suchen. Stell dir vor, es ist ein großer Betrug in Rom zugange.«

»Könnte also etwas an der Vermutung wahr sein, die ich geäußert habe?«

»Das müssen wir herausfinden. Der Ausführende scheint Engelhard Schauer zu sein, der römische Faktor; über mögliche Hintermänner wissen wir nichts.«

»Hat Anton Fugger dir alle seine Erkenntnisse mitgeteilt?«

»Schwer zu sagen; ich hatte den Eindruck großer Offenheit. Er vertraut mir.«

»Was willst du tun?«

»Das wollte ich mit dir besprechen. Ich habe kein gutes Gefühl, Augsburg zu verlassen, solange hier noch so viele Fragen offen sind.«

»Was für Fragen?«

»Was ist mit der Malerin und ihrer Zofe geschehen? Wo steckt Manfredo, der angebliche Freund Elisabettas? Hat Höchstetter mit den Morden zu tun? Stehen die Morde tatsächlich in Zusammenhang mit den dunklen Geschäften? War Hans Kissling wirklich unschuldig?«

»Viele Fragen, Jakob. Aber du stellst sie zu Recht.«

»Kann ich Augsburg ohne Antworten verlassen?«

Urban schwieg eine Weile, ehe er den Kopf schüttelte. »Nein«, sagte er, »denn solange zu viele Fragen hier offen sind, weißt du in Rom nicht, nach was du suchen sollst. Dich müssen nicht die Gelder der Fugger kümmern; das besorgt Antons Beauftragter allein. Wer ist es übrigens? Du solltest dich mit ihm unterhalten, bevor er aufbricht, denn er könnte manches, was für dich später wichtig wird, im voraus in Erfahrung bringen. Aber dein Auftrag kann nur sein, den oder die Mörder zu finden. Du brauchst die Augsburger Antworten.«

Dankbar umarmte Jakob seinen Freund, dann ging er zurück zur Goldenen Schreibstube.

Der Regierer nahm Jakobs Entschluß, zunächst in Augsburg weiterzuforschen, ungerührt zur Kenntnis und ließ bereitwillig nach Richard Doberl rufen, der als sein Beauftragter nach Rom reisen sollte. Doberl war ein drahtiger Mann mit einem verwegenen Schnurrbart, dessen Enden steil aufgezwirbelt beinahe bis zu den stechend blauen Augen reichten. Für Anton Fugger hatte er ein beflissenes Lächeln, während er Jakob mit höflicher Zurückhaltung begegnete. Jakob spürte dem bestimmten Händedruck nach und betrachtete die langen, geschmeidig wirkenden Finger. Der Mann weiß, was er tut, dachte er. Anton Fugger kam sofort zur Sache.

»Das ist Pater Jakob. Er forscht nach dem Mörder von Franko Seinschedt und den beiden Buchhaltern. Er wird zunächst hierbleiben, dich jedoch später in Rom treffen; dort müßt ihr zusammenarbeiten, und ich möchte, daß du ihm so weit wie möglich in allem behilflich bist. Allerdings darfst du deine Aufgabe nie aus den Augen lassen, die da heißt: Die Faktorei wird geschlossen, sämtliche Wertsachen und alle Unterlagen über die Geschäfte der letzten beiden Jahre werden sichergestellt. Du machst möglichst geräuschlos alle Gläubiger unseres Hauses ausfindig und wehrst jeden Rückzahlungsanspruch ab, der eine größere Summe als tausend *Goldscudi* betrifft, und stellst fest, wo das Geld aus den Anleihegeschäften hingeflossen ist. Dann erstattest du uns Bericht. – Habt Ihr Wünsche an Doberl, Pater Jakob?«

»Jeder Hinweis auf eine geheime Verbindung Schauers nach Augsburg wäre für mich von Bedeutung. In diesem Zusammenhang spielt es nicht nur eine entscheidende Rolle, wohin die Gelder geflossen sind, sondern auch, welche Mittelsmänner gegebenenfalls eingeschaltet waren. Wenn Ihr mit Schauer sprecht, versucht herauszubekommen, was und wieviel er von den Nachforschungen der jungen Buchhalter Mair und Walch wußte und wie sein Verhältnis zu Franko Seinschedt war. Hört Euch um, ob es in Rom einen Vertrauten von Ambrosius Höchstetter gibt. Seid wachsam auf jedes Gerücht im Zusammenhang mit dem Haus Fugger und schaut, wer aus der Schließung der Faktorei Gewinn zieht. Und achtet darauf, ob Ihr Gemälde der Ludovica Zappi findet; in den Bildern, die sie für Seinschedt gemalt hat, scheinen sich geheime Botschaften zu verstecken.«

»Ihr verlangt viel, Bruder«, erwiderte Doberl. »So gut ich kann, werde ich Eure Wünsche berücksichtigen; doch zuerst muß ich meine eigentliche Aufgabe erfüllen. Wißt Ihr schon, wann Ihr nach Rom kommen werdet?«

»Nein. Es kann in einigen Wochen sein oder auch gar nicht. Ich suche die Antworten auf meine Fragen zunächst in Augsburg, und so Gott will, sendet Ihr mir die passenden Nachrichten in Eurem Bericht an Anton Fugger.«

»So weiß ich, was ich zu tun habe«, sagte Doberl, »und Ihr wißt, wo Ihr mich findet?«

»Am Ponte di Rione?«

»So ist es.«

Anton Fugger geleitete Jakob bis zur Tür seines Kontors und reichte ihm zum Abschied die Hand. »Sucht Eure Antworten. Wenn Ihr Hilfe braucht, so seid meiner Unterstützung versichert. Für Euch ist meine Tür nie verschlossen.« Er lächelte und zog die Tür zu. Der Schlüssel knirschte leise, während er sich im Schloß drehte.

Jakob stand in dem düsteren Flur und hatte das Gefühl, das alles schon einmal erlebt zu haben.

Der Zufall bläht die Segel

Ludovica saß neben Castel Sant' Angelo auf der Mauerbrüstung und blickte hinüber zu den Häusern und Palazzi am jenseitigen Ufer des Tiber. Die Kulisse der Ewigen Stadt war immer noch prächtig anzusehen und trug dennoch melancholische Züge. Verwüstet war jener Glanz, den Ludovica vor mehr als vier Jahren, als sie erstmals nach Rom gekommen war, so eindrucksvoll erlebt hatte. Ein leichter Nebel zog vom Fluß herauf und verstärkte den Eindruck des Vergänglichen, zumindest so lange, bis sich die Morgensonne durch die Wolkenschleier gekämpft hatte. Diese Stunde zwischen Nacht und Tag mit ihren blassen Farben mochte Ludovica besonders, denn sie spürte mit dem aufbrechenden Tag eine Zuversicht, die es ihr möglich machte, an Glück zu glauben. Dabei wußte sie nicht, was Glück wirklich war. Sie haderte mit Franko Seinschedts Tod und warf sich sogar gelegentlich vor, daran Schuld zu tragen. Hätte ich ihm diese Abschrift nicht gegeben, lebte er vielleicht noch. Diesem Gefühl verdankte ihr Bemühen den Antrieb, das Rätsel der Liste zu lösen und möglichst herauszufinden, wer hinter den Augsburger Morden stand. Sie wollte Frankos Tod nicht ungesühnt lassen, sie wollte Gerechtigkeit. Deshalb war sie nach Rom zurückgekehrt; hier, in der Ewigen Stadt, befand sich der Schlüssel zur Wahrheit.

Es war ein aufregender und manchmal aufreibender Weg gewesen, der sie nach dem Abschied von Sebastian Sprenz über Venedig, Florenz und Siena nach Rom geführt hatte, und nicht nur einmal hatte sie um ihr Leben gebangt. Da war zum einen die Unruhe, weil die Söldner des Franzosenkönigs durch die Lande strichen und ein neuerlicher Krieg der heiligen Liga gegen den Kaiser drohte. Zum anderen wußte sie zu keinem Zeitpunkt, ob nun ein Häscher der unsichtbaren Feinde auf ihrer Spur war oder nicht; stets fühlte sie die Nähe der Bedrohung, denn ob Trient, Verona oder Venedig, immer traf sie auf in Mairs Liste verzeichnete Namen, deren Träger ihr mit Mißtrauen oder gar Feindseligkeit begegneten, obwohl keiner dieser Menschen von der Existenz der Liste wissen konnte. In Siena entschied sich schließlich ihr weiteres Schicksal. Sie war schon im Begriff, vom Bischof einen Auftrag zu übernehmen und einer schmerzensreichen Madonna Gestalt zu schenken, als sie einen ernsthaften Hinweis auf Elisabetta erhielt. Natürlich wollte sie es anfangs nicht glauben, hielt sie doch ihre Zofe längst für tot und irgendwo auf Augsburger Flur verscharrt. Aber der Zeuge bewies ein hervorragendes Erinnerungsvermögen und schilderte Elisabetta in bunten und zutreffenden Farben, die alle vernünftigen Zweifel ausschlossen. Ludovica machte sich also mit dem Gedanken vertraut, daß Elisabetta lebte und vor nicht allzu langer Zeit mit einem gediegenen Kaufmann und dem Fernziel Rom durch Siena gezogen sei. In diesem Gedanken steckte eine gehörige Portion Angst, denn er bedeutete zum einen, daß Elisabetta freiwillig aus den gemeinsamen Augsburger Gemächern verschwunden war, und zum anderen mußte Ludovica ein Komplott zwischen ihrer Zofe und den dunklen Feinden befürchten. Hatte sie über Elisabettas Verhalten nicht unmittelbar vor seinem Tod noch mit Franko gesprochen? Hatte sie nicht die neugierige Rückfrage nach dieser Liste erinnert und das Unbehagen, Elisabetta in die Angelegenheit einzuweihen? Wo war die Zofe gewesen, damals, nachdem ich die Liste abgeschrieben und versteckt hatte?, fragte sich Ludovica, und es schien, als sei ihr Kopf leer und ihr Gedächtnis eine unbeschriebene Wachstafel. Sie hätte ihren Welser-Freund von dem Fund unterrichten können. Kaum zwei Stunden später war die Liste verschwunden. Je länger sie über diesen Punkt nachdachte, um so wahrscheinlicher schien es ihr, in Elisabetta eine Mittäterin des Diebes – und womöglich Mörders – erblicken zu müssen.

Ludovica hatte sich wieder in die Obhut von Baldassare Peruzzi begeben, der ihr seine Gastfreundschaft antrug, ohne seine frühere Forderung nach Kost- und Lehrgeld mit einem Wort zu erwähnen. Gleich am zweiten Tag ihres Aufenthalts in Rom war sie mit ihm zum Anwesen des Ambrogio Farnese bei der Cestius-Pyramide hinausgefahren, um ihm bei der Grundierung für ein kleines Fresko zu helfen. Innerhalb weniger Tage reifte der Entschluß in ihr, sich ein Haus zu kaufen; sie wollte die Herausforderung annehmen, sich als Frau in der Ewigen Stadt einen Namen zu machen, und sie konnte durchaus mit Erfolg rechnen, denn die Verwüstungen, welche Karls Truppen angerichtet hatten, wollten behoben werden; die römischen Patrizier jedenfalls begannen mit neuem Eifer zu bauen, und auch im Klerus schien sich allmählich eine Aufbruchstimmung breitzumachen. Zwar saß Papst Clemens keineswegs unangefochten auf dem Stuhl Petri, sondern wartete beim Bischof von Orvieto das Ende der Besetzung Roms durch die kaiserlichen Truppen ab, aber jeder konnte damit rechnen, daß Kaiser Karl dem Papst den Apostolischen Stuhl in der Ewigen Stadt belassen würde. Ludovicas Zuversicht war somit ohne Zweifel angebracht; zunächst aber wollte sie möglichst im verborgenen wirken, um Elisabetta zu finden und das Rätsel der Liste zu lösen. Allein würde das schwierig werden, sie brauchte Helfer; aber zu wem konnte sie noch Vertrauen haben? Da kam nur einer in Frage, der Straßenjunge vom Pozzo bianco. Also machte Ludovica sich auf die Suche nach Cesare.

Vielleicht kommt er heute über die Engelsbrücke gelaufen, wer weiß, dachte sie. An der Piazza del Pozzo bianco hatte sie ihn in den vergangenen Tagen nicht angetroffen; womöglich hielt er sich, wie früher schon häufig, im *Borgo* auf, und dann mußte er über kurz oder lang auf der Brücke erscheinen. Vielleicht, überlegte sie, hat er das Wüten der Kaiserlichen nicht überstanden oder ist aus der Stadt geflohen und nicht mehr zurückgekehrt. Ludovica stand auf, als

sich die Sonne ihren Weg durch die milchigen Wolken ge-
bahnt und die letzten Nebelfetzen über dem Tiber vertrieben hatte. Es war Zeit aufzubrechen; Baldassare schätzte es
nicht, wenn sie später als er in Farneses Villa war. Was ist,
dachte sie, während sie über die Brücke schlenderte und sich
zur Via Giulia wandte, wenn ich den Bengel gar nicht mehr
erkenne? Ich bin seit über zwei Jahren aus Rom fort; selbst
für einen Erwachsenen ist das eine lange Zeit. Fünfzehn
mochte der Cesare jetzt sein, vermutlich wuchs ihm schon
ein Bart; nun ja, ein Milchbart bestenfalls, beschwichtigte
sich Ludovica, und seine Erscheinung ist keineswegs alltäg
lich; aber ein Wiedererkennen auf den ersten Blick ist nicht
garantiert; ich muß auf ein kleines Wunder hoffen.

So in Gedanken versunken, erreichte sie das Ostia-Tor
und wollte in die Straße zu Farneses Villa einbiegen, als ihr
Blick auf eine bildhübsche junge Frau fiel, die mit einem
Kutscher stritt. Der Fuhrmann plärrte unflätig in *lingua volgare* und hob seine Peitsche, als die Frau wild gestikulierend
auf ihn einredete. Ohne nachzudenken, stellte sich Ludovica daneben und fixierte den Wagenlenker mit einem strengen Blick.

»Scher dich aus dem Weg, du Hexe«, schrie er und fuchtelte Ludovica vor der Nase herum. Als ob die gesamte an-
gestaute Wut auf die Fuhrleute aus ihr herausbräche, auf alle
jene, die von Brixen herunter versucht hatten, ihr an die Wäsche zu gehen, packte Ludovica zu und riß dem Kutscher die
Peitsche aus der Hand, drehte den Stiel um und ließ zu ihrer
und seiner Überraschung die Gerte schnalzen. Das Ende
streifte seine Wange, und während er noch vor Zorn und
Schreck schrie, nutzte die junge Frau die Gunst der Stunde,
sprang auf den Bock, packte den Fuhrmann am Hals und
rief: »Wenn du mich nicht wie versprochen nach San Clemente bringst, dann gib mir sofort zwei *Quattrini* zurück.«

Ludovica drohte ihm unterdessen mit der Peitsche.
Ringsum kamen immer mehr Frauen dazu und begleiteten
das Geschehen mit beifälligen Kommentaren. Vermutlich

wollte der Kutscher sich nicht dem Gespött der Marktweiber aussetzen, denn er zahlte nun rasch die zwei Kupfermünzen, nahm die hingereichte Peitsche und nutzte den entstehenden Durchlaß, um mit grimmigem Blick sein Fuhrwerk durch das Ostia-Tor zu lenken. Einige der umstehenden Frauen grinsten, bevor sie ihres Weges gingen, Ludovica aber ergriff die ihr hingestreckte Hand.

»Danke für die Hilfe. Ich bin Serena, und wer bist du?«

»Ich heiße Ludovica.«

»Komm mich doch einmal besuchen im Pfarrhaus von San Clemente; ich gehe dort als Magd der Haushälterin zur Hand.«

Der Stock drehte sich schwer in der zähen Farbe, die Ludovica anrührte, ein erdiges Ocker für einen hügeligen Hintergrund, als ein alter Herr den Raum betrat. Sein ebenmäßiges Gesicht und sein ergrautes, aber kräftiges Haupthaar gaben ihm eine würdige Erscheinung. In den dunklen Augen lag eine verborgene Glut, eine Kraft, die Ludovica in ihren Bann zog. Sofort hatte sie das Gefühl, von diesem Mann unbedingt ein Bildnis malen zu müssen, und ehe er noch die schmalen Lippen geöffnet hatte, wußte sie, es war Ambrogio Farnese.

»Ihr laßt Euch assistieren, Meister Peruzzi.« Seine sonore Stimme verriet einen Beiklang von Spott, während sein Blick unverwandt auf Ludovica lag. »Doch welche Magd trägt Barchent?« Unwillkürlich mußte sie lächeln. »Wird wohl eher ein edles Fräulein sein denn eine Dienerin, nicht wahr, werter Meister? Wollt Ihr sie vorstellen, damit ich ihr ein gebührendes Willkommen aussprechen kann?«

Peruzzi schnitt eine Grimasse, während er sich zu Farnese umdrehte, und Ludovica durchfuhr sofort die Erinnerung an Baldassares Eifersucht. Sie zog den Kopf ein und nahm sich vor, sich keinesfalls wie damals bei Agostino Chigi auf ein Gespräch mit dem Patrizier einzulassen, sondern brav in die Rolle der Gehilfin zu schlüpfen. Auch wenn es ihr zuwider war, sich zu verstecken – sie durfte jetzt auf keinen Fall Peruzzis Gastfreundschaft gefährden. Doch zu ihrer Überraschung entstand aus der Grimasse ein liebenswürdiges Lächeln.

»Werter Ambrogio, wie sehr muß ich Euer Auge loben. Ihr seht vor Euch Fräulein Ludovica Zappi aus Cremona, eine Malerin, die dereinst als erste Meisterin ihres Faches in die Annalen eingehen wird. Der große Buonarotti hat sie vor Jahren an mich empfohlen, und nachdem sie ihre Lehr- und Wanderjahre abgeschlossen hat, hilft sie mir wie eine Schwester, Euch diesen Raum auf das edelste zu verschönen.«

Ambrogio Farnese trat einen Schritt vor und verneigte sich leicht gegen Ludovica. »So seid willkommen in meinem bescheidenen Hause. Wenn es Eure geschwisterlichen Pflichten erlauben, kommt später in den Patio, um mit mir ein wenig über die Künste zu plaudern.«

Wie fein er den Spott zu dosieren weiß, dachte Ludovica bewundernd und überlegte, ob sie die Einladung annehmen konnte. Wieder traf Baldassare die Entscheidung für sie.

»Keine geschwisterliche Pflicht wiegt so schwer, Eure Einladung abzulehnen, werter Ambrogio, nennt ruhig die Stunde. Doch was, wenn ich vorlaut fragen darf, führt Euch zu uns an diesem frühen Mittag?«

»Die Erbauung, mein lieber Baldassare. Mein Herz dürstet nach beseelter Kunst, und was gibt es Schöneres, als das Werk im Entstehen zu begleiten?«

Kaum eine Stunde später saß Ludovica neben einem plätschernden Brunnen im Innenhof der Villa dem alten Patrizier gegenüber. Der Platz war so gewählt, daß sie mit dem zierlichen Tischchen voll in der wärmenden Märzsonne saßen und die Kühle, die von dem Brunnen herwehte, nicht als störend empfanden. Während eine Dienerin in zarten Schalen Tee auftrug, ruhte Ambrogios Blick auf Ludovica, ein Blick, den sie als prüfend, neugierig und wohlmeinend empfand. Sie nahm ihn auf und begegnete für eine kurze

Weile dem hellen Braun seiner Iris, schlug dann die Augen wieder nieder und schlürfte leise von dem köstlichen Tee.

»Wie ungewöhnlich«, sprach er schließlich mit leiser Stimme, »ein Fräulein malen zu sehen. Bisher vermutete ich eine Malerin höchstens hinter Klostermauern. Noch ringe ich mit mir, ob ich es schicklich finden soll … Doch sagt, wie kamt Ihr zu dieser Kunstfertigkeit?«

»Mein Vater liebt die Kunst und hat früh in mir ein Talent entdeckt, das er förderte. Ein Maler in Cremona, bekannt weniger für die große Kunst der *Istoria* als mehr für seine geschickte Hand, die Bildnisse seiner Auftraggeber gefällig zu gestalten, nahm mich in die Schule, und als ich Geschicklichkeit genug bewies, sandte Papa einige meiner Skizzen an Buonarotti. Fortuna bewegte Michelangelo zu einem angenehmen Urteil, und der Meister empfahl mich zu Baldassare Peruzzi in die Lehre.«

Farnese nickte einige Male wohlgefällig, während ihm Ludovica von ihrer Lehrzeit berichtete. Als sie das Angebot Raymond Fuggers erwähnte, setzte er sich kerzengerade auf und stellte in rascher Folge einige Fragen, wie und wo sie in Augsburg gelebt und mit wem aus dem Handelshaus sie Kontakt gehabt habe. Mit einem Mal schien jede Gelassenheit und patrizische Ruhe von ihm abgefallen zu sein, ja, Ludovica spürte plötzlich eine Kraft und Ausstrahlung, als spannte ihr gegenüber ein archaischer Jäger den Bogen.

»Eigentlich«, gab sie ihrer Antwort eine beschwichtigend-abwiegelnde Richtung, »hatte ich mit dem gräflichen Hause kaum zu schaffen und beschränkte sich mein Wirken auf wenige Malstunden für Frau Katharina. So konnte ich die Kunstschätze Augsburgs genießen und vor allem die Werke der Meister studieren, wovon Hans Holbein der herausragendste war.«

Sie flüchtete in belanglose Plauderei und hielt sich an ausschweifenden Beschreibungen der Basilikabilder des Katharinenklosters fest. Nach einiger Zeit löste sich die Spannung aus Farneses Körper; Ambrogio glitt in eine lockere Sitzhaltung zurück, schlürfte seinen Tee und wandte seinen Blick dem munteren Brunnen zu, von dem eine heitere Kühlung ausging. Unhörbar atmete Ludovica auf. Ihr Herzschlag verlangsamte sich, die ängstliche Beklemmung auf der Brust verlor sich allmählich.

»Wie erklärt sich dann«, fragte Ambrogio Farnese mit schläfriger Stimme, »daß ein Gemälde von Euch in den Besitz des Heiligen Vaters gelangte?«

Ein scharfer Stich jagte durch Ludovicas Brust.

»Zappi ist kein geläufiger Name, wenngleich man in Cremona die Grafen Zappi kennt; vor allem aber ist es der Erwähnung wert, wenn den Pinsel eine Dame führte. Mein Vetter ist der Kanzler des Heiligen Vaters, wißt Ihr das nicht? Warum spielt Ihr Eure Bedeutung herunter? Vielleicht werdet Ihr dereinst berühmter als Euer Lehrmeister Peruzzi, da solltet Ihr Euer Licht nicht unter den Scheffel stellen.«

Ludovica starrte den alten Farnese sprachlos an. Was will er von mir? war der einzige Gedanke, der ihr fragend durch den Kopf ging, während ihr Puls raste.

»Was für ein Zufall, der Euch in mein bescheidenes Haus führt.« Ambrogio ging über ihre Sprachlosigkeit hinweg. »Doch bin ich gern bereit, dem Zufall Eintritt in mein Leben zu gewähren und vom hereinwehenden Wind mein Segel blähen zu lassen. In meinem Alter kennt man das Zaudern zu gut, um lange zu zögern. Das Bildnis der Dominikanerin gefällt mir; mehr noch war ich, wie mein Vetter und übrigens auch der Heilige Vater, angetan von der Botschaft. Es war weitsichtig von Anton Fugger, an Clemens festzuhalten, als dieser unter dem Arrest der wilden Horden stand. Sicher habt Ihr das Wesen der jungen Nonne hervorragend getroffen. Ihr betont die lieblich-unschuldige Seite des Mädchens, verlobt sie in aller Keuschheit dem Herrn. Schön anzusehen. Wer wollte nicht mit seinen besten Seiten dargestellt werden für die Nachwelt? Ich will auf weitere Umschweife verzichten: Malt mich, Fräulein Zappi!

Ihr werdet es nicht bereuen. Ein Bildnis des alten Farnese öffnet Euch viele Türen.«

Die Malerin blieb sprachlos.

Den ganzen Weg hinüber nach San Clemente freute sich Ludovica darauf, Serena zu treffen, der sie vor zwei Tagen gegen den derben Fuhrmann beigestanden war. Das Mädchen war ihr seitdem nicht aus dem Sinn gegangen, und insgeheim hegte sie die Hoffnung, in Serena eine Freundin zu gewinnen, der sie sich anvertrauen konnte. Die Sehnsucht nach einem Menschen, mit dem sie sich austauschen konnte, war seit dem Gespräch mit Ambrogio Farnese deutlich gewachsen. Wenn sie an den alten Patrizier dachte, sträubten sich ihr die Haare, so sehr ängstigte sie seine Art. Er war höflich und zuvorkommend und dabei auf eine Art und Weise durchtrieben, wie Ludovica es niemals erlebt hatte. Sie konnte nur hoffen, daß er nicht auf der Seite ihrer dunklen Feinde stand, sonst war sie verloren. Seinem Willen widerstand niemand, dachte sie und schüttelte zum wiederholten Mal den Kopf darüber, wie rasch sie eingewilligt hatte, ihn zu malen, obwohl es ihr Vorsatz gewesen war, in Rom erst in Erscheinung zu treten, wenn das Rätsel von Mairs Liste gelöst und sie selbst in Sicherheit war. Aber eine Ablehnung gegenüber Ambrogio Farnese schien undenkbar, und im Grunde ihres Herzens spürte sie den dringenden Wunsch, ihn zu malen. Also hatte sie sich nicht einmal matt gewehrt, sondern einfach in sein Angebot eingewilligt und für morgen eine erste Sitzung vereinbart. Die Aufregung spürte sie schon heute, und sie mischte sich in die Vorfreude auf das Wiedersehen mit Serena, die anwuchs, als sie am Kolosseum vorbei lief; keine tausend Schritt trennten sie mehr von San Clemente, und obwohl es leicht bergan ging, lief sie nun schneller.

»Schön, daß du gekommen bist.« Serena umarmte Ludovica zur Begrüßung.

»Du ahnst gar nicht, wie gut mir das tut.«

»Tritt ein, dann kann ich dir meinen besten Freund vorstellen.«

Serena nahm Ludovica bei der Hand und führte sie durch eine steinerne Pforte in den Garten des Pfarrhauses. Hinter der Mauer öffnete sich ein weiter Garten, in dem sich Blumenbeete mit Sträuchern und Gemüsebeeten abwechselten und eine Fülle von Grün dem Auge schmeichelte. Wie schön sind die weißgelben Narzissen neben dem blühenden Haselstrauch anzusehen, dachte Ludovica. Sie folgte Serena mit langsamen Schritten um einen kräftigen Ligusterbusch herum und blieb wie versteinert stehen. Sie konnte nicht glauben, was sie sah. Der Atem stockte ihr vor Freude. Sie wankte und mußte sich an Serena festhalten, ehe sie wieder Luft bekam. Dann stieß sie einen langen Freudenschrei aus. Vor ihr, auf einer Steinbank, saß Cesare.

Der Jüngling stand auf. In seinem Gesicht spiegelte sich zunächst eine Frage, dann Verblüffung. Er entblößte die Zahnreihen und zeigte einen abgeschlagenen oberen Schneidezahn. Sein Körper gehorchte nicht dem Ideal eines Athleten, denn Hüften und Gesäß waren zu breit; ansonsten aber war er hochaufgeschossen mit beinahe schlaksigen Armen, einem pickeligen Gesicht und einer unsicheren Stimme, welche die Ahnung nach einem starken Baß bereits in sich trug.

»Die Malerin«, rief er lachend und lief auf Ludovica zu.

»Herr«, flüsterte Ludovica, »ich danke dir.« Dann löste sie sich von Serena und nahm den Jüngling in die Arme. »Ich hätte dich kaum noch erkannt. Du bist groß geworden, beinahe schon ein Mann. Jedenfalls ein prächtiger Kerl.« Sie lächelte und drückte ihn ein zweites Mal an sich.

Da es nun an Serena war, sich zu wundern, begann Cesare zu erzählen, wie sie sich bei Peruzzis Werkstatt kennengelernt und angefreundet hatten. Dann berichtete Ludovica von Augsburg und brachte die Morde im Kontor der Fugger zur Sprache. Serena und Cesare wurden hellhörig, und als Ludovica sie um Hilfe bat, Elisabetta zu suchen, riefen beide ganz aufgeregt heraus: »Wenn doch jetzt unser Freund Jakob da wäre!«

»Wer ist Jakob?«

»Ein Dominikanermönch, der mit uns Jagd auf den Dirnenmörder von Rom gemacht hat«, antwortete Cesare und begann, eine lange Geschichte zu erzählen, vielfach unterbrochen und ergänzt von Serena, deren Tante ermordet worden war. Noch nie hatte Ludovica einem so spannenden Zwiegespräch gelauscht wie der Schilderung der beiden über eine Reihe von grausamen Morden an jungen Frauen. Je mehr sie von diesem deutschen Mönch hörte, desto stärker wurde ihr Wunsch, er möge ihnen auch in diesem Fall beistehen. Doch was soll ich mich an Wunschträume hängen, dachte sie, wenn ich mit dem wiedergefundenen Freund und diesem tapferen Mädchen zwei so streitbare Gefährten habe? Sie fühlte Zuversicht, und als die beiden ihre Erzählung beendet hatten, bekräftigten sie laut, was Ludovica hoffte: »Wir finden deine Elisabetta!«

Ambrogio empfing sie in eine weiße Tunika gehüllt und führte sie in den Garten seiner Villa, wo er vor einem Marmortorso seinen Schemel in der Sonne aufgestellt hatte, auf dem er Platz zu nehmen gedachte. Es war einer jener Athleten, die in den letzten zwanzig Jahren aus dem Schutt der Jahrhunderte geborgen worden waren, nicht unähnlich dem Torso des Herkules vom Campo de Fiori, eine kraftvolle Statue voller Bewegung; nur schade, daß der Kopf fehlte, denn der ließ sich weder ersetzen noch hinzudenken wie Arme und Beine. Halb neben, halb unter dem herkulischen Körper saß der alte Farnese, und um seine Lippen spielte ein feinsinniges Lächeln, spöttisch und wissend zugleich.

»So soll mich die Nachwelt in Erinnerung behalten«, bemerkte er. »Ein Mann am Ende seiner Tage, sich des Beginnens bewußt.«

»Es ist der Kopf, mein Herr«, flüsterte Ludovica und ließ die Kohle über das Papier huschen. Man hörte manchmal ein leises Knirschen und Kratzen; Kontur und Schraffur, dünner und breiter Strich, fein gefaßt die Unterschiede. Sie verlor sich im Skizzieren, zeichnete wie im Traum. Vollkommen durchdrungen von ihrem Gegenstand nahm sie die Welt nicht mehr wahr. Ihr ganzer Körper kroch in den Kohlenstift hinein und fuhr die Linien der Körper nach, ohne Unterschied zwischen Marmor und Fleisch.

»Ihr könnt Euch erheben«, sagte sie nach langem Schweigen, »und betrachten, was ich hingeworfen.« Das Sprechen schien ihr schwerzufallen, sie sparte an jedem Wort.

Ambrogio Farnese stand auf, kam auf die Malerin zu und blickte auf das hingehaltene Papier. Er erschrak. »Diese Skizze«, sagte er, »ist nicht von dieser Welt. In diesem Antlitz steht das Wissen des Lebens geschrieben; das ist mehr, als ich bin.«

Er nahm ihren Ellbogen mit einer sachten Bewegung auf und führte sie in den Patio zu den Stühlen am Brunnen, winkte lautlos einer Dienerin und befahl mit einer sparsamen Geste Tee herbei, der rasch in zarten Schalen aufgetragen wurde, nicht anders als zwei Tage vorher. Trotzdem empfand Ludovica die Stimmung unterschiedlich, denn heute fühlte sie sich entspannt, und der Hauch eines Lächelns auf Farneses Lippen beruhigte sie.

»Es wird kein Gemälde, aus dem die Welt eine Botschaft herauslesen kann wie aus Eurer Katharina von Siena; aber es wird ein Bildnis, das eine tiefe Wahrheit zeigt. Ihr seid, Fräulein Zappi, eine Künstlerin!«

Er trank ihr mit dem Tee zu und schwieg. Noch nie hatte sie sich so sehr als Künstlerin gefühlt wie in diesem Augenblick; sie wußte, er meinte es ernst, und sie spürte, er hatte recht. Es war Farneses Kopf, diese strengen Linien mit einem trotz des Alters kargen Faltenwurf des Fleisches, die tief herausschauenden Augen, der berückende Grat der Nase, die blassen Lippen. Ein edles Haupt, leicht geneigt gegen den jugendlichen Marmortorso. Jede Kraft des athletischen Körpers aus Stein verblaßte gegen die Energie dieses lebenden

Kopfes. Glatt und strahlend der Marmor, ein für die Ewigkeit geschaffener Held, der doch im Gewöhnlichen versank gegen das lebendige Fleisch, das von einem strengen Willen in die Form gezwungen wurde. Ludovica atmete ganz leicht bei diesen Gedanken und fühlte sich in einen gottdurchdrungenen Himmel emporgehoben. Ich habe das Leben geschaut, dachte sie und erwiderte nunmehr Ambrogios Blick.

»Erzählt mir von der Art, wie Ihr die Botschaften der Fugger in die Gemälde verstecktet.«

»Ich weiß nicht, wovon Ihr sprecht.«

»Tut nicht unwissender, als Ihr seid! Das Bild für den Papst konnte jeder halbwegs Eingeweihte entschlüsseln, und es gibt mindestens zwei Kardinäle in Rom, die neckische kleine Bildchen von Eurer Hand in ihren Gemächern hängen haben. Was hatte es mit den Botschaften auf sich, wie habt Ihr die Schlüssel entworfen?«

»Ich habe keine Schlüssel entworfen, und ich weiß nichts von geheimen Botschaften. Allerdings habe ich, so gut es ging, den Wünschen meiner Herrschaft entsprochen. Wenn Anton Fugger einen Granatapfel neben einem Abakus sehen wollte, so erhielt er einen Granatapfel neben einem Abakus.«

»Habt Ihr nie gefragt, wofür er diese geheimen Botschaften benötigte?«

Ludovica schüttelte den Kopf und überlegte, ob sie von sich aus das Gespräch auf die Namen in Mairs Liste bringen sollte, aber es schien ihr zu gewagt.

»Seid Ihr sicher, daß Ihr mit der Erwähnung von Anton Fugger den wahren Auftraggeber Eurer kleinen Bildnisse benennt?«

In seiner Stimme fand sich ein lauernder Ton, der Ludovica aus dem inneren Gleichgewicht brachte, das sie eben erst errungen hatte. Ambrogios Fragen waren ihr unheimlich. Woher kam sein Argwohn, ein anderer statt Fugger könnte die Gemälde in Auftrag gegeben haben? Wußte er von Franko Seinschedt?

»Erschreckt nicht vor den Fragen eines alten Mannes.« Er beugte sich vor und legte beschwichtigend seine sehnige Hand auf ihre. »In Euren Augen lese ich Furcht. Warum?«

Ludovica betrachtete den mit Altersflecken gesprenkelten Handrücken Farneses und schwieg.

»Fürchtet Euch nicht. Ich habe die Künstlerin erkannt, ich werde sie schützen, wenn Ihr das wollt. Aber Ihr sollt mir nichts vormachen, ich kenne in Rom die Straßen und die Katakomben. Seit die kaiserlichen Berserker über Rom gekommen sind, ist das Geschäft schwierig geworden für die Fugger. Einfallsreichtum ist gefragt. Eure Bilder gehören dazu. Was ich nicht weiß, ist, wer sich mit Eurer Hilfe letztlich welches Geschäft erhofft.« Er tätschelte ihre Hand. »Ihr müßt mir nichts sagen. Aber …« Er legte eine Kunstpause ein. »… vielleicht benötigt Ihr meine Hilfe. Ihr werdet sie erhalten.«

»Welche Gemälde hängen bei welchen Kardinälen?«

»Ihr stellt Eure Frage sehr unvermittelt«, erwiderte Farnese lächelnd. »Wissen ist wie Ware, wir leben vom *do ut des*.«

»Was soll das für eine Hilfe sein, die einzig nach der Gegenleistung schielt?«

»Würden Euch, mein Fräulein, die Namen etwas sagen?«

Ludovica zuckte mit den Achseln und schlug die Augen auf.

»Pompeo Colonna.«

Ludovica nahm ihren ganz Mut zusammen und bohrte ihren Blick in seine Augen, ehe sie so schnippisch wie nur möglich antwortete: »Der Kaiserfreund, den kennt doch jeder.«

»Aber nicht als Freund der schönen Muße«, entgegnete Ambrogio mit sanfter Stimme. »Der Meister des Kriegshandwerks muß einen besonderen Grund haben, sich das Bildnis eines Geldwechslers aufzuhängen, dem zudem jeder historische Hintergrund fehlt.«

»Die *Istoria* bleibt, wie Ihr wißt, den Männern vorbehalten. Als Malerin muß ich mich auf den Abzubildenden konzentrieren.«

»Auch wenn der Einwand gescheit ist, trifft er nicht zu. Da wollte jemand dem Pompeo sagen, daß das Wechselgeschäft Gewinn abwerfen könnte; wie einfallslos!«

»Aber wieso hat«, fragte Ludovica forsch zurück, »Pompeo dann den Wechsel nicht herbeigeführt? Es lag in seiner Macht. Er hätte den Papst stürzen und sich an seine Stelle setzen können.«

»Stürzen vielleicht, an seine Stelle setzen nicht. Es gibt keinen Papst ohne Konklave. Und das ist teuer, möglicherweise zu teuer. Mag sein, ein Kaiser ist billiger zu haben als ein Papst.«

»Genügen fünfzigtausend *Goldscudi* nicht?«

Ambrogio Farnese lachte aus vollem Hals. Dann wurde er plötzlich sehr ernst. »Ihr habt diese Summe im Kopf; genau diese Summe; warum?«

Ludovica versuchte einen treuherzigen Blick.

»Denkt an das *do ut des*; meine Hilfe könnte für Euch sehr wertvoll sein. Und bedenkt außerdem: Mir bleibt nichts verborgen. Was ich erfahren will, erfahre ich; es gibt nur den Unterschied zwischen einfach und weniger einfach.«

»Gesetzt den Fall, es hätte eine Bewandtnis mit dieser Summe«, entgegnete Ludovica und bemühte sich um eine möglichst vorsichtige Formulierung, »und gesetzt den Fall, ich wüßte um diese Bewandtnis und ränge mit mir, Euch ins Vertrauen zu ziehen, gäbt Ihr mir dann Bedenkzeit?«

»Bedenkt Euch wohl. Ich schätze das abgewogene Urteil. Seid versichert, daß Ihr in mir einen Freund finden werdet.«

»Und der zweite Kardinal?«

»Wir sehen uns übermorgen; lassen wir uns beide überraschen, über welchen Stoff wir dann plaudern werden.«

Sie trafen sich im alten Mithras-Heiligtum im versteckten Keller von San Clemente, und Ludovica war überrascht, daß neben Serena und Cesare noch zwei weitere Jünglinge anwesend waren, um sich an der Suche nach Elisabetta zu beteiligen. Ludovica reichte das Bildnis herum, das sie aus dem

Gedächtnis von ihrer Zofe gemalt hatte, und jeder betrachtete es aufmerksam.

»Das macht es einfacher, die Frau zu finden«, sagte Luigi und zog dabei ein wichtiges Gesicht. »Übrigens ganz hübsch für ihr Alter. Wo sollen wir sie suchen?«

»Angeblich ist sie mit einem Kaufmann unterwegs gewesen und wollte nach Rom. Wie sieht es mit den Handelshöfen in der Stadt aus?«

»Vieles wurde zerstört, und nicht alles befindet sich wieder im Aufbau«, antwortete Massimiliano, der andere der beiden Jünglinge, die Ludovica noch nicht kannte. »Wenn wir nicht trödeln, können wir die verbliebenen Handelshöfe in einem Tag abklappern.«

»Worauf warten wir?« fragte Cesare beschwingt, und Ludovica spürte das Jagdfieber, das die Burschen antrieb. Es geht ihnen nicht um mich oder um die Wahrheit, dachte sie, sondern einfach darum, Elisabetta aufzustöbern wie ein Hund den Fasan im Unterholz. Seltsam, daß es mich stört. Einzig der Erfolg müßte im Vordergrund stehen. Wenn wir Betta gefunden haben, kann ich sie befragen und die Wahrheit erkunden. Ist es nicht gleichgültig, wie ich sie finde? Wenn es gleichgültig ist, dann heiligt der Zweck die Mittel. Darf das sein?

Ludovicas Skrupel wuchsen, je hitziger sich Cesare und seine beiden Freunde in ihren Plan hineinredeten, sich die Stadt in Bereiche aufzuteilen und auf der Suche nach Elisabetta zu durchkämmen. Wäre da nicht die Angst vor den dunklen Feinden gewesen, die überall lauern konnten, und die Hoffnung, über die Zofe den Schlüssel zu den Einbrüchen und Morden zu erhalten, hätte die Malerin vermutlich aus Widerwillen vor der Menschenjagd die Suche abgebrochen; aber die Angst war da und seit ihrem Gespräch mit Ambrogio Farnese greifbarer denn je. So ließ sie geschehen, was geschah, und schaute den drei Burschen nur versonnen nach, als sie den Keller verließen und in die sommerliche Stadt hinauseilten.

»Hoffentlich finden sie deine Zofe«, sagte Serena und legte ihre Hand auf Ludovicas Unterarm. »Es wäre schön, wenn deine Angst ein Ende hätte.«

»So einfach wird das nicht sein; es geht um mehr als meine Zofe, es scheint, als wäre halb Rom in die Machenschaften verstrickt, die drei Menschen zu Augsburg das Leben gekostet haben. Weißt du, am meisten beunruhigt mich das Wissen von Ambrogio Farnese. Seine Fragen sind von einer solchen Genauigkeit, als wüßte er schon die Antworten.«

»Der alte Fuchs ist ein Meister der Finte. Laß dich von ihm nicht verunsichern. Er ist mit allen Wassern gewaschen und schaut stets auf seinen Vorteil.«

»Er hat mir seine Hilfe angeboten.«

»Solange er sich selbst damit hilft, wird er dir helfen; länger nicht.«

»Kann man denn niemandem in Rom vertrauen?«

»Wenigen«, antwortete Serena und nahm Ludovica in den Arm. »Mir ging es wie dir, als ich den Mörder meiner Tante suchte. Doch wir halten zusammen; uns kannst du vertrauen.«

»Da ist diese Namensliste«, begann Ludovica Serena ins Vertrauen zu ziehen. Sie erzählte ihr alles von dem Tag an, da sie zu Franko Seinschedt gerufen worden war, und während sie erzählte, erkannte sie manches klarer als bisher. Hatte nicht Raymond Fugger sie angeregt, ein Ehrenbild der Katharina von Siena für die Dominikanerinnen zu malen? Hatte er sie nicht in der Ausführung geschickt gelenkt? Auch wenn es eine Gabe an das Katharinenkloster war und vielleicht eine Huldigung an die junge Nonne aus Weißenhorn, welche für das Gemälde Pate stand, so war wohl von Anfang an eine Kopie als Geschenk für den Papst geplant. Und was anderes als ein Zeichen der Fugger, dem heiligen Vater treu ergeben zu sein, sollte das Geschenk bedeuten? Nachdem sie von Seinschedt wußte, wie sehr die Fugger um die päpstliche Münze gekämpft hatten, war diese Geste sehr verständlich. Gutmütig und willfährig wie sie war, hatte sie sich zum Werkzeug der hohen Herrn machen lassen und hatte sogar noch geglaubt, es gehe um heiligenverehrende Kunst. Was für ein Trugschluß! Auf der anderen Seite der Geldwechsler. In Auftrag gegeben von Franko, der das Bild Pompeo Colonna schenken wollte, um sich den Gegenspieler des Papstes gewogen zu machen. Die Frage war, ob die Fugger in diese Machenschaft eingeweiht waren oder ob Franko auf eigene Faust und vielleicht gar auf eigene Rechnung gearbeitet hatte.

»Die Namensliste jedenfalls«, knüpfte Ludovica den Faden zum Anfang, als sie nach beinahe zwei Stunden mit ihrer Erzählung geendet hatte, »ist der Schlüssel zu den Verbrechen, und Ambrogio Farnese könnte mir helfen, dieses Rätsel zu lösen.«

»Wenn du dich darauf einlassen willst, dann fertige zwei Abschriften; eine für den alten Farnese und eine für mich, zur Sicherheit.«

»Gute Idee«, erwiderte Ludovica.

In diesem Augenblick kehrte Massimiliano zurück. Er zog ein mißmutiges Gesicht.

»Nichts?« fragte Serena.

»Gar nichts«, brummte er und kniff die Mundwinkel zusammen. Er war ein muskulöser Bursche mit einem spitzen Gesicht und großen Augen, die wach unter buschigen Brauen hervorschauten. Sein Haar trug er in ungebändigten Locken, die förmlich danach schrien, gemalt zu werden. Ein hübscher Bursche, dachte Ludovica, schade nur, daß er in derart zerlumpten Kleidern herumlief. Die Hose löchrig, das Wams zerschlissen, das Hemd zerfranst, ein Erscheinungsbild, wie es viele Straßenjungen boten. Vielleicht sollte ich ihn so malen, wie er ist, ein Bild voller Wahrheit statt lockiger Engel, sinnierte Ludovica und fand Gefallen an der Vorstellung, anstelle der reichgestickten Verzierungen an adligen Samtröcken die aufgefetzten Löcher an Massimilianos Knien zu zeichnen und die derbe Armut des Straßenjungen einem höfischen Herrn gegenüberzustellen.

Die Malerin war noch ganz in diese Gedanken versunken, als Cesare und Luigi eintraten und den auf sie gerichteten Augen ein unwirsches Kopfschütteln zeigten. Auch sie hatten keine Spur von Elisabetta entdeckt.

»Wir dürfen uns nicht entmutigen lassen«, sagte Luigi in einem gönnerhaften Tonfall. »Wenn das Pärchen in keinem Handelshof Unterschlupf gefunden hat, hat unser Kaufmann entweder seine eigene Niederlassung, oder er ist ein Römer. Voraussetzung ist natürlich, daß die Zofe wirklich mit einem Kaufmann auf Reisen war.«

»Die Beschreibung, die ich in Siena erhielt, war eindeutig; und das liegt gerade zwei Wochen zurück.«

»Welche fremden Kaufleute haben eigene Faktoreien? Ich werde meinen Vater befragen, als Suppliken-Referendar kann er in jede Richtung Erkundigungen einziehen. Ich schätze, es dauert keine drei Tage, dann haben wir eine umfangreiche Liste. Daneben müssen wir herausfinden, welche römischen Kaufleute Kontakte nach Augsburg unterhalten; vielleicht kann uns mein Vater auch hier weiterhelfen. Wer hat noch eine Idee?«

Luigi schaute herausfordernd in die Runde, genoß das Schweigen der anderen, warf sich in die Brust und wandte sich zum Ausgang. »Ich rede mit meinem Papa«, sagte er, »und gebe euch so schnell wie möglich Bescheid.«

»Ohne Luigi wären wir aufgeschmissen«, bemerkte Cesare, kaum war der Freund gegangen. »Was für ein Glück, daß Francesco Verrazano Luigi nun als Sohn anerkannt hat und in seinem Haus aufzieht. Seitdem ist Luigi nicht nur auf seine Abstammung eingebildet, sondern hat immer jemand zur Hand, den man etwas fragen kann.«

»Der hat's gut«, maulte Massimiliano, der manchmal schon froh war, wenn er ein Dach über dem Kopf hatte. »Sollen wir jetzt warten, bis unser Lateinschüler uns seine dämlichen Listen bringt?«

»Das machen wir nicht«, wandte Serena ein. »Ludovica hat mir von Elisabetta erzählt, und ich habe über diese Erzählung nachgedacht. Elisabetta war früher schon in Rom, bevor sie in den Diensten der Zappi stand. Es gab einen dunklen Punkt im Leben ihrer Mutter, aber ...«, sie machte eine kurze Pause, »... vermutlich nicht nur einen. Mir ist aufgefallen, daß Elisabetta an diesem Punkt ihrer Erzählung aufhörte und den Gegenstand wechselte. Erinnere ich mich richtig, Ludovica?«

Die Malerin zögerte einen Moment, dann nickte sie.

»Dann haben wir einen weiteren Ansatzpunkt«, sagte Serena mit Nachdruck.

»Nämlich?« fragten Cesare und Massimiliano gleichzeitig.

»Mutter und Tochter waren Männern willfährig.«

»Huren?« Ludovica fragte entsetzt.

Serena nickte. »Wir werden nach Elisabetta also auch in den verschwiegenen Häusern suchen, wer weiß, vielleicht finden wir sie oder wenigstens einen Hinweis auf ihre Vergangenheit.«

»Wir sollten uns aufteilen«, schlug Cesare vor. »Massimiliano und ich können so tun, als seien wir auf der Suche nach einer Dirne für uns, ihr dagegen schaut einfach nach einer Freundin aus.«

Wenige Minuten später stand Ludovica mit Serena unter dem Palatin beim Titusbogen und bestaunte den goldenen Hauch, der sich mit der sinkenden Sonne über den Marmor legte. Ehe die Farben verblassen, dachte sie, gewinnen sie wie in einem letzten Aufbäumen besondere Kraft; ich wollte, ich könnte dies malen. Ocker müßte hinein, ein reines Weiß, dazu Spuren von Rot und Gelb, noch weniger Blau, um dem Marmor seine steinerne Kälte zu schenken; Schicht für Schicht aufgetragen auf die Leinwand, ergäbe sich eine eigene Welt in der Fläche, dann würde der Marmor lebendig. Eine wilde Sehnsucht loderte in Ludovica auf, mit der Malpaste frei und verschwenderisch umzugehen, und zugleich wunderte sie sich darüber, wie intensiv sie ihre Erlebnisse in Bilder und Farben umzusetzen begehrte. Noch nie hatte sie es deutlicher gespürt als jetzt, daß Malen ihr

Leben war. Als übertrüge der geschichtsträchtige Boden der Kaiserforen eine künstlerische Kraft, drängten immer mehr Bilder herauf, je näher sie dem Kapitol kamen, und schließlich rief Ludovica bei der Trajanssäule aus: »Ich male euch alle!« Serena blickte sie verdutzt an; da lachten sie beide.

Bald darauf erreichten sie die Via de Barbieri, und Serena ging immer zögerlicher, bis sie ein schmales Haus erreichten, dessen graue Fassade schwarze Brandflecken aufwies. Schief hingen die Fensterläden in den Angeln, abgestoßen zeigte sich die Haustür, an der ein rostiger Klopfer hing. Serena zögerte einen Augenblick, ehe sie den Klöppel anschlug. Es dauerte eine Weile, bis die Tür geöffnet wurde.

»Marcina«, grüßte Serena die gebückt in der Tür stehende alte Frau, »ich will dich um einen Gefallen bitten. Schau dir dieses Bild an und überlege, ob du die Frau schon einmal gesehen hast.«

Dann zog sie das Bildnis Elisabettas aus ihrer härenen Tasche. Marcina betrachtete das Gemälde genau, musterte Stirn und Augenpartie des Gesichtes, fuhr mit dem Schatten ihrer Fingerkuppe die Lippen nach und murmelte schließlich einen unverständlichen Namen.

»Du kennst die Frau?«

»Es gibt zwei, die diesem Gesicht ähnlich sind; Mutter und Tochter; die Mutter war eine *Signora onesta*, die Tochter eine junge *Cortigiana*. Sie hießen Scorticini; die Mutter Emerentia, Aspasia die Tochter. Aspasia war zwei Jahre älter als Claudia, und als ihre Mutter starb, verschwand sie aus der Stadt. Das ist viele Jahre her. Ich habe sie nie wieder gesehen.«

»Ich danke dir, Marcina. Hast du Nachricht von Claudia erhalten?«

»Ach, Schätzchen, wenn ich das erleben dürfte, du wärst der erste Mensch, dem ich's sagen würde.«

»Wir dürfen die Hoffnung nicht aufgeben, Marcina.«

Während sie die Via de Barbieri hinauf in Richtung Campo de Fiori gingen, fragte Ludovica, wer Claudia sei.

»Eine Freundin, die uns geholfen hat, den Mörder meiner Tante zu finden. Sie ist im Trubel der Verwüstungen durch die kaiserlichen Landsknechte verschwunden und nie wieder aufgetaucht.« Serena seufzte und setzte mit raschem Schritt ihren Weg fort. Sie schlüpfte in einen düsteren Hauseingang, klopfte an einer Tür und hielt der Kupplerin, die durch ein schmales Fenster herauslugte, Elisabettas Bild unter die Nase. Diesmal ohne Erfolg. Sie schlenderten weiter auf den Platz. Zielstrebig steuerte Serena am anderen Ende auf einen Ausschank zu, wo an drei Tischen mehrere Schemel frei waren. Sie setzte sich und bedeutete Ludovica, es ihr gleich zu tun. Schon kam ein untersetzter Mann mit Glatze und grüßte sie freundlich.

»Giuseppe, bringst du uns einen Schluck Wein?«

Er nickte lächelnd. Als er wieder kam, zeigte ihm Serena das Bild und bat ihn, genau aufzupassen, ob er in den nächsten Tagen eine Frau sehe, die der Dargestellten ähnle. Der Schankwirt versprach's und wünschte *Salute*. Ludovica schob ihren Schemel gegen die Wand und lehnte sich mit dem Rücken an. Sie genoß es, dem abendlichen Treiben auf dem Campo de Fiori zuzusehen, und für einen Moment vergaß sie einfach, warum sie hier saßen. Dieser Augenblick war vergänglich, vor allem, weil die zunehmende Schäkerei der Männer mit den Dirnen des Marktes an Marcinas Äußerungen erinnerte. Elisabetta eine Kurtisane, schoß es Ludovica durch den Kopf, und alles, was sie mir über sich erzählt hat, war wahrscheinlich eine einzige große Lüge. Ein Schauer durchlief sie bei dem Gedanken, daß sie einer Fremden über Jahre ihr Vertrauen geschenkt hatte, einer Frau mit dunkler Vergangenheit, die hinter ihrem Rücken zu ihrem Schaden mit anderen zusammenarbeitete. Sie hat mich ausgekundschaftet, dachte Ludovica; sie hat dem Dieb das mit der Liste verraten und mich schließlich klammheimlich verlassen. Und ich habe mir Sorgen wegen ihres Verschwindens gemacht, habe gar schon ihren Tod beweint! Was ist das für eine Welt? Wem kann ich überhaupt noch vertrauen?

Die Malerin blickte auf Serena und schöpfte Hoffnung, denn sie spürte, dem Mädchen durfte sie blind vertrauen.

Später gingen sie die Via Giulia hinunter und sprachen in den Türen zweier Häuser mit den *Ruffianas*, ob sie Elisabetta kannten oder gesehen hatten, ehe sie unverrichteter Dinge nach San Clemente zurückkehrten, wo sie von Cecilia, der Haushälterin von Monsignore Baldi, dem Pfarrer, bereits zum Abendmahl erwartet wurden. Cesare und Massimiliano saßen schon am groben Holztisch in der Küche und aßen mit Appetit. »Da seid ihr ja endlich«, nuschelten sie unisono mit vollem Mund, »wir warten seit einer Stunde mit einer tollen Neuigkeit auf euch.«

»Was gibt es, sprecht!«

»Jetzt wollen wir erst unser Gemüse verdrücken«, entgegnete Massimiliano, und Cesare grinste.

»Setzt euch nieder, Kinder«, sagte Cecilia und stellte zwei weitere Teller auf den Tisch. Ludovica hatte Hunger genug, ihre Neugier zurückzustellen. Doch das war nicht nötig, denn Cesare platzte schier vor Mitteilungsdrang.

»Wir haben uns rund um Pozzo bianco umgehört, sind aber weder in den Häusern noch bei den Straßendirnen fündig geworden und eher aus Langeweile und Enttäuschung hinüber zur Piazza Navona gegangen. Da sahen wir unweit der Baustelle des Colonna-Palazzos einen schmächtigen Kerl auf einem Ruinengrundstück verschwinden, und von dem wirren blonden Haarschopf her dachte ich mir, das könnte Federico sein, der Langfinger. Also sind wir hinterher, und in der Tat treffen wir ihn in einem halbeingefallenen Gewölbe an, wie er gerade dabei ist, eine schmucke Börse zu öffnen. Was hast du denn für einen Fang getan, frage ich ihn, und er zuckt zusammen und läßt vor Schreck beinahe seine Beute fallen. Ach du, sagt er erleichtert, als er mich erkennt, und steckt die Börse rasch weg. Lebst du also nach wie vor von den Diebereien, sage ich, und hast dich immer noch nicht erwischen lassen. Er schaut mich mit großen Augen an, und ich merke, er hat Angst. Nein, sage ich, wir wollen nichts davon …«

»So ein Blödmann«, ruft Massimiliano dazwischen, »ich hätte gern etwas von der fetten Börse abgekriegt.«

»Wir stehlen nicht«, sagte Serena streng. »Das haben wir Monsignore Baldi versprochen.«

»Jedenfalls frage ich Federico, ob er in letzter Zeit eine Frau gesehen habe, die so aussehe – wie von dir gezeichnet eben«, sagte er und schaute Ludovica an. »Ich habe sie beschrieben so gut ich konnte, und Federico schaute mich mit immer größeren Augen an. Die hat den Mann begleitet, dem ich gerade die Börse geklaut habe, sagt Federico. Was wollt ihr von der? Ist das wahr, frage ich zurück, und er schwört, daß es wahr ist. Wo sind die zwei, frage ich, und er antwortet: Piazza Navona.«

»Dann sind wir gerannt, sage ich euch«, fuhr Massimiliano an Cesares Stelle fort, der die Enttäuschung über die entgangene Beute schon verwunden hatte, »um das Pärchen vielleicht noch anzutreffen, doch bis wir ankamen, waren sie wie vom Erdboden verschluckt.«

»Danach wollte ich noch mal mit Federico sprechen, aber der hatte sich natürlich verdrückt; weil du«, raunzte Cesare Massimiliano an, »immer so tust, als wolltest du an sein Diebsgut ran!«

»Ist nicht wahr«, wehrte sich der so Gescholtene. »Ich bin lieber bei euch in der Kirche und helfe in Baldis Gemüsegarten. Glaubst du wirklich, ich könnte vergessen, wie es Filippo ergangen ist?«

»Ist schon gut«, beschwichtigte nun Serena, und als sie Ludovicas fragenden Blick sah, erzählte sie rasch, wie ihr früherer Freund Filippo, ein treuer Helfer bei der Jagd auf den Dirnenmörder, von einem fahrenden Händler beim Diebstahl ertappt worden und gegen eine halbhohe Mauer geschleudert worden war, daß er sich das Genick gebrochen hatte. »Wir müssen nach vorne schauen. Es lohnt, mit offenen Augen durch die Stadt zu gehen. Laßt uns die nächsten Tage rund um die Piazza Navona Ausschau halten und Erkundigungen einziehen. Wir werden Elisabetta finden.«

Langsam blickte Ambrogio Farnese von der Liste auf. In seinen Augen glomm ein kühler Funke. Sie saßen im weitläufigen Garten hinter der Villa bei der alten Statue, von einem Oleanderbusch vor den Blicken der Bediensteten geschützt. Ambrogio legte seine hagere Hand vertraulich auf Ludovicas Oberarm. »Danke«, sagte er leise, »danke, daß Ihr mir Euer Vertrauen geschenkt habt. Ich denke, wir werden das Geheimnis entschlüsseln.«

»Wißt Ihr schon, was die Zahlen zu bedeuten haben?«

»Bei den kleineren Beträgen handelt es sich vermutlich um Bestechungsgelder, kleine Geschenke oder auch Abschläge auf Anleihen, die der Faktor in die eigene Tasche gesteckt hat. Die größeren Summen sind Einlagen. Die Frage ist, wohin sie geflossen sind. Vermutlich nicht in das Haus Fugger, sonst hätte man an dieser Liste kein so großes Interesse.«

»Ich verstehe nicht«, sagte Ludovica mit einem sanften Augenaufschlag und gab sich viel unwissender, als sie war. Der Gedanke, in den hohen Summen Anleihen an die Fugger zu sehen, war ihr schließlich schon längst gekommen, und wäre Franko nicht ermordet worden, hätte sie ihn danach gefragt. Aber sie dachte an Serenas Warnungen und wollte sich von Farnese nicht vollständig in die Karten sehen lassen.

»Ganz einfach. Kardinal Colonna zum Beispiel hat fünfzigtausend *Goldscudi* an die Fugger gezahlt; diese stehen für die Zinsen ein und für die Rückzahlung der geliehenen Summe. Für diese Einlage gibt es einen Schuldschein. Derjenige, der den Schuldschein ausstellt, vereinnahmt auch das Geld. Wenn er es jedoch dann nicht an die Fugger weiterleitet, sondern etwas anderes damit anstellt, dürfen die Fugger zunächst keine Kenntnis von der Einlage erlangen. Zugleich muß ihm an einer langen Laufzeit der Einlage gelegen sein, sonst erfahren entweder die Fugger zu schnell von dem fehlenden Geld oder unser untreuer Diener verliert die Summe zu früh aus seinem Verfügungsbereich. Der untreue Diener arbeitet seinerseits mit dem fremden Geld, trägt aber ein geringes Risiko, solange der Name Fugger für die Rückzahlung und die Zinsen bürgt. So etwas nenne ich ein gutes Geschäft. Könnt Ihr mir folgen?«

Ludovica zögerte. »Wenn die Einlagen den Fuggern verheimlicht werden sollen, wie kommt dann ein Augsburger Buchhalter zu dieser Liste?«

Farnese stutzte. »Das ist eine gute Frage. Woher stammt die Liste?«

»Einer der Ermordeten trug sie bei sich.«

»Ermordeten?«

Ludovica erschrak; sie hatte Ambrogio Farnese die Morde bisher verschwiegen. Wußte er nun zu viel? Jetzt war es zu spät; sie mußte ihm alles erzählen, und sie tat es so ausführlich wie notwendig und so knapp wie möglich. Als sie ihren Bericht abgeschlossen hatte, machte Ambrogio ein bedenkliches Gesicht.

»Wenn ich die Liste richtig lese, dann sind hier Einlagen in der Größenordnung von über einer halben Million *Goldscudi* verschoben worden. An einer solchen Summe könnte selbst ein so reiches Haus wie das der Fugger zugrunde gehen. Und das, so glaube ich, ist der Schlüssel zu allem. Es gibt jemanden, der die Fugger vernichten will. Diesen Jemand gilt es zu finden.«

»Jetzt ist nur meine Frage noch nicht beantwortet, wie der einfache Buchhalter Maximilian Mair an diese Liste kommen konnte.«

Ambrogio Farnese lächelte und faltete seine Finger ineinander. Ein Finger der rechten Hand wechselte sich stets mit einem der linken Hand ab. Er legte die Handflächen aneinander und hielt sie Ludovica vors Gesicht.

»Wie viele Finger seht Ihr?«

»Zehn natürlich«, erwiderte Ludovica und lächelte.

Ambrogio zischte tadelnd. »Zählt nach.«

Sie tat es und kam zu ihrer Verblüffung nur auf neun. Sie zählte erneut. Neun Finger, es wurden keine zehn.

»Seht Ihr, wie wichtig es ist, das, was man fest zu wissen glaubt, auch zu überprüfen.«

Ludovica blickte ihn unsicher an und überlegte, ob ihr schon einmal aufgefallen war, daß der alte Farnese an einer Hand nur vier Finger hatte. Nein, seine Hände waren unversehrt. Hände gehörten zum Wichtigsten, was sie als Malerin betrachtete, an den Händen konnte man den Menschen erkennen. Ambrogio hatte gepflegte Hände, mit langen, sehnigen Fingern, die Handrücken von Altersflecken übersät und faltig, mittelgroße, schlanke Hände, die trotzdem Kraft ausstrahlten; außerdem hatte er einen zupackenden, aber nicht schmerzenden Händedruck. Wo aber war der zehnte Finger? Sie betrachte die gefalteten Hände noch einmal; unten der kleine Finger der linken Hand, dann der kleine Finger der rechten Hand, immer abwechselnd die Finger, doch den Abschluß bildete wieder die linke Hand mit ihrem Daumen. Unterwegs war also ein Finger der rechten Hand verlorengegangen. Wo war der rechte Mittelfinger? Sie deutete auf die Mitte des Fingerknäuels. Ambrogio lächelte, streckte die Hände vor und spreizte die aneinander liegenden Handflächen ein wenig: Innen versteckte sich der fehlende Finger. Ein Taschenspielertrick. Ludovica lachte.

»Ein kleines Kunststück«, sagte Farnese, »aber wirkungsvoll. Man darf dem anderen nur keine Gelegenheit geben, die Hände zu lange aufmerksam zu betrachten. So arbeiten die Leute, die wir suchen. Sie verstecken etwas mit einem plumpen Trick und hoffen darauf, daß niemand genau hinsieht. Gerade das aber hat Franko Seinschedt mit seinen beiden Gehilfen getan. Ich vermute, der Faktor hat zunächst nur kurzfristige Geschäfte auf eigene Rechnung gemacht und danach die Gelder ordnungsgemäß verwendet. Dann hat er alle Zahlungen verbucht, und damit nichts auffällt, hat er diese Buchungen ein bißchen versteckt angebracht. Mit der Zeit ist er vermutlich mutiger geworden und hat immer einfallsreichere Buchungen vorgenommen, um seine Geschäfte zu verschleiern. Er wird nicht damit gerechnet haben, daß jemand seine Bücher genau überprüft.«

»Aber das haben Walch und Mair getan.«

»Ja, genau das haben die jungen Buchhalter auf Geheiß Seinschedts getan.«

»Und deshalb mußten sie sterben.«

»Deshalb mußten sie sterben. Aber weil das so ist, steckt mehr dahinter als nur ein betrügerischer Faktor. Kennt Ihr den Engelhard Schauer?«

»Ich habe ihn vor knapp drei Jahren bei Agostino Chigi kennengelernt; er hat mir die Einladung nach Augsburg verschafft.«

»Traut Ihr ihm zu, Hunderttausende von *Goldscudi* zu veruntreuen und Morde in Auftrag zu geben?«

»Ich weiß nicht.«

»Aber ich weiß es: Ich traue es ihm nicht zu. Für Schauer sind zehntausend *Scudi* ein Vermögen; der schachert für einige hundert Gulden und freut sich am schnell verdienten Geld, aber wenn es um riesige Summen geht, zittern ihm die Hände. Nein, teure Freundin, da steckt ein anderer dahinter. Wenn wir zusammenarbeiten, werden wir ihn finden.« Sein Gesicht bekam einen sehr entschlossenen Ausdruck. »Und zur Strecke bringen«, flüsterte er und lächelte.

Wiedersehen in San Clemente

Er ritt am Hochufer des Lech entlang. Wie anders ritt es sich allein anstatt mit einer Eskorte von vier Bewaffneten, wie es Anton Fugger gewünscht hatte. Doch Jakob drängte es nicht nach dem Schutz leichter Reiterei, und so hatte er dem Regierer die Vorteile vor Augen gehalten, die es hatte, als unauffälliger Reisender unterwegs zu sein. Wer vier Bewaffnete zu seinem Schutz mit sich führte, der mußte den Schutz nötig haben und würde das Gesindel erst dadurch auf sich aufmerksam machen; und auch der Umstand, möglicherweise zwischen zwei Heerlager der Kaiserlichen und der heiligen Liga zu geraten, die schon wieder im oberen Italien Krieg führten, ließ eine Eskorte nicht geraten sein, denn ein einfacher Mönch sah allemal harmloser aus als ein von Bewaffneten Begleiteter, und da alle Kriegsparteien gut katholisch waren, würden sie einem Dominikaner nichts tun. Zum Glück hatte Anton Fugger diese Einwände angenommen.

Der Weg war dank des Kälteeinbruchs hart und gut zu reiten, und Jakob erreichte um die frühe Mittagsstunde Landsberg. Nach einer kargen Mahlzeit setzte er seinen Weg Richtung Schongau fort. Es hatte die letzten beiden Tage tatsächlich noch einmal geschneit, und die Wälder, die bis ans Ufer des Flusses reichten, sahen aus wie eingezuckert. Der Lech floß dunkel und träge dahin und zeigte sich selbst in den Stromschnellen müde, weil er wenig Wasser führte. Schroff stand zur Linken das Steilufer über dem Wasser, zur Rechten erstreckten sich die Wälder sanft gegen den Horizont. Ab und zu flog ein Rabe auf oder kreischte über den Wipfeln ein Mäusebussard, ansonsten war die Stille angefüllt vom klappernden Schritt des Pferdes. Friedlich wirkte das Land; man sah ihm nicht an, daß hinter jeder Ecke ein Räuber lauern konnte, der sich mit dem Mut der Verzweiflung auf den Reisenden stürzte und sich fette Beute erhoffte. Aber Jakob ritt unbekümmert, denn auf seinen Braunen konnte er sich verlassen; und wer sollte schon einen einsamen Dominikaner überfallen?

Allmählich fiel die erste Aufregung von ihm ab. Er war auf dem Weg nach Italien, auf den Spuren der Malerin Zappi, und er war sicher, dieser Weg führte ihn nach Rom. Letztlich war es ein Zufall gewesen, der Jakob die Entscheidung treffen ließ, nun in den Süden aufzubrechen, um den Mörder Seinschedts zu finden. Wochenlang hatte er vergeblich nach Ludovica Zappi gesucht und schon alle Hoffnung fahren lassen, als ihm auf dem Weinmarkt plötzlich ein Fuhrmann etwas zuschrie und ihn zu sich winkte. Jakob erkannte den Kutscher nicht sofort, zu viele Fuhrleute hatte er in den letzten Tagen nach Ludovica befragt.

»Ich habe hier jemand für Euch«, rief der Mann. Er deutete auf einen Karren, von dem gerade Weinfässer und Salzkisten abgeladen wurden, und machte daneben eine Geste, die nichts anderes bedeutete wie: Jetzt habe ich mir gleich eine Belohnung verdient. Und tatsächlich hatte er sich etwas verdient, denn der Wagenlenker, der die Weinfässer ablud und im Keller eines Stoffhändlers unterbringen half, konnte sich gut an Ludovica erinnern; er hatte sie nach Brixen mitgenommen, wo er dem Bischof Barchent geliefert hatte. Nachdem er in Bozen südtirolischen Wein aufgeladen hatte, war er nach Salzburg gefahren und hatte den Großteil der Weinfässer gegen Salzkisten eingetauscht, ehe er nun, drei Wochen später, in seine Heimatstadt zurückkehrte. Er beschrieb die Malerin so gut, daß Jakob sie sofort erkannte; eine Verwechslung war ausgeschlossen.

Jakob gab jedem der Fuhrleute einen Silberpfennig und machte sich auf den Weg in die Goldene Schreibstube, um mit Anton Fugger sein weiteres Vorgehen zu beraten. Der Regierer zeigte sich mit Jakobs Reiseplänen einverstanden und erwirkte am gleichen Tag den entsprechenden Dispens von Pater Zölestin. Dann bot er ihm vier Mann Eskorte an, was Jakob bewies, welch große Stücke der Fugger auf ihn hielt oder wie stark seine Hoffnung war, Jakob könne endlich Licht in das Dunkel bringen; denn von Richard Doberl waren noch keine beruhigenden Nachrichten aus Rom gekommen. In Augsburg aber schien der Fall nicht zu lösen zu sein.

Auch von Elisabetta hatte Jakob zwischenzeitlich erfahren, daß sie zusammen mit einem Goldschmiedgesellen abgereist war, in dem Jakob jenen Manfredo vermutete, von dem Regula so geschwärmt hatte. Mit einem venezianischen Gesellenbrief unter dem Namen Giuseppe Falieri hatte er seit über einem Jahr bei dem Goldschmied Hubert Bäsler gearbeitet. Die einzige Verbindung, die zwischen Falieri und dem Hause Höchstetter herzustellen war, bestand in der Lieferung einer Goldbrosche an die Frau von Joachim Höchstetter. Ambrosius Höchstetter, den aufzusuchen Jakob nach dieser Erkenntnis gewagt hatte, bestritt nachdrücklich, den Goldschmiedegesellen zu kennen, und wies, als Jakob in gedrechselten Wendungen die Sprache auf die Morde bei den Fuggern brachte, jede Verantwortung weit von sich.

Jakob trieb seinen Braunen zur Eile an. An Schongau und Peiting vorbei wollte er bis Kohlgrub kommen, um Brixen in veranschlagten drei Tagen zu erreichen. Selbstverständlich war ihm bewußt, daß er mit einer Verzögerung von vier Wochen auf die Abreise der Malerin aus Augsburg keine Aussicht hatte, sie einzuholen, aber er wollte ihren Zeitvorsprung verringern, um ihr möglichst wenig Gelegenheit zu geben, ihre Pläne zu verwirklichen. Und daß sie Pläne hatte, nahm Jakob als sicher an; warum sonst hatte sie Augsburg unmittelbar nach Seinschedts Tod fluchtartig verlassen? Möglicherweise steckte die Malerin von Anfang an mit Engelhard Schäuer unter einer Decke. Die beiden kannten sich bereits in Rom und schienen ein gutes Einvernehmen zu haben, denn immerhin hatte sie der Faktor nach Augsburg vermittelt. Mit ihrem Kontakt zu Raymonds Frau Katharina hatte sie Gelegenheit, manche Neuigkeit zu erkunden, die für den betrügerischen Faktor von Interesse war, und ihre enge Bekanntschaft mit dem für Italien zuständigen Oberbuchhalter konnte kein Zufall sein. Elisabetta, die gern mit dem lombardischen Gemüsehändler scherzte, könnte ebenso Botin sein wie jener Maurizio Bote; der Nachrichtenaustausch wäre vollkommen unverfänglich möglich gewesen. In dem Augenblick, da sie Schauer von aufkeimendem Mißtrauen bei Seinschedt berichtete, konnte dieser den Mörder auf die Reise schicken, und vermutlich wäre es Ludovica oder Elisabetta sogar möglich gewesen, dem gedungenen Mörder das Opfer zu zeigen.

Das einzige, was Jakob an dieser Theorie nicht gefiel, war der Umstand, daß Ludovica Zappis Ehrgeiz in erster Linie danach trachtete, eine bekannte Malerin zu werden, die von der Malerei leben konnte; dieses Bestreben vertrug keine Heimlichkeiten und keinen Mißbrauch des Vertrauens, das ihr eine große Familie entgegenbrachte. Wenn ruchbar würde, daß sie als Hausmalerin von Raymond Fugger zum Nachteil des Handelshauses gearbeitet hatte, würde sie nie wieder eine Stellung erhalten – und darauf war in diesen Tagen jeder Künstler angewiesen. Oder erhoffte sie sich von dem Geschäft mit Engelhard Schauer das Vermögen, in Zukunft unabhängig zu leben? Denkbar war aber auch, daß sie mit dem Oberbuchhalter gemeinsame Sache gemacht hatte oder in dessen Pläne eingeweiht war; auch für diesen Fall mußte sie so rasch wie möglich nach Rom, um Seinschedts Geschäftserlöse einzustreichen.

Rätselhaft blieb in dieser Konstellation die Rolle der Zofe; doch schien es Jakob nicht unwahrscheinlich, in Elisabetta die Kundschafterin Schauers zu vermuten, denn einer Zofe blieb kaum etwas von dem verborgen, was die Herrin wußte. Die Rolle des Boten konnte beim Gemüsehändler Maurizio verbleiben, und die Verschwörungstheorie blieb so schlüssig wie zuvor. Für diese Lösung sprach der Umstand, daß Elisabetta ein paar Tage vor Seinschedts Tod verschwunden war. Wenn sie von dem Anschlag im vorhinein wußte, tat sie gut daran, zum Zeitpunkt der Tat nicht mehr anwesend zu sein, so konnte keinerlei Verdacht auf sie fallen. Auf jeden Fall wäre es seine Aufgabe in den nächsten Tagen, sowohl die Spur der Malerin wie die der Zofe zu verfolgen. Sofern die beiden zusammenwirkten, würden sie auf ihrem Weg nach Rom irgendwo zusammentreffen und den Rest des Weges gemeinsam zurücklegen. Völlig unbenommen bleibt daneben, dachte Jakob, während er auf das Gasthaus in Kohlgrub zuritt, daß die beiden Frauen mit Schauer und den Morden gar nichts zu schaffen haben, zumal ich nach wie vor für die Morde an Walch und Mair eine Täterschaft Kisslings nicht ausschließen kann.

Er stieg von seinem Pferd, führte es in den Stall, nahm den Sattel ab und drückte dem Stallburschen einen Augsburger Silberpfennig in die Hand. »Striegle meinen Braunen schön und gib ihm einen ordentlichen Hafersack«, wies er den Burschen an, dann ging er in die Schankstube und fragte nach einem Schlafplatz, bevor er sich nach Elisabetta und ihrem Freund erkundigte.

Die Neugier leitete Fürstbischof Sprenz offensichtlich ebenso durchs Leben wie das Streben nach Macht und Reichtum, denn nachdem sich Jakob an der Pforte der bischöflichen Burg, wo er um ein Nachtquartier bat, als ein Gesandter der Fugger zu erkennen gab, folgte die Einladung zum Abendmahl beim hochwürdigsten Herrn Bischof stehenden Fußes. Nichts anderes hatte Jakob bezweckt, schließlich wußte er von dem Augsburger Fuhrmann, daß Ludovica Zappi ebenfalls von Sebastian Sprenz empfangen worden war, und über die Malerin wollte er sich mit dem Kirchenfürsten unterhalten. Von der Statur her ein mittelgroßer Mann, neigte Sprenz zu einem leichten Fettansatz, was sich vor allem an seinem Doppelkinn zeigte. Er schien ein dem Leben zugewandter Mensch zu sein mit offenen, von Lachfältchen gerahmten Augen und Grübchen in den

Wangen, die sich bei jedem Lächeln vertieften. Er empfing Jakob freundlich und nahm den Ringkuß mit Wohlwollen zur Kenntnis, den Jakob aller seiner schlechten Erfahrungen mit Bischöfen zum Trotz immer noch mit einem Hauch von Ehrerbietung entbot, wenn nicht der Person, so wenigstens dem Amte geschuldet.

»Wie kommt«, fragte Sprenz, kaum saßen sie an der bescheiden eingedeckten Tafel, »ein Dominikaner dazu, Gesandter der Fugger zu sein?«

»Laßt mich, hochwürdigster Herr, nicht wie die Katze um den heißen Brei schleichen, sondern *in medias res* gehen.«

Der Bischof nickte.

»Meine schwere Aufgabe ist es, den Mörder eines Buchhalters der Goldenen Schreibstube zu suchen. Das muß in aller Stille geschehen, denn es ist zu vermuten, daß ein Feind der Fugger hinter der Tat steht, der versuchen wird, die Umstände auszunutzen, um das Handelshaus in den Untergang zu treiben.«

Jakob sah, wie sich Schweißperlen auf Sprenz' Stirn bildeten, die nicht von der klaren Hühnersuppe herrühren konnten.

»Ein Mord an einem einfachen Buchhalter?«

»Nein. Das Opfer war der Oberbuchhalter für die ganzen italischen Geschäfte, Franko Seinschedt.«

Sprenz verschluckte sich und begann zu husten. Aus geweiteten Augen blickte er Jakob an. »Franko Seinschedt?« Seine Stimme klang ungläubig und angsterfüllt. »Das kann doch nicht sein, das …« Er verstummte und schaute Jakob unsicher an. »Du bist wirklich ein Gesandter der Fugger? Du bist verschwiegen?«

»Ich bin ein Gesandter der Fugger, und wo immer Ihr es wünscht, bin ich verschwiegen«, antwortete Jakob ernst.

»Was trifft Euch an dieser Nachricht gar so sehr? Kanntet Ihr Franko Seinschedt?«

»Er war mein Geschäftspartner im Haus der Fugger.«

»Welcher Art waren Eure Geschäfte?«

»Ich habe Geld eingelegt; Seinschedt versprach guten Zins.«

»Die Fugger sind eine sehr zuverlässige Bank; wegen des Todes eines Buchhalters müßt Ihr Euch keine Sorgen machen«, beschwichtigte Jakob und löffelte in aller Ruhe seine Suppe aus. Sprenz schien sich zu beruhigen, jedenfalls aß er die Vorspeise zu Ende und blickte dabei Jakob mehrfach an. Es sah aus, als plage er sich mit einer schwerwiegenden Entscheidung herum. Als die Suppenschälchen leer waren, läutete er mit einer bronzenen Tischglocke und hieß den eintretenden Diener, den Fisch aufzutragen. Die Forellen waren in Butter gebraten, dazu gab es Erbsen in dicker Rahmsoße und Graubrot; ein bescheidenes, aber schmackhaftes Mahl.

»Ihr kennt Ludovica Zappi?« fragte Jakob beiläufig, während er den Fischkopf aussaugte. »Die Malerin der Fugger, die viele Bilder für Seinschedt gemalt hat?«

Sebastian Sprenz zwinkerte, und Jakob fragte sich, ob vor Schreck oder aus Unsicherheit. Der grüblerische Gesichtsausdruck des Bischofs verstärkte sich noch, erhielt aber durch das Augenzwinkern eine dümmliche Note.

»Ihr hattet sie vor nicht allzu langer Zeit zu Besuch«, stellte Jakob mit einem süßen Lächeln fest, während er den Forellenkopf zurück auf den Teller legte. »Habt Ihr Euch gut unterhalten?«

»Ich wollte sie hierbehalten, bot Ihr an, ein Bildnis von mir zu malen, aber sie wollte in den Süden, in die mildere Luft. Schade. Ich mag ihre Art zu malen.«

»Ihr kennt ihre Art zu malen?«

»In meinem Privatgemach hängt ein Bild von ihr«, antwortete der Bischof voller Stolz. Erst als er die Worte bereits ausgesprochen hatte, begann er zu zögern.

»Ein sehr schmackhafter Fisch«, lobte Jakob das Essen und tunkte mit seinem letzten Brotstück die Butter vom Teller.

»Woher kennst du die Malerin?«, fragte der Bischof und nagte seinerseits am Forellenkopf wie zum Zeichen, daß er eine längere Antwort erwarte.

»Sie ist unmittelbar nachdem man Seinschedts Leiche entdeckt hat, aus Augsburg geflohen. Es besteht der Verdacht,
daß sie etwas mit dem Verbrechen zu schaffen hat.«

»Die Malerin? Das kann nicht sein!«

»Woher nehmt Ihr Eure Sicherheit?«

»So eine offene, freundliche Frau. Zweifelst du an meiner
Menschenkenntnis?«

»Hättet Ihr gedacht, hochwürdigster Herr, die Bürger
und Bauern hier würden die bischöfliche Burg stürmen und
den Fürsten aus seinem Haus vertreiben?« Jakob wußte um
die Schärfe dieser Replik, aber er spürte Sprenz' Verunsi
cherung und ahnte, hier ein Geheimnis lüften zu können.
»Dürfte ich das Bild sehen?«

»Du darfst«, entgegnete der Fürstbischof matt. »Hältst
du die Fugger auch dann für eine zuverlässige Bank, wenn
es um sehr viel Geld geht?«

»Wieviel?«

»Eine Viertelmillion Goldgulden.«

Jakob pfiff durch die Zähne. »Wie kommt Ihr zu so
einem Vermögen?«

»Das Stift ist reich, eine gute Pfründe.«

»Vor drei Jahren hat man Euch aus Eurer Burg vertrieben,
nur dank der Hilfe des Erzherzogs konntet Ihr wieder die
Herrschaft übernehmen, vor einem Jahr sind Landsknechte
über den Brenner gezogen und wollten unterwegs verkö-
stigt sein, das Land ist leergefegt. Wo, frage ich Euch, kommen da die Gulden her?«

»Wein und Silber ...«, entgegnete der Bischof müde.
»Seinschedt war mein Geschäftspartner, mit ihm konnte ich
sehr vorteilhaft verhandeln.«

»Wie vorteilhaft? Ich beschwöre Euch, sagt mir die Wahrheit; es geht darum, einen Mörder zu finden. Was Eure
Goldschatulle angeht, seid versichert, ich schweige gegenüber jedermann.«

»Kann ich mich darauf verlassen?«

Jakob nickte.

Sebastian Sprenz schellte mit der Tischglocke und ließ gebratene Täubchen servieren, zu denen eine Soße aus getrockneten Pilzen und Dörrtomaten gereicht wurde, dazu weiße Bohnen, weißes Kraut und Graubrot. Jakob leckte sich die Lippen. Doch kein zu bescheidenes Mahl, dachte er und erfreute sich an den großen Portionen. Im Vergleich zu den beiden Gasthäusern, in denen er zuletzt genächtigt hatte, würde er heute richtig satt werden.

»Die Fugger haben einen Großteil des Geldes, welches ihnen mein Vorgänger Melchior von Meckau zur Verzinsung angetragen hat, nach dessen Tod für sich behalten. Mit allerlei üblen Machenschaften ist es ihnen gelungen, das Stift um die Erbschaft zu betrügen. Mit Hilfe von Seinschedt sollte es mir gelingen, wenigstens den dritten Teil des Geldes zurückzuerlangen.«

»Wie sollte das vor sich gehen?«

»Ich zeichnete fünf dieser neuen Anleihen der Fugger, die nur an den Leihgeber selbst zurückgezahlt werden, zeichnete für insgesamt zweihundertfünfzigtausend Goldgulden, zahlte aber in jede Anleihe nur dreißigtausend Gulden ein. Von meinem Geld nahm sich Seinschedt vereinbarungsgemäß ein Drittel, den Rest führte er in das Fuggersche Vermögen. Er versprach mir, persönlich dafür zu sorgen, daß zu den einzelnen Zeitpunkten der Rückzahlung alles glatt gehen werde. Die Zahlungstermine hatten wir verteilt gelegt, dann würden die Rückzahlungen nicht so sehr auffallen. Wir hatten bei seinem letzten Besuch in den tirolischen Silberminen alles ausgeklügelt und ein Erkennungszeichen vereinbart. Als ich den Granatapfel auf dem Abakus erhielt, wußte ich, das Geschäft geht klar, und leistete meine Zahlungen.«

»Verzeiht eine dumme Frage, hochwürdigster Herr: Was ist ein Granatapfel auf dem Abakus?«

»Na, das Gemälde von Ludovica Zappi!«

Die Antwort verschlug Jakob wegen ihrer Offenheit für einen Moment die Sprache. »Ihr habt Euch also mit Seinschedt über ein Gemälde verständigt, das eine Botschaft transportierte. Steht der Granatapfel für ein gutes Geschäft? Ich dachte, er symbolisiert den reichen Gottessegen und die himmlische Liebe. Habt Ihr Euch für die römische Fruchtbarkeit entschieden?«

»Komme mir nicht mit dem Blut der Märtyrer, Bruder Jakob, welches vom süßen Saft des Granatapfels dargestellt wird«, erwiderte Sprenz schmunzelnd und bewies damit ein gehöriges Maß an Humor. »Seinschedt wollte sichergehen, daß das Geschäft im geheimen abgewickelt wird, und damit war ich verständlicherweise sehr einverstanden. Ich werde dir das Bild zeigen; es ist wirklich gelungen. Aber nun plagt mich die Sorge um die Anleihen. Was meinst du, kann ich hoffen?«

»Wenn Ihr vernünftige Schuldscheine besitzt«, antwortete Jakob ausweichend. Seinschedt hatte also selbst betrügerische Anleiheschuldscheine ausgestellt, und zwar in einer Größenordnung, die für das Fuggersche Handelshaus rasch bedrohlich werden konnte. Jakob stellte sich die Frage, ob die Anleihen für Sprenz das einzige Geschäft dieser Art waren. Unabhängig davon stand fest: Seinschedt hatte ihn massiv belogen, als er sagte, er sei dem Hause Fugger treu und nehme nur einige Brosamen von der gräflichen Tafel für sich. Der Oberbuchhalter wurde immer rätselhafter; vielleicht konnte Sebastian Sprenz etwas Licht ins Dunkel bringen. »Warum, meint Ihr, hat sich Seinschedt auf das Geschäft mit Euch eingelassen?«

»Wir haben uns ausführlich darüber unterhalten, mit was für üblen Machenschaften der alte Jakob Fugger die Erben von Meckau um ihr Recht betrogen hat. Seinschedt wollte eine neue Geschäftsverbindung zwischen dem Stift Brixen und den Fuggern ermöglichen und einen Ausgleich für altes Unrecht finden. Er handelte aus christlichem Antrieb.«

»Er nahm fünfzigtausend Gulden für sich.«

»Ein gerechter Lohn für eine schwierige Mission, Bruder. Er sollte in der Goldenen Schreibstube die Verantwortung für die Anleihen übernehmen, durfte aber niemand an seinem Wissen teilhaben lassen. Außerdem dachte er an seine Zukunft, wollte sich später selbst eine kleine Herrschaft kaufen. Sein Eigennutz war eine läßliche Sünde.«

»Was ist eigentlich aus dem christlichen Zinsverbot geworden? Ihr gebt ein Vermögen in eine Anleihe, die nur zurückgezahlt wird, wenn Ihr den Zurückzahlungstermin erlebt, und nehmt dafür einen ziemlich hohen Zins, wie ich vermute.«

»Neun vom Hundert aufs Jahr bei einer Rückzahlungsfrist von vier Jahren. Du bist ein kühler Rechner, Bruder Jakob, und ich sehe schon, daß du ein geeigneter Gesandter der Fugger bist. Dagegen scheinen dir die Feinheiten des kirchlichen Rechts nicht geläufig.«

Jakob errötete; die Zurechtweisung ärgerte ihn, und er hätte zu gern erwidert, er kenne die Problematik der Franziskanerbank und sei durchaus ein Doctor iuris utriusque, doch dann hätte er dem Bischof die Ironie seiner Rede offenbart. Aber er wollte die wohlwollende Stimmung, in der ihr Gespräch verlief, nicht beeinträchtigen. Also ließ er die Erklärungen über den gerechten Zins geduldig über sich ergehen.

»Das Zinsnehmen verbietet der Kanon *De usuris* von Clemens V., doch schon Leo X. hat den Wert des *lucrum cessans* erkannt und in der Bulle *Inter multiplices* Recht zugunsten der Franziskanerbank gesetzt. Es ist nämlich kein teuflischer Wucher im Zinsnehmen, wenn das Geld von einem wahren Christen kommt und er es mit Herz und Verstand einem Armen gibt; dann darf er daraus den Gewinn ziehen, den er zöge, schickte er mit dem Geld, anstatt es an Arme zu verleihen, eine Galeere in die Levante zum Handeln. Da es christlicher ist, sein Geld an die Armen zu geben, folgerte der heilige Bernhard von Siena, darf der Gewinn, der erlaubtermaßen mit der Galeerenreise zu erwirtschaften gewesen wäre, in der Form eines Zinses erhoben werden. So können also die Monte di Pietá der Franziskaner ihre Arbeit tun, und so kann auch ich, Fürstbischof von Brixen, den verlorenen Gewinn des ehrlichen Kaufmanns als Zinsen von den Fuggern einstreichen, ohne gegen *De usuris* zu verstoßen.«

»Erlaubt eine Frage in eine ganz andere Richtung«, meldete sich Jakob wieder zu Wort, nachdem Sprenz seine Ausführungen beendet hatte. »War die Malerin in Begleitung, als sie bei Euch ankam?«

»Nein. Sie kam lediglich mit einem Fuhrmann, der Barchent geladen hatte. Wieso fragst du?«

»Ihre Zofe ist ebenfalls verschwunden, und zwar vermutlich zusammen mit einem Goldschmied, der ein sehr fescher Mann sein soll. Habt Ihr von so einem Pärchen etwas gehört?«

Sprenz schüttelte den Kopf. »Hast du wegen des Mordes einen Verdacht?«

»Wie ich schon sagte, scheint die Malerin etwas mit der Tat zu tun zu haben. Möglicherweise«, log Jakob, um den Bischof zu beruhigen, »ist Eifersucht im Spiel.«

»Ach ja, die Liebe«, murmelte Sprenz und ließ die Nachspeise auftragen, einen erkalteten Brei aus Gries, gewürzt mit Zucker und Zimt.

In Verona erhielt Jakob bei einem Goldschmied den ersten Hinweis auf Elisabetta und Falieri, der ihn nach Padua führte. Zwar war Ludovica Zappi geradewegs nach Ferrara weitergereist, wie er über eine Herberge in Erfahrung gebracht hatte, und daher der Ritt nach Padua ein Abweichen vom geraden Weg nach Rom, doch die Verzögerung würde nicht mehr als einen Tag betragen, und so konnte er den Umweg in Kauf nehmen. Die Malerin würde unmittelbar nach Rom reisen, da war sich Jakob inzwischen ziemlich sicher; aber welche Rolle spielte die Zofe? Er brannte richtiggehend darauf, Elisabetta zu treffen, um mit ihr über die Augsburger Vorfälle zu sprechen, und wollte ihre Spur nicht leichtfertig aufgeben. In Padua aber stand er vor einer schwerwiegenden Entscheidung, denn nachdem er dort mehrere Goldschmiede befragt hatte, wurde er erneut fündig und erfuhr, das Pärchen sei von Padua nach Venedig gereist. Ein Abstecher in die Serenissima würde mindestens zwei Tage kosten, und es war alles andere als gewiß, dort noch auf die Zofe und ihren Geliebten zu treffen, schließlich lag ihr Aufenthalt in Padua bereits vier Wochen zurück.

Nach einigem Zögern entschied Jakob sich, nach Rom zu reiten. Befände sich Elisabetta mit ihrem Freund noch in Venedig, wäre ihre Verwicklung in die Machenschaften von Engelhard Schauer wenig wahrscheinlich; Elisabetta war eine wichtige Gesprächspartnerin, wenn sie nach Rom weitergereist war, und dann würde Jakob sie früher oder später dort antreffen. Eine Verwicklung Ludovica Zappis in die dunklen Machenschaften dagegen schien aufgrund der Erkenntnisse naheliegend, die ihm Sebastian Sprenz vermittelt hatte. All diese Überlegungen sprachen für die Reise nach Rom; so ritt er hinüber nach Ferrara, das von den Truppen des französischen Königs unter Schutz genommen worden war, und anderntags weiter nach Bologna, ohne irgendwo von den Söldnern der heiligen Liga belästigt zu werden.

Jakob war froh, ohne Eskorte unterwegs zu sein. Bei den vielen Reitertrupps, auf die er traf, erregte er selten Aufmerksamkeit und niemals Argwohn. So kam er gut voran, und während am Horizont der Apennin größer und größer erschien, wurde das Wiedersehen mit der Ewigen Stadt immer greifbarer. Nach und nach tauchten die Erinnerungen an die dunklen und die glückhaften Stunden auf. Sein Herz versenkte sich in die Tage und Wochen zu Rom vor der Eroberung der Stadt bis zu seinem Wegreiten von San Clemente. Er sah Monsignore Benedetto Baldi, den Pfarrer dieser uralten Christenkirche, die bereits der ersten Gemeinde zu Rom gedient hatte, der ihm Unterschlupf gewährt und Sicherheit in jener wirren Zeit nach der Eroberung Roms durch die kaiserlichen Truppen verschafft hatte. Im Gefolge dieses Bildes erschienen Serena und Cesare aus der Erinnerung und die ganze Geschichte der Dirnenmorde, deren Aufklärung ihn beinahe das Leben gekostet hätte. Er sah das Mädchen mit dem schwarz glänzenden Haar, sah den molligen Jungen mit der Zahnlücke. Jakob wurde warm ums Herz bei der Erinnerung an diese beiden, von denen er hoffte, daß sie unter der Obhut des Pfarrers von San Clemente zu ordentlichen Menschen heranreifen konnten. Ordentlichen Menschen? Was ist das, fragte er sich unwillkürlich, und stellte fest, daß er sich mit der Vorstellung eines Lebens außerhalb des Ordens schwertat, obwohl er zunehmend ein Gewicht auf sich lasten spürte, das mit seiner Gehorsamspflicht zusammenhing.

Seltsam, dachte er dann, daß ich mich trotz aller Lebensgefahr wegen der Nachstellungen des Casale auf meine Person in der Obhut von Monsignore Baldi und der Gesellschaft von Serena und Cesare behüteter fühlte als in Augsburg unter dem Schutz meines Oberen. Dann aber spürte er Claudias Kuß auf seinem Mund, roch den Duft ihres Haares, schmeckte die Weichheit ihrer Lippen, sah das strahlende Blau ihrer Augen. Durch und durch ergriff die Erinnerung Besitz von ihm und ließ sein Herz schneller schlagen, den Atem flattern und die Arme zittern. Wenn sich doch, wünschte er sich auf seinem Ritt hinüber nach Bologna, der Traum beleben ließe. Während dieser Wunsch immer durchdringender wurde, wuchs in seiner Brust eine taube Pein. Das war ein Gefühl, als stürbe etwas ab; kein wirklicher Schmerz, eher so, wie man ein Bein spürte, das durch eine lange abgeknickte Haltung eingeschlafen war; es war da und nicht da, und wenn die Taubheit lang genug anhielt, tat es auf eine seltsam müde Art weh. Geschah dies mit einem Bein, so konnte man die Stellung ändern, aufstehen, umhergehen, aber wie bewegte ein Mann seine Brust?

Jakob erschrak, faßte sich ans Herz, atmete tief ein und lange aus, zog den Bauch ein, soweit das seine Fülle noch zuließ, ließ die Arme kreisen, schob die Schultern zurück, drückte die Brust vor und drehte und streckte sich. Er atmete flach, trommelte sich schließlich auf die Brust und schrie lauthals seine Angst hinaus. Die taube Beklemmung blieb. Allmählich erst verstand er, daß es Seelenpein war. Er war unterwegs in dem Wunsch nach Liebe, nach der Liebe einer Frau; und selbst, wenn er es als ziemlich sicher annehmen mußte, daß Claudia tot war, genügte dieser durch und durch körperlich gefühlte Wunsch, bei ihr zu liegen, um den Mönch zu bedrohen. In Wahrheit, dachte Jakob, und seine Lippen formten die Worte, ohne sie auszusprechen, in Wahrheit habe ich nie bereut, und der Wunsch, es wieder und wieder zu tun, ist übermächtig. Herr, gib sie mir zurück, sei ein Vater, mein Vater im Himmel, gelobt sei dein Name, von mir auf Erden, schenk mir die Liebe, die Freiheit, dein Wille geschehe, wie im Himmel, so mach mich auf Erden glücklich, gib mir, meine Liebe, gib sie, Vater …

Er stammelte ein wirres Gebet und weinte dabei. Brennend spürte er den Schmerz, als die Taubheit der Brust aufbrach. Er betete um die Lösung, die Loslösung. Er gab den Kelch zurück.

In der Herberge in Bologna verbrannte ihn ein drei Tage anhaltendes mörderisches Fieber.

In der Hölle brennt Feuer. Das war sein erster Gedanke, als er aus dem Bildertaumel des Fiebers auftauchte. Er hatte Flüsse brennenden Gesteins gesehen und fauchende Öfen groß wie der Braccianer See, Meere aus flüssigem Blei und Hunderte glühender Kneifzangen. Er hatte den Schwefel des Hades gerochen und brandiges Brot geschmeckt, hatte Haare und Bärte lichterloh flammen gesehen, ohne abzufackeln, und immer wieder rot geschälte Haut wie von übelstem Sonnenbrand. Alle Teufel, Gnome und Satyrn dieser Welt waren um ihn herumgetanzt, und Natterngewürm war über seinen Leib gekreucht. Hexen spien ihre Mägen auf ihm aus und trieben ihr lüsternes Spiel mit ihm, bis der Allverneiner selbst ihn *succubisch* vernaschte; doch obwohl jeder wußte, wie kalt sich der Bocksbeinige anfühlte, brachte der Beischlaf mit dem Teufel keine Kühlung für den Fiebergeplagten. Statt dessen jagten sich die Bilder im rasenden Funkenflug, alle Qual loderte über seinen Körper, ohne ihn zu versengen; lediglich ausgedörrt fühlte er sich, als er erwachte, und trank wie ein Verdurstender aus dem Krug, den ein hilfreicher Geist neben seine Pritsche gestellt haben mochte, soff den Krug aus in viehischem Durst und atmete danach tief durch.

Ich lebe noch, sagte er sich und wunderte sich dabei, freute sich daran, weil er jenen tauben Schmerz nicht mehr spürte, der ihn vor drei Tagen geplagt hatte, und schlief noch einmal ein, schlief friedlich weitere zwei Nächte und einen Tag und war genesen.

Verschwunden! Der Braune war fort. Jemand hatte sein Pferd gestohlen, und der Stallbursche, auf den Jakob wütend einschimpfte, wie das habe geschehen können, machte sich nicht einmal die Mühe, sich zu entschuldigen. Der Herbergswirt zuckte die Achseln und forderte ungerührt den Nachtgroschen. Zum Glück hatte Jakob seinen Beutel noch, es wäre beileibe nicht das erste Mal gewesen, daß ein Kranker im Schlafsaal ausgeplündert wurde.

Jakob schnürte seinen Ranzen. Wie schon einmal vor gut drei Jahren marschierte er in die Berge hinein und sann darüber nach, ob es nicht wirklich die angemessenste Art war, Rom *per pedes* zu erreichen. Jedenfalls, dachte er, bin ich nun ledig jeder unüberlegten Hast; Claudia ist ein Traum und wird ein Traum bleiben, dem nachzujagen nur hieße, das schöne Bild der Vergangenheit zu zerstören; und für was sonst müßte er sich sputen? War es noch wichtig, den Mörder zu finden? Jakob nickte. Die Frage nach der Gerechtigkeit steht über den Dingen, sagte er sich, und der Gerechtigkeit habe ich mich verpflichtet. In Wahrheit war es sogar drängender denn je für ihn, die Augsburger Verbrechen aufzuklären, weil er mit dem hingerichteten Hans Kissling ins reine kommen wollte. Er wußte, daß er das Unrecht, das den Täufern geschehen war, nicht sühnen konnte, aber zumindest konnte er der Reue über seinen Verrat an Hans Glaner und dessen Freunden einen tätigen Inhalt geben, wenn er mithalf, Kissling posthum von dem Vorwurf der Morde freizusprechen. Im Gehorsam gegen seine Oberen war dies dann die gute Tat; mochte sie die schlechte aufwiegen. Danach würde er die Kutte ablegen.

Im Gehen spürte er die Befreiung Schritt für Schritt, ganz sicher wurde er sich seiner Entscheidung, die im Fieberfeuer hart gebrannt worden war wie Ton im Ofen. Gleichwohl empfand er Schmerz. Er verlor seine Familie, denn der Orden war alles, was er in den zurückliegenden achtzehn Jahren gehabt hatte. Den Vater hatte er sehr früh verloren, hatte nur schemenhafte Erinnerungen an ihn, und die Mutter war im Kindbett liegen geblieben, als sie, zu alt fürs Gebären, von ihrem zweiten Mann niederkam. Damals war Jakob gerade Scholar zu Ingolstadt geworden, die Nachricht hatte ihn zwei Wochen nach der Beisetzung erreicht; damit war das letzte Band in die Welt gerissen, er war allein gewesen mit sich, den Dominikanern und Gott. Er legte die Gelübde ab und hörte in seinem Herzen noch einmal seine Mutter, die mit ihrer weichen Stimme von Jesus sprach.

Nun verlor er den Orden, und er wußte, daß es schmerzen mußte. Tat er auch weh, so war der Schmerz doch gut, denn er rundete die Trennung so ab, wie der Wundschmerz die Wundheilung begleitet. Und so tat jeder Schritt, der ihn freier machte, auch weh, und aus der Metapher wurde gegen Nachmittag eine Tatsache, denn er war das Marschieren nicht mehr gewohnt; die Füße schmerzten, die Blasen brannten.

Vor Sonnenuntergang fand er eine Bleibe in einem kleinen Dorf, wo ihn der Pfarrer bescheiden, aber herzlich bewirtete. Die Abendmesse wurde für Jakob ein scheues Zwiegespräch mit Gott; er betete die Psalmen mit Inbrunst wie eh und je und fand zwischen den liturgischen Zeilen Zeit für einige persönliche Sätze an seinen Herrn, dessen Nähe er spürte. Gott verläßt uns nicht, dachte Jakob, als das letzte

Gebet in der kleinen Kirche verhallte. Er hat die Güte und die Gnade für uns, seine Liebe fordert nicht, sondern ist langmütig. Der Gedanke machte Jakob froh, und er begann, Urban Rhegius zu verstehen, der sich von der römischen Kirche abgewandt und aus den priesterlichen Pflichten gelöst hatte, um das Weib zu erkennen und die Ehe einzugehen, ohne sich dem tiefen Glauben zu entziehen. Selbst Luther wurde Jakob nah, weil er sah, daß er mit seinem Weg, den er nun gehen würde, nicht alleine in dieser Welt war. Aber er würde nicht streitbar für die eine oder andere Seite sein wollen, sondern wäre in wahrer christlicher Nächstenliebe gern auf Ausgleich bedacht. Ob das möglich war?

Jakob wischte diesen Gedanken beiseite. Er mochte sich nun nicht um die Fragen der Kirche kümmern oder gar die Übel der Welt lösen. Jetzt wollte er mit sich und seinem Gott eine Übereinkunft finden. Er suchte jenen gnädigen Widerhall in der gläubigen Seele, der den inneren Frieden gewährte und Zuversicht für das weitere Leben verlieh.

Die Gläubigen hatten den Kirchenraum längst verlassen, als Jakob endlich aufstand, vor den Altar trat, niederkniete und sagte: »Herr, ich bin nicht würdig, daß Du einkehrst unter mein Dach, doch sprich nur ein Wort, so wird meine Seele gesund. Herr, löse mich von einem Versprechen, das ich jung aus vollem Herzen gab, aber jetzt nicht mehr halten kann. Ich habe mich geprüft. Du weißt es. Und ich habe mich bemüht. Vergebens. Einst wird kommen der Tag der Anfechtung. Du weißt es, und ich weiß es auch. Herr, dann will ich nicht in der Sünde sein. Löse mich von meinem Gelübde, Herr! Vergib mir, Vater, meine Schuld und sprich nur ein Wort, so wird meine Seele gesund.«

Drei Tage später erreichte er Florenz, nahm Fühlung mit dem Vertrauensmann der Fugger auf und erhielt einen kräftigen, gutmütigen Schecken, um den Rest des Weges nach Rom wieder hoch zu Roß zurückzulegen. Er tat es einzig um seiner Aufgabe willen, denn an sich fühlte er sich der

Demut und Bescheidenheit zum Dank für den Seelenfrieden verpflichtet, den er gefunden hatte. Seine Nächte waren frei von bösen Träumen, seine Tage frei von Zweifeln. Zudem schien ein wohlmeinender Himmel seine Schritte zu lenken, denn wegen eines vagen Gerüchts, bei Arezzo trieben Räuberbanden ihr Unwesen, entschied Jakob sich, den Umweg über Siena und Grosseto einzuschlagen, und erfuhr in Siena sowohl von Ludovica Zappi als auch von Elisabetta und Giuseppe Falieri. Er hatte also gut daran getan, die Serenissima zu meiden; in Rom würde er sie alle finden, und dann würde sich zeigen, wie sich das Böse zusammenfügte.

Der Ritt in die Ewige Stadt verlief ohne Zwischenfälle. Allerdings hatte das Wetter gedreht, und sintflutartiger Aprilregen erschwerte die letzten Meilen der Reise. Überall kam Jakob an den Spuren der Verwüstung vorbei, und die Zerstörungen schienen ihm noch ärger, als er sie im Gedächtnis hatte. Die Straßen starrten vor Schmutz und führten manchmal durch vollkommene Trümmerwüsten. Eingestürzt und verbrannt lagen viele Häuser, die Gärten rechts und links wucherten ohne Pflege, und auf den Straßen und Plätzen lungerten zerlumpte Jammergestalten und bettelten. Ohne groß nachzudenken, lenkte Jakob sein Pferd hinter dem Aventin vorbei auf San Clemente zu, als wäre es eine Selbstverständlichkeit, dort Serena und Cesare anzutreffen.

Als er das Kolosseum aus dem Regennebel auftauchen sah, juchzte seine Seele, als käme er wirklich nach Hause. Er blickte hinüber zu dem Ruinengrundstück am Monte Celio und sah das verfallene Wohnhaus, in dessen Keller er jene Liebesnacht mit Claudia verbracht hatte, die ihm nie mehr aus dem Gedächtnis schwinden würde. Mit leichter Hand zügelte er seinen Schecken und betrachtete die Ruine. Auf den prasselnden Regen achtete er schon längst nicht mehr, sondern gab sich einfach der Erinnerung hin, bis in seinem Gesicht nicht mehr zwischen Tränen und Regentropfen zu unterscheiden war. Endlich fühlte er sich bereit, den Ort zu verlassen; er würde frei sein vom Schmerz dieser Erinnerung, er würde Claudia betrauern und ihr ein ehrendes Andenken bewahren können. Eines Tages, sprach er sich Mut zu, träfe er auf eine neue Liebe. Das Pferd fiel in Trab und schüttelte ihn die kurze Strecke hinauf zu San Clemente kräftig durch. Vor dem Tor stieg Jakob ab, führte das Tier in den Garten und schlang den Zügel um den Ast einer Platane. Er streckte sich, bevor er auf die Tür des Pfarrhauses zutrat, atmete dreimal durch und pochte gegen das Holz.

Serena war eine junge Frau geworden, stellte Jakob fest, kaum war die Tür aufgeschwungen. Sie sah ihn mit großen Augen an, fragend, staunend, erkennend. Ein heller, durchdringender Schrei, dann warf sie sich gegen seinen Leib und umschlang seine Brust mit ihren zierlichen Armen. Jakob taumelte, fing sich und drückte sie nun seinerseits fest an sich. Sein Herz hüpfte vor Freude. Lachen und Weinen mischten sich, und beharrlich fiel der Regen. Es war ein grauer Freitag in der zweiten Woche des April. Kalt und windig. Und doch war dieser Tag für Jakob wunderschön.

Folio III
Blick in den Abgrund

Der Kartenleger von der Piazza Navona

Überschäumende Freude prägte das Wiedersehen, und Jakob konnte das Glück gar nicht fassen, Serena und Cesare wohlbehalten im Pfarrhaus von Monsignore Baldi vorzufinden. Wenigstens diese beiden, dachte er voller Dankbarkeit gegen Gottes Fügung, sind aus den Wirren unbeschadet hervorgegangen und haben einen Platz zum Leben gefunden. Von der Neuigkeit unterrichtet, eilte der Pfarrer herbei und bot Jakob nach herzlicher Begrüßung an, im Pfarrhaus zu wohnen.

»Nichts lieber als das«, antwortete Jakob und dachte an die liebevolle Pflege, die er hier nach dem Anschlag auf sein Leben erhalten hatte. Es zog ihn nicht ins *Collegio Teutonico*, in dem seit Hunderten von Jahren deutsche Geistliche, Pilger und Gelehrte wohnten. Der Blick hinunter auf den kleinen Friedhof *Camposanto Teutonico*, auf dem so mancher Romreisende seine letzte Ruhestätte gefunden hatte, barg stets die Gefahr der Wehmut in sich; zudem wußte er nicht, ob es augenblicklich ratsam war, sofort als deutscher Mönch erkannt zu werden, nachdem die kaiserlichen Truppen erst vor wenigen Wochen die Stadt endgültig verlassen hatten. Die Aussicht, in Gesellschaft des fuggerischen Beauftragten Richard Doberl zu wohnen, verzückte ihn ebensowenig. Hier im Kreis der Freunde von damals, aufgehoben zu sein gab ihm sofort dieses Gefühl von Heimat, nach dem er sich in den letzten Wochen und Monaten so gesehnt hatte.

»Was führt dich zurück nach Rom, Bruder?« fragte Benedetto Baldi und trat die Lawine der Wörter los, mit deren dahinstürzender Wucht die Freunde alles erfuhren, was sich in den letzten neun Monaten zugetragen hatte. Sie lauschten mit offenen Mündern, und als sie allmählich begriffen, daß Ludovica tatsächlich an derselben Geschichte Anteil hatte, fuhr eine heftige Spannung in ihr Staunen, und mit ziemlicher Verzögerung rief Cesare aus: »Ludovica ist unschuldig!«

Jakob stutzte. »Wie kommst du darauf?«

»Sie ist unsere Freundin«, erwiderte Serena an Cesares Stelle. Der Junge grinste. Nun war es an Jakob, über die Vorsehung zu staunen, als Serena erzählte, was sich in den letzten Wochen bei der Suche nach Elisabetta alles ereignet hatte. Gerade erst, dachte er, habe ich in Rom ein Dach über dem Kopf, und schon treffe ich auf den Menschen, den ich am dringendsten suche. Mein Gott, machst du mir jetzt die Lösung des Rätsels so einfach? Er konnte sein Glück nicht fassen und blieb durch den Umstand, daß es Serena und ihren Freunden bisher trotz aller Anstrengung nicht gelungen war, Elisabetta und Falieri zu finden, völlig unbeirrt. Über kurz oder lang würde ihnen die Zofe ins Netz gehen.

Die Zeit verging wie im Flug, während Serena und Cesare erzählten, was ihnen nach Jakobs Abreise alles widerfahren war. Aufgeregt berichteten sie von ihrer Wanderung nach Subiaco und ihren Abenteuern in den Bergen. Über lange Monate hinweg hatten sie dort eine neue Heimat gefunden, ehe sie Anfang Februar, als die Kunde vom Abzug der kaiserlichen Truppen kam, in die grauenhaft zerstörte Stadt zurückkehrten. Sie sprachen von ihrer Angst auf den menschenleeren Straßen, wenn man von Tivoli hereinkam, und von ihrer Freude, als sie entdeckten, daß Luigi und Massimiliano die ganzen Wirren überlebt hatten.

Als Jakob vom Tod Monsignore Trippas erfuhr, wurde er für einen Augenblick nachdenklich. Er sah den *Notarius cancellariae* vor sich, erinnerte das schmale Gesicht und die Höckernase unter der hohen Stirn, die durch eine steile Falte bis zum Haaransatz geteilt wurde. Trippa hatte ein böses doppeltes Spiel gespielt, um in der Welt des Vatikan Fuß zu fassen und Bedeutung zu erlangen, er hatte Schuld an den Schwierigkeiten, in die Jakob bei den Ermittlungen rund um den Dirnenmörder von Rom geraten war. Trotzdem empfand Jakob nun eine Spur Mitleid mit dem toten Kanzlei-notar und war dankbar für diese Regung, denn damit bewies sich, daß er frei war von Haß. Vielleicht nicht vollkommen frei. Denn als Cesare berichtete, Fabricio Casale sei nach wie vor als graue Eminenz der Kurie für Lustbarkeit und Intrige zuständig und strebe sogar, seit Clemens wieder unange-fochten auf dem Stuhl Petri sitze, wenngleich derzeit in Or-vieto, nach Höherem, spürte er einen Anklang von Wut. Hätte nicht das Pferd eines deutschen Landsknechts auf die-sem Ausbund an seelischer Scheußlichkeit herumtrampeln können? Kaum war dieser Gedanke gedacht, schlich sich Angst in Jakobs Herz, denn Casale hatte ihm nach dem Le-ben getrachtet und würde womöglich weiterhin nach Mög-lichkeiten suchen, seine Rachsucht auszuleben. Doch in die Angst mengte sich unerwartet ein Funken Hoffnung.

»Ist das Wirken Casales in der Stadt bekannt?«

»Aber ja; nicht nur *Pasquino* raunt dir seine Schandtaten zu. Ob am Pozzo bianco oder am Campo de Fiori, Casales Lustbarkeiten kennt jede Hure von Rom.«

Jakob lächelte versonnen über *Pasquino*, die sprechende Statue, jenen Marmortorso, den die Römer seit über zwan-zig Jahren nutzten, um ihm Satiren und Schmähschriften auf den Leib zu kleben. So konnte man seinen Unmut ungestraft äußern, und viele nahmen täglich einen Umweg in Kauf, um nachzuschauen, ob sich *Pasquino* wieder zu Wort gemeldet hat. Während seine Gedanken noch um *Pasquino* kreisten, formte sich im Hintergrund jener Hoffnungsfunke aus, der ihn die Frage nach Casale hatte stellen lassen. Wenn Casales Wirken öffentlich bekannt war, würde ein Mensch, der einer lebensbedrohenden Verfolgung durch den Medici-Bastard gewärtig sein mußte, die Ewige Stadt meiden, zumal es nie-mand, der nun in einem sicheren Exil lebte, locken mochte, in die verwüstete und entvölkerte Stadt zurückzukehren. Sollte also … Nein, durchzuckte es ihn, dieser Gedanke ist zu verrückt, um ihn auch nur zu denken! Aber … wirklich, es hat keinen Sinn, sich Vorstellungen vom Unmöglichen zu machen. ... Gleichwohl, es könnte sein ... Tagelang haben wir die Stadt ausgeforscht und keine Spur gefunden ... Das hat Fabricio Casale sicher auch getan, und er hätte bessere Mittel, jemanden zu finden. Claudia mußte sich also besonders gut verstecken und ihre Flucht hervorragend tarnen ... Falsche Hoffnung bringt Schmerzen ... Schweig! Es könnte sein! Und wenn ihr die Flucht aus Rom gelungen ist, wird sie nicht in die Stadt zurückkommen, solange Casale am Leben ist. Sie kennt seine Rachsucht.

Benedetto Baldi, Cesare und Serena waren verstummt; sie blickten auf Jakob, der dasaß und lautlos weinte. Es war ein ruhiges Weinen, in dem keine Verzweiflung steckte und kein Schmerz, es sah aus wie ein Weinen aus innerer Gelöstheit, Freudentränen ohne Lachen, ja, es schien an jeder Aufgewühltheit zu fehlen. Die drei Freunde ließen ihre Blicke nicht von ihm und begleiteten sein Weinen in aller Stille.

Es war diese Stille, die ihn in die Welt zurückholte. Jakob blickte auf und sah die Augen seiner Freunde schweigend auf ihn gerichtet; er spürte ihre Anspannung und Erwartung und freute sich an ihrer Anteilnahme.

»Ich bin froh, bei Euch zu sein«, sagte er leise. Ein umstößliches Wissen erfüllte ihn, ein beinahe anmaßendes Wissen darüber, daß die Zukunft Gutes für ihn bereithalte. »Jetzt, da ihr im Aufspüren von Menschen schon manche Übung habt, wollt ihr mir helfen, gleich mehrere zu finden?« fragte er in die Runde und erntete begeistertes Kopfnicken.

»Wen sollen wir denn suchen?«

»Zunächst Elisabetta und ihren Freund, den Goldschmiedgesellen Giuseppe Falieri, später aber ...« Er legte eine kurze Pause ein, unsicher geworden, ob er es wirklich wagen sollte, seine Hoffnungen laut auszusprechen, überwand seine Zweifel und vollendete den Satz: »Claudia!«

»Claudia?«riefen Cesare und Serena im Chor.

Jakob nickte.

Die beiden sahen sich an, dann raffte sich Serena auf und berichtete von ihrer letzten Begegnung mit Marcina vor einigen Tagen. »Seit neun Monaten kein Lebenszeichen«, endete Serena.

»Hast du nicht selbst zu Marcina gesagt, man dürfe die Hoffnung nie aufgeben? Du solltest an das glauben, was du sagst. Wenn Claudia die Flucht gelungen ist, hält sie sich fern von Rom an einem Ort auf, den Casales Arm nicht erreicht. Laßt uns darüber nachdenken, was das für ein Ort sein könnte. Wir werden sie finden, verliert die Hoffnung nicht! Doch jetzt zurück zu Mutter und Tochter Scorticini: Wenn jene Aspasia nun Elisabetta ist – was für ein Verdacht drängt sich dann auf?«

Serena und Cesare blickten Jakob mit großen Augen an.

»Denkt nach«, bat Jakob mit eindringlicher Stimme. Er wollte von ihnen hören, was er angstvoll ahnte.

»Wenn Aspasia Elisabetta ist«, überlegte Cesare halblaut, »dann war Ludovicas Zofe früher eine *Cortigiana*. Das ist doch nichts Besonderes, darauf ist Serena ganz rasch gekommen.«

»Natürlich kann man dann fragen«, mischte sich Serena in die Überlegungen ein, »was für Kontakte sie gehabt hat. Ihre Freunde, Gönner, Geldgeber … Sie könnte, wenn sie mit dem Verbrechen in Augsburg zu tun hat, aus ihrer früheren Zeit jemanden kennen, aber wen?«

»Das kann kein kleiner Fisch sein«, murmelte Cesare.

»Es geht um viel Geld und um Macht«, ergänzte Serena.

Benedetto Baldi saß die ganze Zeit schweigend unter ihnen, doch plötzlich schlug er mit der Faust auf den Tisch und schrie: »Nein, sagt, daß es nicht wahr ist!«

»Monsignore«, rief Serena verdattert. »Was ist mit Euch?«

Baldi schüttelte den Kopf.

»Casale«, flüsterte Cesare in diesem Augenblick.

»Casale?« wiederholte Serena mit einem fragenden Unterton und bekräftigte schließlich laut: »Casale.«

»Ja, Casale«, rief Baldi und ballte die Fäuste. »Werden wir diesen Alptraum nie los? Hinter allen Schandtaten Roms scheint dieser Bastard zu stecken. Und ihr, ihr mischt euch schon wieder ein. Da kommt so ein verrücktes Weib in die

Stadt und sucht nach etwas, das sie selber nicht richtig kennt. Wen muß sie um Hilfe bitten? Serena, dich! Und wer steht ihr sofort bei? Cesare, du! Damit nicht genug, taucht der Jäger des Hurenmörders wieder auf und sucht das gleiche namenlose Etwas. Wer aber hilft? Ihr! Und wieder geht es um Mord und Totschlag, und wieder geht es gegen den Abschaum der Welt, und wir fürchten uns, fürchten um unser Leben! Verzeih, Bruder«, beendete er seinen wilden Ausbruch mit leiser Stimme, »aber ich habe Angst. Wir sind erst vor wenigen Wochen von den Bergen Subiacos heruntergekommen, als die Reste der kaiserlichen Horden abgezogen sind. Kaum waren die Plünderer fort, machten sich die Banden des Amico de Arsoli, der Regola und der Monti daran, ihre Herrschaftsbereiche zu sichern. Stets leben wir in Angst vor Raub und Diebstahl, wagen des Nachts keinen Schritt vor die Tür und beten zu Gott, daß er die Stadt aus ihrer Agonie erlöse. Und jetzt höre ich den Namen Casale! Das ist zuviel.«

Jakob erhob sich und ging mit kleinen Schritten in der Stube auf und ab. Sie hatten seine Ahnung ausgesprochen, und sie hatten ebenso Angst wie er. Jeder von ihnen wußte, wie gefährlich es war, wenn man dem Medici-Bastard in die Quere kam.

»Wir haben einen Vorteil«, sagte Jakob in die neuerliche Stille hinein. »Sollte Casale mit den Verbrechen im Hause Fugger zu tun haben, so weiß er nicht, daß wir ihm auf der Spur sind. Richard Doberl, der Beauftragte von Anton Fugger, wird sich in erster Linie um Engelhard Schauer kümmern und ansonsten versuchen, den angerichteten Schaden möglichst gering zu halten. Er wird nicht nach Verknüpfungen suchen, die bis in die Kurie reichen. Und ich bleibe im Hintergrund. Wir können versuchen, alles heimlich auszuforschen.«

»Selbst wenn es dir gelingt, Bruder – was geschieht dann? Es gibt wenig Gerechtigkeit in Rom.«

»Du sagst es, Benedetto. Ich weiß es nicht, aber vielleicht fällt uns etwas ein, wenn es soweit ist.«

»Woher nur nimmst du diese Zuversicht?« fragte der Monsignore und schaute Jakob fest an. Schließlich lächelte er und gab sich einen Ruck: »Gott wird mit uns sein.«

In der Nacht schlief Jakob so erquickend wie schon lange nicht mehr, und als er aufwachte, wunderte er sich darüber, sich an keinerlei Angstträume zu erinnern. Nicht die Spur einer Bedrückung lastete ihm auf der Seele. Im Gegenteil, er fühlte sich frisch und beschwingt. Ihm war, als läge des Rätsels Lösung offen vor ihm, und das einzige, was zu tun blieb, war, die Bestätigung in der Wirklichkeit zu finden. Er nahm sich vor, gleich nach der Frühmesse zur Faktorei der Fugger aufzubrechen, um sich mit Richard Doberl zu beraten. Serena und Cesare waren schon auf den Beinen, als Jakob in die Stube trat, und fragten aufgeregt, was sie als nächstes unternehmen sollten.

»Ihr versucht wie in den letzten Tagen, Elisabetta zu finden. Wenn ihr euch nur lange genug an der Piazza Navona herumtreibt, werdet ihr sie wieder sehen; dann verfolgt ihr sie unauffällig und bekommt heraus, wo sie wohnt.«

»Hast du keine aufregendere Aufgabe für uns?« fragte Cesare enttäuscht.

»Dieser Auftrag ist schwierig genug, und niemand außer euch kann ihn erfüllen; mich würde die Zofe sofort erkennen, und dann wäre alles verpatzt. Sei nicht ungeduldig, Cesare«, beschwichtigte Jakob den vor Tatendurst sprühenden Jungen, »die Angelegenheit wird spannender, als uns lieb ist.«

»Und Ludovica«, fragte nun Serena, »wann sollen wir ihr berichten, daß du da bist?«

»Gar nicht«, antwortete Jakob. »Es wäre mir lieb, wenn sie heute abend hierher bestellen könntet, ohne ihr zu sagen, daß sie mich antreffen wird. Sie malt bei Ambrogio, stimmt's?«

Serena nickte.

»Ich will nicht, daß sie mich bei dem alten Fuchs durch

eine unbedarfte Äußerung verrät. Wir müssen auf der Hut sein.« Außerdem, dachte er, wollte das aber den beiden nicht sagen, bin ich mir noch nicht sicher, ob Ludovica gänzlich unschuldig ist; um das festzustellen, ist es gut, wenn ich den Überraschungseffekt auf meiner Seite habe.

Ein heller viereckiger Fleck auf dem Putz der Fassade des Palazzo am Rione di Ponte wies auf das Fehlen einer Marmortafel hin, die hier über Jahre hinweg befestigt gewesen war. Richard Doberl hatte unverzüglich gehandelt: Die Niederlassung der Fugger gab es nicht mehr. Insgeheim bewunderte Jakob diese rasche Entscheidung Anton Fuggers, der sich nicht von irgendwelchen gefühlsduseligen Erinnerungen leiten lassen ließ. Der Kaufmann konzentrierte sich ganz auf sein Geschäft und nahm keinerlei Rücksicht darauf, daß er hier am Rione di Ponte seine schönste Zeit verbracht hatte. Nur wer unbeschwert in die Zukunft blickt, dachte Jakob, kann auch eine schwierige Gegenwart meistern; die Vergangenheit soll uns zwar Lehrmeister sein, aber niemals Ballast.

Mit diesen Gedanken schwang er den kunstvoll gefertigten Bronzeklopfer gegen die Tür. Ein Diener öffnete das Tor und blickte ihn mißtrauisch an; seine Miene hellte sich erst auf, als Jakob seinen Namen sagte. Der Diener ließ ihn ein, und gemeinsam stiegen sie über eine breite Marmortreppe in das erste Stockwerk hinauf und durchschritten eine Flucht von reich ausgestatteten Räumen, bis sie in eine einfache Schreibstube traten, in deren Mitte zwei Stehpulte standen.

Richard Doberl hob den Kopf. Ein freudiges Lächeln huschte über sein ansonsten ernstes Gesicht. Er legte die Feder beiseite, kam auf Jakob zu, reichte ihm die Hand und hielt sie nachdenklich fest.

»Gut, daß Ihr hier seid. Es ist schlimmer, als ich vermutet hatte, und ich benötige Eure Hilfe.«

»Wo immer ich sie Euch gewähren kann, ist sie gewährt. Ihr habt doch im Ohr, was Anton Fugger sagte?«

»Ehrlich, ich hatte nicht gedacht, daß es notwendig werden würde«, gestand Doberl und zwirbelte mit Daumen und Zeigefinger der rechten Hand an seiner linken Bartspitze. Jakob blickte sich im Raum um; die Wände ringsum bargen Regale, vollgestopft mit Folianten. Etliche der gewichtigen Bücher lagen, an den verschiedensten Stellen aufgeschlagen, auf dem Boden verstreut, und auf beiden Stehpulten fanden sich eng beschriebene Bögen Papier. Weit und breit war kein Buchhalter zu sehen. Doberl sah Jakobs fragenden Blick und sagte: »Die meisten Buchhalter sind mit Schauer gegangen, und die, die blieben, waren zu nichts zu gebrauchen; ich habe sie weggeschickt. Nur einen Teil des Hauspersonals habe ich behalten«

»Und wo ist Schauer jetzt?«

»Das weiß ich eben nicht. Vor fünf Tagen habe ich ihn das letzte Mal gesehen; seitdem ist er verschwunden.«

»Was habt Ihr bisher herausgefunden?«

»Bei meinem Eintreffen vor knapp sechs Wochen war Schauer sehr überrascht. Als ich ihn fragte, wie viele Einlagen er in den letzten Monaten für das Haus eingeworben habe, tischte er mir allen möglichen Humbug auf. Ich eröffnete ihm, daß die Faktorei geschlossen und er seines Postens enthoben werde, und hielt ihm die Listen vor, die wir in Augsburg erarbeitet hatten. Da wurde er blaß und mußte sich setzen. Eine Weile war er überhaupt nicht ansprechbar, dann versprach er mir unter Tränen, er werde mir helfen, alles aufzuklären; er habe Fehler gemacht, schlimme Fehler sogar, manches sei ihm in den vergangenen Wochen bereits klar geworden, aber noch sei nichts verloren, alles ließe sich retten, und wenn ich Vertrauen in ihn hätte, könnten wir viele Mißgeschicke rasch bereinigen. Er sprach von einigen zehntausend *Scudi*, die abhanden gekommen seien, bekannte seine Schuld und versprach Wiedergutmachung. Zunächst erreichte er es auch, daß ich einige Schuldscheine gegen geringes Kapital zurückerhielt, die über hohe Beträge ausgestellt waren. Als ich ihn fragte, wieso die Gläubiger auf einen verbürgten Betrag verzichteten, gestand er mir, die Schuldscheine gegen geringeres Entgelt ausgestellt zu haben; allerdings sei es den Gläubigern lediglich darum gegangen, sie bei anderen Banken als Sicherheit vorzuzeigen, um dort Geld aufnehmen zu können. Trotz des Anscheins, mit diesen Geschäften den Fuggern geschadet zu haben, sei doch in Wahrheit das Gegenteil der Fall, weil fremde Banken auf diese Schuldscheine hin Geld an zweifelhafte Schuldner gegeben und sich somit um Kapital gebracht hätten. Binnen weniger Tage war ich im Besitz von Schuldscheinen über einhundertzwanzigtausend *Goldscudi* und hatte dafür lediglich achttausend *Scudi* aufwenden müssen. Schauer zeigte sich auch sehr hilfsbereit, als es darum ging, in den einzelnen Folianten die Buchungen nachzuvollziehen, die den gefälschten Geschäften zugrunde lagen, und er war drauf und dran, mir über seine Helfer und Verbündeten in Augsburg zu erzählen.«

»Und?« fragte Jakob neugierig dazwischen. »Konntet Ihr ihm entlocken, welche Verbindungen er nach Augsburg hatte und wie sein Verhältnis zu Franko Seinschedt war?«

»Er machte einige Bemerkungen über Seinschedt und ließ durchaus in düsterem Ton Höchstetters Namen fallen, doch rückte er nicht recht mit der Sprache heraus. Nach den ersten Erfolgen, die ich verbuchen konnte, wollte ich ihn nicht allzu sehr bedrängen. Ich dachte mir, er benötige noch etwas Zeit. Doch nach einer Woche war er wie ausgewechselt. Nicht nur, daß er alles abstritt, was ich ihm vorhielt, sondern er griff mich sogar an, ich würde hier alles zerstören und mich am Vermögen der Fugger vergreifen. Wir stritten mehrere Tage miteinander, bis ich mir nicht anders zu helfen wußte, als ihm die Tür zu weisen.«

»Ihr habt ihn hinausgeworfen?«

»Ja, und zwar handgreiflich«, bestätigte Doberl grimmig. »Er wollte das Haus nicht verlassen. Ich mußte mir vom *Governatore* zwei *Sbirri* holen, die ihn mit Gewalt aus seinen Gemächern zerrten und auf die Straße setzten. Bald darauf stellte ich fest, daß er in den zurückliegenden Tagen aus vielen Folianten seitenweise Aufzeichnungen entfernt hatte. Ich schalt mich heftig, ihm auch nur für einen Pfennig vertraut zu haben. Zu spät.«

»Trotzdem hattet Ihr mit ihm bis vor fünf Tagen regelmäßig Kontakt?« fragte Jakob ungläubig.

»Ja. Nachdem noch selbigen Tags alle Bediensteten, die sich ihm verpflichtet fühlten, das Haus verlassen hatten, und ich rasch feststellte, wie wenig die Buchhalter, die blieben, taugten, war ich im Kontor auf mich allein gestellt. Jeden Tag kamen Gläubiger und meldeten Ansprüche an. Es war mir nicht möglich, all diese Ansprüche zu prüfen, und so nahm ich wieder Fühlung mit Schauer auf und versprach ihm weitgehende Verschonung, wenn er mir hülfe. Zwar zeigte er mir tagtäglich seinen Groll, aber er bewies eine erhebliche Treue an das Haus Fugger und half mir, etliche Ansprüche abzuwehren und viele Gläubiger in die Zukunft zu vertrösten.«

»Und wieso ist alles viel schlimmer als gedacht?«

»Vor fünf Tagen hat mir der Stadtverwalter des Papstes einen Schuldschein vorgelegt.«

»Ottavio Farnese?«

»Nein, Graf Nicolaus von Tolentino. Ausgestellt auf den Heiligen Vater. Über einen Betrag von dreihundertfünfzigtausend *Goldscudi*.«

»Wie ist das möglich?«

Doberl zuckte die Achseln.

»Ist der Schuldschein echt?«

»Ich weiß es nicht. Ich wollte Schauer dazu befragen, doch er war verschwunden.«

Richard Doberl ging ratlos in der Schreibstube auf und ab und zwirbelte dabei ständig seinen Bart, was Jakob kaum mit ansehen konnte. Er spürte Doberls Verzweiflung, und was mit dem Haus Fugger geschehen mochte, wenn der Papst eine Forderung in dieser Größenordnung durchsetzte, konnte er sich in düsteren Farben ausmalen.

»Glaubt Ihr, daß Engelhard Schauer die betrügerischen Geschäfte alleine zu verantworten hat?« fragte Jakob und kam damit auf sein dringendstes Anliegen zurück, herauszufinden, wer hinter den ganzen Machenschaften steckte.

»Nein«, erwiderte Doberl, »Schauer ist viel zu ängstlich. Ich habe bisher vergeblich versucht, mich umzuhören. Ich habe keinen blassen Schimmer, wer seine Finger im Spiel hat.«

»Hat Ambrosius Höchstetter in Rom einen Verbindungsmann?«

Doberl blieb stehen und drehte seine Handflächen hilflos nach oben. »Ich weiß es nicht, wirklich, ich tappe vollkommen im dunkeln. Rom ist für mich eine Stadt mit sieben Siegeln. Deshalb müßt Ihr mir helfen. Nur mit Eurer Hilfe kann es gelingen, diese dunklen Machenschaften aufzuklären.«

»Ich stehe Euch bei, denn ich stehe bei Anton Fugger im Wort«, sagte Jakob und legte seine Hand auf Doberls Schulter. »Ich muß mit Schauer sprechen. Wo hat er nach dem Rauswurf durch Euch gewohnt?«

»In einem zwielichtigen Haus bei San Giacomo.«

Jakob erschrak; er kannte nur ein zwielichtiges Haus bei San Giacomo, und wenn es das war, dann bewahrheitete sich sein Verdacht. Er mußte so schnell wie möglich mit den Kindern zusammentreffen und verabschiedete sich von Doberl. Mit eiligen Schritten durchmaß er die prunkvollen Räume, hastete die Treppe hinunter, öffnete die Tür und – prallte zurück. Vor ihm stand eine Person mit schwarzer Maske, eingehüllt in einen schwarzen Mantel, die Kapuze tief ins Gesicht gezogen, eine Hand zum Schlag erhoben, als hätte sie eben nach dem Klöppel greifen wollen. Jakob griff sich ans Herz. Sein schwarzer Gegenüber schien ungerührt, langte in die Innenseite der Kappa und zog einen Dolch hervor.

»Neugier ist eine gefährliche Krankheit«, sprach eine dumpfe Männerstimme in bemühtem Latein. Dann schnellte der Dolch empor und verletzte Jakob mit einem nicht zu heftigen Streich an der Wange. »Glaube nicht, daß wir einen Fehler machen. Beim nächsten Mal sitzt der Stahl in deinem Herzen, Doberl!«

Jakob spürte es warm über die Backe rinnen, während er dem Maskierten staunend zusah, wie er den Dolch einsteckte, sich umdrehte und langsam die Straße hinunter ging. Erst als er in eine Gasse eingebogen war, löste sich Jakobs Erstarrung. Er rannte dem Schwarzen hinterher; doch als er schwer atmend an der Gasse ankam, lag diese verlassen in der Mittagssonne. Er wischte sich übers Gesicht und drehte um; die Handfläche voll Blut, ging er zum Fuggerhaus zurück. Als der Diener die Tür öffnete, schlug er die Hände über dem Kopf zusammen. Jakob winkte ab und ging raschen Schrittes hinauf ins Kontor. Richard Doberl zuckte zusammen, als er Jakob sah und fragte entsetzt, was geschehen sei.

»Das Messer hat Euch gegolten«, antwortete Jakob matt. »Der Täter wußte nicht, wie Ihr aussieht, und war auch sonst von mäßigem Verstand; oder geht Ihr manchmal im Habit der Dominikaner durch die Stadt?«

Doberls Gesichtsausdruck zeigte mehr als hundert Worte sein Unverständnis.

»Ein Messerheld wollte mich über die Gefährlichkeit der Neugier belehren und sagte Doberl zu mir«, erklärte Jakob. »Könnt ihr mir die Wunde so versorgen, daß sie aufhört zu bluten?«

Doberl erbleichte. »Wir müssen einen sauberen Stoff darauf pressen«, stammelte er schließlich und sprang davon. Hoffentlich, dachte Jakob, muß der Messerheld nicht allzu genau erzählen, wie er seinen Auftrag ausgeführt hat, denn wenn er meine Ordenstracht beschreibt, weiß sein Auftraggeber, daß er dem Falschen einen Schmiß verpaßt hat.

»So«, sagte Doberl, als er den Stoff auf das verwundete Fleisch drückte, und wirkte gefaßt dabei, »das müßte fürs erste genügen. Ihr solltet trotzdem einen Bader zu Rate ziehen.«

Jakob nickte und fragte, wie und wo Doberl in den letzten Wochen seine Erkundigungen eingezogen habe.

»Solange ich noch mit Schauer in Kontakt war, habe ich versucht, möglichst viel über ihn und die Männer zu erfahren, die er mir nannte. Nachdem er verschwunden und mir der Schuldschein des Papstes vorgelegt worden war, hörte ich mich in Kreisen der Kaufleute um, wer sich mit den Geldgepflogenheiten des Heiligen Stuhls auskenne. Das verschaffte mir einige erhellende Erkenntnisse.«

»Welcher Art?«

»Unter anderem, daß der Papst niemals selbst Geldgeschäfte abschloß, sondern sich hierfür stets seiner Berater bediente.«

Wundert Euch das, wollte Jakob schon fragen, aber er schluckte die spöttische Bemerkung hinunter, ermahnte Doberl, sich besonders in acht zu nehmen, und machte sich auf den Weg nach San Clemente, um mit den Kindern zu sprechen.

»Ich habe ihnen freigegeben«, gab Cecilia, die Haushälterin, Auskunft, als Jakob im Pfarrhaus nach Serena und Cesare fragte. »Sie wollten etwas an der Piazza Navona erledigen. Schön, daß Ihr wieder da seid, Pater.«

Jakob lachte. Er hätte sich das Leben zwar etwas geruhsamer gewünscht, aber bei Cecilias Bemerkung konnte er gar nicht anders als lachen. Dann hielt er ihr seine linke Wange hin und fragte, ob sie ein geheimes Kräuterchen für seine Wunde habe.

»Jesus Maria«, rief sie beim Anblick der Schramme. »Wie habt Ihr denn das abgekriegt? Kaum seid Ihr in Rom, schon setzt es Hiebe. Als ihr voriges Jahr hierhergebracht wurdet … Ich darf gar nicht daran denken. Ich lege Euch Salbeiblätter auf; doch Ihr müßt Euch ein wenig gedulden, weil ich meine getrockneten Blätter erst in warmem Wasser einweichen muß.«

Schon schlurfte sie in ihre Speisekammer hinaus. Jakob

sah ihr versonnen nach; sie war eine gute Seele und hatte sich rührend um seine Pflege bemüht, als er mit dem üblen Messerstich daniederlag, den er auf ebenso wundersame Weise überlebt hatte wie den Sturz von der Engelsbrücke in die Tiefen des Tiber. Mehr noch als die Pflege dankte er ihr jedoch, daß Cecilia, die Benedetto Baldi seit mehr als zwanzig Jahren das Pfarrhaus führte, für Cesare und Serena eine Ersatzmutter geworden war. Die beiden hatten in San Clemente einen guten Platz gefunden und würden hier ihr Leben meistern können.

»Kommt«, rief Cecilia und hieß Jakob auf einem Schemel Platz nehmen, um ihm die lauwarmen Salbeiblätter auf die Wange zu legen. »Die wirken ein, und dann wird sich nichts entzünden.«

Auf dem ehemaligen Zirkus herrschte reges Treiben. An mehreren Stellen wurde eifrig gebaut, und Holz, Sand und Steine türmten sich zu hohen Haufen, hinter denen die gähnenden Löcher in der Fassadenreihe beinahe verschwanden. Dazwischen waren, der nach wie vor unsicheren Lage in der Stadt zum Trotz und so, als hätte es die schlimme Verwüstung der Stadt nie gegeben, die Tische der fliegenden Händler aufgereiht, wo es billige Stoffe und Kleider aller Art zu kaufen gab. Allmählich rissen die Wolken auf, und manchmal lugte die Sonne hervor. Schon stellten die Schankwirte einige Tische und Schemel ins Freie und setzten sich die ersten zu einem Becher Rotwein, beobachteten das Marktgeschehen und hielten Ausschau nach bekannten Gesichtern. So gut es ging, kehrten die Römer zu ihren liebgewonnenen Gewohnheiten zurück, seit die kaiserlichen Truppen Rom endgültig verlassen hatten.

Jakob schlenderte über den langgestreckten Platz und spürte beim Anblick der verkohlten Fassaden einen Stich. Hatten Frundsbergs Landsknechte so wüten müssen? Doch was half es, am Strafgericht des Kaisers zu hadern? Die Römer taten das Richtige und bauten auf, wo Zerstörung war, und wenn die Palazzi und die neue Kirche Gestalt annahmen, würde der Platz dereinst schöner sein als jemals zuvor.

Auf einem ersten Rundgang bemerkte Jakob seine jungen Freunde nicht, und so trödelte er von Verkaufsstand zu Verkaufsstand und blieb auch an einer Weinschänke stehen, wo sich aus zwei verschiedenen Richtungen Bettler mit einem so weinerlichen *me dispiace* auf ihn stürzten, daß er in den Tiefen seiner Kutte kramte, ob sich einige *Quattrini* fänden. Früher, dachte er, haben die Bettler uns Mönche unbehelligt gelassen. Mit diesem Gedanken fiel ihm erst auf, wie viele Menschen nun in der Ewigen Stadt bettelten; sicher, es waren schon vor dem Strafgericht etliche der Armen darauf angewiesen, sich mit Almosen durchs Leben zu schlagen, doch nun lungerten die Bedürftigen zu Dutzenden in den Ecken und Gassen herum, und beileibe nicht nur Krüppel und Kranke, sondern Gesunde und Junge. Er gab jedem der beiden eine Kupfermünze und wandte sich der Kirchenbaustelle zu, als aus dem Schatten hinter einem Berg von Marmorblöcken eine düstere Stimme nach ihm rief: »Quo vadis, Pater?« Erstaunt blieb er stehen und schaute nach dem Rufer. Mit langen grauen Haaren und silbrigem Bart saß da einer auf einer schäbigen Decke am Boden; vor ihm lag ein Stapel speckiger Karten und ein stumpfer Kristall in Form einer Pyramide.

»Du bist ein Suchender«, raunte der Mann in einwandfreiem Latein und hob seinen Kopf. Jakob erschrak über die Augen, die so hellblau waren, als wären sie aus purem Glas. »Ich kann dir zeigen, wo dein Weg ist.«

Die Stimme wirkte düster und war zugleich eindringlich und geheimnisvoll. Jakob konnte nicht anders, er mußte auf den Mann zugehen.

»Setz dich«, sagte der Wahrsager ungerührt, als wäre es für ihn nie eine Frage gewesen, ob Jakob kam oder nicht. Und wie selbstverständlich nahm Jakob auf der abgewetzten, löchrigen Decke Platz. Der Magier nahm den Kartenstapel zur Hand, mischte die Karten und fächerte sie in seiner Hand auf.

»Nimm drei, und leg sie verdeckt vor dich hin.«

Jakob zog drei Karten und legte sie ab, wie ihm geheißen. Der Wahrsager schob den verbliebenen Kartenstapel zur Seite, umfaßte den Kristall mit beiden Händen, murmelte einige unverständliche Worte in einer fremden Sprache und stellte die trübe Pyramide auf die drei Karten.

»Was suchst du wirklich?« fragte er und blickte Jakob fest in die Augen. Eine gute Frage, dachte Jakob und zwang sich, dem Blick des Weissagers standzuhalten. Ja, er sträubte sich gegen die Wahrsagerei, dieses ketzerische Handwerk. Entweder war es Lug und Trug oder des Teufels, aber keinesfalls gut katholisch.

»Was für eine Frage, denkst du dir?« raunte der Mann und wurde Jakob erst recht unheimlich. »Und hältst für ketzerisch oder gar des Teufels, was ich tue.« Sein Latein bewies eine Gewandtheit in Ausdruck und Grammatik, wie sie mancher Bakkalaureus nicht sein eigen nannte. »So gehe hin und sei unbefleckt von meinem Tun. Doch bedenke: Nur dieses eine Mal gebe ich dir einen Ratschlag auf diese drei gelegten Karten. Es hat nichts von Zauberei, ist Wahrsagung nicht, nicht Hellsehen. Du hast dein Schicksal in deiner Hand, bist frei, es in Gottes Plan zu gestalten. Trotzdem: Sein Wille geschehe, wie im Himmel so auf Erden. Es ist ein Zusammenwirken in dieser Welt von hohem Geheimnis, und der Herr offenbart uns nur selten seine Pläne. Doch ich sehe, du steckst voller Zweifel. So gehe hin, und deine Karten bleiben unbesehen und unbesprochen; ungehört der Ratschluß Gottes, wird er sich auch im stillen vollziehen. Sei unbesorgt, Bruder.«

Er hatte Bruder gesagt, Frater statt Pater, und dabei sanft gelächelt. Nun saß er mit überkreuzten Füßen, öffnete die Hände, breitete sie mit den Handflächen nach oben aus und ließ sie auf seinen Knien ruhen. In seinen Augen zeigte sich eine wissende Heiterkeit, und sein Blick nahm sich zurück, als sehe er Jakob nicht mehr, sondern schaue gelassen in die Ferne.

»Was der Vater geschehen läßt, das geschehe«, flüsterte Jakob und wunderte sich kein bißchen über seinen gedrechselten Satz, sondern schaute begierig auf die langen Finger, die den Kristall von den drei Karten hoben, dann einen speckigen Karton nach links, den anderen nach rechts schoben, während von den rissigen Lippen des Wahrsagers unverständliche Worte in einer fremden Sprache drangen.

Hebräisch ist es nicht, dachte Jakob, dann fingen ihn diese hellen Augen ein und zwangen ihn, nur noch zu hören und zu schauen. Mit ruhiger Hand drehte der Magier zuerst die mittlere, dann die rechte und schließlich die linke Karte um und zeigte auf die abgegriffenen Bilder. Frech grinsend lag in der Mitte ein grüngewandeter Schelm, der eine goldene Narrenkappe und goldene Schnabelschuhe trug, wie Jakob sie vor einiger Zeit bei einer venezianischen Schauspieltruppe gesehen hatte. Links krümmte sich ein schwer beschädigter Turm, aus dessen zinnenbewehrter Spitze Flammen züngelten, während rechts in einer gelbroten Flammenlohe eine nackte Frauengestalt schwebte, die einen Stab trug, an dessen Spitze die Sonne erstrahlte. Die Bilder waren nicht sehr kunstvoll gemalt und hatten doch eine innere Kraft, die Jakob in ihren Bann zog. Er konnte den Blick nicht von dem Narren lassen, der in der Mitte schelmisch grinste, und mußte zugleich die Frau in der Flamme in sich aufnehmen. Einzig der dem Verfall preisgegebene Turm forderte kaum seine Aufmerksamkeit, doch nur er trug ein Momentum der Ruhe in sich, während der Narr voller Spannung und die Contessa voller Bewegung steckte.

»Du siehst dich in drei Aspekten«, sprach der Bärtige leise, »und wenn du nur gewillt bist, dir selbst ein Bild zu machen, benötigst du keinerlei Erklärung von mir. Nur soviel: In der Mitte, das bist du jetzt. Links von dir, das war, rechts von dir, das wird sein.«

Mein Gott, dachte Jakob, bin ich wirklich ein Narr, der den sicheren Turm zerstört, um sich in der Flamme der Liebe zu verzehren? Ist es so einfach? Bekräftigst du meinen Weg, oder willst du mich ein letztes Mal warnen? Jakob versank im Anblick der Karten. Lang saß er schweigend und nahm den Trubel der Piazza Navona nicht mehr wahr. Genausogut hätte er in einer einsamen Kapelle sitzen können, allein mit sich und den drei Gleichnissen für sein Leben. Erinnerungen über Erinnerungen stürzten auf ihn ein, Bilder aus Kindertagen und Scholarenjahren, Geschehnisse von hier und dort, die ein Wechselbad der Gefühle auslösten, von Wohlbehagen bis Angst, von Hunger bis Völlegefühl, das alles in raschem und unwirklichem Wechsel, als müsse er in wenigen Augenblicken noch einmal sein Leben betrachten. Wieder und wieder begegnete ihm seine Mutter, auf deren Schoß er oft gesessen war. Dann hatte sie ihm von Jesus erzählt und damit seine Liebe zu Gott geweckt. Ihre alltägliche Freude sah er und ihre Trauer, als die Nachricht vom Tod des Vaters überbracht worden war. Seine Schwester Theresia sah er, verhärmt und abgearbeitet, bestraft für hochmütige Wünsche. Hildegard trat aus dem Dämmer Ingolstädter Scholarenvergangenheit, die Blonde von der hinteren Burse, die ihm die Unschuld geraubt hatte; ja, damals hatte er noch wahrhaftig bereuen können und hatte sich zurückgeflüchtet in den Turm der Keuschheit, auch wenn er das Ziehen in den Lenden kannte. Wie ein Riese stand hinter dem Katheder der Doktor Johannes Eck, gefolgt vom grimmigen Blick Urbans wegen des Streites vor dem Kunigspergerhaus. Schemenhaft zwischen all diesen Bildern: Claudia; ihre strahlend blauen Augen, ihre Tränen am Totenbett ihrer Schwester, ihre Küsse, ihr Schluchzen, ihr Keuchen, ihr Lachen. Auf ihrer Brust das silberne Kreuz. Je länger er saß, um so klarer wurden seine Gedanken; die Bilder zogen langsamer vorüber und verblaßten zu fernen Schatten.

»Die Zeit ist gekommen, einzureißen alles Falsche, spricht der brennende und stürzende Turm. Die Zeit ist gekommen, aufzubrechen in das Unbekannte, spricht der lächelnde und schwebende Narr. Die Zeit ist gekommen, schöpferisch Neues zu beginnen, spricht die Prinzessin des Sonnenstabes.«

Ruhig und klar sprach der Wahrsager diese drei Sätze. Tief ging sein Blick, und das Schweigen, das nun zwischen ihnen lag, fühlte sich wie ein beseelter Körper an.

Seltsam, dachte Jakob, wie er mich ausfüllt mit seiner wissenden Gelassenheit; als ob ich nicht mehr mir gehöre. Noch nie hatte er so ein Gefühl erlebt, und, was das Erstaunlichste war: er hatte keinerlei Angst, sich selbst zu verlieren.

»Deine Gedanken«, sprach der Magier nun wieder, »gehen in die falsche Richtung, wenn sie an der Vergangenheit anknüpfen. Alles Falsche wird eingerissen, sagt der Turm. Das Unbekannte ist gänzlich unbekannt, sagt der Narr. Das Neue ist wahrhaftig neu, und es ist schöpferisch zu beginnen, sagt die Prinzessin. Wenn du dein Leben im ganzen nimmst, unteilbar, einheitlich, dann können dir die Karten etwas sagen. Wer sich nur heraussucht, was ihm gefällt, dem bleiben die Bilder ein billiges Orakel.«

Nach diesen Worten schob er die drei Karten ineinander, nahm den Stapel auf, mischte alle Karten, legte sie vor sich ab, stellte den Kristall daneben und sagte: »Deine Zeit ist gekommen. Geh deinen Weg, Bruder.«

Er hatte wieder Bruder gesagt, hatte die Hände vor der Brust gefaltet und sich leicht verneigt. Dann hatte er seinen Blick nach innen gerichtet. Ein stummer Abschied. Beinahe verschämt hatte Jakob einen *Scudo* auf die schäbige Decke gelegt und war gegangen. Eine Stunde später hatte er Serena an der Baustelle von Sant Agnese getroffen, und bevor sie zu Santa Maria sopra Minerva gingen, wo sie Cesare treffen wollten, schaute Jakob noch einmal hinter den Berg von Marmorblöcken: Der Kartenleger war verschwunden.

Das Geheimnis der Zofe

Kaum um die Ecke gebogen, prallte Ludovica erschrocken zurück. Völlig unvermutet stand sie am Teatro di Marcello Elisabetta gegenüber, die sie mit weit aufgerissenen Augen anstarrte. Während sich die beiden Frauen fixierten, blieb die Zeit stehen, zumindest kam es Ludovica so vor, denn sie konnte später beim besten Willen nicht angeben, wie lange sie sich angeschwiegen und gemustert hatten. Dann fragte Ludovica einfach nur: »Warum hast du mich belogen?«

»Es ist«, setzte die Zofe zu einer Erklärung an, »alles nicht so einfach zu sagen, es ist … ach, mein Täubchen.« Sie seufzte hilflos und breitete die Arme aus.

Diese ungebührlich vertraute Anrede, die sie der Zofe viel zu lange hatte durchgehen lassen, ärgerte Ludovica nun maßlos. Was bildet sich dieses Miststück ein, dachte sie wütend, mich so herablassend zu behandeln? Sie sollte lieber vor mir auf die Knie gehen und sich in Entschuldigungen winden. Ein jäher Zorn packte Ludovica, und am liebsten hätte sie ihre ehemalige Zofe geschüttelt und angeschrien, doch hielt sie sich der Leute wegen zurück, die auf der Straße hin und her gingen.

»Dein Täubchen bin ich nicht, eher du mein Früchtchen«, preßte sie schließlich zwischen den Zähnen hervor. »Wie soll ich dich jetzt nennen? Elisabetta oder Aspasia?«

»Aspasia«, antwortete sie leise.

»War alles gelogen, was du mir über deine Vergangenheit erzählt hast?«

»Gar nichts war gelogen. Es tut mir leid, daß ich dich und deine Familie hintergangen habe; aber ich habe stets mein Bestes gegeben, es deiner Familie und dir recht zu machen. Ich habe mich für meine Vergangenheit geschämt; deshalb habe ich einige wunde Punkte nicht ausdrücklich besprochen und so mit Absicht den Eindruck erweckt, den ihr von mir hattet: eine bedürftige junge Frau zu sein. Euer Vater war sehr gnädig zu mir, aber er spürte den dunklen Fleck in meiner Vita, und er ließ sich bezahlen dafür, daß er mir die Stelle beließ.«

»Bezahlen?« fragte Ludovica ungläubig.

Aspasia nickte.

»Wie?«

»Mit Hingabe.«

»Mit Hingabe?«

»Ja, mein Täubchen, mit Hingabe.«

Die Worte klangen noch nach, da klatschte Ludovicas flache Hand in das Gesicht ihrer ehemaligen Zofe. Ihre ganze Kraft hatte sie in die Ohrfeige gelegt. Aspasia aber schien durch den Schlag wachgerüttelt. Sie schrie kurz auf, rief »Jetzt habe ich an deinem Väterchen gekratzt, nicht wahr!« und begann zu laufen.

Ehe Ludovica sich der Situation bewußt wurde, war Aspasia bereits in einer Gasse verschwunden. Ludovica rannte ihr nach und sah gerade noch, wie ihre frühere Zofe in eine andere Gasse abbog. Sie lief so schnell sie konnte, doch sie war nicht an das Laufen gewohnt und schon an der nächsten Ecke außer Atem. Innerhalb einer Minute hatte Aspasia ihren Vorsprung um mindestens zehn Schritt vergrößert, und Ludovica schätzte ihre Aussichten gering, zu der Flüchtenden Tuchfühlung zu halten. Trotzdem gab sie nicht auf, sondern lief und dachte dabei an den Tonfall der Worte »mein Täubchen«, bis ihre Wut kaum Grenzen kannte; und ohnmächtig wurde der Zorn, als sie das Bild ihres Vaters sah. Wie hätte er auf so eine frevelhafte Anschuldigung geantwortet? Nein, diese Schmach darf ich nicht auf meinem Vater sitzen lassen, dachte sie.

Der kindliche Reflex setzte ungeahnte Kräfte frei. Sie flog auf ihren kurzen Beinen die Gassen entlang und verkürzte von Ecke zu Ecke den Abstand zu der Fliehenden. Sie hetzten über die Straße hinauf zum Torre de Argentina, tauchten in das Gassengewirr bei Monte di Pietá ein, wo Aspasia ihre Verfolgerin einmal im Kreis führte, ohne ihren Vorsprung vergrößern zu können, und rannten schließlich hinüber zum Campo de Fiori. Schritt für Schritt kämpfte sich Ludovica heran. In den Seiten stach ein greller Schmerz, doch sie achtete gar nicht darauf.

Immer öfter blickte sich Aspasia um, und das bisher siegessichere Grinsen wich allmählich einem erschrockenen Ausdruck. Ungestüm hetzte sie zwischen die Karren des Marktes und stieß jeden, der ihr in den Weg kam, rüde zur Seite; schon schimpften und fluchten ihr die ersten hinterher. Ludovica erkannte ihre Möglichkeit und fiel in das Schreien ein. »Haltet sie«, rief sie nach Luft jappend und schob eine Magd zur Seite, die ihr in den Lauf getreten war. Bald trennten die beiden nur noch zehn Schritte, als Aspasia hinter einen Gemüsekarren sprang, zwischen den Ständen herumhüpfte und schließlich kurz bevor Ludovica sie ergreifen konnte einen Tisch mit Kohlköpfen umstieß. Die Malerin stolperte und fiel. Während sie sich mühsam aufrappelte, prasselten alle Flüche und Verwüstungen der Marktweiber auf sie ein, und jene, welcher der Stand gehörte, kam heran, um Ludovica am Kragen zu packen.

Ludovica fuchtelte wild mit den Armen, schrie unverständlich und sprang davon. Aspasia war in die Gasse Richtung Torre de Argentina geflohen. Ludovica erhaschte einen letzten Blick, ehe die Fliehende um eine Häuserecke verschwand. Tränen von Wut und Verzweiflung brannten in ihren Augen, als sie sich zwang, die Gasse entlangzujagen; noch einmal biß sie sich auf die Lippen gegen den Schmerz, der nun ihren ganzen Körper peinigte, und eilte quer hinüber in Richtung des Pantheon. Sie hatte Aspasia aus den Augen verloren. Ihr Atem rasselte, ihr Puls raste. Die Beine verweigerten den Gehorsam. Ludovica blieb stehen, lehnte sich an eine Hausmauer und atmete tief durch. Sie fühlte sich leer. Die Tränen, die ihr über die Wangen liefen, spürte sie nicht. Allmählich schwand das Stechen in der Seite. Langsam beruhigte sich ihr Herzschlag. Ohne inneren

Antrieb ging sie schließlich weiter, einfach die Gasse hinauf, um die eine und die andere Ecke, trat hinaus auf den Platz vor dem Pantheon – und blieb überrascht stehen. Mitten auf dem Platz stand ein großer, dicker Dominikanermönch. Links neben ihm Serena, rechts neben ihm Cesare. Die drei bildeten einen Halbkreis, und in der Mitte, am Oberarm von dem Dominikaner gepackt, stand – Aspasia.

Serena reagierte als erste. Sie sprang auf Ludovica zu und rief freudestrahlend: »Wir haben deine Zofe!« Dann nahm sie Ludovica an der Hand und ging mit ihr zu den anderen. Aspasia warf Ludovica einen haßerfüllten Blick zu.

»Das ist Ludovica Zappi, die Malerin«, sprach Serena nicht ohne Stolz zu Jakob und fuhr fort, »und das ist Pater Jakob, von dem wir dir schon erzählt haben, Ludovica.«

Nun erkannte sie den Mönch. Sie hatte ihn im Vorübergehen im Katharinenkloster zu Augsburg gesehen, kurz bevor Franko ermordet worden war; die Oberin hatte sie knapp miteinander bekanntgemacht, als er ihr Bildnis der Katharina von Siena betrachtet hatte. Das also war der Jäger des Dirnenmörders. Ludovica schüttelte den Kopf; der Mönch sah so harmlos aus, kaum zu glauben, daß er einen abgefeimten Mörder zur Strecke gebracht hatte. Sein rundes Gesicht glänzte aus einem schmalen Backenbart heraus, und aus fleischigen Kratern blitzten blaue Äuglein hervor. Ein Gesicht hat er, dachte Ludovica, als könne er kein Wässerchen trüben. Aber nicht unsympathisch, nein, das nicht, dachte sie und sagte: »Seid gegrüßt, Pater. Wir sind uns in Augsburg bereits einmal begegnet.«

»Zweimal, wertes Fräulein«, erwiderte Jakob lächelnd, »nur habt Ihr mich beim ersten Mal nicht wahrgenommen.«

Was mag er meinen, fragte sich Ludovica und zuckte die Achseln.

»Ihr kamt einmal aus dem Kontor des Franko Seinschedt, und ich stand im Vorraum; doch Ihr hattet keinen Blick für mich, wart noch ganz von dem Oberbuchhalter gefangen. Habt Ihr ihn geliebt?«

Die Frage kam unvermittelt wie ein Blitz aus heiterem Himmel, und sie entzündete in Ludovicas Kopf die schmerzhafte Erinnerung an Franko: Sie sah sein Lächeln, sah das zärtliche Begehren in seinen Augen – und heiß schossen ihr die Tränen ein, sie konnte sich nicht dagegen wehren. Ja, dachte sie, trotz allem Unbehagen über seine dunkle Seite war ich in ihn verliebt.

»Wir gehen zum Rione di Ponte«, hörte sie den Dominikaner sagen und ließ sich von Serena den ganzen Weg geleiten. Erst als sie den Palazzo der Fugger betraten, tauchte Ludovica aus ihrer tiefen Wehmut auf und betrachtete nachdenklich die Marmortreppe. Vor mehr als zwei Jahren hatte hier alles angefangen, als ihr Engelhard Schauer das Angebot Raymond Fuggers unterbreitet hatte. Manchmal geht das Leben im Kreis, dachte sie und atmete tief durch.

Sie erreichten einen schmucken Saal, in dem etliche Diwane standen, wie man sie von den Türken her kannte. Der Dominikaner drückte Aspasia ziemlich unsanft auf einen der Diwane nieder und hieß sie, ruhig sitzen zu bleiben. Dann wandte er sich an Ludovica: »Setzt Euch bitte auch auf einen Diwan. Das hier«, und dabei deutete er auf einen hageren Mann, der einen abenteuerlichen Schnurrbart trug, »ist Richard Doberl, der Beauftragte der Fugger. Wir sind hier, um den Mord an Franko Seinschedt und zwei weiteren Buchhaltern der Goldenen Schreibstube aufzuklären. Wir haben sowohl an Euch, Fräulein Zappi, als auch an dich, Elisabetta, einige Fragen zu richten. Bekommen wir vernünftige Antworten, läßt sich die Angelegenheit möglicherweise ohne weiteres Aufhebens bereinigen; falls nicht, werde ich Anklage beim *Tribunale criminale del Governatore* erheben. Vor allem dich, Magd, werde ich bei der geringsten Unbotmäßigkeit durch die *Sbirri* in Ketten legen lassen; dann fahren wir mit unseren Befragungen im *Corte savella* fort. Also, überlege es dir.«

Ludovica blickte ihre ehemalige Zofe finster an. Sie hätte gern selbst die Fragen gestellt, die ihr auf den Nägeln brannten, aber sie spürte die Kraft, mit der Jakob die Sache in die

Hand nahm, eine Energie, welche ihr bisher einzig bei Ambrogio Farnese aufgefallen war. Obwohl so unterschiedlich, schienen ihr der alte Fuchs bei der Cestius-Pyramide und dieser harmlos wirkende deutsche Mönch Ähnlichkeiten zu haben. Die beiden würden den Mord an Franko aufklären, da war sich Ludovica sicher.

»Wir gehen jetzt in den Nebenraum«, sprach sie der Mönch mit sanfter Stimme an. »Was wir besprechen, ist nicht für die Ohren Eurer Zofe bestimmt.«

Im angrenzenden Zimmer saß ihr Jakob auf einem Schemel gegenüber und musterte sie lange. Seine Augen waren von einem warmen Blau. Ludovica schluckte. Dieser Mönch kann durch mich hindurchschauen und in mir lesen wie in einem Folianten, dachte sie, empfand aber sein ausforschendes Schauen nicht als unangenehm. Sie konnte nicht sagen, warum, aber sie mochte den Dominikaner, und als sie sich diesen Gedanken bewußt machte, wagte sie sogar ein Lächeln. Zu ihrem Erstaunen lächelte er zurück.

»Wertes Fräulein Zappi«, begann er mit sanfter Stimme, »ich habe den ganzen Weg nach Rom den Verdacht gehegt, Ihr könntet mit dem Mord an Franko Seinschedt etwas zu tun haben. Entweder stecktet Ihr mit ihm unter einer Decke, als es darum ging, mit krummen Geldgeschäften die Fugger zu schädigen und nebenbei dem Seinschedt seinen Säckel zu füllen. Oder, was ich weniger glaubte, Ihr wart mit den wahren Tätern verbunden, die ich hier in Rom vermute. Ich will ganz offen zu Euch sein: Wenn Serena und Cesare nicht wären, hielte ich meinen Verdacht immer noch für begründet. Helft mir, diesen Verdacht auszuräumen und erzählt mir, was Ihr wißt.«

Er ist menschlich, und er ist geschickt. Ludovica bewunderte diese Sätze und konnte nicht umhin, Jakob noch ein wenig mehr Sympathie entgegenzubringen.

»Am Anfang war der Beutel«, fing sie mit ihrer Erzählung an und stutzte das erste Mal. Warum nur hatte sie damals das Jutetäschchen an sich genommen? Es schien ihr nun, da sie dabei war, es diesem treuherzig dreinblickenden Mönch zu erzählen, derart unglaubwürdig und verrückt; niemand, der zufällig zu einer Mordleiche kommt, nimmt vom Tatort einfach etwas weg, es sei denn, er hätte an dem Gegenstand ein besonderes Interesse. Sie hatte nichts über den jungen Buchhalter gewußt, und selbst wenn ihr Maximilian Mair bekannt gewesen wäre, hätte sie kaum geahnt, um wen es sich da im Mehlsack handelte, nachdem nur die Beine zu sehen waren. Und der Jutebeutel sah keineswegs verlockend oder gar wertvoll aus. Es war ein vollkommen spontaner Antrieb bar jeglicher Vernunft gewesen, der sie den Beutel hatte packen und unter ihren Rock schieben lassen. Würde ihr der Mönch ein Wort glauben? Sie erzählte von ihrer Angst und ihrer Neugier, die durch die Namen römischer Bankherren gesteigert wurde, erzählte von ihrem Mißtrauen gegenüber Franko Seinschedt und den Anfängen ihrer Freundschaft mit dem Oberbuchhalter. Sie hielt mit ihren zwiespältigen Gefühlen ebensowenig hinter dem Berg wie mit der wachsenden Erwärmung ihrer Gefühle für diesen Mann, in dem sie neben eitler Geschäftstüchtigkeit auch manche kindliche Unbefangenheit gespürt habe. Die eigene Freude an seiner Bewunderung verschwieg sie ebensowenig wie die Erleichterung, mit Frankos Geld unabhängig zu werden für eine Rückkehr in den Süden.

»Es hat mich geärgert, daß er von mir verlangte, ich solle ihm über Agostini Chigi und die anderen Bankleute Roms erzählen. Niemals wollte ich als Verräterin scheinen, selbst wenn ich gar nichts verraten konnte«, sagte sie und gestand ihre Erleichterung darüber, daß der Oberbuchhalter bald aufhörte, solche Ansinnen an sie zu richten, und statt dessen begann, sie um Bilder zu bitten, die seinen Vorstellungen entsprachen. Der Granatapfel auf einem Rechenbrett war das erste, das sie ganz nach Seinschedts Vorstellungen gemalt hatte, und natürlich hatte sie sich gefragt, was dieses Motiv bezwecken solle; aber es war ihr nicht wichtig genug gewesen, deshalb ein zart aufkeimendes Einvernehmen mit

Franko in Frage zu stellen; so unterließ sie die Nachfrage. Auch unglaubwürdig, dachte sie, noch während sie es aussprach; aber es war so, und sie malte Bild um Bild für ihn, kleine Formate, rasch ausgeführt, ohne ihn jemals zu fragen, was genau er mit den Gemälden bezweckte.

»Ja, ich wußte, daß er sie verschenkt«, antwortete sie auf Jakobs Nachfrage. Aber etliche habe er in seinen Räumen aufgehängt und sich selbst daran erfreut, und erst bei Bischof Sprenz zu Brixen habe sie Seinschedts tiefere Absicht erkannt, mit den Bildern Botschaften zu verschicken. Dann sprach sie von der Angst, die sie wegen der Einbrüche in ihren Räumen hatte, und der Panik, die sie nach Seinschedts Ermordung ergriff. »Da wußte ich, daß es dunkle Feinde gibt, die wegen der Liste vor nichts zurückschrecken. Deshalb habe ich Augsburg Hals über Kopf verlassen.«

Jakob nickte und gab die Namensliste, welche Ludovica seit Wochen stets bei sich trug, an Richard Doberl mit der Bitte weiter, zu überprüfen, ob die Namen mit denjenigen übereinstimmten, welche sie aus der Überprüfung der Augsburger Geschäftsbücher gewonnen hatten.

»Ihr hättet Euch viel Kummer erspart, wenn Ihr den Beutel liegengelassen hättet; und vielleicht wäre sogar Herr Seinschedt noch am Leben.« Jakob rieb sich am Ohrläppchen. »Mir habt Ihr zumindest ein Rätsel gelöst, das ich seit Monaten mit mir herumschleppe. Ich weiß jetzt, was die Schuhabdrucke im Mehl zu bedeuten hatten und daß ich recht hatte, in diesen Fußspuren einen Schlüssel zur Lösung des Verbrechens zu sehen. Eure Liste ergänzt die Unterlagen, welche ich bei dem im Tintenfaß ermordeten Buchhalter fand. Hätte ich sie sofort erhalten, hätte ich von Seinschedt viel mehr erfahren, viel mehr …« Er machte eine nachdenkliche Pause. »Wußtet Ihr um sein Geschäft mit dem Bischof von Brixen?«

»Nein, ich weiß über Frankos Geschäfte überhaupt nicht Bescheid«, antwortete Ludovica und suchte den Kontakt mit Jakobs Augen. Du mußt mir glauben, dachte sie. Die Vorstellung, er könne sie für eine Lügnerin halten, tat ihr weh. Als sie endlich Blickkontakt hatte, sprach sie von ihrem Verdacht gegen ihre ehemalige Zofe Aspasia, die kurz vor Seinschedts Ermordung verschwunden war. Niemand außer ihr wußte von der Liste, nur sie konnte es gewesen sein, die den Hinweis für den Einbruch in ihre Gemächer gegeben hatte. Die ganze Enttäuschung brach aus ihr heraus, von der Zofe von Anfang an hintergangen worden zu sein, und eine kaum greifbare Angst vor Lug und Trug in dieser Welt schwang in ihrer Stimme mit. Ob dieser Mönch jemals verstehen würde, was sie bewegte? In der Sicherheit seines Habits und der Unerschütterlichkeit der Klostermauern, hinter denen er sich bergen konnte, würde er vermutlich niemals an den Grundfesten dieser Welt zweifeln müssen. Aber sie? Sie spürte sogar, wie das Gift jenes Satzes in ihr wirkte, ihr Vater habe sich für seine Gutmütigkeit, Aspasia einen Platz zu gewähren, mit Hingabe bezahlen lassen. Dieses Luder, dachte sie, hat es von Anfang an darauf angelegt, mir zu schaden. »Wir müssen herausfinden«, endete sie schließlich, »mit wem Aspasia gemeinsame Sache machte.«

»Es ist ein Goldschmiedegeselle mit Namen Giuseppe Falieri«, erwiderte Jakob trocken.

»Woher wißt Ihr das?«

»Das haben meine Nachforschungen nach Eurer Zofe ergeben. Sie hat Augsburg nach Euch verlassen, hat sich also all die Tage, die Ihr sie mit Seinschedts Hilfe verzweifelt gesucht habt, noch in Augsburg aufgehalten. Warum wohl?«

»Ihr werdet sie fragen.«

»Das werde ich. Aber sie war vor Euch in Siena; und das, obwohl sie vermutlich mit Falieri noch einen Abstecher nach Venedig gemacht hatte. Wie ist das möglich?«

»Ich war auch in Venedig.«

»Ihr wart auch in Venedig?«

»Ja. Ich habe meine Geldanweisungen in der Fuggerschen Faktorei umgetauscht. Außerdem war meine Reise langsam und mühsam«, antwortete Ludovica und erzählte von den

Widrigkeiten mit Fuhrmännern und Wirtsleuten und ihrer andauernden Angst vor den dunklen Feinden, weil sie in jeder Stadt auf Menschen traf, die in Mairs Liste verzeichnet waren und ihr mit Mißtrauen oder gar Feindseligkeit begegneten. Mit Erleichterung nahm Ludovica ein Zeichen des Verständnisses in Jakobs Augen wahr. Er wird mir glauben und mich nicht verurteilen, sprach sie sich Mut zu, und dann bat sie ihn, der Wahrheit ans Licht zu verhelfen.

»Auch wenn sie schmerzhaft sein sollte?« fragte der Mönch.

Ludovica nickte.

»Gut. Wenn Ihr möchtet, könnt Ihr bei der Befragung Eurer Zofe anwesend sein; aber haltet Euch im Hintergrund und stellt selbst keinerlei Fragen.«

Bevor sie in den schmucken Saal mit den Diwanen zurückgingen, trat Richard Doberl ein und bestätigte eine weitgehende Übereinstimmung der Liste Maximilian Mairs mit den aus den Folianten zu Augsburg und Rom gewonnenen Erkenntnissen.

»Ein Punkt aber«, bemerkte Fuggers Beauftragter, »ist bemerkenswert: In Mairs Liste findet sich sogar Fabricio Casale.«

Jakob hustete, und Ludovica bemerkte, wie sich auf seinen Wangen und am fleischigen Ansatz seines Halses rote Flecken bildeten. Seine Stimme klang bedrückt, als er nach der Summe fragte. Die Auskunft »Zehntausend *Scudi*« schien ihn ein wenig zu beruhigen, doch Ludovica spürte die Erregung, die den Mönch nun ergriffen hatte. Fabricio Casale, der Zeremonienmeister des Vatikan, der heimliche und unheimliche Regent und beinahe ein Wiedergänger des verhaßten Cesare Borgia. Dessen Lieblingsgift *Cantarella* war auch Fabricio Casale nicht fremd. Sie hatte viel von dem Medici-Bastard gehört, der sich im Gegensatz zu dem Borgia-Kardinal mit öffentlichen Auftritten zurückhielt. Sollte Casale die Finger im Spiel haben? Sie sah, wie der Dominikaner

sich zur Ruhe zwang, bevor sie endlich zu Aspasia hinüber-
gingen, die mit mürrischem Gesichtsausdruck unter Cesares Bewachung auf einem Diwan saß. Als Ludovica genauer
hinsah, nahm sie die Fesseln an Aspasias Knöcheln wahr.

»Willst du mir etwas sagen?« fragte Jakob langsam in *vol-*
gare.

Aspasia blickte den Mönch herausfordernd an und verzog keine Miene.

»In Augsburg und all die Zeit, da du bei Ludovica Zappi
in Dienst warst, nanntest du dich Elisabetta?«

Ihr Gesicht blieb maskenstarr.

»In Wahrheit heißt du Aspasia Scorticini.«

Schweigen.

»Aspasia ist ein vielsagender Name für eine Frau in Rom.
Warst du eine Erwünschte, wie es dein Name wortwörtlich
bedeutet? Oder war deine Mutter gebildet genug, sich des
großen Griechen Perikles zu entsinnen? Und seiner berühmten Hetäre?«

Sie schwieg.

»Schau, mein Täubchen«, sagte Jakob nun und blickte dabei verschwörerisch zu Ludovica hinüber, die ihm verraten
hatte, wie sehr sie sich durch diese dauernde Anrede verletzt
fühlte. »Ich beginne mit den leichten Fragen, die dir weder
schaden noch weh tun. Öffne dein verstocktes Herz und
sprich mit mir. Es tut gut, die Seele von der Last der Lüge
zu befreien. Ich helfe dir dabei. Es tut nicht weh. Im *Corte*
savella aber …« Er tat, als suche er die passenden Worte in
lingua volgare, und es schien, als fände er sie nicht, denn
plötzlich sprach er ein strenges Latein: »Eine förmliche
Untersuchung führt rasch über die *territio verbalis* zur *ter-*
ritio realis, und wenn dir der Scharfrichter die Wahrheit mit
glühenden Zangen aus dem Mund reißt, wirst du heulen und
zähneknirschen. Gehe in dich.«

Die letzten Worte hatte der Dominikaner gebrüllt, und
Ludovica schaute von Jakob zu Aspasia und von Aspasia zu
Jakob. Beide starrten einander nun regungslos an, und in

beiden spürte Ludovica eine ungebändigte Kraft wirken, die ungehindert auf den anderen einstürmte. Sie erkannte ihre ehemalige Zofe kaum wieder. Wo war jene Elisabetta, die ihr jahrelang zur Seite gestanden hatte, die ihre Malerei bewundert und sich um ihr Wohl gesorgt hatte; wo war jene Frau, die mit Freude auf den Markt zum Einkaufen ging und Spaß daran hatte, am Herd ein köstliches Essen zu zaubern? Konnten zwei so unterschiedliche Seelen in einer Brust wohnen? Was war da aufgebrochen im Erbe dieser Frau, die sich geschämt hatte, der Bankert einer Konkubine zu sein? Oder war das auch gelogen?

»Ich bin Aspasia Scorticini.« Der Antwort konnte Ludovica anhören, wie schwer es ihrer ehemaligen Zofe fiel, etwas zu sagen. Stockend kamen die ersten Sätze über ihre Mutter, die gleichen Sätze, die Ludovica schon kannte. Wenn sie lügt, dann folgerichtig, dachte Ludovica und lauschte der Lebensgeschichte, die allmählich flüssiger vorgetragen wurde. Vom Geschlecht ihres Vaters erzählte Aspasia und der tiefen Wurzel zu besonderen Christen, von der leidenschaftlichen Liebe sprach sie, welche ihr Vater für ihre Mutter empfand, das schlechte Gewissen erwähnte sie, das den Vater zu beträchtlichen Geldzahlungen an die Mutter bewog, und von dem Unglück redete sie, daß sich ihr Vater niemals zu ihrer Mutter bekannt hatte. Und dann ging die Erzählung über das hinaus, was Ludovica aus Aspasias Mund kannte, und bestätigte Marcinas Äußerung über die Mutter Emerentia. Mit dem Geld des Vaters konnte sie ein Haus als *Signora onesta* führen und die Tochter zur *Cortigiana* anleiten. Doch das Schicksal war ihnen nicht gnädig, plagte die Mutter mit der Französischen Krankheit und warf sie rasch in schlimmes Siechtum, was sich unter Aspasias Freiern wie ein Lauffeuer herumsprach.

»Vorbei«, schluchzte Aspasia, »aus und vorbei, und wenn der Graf nicht gewesen wäre, der mich mit nach Cremona nahm, wer weiß, was aus mir geworden wäre. Ich bin mir bewußt, daß ich durch diesen Lebenswandel Schuld auf mich geladen habe, und bitte um Eure priesterliche Vergebung. Mehr habe ich mir nicht zuschulden kommen lassen.«

Ludovica war sprachlos über die Unverfrorenheit, mit der Aspasia in die Rolle einer armen Dirne geschlüpft war. Gleichzeitig spürte sie den Zweifel in sich nagen, Aspasia könnte die Wahrheit sprechen.

»Jesus hat der Ehebrecherin vergeben, so wird er auch dir vergeben«, sagte Jakob mit milder Stimme, »doch laß mich hören, wie es zuging, daß dich der Graf Zappi zu sich nahm.«

»Er wohnte mir bei, als er vor sechs Jahren die Ewige Stadt besuchte, und ich schilderte ihm mein Schicksal. Er ergötzte sich an meinem Körper und erbarmte sich meiner Seele, und so nahm er mich als Magd in seine Familie auf und genoß manche stille Stunde mit mir. Doch als sich die Gelegenheit für sein Töchterchen ergab, bei Peruzzi in die Lehre zu gehen, entsagte er seiner Leidenschaft und bat mich, seinen Augapfel zu hüten.«

Ludovica mußte an sich halten, nicht aufzuspringen und Aspasia ins Gesicht zu schlagen. Niemals wäre ihr Vater zu einer Hure gegangen, niemals würde er ihre Mutter betrügen; ihr Vater war ein treuer, braver Mann, diese Schlampe durfte seinen Namen nicht mit Dreck beschmutzen! Die Malerin ballte die Fäuste und atmete tief durch. Sie hatte dem Mönch versprochen, sich zurückzuhalten. Er sollte keinen Grund haben, sie zu tadeln. Ihr Vater hatte sich in Rom aufgehalten, das stimmte; er hatte Elisabetta mitgebracht, das war auch wahr. Er hatte von Schicksal gesprochen und von der Pflicht, Nächstenliebe zu üben. Auch daran konnte sie sich erinnern. Ihre Mutter hatte dem Vater gleichmütig zugestimmt, und es war nie über Elisabettas Schicksal gesprochen worden. Die Erleichterung der Mutter war spürbar gewesen, daß sie die Tochter nicht allein ins ferne, gefährliche Rom hatte schicken müssen. Konnte diese Erleichterung auch eine andere Ursache gehabt haben? Es war ein unmerkliches Zittern, das Ludovica erfaßte, und wäre da nicht der plötzliche Drang gewesen, Wasser zu lassen, hätte sie diesem

Zittern vielleicht gar keine Bedeutung beigemessen. Aber so – es lief einfach aus ihr heraus, sie konnte sich nicht dagegen wehren. Dann rannen die Tränen.

Den Rest der Befragung nahm Ludovica wie durch einen dichten Nebelschleier wahr, der alle Worte bis zu einem Flüstern dämpfte und ihnen jede Schärfe und Genauigkeit nahm. Wirr und unzusammenhängend kamen die Worte bei ihr an. Sie konnte sich keinen Reim mehr darauf machen und wollte es auch nicht, denn Ludovica beweinte ihren Vater.

Das Damenopfer

Jakob war mit seinen Gedanken immer noch bei dem Kartenleger von der Piazza Navona, während er mit Serena zu Santa Maria sopra Minerva schlenderte. Alles Falsche einreißen, aufbrechen in das Unbekannte und schöpferisch Neues beginnen, hatte er aus den Karten herausgelesen, und dabei jeden Aspekt besonders betont: alles Falsche, gar alles. Gänzlich unbekannt das Unbekannte. Wahrhaftig neu das Neue. Das Leben im ganzen nehmen, einheitlich und unteilbar. Immer wieder dachte Jakob über diese wenigen Sätze nach. Am meisten aber hatte ihn der Satz beeindruckt: »Wer sich nur heraussucht, was ihm gefällt, dem bleiben die Bilder ein billiges Orakel.« Was für ein wahrer Satz! Er stimmte für so vieles, vermutlich für alles, stimmte auf jeden Fall für die Heilige Schrift und für den Glauben. Man kann ihn sich zum Lehrsatz nehmen, dachte er, als sie auf dem Platz vor dem Pantheon Cesare trafen. Er hörte Cesares Bericht, daß es nichts zu berichten gebe, als Serena plötzlich einen Schrei ausstieß und auf eine Frau deutete, die aus der Gasse neben dem Pantheon hervorstürzte.

»Das ist sie«, rief Serena und stieß Jakob in die Seite. »Los, wir schnappen sie uns.«

Schon war Cesare auf die Frau zugesprungen und hatte sie am Arm gepackt. Unwillig wollte sie den Jungen abschütteln, aber er war zu kräftig. Sie erhob die andere Hand und holte aus, um ihm eine Ohrfeige zu verpassen, doch genau in diesem Moment fiel ihr Jakob in den Arm und hielt sie fest.

»Was soll das? Laßt mich los, ich rufe die *Sbirri*«, schrie die Frau, doch Jakob fixierte ihre Augen und sagte nur ein Wort: »Elisabetta!« Sie zuckte zusammen und zog den Kopf ein.

»Ich wollte dich manches fragen, Magd, und es wäre einfacher gewesen, du wärst in Augsburg geblieben. Warum bist du weggegangen?«

Sie senkte die Augen und schwieg. Da stieß Serena erneut einen Ruf aus und sprang davon. Jakob dachte zunächst, sie habe Giuseppe Falieri entdeckt, doch dann sah er, wem Serenas Rufe galten: Die Malerin der Fugger war aufgetaucht. Wie es sich fügt, dachte Jakob, und verfolgte aufmerksam, wie Ludovica Zappi auf ihn zukam. Ihr Gesicht war gerötet, und vielleicht gerade deshalb anmutig anzusehen. Das dunkelbraune Haar trug sie um den Kopf zu einer Art Kranz geflochten, doch hatte sich die Ordnung zum Teil gelöst. Volle Lippen formten einen sinnlichen Mund, die Stupsnase darüber bebte. Sie schien restlos außer Atem zu sein. Jakob unterdrückte ein Lächeln, denn sie war nun beinahe herangekommen. Eine entzückende Erscheinung, dachte er, als Serena sie nicht ohne Stolz einander bekannt machte. Die Stimme der Malerin hatte einen angenehm hauchigen Ton, als sie sagte: »Seid gegrüßt, Pater. Wir sind uns in Augsburg bereits einmal begegnet.«

»Zweimal, wertes Fräulein«, erwiderte Jakob lächelnd, »nur habt Ihr mich beim ersten Mal nicht wahrgenommen.«

Er beobachtete ihre Reaktion ganz genau. Würde sie Unsicherheit zeigen oder gar ein Erschrecken, als hätte er sie bei etwas Verbotenem ertappt? Er mußte so schnell wie möglich einen treffenden Eindruck von ihr gewinnen, ob er ihr vertrauen konnte oder nicht. Sie zuckt die Achseln, dachte er und vermerkte wie ein genauer Buchhalter, daß sie einen unbefangenen Eindruck gemacht hatte. Entweder eine perfekte Maske oder die Wahrheit; ich muß ganz in sie hineinstoßen mit einer unerwarteten Frage, die sie erschüttert. Jakob war mit sich zufrieden, denn er wußte schon, mit welcher Frage er ihr Innerstes erreichen würde.

»Ihr kamt einmal aus dem Kontor des Franko Seinschedt«, sagte er wie obenhin, als sei es nur eine nette Plauderei auf einem schönen Platz in der Mitte der Ewigen Stadt.

»Und ich stand im Vorraum; doch Ihr hattet keinen Blick für mich, wart noch ganz von dem Oberbuchhalter gefangen. Habt Ihr ihn geliebt?«

Sie weinte – und bestand die Prüfung. Sie ist ehrlich, sagte sich Jakob und spürte für einen winzigen Augenblick, daß er sich über diesen Befund freute.

Nachdem er von Aspasia über ihre Vergangenheit informiert war, ahnte er, daß sie einen Punkt erreicht hatten, über den er zunächst nicht hinweg kommen würde. Er gab Richard Doberl einen Wink, die Zofe in einen anderen Raum zu führen. Sie würden sie hier im Palazzo festhalten, bis sie sicher sein konnten, von ihr alles erfahren zu haben, was sie wußte. Und Jakob hätte, wenn es nicht unstatthaft gewesen wäre, eine Wette abgeschlossen, daß von Aspasia noch eine Menge zu hören war. Doch im Augenblick würde sie nichts Vernünftiges mehr sagen. Zwar nahe an der Wahrheit, geriet sie mit ihrer Darstellung nun zunehmend in Gefahr, sich in Widersprüche zu verstricken, und sie war viel zu klug, um nicht zu bemerken, worauf es Jakob besonders angelegt hatte. Er machte sich keine falschen Hoffnungen, von ihr freiwillig zu erfahren, wo sich Giuseppe Falieri aufhielt. Aber ich werde dich weichkochen, dachte er und blickte ihr nach, wie sie durch die Tür verschwand; sie ist immer noch eine schöne Frau; ich kann verstehen, daß sie nicht als Zofe enden will.

Jakob wandte sich an Ludovica. Die Malerin weinte. Vorsichtig trat er auf sie zu, doch sie hob abwehrend die Hand und schluchzte laut auf. Jakob nickte und setzte sich auf einen anderen Diwan; sie mochte ihre Ruhe haben und mußte das Gehörte verarbeiten. Er verstand das, wollte selbst Ordnung in seine Gedanken bringen; er spürte die Anspannung beinahe körperlich, denn er ahnte: Die Lösung der Rätsel war nahe.

Inzwischen hatte sich Serena neben Ludovica gesetzt und die Malerin in den Arm genommen. Nach einer Weile sagte sie: »Ich bringe Ludovica nach Hause, sie möchte sich frische Kleider anziehen. Wie soll es dann weitergehen?«

»Wir müssen damit rechnen, daß Falieri Aspasia sucht; und wenn ich an den Maskierten von heute vormittag denke, könnten wir bald Besuch bekommen«, antwortete Jakob.

»Sollen wir Monsignore Baldi fragen, ob wir Aspasia im Pfarrhaus unterbringen können«, meldete sich Cesare zu Wort.

»Nein«, erwiderte Jakob, »zum einen würden wir dann unseren Unterschlupf preisgeben und Benedetto Baldi einer unziemlichen Gefahr aussetzen, zum anderen wäre es uns doch gerade recht, wenn Falieri käme. Was kann dem Jäger Besseres geschehen als ein Wild, das zu ihm kommt? Aber wir brauchen Verbündete; zumindest ein paar verläßliche Söldner, die uns schützen können, wenn Falieri es mit Gewalt versucht.«

»Da hast du recht«, pflichtete Cesare ihm bei. »In Rom sucht seit der Zerstörung fast ein jeder seinen Vorteil mit Gewalt; wer keine wohlbewaffneten Männer mit sich führt, steht schnell auf verlorenem Posten.«

»Es mag ein törichter Vorschlag sein«, sagte Ludovica leise, »aber Ambrogio Farnese hat mir versprochen, den Mörder Seinschedts zu finden. Mögt Ihr Euch an ihn wenden?«

»Ambrogio Farnese?« fragte Jakob ungläubig, und allein die Erwähnung des Namens verursachte ihm eine Gänsehaut. Er wollte mit Nachdruck nein sagen, doch eine innere Stimme hielt ihn zurück. Wenn Fabricio Casale hinter der Geschichte steckte, dann war der alte Farnese tatsächlich der geborene Verbündete, denn es gab keinen Menschen in Rom, den Ambrogio so haßte wie Fabricio Casale. »Wie kommt Ihr auf Ambrogio Farnese?«

»Laßt mich die Kleider wechseln, dann werde ich Euch alles erzählen«, bat Ludovica.

»Gut; wir warten hier auf Euch. Kehrt rasch zurück.«

Ein unscheinbares Hochziehen der linken Augenbraue verriet seine Überraschung über Jakobs Besuch, mehr ließ sich Ambrogio Farnese nicht anmerken. Jakob deutete ein Kopfnicken an und behielt seine Hände in den tiefen Taschen seiner Kappa. Vornehm übersah der alte Patrizier diese Unhöflichkeit und geleitete Ludovica und Jakob in den Patio. Sie nahmen an dem Tisch nahe des Springbrunnens Platz. Ambrogio klatschte in die Hände und bat den herbeieilenden Diener, Tee zu servieren.

»Soll ich raten«, eröffnete der alte Farnese das Gespräch und fixierte Jakob mit seinen hellbraunen Augen, »was euch beide gemeinsam zu mir führt?« Seine Stimme klang so selbstsicher wie eh und je, als ob diesen Mann nichts auf der Welt erschüttern könne. Jakob fiel Wort für Wort ihr letztes Gespräch wieder ein, und er spürte, wie ein alter Zorn in ihm hochstieg. Es war mühsam, diese nach wie vor lebendige Wut zu unterdrücken, aber Jakob tat es; es galt, Ambrogio Farnese zum Verbündeten zu gewinnen, es galt die Zukunft – da mußte die Vergangenheit ruhen.

»Ihr wäret nicht mehr der alte, wenn Ihr raten müßtet«, erwiderte Jakob auf die rhetorische Frage des alten Fuchses und verlieh seiner Stimme dabei einen unbeteiligten Klang.

»Auch du scheinst mir ganz der alte«, gab Farnese lächelnd zurück. »Es würde mich reizen, mit dir erneut am Brett die Kräfte zu messen.«

»Dazu bräuchten wir Muße.«

»Haben wir die nicht?«

»Wir müßten sie uns verschaffen.«

»Wie?«

»Das liegt an Euch«, erwiderte Jakob, der sich beherrschen mußte, nicht sofort mit seinem Anliegen herauszuplatzen. Ambrogio war geschickt und wollte sich stets die letzte Entscheidung offenhalten, sogar wenn es nur darum ging, ein Gespräch zu lenken. Doch Jakob wollte, um nicht allzu sehr in die Rolle eines Bittstellers schlüpfen zu müssen, daß Farnese die entscheidende Frage stellte. Schließlich würde der

Alte an einem Erfolg über Casale noch mehr Gefallen finden als Jakob.

»Was kann ich tun?«

»Was habt Ihr schon getan?«

»Du meinst meine Nachforschungen für die Contessa Zappi?«

Es berührte Jakob merkwürdig, daß Farnese Ludovicas Adelstitel erwähnte. Tat er es aus Höflichkeit, oder bezweckte er etwas damit? Ein Blick zu Ludovica zeigte ihm, daß ihr diese Art von Höflichkeit eher unbehaglich war, denn sie rutschte auf der Sitzfläche ihres Stuhls hin und her, wie man es nicht tut, wenn man sich wohl fühlt.

»Ihr verspracht zu helfen«, sagte Jakob ruhig.

»O ja, aber ich sprach auch stets vom *do ut des*. Was habt ihr beide denn zu bieten?«

»Ihr habt die Listen bereits, die wir zu bieten hatten; wir haben noch keine Antworten.«

»Mehr habt ihr nicht für mich?«

Jakob setzte ein gleichmütiges Lächeln auf, obwohl er innerlich kochte.

»Gut«, fuhr Ambrogio da wider Erwarten fort. »Ich habe in den letzten Tagen alle Namen der Liste überprüft und die Spur aller Einlagen verfolgt, so gut ich es konnte. Du wirst, mein Freund, nicht überrascht sein, wenn ich dir den Namen verrate, der hinter den Machenschaften des Engelhard Schauer steckt.« Er machte eine Pause und sah Jakob durchdringend an. »Wir sollten ihn endlich zur Strecke bringen.«

»Nennt den Namen! Ich will ihn nicht nur wissen, ich will ihn hören.«

Farneses Lippen wurden erst schmal, dann spuckte er den Namen wie bittere Galle aus: »Fabricio Casale.«

Also doch, dachte Jakob, aber seltsamerweise fühlte er nichts dabei, weder Genugtuung, richtig vermutet zu haben, noch Angst, nun wieder den bösartigsten Menschen in Rom zum Gegner zu haben. Gelassen stellte er seine Frage: »Wie bekommen wir ihn an den Haken?«

»Mit den Anleihegeschäften überhaupt nicht«, antwortete Ambrogio. »Die Fugger haben keinen einzigen Freund mehr in Rom, da würde man sich mit jeder Anklage wegen betrügerischer Geldgeschäfte zu Lasten der Augsburger zum Narren machen. Wenn man ihm aber die Morde nachweisen könnte …«

»Wir haben die Zofe gefunden.«

Jakob betonte jedes Wort und beobachtete Farneses Reaktion. Der Alte ballte die Hände zu Fäusten, vergaß seine Zurückhaltung und rief: »Das könnte der Schlüssel sein.«

»So sehen wir das auch. Wir brauchen Eure Hilfe, um sie in unserer Gewalt zu behalten; wir benötigen Wachleute.«

Rasch erzählte Jakob, was sich im Laufe des Vormittags zugetragen hatte, und ihm entging das zunehmende Funkeln in Farneses Augen nicht. Als er seinen Bericht beendet hatte, sprang Ambrogio auf und klatschte in die Hände. Sofort eilten zwei Diener herbei.

»Du nimmst zwei Wachleute und begleitest die Contessa zum Rione di Ponte. Nehmt meine Kutsche; fahrt am Palazzo meiner Vettern vorbei und laßt euch dort weitere zehn Wachleute abstellen, die euch begleiten. Eilt! Im Palazzo der Fugger haltet Wache und hört auf das Kommando des Hausherrn – wie heißt er?«

»Richard Doberl.«

»Du hast gehört; fort mit dir, avanti, avanti! – Du aber«, sagte er zu dem anderen Diener, »bringst das Schachspiel und von meinem besten Wein.« Er rieb sich vergnügt die Hände. »Nun haben wir die Muße, die wir brauchen.«

Jakob sah Ambrogio fragend an und überlegte, was der alte Farnese im Schilde führte. An sich stand ihm nicht der Sinn nach Schachspielen, und die Gegenwart dieses Mannes, der über Leichen ging, um seine Ziele zu erreichen, war ihm alles andere als angenehm. Andererseits verband sie nun ein gemeinsames Ziel, und es war besser, die Farnese neben sich zu wissen als gegen sich. Und von Farnese konnte man beinahe alles erfahren, was es in der Ewigen Stadt an

Wissenswertem gab. Vielleicht wußte Ambrogio auch über Claudias Schicksal Bescheid.

»Du bist verletzt?« fragte Ambrogio und deutete auf den verkrusteten Schnitt in der Wange.

»Ein Andenken an den Maskierten.«

»Du solltest dich aus den Händeln heraushalten. Wenn Casale herausbekommt, daß du wieder in der Stadt bist, wird er versuchen, dich zu erledigen.«

Der Diener kam mit dem Schachbrett, einer fein gearbeiteten Einlagearbeit aus Ebenholz und Elfenbein, und stellte die Figuren vor ihnen auf. Die Könige waren kunstvoll als bärtige Männer geschnitzt und die Königinnen als edle Damen mit sanftmütigen Gesichtern. Die Türme wurden von Elefanten dargestellt, und die Läufer waren Bären. Nur bei den Springern hatte sich der Schnitzer an die gewohnte Vorgabe gehalten und auskeilende Pferde gewählt. Mit einem Kopfnicken bedeutete Ambrogio dem Diener, Jakob die weißen Figuren zu geben. Während der Lakai das Schachbrett drehte, griff Farnese zu dem fein geschliffenen Kristallglas. Er hielt es dem Diener hoch, der nun feierlich nach der Karaffe faßte und den Wein einschenkte. Goldgelb floß der Vino Santo in die zarten Kristallkelche. Behutsam stießen sie die Kelche aneinander und prosteten sich zu.

Während Jakob noch den zarten Noten von Honig und Vanille nachschmeckte, die dem Wein seinen erlesenen Geschmack verliehen, führte er den Königsbauern zwei Felder vor. Ambrogio tat es ihm gleich. Ohne zu zögern, griff Jakob diesen Bauern mit dem Springer des Königsflügels an. Ambrogio verteidigte ihn mit dem Damenbauern. Der Bär aus Elfenbein fühlte sich rund und warm an, ein Genuß in der Hand der liebevoll gearbeitete Läufer, und Jakob zog ihn schräg drei weiße Felder vor. Ambrogio setzte lächelnd sein Pferd von der Damenseite neben den vorgerückten Damenbauern. Er will wohl im nächsten Zug den Damenbauern eins weiterziehen, dachte Jakob und erwog einen Rückzug seines Läufers; doch dann erkannte er, daß zumindest in den nächsten zwei Zügen keine Gefahr drohte und erinnerte sich daran, wie sehr ihn Ambrogios Drohgebärden schon einmal ins Bockshorn gejagt hatten. Nein, heute gelingt dir das nicht, sagte er sich entschlossen, und wagte einen weiteren Vorstoß, indem er seinerseits den Springer des Damenflügels hinter seinen Bären ins Spiel brachte. Ambrogio packte kurz entschlossen seinen Bären und stellte ihn hinter Jakobs Königsspringer, um diesen an die Dame zu fesseln; würde Jakob das Pferd bewegen, verlöre er seine Königin an den Patrizier, ein hübscher Zug, um das Gegenüber in seinen Möglichkeiten einzuengen. Jakob sah es wohl, doch in diesem Augenblick ritt ihn der Teufel. Das will ich sehen, ob du so habgierig bist, meine Dame zu schlagen, dachte er und eroberte den schwarzen Königsbauern. Für Farnese war der Weg zu Jakobs Dame frei; er kicherte, als er sie in die Hand nahm.

»Du paßt auf deine Contessa nicht auf«, sagte er hämisch, stellte seinen schwarzen Bären neben Jakobs König und streichelte der geschnitzten Elfenbeinschönheit über die Wange.

»In der Tat«, antwortete Jakob mit einem schmollenden Tonfall und zog ein sauertöpfisches Gesicht. Einen Augenblick kostete er die Siegeszuversicht und Schadenfreude seines Gegenüber aus, ehe er langsam die Hand nach der nächsten Spielfigur ausstreckte und sagte: »Doch das Spiel wird über die Könige gewonnen – Schach!«

Jakob hatte mit seinem weißen Bären den Bauern vor Farneses Königsläufer geschlagen, und Schwarz blieb genau eine Möglichkeit, diesen Zug zu erwidern: Der schwarze König rückte ein Feld nach vorne, und noch während Ambrogio diesen Zug ausführte, verschwand jede Häme aus seinem Gesicht und machte Platz für blankes Entsetzen. Mit geweiteten Augen starrte der Patrizier auf das Spielbrett; sein Mund stand offen; seine Hand zitterte, als er den König losließ.

»Wie war das mit meiner Contessa?« fragte Jakob und verzichtete auf jeden spöttischen Ton. Er packte seinen

Damenspringer und setzte ihn schnörkellos neben sein Königspferd. »Schachmatt.«

Sie saßen einige Minuten schweigend vor dem Brett und nippten ab und zu von dem wunderbaren Wein. Fast schien es, als könne Farnese die Niederlage nicht begreifen. Mehrfach fuhr er die Züge nach. Dann nickte er.

»Du hast den Schierlingsbecher in die Hand genommen, aber ich habe ihn getrunken. Habgier war stets die Feindin des Erfolges. Dein Mut wurde belohnt; ich beglückwünsche dich.«

Es war in der Tat mutig gewesen, das Damenopfer anzubieten, denn ohne die blinde Habgier seines Gegners hätte Jakob, das wußte er wohl, nicht nur ein Pferd gegen einen Bauern eingetauscht und somit ein schlechtes Geschäft gemacht, sondern er hätte auch das Heft aus der Hand gegeben und fortan eine brüchig gewordene Stellung verteidigen müssen. Man kann dich also durchaus überrumpeln, dachte Jakob und nahm Ambrogios nachdenklichen Blick auf; das Überraschungsmoment muß nur groß genug sein.

»Könnte man sagen, Ihr schuldet mir nun etwas?«

»Das kommt darauf an.«

»Eine Auskunft.«

»Mehr nicht?« fragte Farnese. Es klang verwundert.

»Mehr nicht.«

»Gut. Stell deine Frage.«

»Wißt Ihr, was aus Claudia geworden ist, jener *Cortigiana*, der das Haus in der Via Sudario gehörte, keine hundert Schritte vom Torre de Argentina des Burckhardt von Straßburg entfernt.«

»Das Haus der Zwillingsschwestern?«

»Ja. Lydia hieß die Schwester; sie wurde mit Aldobrando Orsini ermordet, wie Ihr wißt.«

Ambrogio nickte und senkte den Kopf. »Warum willst du das wissen?«

»Sie hat mir vor einem Jahr bei meinen Nachforschungen geholfen.«

»Sie hat was …?« fragte Ambrogio ungläubig.

»Sie hat mir bei meinen Nachforschungen geholfen.«

»Gegen Fabricio Casale?«

»Ja.«

»Ich denke, sie wußte, was sie tat.«

»Ja, sie wußte, in welche Gefahr sie sich begab. Casale trachtete ihr nach dem Leben. Ich möchte wissen, ob es ihm gelungen ist.«

Jakob gab sich alle Mühe, seine Stimme so unbeteiligt wie möglich klingen zu lassen, doch es gelang ihm nicht. Da fand sich ein zartes Zittern in der Stimme, und dem Atem war die Kraft anzuhören, die er benötigte, um den Kloß im Hals zu überwinden. Selbst ein weniger erfahrener Mann als der mit allen Wassern gewaschene Ambrogio Farnese hätte mühelos erkannt, wie sehr diese Frage Jakob bewegte. Endlich war sie ausgesprochen, und Jakob suchte die Augen des alten Farnese; doch diese wichen ihm aus. Wußte er etwas? Warum sagte er nichts? Mit jedem Moment, der ohne Antwort verstrich, wuchs die Beklemmung, die Jakob befiel. Es war, als hielte er die Luft an; langsam wuchs der Druck und wurde begleitet von einem sanften Brennen, das allmählich heißer wurde, beißender und durchdringender. Es war, als müßte ihm der Brustkorb platzen. Da rumorte ein alles übertönender Schmerz, der es erzwang, daß der Mund sich öffnete und ein Klagelaut hinausjagte.

Später wußte Jakob nicht mehr, ob er schon geschrien hatte, bevor Ambrogio Farnese diesen einen kurzen Satz gesagt hatte oder danach. Es war in Wirklichkeit nicht von Belang. In dem Schmerz des Augenblicks erfüllte sich die dumpfe Ahnung eines Dreivierteljahres und zerstörte alle Hoffnung. Wie hatte der Magier gesagt? »Deine Gedanken gehen in die falsche Richtung, wenn sie an der Vergangenheit anknüpfen. Alles Falsche wird eingerissen, gar alles.« Erschreckend, wie recht er hatte. Später wußte Jakob auch nicht mehr, wie lange er geschrien hatte, nachdem Farnese mit leiser Stimme die Worte »Es ist ihm gelungen« ausgesprochen hatte. Während er schrie, kam es ihm wie eine Ewigkeit vor; es war ein Schrei gewesen, der den Himmel, wenn er aus Glas gewesen wäre, mit den scharfen Kanten seiner hin und her springenden Töne zerschnitten hätte; jedenfalls lagen beide Kristallkelche in Scherben, als Jakob verstummte.

Als der Schrei geendet hatte, schien er kaum länger als eine Sekunde gedauert zu haben, so wenig hatte er von dem Schmerz weggenommen, den Jakob empfand. Nach dem Schrei hatte er »Wie ist es geschehen?« gefragt, hatte Ambrogio still zugehört und sich wortlos verabschiedet.

Er war durch Gegenden der Stadt gekommen, die er noch nie zuvor gesehen hatte, war durch das Elendsviertel unterhalb der Porta Pia gestolpert und hatte sich in dem Gewirr von Gassen rund um die kleinen Kirchen verlaufen, die dort oben so schmucklose Häuser Gottes abgaben, wie die Kirchen unten in der Stadt im Prunk erstickten. An einer frisch ergrünten Platane, die in der Mitte eines kleinen Platzes vor einer hingeduckten Kirche stand, blieb er stehen, lehnte sich erschöpft an den schlanken Stamm und starrte auf die Kirchenfassade. Gemauert aus einfachen Backsteinen, von denen der Putz abfiel, das Portal in Sandstein gearbeitet, verziert mit schlichten Heiligenfiguren, verschmolz die Fassade mit den umgebenden Häusern, und auch der simple Glockenturm, den *Campanile* zu nennen sich aus Scham verbot, ragte nur unwesentlich über die Nachbardächer hinaus. Die hellste Glocke des Turms erhob ihr dünnes Stimmchen und bimmelte das immergleiche Bimbim eines Totenglöckchens, und in der Tat schwang bald darauf das hölzerne Portal auf und wurde hinter dem Pfarrer ein kleiner Sarg getragen; letztes Geleit für ein Kind. Eine verhärmte Mutter weinte sich die Seele aus dem Leib, begleitet von einem mürrisch dreinblickenden Mann und gefolgt von einer Schar von Kindern, mindestens elf.

Die Prozession überquerte den Platz und schob sich durch ein schmales Tor in der gegenüberliegenden Mauer, hinter der sich ein Friedhof verbarg. Jakob schloß sich dem Ende des Trauermarsches an, schlüpfte ebenfalls durch das Tor und reihte sich im Halbkreis vor einem bescheidenen Totenhäuschen ein. Im vielfach eingeübten Schwung besprengte der Priester mit dem Weihwasserpinsel die gemauerte Gruft und begann, sein Gebet zu singen. Er hatte eine göttliche Stimme, die durch Mark und Bein drang, hoch und rein und dabei fast so männlich wie ein tiefer Baß, getragen von einem langen Atem, in dem der Odem der Ewigkeit schwang, so unbeschwert gab er den Tönen ihre ätherische Kraft. *Requiescat in pace.* Herr, der du bist im Himmel. *Requiescat in pace.* Nimm diese Seele an. *Requiescat in pace.*

Längst wirbelte die Liturgie in Jakobs Kopf durcheinander. Jakob verlor sich im gesungenen Totengebet, es war, als hätte ihn ein Engel an die Hand genommen und hinweggeführt über die Niederungen dieser Welt, hinauf in die Sphären der Seligen, um die eine zu erspähen, die sein Herz besaß. Gott weist dem Menschen seine Schranken auf, die Endlichkeit alles Irdischen ist sein mahnender Zeigefinger. Hänge dich nicht an das Vergangene. *Requiescat in pace.* Schaue voraus in die Zukunft; Andenken bewahren heißt nicht gefangen bleiben in alter Bindung. Sei beruhigt, die heimgekehrte Seele ruht in Frieden. *Requiescat in pace.* Was für ein Gesang! Getragen von den priesterlichen Jubeltönen, schwebte Jakob noch durch die Vorgärten des Paradieses, als die Trauergemeinde längst aufgelöst und davongezogen war. Jakob, niedergesunken auf die Knie, beweinte das hingeschiedene Kind, dessen Namen er nicht kannte. *Requiescat in pace.* Die junge Seele erhielt, was jener weiblichen nicht zuteilbar werden konnte, weil es kein Grab für Claudia gab.

Niemand weiß, ob sie Trost fand in ihrer letzten Stunde und ob ein Engel ihre Hand nahm, um sie in den Schlaf zu begleiten. Die Häscher jedenfalls brüsteten sich gegenüber ihrem Auftraggeber, mit dem ersten und einzigen Stich das Herz getroffen zu haben. Den irdischen Leib überließen sie seinem Schicksal. In den Wirren der Verwüstungen, welche die Landsknechte des Kaisers stifteten, fiel ein zerfetzter Frauenleichnam nicht auf; der Tiber dürfte den Torso genauso fortgetragen haben wie den Unrat der großen Stadt. Den Torso. Nicht den Kopf, denn den hatten die Mörder abgetrennt. Nie wieder wollte Casale in Ungewißheit sein über den Erfolg seiner meuchelnden Messerstecher; zu sehr beunruhigte ihn, daß die Leiche des Dominikaners, daß Jakob nie aufgefunden wurde; in Fällen wie diesem gab es den Lohn nur gegen Vorlage des Kopfes. Und das war es, was den im geheimen lauschenden Ohren des Kanzlers nicht verborgen geblieben war: Mitten im Vatikan betrachtete ein Weihbischof den abgetrennten Kopf einer Kurtisane, und Casale soll dabei sogar ihre Augenlider angehoben haben, um dieses Blau zu sehen, ein helles Blau, das nicht mehr funkelte.

Requiescat in pace. Jakob kniete vor der flackernden Kerze an der gemauerten Gruft und weinte.

Die Kerze verlosch, und die Dämmerung legte sich düster über den Friedhof, als Jakob mit einem tiefen Atemzug seine Erstarrung löste. Er streckte die Arme nach hinten, legte den Kopf in den Nacken, rollte die Schultern in ihren Gelenken und stand stöhnend auf. Die ersten Schritte schmerzten. Humpelnd trat er auf den kleinen Platz hinaus, warf einen letzten Blick auf die hingeduckte Kirche mit den beiden kleinen Okuli über dem Portal und wandte sich Richtung Quirinal. In der Dämmerung wurde der Verfall der Stadt bedrohlich. Jakob beschleunigte seine Schritte, um so rasch wie möglich zum Palazzo der Fugger zu gelangen. Immer noch waren an die drei Fünftel der Stadt unbewohnt und lagen weite Flächen brach oder in Trümmern. In manchen Straßen fand sich auf dreihundert Schritt keine einzige Fackel in den Wandhalterungen, und vielfach huschten unheimliche Schatten von einer Gasse zur anderen. Nicht einmal alle Kutschen hielten sich daran, Laternen mit sich zu führen, und wer zu Fuß ging, vertraute lieber auf den Schutz der Dunkelheit als auf den Schein einer Lampe.

Jakob beeilte sich. Mit der aufkommenden Angst zog sich die Trauer zurück und nistete sich im hintersten Winkel des Herzens ein; nun hieß es achtsam sein, um nicht einer der marodierenden Banden in die Arme zu laufen. Schließlich fing er an zu laufen. So schnell wie möglich wollte er in die bewohnteren Gegenden der Stadt gelangen und am Rione di Ponte nach den Freunden sehen, um die er sich nun ebenfalls sorgte.

Endlich befand er sich vor dem Palazzo der Fugger. Das Tor stand offen, kein Wächter war zu sehen. Jakob spürte sein Herz pochen. Er nahm zwei Stufen auf einmal, hetzte die schwach von Öllampen beleuchtete Marmortreppe hinauf, bog in die Zimmerfluchten und eilte von Raum zu Raum. Entsetzt prallte er an der Tür zum dritten Raum zurück. Voller Blut der Boden und übersät mit Leichen und abgeschlagenen Körperteilen, schlimmer sah keine Schlachtbank aus, doch dies hier waren Menschen gewesen. Erschreckt versuchte Jakob, in das eine oder andere Gesicht zu blicken, doch kannte er keines. Der süßliche Geruch des Blutes stieg ihm in die Nase hinauf und würgte ihn in der Kehle. Er sprang von trockener Stelle zu trockener Stelle auf die andere Seite des Raumes und eilte die Zimmer weiter, bis er endlich in dem hinteren Kontor anlangte, in dem er am Mittag Aspasia befragt hatte. Leer! Nur in der Nähe des Fensters befand sich ein großer Blutfleck. Erschöpft und erschüttert setzte sich Jakob auf einen Diwan und lauschte in die Düsternis.

Es blieb ruhig in dem weitläufigen Palazzo, aber Jakob wußte, daß er hier nicht bleiben konnte. Seit die Landsknechte abgezogen waren, fehlte der Schirm, der schützend über das Fuggerhaus gebreitet war. Die Römer würden den Fuggern nie vergessen oder gar vergeben, wie dreist sie Frundsbergs Söldnern geholfen hatten, ihre Beute zu versilbern und die Erlöse nach Deutschland zu schaffen. Der leere Palazzo mochte zunehmend mehr begehrliche Blicke auf sich ziehen, und es war Richard Doberl nur zu wünschen, die Auflösung der Faktorei bald zu bewerkstelligen. Vielleicht konnte er den Palazzo gewinnbringend an einen Patrizier verkaufen, dessen Anwesen zerstört worden war und der sich nicht mit einem neuen Bauvorhaben abmühen wollte. Jakob erhob sich und trottete langsam zum Tor hinunter, schloß es von innen und schob den schweren Balken zwischen den eisernen Fangschuhen durch; dann ging er rückwärtig über den Hof und durch die schmale Toreinfahrt. Bei der schmalen Pforte schlüpfte er hinaus. Er überlegte kurz, wo sich die Gefährten befinden könnten, entschied sich für den Palazzo Farnese und wandte sich Richtung Via Giulia. Nach wenigen Schritten verschluckte ihn das Dunkel der anbrechenden Nacht.

Der Palazzo war nach wie vor eine Baustelle und nur zum Teil bewohnbar, jedoch schon von einem stolzen Ausmaß und überall da, wo sich der Bauarbeiten wegen Möglichkeiten boten, in den Palazzo einzudringen, durch kräftige Holzpalisaden vor dreister Zudringlichkeit geschützt. An allen entscheidenden Stellen sowie an jeder Ecke standen mit Spießen bewaffnete Wachleute. Jakob umrundete den Bau zur Hälfte und begehrte Einlaß am Haupttor, wo nach kurzem Warten ein Lakai erschien und ihn in das erste Geschoß hinaufführte. Zu seiner Überraschung stand dort, im vollen Ornat des Kardinals, kein Geringerer als Ottavio Farnese, des Papstes Kanzler, und empfing ihn mit einem breiten Lächeln auf den Lippen.

»Mein lieber Jakob, sei willkommen in meinem Haus«, sprach er in einem warmen Latein, »es ist schön, von dir als unserem Verbündeten zu hören. Was führt dich zu mir?«

»Die Suche nach Richard Doberl, dem Beauftragten der Fugger, und meinen Freunden – ich vermute sie mit Nachdruck in Euren Räumen, Eminenz.«

Der Kardinal lächelte verhalten und atmete hörbar aus; er konnte es einfach nie lassen, seine Bedeutung zu unterstreichen; dabei zeigte sein Gesicht Spuren von Besorgnis. »Bei mir?« fragte er und streckte dabei mit einer berechnet lässigen Bewegung die Hand zum Gruß vor.

»Ja, hier und nirgends anders vermutete ich meine Gefährten«, antwortete Jakob, ergriff die Hand und beugte den Kopf über den Ring zum Kuß.

»Sie sind nicht da – und auch meine Späher wissen mir nichts zu melden. Seit ich der Malerin zehn Wachleute mitgab, um Richard Doberl zu beschützen, habe ich von der Unternehmung nichts mehr vernommen.«

»Die Wachleute waren auch bitter nötig«, antwortete Jakob und berichtete, was er am Rione di Ponte gesehen hatte. »Wo könnten meine Freunde sonst sein?« fragte er schließlich. »Ich mache mir Sorgen.«

»Nicht zu Unrecht. Wir haben die Lage in der Stadt noch nicht im Griff; selbst die Trasteveriner rotten sich zu Banden zusammen und bringen Verdruß. Du glaubst gar nicht, was wir seit der abenteuerlichen Befreiung des Papstes alles erlebt haben. Bis heute ist Rom nur bei Tage sicher, bei Nacht …«

Er sprach nicht weiter, drehte sich um und gab Jakob einen Wink, ihm zu folgen. Nach wenigen Schritten bogen sie durch eine prächtig bemalte Flügeltür in einen wohnlich ausgestatteten Raum, in dessen Kamin ein Feuer brannte. Davor stand ein Diwan. Der Kardinal setzte sich und bedeutete Jakob, neben ihm Platz zu nehmen. Die Holzscheite knisterten in den Flammen. Jakob ließ sich von dem Spiel des züngelnden Feuers gefangennehmen. Hier schlugen lange Flammenlanzen in die schwarze Höhle des Kamins hinein, da leckten kleine blaue Fähnlein von unteren Scheiten zu darüber liegenden hinauf, und an anderer Stelle puffte aus einem hellroten Kreis von Glut ein Stichflämmchen auf und verschwand.

»In der Sänfte des kaiserlichen Rates Morone haben wir den Heiligen Vater bei Nacht und Nebel aus der Engelsburg getragen«, bemerkte der Kanzler. Er holte Jakob aus seiner versunkenen Betrachtung zurück und plauderte wie nebenbei über die Geschicke des Landes und der Politik. »Wir brachten den Pontifex Maximus in den trostlosen Palazzo von Bischof Ridolfi nach Orvieto, von wo aus er sich die Schlachtfelder betrachtet. Es ist ein erbärmlicher Zustand, der nicht mehr von langer Dauer sein kann. Wir werden den Heiligen Vater nach Viterbo holen; dort können wir ihn in Sicherheit versorgen. Wer weiß, was die Zusicherungen des Kaisers wirklich wert sind, und wer sagt uns, daß König Franz und die heilige Liga siegreich bleiben? Alle wünschen wir dem Lautrec viel Glück bei seinen Kampfesunternehmungen, und zur Zeit steht ihm der Herr bei; doch wie lange noch? Kreuz und quer jagen die Verheerungen über das Land und schmälern die Einnahmen, bis wir alle bankrott gehen. Wie sieht es mit den Fuggern aus? Ich habe eine ordentliche Einlage gegeben. Ist sie sicher?« Unvermittelt war er aus dem Plauderton in hellwaches Fragen verfallen.

»Das ist eine schwierige Frage«, antwortete Jakob. »Sie wird sich nur lösen lassen, wenn wir den Drahtzieher der Verbrechen finden, die im Hause Fugger verübt wurden. Wir müssen meine Gefährten finden.«

»Aber nicht heute nacht, mein Lieber. Du bleibst bei mir im Palast; es ist viel zu gefährlich, sich jetzt auf die Straße zu wagen, und wenn wir eine wirksame Eskorte nehmen, weiß binnen einer Stunde ganz Rom über unsere Unternehmungen Bescheid.«

Ob er wollte oder nicht, diese Erwägungen leuchteten Jakob ein, und er nahm die Einladung des Kardinals an, obwohl es sich eigenartig anfühlte, bei demjenigen zu Gast zu sein, der ihn vor einem Jahr als Werkzeug für seine Intrigen benutzt hatte.

»Wenn es Casale ist«, knüpfte Ottavio Farnese den vorherigen Faden wieder an, »lassen wir ihn nicht mehr entschlüpfen. Es war ein Fehler, ihn nach der Verschwörung des Napoleone Orsini ungeschoren davonkommen zu lassen; aber unser Heiliger Vater hat ein zu mildes Herz. Ach was«, brauste der Kardinal verächtlich, »Clemens ist einfach zu schwach, sich zu entscheiden. Man sieht es ja, wie er andauernd zwischen Karl und Franz pendelt und dadurch das Leid nur verschlimmert. Und über Familienbande setzt sich ein Medici erst recht nicht hinweg. Nein, das müssen wir in die Hand nehmen, wir, die Farnese! Und diesmal«, raunte er mit einem verschwörerischen Unterton, »wirst du uns die Beweise liefern. Du hast doch am eigenen Leib erlebt, zu was dieser Bastard fähig ist.«

Wie aufgereiht an einer Schnur sah Jakob die Bilder aus der Vergangenheit, die der Kanzler mit diesen Worten in ihm ausgelöst hatte, und er mußte sich zwingen, in der Gegenwart zu bleiben und dem Kardinal in die müde wirkenden Augen zu sehen; hellbraune Augen, doch weniger klar und strahlend als jene von Ambrogio. Dann raffte er sich auf und stellte die Frage, die ihn am meisten belastete: »Hat er sich wirklich den Kopf bringen lassen?«

Der Kardinal nickte.

»Ich werde Euch helfen, ihn zu richten; doch helft Ihr mir, das Unheil von den Fuggern abzuwenden.«

»Was kann ich tun?«

»Vor wenigen Tagen hat Graf Nicolaus von Tolentino dem Fuggerschen Beauftragten einen Schuldschein zur Rückzahlung vorgelegt, ausgestellt auf den Heiligen Vater über einen Betrag von dreihundertfünfzigtausend *Goldscudi*. Egal, was geschieht, wenn Casale gerichtet ist, muß dieser Schuldschein vernichtet werden.«

»Tolentino wird Verständnis für jede meiner Maßnahmen haben«, erwiderte Ottavio Farnese mit sibyllinischem Lächeln.

»Und noch eins, wenn ich offen sprechen darf.«

»Du darfst.«

»Wenn der entscheidende Streich gelungen ist, will ich gelöst werden von allen meinen Gelübden.«

Überrascht schaute der Kardinal auf. »Das ist eine schwerwiegende Bitte, die du nicht unüberlegt äußern solltest.«

»Werde ich gelöst?« fragte Jakob, ohne auf die Bedenken des Kanzlers einzugehen.

»Du wirst mit dem Heiligen Vater sprechen müssen.«

»Ihr verschafft mir das Gespräch?«

»Wenn Casale gerichtet ist.«

»Ihr legt Euer Gewicht in die Waagschale für meine Lossprechung von allen Gelübden und Standespflichten?«

Der Kardinal nickte. »Du weißt, das ist ein schwerwiegender Vorgang und eine Aufgabe, die sich nur mit einer selten gemachten Ausnahme lösen läßt. Allerdings läßt das kirchliche Recht eine Freisprechung von den Gelübden zu, aber einzig der Heilige Vater kann dich von deinen Bindungen als Mönch lösen. Stets aber bleibst du Priester.«

»Einmal geweiht, immer geweiht«, antwortete Jakob leise. Natürlich wußte er über diejenigen Sakramente Bescheid, die nicht wiederholbar und nicht rücknehmbar waren: die Taufe, die Firmung und die Priesterweihe. »Ich werde auch nach meiner Entbindung von den mönchischen Pflichten ein Leben führen, das dem Priesterstand keine Schande macht, hochwürdigster Herr.«

»Ich weiß«, seufzte Ottavio Farnese. »Du gehörst zu den Gerechten, die dereinst helfen werden, uns alle zu retten.«

Jakob erwachte vom Gekreisch der Katzen, und er war ihnen dankbar dafür. Ihr Balgen und Schreien hatte ihn aus einem Traum gerissen, in dem ihm die Hölle offenbart worden war, aber nicht wie in seinem Fiebertraum zu Bologna. Kein brennendes Gestein und keine Meere aus flüssigem Blei waren da, ebensowenig sah er Gnome und Satyrn um sich herumtanzen. Statt dessen zeigte sich die Hölle als ein kalter, einsamer Ort, an dem ein herkulischer Teufelskörper fortwährend das Richtschwert hob und von herangeschleppten Menschen die Köpfe abschlug, die lebendig über eine blauschimmernde Eisfläche rollten, bis sie in einer weiten Mulde liegenblieben. Dort fingen die Köpfe zu schreien an, aber da ihnen die Hälse fehlten, hörte man sie nicht. Sie wiederum hörten, daß man sie nicht hörte, und schrien noch lauter und verzweifelter. Sie drehten die Augen, klapperten mit den Wimpern, warfen ihre Stirne in Falten, und manche wackelten sogar mit den Ohren, um irgend jemandes Aufmerksamkeit zu erregen. Diejenigen, die mit den Ohren wackeln konnten, entdeckten bald die Möglichkeiten, die in dieser Bewegung steckten, und begannen, sich ohrenflatternd von einer Stelle an die andere zu schieben. Sie drehten sich in eine Lage, die es ihnen ermöglichte, andere Gesichter zu sehen und auf sich aufmerksam zu machen, und manche fanden sich, die es verstanden, einander von den Lippen zu lesen. Da lag am Rand der Mulde zum Beispiel ein junger Mann mit einem prächtigen Schnauzbart, der sich zu einer rothaarigen Frau drehen konnte, deren Gesicht herzallerliebst anzusehen war. Ein strahlendes Lächeln flog über ihr Antlitz, als sie ihn wahrnahm, und sofort begannen die beiden einen innigen Austausch an zärtlichen Worten. Wie hingebungsvoll würden ihre Sätze geklungen haben, hätten ihre turtelnden Münder Atem gehabt! Er war ein Meister in der Kunst des Ohrenschiebens und robbte sich Zoll um Zoll an sie heran. Ihre grünblau strahlenden Augen hingen an seinen Lippen, und je näher er kam, desto stärker spitzte sie ihren Mund in der Erwartung, bald seinen Kuß zu spüren. Da trat der herkulische Luzifer heran und schlug mit seinem weitausholenden Fuß gegen den Kopf des jungen Mannes, daß dieser wie ein Spielball über die ganze Mulde hinwegflog, auf dem schillernden Eis aufprallte und weiterrutschte, bis sich die nächste Kuhle öffnete, in die er hineinschlingerte. Luzifer grinste, rieb sich die Hände, stapfte zur Richtstatt zurück und durchtrennte den nächsten Hals. Vor seine Füße rollte Claudias Kopf.

Wie dankbar war Jakob, daß sich die Katzen um ihr Jagdgeviert stritten. Er rieb sich die Augen und atmete die Beklemmung aus seiner Brust. Selten hatte er es so belebend empfunden, die Luft durch den Mund am Gaumen entlang in den Hals strömen zu spüren, und die Freude darüber, daß er lebte, verdrängte sogar ein wenig die Traurigkeit über Claudias Tod. Es ist gut, dachte er, am Leben zu sein und nach vorne blicken zu können; ich nehme das Leben an, das und nichts anderes bin ich dir schuldig, du unvergessene Geliebte.

Dann stand er auf und trat ans Fenster; im Osten zeigte sich ein sanftrosa Schein. Der neue Tag.

Der Ibis stirbt

Als Ludovica mit den zwölf Söldnern der Farnese am Rione di Ponte eintraf, lief Richard Doberl in heller Aufregung im Raum hin und her, schwenkte einen Bogen Pergament und stürzte auf Ludovica zu, kaum daß sie eingetreten war.

»Seht Euch das an!« rief er aufgebracht und hielt ihr das Pergament unter die Nase. In großen Lettern stand da auf lateinisch: *Gebt Aspasia heraus, sonst holen wir sie uns!* Ludovica las den Zettel noch einmal, dann lachte sie auf.

»Ich kenne solche Zettel. Der hier ähnelt den Schmähschriften von den Huren an der Piazza de Pozzo bianco; sie werden *libelli famosi* genannt und sind ein gutes Mittel, um Nebenbuhlerinnen aus dem Weg zu räumen. Was regt Euch daran so auf?«

»Unsere Feinde rüsten zum Angriff.«

»Nur gut, daß ich zwölf Schwertträger bei mir habe.«

»Ja«, erwiderte Doberl und atmete erleichtert durch. »Ihr kommt nicht zu früh.«

Rasch stellten sie die Wachleute so auf, daß sie die Angreifer überraschen und festnehmen konnten, und das Warten begann. Sie saßen schon über zwei Stunden beieinander, als sie ein Knall aufschreckte. Klirrend zerbarsten die Butzenscheiben des Fensters, und polternd fiel ein mit Pergament umwickelter Stein auf den Fußboden. Cesare sprang als erster auf und brachte Doberl das Schriftstück. *Kommt heraus; wir wissen, daß ihr Söldner bei euch habt. Ergebt euch, dann geschieht euch nichts.*

Doberl lachte, gab Ludovica das Pergament und trat ans Fenster. Ein leises Surren war zu hören und ein erstickter Aufschrei, dann fiel Doberl auf den Rücken und blieb bewußtlos liegen; aus seiner Schulter ragte der Federbolzen einer Armbrust; seine Augen starrten fragend zur Decke.

Dann ging alles Schlag auf Schlag. Vom Eingangstor, das nicht verschlossen war, tönte Getöse. Schon drangen die ersten Bewaffneten ein und stürmten mit Gebrüll die Marmortreppe herauf. Sie wandten sich in die lange Zimmerflucht und stießen im dritten Raum auf die Wachmänner der Farnese. Diese waren geübtere Kämpfer als den Angreifern lieb war und hieben mit ihren kurzen Schwertern einen nach dem anderen nieder. Aber es waren zu viele, mindestens zwei Dutzend, die unten durch das geborstene Tor drangen, um Aspasia zu befreien. Nachdem die ersten die Wachleute in Gefechte verwickelt hatten, sprang ein schwarz gekleideter Fremdling mit schwarzer Maske zwischen den Kämpfenden hindurch, riß die Tür zum nächsten Raum auf und winkte vier weiteren Männern zu, ihm zu folgen. Zu fünft erreichten sie den Raum mit den Diwanen und stockten kurz: Der Raum war leer. Hinter ihnen flog die Tür zu. Der Maskenmann drehte sich um, warf sich gegen die Tür und versuchte, sie zu öffnen. Vergeblich. Wütend raste er durch den Raum auf die gegenüberliegende Tür zu, doch auch diese erwies sich als verschlossen. Er befahl den Schwertträgern, auf das Holz einzuschlagen, und verbissen machten sie sich an die Arbeit. Die harten Bohlen leisteten zäh Widerstand. Erst nach und nach hieben die kurzen Schwerter Kerben in die Blätter.

Draußen im zweiten Raum waren die Gefechte in vollem Gange. Die Waage des Kampfgeschicks neigte sich mehr und mehr den Söldnern der Farnese zu, und bald waren sie gegen die Angreifer in der Überzahl. Nun schloß sich auch hier die Tür, durch welche die Fremden gekommen waren, wie von Geisterhand, bevor die ersten an Flucht denken konnten. Als sie ihre Auswegslosigkeit bemerkten, fochten sie um ihr Leben und wirbelten mit den Schwertern, daß die Funken stoben, doch vergeblich. Mit dem langen Spieß des Wachmanns stieß ein Kämpfer der Farnese dem ersten, den er traf, tief in die Seite und fällte ihn mitten im Kampf. Zwei Spieße waren es nun, die hinterrücks in die nächsten Zweikämpfe eingriffen; es wurde ein blutiges Gemetzel unter den Angreifern, als ob ein tollwütiges Rudel Wölfe in eine Herde Lämmer eingebrochen wäre; geifernd und keuchend wurde gerissen und zerfetzt, niedergestoßen, aufgespießt und abgeschlagen.

Toll vor Blutrunst wüteten die Sieger, bis sie im Blut der Toten wateten. Da schlüpfte Cesare in den Raum und schrie auf, als er sah, was die Wächter angerichtet hatten. Barsch hieß ihn der Anführer der Truppe ruhig zu sein, sie hätten sich schließlich wehren müssen. Cesare nickte und bat, ihm zum hinteren Raum zu folgen; dort seien die restlichen Angreifer eingeschlossen und müßten gefangengenommen werden. Der Anführer schlug Cesare anerkennend auf die Schulter; er ahnte, daß Cesare die Türen geschlossen hatte. Im hinteren Raum fügte sich alles nach Cesares Wünschen, denn als die Tür aufschwang und die Angreifer erkannten, daß sie hoffnungslos unterlegen waren, streckte der Maskierte die Waffen, worauf seine Männer es ihm gleichtaten. Jeder der fünf wurde von zwei Wachleuten in festen Griff genommen, und Cesare rief: »Ludovica, Serena, ihr könnt aufmachen, wir haben sie alle.«

Die hintere Tür wurde geöffnet. Bleich betrat Ludovica das Kontor. Sie ging auf den Maskierten zu, riß ihm die Larve vom Gesicht und prallte zurück: Vor ihr stand Engelhard Schauer.

In den beiden Kutschen, die im Innenhof standen, fuhren Ludovica, Serena, Cesare und Richard Doberl mit Schauer und Aspasia und den übrigen Gefangenen, eskortiert von allen Wachmännern der Farnese, in der beginnenden Dämmerung hinaus zur Villa von Ambrogio Farnese.

Ambrogio Farnese staunte nicht schlecht, als ihm die Gäste gemeldet wurden, und beim Anblick von Engelhard Schauer huschte ein feinsinniges Lächeln über sein Gesicht. Dann trat er auf Richard Doberl zu, in dessen Schulter noch der Bolzen steckte, und Ambrogio erkannte, daß die

Verletzung zwar nicht lebensgefährlich, aber durchaus ernsthaft war. Er befahl einem Wachmann, rasch einen Bader zu holen und ließ Doberl in eine kleine Kammer führen, damit er dort versorgt werden könne. Anschließend nahm er vom Anführer der Wache kurz einen Bericht über den Hergang des Kampfes entgegen, nickte zufrieden und lobte Ludovica für ihren Entschluß, sofort zu ihm zu kommen. Dann befahl er zwei Wachleuten, Schauer und Aspasia in einen rückwärtigen Raum seiner Villa zu führen, während er den anderen Wachen auftrug, die restlichen Gefangenen in ein Kellergewölbe zu sperren.

»Laßt uns nach hinten gehen und die beiden befragen«, bemerkte er zu Ludovica und den beiden Kindern gewandt und fragte: »Wo ist Pater Jakob?«

»Ich weiß nicht«, entgegnete Ludovica.

»Nun, wir wissen genug, um auch ohne den Dominikaner sinnvolle Fragen stellen zu können.«

In dem engen, fensterlosen Zimmer angekommen, wies Ambrogio Farnese den Hauptmann seiner Wache an, Schauer und Aspasia jeweils auf einen Stuhl zu fesseln, ehe er den beiden gegenüber auf einem schlichten Holzhocker Platz nahm.

»Wieso bist du der Anführer einer Truppe von Schlägern?« richtete Ambrogio die erste Frage an den ehemaligen Faktor der Fugger, doch statt einer Antwort traf ihn ein haßerfüllter Blick.

»Machen wir uns das Leben nicht unnötig schwer«, fuhr Ambrogio unbeeindruckt fort, und sein Tonfall bewies die Liebenswürdigkeit eines römischen Patriziers. »Wenn du dich nicht mit mir unterhalten magst, werde ich dich zwingen. Keine Angst. Ich bin kein Inquisitor. Bei mir gibt es keine Tortur. Enrico hier«, und dabei deutete er auf den Anführer seiner Wachleute, »ist ein kundiger Mann mit geschickten Händen. Er wird dir Hilfestellungen gewähren, die dich lehren, den Pfad der Tugend zu erkennen. Doch ich gebe dir die Möglichkeit, von ganz vorne zu beginnen.« Er hielt den Atem an und musterte Engelhard Schauer. »Wieviel hast du in den letzten neun Monaten ohne Wissen deiner Herren für dich selbst an Verdienst eingestrichen?«

Schauer kniff die Lippen zusammen und schwieg. Er war ein hochgewachsener, schlanker Mann mittleren Alters. Sein schulterlanges Haar war mit einer Kordel im Nacken zusammengebunden, im kräftigen Dunkelbraun zeigten sich etliche graue Fäden; die Augen versteckten sich halb unter hängenden, wulstigen Lidern, die nicht zum ansonsten eher schmalen Gesicht passen mochten; die Stirn war zerfurcht, die Nase etwas krumm. Durchaus ein Kopf, dachte Ludovica, dem man in einem Bildnis einen besonderen Ausdruck verleihen könnte.

»Enrico, hättest du die Güte?«

Ambrogio Farnese hatte leise gesprochen, und dieser vertrauliche Ton knapp jenseits des Flüsterns klang furchteinflößender als jede finster ausgesprochene Drohung. Engelhard Schauer blinzelte kurz, gab sich aber weiterhin unbeeindruckt, selbst als der Söldner auf ihn zutrat, sich seitlich links neben ihn stellte, langsam in die Knie ging und seine rechte Hand ganz allmählich in den Schritt des Fuggerfaktors legte.

»Wieviel hast du in den letzten neun Monaten ohne Wissen deiner Herren für dich selbst an Verdienst eingestrichen?« wiederholte Ambrogio Farnese.

»Wer seid Ihr überhaupt, daß Ihr es wagen könnt, mich so zu behandeln?« fragte Schauer mit zitternder Stimme zurück.

»Das tut nichts zur Sache, mein Lieber. Nimm mich für einen wahren Freund, der dich vor Schlimmerem bewahrt. In der Unordnung, die wir in Rom zu beklagen haben, richtet der *Governatore* manchmal viel zu schnell; und auf Mörder wird heutzutage keine Rücksicht mehr genommen.«

»Ich bin kein Mörder.«

»Vielleicht nicht mit eigener Hand, vielleicht hast du dich eines Werkzeugs bedient. Doch beantworte zunächst meine Frage.«

»Welche Frage?«

Ambrogio nickte sanft, und Enricos Hand packte die Schamkapsel von Schauers Hose. »Wieviel hast du in den letzten neun Monaten ohne Wissen deiner Herren für dich selbst an Verdienst eingestrichen?«

»Es waren knapp zehntausend *Scudi*«, preßte Schauer hervor, bevor sich die Hand des Söldners fester schloß.

»Siehst du, es ist gar nicht so schwer, mir die Wahrheit zu sagen. Wie groß ist der Schaden, den deine Machenschaften anrichten können?«

»Höchstens fünfzigtausend *Scu*...« Schauer schrie auf. Enrico hatte fester zugepackt und begonnen, die lederne Schamkapsel zusammenzupressen. »Eine halbe Million *Goldscudi*, wenn alles so läuft, wie geplant«, rief der ehemalige Faktor schnell, und Ambrogio gab dem Hauptmann einen Wink, das Gemächt des Deutschen loszulassen.

»Wer plant?«

»Ich verstehe die Frage nicht.«

»Wer hat die Machenschaften geplant? Ich weiß, daß du es nicht selber warst.«

Schauer schüttelte den Kopf und schaute den alten Farnese mit großen Augen an.

»Ich will den Namen wissen«, beharrte Ambrogio.

Schauer holte Luft, atmete pfeifend aus, holte wieder Luft, schüttelte erneut den Kopf und sagte leise: »Ich kann nicht antworten, weil ich nicht weiß, was Ihr wollt.«

»Einen Namen«, flüsterte Farnese und hob die Augenbrauen. Enrico drückte kräftig zu. Schauer schrie.

»Seinschedt war's, Franko Seinschedt, der Oberbuchhalter in der Goldenen Schreibstube. Er hat sich alles ausgedacht, er wollte reich werden. Er hat mich gezwungen, all das zu tun, was ich tat; falsche Schuldscheine ausstellen, die Anleihen mit viel zu hohem Aufschlag versehen, das Geld nur teilweise einnehmen, verschleiert verbuchen, die Zinsen veruntreuen, das Geld beiseite schaffen – alles Franko Seinschedt. Fragt ihn, wenn Ihr nach Augsburg kommt.«

Bei den letzten Worten huschte ein Grinsen über Schauers schmale Lippen. Ambrogio hob ein zweites Mal die Augenbrauen. Enricos Hände waren muskulös.

»Seinschedt – alles ist sein Werk«, schrie Schauer mit sich überschlagender Stimme.

»Gebt ihm zu trinken.« befahl Farnese. Einer der Diener sprang und kehrte mit einer Karaffe kalten Wassers zurück. »Einflößen«, knurrte Ambrogio, und der Diener schüttete das Wasser in Schauers Mund, bis dieser die Lippen zusammenpreßte. Sofort nahm Enrico das Gesicht in die Hand; mit Daumen und Zeigefinger drückte er unterhalb des Jochbeins in die Wangen und öffnete Schauers Mund. Der Diener goß weiter. Schauer schluckte und schluckte, prustete schließlich, gurgelte, keuchte und schrie.

»Ist dein Durst nun gelöscht, mein Freund?« fragte Ambrogio Farnese in einem Tonfall freundschaftlicher Besorgnis, der Ludovica erschreckte. Sie hätte sich niemals vorstellen können, daß ein Mensch seine Stimme derart verstellen konnte. Was durfte man diesem Mann glauben, der dermaßen Herr über seine Stimme war?

»Du siehst, daß wir dir jeden Wunsch erfüllen, wenn du uns nur höflich genug bittest. Und wenn ich jeden Wunsch sage, mein Lieber, dann meine ich auch jeden Wunsch. Und nun nenne mir den Namen eines Menschen, der lebt.«

»Ich kann nicht«, jammerte Schauer und verlegte sich aufs Flehen. »Wenn ich nur einen Ton sage, so bin ich ein toter Mann.«

»Später.«

Schauer machte ein blödes Gesicht. »Was meint Ihr?«

»Wenn du einen Ton sagst, bist du später ein toter Mann. Wenn du keinen Ton sagst, bist du gleich ein toter Mann. Hast du das verstanden? Dürstet dich noch?«

»Nein, nein«, wimmerte der Faktor, »mich dürstet nicht.« Seine Augen glitten von links nach rechts und zurück, als suche er fieberhaft nach einem Ausweg.

»Der Name, bitte«, insistierte Ambrogio und wandte den Kopf langsam zu dem Diener mit der Wasserkaraffe.

»Casale«, rief der Faktor.

»Na also, es geht doch«, lobte der alte Farnese und forderte Engelhard Schauer auf, die Entwicklung der üblen Machenschaften zu schildern.

»Eigentlich«, begann Schauer zögernd, »hatte Anton Fugger selbst den Einfall, als er bei dem alten Hans Zink die vatikanischen Schliche lernte und durch seine aufwendige Lebensführung unversehens in erkleckliche Schulden geriet. Als wir eines Abends beim Wein saßen, Anton Fugger, Franko Seinschedt und ich, da meinte Anton, mit einigen pfiffigen Einlagegeschäften könne man leicht wieder zu Geld kommen. Vermutlich hat er sich bloß vor Matthäus Schwarz gefürchtet und wollte dem alten Regierer keinen Vorwand liefern, Raymond für die spätere Nachfolge zu bestimmen; so hat er sich das Geld lieber von Hans Baumgartner geliehen und danach seine Ausgaben vermindert. Seinschedt hat sich das gemerkt und, als er in der Goldenen Schreibstube Oberbuchhalter für das italische Geschäft wurde, nach Wegen gesucht, wie er sich die Taschen füllen konnte. Zink waren wir zum Glück los, und mich hat Seinschedt mit dem Versprechen guter Gewinne geködert. Ich hielt die verschobenen Aufgelder für ein perfektes Geschäft, denn wem sollte etwas auffallen, wenn der, der mich beaufsichtigte, selbst die Fäden zog? Die Gewinne, die Seinschedt und ich einstrichen, lagen kaum höher als tausend *Scudi* für jeden. Am Anfang waren unsere Geschäfte wirklich harmlos. Vor zweieinhalb Jahren wurde alles anders; Seinschedt hatte gemeinsam mit Fabricio Casale etwas eingefädelt. Er kannte ihn von einem Geschäft rund um die päpstliche Münze und wußte, daß er zu den einflußreichsten Männern im Vatikan gehörte. Casale versprach Seinschedt die Belehnung mit einem Kirchengut. Damit hatte der Weihbischof den Oberbuchhalter an der Angel, denn nichts wünschte sich Seinschedt sehnlicher als eine eigene Herrschaft. Seinschedt und Casale legten großen Wert darauf, in besonderen Fällen miteinander in Kontakt treten zu können, ohne daß dies jemandem aus dem Hause Fugger auffallen konnte. Da ergab es sich, daß die Zofe der Malerin eine gute Bekannte von Casale war und Raymond Fugger in dem Bestreben, seine Haushaltsführung in möglichst vielen Dingen den Adligen anzugleichen, den Wunsch nach einem Hausmaler hegte. Auf diese Weise gelang es mir, Ludovica Zappi an Raymond Fugger zu vermitteln und über die Zofe einen geheimen Weg des Nachrichtenaustausches zwischen Seinschedt und Casale sicherzustellen. Nun nahmen die Geschäfte, die ich hier zum Nachteil des Hauses Fugger und zum Vorteil Fabricio Casales durchführen mußte, immer größere Ausmaße an. Offensichtlich schöpfte Matthäus Schwarz Verdacht, denn Seinschedt wurde mit einer Untersuchung der italischen Geschäfte beauftragt. Er setzte zwei junge Buchhalter auf die Fährte in der Hoffnung, diese würden entweder nichts oder doch so wenig herausfinden, daß sich Matthäus Schwarz zufriedengab. Dann aber ging etwas schief. Der eine der jungen Buchhalter wurde ermordet, und der andere, der wegen unserer römischen Anleihen Lunte gerochen hatte, versuchte Seinschedt zu erpressen. Seinschedt verlor die Nerven und brachte den Dummkopf um. Daraufhin gab es in Augsburg eine Untersuchung des Falls, und Seinschedt bedeutete Casale, in Zukunft keine verbotenen Geschäfte mehr machen oder decken zu wollen. Seinschedt wollte aussteigen, denn er glaubte nicht mehr daran, daß Casale noch hinreichend Einfluß hatte, ihm die versprochene Pfründe zu verschaffen; er drohte damit, alles platzen und sich bei den Fuggern als Retter des Bankhauses feiern zu lassen. Das konnte Casale nicht dulden; er verfolgte ganz andere Pläne und wollte die Macht des Papstes stärken, und dazu waren ihm die Geldbesorger des Kaisers längst ein Dorn im Auge. Casale handelte. Er benutzte den Goldschmiedegesellen Giuseppe Falieri, den er längst ohne Wissen Seinschedts nach Augsburg gesandt hatte. Falieri wurde der Geliebte von Ludovica Zappis Zofe und war auf diese Weise bestens im Bilde über alle Vorkommnisse im Haus der

Fugger. Außerdem hielt er Kontakt zu Ambrosius Höchstetter, dem Augsburger Todfeind Anton Fuggers, was wiederum ganz im Sinne Casales war. Als Seinschedt drohte, mit seinem Plan ernst zu machen, sich bei den Fuggern in gutes Licht zu stellen, befahl Casale Falieri den Mord an Seinschedt.«

Ludovica war immer stiller geworden. Zunächst mochte sie nicht glauben, daß Franko Seinschedt der Mörder seines Buchhalters gewesen sein sollte, doch je mehr der Faktor erzählte, desto wahrscheinlicher schien ihr, daß er recht hatte. Das also war die dunkle Seite seiner Seele, dachte sie, und unwillkürlich liefen ihr die Tränen über die Wangen.

»Wer hat den anderen Buchhalter getötet?« fragte sie Schauer mit tränenerstickter Stimme.

»Ich weiß es nicht«, antwortete er.

»Woher weißt du, daß Seinschedt den Buchhalter ermordet hat?« fragte Ambrogio Farnese.

»Er hat es zugegeben und hat sich von Casale Hilfe erhofft.«

»Wie ging das? Hat er einen Brief geschrieben?«

»Ja, das war einer der wenigen Briefe, die er schickte; versteckt im Rahmen eines Bildes von Ludovica Zappi und geschrieben mit einer jener Tinten, die sehr rasch verblassen.«

»Kann es sein, daß Seinschedt auch den ersten Buchhalter getötet hat?«

»Das glaube ich nicht. Er schien über den ersten Mord richtig empört, beinahe konnte man beim Lesen seines Briefes den Eindruck gewinnen, er habe durch den Tod dieses Georg Walch einen persönlichen Verlust erlitten. Der Erpressungsversuch durch den anderen Buchhalter scheint erst durch den Mord an Walch angeregt worden zu sein; vermutlich hat der zweite erst dadurch die Bedeutung der Untersuchung erkannt, die sie durchführten.«

»Hat Seinschedt etwas über den Tathergang geschrieben?« fragte Farnese weiter.

»Nein.«

»Traust du Seinschedt den Mord zu?«

»Kanntet Ihr Franko Seinschedt?« fragte Schauer zurück, erwartete aber keine Antwort, sondern fuhr fort: »Dem traue ich alles zu.«

»Und trotzdem glaubst du, daß er den ersten Mord nicht begangen hat.«

»Ja. Dieser Mord hat viel zu viel Aufmerksamkeit auf die italischen Geschäfte gelenkt und alles durcheinandergebracht. Wir brauchten Ruhe. Stellt Euch vor, wir hatten Anleihen über eine halbe Million *Goldscudi* begeben und von dem Kapital lediglich etwas mehr als einhunderttausend Gulden nach Augsburg geschafft. Den Rest des Geldes hatten wir bei verschiedenen Bankleuten hinterlegt, und ein Gutteil der auf den Schuldscheinen ausgewiesenen Summen war niemals bezahlt worden. Die Schuldscheine sollten Casale zu einem späteren Zeitpunkt dazu dienen, die Fugger aus dem Feld zu schlagen. Aber noch saß Papst Clemens in der Engelsburg fest. Die zurückgebliebenen kaiserlichen Horden zogen plündernd durch die Stadt, kein Platz war vor ihnen sicher mit Ausnahme unseres Palazzo am Rione di Ponte, wo ich sogar den anderen deutschen Kaufleuten Unterschlupf gewährte. Niemand wußte, wie die Verhandlungen des Heiligen Vaters mit dem Kaiser verlaufen würden. Das letzte, was wir in Augsburg gebrauchen konnten, war Unruhe. Und dann dieser Mord. Seinschedt hätte sein eigenes Werk in Gefahr gebracht, wenn er Walch getötet hätte. Außerdem schien ihm etwas an dem jungen Mann zu liegen. Er hat dessen Tod wirklich betrauert.«

»Aber mit dem zweiten Mord«, erkundigt sich Farnese, »lief er doch Gefahr, seinen Plan erst recht scheitern zu sehen, nicht wahr?«

»Diese Angst trieb ihn tatsächlich eine Weile um. Er hatte sich nicht anders zu helfen gewußt und war verzweifelt. Aber immerhin hat er seine Tat schlau genug eingefädelt, denn später wurde ein anderer für beide Morde hingerichtet.«

»Du meinst, Seinschedt ging trotz seiner Verzweiflung so planvoll vor?«

»Seinschedt ging stets planvoll vor.«

»Wenn nun ein Täter für die Morde gefunden und die Untersuchung der Fälle eingestellt war, wieso wollte Seinschedt dann aussteigen? Es bestand doch kein Grund mehr zur Sorge?«

»Da kann ich nur Vermutungen anstellen. Matthäus Schwarz zum Beispiel, der alles ganz genau wissen wollte, könnte keine Ruhe gegeben haben. Die Auseinandersetzung mit Ambrosius Höchstetter nahm an Schärfe zu, da mußten die Fugger gewappnet sein. Es blieb dem Hauptbuchhalter gewiß nicht verborgen, daß wir in Italien immense Summen bewegten. Einer wie er will es dann genau wissen. Jedenfalls wurde Seinschedt der Boden in Augsburg zu heiß, und von Casale erhoffte er sich nicht mehr hinreichend Gewinn. Immerhin saß der Papst bis zum 8. Dezember in der Engelsburg fest und wurde schließlich heimlich aus der Stadt geschmuggelt. Und wieviel Macht hat ein Pontifex Maximus, der in einem verwüsteten Bischofspalast weit außerhalb Roms haust? Seinschedt wollte seinen Kopf retten, das hat ihn letztlich seinen Kopf gekostet.«

»Und du bist sicher, daß Casale den Befehl zum Mord an Seinschedt gegeben hat?«

»Ja.«

»Kannst du das beschwören?«

Schauer nickte.

»Gut, dann wirst du es beschwören, und zwar in einem eilig durchgeführten Verfahren beim *Governatore*. Danach kann dir Casale nicht mehr nach dem Leben trachten. Wieso hast du die Truppe der Schläger angeführt?«

»Casale wollte die hier zurückhaben.« Schauer wandte den Kopf und blickte Aspasia an. »Er versprach mir, mich bei der Gründung eines eigenen Handelskontors zu unterstützen, sollte ich den Auftrag zu seiner Zufriedenheit ausführen.«

»Du trugst eine schwarze Maske bei dem Überfall auf den

Fugger-Palazzo. Warst du es auch, der am Morgen den Dominikaner mit dem Messer im Gesicht verletzte?«

Schauer verneinte.

»Wer war es dann? Gibt es mehrere Maskierte?«

»Casale hat einen seiner Handlanger zu Doberl mit dem Auftrag geschickt, ihm einen gehörigen Schrecken einzujagen. Es war ein übler Messerstecher, dessen Namen ich nicht kenne. Er hat später berichtet, er habe seinen Auftrag ausgeführt. Weder Casale noch ich haben wegen der Einzelheiten nachgefragt. Das scheint ein Fehler gewesen zu sein. Wen hat er verletzt?«

»Einen Dominikaner, der sich zufällig am Rione di Ponte aufhielt. Doch es genügt mir, wenn du schwörst, diese Tat nicht begangen zu haben.«

»Ich schwöre es«, antwortete der ehemalige Faktor beflissen.

Ambrogio Farnese nickte und gab Enrico ein Zeichen. »Führe ihn hinaus!« Und zu Schauer sagte er: »Du bist für diese Nacht mein Gast. Morgen sehen wir weiter. Ich werde ein Verfahren beim *Tribunale criminale del Governatore* anstrengen. Dort wirst du deine Aussage machen.«

»Und was geschieht mit mir?«

»Wenn feststeht, daß du mit dem Mord an Seinschedt nichts zu tun hast, bist du frei. Wegen deiner Betrügereien gegen die Augsburger Fugger richtet dich kein Richter Roms.«

Als Schauer den Raum verlassen hatte, wandte sich Ambrogio Farnese zu Aspasia: »Was hast du zu dem Ganzen zu sagen?«

»Wenig«, antwortete sie leise. »Von den Hintergründen, die der Faktor erzählt hat, war mir kaum etwas bekannt, und mit den Verbrechen habe ich nichts zu schaffen.«

»Warum hast du mich hintergangen?« fragte Ludovica mit zittriger Stimme.

»Ach, mein Täubchen« erwiderte Aspasia weinerlich, »ich

wollte dich vor dieser Schlechtigkeit behüten, und es tut mir leid, daß ich dir das mit deinem Vater gesagt habe. Niemals wollte ich dir übel. Und wie bin ich erschrocken, als ich deine aufkeimenden Gefühle für Franko Seinschedt bemerkte; aber ich konnte dich nicht warnen, ich hätte Giuseppe in Gefahr gebracht und letztlich sogar dich und mich.«

»Wem hast du verraten, daß ich im Besitz dieser Liste bin, die Maximilian Mair gehörte?«

»Giuseppe – er hätte dir nie etwas getan, nie, verstehst du!«

»Und Franko?«

»Nein; Giuseppe wollte das unbedingt vor Franko geheimhalten. Er hatte Angst, daß Seinschedt weitere unbedachte Schritte unternehmen könnte.«

»Du hast über alles Bescheid gewußt?«

»Nicht über alles. Giuseppe wollte das nicht, und Franko tat stets sehr geheimnisvoll. Ich glaube, er traute mir nicht.«

»Du hast Franko besser gekannt als ich. Sag' mir, wie gut du ihn wirklich gekannt hast.«

Aspasias Gesicht verdüsterte sich; ihre Lippen wurden zu hellen Strichen, und es schien, als zögen sich die Augen tiefer in die Höhlen zurück.

»Ich glaube«, mischte sich Ambrogio Farnese in das Zwiegespräch der Frauen ein, »hier ist ein Punkt erreicht, über den ihr beide allein reden solltet. Wir werden dich ebenfalls gegen Fabricio Casale Zeugnis ablegen lassen, Aspasia. Du bleibst daher diese Nacht in meinem Gewahrsam. Wenn du mit Contessa Zappi unter vier Augen sprechen willst, so kannst du dies in dem Raum tun, den dir meine Wachen zuweisen. – Ihr aber, wertes Fräulein«, wandte er sich an Ludovica, »solltet Euch vorher erfrischen und stärken. Seid bitte für diese Nacht mein Gast. Die Zofe meiner Tochter steht zu Euren Diensten. – Und auch für euch«, sagte er zu Cesare und Serena, »ist es sicherer, in der Dunkelheit nicht auf die Straßen zu gehen. Ihr könnt bei den Dienstboten schlafen; geht hinüber in die Küche und laßt euch ordentlich auftischen.«

Er klatschte dreimal in die Hände, dann erschien eine Magd und führte Ludovica hinaus.

Als sie in dem Schlafgemach alleine war, warf Ludovica sich auf das Bett und ließ ihren Tränen freien Lauf. Schmerz, Angst, Wut und Enttäuschung wirbelten wild durcheinander, und sie hätte nicht sagen können, welches dieser Gefühle vorherrschend war, nur, daß ihr aus diesem Gemenge eine fürchterliche Beklemmung erwuchs, die ihr beinahe den Atem benahm. Nach und nach fand sie in ihrem Weinen so etwas wie innere Befreiung, es war, als träte aus einer dunklen Höhle allmählich eine lichte Gestalt, in der sie sich schließlich selbst erkannte, und in diesem Augenblick ergriff sie ein dringendes Bedürfnis zu malen. Alles, was sie spürte und fühlte, wollte sie mit Farben ausdrücken, und nichts mehr außer den Farben sollte Gültigkeit haben. Keine Töne wollte sie hören, kein Lachen, kein Weinen, keinen Gesang und keine Worte. Farben können nicht lügen und täuschen, dachte sie, Farben sind einfach da, sonst nichts. Schmecken wollte sie nicht, vor allem nicht diese salzigen Tränen. Auch den Schweiß der Lüge und der Angst wollte sie nicht mehr riechen; ebenso lehnte sie es ab zu spüren, keinen festen Händedruck, kein beiläufiges Streicheln einer Daumenkuppe über ihren Handrücken und keine vertraulich hingelegte Hand auf ihrer Schulter. Sehen, nur noch sehen, aber keine Gegenstände oder Menschen, sondern allein Farben wollte sie sehen; ein tiefes Schwarz für die Verzweiflung, ein brennendes Rot für die Wut, ein dumpfes Violett für die gärende Enttäuschung und ein giftiges Gelb für die nach ihrem Herzen greifende Angst. Rote, gelbe und blaue Kreise, schwarze Striche kreuz und quer, zerrissene Quadrate des Kummers in jeder Ecke der Leinwand aus grellen Farben. Die Pigmente wollte sie rein und mächtig mischen mit Leinöl und Eiweiß zu Farben, deren Leuchtkraft das Auge schmerzte. Farbe, Farbe, nichts anderes, als schäumte das Meer die Brandung nicht aus Wasser und Luft, sondern aus zu Staub zerriebenem Lapislazuli und reinst strahlendem Bleiweiß. Nur noch Farben sehen!

Ludovica krümmte sich in die Kissen hinein und ließ alle Tränen aus ihrem Körper laufen. Es dauerte lange, bis endlich der Frieden kam.

Die Zofe von Margherita Farnese, der Tochter Ambrogios, weckte sie sanft, indem sie ihr mit der Blüte einer Narzisse über die Augen strich. Was für eine wundersame Welt, dachte Ludovica verwirrt, als sie die Blüte erkannte: Die Blume Mariens, der Frühlingsgruß der Auferstehung, weckt mich aus bleiernem Schlaf. Unwillkürlich zauberte die Blume ein Lächeln auf ihre Lippen, und Ludovica richtete sich frohgemut auf. Sie streckte sich und trat an die Waschschüssel, welche die Zofe hereingetragen hatte. Das Wasser dampfte und roch erfrischend nach Rosmarin und Lavendel. Ludovica wusch sich vom Scheitel bis zur Sohle. Die Waschung war mehr als nur eine Säuberung der Haut, auch eine Reinigung der Seele. Schmerz, Angst, Wut und Enttäuschung fielen ab wie der Staub des vergangenen Tages, und tief in sich spürte sie eine lebendige Neugier auf den neuen Tag.

Als sie den Saal betrat, fiel ihr Blick auf Jakob, der mit ernstem Gesicht neben einem Kardinal stand und den Ausführungen von Ambrogio Farnese lauschte. Er gab ein gutes Bild ab, wie er mit seiner fülligen Statur da stand, und was der Bauch an Gemütlichkeit betonte, setzte der gepflegte Bart ins rechte Verhältnis zu durchaus vorhandener Strenge. Das dunkle Haar wellte sich über Ohren und Nacken, die Tonsur war schon ziemlich zugewachsen. Gelassen hob er den Arm und führte die Hand ans Ohr, wo er das Ohrläppchen zwischen Daumen und Zeigefinger rieb, eine bezeichnende Geste, die vieles bedeuten mochte.

Während Ludovica ihn betrachtete, drehte Jakob sich halb zur Seite und blickte ihr in die Augen. Seine Mundwinkel zuckten kurz nach oben, und über seine Augen wischte ein flüchtiger Glanz. Dann wandte er sich wieder dem Redner zu. Der Kardinal neben ihm zeigte ein angestrengtes Gesicht, und wegen der Ähnlichkeit mit Ambrogios Zügen vermutete Ludovica, den Kanzler des Vatikan vor sich zu sehen. Dann zieht sich die Schlinge zu, dachte sie und musterte erneut Jakobs Gestalt, welche die dominierende Figur unter den drei Männern war. Ludovica wunderte sich über sich selbst, aber sie konnte sich an dem Dominikaner nicht satt sehen; eine besondere Kraft ging von ihm aus, die weniger in der Mächtigkeit seines Körpers als in der Ruhe lag, die er ausstrahlte. Sie zwang sich, die Betrachtung aufzugeben und woanders hinzusehen. Zum Glück kamen in diesem Moment Serena und Cesare um eine Ecke und begrüßten sie überschwenglich.

»Hast du schon gehört?« fragte Cesare atemlos. »Die Farnese wollen Fabricio Casale gefangennehmen und dem *Governatore* vorführen. Sie planen gerade, wie sie ihn überraschen können.«

»Vielleicht geht es dann im Vatikan ein bißchen gerechter zu«, bemerkte Serena, und in ihren Augen schimmerte es.

Die drei Männer drehten sich herum.

»Guten Morgen«, grüßte Ambrogio Farnese und kam gemessenen Schrittes auf sie zu. »Heute wird ein ereignisreicher Tag. Laßt uns gemeinsam ein Morgenmahl einnehmen, ehe wir zur Tat schreiten.«

Er wies zur Tafel und nahm selbst den Platz an der Stirnseite ein. Zu seiner Rechten setzte sich der Kardinal, zu seiner Linken Jakob. Während er Platz nahm, schaute er in die Runde, und Ludovica fing seinen Blick auf; es war ein klarer, tiefgehender Blick, doch ihr schien es, als stünde ein Schatten von Schmerz in seinen Augen. Was war geschehen? Diese Frage bewegte sie so sehr, daß sie kaum etwas von den Köstlichkeiten zu sich nahm, welche die Mägde auftrugen. Weder roch sie das duftende Brot, noch schmeckte sie den würzigen Käse und den geräucherten Schinken. Sie nippte lediglich ein wenig an der mit Honig gesüßten Milch und aß einige Bissen von dem gebratenen Ei, aber ihre Gedanken kreisten um die Frage, warum Jakob traurig war, obwohl doch die Festnahme des Mörders von Franko Seinschedt unmittelbar bevorstand. Oder hatte er Angst? Sie konnte nicht einschätzen, wie gefährlich die geplante Unternehmung werden würde, aber die Erinnerung an das gestrige Gemetzel machte ihr deutlich, daß kein Spaziergang auf die Männer wartete. Vielleicht hatte er einen besonderen Traum gehabt, ein schlechtes Omen, eine Vision? Der letzte Bissen blieb ihr im Hals stecken. Wenn sie daran dachte, daß Jakob etwas geschehen könnte, wurde ihr vor Angst übel. Erschreckt sprang sie auf und rannte aus dem Saal.

Sie lief in den Patio, jenen Platz in Farneses Villa, der ihr wohlvertraut war; hier verspürte sie ein Gefühl von Geborgenheit. Mein Gott, dachte sie, wenn er mich ansieht, kann er bis auf den Grund meiner Seele schauen. Das darf doch nicht sein, daß mich allein die Gegenwart dieses Mönches derart anrührt. Herrgott, was geschieht mit mir? Hast du mir jetzt das gütige *alter ego* von Franko geschickt und durch die Kutte zugleich unerreichbar gemacht?

»Ist Euch nicht wohl?« fragte eine sanfte Stimme.

Ludovica erschrak und drehte sich langsam um. Vor ihr stand Jakob. Ernst ruhten seine Augen auf ihr.

»Ambrogio hat mich von der Aussage des Engelhard Schauer unterrichtet. Manches ist kaum zu glauben. Für Euch muß es ein schwerer Schlag gewesen sein, von Franko Seinschedts Tat zu hören. Ist es das, was Euch verstört?«

Ludovica schüttelte den Kopf; sie brachte keinen Ton hervor.

»Der Kardinal wird mit einer starken Truppe in den *Borgo* ziehen und den Drahtzieher allen Übels gefangennehmen. Das wird nicht einfach werden. Wir hoffen, daß es gelingt, auch den Mörder Seinschedts zu ergreifen. Beiden soll noch heute in *Tor di Nona* der Prozeß gemacht werden; das ist der sicherere Ort als *Corte Savella*. In der Gerichtssitzung werde ich anwesend sein, doch die Festnahme kann ohne mich erfolgen. Ich werde hierbleiben. Ich möchte Euch etwas erzählen.«

Warum hat er mir das alles erzählt? fragte sich Ludovica, nachdem sie den Patio verlassen und den Speisesaal betreten hatten, wo sie auf Richard Doberl trafen, der mit einem Ausdruck des Schmerzes an der Tafel saß. Seine Schulter war mit einem dicken Verband versehen. Er grüßte freudig und ließ sich von Jakob die Neuigkeiten berichten. Ludovica nippte unterdessen an dem Tee, den ihr eine Magd gebracht hatte, und sann Jakobs Erzählung nach. Seine Begegnung mit Claudia hatte er ihr geschildert und ihr schreckliches Ende, hatte die Jagd nach dem Dirnenmörder ebenso aufleben lassen wie die Ermittlungen gegen die Täufer in Augsburg und München, und in diesem Zusammenhang hatte er ihr sein Herz geöffnet, das voller Zweifel und Unsicherheit gesteckt hatte.

Er will verstanden werden, dachte sie und freute sich darüber, daß er gerade mit ihr gesprochen hatte. Zugleich grübelte sie, ob es ihm wirklich auf sie oder einfach darauf ankam, sich ein einziges Mal gegenüber einem anderen Menschen auszusprechen. Bin ich wirklich gemeint? fragte sie sich und wußte, daß sie es sich wünschte.

Jakob hatte soeben damit geendet, Doberl ins Bild zu setzen, als Cesare in den Saal stürmte und atemlos Erfolg meldete: Fabricio Casale und Giuseppe Falieri seien vor wenigen Minuten in eine Zelle des *Tor di Nona* gesperrt worden. Noch heute würde ihnen der Prozeß gemacht werden. Der *Governatore* habe die Gerichtsversammlung für den Nachmittag anberaumt. Die Zeugen sollten sich bereithalten, eine starke Eskorte der Wachmannschaft der Farnese bringe sie hinüber zum Kriminalgericht.

Jakobs Stirn runzelte sich kurz, als traue er dem Frieden nicht.

Zwei Stunden später saßen sie in einem düsteren, mit Fackeln erleuchteten Gewölbe auf einfachen Holzbänken und verfolgten das Verfahren des *Tribunale criminale del Governatore*. Klein und schmächtig saß Fabricio Casale auf der Anklagebank. Sein blasses Gesicht wirkte müde; die wasserblauen Augen bewegten sich aufmerksam zwischen Richter und Ankläger hin und her, aber im übrigen schien er das Verfahren mit stoischer Ruhe zu verfolgen. Giuseppe Falieri dagegen zitterte am ganzen Leib, von seiner Stirn perlte der Schweiß, seine Lippen waren zu weißen Strichen zusammengepreßt. Beiden waren die Füße mit schweren Eisenketten gefesselt worden. Der *Governatore* leitete das Verfahren, Ambrogio Farnese gab den Ankläger; ein Verteidiger war nicht zugelassen. An der Tür standen zwei mit Spießen bewaffnete Wachen, zwei weitere Wachen saßen auf Schemeln schräg hinter den Angeklagten. Rechts neben der Richterbank stand der Henker in seinem schwarzen Gewand, die Kapuze mit den großen Augenlöchern übergestreift, und betrachtete gelangweilt den spanischen Stiefel, der auf der Streckbank stand, auf der auch noch Daumen- und Beinschrauben sowie eine hölzerne Mundbirne lagen.

Ambrogio Farnese trug in knappen Sätzen die Anklage vor, Casale habe den Mord an Franko Seinschedt in Auftrag gegeben und Giuseppe Falieri zu der Tat angestiftet, um einen eigenen Vorteil aus dem Verbrechen zu ziehen, und Giuseppe habe um des versprochenen Lohnes ein Menschenleben ausgelöscht. Dann benannte Ambrogio die Zeugen und rief als erstes Jakob zum Beweis des Todes von Franko Seinschedt vor das Gericht, ehe Engelhard Schauer seine Bezichtigung beschwor. Die Befragung und Beeidigung der Zeugen ging zügig vonstatten, um wenig Zeit zu verlieren und so rasch wie möglich die Angeklagten mit ihrem Geständnis zu hören. Ankläger und Richter hatten sich darauf verständigt, zunächst den Goldschmiedegesellen zu befragen, weil sie unterstellten, dieser werde mehr Angst vor der Tortur haben und daher bald ein Geständnis ablegen.

In der Tat fing Falieri nach wenigen Fragen zu schluchzen

an und erzählte, wie er sich Zugang zu Seinschedts Kanzlei verschafft hatte, um ihn von hinten zu erwürgen. Bereitwillig nannte er Casale als Auftraggeber des Mordes; der Weihbischof habe stets darauf hingewiesen, er vollstrecke nur den Willen des Heiligen Vaters und sei ein gerechter Diener der Kirche, weshalb er sich kein Gewissen aus der Tat gemacht, sondern sich vorgestellt habe, schuldlos zu handeln. Wort für Wort hielt der Gerichtsschreiber die Aussage des Gesellen fest, und der Richter nickte, als würde er jede Silbe kennen, die der Angeklagte sprach.

Als die Reihe an Casale kam auszusagen, schien der Prozeß einem schnellen Ende zuzustreben. Doch der Medici-Bankert machte keinerlei Anstalten, in der gütlichen Befragung die geringste Schuld zuzugeben. Im Gegenteil, er stritt alle Anschuldigungen als die Hirngespinste eines kranken deutschen Mönches ab und wies dabei mit einem angewiderten Gesichtsausdruck auf Jakob.

»Dieser kranke Dominikaner hat vor einem knappen Jahr versucht, mich beim Heiligen Vater als Hochverräter anzuschwärzen. Er hat sein Ziel nicht erreicht. Der Bischof von Rom hat in seiner unfehlbaren Klugheit meine Unschuld erkannt. Dies verwindet der Dominikaner nicht, und er sucht Mittel und Wege, mich zu verleumden«, rief er verächtlich aus und würdigte danach weder Jakob noch den Ankläger eines Blickes.

Der Governatore gab dem Henker ein Zeichen, und dieser begann mit dem Zeigen und Erklären der Instrumente.

Casale lachte. »Erspare dir die Mühe, mir den Spanischen Stiefel zu erläutern, in den du mein Bein nie stecken wirst. Haltet ihr mich für dumm? Oft genug habe ich im Namen der päpstlichen Gerichtsbarkeit die Angeklagten in der *territio verbalis* weichgeklopft und ihnen Geständnisse abgerungen. Die ungeschickten Drohungen dieses erbärmlichen Scharfrichters solltet Ihr mir ersparen«, bemerkte er an den *Governatore* gewandt und schrie dann: »Fangt mit der Marter an, solange ihr Zeit dazu habt!«

Sein Schrei war noch nicht verklungen, als die Tür aufschwang und mit lautem Knall gegen die Wand schlug. Ein Dutzend schwertschwingender Söldner stürmte das Gerichtsgewölbe. Mit mörderischen Hieben trafen sie die Wächter am Eingang, die von den ersten Streichen in die Knie gingen und rücksichtslos niedergeschlagen wurden. Mehrere Hände packten Fabricio Casale und Giuseppe Falieri und hoben sie von der Anklagebank. Mit ausgestreckten Schwertern hielten sechs Männer das Gericht und die Zeugen in Schach, während die anderen versuchten, die Fußfesseln der Angeklagten zu lösen. Ambrogio Farnese ballte die Hände zu Fäusten. »Haltet ein!« rief er außer sich vor Zorn.

Doch die Bewaffneten kümmerten sich nicht um Ambrogios Befehle, sondern versuchten, die Angeklagten von ihren Fesseln zu befreien, um sie aus *Tor di Nona* hinauszubringen. Ludovica saß stocksteif auf der Holzbank und beobachtete die Befreiung der Gefangenen wie durch einen dichten Nebelschleier. Die Angst saß ihr im wahrsten Sinne des Wortes im Nacken. Beinahe blieb ihr das Herz stehen, als Casale von den Eisenketten befreit war. Er nahm einem der Söldner das Schwert aus der Hand und trat auf Jakob zu. Sein Mund verzog sich zu einer Grimasse, als er das Schwert hob. Jakob stand langsam von seiner Bank auf, als wollte er den Schwertstreich würdig im Stehen erwarten.

»Du bist mir einmal entkommen; ein zweites Mal gelingt dir dies nicht«, knurrte Casale, und in seiner Stimme schwang bodenloser Haß. Schon holte er zum Schlag aus, führte das Schwert schräg hinter sich und zielte gegen Jakobs Hals. Die blauglänzende Stahlklinge sauste auf Jakob zu. Der Mönch verharrte wie gelähmt, doch plötzlich schossen seine Hände nach vorn. Er umklammerte Casales Schlaghand und riß sie mit einem unerwarteten Ruck nach oben. Jakobs Ellbogen fuhr in die Höhe, und während eine Hand des Mönchs noch den Schlagarm des Weihbischofs zur Seite zog, krachte der Ellbogen gegen Casales Gesicht.

Klirrend fiel das Schwert zu Boden. Dann ertönte ein mark-
erschütternder Schrei.

Jakob hatte den Arm, gegen dessen Ellbogen Casales Kie-
fer gekracht war, blitzschnell um den schwertführenden
Oberarm geschlungen; die Hand, welche eben noch gezogen hatte, drückte nun mit einer vehementen Bewegung die
Schwerthand nach unten und brach den Arm am Gelenk.
Mit einer halben Drehung wirbelte der kräftige Dominikaner herum und schlug seinen Fuß so zwischen Casales
Beine, daß dieser aufschrie. Dann bückte sich Jakob nach
dem Schwert, packte es fest und schlug einem der verdutzten Söldner die Waffe aus der Hand. Im Nu hatte Ambrogio Farnese die Gunst der Stunde begriffen und seinerseits
das freie Schwert an sich genommen. Immer noch lag das
Überraschungsmoment auf Seiten von Jakob und Ambrogio, und ehe Casales Leute den Überblick zurückgewannen,
waren zwei weitere entwaffnet.

Nun fochten der *Governatore* und Cesare Seite an Seite
mit Jakob und Ambrogio. Da rief einer der Angreifer
»Flucht!«, und die ersten Schwertträger kehrten dem Gewölbe den Rücken. Auch Casale versuchte, nachdem er den
ersten Schreck überwunden hatte, zur Tür zu laufen, doch
der gebrochene Arm schmerzte bei jeder Bewegung. Trotzdem nahm er einem seiner Leute das Schwert ab, ergriff es
mit der gesunden linken Hand und begann, auf Jakob einzuschlagen. Casale biß die Zähne zusammen, er focht mit der
linken Hand besser als viele andere mit rechts. Jakob war im
Umgang mit dem Schwert nicht geübt, und ehe er sich ver-
sah, geriet er gegen Casale ins Hintertreffen, wich weiter zurück und wehrte nur noch mit Mühe die wütend auf ihn her-
einprasselnden Schwertstreiche ab. Bedrohlich klirrte Metall
auf Metall. Ludovica starrte auf die Kämpfer und betete zu
Gott, daß dem Mönch nichts geschehen möge. Da stolperte
Jakob, verlor das Gleichgewicht und fiel. Mit haßverzerrtem
Gesicht sprang Casale über den Mönch, holte erneut aus und
hieb mit seinem ganzen Leib nach unten – mitten hinein in

das hochschnellende Schwert. Röchelnd, mit ungläubigem Blick ließ Casale seine Waffe sinken. Er wollte mit beiden Händen an seine Brust greifen, doch der gebrochene Arm hing schlaff an seiner Seite herab. Blut stürzte aus Casales Mund, es kam in mehreren Schüben, als würde er roten Wein erbrechen. Von seinen Augen war nur noch das Weiße zu sehen. Seine Knie knickten ein. Casale fiel nach vorne, noch tiefer in das Schwert hinein. Ein Röcheln, ein Zittern, der Körper schlug seitlich gegen die Wand. Ein Bein streckte sich, dann lag sein Leib leblos da.

Ludovica hatte nur Augen für Jakob, der schwer atmend auf dem Boden lag und ungläubig auf den Leichnam starrte. Die Haare klebten ihm an der Stirn. Allmählich schien er zu begreifen, was geschehen war. Seine rechte Hand faßte nach seinem Ohrläppchen, und er begann es fest zu reiben. Ludovica atmete auf. Diese Schlacht ist geschlagen, dachte sie und blickte zum Eingang des Gewölbes. Dort stand Ambrogio mit gezücktem Schwert vor Giuseppe Falieri, während der Henker auf dem Boden kniete, um dem Angeklagten von neuem Beinfesseln anzulegen. Nachdem dies geschehen war, trottete Farnese mit schweren Schritten zu Jakob hinüber. Er blickte auf Casale, bückte sich zu ihm und legte seine Hand an den Hals des Medici-Bastards. Nach einer Weile nickte er. »Schlechter als alle ist der Ibis«, sagte er, und seine klare Stimme erfüllte das Gewölbe, obwohl er leise sprach. »Denn den Sündern entsprossen die Sünden. Doch nun ist der Ibis tot.«

Ludovica fuhr ein kühler Schauer durch die Glieder bei diesen Worten; sie kannte den Text des Physiologus und wußte, daß in diesen letzten Worten ein Fluch über den Toten mitschwang. Für Casale konnte es nur noch jenseits der Welt Gnade geben; jetzt war es an Gott, diesen Mörder zu richten. Den anderen Mörder aber schlug der Henker doppelt in Ketten und führte ihn auf Geheiß des *Governatore* in ein tiefes Verlies des *Tor di Nona*. Es war keine Eile mehr, über ihn ein Urteil zu sprechen.

Der tiefe Keller

Jakob starrte fassungslos auf den leblosen Körper neben sich. Von weither vernahm er eine Stimme, die ihm bekannt vorkam, aber selbst als Ambrogio Farnese sich unmittelbar vor ihm zu Casales Leiche hinunterbeugte, erkannte er ihn nicht sofort, und die Worte, die Farnese sprach, blieben ihm unverständlich. Erst allmählich begriff er, daß der Mann, der ihm nach dem Leben getrachtet hatte, tot neben ihm lag; Fabricio Casale, niedergestreckt von seinem Schwertstreich. Jakob mochte es kaum fassen. Er betrachtete die Blutspritzer auf seinen Händen. Ich habe ihn umgebracht, dachte er, ich habe es getan; aber wie? Er versuchte, sich an den Hergang des Gefechts zu erinnern, doch er sah sich nur zurückweichen, stolpern und fallen. Es war ein Unfall, ich kann nichts dafür. Zugleich fragte er sich, weshalb er mit dem Tod des skrupellosen Weihbischofs haderte. Wäre es anders gekommen, wäre jetzt ich tot, dachte er – und in diesem Augenblick durchzuckte ihn der Schmerz. Wie glühendes Erz brannte es in seiner Schulter. Er sah das Blut, das aus einer klaffenden Wunde quoll. Dann verlor er das Bewußtsein.

Er blickte in ein Paar besorgter braungrüner Augen, als er wieder zu sich kam, hörte ein leise geseufztes »Gott sei Dank« und spürte einen sanften Druck, der ihn niederhielt, bis er es aufgab, sich aufrichten zu wollen.

»Ihr braucht einen Verband auf Eure Wunde«, sagte Ludovica und schnitt mit einem scharfen Messer seine Kutte und das darunterliegende Hemd auf. Aus dem abgetrennten Hemdsärmel faltete sie eine Stoffbahn, mit der sie dann die Wunde verband. Sie setzte einen festen Knoten, und als sie ihn zuzog, brannte die Wunde heftig; doch durch den Druck wurde die Blutung gestillt.

»So, jetzt könnt Ihr aufstehen«, erlaubte ihm die Malerin. Jakob ergriff die ihm hingestreckte Hand – sie gehörte Ambrogio Farnese – und zog sich hoch. Sein Blick fiel auf Casales Leiche. Ich habe also nicht geträumt, dachte er und atmete tief durch.

»Bringt mich nach San Clemente«, bat er und dankte Ambrogio Farnese für die Hilfestellung.

»Du hast dich wacker geschlagen«, bemerkte Farnese. Ein Lächeln huschte über seine Lippen.

»Danke«, entgegnete Jakob. »Sagt Eurem Vetter, er möge sich an seine Versprechen erinnern.«

»Das werde ich, sei unbesorgt.«

Zum Glück entzündete sich die Wunde nicht. Da der Schnitt weit weniger tief ging, als es zunächst den Anschein gehabt hatte, verheilte Jakobs Schulterverletzung nach einigen Tagen. Richard Doberl hatte weniger Glück; der Armbrustbolzen hatte ein tiefes Loch gerissen, das nach einigen Tagen brandig geworden war. Der Wundarzt mußte sein ganzes Können aufbieten, um der schwärenden Entzündung Herr zu werden und das Wundfieber im Zaum zu halten. Einige Tage sah es so aus, als würde Fabricio Casale noch ein Opfer mit in den Tod reißen. Doch schließlich zahlte sich die aufopfernde Pflege, die Doberl in San Clemente von Cecilia, Serena und Ludovica erhielt, ebenso aus wie der zähe Überlebenswille, den der im Fieber Phantasierende an den Tag legte. Als Doberl knapp zwei Wochen nach der Festnahme Casales wieder bei klarem Bewußtsein war, konnte ihm Jakob den Schuldschein in die Hand drücken, der auf Papst Clemens ausgestellt war.

»Wie habt Ihr das geschafft?«

»Ottavio Farnese hat sein Wort gehalten. Die anderen Schuldscheine können wir gegen geringe Kosten auslösen. Ihr müßt Euch keine Sorgen mehr machen. Werdet vollkommen gesund, dann könnt Ihr Euren Auftrag zur besten Zufriedenheit des Goldenen Kontors zu Ende führen.«

»Danke«, stammelte Doberl gerührt. »Wie geht es jetzt weiter?«

»Ich werde bei Euch bleiben, bis Ihr alle Geschäfte erledigt habt, die mit der Auflösung der Faktorei in Zusammenhang stehen. Dann werde ich mit Euch zurück nach Augsburg gehen. Dort muß ich noch einen Mörder finden.«

»Ihr glaubt also die Geschichte, die Engelhard Schauer erzählt hat?«

»Ich neige dazu«, entgegnete Jakob. »Seinschedt wußte, wie Georg Walch ermordet worden war; er konnte also seine Vorgehensweise so einrichten, daß es aussah, als hätte Walchs Mörder auch Maximilian Mair auf dem Gewissen. Von seinem Kontor zu der Vorratskammer war es ein kurzer Weg. Träfe er jemanden an, könnte er ganz unverdächtig so tun, als sei er unterwegs zu oder von Raymond. Sollte ihn Mair tatsächlich erpreßt haben, war ein ausgefallener Treffpunkt naheliegend, das heißt, Seinschedt konnte Mair ohne großes Aufheben in die Vorratskammer bestellen. Wie sich dank der Listen, die Ludovica Zappi an sich genommen hat, herausstellte, war Mair derjenige der beiden Buchhalter, der Seinschedt hätte gefährlich werden können. Seinschedt könnte also ein Motiv für die Tat gehabt, und er könnte die Tat so ausgeführt haben, wie sie ausgeführt wurde. Im übrigen klingen Schauers Aussagen zu dem Brief glaubwürdig, in dem sich Seinschedt hilfesuchend an Casale gewandt hatte.«

»Ihr habt recht«, pflichtete ihm Doberl bei. »Und zuzutrauen ist Franko Seinschedt so eine Tat. Doch wer hat Georg Walch ermordet?«

»Dieses Rätsel gilt es zu lösen – und ich werde Augsburg erst verlassen, wenn mir das gelungen ist.«

»Ihr seid hartnäckig.«

»Lange wartete ich vergeblich auf irdische Gerechtigkeit. Nun scheint der Zeitpunkt gekommen; da kann ich mich meiner Aufgabe nicht entziehen.«

Noch einmal zwei Wochen später – Richard Doberl war inzwischen vollständig genesen und hatte mit der endgültigen Abwicklung der Faktorei begonnen – ritt Ottavio Farnese mit Jakob die Via Cassia hinaus nach Viterbo. Dort hatte der Heilige Vater im Palast von Alessandro Farnese Wohnung genommen, weil ihn der schiere Hunger aus Orvieto vertrieben hatte. Als Jakob durch die Porta Romana trabte und sein Pferd in den Innenhof des Farnese-Palazzo lenkte, spürte er die Bedeutung des Augenblicks. Bald würde sich sein Leben entscheiden, und egal, ob ihn Papst Clemens freisprach oder nicht, diese Entscheidung würde endgültig sein. Durch einen dichten Nebelschleier nahm er den Kopf von Claudia wahr, abgeschlagen vom Leib und dargebracht auf einem silbernen Tablett wie der Judith das Haupt des Holofernes. Mit diesem Bild einher zog ein Schmerz, doch es war keine brennende Pein mehr, sondern eher eine anrührende Traurigkeit; die Verzweiflung hatte sich verloren. Ganz im Gegenteil, Jakob spürte eine Ahnung künftigen Glücks, und er dachte mit warmer Dankbarkeit an die Pflege, die ihm Ludovica in den ersten Tagen nach dem Gefecht in *Tor di Nona* hatte angedeihen lassen. Er stieg von seinem Pferd ab, übergab den Zügel einem herbeieilenden Stallknecht und schritt mit dem Kanzler des Papstes die Treppen in das obere Stockwerk des Palazzos hinauf.

»Sprich mit dem Heiligen Vater ganz offen«, sagte Ottavio Farnese. »Ich habe ihm einen Brief geschrieben, er ist über dich im Bilde. Habe keine Scheu!«

Jakob nickte und küßte dem Kardinal den Ring, ehe er durch eine Flügeltür in einen Saal trat, an dessen Kopfende der Pontifex Maximus an einem Schreibpult stand und Pergamente siegelte. Langsam ging Jakob auf den Papst zu. Dieser blickte auf und winkte Jakob heran.

»Der Doktor aus Deutschland«, sagte er. Es klang belustigt. »Tritt näher.«

Als Jakob vor ihm stand, fiel er auf die Knie und faßte die faltige Hand.

»Steh auf und sprich! Warum möchtest du von deinen Gelübden gelöst werden?«

»Heiliger Vater«, antwortete Jakob stockend, »verzeiht meine offene Rede, aber mein Glaube an unseren Vater im Himmel gebietet mir, wahrhaftig zu leben und mein Leben in Einklang zu bringen mit dem, was ich fühle.«

Der Papst blickte Jakob mit großen Augen an, wodurch die schweren Tränensäcke noch stärker hervortraten und dem ausgemergelten Gesicht mit der steilen, langen Nase einen Ausdruck düsterer Verbitterung verliehen. Die ehemals vollen Lippen des Medici-Papstes lagen versteckt unter dem wuchernden Bart, der grau und an manchen Stellen weiß war. Clemens musterte den vor ihm stehenden Dominikaner, als sehe er so einen Menschen zum ersten Mal, und fragte schließlich ungläubig: »Und deine Gelübde hindern dich daran, wahrhaftig zu leben?«

Jakob nickte zögerlich.

»Das verstehe ich nicht.«

»Es ist der Gehorsam, heiliger Vater. Um des Gehorsams willen mußte ich Dinge tun, die mein Gewissen belasten. Man hat mir befohlen, den Dirnenmörder von Rom zu fangen, man hat mich dazu bestimmt, in Oberdeutschland die Täufer an ihre Henker auszuliefern; immer hat man mich zum Werkzeug gemacht, um ein erwünschtes Ziel zu erreichen – nach dem Motto: Der Zweck heiligt die Mittel.«

»Hört, hört«, unterbrach ihn der Papst. »Zweifelst du etwa an, daß es gerechtfertigt ist, zum Schutz unserer Mutter Kirche Ketzer zu verfolgen und dem Feuer zu übergeben, wenn sie sich nicht bekehren?«

»Heiliger Vater, ich kenne sehr wohl den berühmten Satz des Thomas von Aquin, der uns die Rechtfertigung gibt für den Feuertod aller Häretiker. ›Weil aber unter den Elementen das Feuer das wirkkräftigste ist, Vergängliches zu verzehren, darum wird die Hinwegnahme der Dinge, die im künftigen Stande nicht bleiben dürfen, auf die gemäßeste Weise durch Feuer geschehen.‹ Wie sollte ich an diesem Satz zweifeln?«

»Der Satz geht weiter, mein Freund: ›Und so heißt es nach dem Glauben, daß die Welt am Ende durch das Feuer gereinigt werden wird, nicht allein von den vergänglichen Körperdingen, sondern auch von der Befleckung, die dieser Stätte anhaftet durch die Besiedlung der Sünder.‹ Wir, die heilige Mutter Kirche, sind berufen, der Häresie Einhalt zu gebieten mit allen Mitteln, die uns zu Gebote stehen. Worin also besteht deine Schwierigkeit?«

»Wenn es um weltlichere Dinge geht als um den Glauben, und der Glaube nur als Vorwand dient, um jedes Mittel einsetzen zu können, dann – verzeiht meine offene Rede, Heiliger Vater – fehlt es an der Wahrhaftigkeit.«

»Deine Worte sind gefährlich, Dominikaner! Gefährlich nahe der Ketzerei.«

»Eure Heiligkeit«, erwiderte Jakob langsam, »mir ist das Verständnis fern für die großen Dinge in dieser Welt. Mein Bestreben gilt einzig einem wahrhaftigen Leben in Einklang mit unserer Kirche und meinen Gefühlen. Es ist auch, Heiliger Vater, daß ich für Frauen empfinde.«

Da brach der Papst in schallendes Gelächter aus.

»Was für ein Glück«, sagte er schließlich, »daß du kein König bist, der Dispens begehrt. Gehe hin und lebe dein Leben; möge der Kanzler die Bulle fertigen, auf daß ich sie siegle.«

Sein wallender Bart zitterte wie Espenlaub von unterdrücktem Lachen, während er Jakob seinen Ring gewährte.

»Du hast Clemens wirklich gesagt, du empfindest für Frauen?« fragte Ottavio Farnese und schlug sich auf die Schenkel wie ein derber Fuhrknecht. »Damit hast du ihn das erste Mal seit seiner Flucht zum Lachen gebracht. Manchmal, mein Freund, werde ich nicht schlau aus dir. Vor einem Jahr hielt ich dich für mit allen Wassern gewaschen, und wie du Casale erledigt hast, das macht dir so schnell keiner nach; aber mit der schlichten Bemerkung, für Frauen zu empfinden, vom Papst die Freisprechung von den mönchischen

364

Gelübden und priesterlichen Pflichten zu erlangen, das ist so naiv, daß es schon wieder genial ist. Schade um dich; du warst ein verdammt brauchbarer Dominikaner.« Er schüttelte sich aus vor Lachen und fragte dann: »Was hast du nun vor?«

»Ich weiß es nicht. Zunächst gehe ich zurück nach Augsburg, ich habe dort noch eine Aufgabe zu erfüllen.«

»Für die Fugger?«

»Ja.«

»Es ist mir nicht leichtgefallen, dein Bestreben für die Fugger zu unterstützen. So dumm war Casales Einfall nicht, die Fugger an den Abgrund zu treiben; sie beschaffen dem Kaiser viel zuviel Geld, und mit dem Habsburger ist schlecht Kirschen essen. Wenn es uns nicht vordringlich gewesen wäre, den Medici-Bastard loszuwerden, hätten wir für die Fugger keinen Finger gekrümmt. Es wäre mir lieb, wenn du bei den Augsburger Pfeffersäcken ein gutes Wort für meine Familie einlegen könntest.«

»Wie stellt Ihr Euch das vor?«

»Jakob«, bemerkte der Kardinal tadelnd mit erhobenem Zeigefinger, aber um seine Mundwinkel zuckte ein belustigtes Lächeln. »Wenn es darum geht, das nächste Konklave mit Geld zu beeinflussen, möchte ich keine Fuggerschen Gulden gegen die Familie Farnese im Spiel sehen.«

»Ihr wollt erhoben werden?« Jakobs Stimme überschlug sich fast vor Überraschung.

»Für mich«, knurrte Ottavio Farnese, »wird es nicht reichen. Alessandro ist der aussichtsreichere von uns.«

»Der Unterhosenkardinal?«

»Untersteh dich«, rief Farnese, und einen Augenblick befürchtete Jakob, nun sei er wirklich böse. Doch dann lächelte der Kanzler und nickte.

»Wenn ich«, sagte er, »so eine bezaubernde Schwester gehabt hätte wie mein Vetter mit seiner *Bella Giulia*, wäre Clemens heute nicht Bischof von Rom. Doch Scherz beiseite! Es geht um die Familie, mein Freund, und es ist mir ernst damit, daß ich keinen Fuggerschen Gulden gegen die Farnese eingesetzt sehen will, egal, wann das nächste Konklave kommt.«

»Hochwürdigster Herr«, antwortete Jakob und setzte ein wichtiges Gesicht auf, »ich werde gemeinsam mit Richard Doberl versuchen, Anton Fugger von der Notwendigkeit zu überzeugen, die Familie Farnese zu unterstützen.«

»Hm«, brummte der Kardinal und legte Jakob zwei verschiedene Beinkleider vor. Die einen Hosen waren nach Art der deutschen Landsknechte geschnitten, eng an den Sprunggelenken, mit Schlitzen aufgeplustert bis oben zum Bund und für das Gemächt eine lederne Schamkapsel eingearbeitet. Die anderen Hosen zeigten den wesentlich schlichteren Schnitt, waren aber aus doppellagiger Seide gearbeitet. Jakob mochte weder die eine noch die andere Art, sich zu kleiden; er sehnte sich nach einem Beinkleid jener Art, wie sie die einfacheren Kaufleute trugen, wollte Ottavio Farnese aber nicht verärgern. Immerhin schien der Kanzler des Papstes ein kindliches Vergnügen darüber zu verspüren, den ehemaligen Dominikaner weltlich zu gewanden. Schließlich äußerte er seine Vorstellungen. Farnese nickte wohlwollend und zog aus der Wäschetruhe ein Paar leinene Hosen hervor, die Jakobs Geschmack trafen und geeignet schienen, auch einen langen Ritt auszuhalten. Ebenso entschied sich Jakob für ein leinenes Hemd und ein derbes Schweinslederwams. Nur bei den Schnabelschuhen akzeptierte er den Schmuck an den Spitzen, um nicht den Anschein eines ärmlichen Kaufmanns zu erwecken; dem steuerte Farnese im übrigen durch einen mit Pelz besetzten Mantel entgegen, den er Jakob aufzwang. Dann war der Weltliche fertig, und als Jakob in den Spiegel blickte, erschrak er im ersten Augenblick. Nun war die Tatsache, daß der Papst seinen Dispens unterzeichnet hatte, für jeden offenbar.

Zurück in San Clemente, waren seine Freunde überrascht. Jakob hatte niemanden eingeweiht, weder Serena noch Ludovica, Cesare nicht und Richard Doberl ebensowenig.

Es war, trotz aller Beteuerungen Farneses, den Papst gewogen zu stimmen, nicht sicher gewesen, ob die Entpflichtung aus den Gelübden erfolgen würde, und über die Unwägbarkeiten hatte Jakob nicht sprechen wollen. Das muß ich mit mir selber ausmachen, hatte er sich mehr als nur einmal gesagt. Monsignore Baldi nahm es gelassen, Cesare fand die Veränderung »toll« und Serenas Kommentar lautete »lebendig«; Richard Doberl meinte, Jakob würde als Kaufmann gewiß eine gute Figur abgeben. Nur Ludovica reagierte sonderbar; nachdem sie ihn gefragt hatte, ob er sich wie in Augsburg eine Tarnung zugelegt habe, war sie auf seine Antwort, er habe sich von seinen Gelübden entbinden lassen, ohne ein weiteres Wort davongelaufen.

Anfang Juli des Jahres 1528 hatte Richard Doberl seine Arbeiten vollständig abgeschlossen, und so brachen der Beauftragte der Fugger und Jakob ungeachtet der Unruhe, die in ganz Italien wegen der kriegerischen Auseinandersetzungen zwischen den Kaisertreuen und den Freunden des Franzosenkönigs herrschte, nach Augsburg auf. Sie saßen schon auf den Pferden und winkten Monsignore Baldi und den anderen zu, als Ludovica auf einem kräftigen Braunen erschien, gewandet in Männerkleidung.

»Ich reite mit euch«, sagte sie in einem Ton, der keine Widerrede duldete. »Ich muß noch Abschied von Raymond Fugger und seiner Frau nehmen.«

In einem Gewaltritt kamen sie am ersten Tag bis Viterbo, wo sie auf nachdrückliche Einladung von Ambrogio die Gastfreundschaft der Familie Farnese in Anspruch nahmen. Dabei trafen sie an der Abendtafel neben Gesandten und Klerikern aus Spanien, England und Frankreich auf einen gutgelaunten Papst Clemens, der sich trotz seines persönlichen Unglücks, außerhalb Roms festzusitzen, an den Weltenläufen erfreute und sich mit Bedacht nicht zwischen König Franz und Kaiser Karl entschied, was letztlich sein Gewicht in jede Richtung erhöhte. Doch nicht die Politik bestimmte das Gespräch an der Tafel, sondern die Beurteilung von Kunst und Künstlern in diesen unsicheren Zeiten. Zu aller Überraschung lobte der Heilige Vater zu später Stunde die Geschmeidigkeit der Pinselführung einer Dame, die unter ihnen weile, und zielte damit auf Ludovica, die wegen des Lobes heftig errötete.

»Wenn die Zeiten Frieden bringen und wir Rom seinen Rang als *caput mundi* zurückgeben, werdet Ihr, Contessa Zappi, zu den Künstlern zählen, deren Glanz über der Stadt erstrahlt. Unbedingt müßt Ihr mir eine Maria malen – und vielleicht gibt jener deutsche Junker neben Euch einen passablen Joseph ab.« Dabei deutete der Papst auf Jakob und ließ ein heraufrollendes Lachen hören. »Immerhin hat er der Frauen wegen den Habit der Dominikaner gegen das Kaufmannskleid eingetauscht.«

Bei diesem Witz schlug er vor Lachen auf den Tisch, so daß es nun an Jakob war zu erröten, zumal die anderen Kleriker ebenfalls lauthals lachten.

Wie durch ein Wunder erreichten sie drei Wochen später unbeschadet die freie Reichsstadt Augsburg. Als hätte es keinerlei kriegerische Auseinandersetzungen zwischen den Kaiserlichen und der heiligen Liga gegeben und als wäre der weite Weg über den Apennin und den Brenner, durch Tirol und Werdenfels und über schwäbisch-bayerische Flur frei von jeglichem Raubgesindel, waren sie die Strecke ohne Zwischenfall entlanggeritten. Untereinander hatte sich ein freundschaftliches Einverständnis entwickelt, wie es sehr selten zwischen Reisegefährten entsteht, die gemeinsam ein Ziel erreichen wollen, ansonsten aber gänzlich unterschiedliche Ansprüche an das Leben stellen. Zwischen Jakob und Ludovica entstand in dieser Zeit ein zartes Gefühl von Vertrautheit und gegenseitiger Anteilnahme, mit dem sie beide äußerst zurückhaltend umgingen, ja, sie vermieden es den ganzen Weg, miteinander allein zu sein, und führten ihre Unterhaltungen stets im Beisein von Richard Doberl.

Nur ab und zu ertappte sich Jakob dabei, daß seine Augen nachdenklich auf der Malerin ruhten, und manchmal erhaschte er einen Blick von ihr, der tiefer ging als freundschaftliches Wohlgefallen. Meist steckte Jakob den Kopf mit Doberl zusammen; sie ließen die römischen Erlebnisse noch einmal an sich vorüberziehen und bereiteten sich darauf vor, Anton und Raymond Fugger Bericht zu erstatten. Mehrfach sprachen sie über die Morde an den Buchhaltern und erwogen das Für und Wider, inwieweit der Maurer Kissling als Täter für den Mord an Georg Walch in Betracht komme. Bei allen Zweifeln, die Jakob – auch wegen seines schlechten Gewissens gegenüber den Täufern – hatte, sprach einiges für diese These. Angenommen, Hans Kissling hatte Georg Walch im Tintenfaß ertränkt, so kam ihm spätestens im peinlichen Verhör das Geständnis dieser Tat leicht von den Lippen. Da er aber damit bereits sein Leben verwirkt hatte und sich im übrigen der Richter mit diesem einen Geständnis keineswegs zufriedengab, sondern die Tortur fortsetzen ließ, mochte sich Kissling schließlich seinem Schicksal ergeben und den zweiten Mord fälschlicherweise gestanden haben. Diese Lösung schien Jakob jedenfalls viel naheliegender als glauben zu müssen, ein grundsätzlich wahrheitsliebender Wiedertäufer hätte unter der Folter Verbrechen gestanden, die ihm gänzlich fern lagen. Er nahm sich daher vor, die Verhörprotokolle genau durchzulesen; vielleicht könnte er der Art und Weise der Fragestellungen Hinweise entnehmen, die ihn des Rätsels Lösung näherbrachten.

In Augsburg angekommen, nahmen sie so voneinander Abschied, wie es gute Freunde tun, die wissen, daß sie sich in wenigen Tagen wiedersehen. Jakob stellte sein Pferd in den Stallungen der Fugger ein, schulterte seinen Ranzen und ging in die Domstadt hinüber.

Ludovica hatte die Strapazen des täglichen Reitens nicht gespürt, sondern im Gegenteil die Leichtigkeit genossen, mit der die Reise in den Norden vonstatten ging. Einzig als sie im Süden von Mantua den Po überquerten, kam eine besondere Wehmut in ihr auf, und sie überlegte, während sie auf die Fähre warteten, die sie übersetzte, ob sie sich von ihren Begleitern trennen und flußaufwärts wenden sollte, um ihr Elternhaus aufzusuchen. Aber als sie an ihren Vater dachte, wurde zugleich Aspasias Bild lebendig. Ludovica spürte, wie die Enttäuschung über den Vater ihr das Atmen erschwerte, und sie wußte, sie würde ihm jetzt nicht begegnen können, ohne ihm sein Verhältnis mit der Magd vorzuwerfen. Mit etwas mehr Abstand, dachte sie, kann ich ihn vielleicht verstehen. Da sie ihm für die vielfältige Förderung, die sie durch ihn erfahren hatte, dankbar war, wollte sie ihn verstehen; und nur wer versteht, kann verzeihen.

Also war sie bei ihren Reisegefährten geblieben und hatte der Sehnsucht widerstanden, ihr Zuhause wiederzusehen. Außerdem nahm sie ihren Vorsatz ernst, sich gebührend von Katharina und Raymond Fugger zu verabschieden, und in diesen schwierigen und unsicheren Zeiten konnte sie sich keine bessere Reisebegleitung als Doberl und Jakob wünschen. Über die Frage, ob sie tatsächlich bereit gewesen wäre, sich so unvermittelt von Jakob zu trennen, dachte sie lieber nicht nach. Von Tag zu Tag fühlte sie sich ihm näher, und manchmal tat es ihr richtig weh, neben ihm zu reiten und ihn nicht andauernd anschauen zu können. Sie zwang sich, so wenig wie möglich mit ihm zu sprechen und keinesfalls, wenn Doberl nicht in der Nähe war. Wann immer ihr bewußt wurde, daß sie ihn mit innerer Freude betrachtete, wandte sie den Blick von ihm ab. Auch er gab sich, das blieb ihr nicht verborgen, alle erdenkliche Mühe, mit ihr keinen allzu vertrauten Umgang zu pflegen. Trotzdem tat es ihr unendlich gut, wenn er sie in Momenten, da er sich unbeobachtet wähnte, mit verträumten Augen ansah wie ein treuer Hund seinen Herrn. Seit er in einfacher Kaufmannskleidung aus Viterbo zurückgekommen war, hatte sie mit ihm nicht darüber gesprochen, warum er die Mönchskleidung abgelegt und in ein weltliches Leben eingetreten war.

Später hatte Ludovica lange über die hämische Bemerkung des Papstes an der Abendtafel nachgedacht. Wenn Jakob den Dominikanerhabit wegen einer Frau abgelegt hatte, dann wegen Claudia, doch Claudia war tot. Gab es eine andere Frau? Aber wen? Jakob hatte ihr alles erzählt, was mit Claudia zusammenhing, und hatte sie an seinem Schmerz und seiner Trauer teilhaben lassen. Da war kein Raum gewesen für eine andere Frau, höchstens … Nein, diesen Gedanken verbot sie sich. Sie wußte, sie wünschte sich, von ihm wahrgenommen zu werden, aber da saß eine tiefe Scheu und die Erinnerung an Franko Seinschedt, die noch zu lebendig war. So war sie drei Wochen zurückhaltend neben Jakob hergeritten, hatte sich an seiner Nähe erfreut und versucht, das Kribbeln zu unterdrücken, das ihren Bauch aufwühlte, wenn er sie ansah oder das Wort an sie richtete. Sie genoß diesen Schwebezustand, und bei aller Freude über die problemlose Reise war sie traurig, als sie in Augsburg ankamen und sich zum Abschied die Hände reichten.

Ludovica blickte Jakob nach, bis er im Dunkel der Toreinfahrt verschwand, dann ließ sie sich von Doberl in den Wohntrakt von Raymond Fugger hinaufbegleiten. Als ihr Mathilda, die Küchenmagd, die vor Monaten die Leiche des jungen Buchhalters im Mehlsack entdeckt hatte, entgegentrat, beschlich Ludovica ein seltsames Gefühl von Vertrautsein und Fremdheit, begleitet von einer Ahnung von jener Angst, die sie seit dem Zeitpunkt empfunden hatte, da ihre Räume zum ersten Mal durchsucht worden waren. Auf dem Gesicht der Magd erschien ein freudiges Lächeln. Sofort fragte sie nach Elisabetta und verbarg ihr Enttäuschung nicht, als sie hörte, daß die Zofe in Rom geblieben war. Raymonds Familie wohnte, wie es Ludovica bei der sommerlichen Hitze kaum anders erwartet hatte, auf ihrem Landgut. Ludovicas ehemalige Räume waren seit ihrem Weggang unbenutzt, und die Haushälterin, die inzwischen hinzugetreten war, lud sie ein, ihre alten Gemächer in Besitz zu nehmen.

Nachdem sie ihr spärliches Reisegepäck in die Truhe gelegt hatte, stellte sie sich ans Fenster und blickte hinaus auf die Kastanie, deren sattes Sommergrün ihr Auge erfreute. Sie erinnerte sich daran, wie sie mit den Farben gekämpft hatte, um den herbstlichen Hauch der Blätter auf die Leinwand zu bannen. Es war jener Tag gewesen, an dem sie Franko Seinschedt kennengelernt hatte. Sie sah das Septembergrün von damals, den ermatteten Ton, dem eine Spur von Gelb innewohnte, und sie sah Frankos massiges Gesicht mit dem kantigen Kinn und den seltsam weichen Lippen. Der Baum und der Mann flossen ineinander wie flüssige Farben; die Konturen verwischten; sie sah die Kastanie durch einen dichten Schleier und spürte, daß sie weinte.

Als die Dunkelheit des hereinbrechenden Abends den Baum verschluckte, waren Ludovicas Augen trocken; sie hatte Abschied genommen, nicht nur von dem, was war, sondern auch von den damals geträumten Träumen. Nun fühlte sie sich frei für die Zukunft. Sie nahm sich vor, gleich am nächsten Tag auf das Landgut Raymond Fuggers zu fahren, um sich in gebührender Form von ihm und seiner Gemahlin von dem Dienst freigeben zu lassen, den sie mit ihrem Weggang im Februar aufgekündigt hatte. Langsam trat sie vom Fenster zurück, legte ihre Kleider ab und kuschelte sich unter die Decken ihres Bettes. Ihr wurde warm. Mit der Wärme kam die Geborgenheit, und mit der Geborgenheit der Schlaf, und mit dem Schlaf ein neuer Traum.

Sie saßen in der Stube und prosteten sich mit den Bierhumpen zu. Immer wieder betonte Urban Rhegius, wie froh er sei, Jakob wohlbehalten zurück zu wissen bei all den Wirren, die in Italien geherrscht hätten. Die Nachrichten, die man aus Oberitalien, der Lombardei und Tuszien erhalten habe, seien grausig gewesen, als würden diese Landstriche vollkommen aufgerieben zwischen den kaiserlichen Truppen und den Söldnern der heiligen Liga. Und da sei er, Jakob, gleich zweimal durch das umgepflügte Schlachtfeld gereist.

»Kein Haar wurde dir gekrümmt«, rief Urban und klatschte vor Begeisterung in die Hände. »Der Herr liebt dich, keine Frage. Doch nun sag, was hat dich getrieben, die Kutte gegen den weltlichen Rock einzutauschen?«

Jakob war so froh über die Frage, wie er sie gefürchtet hatte. Nun mochte sich beweisen, ob seine Entscheidung einer kritischen Betrachtung standhielt. Er befreite seine Seele, indem er Urban alles erzählte, was ihn in den letzten Monaten bewegt hatte. Als die Schilderung auf die Höllenträume kam, zeigte sich Urban tief beeindruckt. Sein vielfaches Nicken bestärkte Jakob in dem Glauben, letztlich die richtige Entscheidung getroffen zu haben, noch ehe Urban den Mund auftat, um sein Urteil abzugeben.

»Ja, mein Freund«, sagte Urban schließlich, »du wagst es, weise zu sein.«

Sie saßen eine Weile stumm beieinander, und vielleicht hätten sie an diesem Abend überhaupt kein Wort mehr gewechselt, wenn Urbans Frau Anna Weißbrucker nicht in die Stube gekommen wäre und bei Jakobs Anblick trefflich gestaunt hätte. So war ein weiteres Mal eine Erklärung fällig – welche die Ratsherrentochter beifällig zur Kenntnis nahm – und dadurch das Gespräch angeregt, bis es endlich bei den Morden anlangte, deretwegen Jakob schließlich Augsburg verlassen hatte. Als Jakob seine Erkenntnis preisgab, Seinschedt sei der Mörder von Maximilian Mair, pfiff Urban laut durch die Zähne.

»Was für eine Überraschung«, bemerkte er. »Das hätte ich nicht gedacht. Aber in der Tat, zuzutrauen ist es dem Seinschedt allemal. Er war kein Mann, den man lieben mußte. Doch sag, wer hat dann den Georg Walch auf dem Gewissen?«

»Kann es Hans Kissling gewesen sein?« fragte Jakob zurück.

Urban zupfte sich am Bart und verdrehte die Augen, ein untrügliches Zeichen, daß er scharf nachdachte. Nach einiger Zeit brummte er unwillig und sagte beinahe schroff: »Nein.«

»Warum?«

»Du willst es zu sehr.«

»Das ist kein Argument.«

»Doch«, erwiderte Urban und machte ein ernstes Gesicht. »Die Voreingenommenheit beeinflußt die Wahrheit; das hat uns im Herbst so leicht an die Täterschaft des Täufers glauben lassen. Das schlechte Gewissen aber, das dich plagt, verfälscht die Wahrnehmung der Dinge endgültig. Du bist mehr als geneigt, den einmal begangenen Fehler zu entschuldigen, und wo immer möglich sogar zu rechtfertigen; und was wäre eine bessere Rechtfertigung, als im nachhinein zu beweisen, daß der Fehler an sich kein Fehler war.«

Jakob schwieg eine Weile.

»Es tut weh«, antwortete er schließlich, »die Wahrheit zu hören. Sie beschämt mich. Von Anfang an glaubte ich, den Täufern unrecht zu tun, und selbst was den Kissling anging, hatte ich bis zum Schluß Zweifel. Ich mußte mich selbst überreden, ihn für den Täter zu halten und beim *Magister provincialis* anzuzeigen. Ich hätte gründlicher nachforschen müssen.«

»Mach dir keine Vorwürfe«, beschwichtigte Urban. »Zunächst sprachen die sichtbaren Beweise gegen den Maurer. Die Spuren von großen Schuhen, die Tintenflecke auf seinen Fingern, sein barsches Bekenntnis, man müsse mit Verrätern hart ins Gericht gehen. Und im Verhör hat er die Taten gestanden.«

»Unter der Folter; gesteht da nicht jeder?«

»Wir haben viele Beispiele von Angeklagten, die der Tortur widerstanden, und wir finden bei jedem Gericht im Reich die maßvolle Anwendung der Marter als Mittel der Wahrheitsfindung. Darüber sollten wir nicht hadern.«

»Seinschedt war von ähnlicher Statur wie Kissling und vermutlich kaum weniger kräftig. Ich habe mich von einem Vorurteil blenden lassen. Dabei durchschaute ich Seinschedt von Anfang an, was sein Bemühen anlangte, mich hinsichtlich der Zahlen in die Irre zu führen. Später hat er mir seine Betrügereien gegenüber seinen Herren selbst gestanden.«

»Da war es zu spät und Kissling längst gerichtet. Wie bist du eigentlich auf den Maurer gestoßen?«

»Den hat mir der Schettl eingeblasen, der im Gesellenhaus wohnt und alle jungen Burschen kennt.«

»Was ist das für ein Mann?«

»Ein einfacher Schreiber, vermutlich ein verschrobener Kauz, lebt da allein, ohne Familie. Ich habe ihn zufällig getroffen, als ich die Kammer des Maximilian Mair durchsuchte.«

»Merkwürdig«, brummte Urban.

»Was findest du merkwürdig?«

»Wie kommt ein einfacher Schreiber darauf, dir den Maurer Kissling als Tatverdächtigen zu benennen? Hat er etwas beobachtet, konnte er dir weitere Angaben zu den Taten machen?«

»Nein. Er hatte die Täufer in Verdacht, weil er über Walchs und Mairs Beziehungen zu ihnen Bescheid wußte. Als ich ihn fragte, ob er jemand von den Täufern kenne, der für so eine Tat in Frage komme, nannte er mir Kissling. Als ich den Maurer Seinschedt gegenüber erwähnte, hielt er diesen Verdacht für schlüssig.«

»Natürlich. Etwas Besseres konnte ihm nicht geschehen.«

»Stimmt«, pflichtete Jakob bei. »Ich war leichtgläubig, voreingenommen und oberflächlich. Da ist noch etwas, was ich versäumt habe.«

»Was?«

»In Maximilian Mairs Truhe fand ich ein wertvolles Seidenhemd. Ich habe es an mich genommen, später aber darauf vergessen. Wie kommt ein junger Buchhalter an so ein teures Kleidungsstück?«

»Ein Geschenk? Bestechung? Belohnung?«

»Wofür?«

»Das solltest du herausfinden.«

»Das sollte ich«, murmelte Jakob und rieb sich das Ohrläppchen. »Außerdem«, sagte er, »gibt es eine weitere Merkwürdigkeit, der ich bisher keinerlei Bedeutung beigemessen habe.«

»Welche?«

»Doktor Michael Malzahn, der *Medicus* des Bischofs, hat bei Walch und Mair jeweils winzige Verletzungen am Anus festgestellt und vermutet, beide könnten ...«

»Unzucht?«unterbrach Urban entsetzt.

»Knabenliebe«, bestätigte Jakob.

Katharina Fugger schickte die Amme mit dem neugeborenen Raymond hinaus und lud Ludociva ein, in einem Sessel am Fenster Platz zu nehmen. Eine Magd brachte Getränke und Gebäck. Durch das geöffnete Fenster wehte ein kühlender Hauch und machte die mittägliche Hitze erträglich. Nachdem sie einige Sätze über die Kinder und die jüngste Geburt ausgetauscht hatten, kam Ludovica der Aufforderung nach, von ihrer Reise zu berichten. Katharina hörte gespannt zu. Vielleicht dachte sie bei den Erzählungen aus der Ferne an ihre Heimat in Ungarn, überlegte Ludovica, als sie den verträumten Blick bemerkte, den die geborene Thurzó zeigte. Jedenfalls schien Katharina nicht verärgert oder wegen Ludovicas plötzlichem Verschwinden im Februar beleidigt zu sein.

»Ich verstehe«, sagte sie zu Ludovica, »Euer Bestreben, nach Rom zu gelangen und dort Eure Kunst in dem Licht zu zeigen, welche sie verdient. Bei uns werdet Ihr die Wertschätzung nicht finden, die Euch in der Ewigen Stadt zuteil werden kann. Mein Gemahl ist wankelmütig, was das Sammeln von Malerei angeht, und ich sorge mich mehr um meine Kinder denn um eine Verbesserung meiner Fertigkeiten mit dem Pinsel.« Sie machte eine Pause und naschte ein süßes Gebäck. »Wir geben Euch frei, und ich werde mich bei meinem Gemahl dafür verwenden, Euch zum Abschied eine anständige Summe auszubezahlen. Doch bevor Ihr uns den Rücken kehrt, erlaubt mir eine Bitte. Malt ein Bild von mir und meinen Kindern; allen Kindern. Wenn Ihr das getan habt, dann geht.«

Ludovica erschrak, während sie lächelnd nickte. Ein Gemälde mit allen zehn Kindern bedeutete ein erkleckliches

Stück Arbeit, und sie spürte, wie wenig sie bereit war, auch nur einen Tag zu lang in Augsburg zu verweilen; aber sie wußte, daß sie Katharina diese Bitte nicht ausschlagen durfte. Vielleicht, meldete sich die Eitelkeit der Künstlerin, begründete gerade dieses Bild einen besonderen Ruf als Malerin.

»Schön«, sagte Katharina Fugger. »Das habe ich mir gewünscht, seit Ihr in unserem Haus seid und ich wahrgenommen habe, wie trefflich Ihr Menschen ins Bild setzen könnt. Es wird Euer Schaden nicht sein.«

»Vielen Dank«, erwiderte Ludovica artig, und nur sie selbst spürte, wie bemüht diese Höflichkeit war, weil sie Angst hatte, Jakob könne auf immer die Stadt verlassen, bevor dieser Auftrag abgeschlossen war.

»Es ist möglicherweise ganz gut«, bemerkte Katharina, »wenn Ihr ein Weilchen länger in Augsburg bleibt. Das Leben in Italien erscheint mir immer noch unsicher, und Rom wird erst aufblühen, wenn der Papst wieder fest auf dem Stuhl Petri sitzt.«

Dann, dachte Ludovica, male ich Clemens eine Maria. Sie schob ihre Ängste beiseite und fuhr mit der leichten Kutsche der Fugger frohen Herzens in die Stadt zurück, um bei Pexlinger Pigmente und Leinwand zu kaufen. Bereits auf dem Weg zurück in die Stadt bildete sich eine klare Vorstellung heraus, wie sie Katharina und ihre zehn Kinder gruppieren wollte. An einem Tisch mit blauer Tischdecke sollten sie stehen und sitzen, mit allerlei unterschiedlichen Dingen beschäftigt. Zwei ältere beim Schachspiel, umringt von drei oder vier anderen, eine lebendige Szene, die sie schon einmal mit ihren eigenen Schwestern gemalt hatte. Katharina selbst mit Barbara auf dem Schoß, die Hand liebevoll am Kopf des Säuglings Raymond, den die Amme an die Brust gelegt hat, hier mit Andeutungen an das Caritas-Motiv. Zwei, drei weitere Kinder mit Schälmessern vor einer Obstschale, jedes einen Apfel in der Hand. Und zumindest ein Kind, das in einer bebilderten Bibel blättert, in der man die Idylle von

Maria und Joseph erkennt; dem Joseph würde sie die Gesichtzüge von Raymond Fugger verleihen können, den sich Katharina zwar nicht ausdrücklich auf das Bild gewünscht hatte, von dem Ludovica aber annahm, daß er ein Mensch mit Sinn für die Familie war. So ungefähr müßte die lebendige Zusammenschau Katharinas mit ihren Kindern aussehen, und Ludovica überschlug die Größe der Leinwand. Wenn ich zehn Fuß in der Breite und vier Fuß in der Höhe nehme, könnte es ausreichen, dachte sie und malte sich freudig Katharinas Staunen aus. Im Zentrum des Bildes, leicht schräg gestellt, um die Perspektive zu schärfen, stand der lange Tisch mit der blauen Decke aus schwerem Leinen. Ein himmlisches Blau mußte es sein, ein Blau, das betören konnte und jeden zwang, genau hinzusehen.

Ich brauche Pigment von Lapislazuli, sagte sie sich und betrat den lichten Raum gegenüber dem Tanzhaus, in dem Pexlinger seinen Handel betrieb. Der Alte stand selbst in seinem Laden, in dem sich alles fand, was mit Farbe und Malen zu tun hatte. Von weit her kamen Maler und Freskanten, um bei Pexlinger einzukaufen, denn er bezog die Stoffe aus aller Herren Länder und verwendete große Sorgfalt auf die Herstellung der wertvollen Pigmente wie Lapislazuli und Malachit.

Pexlinger freute sich, als er Ludovica sah. Er half ihr bei der Zusammenstellung der Farben und versprach, ihr bis zum nächsten Tag eine Leinwand der gewünschten Größe zu liefern. Ein Bote würde alles auf das Landgut von Raymond Fugger hinausbringen, und so verließ Ludovica am späten Nachmittag den Farbenhändler gänzlich unbeschwert und beschloß, noch ein wenig durch die Stadt zu schlendern. Obwohl Augsburg von seinen Ausmaßen her wesentlich kleiner war als Rom, lebten kaum weniger Menschen hier als in dem durch die Zerstörung der Landsknechte gebeutelten Haupt der Welt, das derzeit weit davon entfernt war, wahrhaftig *caput mundi* zu sein. Dieser Ehrentitel gebührte eher der Serenissima an der großen Lagune oder der spanischen Residenzstadt des Kaisers. Im Gegensatz zu Rom, wo es spätestens in den Abendstunden gefährlich wurde, sich auf den Straßen ohne Eskorte zu bewegen, herrschte in der freien Reichsstadt aller religiösen Spannungen zum Trotz ein sicherer Frieden, und im pulsierenden Leben dieser Stadt, die mit der ganzen bekannten Welt Handel trieb, konnte man von einer Gasse zur anderen schlendern, ohne sich sorgen zu müssen.

Unbeschwert schlenderte Ludovica hinüber zum Perlach, wo sie in den Buden unter dem Perlachturm die winzigen Splitter vom heiligen Kreuz und die Knochenstücke des heiligen Jakob betrachtete, Rosenkränze durch die Finger gleiten ließ oder in den Gebetbüchlein blätterte. Dann schritt sie die steile Gasse hinter dem Perlachturm in die untere Stadt hinunter und traf auf einen Kanal, dessen Wasser unter eine Brücke hineinschäumten. Sie lehnte sich an die Brückenbalustrade und verlor sich in der Beobachtung der kleinen Strudel und Wellen.

Am Morgen war Jakob in das Gesellenhaus beim Perlach gegangen, um sich noch einmal in den Räumen von Georg Walch und Maximilian Mair umzusehen, doch die Zimmer waren längst mit anderen Gesellen belegt. Auch Ludwig Schettl, an dessen Tür er als nächstes geklopft hatte, war nicht anwesend gewesen, und obwohl dieses Ergebnis für einen vormittäglichen Besuch im Gesellenhaus vorauszusehen war – schließlich war heute nicht Sonntag, und da wären die Männer vermutlich in der Kirche oder Schankwirtschaft gewesen –, enttäuschte es Jakob und bedrohte eine leise Mutlosigkeit seine Stimmung. Wo sollte er nach Anhaltspunkten suchen, wie etwas herausfinden, an dessen Aufklärung er schon vor einem knappen Jahr gescheitert war? Unschlüssig, ob er zunächst zum Rat der Stadt gehen und Einsicht in die Gerichtsprotokolle nehmen oder im Kontor der Fugger nach einem, mit dem er reden konnte, Ausschau halten sollte, stand er eine Weile im Treppenaufgang des Gesellenhauses. Die schlicht gezimmerte Holztreppe führte in enger Windung in den Keller hinunter, hinein in einen dunklen Schlund.

Anstatt zur Haustür auf die Straße hinauszugehen, betrat Jakob die Kellertreppe und tastete sich Stufe um Stufe ins Dunkel hinab. Bald hatten die Stufen einen Kreisbogen beschrieben, und Jakob war ein Stockwerk tiefer in der Schwärze der Nacht angekommen. Die Treppe führte in enger Wendel weiter in ein zweites und ein drittes Geschoß. Längst sah er die Hand vor Augen nicht mehr und hörte angestrengt in die Dunkelheit hinein, die jedes Geräusch mit mehr Gewicht ausstattete, als es bei Licht gehabt hätte. Ein leise scharrendes Huschen konnte nur auf Mäuse hindeuten, die sich in der Tiefe wohl fühlten, und das kratzige Trappen mochte von den Ratten herrühren, von denen es hier vermutlich wimmelte. Manchmal trug es einen hohlen Ton durch die Stille, als würde der Keller stöhnend atmen. Unwillkürlich fiel ihm Jesaja ein: »Hört, dann werdet ihr leben«, und er lauschte noch angestrengter in die Dunkelheit.

Von fern war ein gleichmäßiges Schlagen zu vernehmen, das sich erst nach langem Hinhören als das Aufschlagen von Wassertropfen auf einen Steinboden erwies. Im übrigen war es totenstill. Die Luft wurde kühler und trug einen modrigen Hauch in sich, ein bißchen, als würde man von einem alten Menschen angehaucht, der unter Mundfäule litt. Jakob tastete sich Schritt für Schritt hinab, verharrte auf jedem Absatz, der ein neues Stockwerk anzeigte, vergewisserte sich seiner Zählweise und gab sich erst zufrieden, als er im fünften Geschoß unter der Erde feststellte, daß die Treppe zu Ende war. Hier war in einem fernen Gang das Rauschen von Wasser zu hören, als flösse dort ein Lechkanal, und das Rauschen überdeckte die anderen Geräusche. Jakob verlegte sich aufs Riechen, ob denn der Modergeruch zu durchdringen und aufzuschlüsseln war in unterschiedliche Gerüche, die sich lediglich überlagerten. Irgend etwas Süßliches lag in der Luft, die kalt und feucht war, eine Ahnung von Pest und Verwesung. Aber in dieser stockfinsteren Dunkelheit hatte es keinen Sinn, ohne Licht etwas erkunden zu wollen, und so tappte Jakob schließlich Treppe um Treppe nach oben.

Das Rätsel ließ ihn nicht los, obwohl der Tag bis in den Nachmittag hinein angefüllt war mit Begegnungen und Gesprächen. Vom Gesellenhaus war er in die Goldene Schreibstube gelaufen und hatte sich mit Anton Fugger getroffen, der begierig auf seinen Bericht gewesen war. Der zeigte sich mit dem in Rom Erreichten äußerst zufrieden und sparte nicht mit Lob. Allerdings verunsicherte ihn die Ungewißheit über die Verbindung zwischen Fabricio Casale und Ambrosius Höchstetter, und einer eher beiläufigen Bemerkung entnahm Jakob die kämpferische Haltung, die Anton Fugger gegenüber dem alten Höchstetter einzunehmen gedachte. In diesem Zusammenhang wurde das Interesse verständlich, das der Fugger an der Aufklärung des Mordes an Georg Walch hatte, für die er Jakob jegliche Unterstützung zusicherte und ihn sozusagen mit der ganzen Autorität des Regierers ausstattete.

Mit dieser Autorität suchte Jakob die Gerichtsstelle des Rates auf und nahm Einsicht in die Protokolle der Täuferverhöre. Es schmerzte ihn, die Unnachgiebigkeit der Verhörspersonen spüren zu müssen, die sich aus den trockenen Fragestücken herausschälte, je länger Jakob die in gestochen klarer Schrift niedergelegten Verhöre studierte. Sie waren an den Rand der Verzweiflung getrieben worden – Jakob Groß, Gall Fischer, Hans Denck und die vielen anderen. Man hatte sie mit bohrenden Fragen traktiert, ob sie an Gott glaubten und worin sie die Aufgabe der Kirche sähen, welche Qualität sie den Sakramenten zusprächen und was für sie der Sinn der Taufe sei. Keiner hatte in den Verhören den Mut, offen in allen Punkten eine Meinung zu vertreten, die unstreitig Häresie gewesen wäre. Jeder versuchte zumindest in einigen Punkten den Kopf aus der Schlinge zu ziehen, wenn er nicht gleich ganz den Eid leistete, sich nicht von einem Täufer taufen zu lassen und keine Winkelpredigten mehr zu besuchen. Alle, mit Ausnahme der vier Wiedertäufer Groß, Dachser, Salminger und Hut, die als Rädelsführer der Täuferbewegung angesehen wurden, waren mit einer Verweisung aus der Stadt davongekommen.

Unbeirrt und mit allen Mitteln der Verhörskunst jedoch hatte sich der Richter in der Befragung von Hans Kissling festgebissen, bis der Wiedertäufer sich in immer mehr Widersprüche verstrickte und somit selbst einen Anlaß setzte, mit der peinlichen Befragung zu beginnen. Er hatte sich lange gegen ein Geständnis gesträubt, und Jakob erkannte das ehrliche Bemühen des derben, aber letztlich braven Mannes zunehmend deutlicher. Als er schließlich nach dem dritten Aufziehen der Gewichte den Schmerzen nachgab und schicksalsergeben einräumte, der Mörder der beiden Buchhalter zu sein, gab er eine erste Schilderung der Tat, die in keinem einzigen Punkt zu den Erkenntnissen paßte, die Jakob über die Morde gewonnen hatte. Nach und nach mußte ihm der Richter die tatsächlichen Tatorte und die weiteren Umstände in den Mund legen. Wo hast du den Georg Walch getötet? stand im Protokoll. In einer kleinen Schreibstube, vermerkt die exakte Handschrift des Protokollanten. Wie hast du ihn getötet? Ich habe ihn am Hals gepackt und gewürgt, dann habe ich ihn am Boden liegen lassen. Du lügst, vermerkt das Protokoll, und erneut wird dem Angeklagten mit Aufziehen gedroht. Gestehe, daß du dein argloses Opfer in der Tintenkammer überrascht und im Tintenfaß ersäuft hast. Ja, ich gestehe. Und so weiter und so weiter. Um der Qual ein Ende zu bereiten, hätte der arme Maurer vermutlich alles gestanden, was ihm die Verhörsperson in den Mund gelegt hätte. In Wahrheit aber wurde Kisslings Unschuld durch das Protokoll offenbar. Jakob preßte die Lippen zusammen, um nicht im Beisein des Ratsschreibers in Tränen auszubrechen, so sehr erschütterte ihn dieses Gerichtszeugnis von einem falschen Urteil.

Dann hatte er nicht anders gekonnt: Er mußte zu Pater Zölestin – seinem ehemaligen *Magister provincialis* – und mit ihm über die Täufer, die Morde und das Fehlurteil sprechen. Der Frater an der Pforte betrachtete ihn skeptisch, ließ ihn jedoch ein und meldete ihn an. Jakob begann zu zweifeln, ob Zölestin ihn empfangen würde, und war sehr überrascht,

als ihm der *Magister provincialis* über die Treppe entgegen-
kam und ihn mit einem freundlichen Lächeln begrüßte. Sie
zogen sich in seine Schreibstube zurück, und der Obere bemerkte, er habe Jakobs Entscheidung bedauert, als er davon
gehört habe. Während Jakob sich noch wunderte, daß diese
Nachricht aus dem Vatikan schneller in Augsburg war als er
selbst, dachte Zölestin laut darüber nach, wie es Jakob
gelungen sei, die päpstliche Erlaubnis zu erhalten und in die
Welt zurückzukehren, ein seines Wissens in den letzten
fünfzig Jahren für einen Dominikaner einmaliger Vorgang;
lediglich von zwei Benediktinern sei ihm der päpstliche Gna-
denakt einer Gelübdeentbindung geläufig. Nur jetzt keine
falsche Bescheidenheit, dachte Jakob, und räumte freimütig
seine guten Kontakte zur Familie Farnese ein, was Zölestin
sichtlich beeindruckte und Jakob ermunterte, seinen ehemaligen *Magister provincialis* zu fragen, warum er ihn auf
Kazmairs Klagen hin unter Arrest gestellt habe. Zölestin
wand sich ein wenig, bevor er zugab, Angst davor gehabt zu
haben, Jakob könnte mit seinen Erkenntnissen aus den
Mordermittlungen über die Geldgeschäfte zwischen ihm
und Anton Fugger Schaden anrichten.

»Wir haben ein zerbrechliches Gleichgewicht in Augsburg«, erklärte Zölestin. »Christoph von Stadion ist auf
Ausgleich bedacht, aber er findet immer weniger Gehör
beim Rat. Unsere Bruderschaft muß gemeinsam mit dem
Bischof und den kirchentreuen Handelshäusern versuchen,
den vollkommen Einbruch lutherischen Gedankenguts
zu verhindern. Nachdem du dich ungehorsam gezeigt hat-
test und deine Freundschaft zu Urban Rhegius immer tiefer wurde, mußte ich befürchten, du würdest das Lager
wechseln. Außerdem hat der Kanzlist Kazmair nicht auf-
gehört, über dich zu klagen. Ich mußte die Bruderschaft
schützen, und vielleicht auch dich vor dir selbst.« Er machte
ein ernstes Gesicht. »Es ist schön«, sagte er dann, »daß du
unserer Kirche die Treue hältst. Verzeih mir bitte mein
Tun.«

»Es geht um viel Geld, das Ihr für die Provinz in Anleihen der Fugger gesteckt habt?«

»Ja, sehr viel Geld.«

»Und der Bischof war ebenfalls nicht zurückhaltend?«

»So ist es. Wenn der Rat der Stadt oder die Lutheraner davon Wind bekommen, werden wir beim Volk angeprangert; es genügen die Flugzettel, die beinahe jede Woche umherschwirren, da brauchen wir keine handfesten Anschuldigungen. Aber du weißt, wie wichtig es ist, für unsere Mutter Kirche zu einem gerechten Zins zu kommen.«

Jakob nickte. »Ich richte nicht über die Art, wie unsere Kirche ihren Erwerb gestaltet«, sagte er. »Aber über die Art, wie wir mit falschen Urteilen umgehen, richte ich. Hans Kissling wurde unschuldig hingerichtet und vor den Mauern verscharrt. Ich bitte Euch, ihm ein christliches Begräbnis zu gewähren; sicher werdet Ihr beim Bischof die richtigen Worte finden.«

Zölestin sah ihn mit großen Augen an und ließ sich den derzeitigen Stand der Erkenntnisse vortragen, dann versprach er, bei Christoph von Stadion ein Begräbnis in geweihter Erde zu erwirken.

Danach ging Jakob ins Kunigspergerhaus. In dem Kontor standen die Schreiber und Buchhalter um einen Vogelbauer und bestaunten einen grellbunten Vogel von der Größe einer Saatkrähe, der einen kräftigen, gekrümmten Schnabel hatte. Das Tier war frisch aus der Neuen Welt gekommen, und Anton Fugger, der in der Jakobervorstadt für Freunde und Geschäftspartner einen Garten mit allerlei seltsamem Getier besaß, ließ den Papagei zur Erbauung seiner Helfer jeden Tag in ein anderes Kontor tragen. Jakob entdeckte Hans Angerer in der Menge und bat ihn heraus. Der Buchhalter zuckte zusammen und folgte Jakob nur ungern. Auf die Fragen, welche ihm Jakob vorlegte, schwieg er entweder oder gab ausweichende Antworten. Doch Jakob ließ sich nicht abwimmeln. Nicht von so einem Milchbart, dachte er und stieß mit immer schneidenderen Fragen hinein in das geheimste Leben der Buchhalter, bis Angerer heftig errötend gestand, sich zu Männern hingezogen zu fühlen. Maximilian Mair sei sein erster Liebhaber, aber – und hier stockte Jakob der Atem – Franko Seinschedt sei der leidenschaftlichere gewesen.

»Alle drei waren wir seine Geliebten«, flüsterte Angerer, »Georg, Max und ich. Franko war immer hungrig. Sogar mit Hieronymus, seinem Laufburschen, hat er etwas gehabt. Dabei mochte er die Frauen; aber er hat die Finger von den Weibern gelassen, nicht einmal mit den Hurenweibern hat er es getrieben.«

Jakob blickte Angerer ungläubig ins Gesicht.

»Ihr glaubt mir nicht?«

»Doch«, erwiderte Jakob. »Mit wem hattet ihr noch engere Beziehungen?«

»Ich mit gar keinem; vom Max weiß ich's nicht genau, aber ich glaube, er hat sich nicht so viel aus dem Ganzen gemacht und lieber gelernt. Tja, und Georg war, das habe ich Euch schon einmal gesagt, mit dem Ludwig Schettl befreundet.«

Der einfache Schreiber, der alle Gesellen kannte, dachte Jakob und sah sich im Dunkeln die Treppe in den tiefen Keller tappen. »Was ist der Schettl für ein Mensch?«

»Für viele Gesellen ist er wie ein Vater; aber mir ist er unheimlich«, antwortete Angerer nach kurzem Nachdenken.

»Du hast bei unserem ersten Treffen in der Schreibstube, als die Schergen des Rats alle Buchhalter befragten, rasch die Täufer erwähnt und damit den Eindruck erweckt, die könnten schuld am Tod von Georg Walch sein. Warum?«

»Sie waren schuld. Der Kissling, dieser Riese von einem Maurer, ist doch hingerichtet worden. In der Stadt hat man tagelang von nichts anderem gesprochen, als man den Täufer im Lech ersäuft hatte.«

»Glaubst du wirklich, daß Kissling der Mörder war?«

»Wer denn sonst?« fragte Angerer zurück, und blickte Jakob mit seinen unstet umherirrenden Augen an.

Jakob nickte dem Buchhalter zu und ging zu Seinschedts

Kontor hinüber, in dem zwischenzeitlich ein anderer Vertrauter Anton Fuggers seiner Arbeit nachging. Jakob fragte nach Seinschedts Laufburschen Hieronymus, erhielt aber die eher nichtssagende, wenn nicht beunruhigende Antwort, von Hieronymus habe man seit Seinschedts Tod nichts mehr gehört oder gesehen.

Jakob machte sich auf den Weg zum Gesellenhaus. Doch als er draußen auf dem Weinmarkt stand, stach ihm der modrigsüßliche Geruch aus dem fünften Stockwerk des Kellers in die Nase, und er drehte wieder um. Wenig später traf er mit Anton Fugger und Richard Doberl zusammen und äußerte seinen Verdacht. Doberl erschrak.

»Den Schettl kenne ich von früher«, sagte er nachdenklich. »Ein seltsamer Mensch. Er wollte immer mit jedem gut Freund sein und hat sich in das Vertrauen der jungen Männer eingeschlichen, bis er über beinahe jeden fast alles wußte. Als ich Geselle war, hatte er den Spitznamen Inquisitor, weil er einerseits so hartnäckig Fragen stellen konnte und andererseits ein strenges Regiment im Gesellenhaus führte. Wehe, wer bei ihm nicht spurte. Dabei wurde über ihn gemunkelt, er treibe seltsame Sachen im Keller, aber keiner wollte dem nachgehen. Viele waren froh, wenn sie das Gesellenhaus wieder verlassen konnten.«

»Wir sollten uns Wachleute mitnehmen und den Keller anschauen.«

»Ja, ich komme mit«, entgegnete Doberl.

Kurze Zeit später stiegen sie mit zwei Spießträgern und hell brennenden Fackeln die enge Wendeltreppe hinab. Von jedem Treppenabsatz führte nach rechts und nach links jeweils ein gerader Gang, in den in regelmäßigen Abständen Leibungen eingelassen waren. Schwere Holztüren versperrten den Zugang zu den dahinterliegenden Räumen. Auf der tiefsten Ebene aber lag links nur ein höhlenartiges Gewölbe, während rechts ein schmaler Durchschlupf zu einem niedrigen Tonnengewölbe führte, dessen Boden knöcheltief mit

Unrat übersät war. Je weiter man vordrang, desto morastiger wurde der Untergrund. Schließlich sanken sie bis zu den Waden in zähem Schlamm ein. Am Ende des Gewölbes fand sich ein rundes Loch, das in einen weiteren Gang führte, in dem man sich nur gebückt bewegen konnte. Die Wachleute rammten ihre Spieße in den Morast.

»Das sieht aus wie ein Stollen in einem Erzbergwerk, einer jener Stollen, wo man die zwölfjährigen Knaben hineinschickt, weil ausgewachsene Männer nicht mehr darin arbeiten können«, erklärte Doberl mit seltsam hohler Stimme.

Die Fackeln flackerten heftig von dem Luftzug, und das Rauschen, das Jakob bereits am Morgen wahrgenommen hatte, wurde zunehmend lauter. Unvermittelt stieß der Wachmann, der gebückt vorausgegangen war, eine lauten Schrei aus. Rasch waren Jakob und Doberl heran und blickten erschreckt auf den Boden; halb sitzend kauerte da ein menschliches Skelett.

»Da sind g'rad noch«, stammelte der Wachmann, »d'Ratten davong'sprungen.« Dann übergab er sich.

Doberl klopfte ihm beruhigend auf die Schulter und leuchtete mit der Fackel den Umkreis um das Skelett ab, aber es war nichts zu sehen, vor allem keinerlei Reste von Kleidungsstücken. Vorsichtig zwängte sich Jakob an dem Knochenmenschen vorbei und folgte Doberl in den immer schmaler und niedriger werdenden Stollen, bis sie hinter einer weiteren Biegung einen hellen Schimmer sahen. Schon war das Rauschen ganz nah, und nach wenigen Schritten standen sie an einem schnell dahinfließenden Kanal; dort, wo das Wasser ins Freie schoß, stürzte es über eine kleine Stufe hinunter.

»Das ist einer der Lechkanäle hinter dem Perlach, der teilweise unter den Häusern verläuft«, sagte Doberl. »Ich wußte nicht, daß es diesen geheimen Weg nach außen gibt.«

»Was tun wir mit dem Skelett?« fragte Jakob.

»Wir schicken morgen zwei Totengräber, die sollen den armen Kerl, wer immer es ist, hochbringen.«

»Das ist vernünftig«, erwiderte Jakob und machte sich schaudernd auf den Rückweg.

Als sie oben waren, atmeten sie tief durch und wischten, so gut es ging, den Dreck von ihren Hosenbeinen. Dann stiegen sie in das erste Geschoß hinauf und klopften an Schettls Tür. Sie erhielten keine Antwort.

»Sollen wir aufbrechen?« fragte Doberl, aber Jakob schüttelte den Kopf und erwiderte, er wolle hier auf den Schreiber warten. Die Wachleute sollten sich ein Stockwerk höher bereithalten, damit Schettl keinen Verdacht schöpfte.

»Vielleicht«, sagte Jakob leise, »ist Schettl ein ganz harmloser Mann. Ich will ihm nicht Unrecht tun.«

»Ich bleibe bei Euch«, versicherte Doberl. Sie setzten sich einige Stufen oberhalb des Treppenabsatzes auf die Holzplanken und warteten.

Während sie schweigend da saßen, kam Jakob ein schrecklicher Verdacht: Könnte ein Zusammenhang zwischen Schettl und dem Verschwinden von Seinschedts Laufburschen bestehen und mithin das Skelett in dem Stollen der sterbliche Überrest von Hieronymus sein? War Schettl ein gemeingefährlicher Mörder, dem bisher niemand auf die Schliche gekommen war? Die leise in den Angeln quietschende Tür und Schritte auf der Treppe lenkten Jakob von den grausigen Gedanken ab. Schon tauchte der hagere Kopf mit den langen grauen Haaren auf, der zu keinem anderen als Ludwig Schettl gehören konnte. Der Schreiber blickte auf die Stufen vor seinen Füßen und bog, ohne aufzuschauen, in den Flur ein, der zu den Zimmern führte. Jakob und Doberl erhoben sich und gingen Schettl nach, der gerade seinen klobigen Schlüssel in das Türschloß steckte.

»Sei gegrüßt, Schettl«, sagte Doberl, und Jakob hörte die Anspannung aus dem Tonfall heraus.

Schettl fuhr erschreckt herum und starrte die beiden vor ihm stehenden Männer an. Er erkannte Richard Doberl und neigte unterwürfig den Körper etwas nach vorne. Als er Jakob wahrnahm, wurde sein ohnehin blasses Gesicht fast weiß.

»Wir wollen mit dir sprechen«, fuhr Doberl fort. »Öffne ruhig dein Schloß, damit wir uns in deiner Stube setzen können.«

Schettls Hand zitterte, der Schlüssel fand sein Ziel nicht. Jakob kam dem Schreiber zu Hilfe. Die Tür schwang auf. Sie traten in den einfachen Raum.

»Womit kann ich Euch helfen, Herr?«

»Mein Freund hier«, antwortete Doberl und wies auf Jakob, »möchte dir einige Fragen stellen. Ich erwarte, daß du sie wahrheitsgemäß beantwortest. Es gibt jetzt keine Geheimnisse mehr. Heute bist nicht du der Inquisitor.«

Bei dem Wort »Inquisitor« flatterte Schettls linke Braue. Jetzt weiß er, auf welcher Fährte wir sind, dachte Jakob und setzte ein vertrauensseliges Lächeln auf.

»Wir möchten etwas über die ermordeten Buchhalter wissen, weil du doch jeden der Gesellen hier so gut kennst«, erklärte Jakob und bemühte sich um einen vertraulichen Tonfall. »Vielleicht teilst du uns einfach mit, wie gut du den Georg Walch und den Maximilian Mair gekannt hast.«

»Wie ich jeden hier kenne«, antwortete der Schreiber und wischte sich mit einer fahrigen Handbewegung durchs Haar.

»Wieso hast du dann geweint, als ich dir mitteilte, Mair sei tot?«

Schettl kratzte sich mit seinen Fingern am Kehlkopf, und seine Lippen bewegten sich in lautlosem Flüstern, so daß Jakob ihm ansah, wie angestrengt er überlegte. Diese bemerkenswerte Geste, die er außer bei Ludwig Schettl bei keinem anderen Menschen gesehen hatte, machte Jakob stutzig. Was war anders als das letzte Mal? Es dauerte lange, bis es ihm auffiel: Schettls Finger waren heute sauber, damals waren sie voller Tintenflecke gewesen. Die Flecken stammten also keineswegs von seiner täglichen Arbeit – es waren die Spuren des Fasses! Noch bevor Schettl eine Antwort gefunden hatte, war Jakob überzeugt, den Mörder Georg Walchs vor sich zu haben.

»Ich habe«, schluchzte der Schreiber und schlug die

Hände vors Gesicht, »ich habe ihn geliebt. Er war meine einzige …« Der Rest des Satzes ging in einem Weinkrampf unter, der den schmächtigen Körper heftig schüttelte. Es dauerte eine ganze Weile, bis Schettl sich hinreichend beruhigt hatte, um weitersprechen zu können. »Ihr werdet das nicht verstehen, wie es ist, wenn man als Mann einen Mann liebt. Das hat nichts mit Unzucht zu tun, nichts mit diesem Hunger nach Lust, der Seinschedt trieb. Der konnte nicht lieben, zumindest keinen Mann, der wollte stets seiner Wollust frönen. Aber ich habe geliebt. Mit Haut und Haar. Versteht Ihr? Ach, ihr versteht es doch alle nicht, verteufelt uns, die wir die Männer lieben, als Sodomiten, als trieben wir viehische Unzucht miteinander, dabei kommt es gar nicht auf die Geschlechtlichkeit an. Wie schön es war, seine weiche Wange mit den jugendlichen Bartstoppeln an meiner Wange zu spüren. Ihr macht euch keinen Begriff«, sagte er wütend mit tränenerstickter Stimme. Dann vergrub er sein Gesicht wieder in seinen Händen und schluchzte erneut hemmungslos.

Jakob wartete ein paar Momente, bis er seine Frage stellte. »Was war mit Georg Walch?«

»Er wollte mir den Maxl nehmen«, kam prompt die haßerfüllte Antwort, und erst als der Satz gesagt war, schlug sich Schettl auf die Lippen und schaute Jakob ungläubig an. »Ihr werdet mir doch nicht den Mord in die Schuhe schieben? Ich habe damit gar nichts zu tun, das müßt Ihr mir glauben.«

»Er wollte dir den Maxl nehmen«, wiederholte Jakob den aus tiefster Seele hervorgestürzten Satz von Schettl. »Du warst also eifersüchtig?«

Die linke Augenbraue des Schreibers flatterte heftig, aber er antwortete nicht.

»Was hast du mit Hieronymus gemacht, Seinschedts Laufburschen?«

Schlagartig hörte das Brauenflattern auf. Schettl öffnete den Mund, stutzte einen Moment und antwortete dann wie selbstverständlich: »Nichts, wieso?«

Den also nicht, dachte Jakob, und er spürte Erleichterung bei diesem Gedanken.

»Was hast du mit Georg Walch gemacht?«

Die Braue zitterte wieder.

»Wenn du es nicht zugeben magst«, sprach Jakob mit weicher Stimme, »dann schweig. Wir bringen dich so oder so in das Gefängnis des Rats. Schweigst du bei uns, wird sich im Verlies der Scharfrichter um dich kümmern. Gestehst du bei uns, magst du dich schmerzfrei betten. Erleichtere deine Seele und erspare dir unnötige Pein.«

»Der Georg Walch wollte meinen Maxl haben, und der Maxl hat angefangen, mich weniger zu lieben. Aber der Georg war nichts für ihn, der hätte meinen Maxl unglücklich gemacht. Der Maxl hat einen starken, ruhigen Freund gebraucht, keinen, der bald weggeht und von Blüte zu Blüte flattert wie ein Schmetterling. Ja, das Teilen hat weh getan; aber was ich beim Seinschedt noch ausgehalten hab', das hat mich beim Georg zerrissen. Der Maxl hat angefangen, sich in den Georg zu verlieben. Aber er war doch meine Liebe! Wie es immer heftiger geworden ist, da hab' ich nimmer können. Ich hab' den Georg in die Tintenkammer geschickt und bin ihm nachgeschlichen. Es ist so leicht gegangen, fast wie bei einem Gockel, dem man den Kragen umdreht. Nur ein wenig zu'drückt hab' ich und ihn eingetaucht, schon war's geschehen. Und der Maxl hat mir allein gehört. Hab' ich mir gedacht. Dann haben's den Maxl umgebracht. Diese Schweine!«

Von tief unten quälte sich das Schluchzen herauf, das Schettl erschütterte, und seine Augen bekamen einen leeren Ausdruck, ehe sie sich mit Tränen füllten. Er glaubt wirklich, daß die Täufer Maximilian Mair umgebracht haben, dachte Jakob und spürte die Verzweiflung, die Schettl bewegte. Er gab Doberl ein Zeichen, und sie nahmen Schettl an jeder Seite unter den Achseln und führten ihn hinaus auf den Flur. An der Treppe standen die beiden Wachleute mit ihren Spießen. Schettl weinte jämmerlich, seine Schultern bebten. Jakob glaubte, Schettl würde ohne ihre Unterstützung keinen Schritt laufen können, und bedeutete den Wachen mit einem Nicken, sie sollten vorausgehen. Vorsichtig stiegen sie die Wendeltreppe hinab. Unten an der Haustür warteten die Wachleute. Einer hielt die Tür auf, der andere stand auf der Straße, den Spieß in der Hand. Jakob trat durch die Tür. Da stieß Schettl einen tierischen Schrei aus, riß sich los und stürmte die Wendeltreppe hinunter in den dunklen Keller.

»Hinterher«, rief Doberl und stürzte sich in die Dunkelheit. Jakob folgte ihm, so gut er konnte, doch schon im zweiten Kellergeschoß jappte er das erste Mal nach Luft und kam ins Stolpern. In der vollkommenen Dunkelheit fing er sich im letzten Augenblick durch einen beherzten Griff an das Treppengeländer. Er hielt inne und lauschte in die Tiefe. Rumpelnd waren Doberls Schritte zu hören, ein Patschen, ein Aufschrei, gefolgt von einem wilden Fluch, dann Stille. Ohne Fackeln geht da gar nichts, dachte Jakob, und hetzte die Treppen hinauf, bis er am Hauseingang auf die verdattert herumstehenden Wachleute traf.

»Zünde deine Fackel an und springe rasch in den Keller hinunter zu Herrn Doberl«, wies Jakob den einen der beiden Wachleute an. »Und du«, sagte er zu dem anderen, »kommst mit mir, wir müssen den Berg hinunter. Da kommt irgendwo ein Kanal unter den Häusern heraus. Die Stelle müssen wir finden.«

»Kanäle kommen an vielen Stellen unter Häusern heraus«, entgegnete der Wachmann unwirsch, packte seinen Spieß und folgte Jakob.

»An der Stelle, wo das Wasser hervorkommt, ist ein kleiner Wasserfall«, keuchte Jakob. »Vielleicht kennst du die Stelle. Es ist am Fuße des Berges hinter dem Gesellenhaus.«

Schon spürte er, während er eine steile Treppe hinunterstürmte, ein Stechen in der Seite; sein Atem rasselte, aber er gab nicht auf.

»Den Bach kenn' ich«, rief der Wachmann, als hätte er eine

plötzliche Eingebung, und lief an Jakob vorbei. Er schien begriffen zu haben, daß er sich auszeichnen konnte, würde es ihm gelingen, den Flüchtigen zu ergreifen. Jakob zwang sich weiterzulaufen. Er achtete nicht mehr auf die stechende Seite und den rasselnden Atem. So schnell er konnte, hastete er hinter dem Wachmann her, der keinerlei Rücksicht auf den dicken Kaufmann nahm, sondern am Fuße des Berges um eine Ecke stürmte und plötzlich einen lauten Ruf ausstieß. »Da ist er!«

Jakob kam heran und sah, wie sich Schettl vom Rand des Wasserlaufs hochzog und auf den Weg rollte, der neben dem Kanal verlief. Schreckensbleich sah der Flüchtende den Spießträger nahen und rannte los, um davonzukommen. Jakob und der Wachmann hetzten hinterher. Die Ecke eines Weberhauses versperrte kurz die Sicht, und als sie um die Biegung rannten, blieben sie abrupt stehen. Über und über verdreckt und tropfnaß stand Schettl auf einer kleinen Brücke, hielt mit dem einen Arm ein Edelfräulein um den Hals gepackt und mit der anderen Hand ein kurzes Messer, das drohend auf die Kehle zeigte. In diesem Augenblick entrang sich Jakobs Rachen ein unmenschlicher Schrei: Die Frau in Schettls Gewalt war Ludovica.

»Bleibt mir vom Leib!«

Schettls Stimme überschlug sich, und sein angstverzerrtes Gesicht mit hervorquellenden, weit aufgerissenen Augen sah so furchterregend aus wie eine Teufelsfratze. Die von Wasser triefenden Kleider schlotterten ihm um den dürren Leib. Seine Knie zitterten so sehr, daß man es sogar auf die Entfernung genau sehen konnte. Die Hand mit dem Messer hielt er nur mühsam unter Kontrolle. Immer wieder spuckte er vor sich auf den Boden. Vermutlich hatte er Kanalwasser geschluckt und kämpfte mit der Übelkeit, die das ungesunde Wasser und der Gestank von dem Morast, der an seinen Hosen klebte, auslösten. Alles Menschliche schien sich an dieser Figur zu verlieren, ein der Unterwelt entsprungener Gnom spie hier seinen Haß in die Welt und jaulte seine Angst hinaus. Ludovica stand schreckensstarr. Weiß wie die Wand des Weberhauses an der Ecke war ihr Antlitz. Ihre Lippen bebten, in den Augen schimmerten Tränen.

Jakob erstarrte, und eine eisige Kälte strich über seine Haut. Kurz wurde ihm schwarz vor Augen, dann zitterten ihm die Beine, als stünde er haarscharf an einem tiefen Abgrund und blickte hinab in einen schwarzen Schlund. Er sah das Bild eines abgeschlagenen Kopfes; heiß und kalt überlief ihn Schauer nach Schauer. Seine Kehle war ausgedorrt. Seine Knie knickten ein, ihm war, als falle er nun in den Abgrund. Da, plötzlich, wurde er ganz ruhig. Das Zittern verschwand, das Schwindelgefühl verflüchtigte sich, und er wußte mit traumwandlerischer Sicherheit, was zu tun war. Er hob seine Hände in die Höhe und schritt langsam auf die Brücke zu.

»Bleib weg, oder ich stech zu!«

Weiter in die Höhe streckte Jakob seine Hände und verlangsamte seine Schritte, blieb aber nicht stehen.

»Steh still!« rief Schettl jetzt.

»Ruhig, mein Sohn«, sagte Jakob und nahm seine gesamte Kraft zusammen, um seiner Stimme einen sicheren Klang zu geben. »Der Herr ruft dich, mein Sohn, höre die Stimme des Herrn. Gib Frieden den Menschen, so spricht er zu dir, auf daß ich dir Gnade gewähre. Versündige dich nicht an dieser Frau, verwirke dein Leben nicht; Gott selbst ist es, der dich darum bittet. Und so wahr ich ein geweihter Priester der heiligen Kirche bin, so wahr sage ich dir: Der Herr hat dich nicht verlassen.«

Schettl starrte Jakob ungläubig an. Seine Augenbraue flatterte. Jakob schlich Schritt für Schritt näher, und er sprach, während er unendlich langsam herankam, mit einer Stimme, die so sicher und wohltönend klang, als würde er weder Furcht noch Leid kennen.

»Der Herr ist dein Vater, und wenn er dir einmal eine Liebe geschenkt hat, so war es auch seine Liebe. In seiner allumfassenden Güte verdammt er deine Liebe nicht. Wertvoll ist die Liebe und heilig.« Mit jedem Wort ein kleiner Schritt. »Die Liebe handelt, wie Paulus sagt, nicht ungehörig, sucht nicht ihren Vorteil, läßt sich nicht zum Zorne reizen, trägt das Böse nicht nach. Sie freut sich nicht über das Unrecht, sondern freut sich an der Wahrheit. Sie erträgt alles, glaubt alles, hofft alles, hält allem stand. Die Liebe ist von Gott.« Eine warme, gütige Stimme. Mit jedem Wort ein Schritt nach vorne. »Die Liebe des Herrn ist bei dir. Kehre um, du verlorener Sohn, komme zurück zu deinem Vater. Spüre die Liebe und die Gnade.«

Fünf Fuß trennten Jakob noch von Schettl. Der stand da und schaute den Mann, der gewandet wie ein Kaufmann war, aber wie ein Prophet sprach, mit geweiteten Augen an. Sein verzerrtes Gesicht war ruhig geworden, da flatterte keine Augenbraue mehr, da zitterte kein Mundwinkel. Die Messerspitze zeigte nicht mehr auf die Kehle seiner Geisel, sondern schräg auf die Brust. Die Waffenhand hatte ihre Anspannung verloren, der Griff um den Hals saß locker. Ringsum standen Menschen in gehörigem Abstand. Aus dem Kanal war inzwischen Richard Doberl herausgeklettert. Er stand triefnaß neben dem Wachmann, der sich seit Jakobs erstem Schrei nicht mehr bewegt hatte.

»Du hast Maxl geliebt. Eine große Liebe, dein ganzes Herz hast du drangegeben. Es war eine Liebe vom Herrn. Jede wahre Liebe kommt vom Herrn. Sei ohne Scham und ohne Furcht. Der Herr gibt dir deine Liebe zurück. Er ruft dich. Wende dich nicht ab. Folge dem Ruf der Liebe. Erhebe deine Seele zum Herrn, gehe hin und sündige nicht mehr!«

Jakob war heran. Sachte nahm er Schettl das Messer aus der Hand, löste den Arm, der um Ludovicas Hals lag, schlug das Kreuz über den Kopf und die Brust des bewegungslosen Mannes, der aussah wie ein Gnom, aber wie ein weinender, denn die Tränen schossen ihm in die Augen und liefen die hohlen Wangen hinab, vermengt mit dem Wasser, das immer noch aus seinen Haaren tropfte.

»Gehe hin in Frieden«, flüsterte Jakob, wandte sich von Schettl ab und schlang seine Arme um die schreckensstarre Malerin.

Epilog

Kurz nachdem Papst Clemens am 6. Oktober 1528 in Rom eingezogen war, kehrten Jakob und Ludovica in die Ewige Stadt zurück, wo sie für knapp zwei Jahre am Fuße des Lateran in der Nähe ihrer Freunde von San Clemente lebten. Ludovica malte dem Heiligen Vater eine von allen bewunderte Madonna mit dem neugeborenen Sohn Gottes, wohlbehütet in den Armen Josephs, dessen Antlitz die Züge Jakobs zeigte. Mit persönlicher Erlaubnis des Papstes lehrte Jakob an der *Sapienza* römisches und kanonisches Recht und versuchte in einer Stadt, die sich nur mühsam von der Zerstörung des Jahres 1527 erholte, den Scholaren Gerechtigkeit beizubringen.

In Augsburg hatte die Gerechtigkeit doch noch ihren Lauf genommen: Der Maurer Hans Kissling wurde vom Schandacker auf den Friedhof von Sankt Ulrich umgebettet, und der Schreiber Ludwig Schettl wurde auf sein umfassendes Geständnis hin mit dem Schwert gerichtet, nachdem er die Sakramente empfangen und seine Seele Frieden gefunden hatte. Seinschedts Laufbursche war im übrigen kein Mordopfer geworden, sondern hatte sich – noch auf Vermittlung des Oberbuchhalters, der offensichtlich seinen Abschied vom Handelshaus der Fugger vorbereitet hatte – bei Lazarus Tucher verdingt, jenem Geschäftsmann, der kurze Zeit später eine Schlüsselrolle einnahm, als Anton Fugger den alten Ambrosius Höchstetter in den Ruin trieb. Zu welcher Person das Skelett gehörte, das Doberl und Jakob im fünften Kellergeschoß des Fuggerschen Gesellenhauses gefunden hatten, klärte sich zumindest in den Wochen nicht auf, die Jakob und Ludovica noch in Augsburg weilten. Ludovica schuf ein grandioses Gemälde der Familie Raymond

Fuggers und erhielt dafür ein stattliches Honorar, während sich Anton Fugger gegenüber Jakob freigebig zeigte, was dessen Verdienste um die Auflösung der römischen Faktorei betraf.

Die Freundschaft zwischen Jakob und Urban Rhegius erfuhr in den letzten Wochen noch einmal Vertiefung dadurch, daß Bischof Christoph von Stadion, ein auf Ausgleich bedachter Humanist, unter Einbeziehung Jakobs das Gespräch mit dem gemäßigten Lutheraner suchte, um für die Zukunft einen gemeinsamen Weg auszuloten. Erst im Anschluß an den Reichstag des Jahres 1530 stellte sich heraus, wie wenig die Zeiten dem friedlichen Miteinander gesonnen waren. Jakob selbst erleichterte daneben sein Gewissen gegenüber den Wiedertäufern, indem er nach München ritt und sich dort mit einem eingeschüchterten, aber nicht im Herzen erschütterten Hans Glaner traf und ihm die ganze Wahrheit beichtete; Glaner machte aus seiner Enttäuschung kein Hehl, zeigte aber Verständnis für Jakobs damalige Lage und rang sich schließlich dazu durch, ihm grantelnd zu verzeihen.

Die Monate in Rom waren von manchem Glück angefüllt, das beispielsweise mit der innigen Begegnung mit Serena und Cesare und der tiefen Freundschaft zu Benedetto Baldi zusammenhing. Trotzdem durfte man diese eineinhalb Jahre keine insgesamt glückhafte Zeit nennen, dazu litt die Stadt zu sehr unter den Folgen des *sacco di Roma* und ging der Wiederaufbau zu schleppend voran. Auch mit der Gerechtigkeit war es in der Ewigen Stadt so eine Sache: Engelhard Schauer arbeitete in seinem eigenen Handelskontor, als wäre er nie an Betrügereien zu Lasten der Fugger beteiligt gewesen, und Giuseppe Falieri brachte es in der Goldschmiedekunst zu einigem Ansehen, bis er im Gefolge eines Raufhandels mit dem Heißsporn Cellini ein Schwert zwischen die Rippen bekam. Ambrogio Farnese starb im Winter nach dem Wiedereinzug von Papst Clemens nach Rom. Ein fürchterlicher Husten blies ihm das Lebenslicht aus. Als er Blut spuckte und wußte, daß es zu Ende ging, bat er Jakob ein letztes Mal zu sich.

»Einmal Priester, immer Priester«, sagte er. »Das stimmt doch, oder?«

Jakob nickte, obwohl er wußte: dies war eine rhetorische Frage.

»Ich bitte dich, mir die Sterbesakramente zu erteilen, denn du bist als Weltgelehrter mehr Priester als alle Purpurträger der Kurie. Sprich mich los von meinen schlimmen Sünden und verzeih mir, was ich dir angetan habe.«

Es bedurfte keiner langen Überlegung für Jakob, dem alten Farnese diesen Wunsch zu erfüllen.

Wenig später wurde auch Ottavio Farnese siech, der es jedoch noch zuwege brachte, seinen Vetter Alessandro, seit der Aufnahme des Papstes in Viterbo päpstlicher Legat für Rom, dazu zu bewegen, die Trauung von Jakob mit Ludovica vorzunehmen, damit er, Ottavio, Jakobs Trauzeugen geben könne.

Als im Spätherbst des Jahres 1529 eine Anfrage der Universität Bologna an Jakob gerichtet wurde, ob er bereit und willens sei, den Lehrstuhl eines Rechtsgelehrten zu bekleiden, und Ludovica einen Auftrag für ein Familiengemälde der Familie Gonzaga in Mantua erhielt, empfanden Ludovica und Jakob dies als einen Wink des Schicksals, der Ewigen Stadt den Rücken zu kehren.

Sie ließen sich, kurz nachdem Papst Clemens VII. den Habsburger Karl V. im Dom San Petronio mit der Krone Karls des Großen zum römischen Kaiser gekrönt hatte, in Bologna nieder, und fortan erfreute sich Jakob daran, daß die Scholaren klug genug waren, seine Lehre von der Kausalität des Handelns für einen eingetretenen Erfolg zu verstehen.

Eines Abends stand Jakob mit Ludovica auf einer Anhöhe über der Stadt. Sie blickten in die untergehende Sonne und hielten sich an der Hand. Es war Jakob, als sähe er innerhalb eines Augenblicks noch einmal die zurückliegenden Jahre. Da wurde ihm sein Herz warm; er gab Ludovica einen Kuß und sprach die Worte nach dem Evangelium von Markus: »Lieben ist weit mehr als alle Brandopfer und anderen Opfer.«

Glossar

Agio – Aufgeld bei einem Darlehensgeschäft

Bella Giulia – Giulia Farnese, die Schwester von Alessandro Farnese und Geliebte Alexanders VI., verheiratet mit dem einäugigen Orsino Orsini; ihr verdankt Alessandro die Kardinalswürde

Borgo – Stadtviertel rund um den Vatikan

Camposanto – Der deutsche Friedhof neben Sankt Peter, »Campo Santo Teutonico« mit dem Kollegiatenhaus »Collegio Teutonico«, in welchem über Jahrhunderte hinweg deutsche Pilger wohnten

Canes domini – »Hunde des Herrn« – verächtliche Bezeichnung für die Dominikaner, welche die Herren der Inquisition waren.

Cantarella – Arsenhaltiges Gift, das bevorzugt von Cesare Borgia verwendet und durch diesen in Rom berühmt-berüchtigt wurde; verursacht einen grausamen Tod

caput mundi – Kopf der Welt – vielfache Bezeichnung für Rom

Corte Savella – Ein Untersuchungsgefängnis des Stadtrichters von Rom

Cortigiana – Kurtisane

curialis romanam curiam sequens – Ehrenbezeichnung für eine Frau, die der Kurie verbunden ist; meist an Kurtisanen hoher kirchlicher Würdenträger verliehen

Disagio – Abschlag bei einem Darlehensgeschäft

giuli – Zweitgrößte römische Währungseinheit, benannt nach Papst Julius II., der die Geldstücke erstmals prägen ließ; vierzig »Quattrini« ergaben einen »Giulo«

Governatore – Ziviler Verwaltungschef und Richter der Stadt Rom

libelli famosi – Bezeichnung für die Schmähschriften, welche die Kurtisanen oft ihren Konkurrentinnen an die Türen hefteten

Magister provincialis – Leiter einer gesamten Provinz des Dominikanerordens (also einer Mehrheit von Klöstern)

Notarius cancellariae – Bezeichnung für den Kanzleinotar, ein wichtiges Verwaltungsamt in der Kurie

quattrini – Kleinste römische Währungseinheit; vierzig »Quattrini« ergaben einen »Giulo«

ruffiana – Kupplerin, oftmals auch Beraterin der Dirnen in Mode- und Gesundheitsangelegenheiten

Sapienza – Die alte Universität von Rom in den Räumen des Palazzo della Sapienza

sbirro (sbirri) – Wachmann, Polizist der Stadtverwaltung

scudi – Dukaten (größte römische Währungseinheit; zehn »Giuli« ergaben einen »Scudo«)

signora onesta – Ehrenwerte Frau, Angehörige der besseren Schichten, oftmals auch Bezeichnung für die Kurtisanen Roms

territio verbalis – Androhung der Folter und Schilderung der Folterwerkzeuge

territio realis – Vollzug der Folter

Tor de Nona – Ein Untersuchungsgefängnis des Stadtrichters von Rom

Tribunale criminale del Governatore – Kriminalgericht des »Governatore«

(lingua) Volgare – Die Sprache des Volkes, das junge Italienisch

Zeittafel

1472 Ludwig der Reiche von Bayern-Landshut gründet die bayerische Landesuniversität Ingolstadt (heute: Ludwig-Maximilians-Universität München).

1478 Jakob Fugger übernimmt das Fuggersche Handelshaus.

1483 Geburt Martin Luthers.

1486 Der Habsburger Maximilian wird zum deutschen König gewählt.

1489 Raymond Fugger wird geboren. Jakob Fugger löst König Maximilian aus der Gefangenschaft in Brügge für 15000 Gulden aus; erstes persönliches Zusammentreffen Jakob Fuggers mit Maximilian. Beginn der intensiven Verbindung der Fugger mit den Habsburgern.

1492 Christoph Columbus entdeckt Amerika. Wahl Alexanders VI. (Borgia) zum Papst. Die Reconquista erobert Granada.

1493 Wahl Maximilians I. zum deutschen Kaiser. Anton Fugger wird geboren.

1494 Jakob Fugger der Reiche festigt seine Stellung als »Regierer« im Hause Fugger.

1497 Leonardo da Vinci malt »Das letzte Abendmahl«. Hans Holbein d. J. wird geboren.

1499 Schwabenkrieg: Die Schweizer erlangen die Unabhängigkeit vom Deutschen Reich.

1502 Die Universität Wittenberg wird gegründet.

1503 Auf das kurze Papat von Pius III. folgt Julius II. Herzog Albrecht IV. der Weise vereinigt Bayern-Landshut und Bayern-München.

1505 Michelangelo Buonarotti wird nach Rom berufen. Martin Luther tritt in das Kloster der Augustiner-Eremiten zu Erfurt ein.

1506 Die Laokoongruppe wird in den Thermen des Titus aufgefunden. Leonardo da Vinci vollendet die »Mona Lisa«. Grundsteinlegung für den Neubau von Sankt Peter, Bramante ist erster Dombaumeister.

1507 Die Bamberger Halsgerichtsordnung wird erlassen. Ximenez wird Großinquisitor in Spanien.

1508 Herzog Wilhelm IV. übernimmt die Bayerische Regentschaft; sein Bruder Ludwig behält die Verwaltung von Bayern-Landshut. Michelangelo arbeitet im Auftrag von Julius II. an den Deckenfresken in der Sixtinischen Kapelle. Raffael wird vom Papst nach Rom berufen.

1509 Baldassare Peruzzi beginnt mit dem Bau der Villa für Agostino Chigi, die später »Farnesina« genannt wird.

1510 Romreise von Martin Luther.

1511 Raffael vollendet die Stanza della Segnatura.

1512 Michelangelo vollendet die Deckenfresken in der Sixtinischen Kapelle, Baldassare Peruzzi stellt die »Farnesina« fertig.

1513 Giovanni de' Medici wird Papst Leo X.. Machiavelli vollendet »Il Principe«, unter dessen Einfluß die päpstliche Politik steht. Bundschuh-Verschwörung im Breisgau.

1514 Bauernaufstand des »Armen Konrad« in Württemberg; Jakob Fugger der Reiche wird Reichsgraf; Bramante stirbt in Rom; Raffael wird sein Nachfolger als Dombaumeister von Sankt Peter.

1515 Franz I. wird König von Frankreich.

1516 Herzog Albrecht IV. von Bayern (München) erläßt das Reinheitsgebot. Matthäus Schwarz, der spätere Hauptbuchhalter, tritt in den Dienst der Fugger.

1517 Luther schlägt in Wittenberg seine 95 Thesen an.

1518 Ulrich Zwingli beginnt seine reformatorische Tätigkeit in Zürich. In ganz Deutschland werden in diesem Jahr ungefähr 150 Bücher gedruckt; sechs Jahre später sind es schon rund tausend.

1519 Kaiser Maximilian I. stirbt. Karl V. wird Deutscher Kaiser; die Wahl wird hauptsächlich von den Fuggern finanziert, die ungefähr 550 000 Gulden zur Verfügung stellen.

1520 Kaiserkrönung Karls V. in Aachen. Raffael stirbt; Baldassare Peruzzi wird neuer Dombaumeister an Sankt Peter. Päpstliche Bulle gegen Martin Luther. Luther verbrennt sie in Wittenberg. Magellan umsegelt die Welt.

1521 Reichstag zu Worms; Luther wird exkommuniziert
und mit dem Wormser Edikt geächtet. Er übersetzt
die Bibel auf der Wartburg. Iñigo de Loyola wird in
Pamplona schwer verwundet.

1522 Die Türken besetzen Rhodos. Leo X. stirbt, und das
kurze Papat Hadrians VI. beginnt. Jakob Fugger handelt mit dem Papst einen fünfzehnjährigen Pachtvertrag über die päpstliche Münze aus und gründet die
Fuggerei. Luthers Übersetzung des Neuen Testaments ins Deutsche erscheint.

1523 Giuglio de' Medici wird Papst Clemens VII.

1524 Beginn der Bauernunruhen. Franz I. von Frankreich
besetzt Mailand und verbündet sich mit dem Papst
gegen Karl V. Clemens VII. kündigt den Pachtvertrag
über die päpstliche Münze mit den Fuggern.

1525 Karl V. besiegt Franz I. von Frankreich und nimmt ihn
gefangen. Bauernkrieg in Schwaben, Elsaß, Tirol,
Salzburg, Franken und Thüringen. Aufstand der Ti-
roler unter Gaismair. Reichstag zu Speyer. Albrecht
Dürer vollendet »Die vier Apostel«. Jakob Fugger der
Reiche stirbt. Anton Fugger wird sein Nachfolger.

1526 Friede zu Madrid und Freilassung von Franz I. Hei-
lige Liga von Cognac zwischen Franz I. und Clemens
VII. wird gegründet. Pompeo Colonna überfällt Rom.
Frundsberg zieht mit seinen Landsknechten in die
Po-Ebene. Der Reichstag zu Speyer hebt das Worm-
ser Edikt gegen Luther auf. Die Türken gewinnen die
Schlacht bei Mohács und besiegen Ungarn.

1527 Die kaiserlichen Truppen ziehen von Norden her
unaufhaltsam gegen Rom.

6. Mai 1527 Sacco di Roma: Rom wird vom kaiserlichen Heer
erobert und geplündert.

5. Juni 1527 Kapitulation des Papstes in der Engelsburg.

1527 Täufertreffen in Augsburg; die Wiedertäufer werden
gefangengesetzt, die meisten kommen jedoch später
wieder frei. Anton Fugger schließt die Faktorei in
Rom.

1528 Albrecht Dürer stirbt. Der Prozeß gegen die Wiedertäufer in München endet mit neun Hinrichtungen.
Anton Fugger stellt Geld für die Ermordung Gais-
mairs zur Verfügung.

1529 Erste türkische Belagerung Wiens bleibt erfolglos. Anton Fugger treibt Ambrosius Höchstetter endgültig in den Ruin.

1530 Kaiserkrönung Karls V. durch Clemens VII. in Bologna ist zugleich die letzte Kaiserkrönung durch einen Papst. Reichstag zu Augsburg; Confessio Augustana. Schmalkaldischer Bund der protestantischen Reichsfürsten wird gegründet.

1531 Ferdinand I. wird auf Betreiben seines Bruders Karl V. zum römischen König gewählt.

1532 Religionsfriede zu Nürnberg (»Nürnberger Anstand«). Die peinliche Halsgerichtsordnung Karls V. (Constitutio Criminalis Carolina) wird als einheitliches Strafgesetzbuch des Reiches erlassen.

1534 Nach dem Tod von Clemens VII. wird der »Unterhosenkardinal« Alessandro Farnese Papst Paul III. Luthers gesamte deutsche Bibelübersetzung erscheint. Ambrosius Höchstetter stirbt im Armenhaus.

1535 Raymond Fugger stirbt.

Dank

Jakob hat mich durch entscheidende Jahre begleitet, und an den Mönch, der soviel Held ist, wie er Angst hat, habe ich in manchen Stunden mein Herz gehängt. Ob ihn mir seine Unsicherheit nahegebracht hat oder ich ihm meine Unsicherheit auf den Leib geschrieben habe, ist eine müßige Frage; ich freue mich an dem, was ich mit Jakob und den beiden Frauengestalten Serena und Ludovica in den Hauptrollen bisher erlebt habe. Ermöglicht haben dies zwei Menschen, denen ich ganz besonderen Dank schulde: meine Agentin Anke Vogel, die mich nicht nur in den profanen Dingen hervorragend betreute, sondern regen Anteil nahm an der Entstehung der Manuskripte, und mein Lektor Reinhard Rohn, der mit viel Engagement die beiden Bücher im Aufbau-Verlag in einer, wie ich finde, sehr schönen Gestaltung, aus der Taufe gehoben hat.

An dieser Stelle will ich einen nur auf den ersten Blick ungewöhnlichen Dank abstatten bei den Herren Jürgen Fießler, Siegfried Preibisch, Dr. Wolfgang Strietzel, Hans Christoph Vogel und Walter Ziegerer, die mir in den Jahren der Entstehung dieser Bücher als meine jeweiligen unmittelbaren Vorgesetzten stets sehr wohlwollend den Eindruck vermittelten, sie würden es zu keinem Zeitpunkt bemerken, daß sich ihr Mitarbeiter manchmal mit seinen Gedanken in Romanwelten tummelte. Das Abtauchen in frühneuzeitliche Parallelwelten hat im übrigen mein Personalchef, Herr Ministerialdirigent Emil Rölz, durch eine großzügige Genehmigungspraxis bei meinen Urlaubsanträgen gefördert; dafür und für seine wertvollen Hinweise zu traditionellen Pilgerrouten ihm ein herzliches Dankeschön.

Ermunterung und Zuspruch erhielt ich von vielen lieben Menschen, da besteht die Gefahr, in der Eile der letzten Zeilen einen zu vergessen, weshalb ich mich der Unsitte anschließe, an dieser Stelle allen pauschal zu danken: Freunde, verzeiht mir diesen Lapsus, aber ich kann nicht anders.

Um die Hervorhebung können sich jedoch folgende Wegbegleiter nicht drücken, denn sie haben zu maßgeblich mitgeholfen, als daß sie anonym bleiben dürften. Dem Augsburger Schriftsteller Peter Dempf sage ich freundschaftlichen Dank für eine leidenschaftliche Stadtführung, ohne die wesentliche Passagen des Augsburger Abenteuers nicht entstanden wären; meinem Autorenkollegen und Freund Richard Dübell danke ich für die Augsburger Marktordnungen und die vielfachen Anregungen bei den historischen Recherchen; beiden Romanciers danke ich für die intensiven Gespräche, die mir zeigen, daß es unter Schriftstellern noch wirkliche Kollegialität und Freundschaft gibt. Künstlersolidarität bewies auch die Kunsthistorikerin und Münchner Malerin Sylvia Fritsch, die Ludovica mit Herz und Sachkunde lebendig werden ließ und mir viel mehr über die Malerei der frühen Neuzeit erzählte als in dieses Buch paßt; ihr gilt ein herzliches Dankeschön. Mitleiden, mitlesen und mitredigieren sind, wie schon bei den letzten Romanen, die Freundschaftsdienste von Franz Holzleiter gewesen; danke, Franz. Im Hinblick auf die Strafbarkeit groben Unfugs hat sich ein promovierter Kirchenrechtler der Sache angenommen; Dr. Wolfgang Strietzel tat dies so sachkundig wie humorvoll, und eine wahrhaftige Ausgabe dieses Romans müßte zwingend seine Glossen enthalten, deren treffender Witz sie selbst als Literatur kennzeichnet; ich binde dir deshalb einen Lorbeer, lieber Wolfgang.

München, im Februar 2003
Georg Brun

Inhalt

Folio I
Tod am Weinmarkt
Gefährliche Tinte 11
Die Zypressen sind fern 47
Zwei Bauern, schwarz und weiß 72
Geheime Zeichen 99
Schmutzige Finger 123

Folio II
Gefährliches Geheimnis
Der Zorn des Herrn 157
Der Granatapfel auf dem Abakus 180
Neue Rätsel 204
Der Zufall bläht die Segel 228
Wiedersehen in San Clemente 256

Folio III
Blick in den Abgrund
Der Kartenleger von der Piazza Navona 279
Das Geheimnis der Zofe 299
Das Damenopfer 313
Der Ibis stirbt 335
Der tiefe Keller 359

Epilog 397
Glossar 401
Zeittafel 403
Dank 407

»Man muß sich die Kunden des Aufbau-Verlages als glückliche Menschen vorstellen.«

SÜDDEUTSCHE ZEITUNG

Streifzüge mit Büchern und Autoren:
Das Kundenmagazin der Aufbau Verlagsgruppe finden
Sie kostenlos in Ihrer Buchhandlung und als Download
unter www.aufbau-verlag.de.

**Mit Gesamtverzeichnis der Verlage Aufbau,
Aufbau Taschenbuch, Rütten & Loening, Gustav
Kiepenheuer und Der Audio Verlag.**

Starke Geschichten.
Historische Romane bei AtV

DONNA W. CROSS
Die Päpstin
Der Bestseller: Millionen haben
sie verschlungen, die mitreißende
Geschichte der Päpstin Johanna
von Ingelheim. »Donna W. Cross
erzählt Johannas Geschichte als
spannendes und historisch glaub-
würdiges Beispiel einer unglaubli-
chen Emanzipationsgeschichte.«
BRIGITTE
Roman. Aus dem Amerikanischen von
Wolfgang Neuhaus. 566 Seiten. AtV
1400. Audiobuch: Hörspiel mit
Angelica Domröse, Hilmar Thate
u. a. DAV 069

FREDERIK BERGER
Die Geliebte des Papstes
Rom, Ende des 15. Jahrhunderts:
Der Adlige Alessandro befreit die
junge Silvia aus der Hand von
Wegelagerern. Beide spüren, daß
sie ein besonderes Schicksal ver-
bindet. Erst drei Jahre später tref-
fen sie sich wieder. Sie lieben sich
noch immer, Silvia ist aber einem
anderen versprochen. Doch
Alessandro gibt nicht auf. »Das ist
beste Spannungslektüre voller
Abenteuer, Leidenschaft und
Sinnlichkeit und – das alles beruht
dennoch auf Tatsachen!«
WILHELMSHAVENER ZEITUNG
Roman. 568 Seiten. AtV 1690

PHILIPPA GREGORY
Die Farben der Liebe
Die Geschichte einer verbotenen
Liebe während der Zeit des
Sklavenhandels in England:
Francis, ungeliebte Ehefrau eines
Bristoler Kaufmanns, soll für ihren
Gatten Sklaven von der Westküste
Afrikas zu Hausmädchen und
Butlern ausbilden. Unter Francis'
ersten Schülern ist ein Schwarzer
vornehmer Herkunft, viel gebilde-
ter und sensibler als ihr raubeini-
ger Ehemann. In seinen Armen
findet sie endlich Zärtlichkeit und
Leidenschaft.
»Viel Intensität und innere
Spannung« NEUE RUNDSCHAU
Roman. Aus dem Englischen von
Justine Hubert. 540 Seiten.
AtV 1699

HANJO LEHMANN
Die Truhen des Arcimboldo
Nach den Tagebüchern des
Heinrich Wilhelm Lehmann
In den Kellergewölben des
Vatikans wird im Jahre 1848 der
junge Schlosser Calandrelli ver-
schüttet. Er stößt dort auf Perga-
mente, die den Machtanspruch der
Kirche untergraben. Zwanzig
Jahre später vertraut er einem
Ingenieur die Aufzeichnungen von
damals an. Es entwickeln sich
Intrigen und Machtkämpfe.
»... eine Mixtur aus Historischem
und Fiktivem, wobei einem
durchaus Bilder aus Ecos ›Der
Name der Rose‹ in den Sinn
kommen können.« THÜRINGISCHE
LANDESZEITUNG
Roman. 699 Seiten. AtV 1542

AtV

Dramatische Geschichten.
Historische Romane bei AtV

PHILIPPA GREGORY
Die Glut
Beatrice Lacey – klug, schön und leidenschaftlich – kämpft um den Besitz des elterlichen Guts, das nach gängigem Recht des 18. Jahrhunderts ihrem Bruder Harry, dem männlichen Nachkommen, zufällt. Vor nichts schreckt sie zurück, um ihr Ziel zu erreichen. Beatrice ist eine Heldin, die trotz ihrer skrupellosen Taten durch ihren bezwingenden Charme und die Tragik ihres Schicksals fasziniert.
»Die First Lady des historischen Romans« SUNDAY TIMES
Roman. Aus dem Englischen von Günter Panske. 671 Seiten.
AtV 1636

YAËL GUILADI
Die Zypressen von Córdoba
Spanien im 10. Jahrhundert: Am Hof von Córdoba herrschen die Mauren. Dem jüdischen Arzt Da'ud ibn Yatom gelingt es, eine alte Rezeptur wiederzuentdecken. Er wird zum wichtigsten Vertrauten des Kalifen. Auch Da'uds Nachfahren dienen den Mauren als Ärzte, Ratgeber und Kriegsherren. Ein farbenprächtiger historischer Roman, der das Schicksal einer Familie großer jüdischer Gelehrter und Staatsmänner über drei Generationen nachzeichnet. – »Ein atmosphärischer Roman, der mehr und mehr fesselt, so dass man immer weiterlesen möchte!« WWW. ASTRIDS-BUECHERSTUBE.DE
Roman. Aus dem Englischen von Ulrike Seeberger. 475 Seiten.
AtV 1831

COLETTE DAVENAT
Die Erbin des Morgenrots
Sommer 1870. In der lothringischen Stadt Lunéville erlebt eine junge Französin ihre erste wirkliche Liebe. Aber der Geliebte ist ein preußischer Leutnant und sie selbst die Frau eines der einflußreichsten Männer der Stadt. Die Geschichte einer zweifach unmöglichen Liebe, die sich dennoch erfüllt, erzählt mit großer Sensibilität für die Dramatik des geschichtlichen Augenblicks.
Roman. Aus dem Französischen von Christel Gersch. 293 Seiten.
AtV 1817

ROBERT MERLE
Das Idol
»In unserer Zeit wäre Vittoria ein Star gewesen«, schreibt Robert Merle über seine tragische Heldin. Eine Frau in der Männergesellschaft der italienischen Renaissance, hochverehrt und begehrt für ihre Schönheit, aber verurteilt, sobald sie das erste Mal ihr Recht auf Liebe einfordert.
Roman. Aus dem Französischen von Brigitte Kautz. 467 Seiten.
AtV 1220

Mehr Informationen erhalten Sie unter www.aufbau-verlag.de oder bei Ihrem Buchhändler

Von Liebe und anderen unheimlichen Begebenheiten

BRET LOTT
Das Gewicht der Liebe
Jewel, eine einfache Frau aus dem amerikanischen Süden, läßt sich auf ein Duell mit Gott und der Schöpfung ein. Als sie ihr sechstes Kind zur Welt bringt, prophezeit ihr ein farbiges Dienstmädchen ein großes Unglück. Ein Sensationserfolg in den USA – der Roman über eine Frau, die für ihr Kind und für ein Wunder kämpft.
Roman. Aus dem Amerikanischen von Michael Kubiak. 405 Seiten.
AtV 1807

JOHN REED
Almas Liebe
Nach dem Tod ihrer Eltern muß Alma zu ihrer Tante ziehen, die als Heilerin einen beinahe legendären Ruf genießt. Dort lernt sie den jungen John Warren kennen, der wie kein anderer mit Pferden umzugehen versteht. Die beiden verbringen eine unbeschwerte Zeit miteinander und ahnen, daß sie füreinander bestimmt sind. Doch dann bricht der Bürgerkrieg aus – und die zwei Liebenden stehen sich plötzlich in feindlichen Lagern gegenüber.
Roman. Aus dem Amerikanischen von Ursula Walther. 243 Seiten.
AtV 1964

JOANNA HERSHON
Mondschwimmen
Zum ersten Mal in seinem Leben ist Aaron wirklich verliebt – in Suzanne, eine ebenso schönes wie ungewöhnliches Mädchen aus New York. Doch als er mit ihr zu seinen Eltern fährt, beginnt seine Freundin ein Spiel mit dem Feuer. In einer lauen Mondnacht beschließt sie, seinen Bruder zu verführen.
»Joanna Hershon hat ein Auge für Orte, ein Ohr für fein gesponnene Dialoge und ein wahres Gefühl, Charaktere zu zeichnen. Dieser Roman zeugt von großer Schönheit.« LIBRARY JOURNAL
Roman. Aus dem Amerikanischen von Jörn Ingwersen. 301 Seiten.
AtV 1348

JOSEPH PITTMAN
Sanft wie der Wind
Brian Duncan ist ein genialer Werbefachmann, als sein Leben plötzlich aus den Fugen gerät. Die Geschichte eines Mannes, der die große Liebe findet – und erkennen muß, wie zart und zerbrechlich sie ist.
Roman. Aus dem Amerikanischen von Ursula Walther. 323 Seiten.
AtV 1750

Mehr Informationen erhalten Sie unter www.aufbau-verlag.de oder bei Ihrem Buchhändler

Immer wieder lesen:
Lieblingsbücher bei AtV

MARC LEVY
Solange du da bist

Was tut man, wenn man in seinem Badezimmerschrank eine junge hübsche Frau findet, die behauptet, der Geist einer Koma-Patientin zu sein? Arthur hält die Geschichte für einen Scherz seines Kompagnons, er ist erst schrecklich genervt, dann erschüttert und schließlich hoffnungslos verliebt. Und als er eines Tages begreift, daß Lauren nur ihn hat, um vielleicht ins Leben zurückzukehren, faßt er einen tollkühnen Entschluß.

»Zwei Stunden Lektüre sind wie zwei Stunden Kino: Man kommt raus und fühlt sich einfach gut, beschwingt und glücklich und ein bisschen nachdenklich.« FOCUS
Roman. Aus dem Französischen von Amelie Thoma. 277 Seiten.
AtV 1836

LISA APPIGNANESI
Die andere Frau

Maria d'Este ist eine klassische Femme fatale. Die Männer umschwärmen sie, sobald sie nur einen Raum betritt – und den anderen Frauen erscheint sie unweigerlich als Rivalin. Als Maria aus New York nach Paris zurückkehrt, beschließt sie, daß die Zeit ihrer Affären vorbei ist. Doch dann begegnet sie dem Mann, bei dem sie all ihre guten Vorsätze vergißt. Zum ersten Mal lernt Maria die wahren Abgründe der Liebe kennen.
Roman. Aus dem Englischen von Wolfgang Thon. 444 Seiten.
AtV 1664

KAREL VAN LOON
Passionsfrucht

Der Vater des 13jährigen Bo erfährt zehn Jahre nach dem Tod seiner Frau, daß er nie Kinder zeugen konnte. Diese Entdeckung stellt sein gesamtes Leben in Frage. Die Suche nach dem »Täter« wird eine Reise an den Beginn seiner großen Liebe.
Roman. Aus dem Niederländischen von Arne Braun. 240 Seiten.
AtV 1850

NEIL BLACKMORE
Soho Blues

Melancholisch und geheimnisvoll wie ein Solo von John Coltrane, unverwechselbar wie die Stimme von Billie Holiday: »Soho Blues« ist die bewegende Geschichte einer leidenschaftlichen, lebenslänglichen Liebe zweier Menschen, die sich in einem Netz von Abhängigkeit und Verrat, Hoffnung und Desillusion, Liebe und Haß befinden.
»Eine herzzerreißende Lektüre, die große Gefühle weckt.«
OSNABRÜCKER ZEITUNG
Roman. Aus dem Englischen von Kathrin Razum. 286 Seiten.
AtV 1733

Mehr Informationen erhalten Sie unter www.aufbau-verlag.de oder bei Ihrem Buchhändler